Fairfield Park

Santa Montefiore bij Boekerij:

Onder de ombu-boom
Het vlinderkistje
De Vergeet mij niet-sonate
De zwaluw en de kolibrie
Valentina's laatste reis
De zigeunermadonna
Het geheim van Montague
De Franse tuinman
In de schaduw van het palazzo
De affaire
Villa Magdalena
Fairfield Park

www.boekerij.nl
www.santamontefiore.co.uk

SANTA MONTEFIORE

Fairfield Park

BOEKERIJ

ISBN 978-90-225-6227-7
ISBN 978-94-6023-257-2 (e-boek)
NUR 302

Oorspronkelijke titel: *The Summer House*
Oorspronkelijke uitgever: Simon & Schuster
Vertaling: TOTA/Erica van Rijsewijk, Gerdien Beelen en Nienke van der Meulen
Omslagontwerp: Johannes Wiebel | punchdesign, München
Omslagbeeld: © Ina van Hateren / Shutterstock.com, © Janis Smits / Shutterstock.com, © Elena Yakusheva / Shutterstock.com
Zetwerk: Asterisk*, Amsterdam

Voor mijn kinderen, Lily en Sasha, met liefde

1

Hampshire, 2012

Maart was heel mooi begonnen. De aarde had de nachtvorst afgeschud en door de harde bast van de bomen heen waren kleine knoppen tevoorschijn gekomen, die uitgroeiden tot geelgroene scheuten en lichtroze bloesem. Narcissen hadden zich een weg omhooggebaand door de ontdooiende grond en hadden zich ontvouwd tot felgele trompetten, en de zon had geschenen met hernieuwde kracht. Vogelgezang vulde de lucht en tussen de takken was het weer een drukte van belang, omdat er nesten gebouwd moesten worden. Het was een glorieus begin van de lente.

Fairfield Park had er nog nooit zo mooi uitgezien. Het vroegzeventiende-eeuwse landhuis, gelegen op een flinke lap vruchtbaar bouwland, werd omgeven door weidse grasvelden, oud bos bezaaid met wilde hyacinten en akkers vol welig tierend koren en boterbloemen. Er was een meer waar kikkers hun intrek hadden genomen tussen de biezen en waar goudvissen om de plakken waterlelies heen zwommen. Hoge beukenbomen beschermden het huis tegen vijandige winden in de winter en boden in de lente beschutting aan honderden narcissen. In een holle appelboom had een paartje kerkuilen hun nest gebouwd, die hun jongen voedden met de muizen en ratten die rondscharrelden op de boerderij en in de houtschuur, en hoog op de heuvel, over alles uitkijkend met het geduld van een wijze oude man, was als een vergeten schat een verwaarloosd stenen tuinhuis verstopt.

Het fraaie bouwwerk, overgeleverd aan de invloeden van de tand des tijds en het weer, bleef goedmoedig toekijken, in het volste vertrouwen dat op een dag mensen grote behoefte zouden gaan voelen om ernaartoe te gaan, zoals dolende zielen worden aangetrokken door het licht. Maar vandaag kon niemand van benedenaf ook maar iets zien van de honingkleurige muren en de fraaie, solide zuilen, want het landgoed ging schuil onder een zware mist die er als een rouwsluier over was neergedaald. Vandaag verstomde zelfs het vogelgezang. Het was alsof de lente plotseling geen wilskracht meer bezat.

De oorzaak van deze treurnis was de glanzend zwarte lijkwagen die op het grind voor het huis stond te wachten. Daarin bevond zich het stoffelijk overschot van lord Frampton, de heer des huizes, koud en ontzield in een eenvoudige eikenhouten kist. De mist kronkelde zich om de auto heen als de gretige tentakels van de dood, popelend om zijn nu overbodige lichaam in de aarde op te nemen, en op de bordestreden die vanaf de voordeur omlaagvoerden lagen zijn twee Deense doggen er plechtig en stil bij als een stel stenen beelden, met hun kop treurig op hun poten en hun droeve ogen strak op de kist gericht; ze voelden wel dat hun baasje niet meer thuis zou komen.

Binnen in het huis stond lady Frampton voor de spiegel in de hal en zette een grote zwarte hoed op. Toen ze haar spiegelbeeld zag, slaakte ze een zucht, en haar hart, dat het toch al zo moeilijk had met het verlies, werd nog zwaarder bij de aanblik van de ogen die met de vermoeide berusting van een oude vrouw naar haar terugstaarden. Haar gezicht was vlekkerig van de tranen die ze onophoudelijk had vergoten sinds ze tien dagen geleden te horen had gekregen dat haar echtgenoot in de Zwitserse Alpen plotseling was omgekomen. Door de schok was haar huid bleek geworden en had ze haar eetlust verloren, zodat haar wangen er ingevallen uitzagen, ook al gold dat voor haar voluptueuze lichaam niet. Ze was eraan gewend geraakt dat hij vaak van huis was, omdat hij zo graag klimtochten maakte op de beroemde bergen van de wereld, maar nu weerklonk er een ander soort stilte in het huis: een oorverdovende, onaangename stilte die door de grote kamers weergalmde en duidelijk maakte dat hij niet meer zou wijken.

Ze trok net haar mantel recht toen haar oudste zoon, nu de nieuwe lord Frampton, vanuit de salon de hal in stapte. 'Wat zijn ze daar binnen aan het doen, David?' vroeg ze, terwijl ze haar best deed om haar verdriet te bedwingen, ten minste tot ze in de kerk zou zijn. 'Straks komen we nog te laat.'

David blikte triest op haar neer. 'We kunnen niet te laat komen, mam,' zei hij, en zijn donkere ogen vulden zich met dezelfde pijn. 'Papa is… Je weet wel…' Hij keek uit het raam.

'Nee, je hebt gelijk, natuurlijk.' Ze dacht aan George in de lijkwagen buiten en haar keel werd dichtgeknepen. Ze keerde zich weer naar de spiegel en begon nogmaals aan haar hoed te frunniken. 'Maar iedereen staat natuurlijk te wachten, en het is verschrikkelijk koud.'

Even later kwam haar middelste zoon, Joshua, de salon uit met zijn vrouw Roberta. 'Alles goed, mam?' vroeg hij; hij vond alle emotie die met dit soort gelegenheden gepaard ging maar ongemakkelijk.

'Laten we nou maar zorgen dat het zo snel mogelijk achter de rug is,' kwam David ongeduldig tussenbeide. Joshua stak zijn handen in zijn zakken en trok zijn schouders op. Het was kil in huis. Hij liep naar het haardvuur in de hal, waar grote houtblokken met klimop ertussendoor gevlochten lagen te knapperen.

'Wat zijn ze daar toch allemaal aan het doen?' vroeg zijn moeder weer, met een blik in de richting van de salon. Ze ving de lage stem van haar jongste zoon, Tom, op en de kloeke klinkers van haar schoonmoeder, die zoals altijd onverstoorbaar doorratelde.

'Oma wil dat Tom haar uitlegt hoe de mobiele telefoon werkt die hij haar heeft gegeven,' antwoordde Joshua.

'Moet dat nu? Kan dat niet wachten?' Haar kin trilde van narigheid.

'Ze drinken even hun glas leeg, Antoinette,' zei Roberta met een afkeurend snuifje. 'Al weet ik niet of het wel zo'n goed idee is dat Tom, met zijn verleden, überhaupt iets drinkt.'

Antoinette zette al haar stekels overeind en liep naar het raam. 'Vandaag heeft Tom als je het mij vraagt het volste recht om te drinken wat hij wil,' repliceerde ze kortaf. Roberta kneep haar lippen op elkaar en rolde met haar ogen naar haar man, terwijl ze ten onrechte aannam dat haar schoonmoeder dat niet kon zien. Antoinette keek toe hoe ze voor de spiegel haar opzichtige veren boa schikte en vroeg zich af waarom haar zoon er in vredesnaam voor had gekozen te trouwen met een vrouw die zulke scherpe jukbeenderen had dat je er een stuk leisteen mee doormidden kon zagen.

Uiteindelijk kwam Tom de hal in met zijn grootmoeder, die de mobiele telefoon in haar handtas stopte en die dichtknipte. Hij glimlachte teder naar zijn moeder, en Antoinette voelde zich op slag een beetje beter. Haar jongste kind had altijd al het vermogen bezeten om haar hoog te doen stijgen of diep te doen zinken, al naar gelang zijn humeur of gezondheidstoestand. Het kleine glaasje wijn had hem geen kwaad gedaan, en ze negeerde het knagende besef, diep in haar hart, dat hij eigenlijk beter helemaal geen alcohol kon drinken. Haar gedachten gingen plots terug naar haar man en ze dacht weer aan die keer dat hij erin geslaagd was haar te bellen vanuit het basiskamp op de Annapurna om te vragen hoe het met Tom ging, na een wel heel slechte week die was gevolgd op een verbroken relatie. De tranen sprongen haar weer in de ogen en ze haalde haar zakdoek uit haar zak. Wat was George toch een *fijne* man geweest.

'Je hebt toch de verwarming niet uitgezet?' riep de douairière lady Frampton verwijtend. 'Ík laat het nooit zo ijskoud worden!' In haar lange zwarte japon, met haar brede zwarte hoed en nertsstola, zag Margaret Frampton er eerder uit alsof ze de bloemetjes buiten wilde gaan zetten op een Halloween-feest in plaats van dat ze op weg was naar de begrafenis van haar enige zoon. Om haar hals en pols en in haar oren droeg ze de exquise Frampton-sieradenset met saffieren, in 1868 in India aangeschaft door de eerste lord Frampton voor zijn echtgenote Theodora, en van generatie op generatie doorgegeven, tot aan George, die de set had uitgeleend aan zijn moeder omdat zijn vrouw weigerde met zulke extravagante bewijzen van rijkdom te koop te lopen. De douairière lady Frampton had echter van dergelijke scrupules geen last en droeg de juwelen bij elke gelegenheid die zich voordeed. Antoinette was er niet helemaal zeker van of de begrafenis van Margarets zoon wel een gelegenheid was die zich hiervoor leende.

'De verwarming staat wel degelijk aan, Margaret, en alle haarden branden. Als je het mij vraagt, is het huis ook in de rouw,' antwoordde ze.

'Wat een belachelijk idee,' mompelde Margaret.

'Mam heeft gelijk, lijkt mij,' onderbrak Tom haar, en hij wierp een blik uit het raam. 'Moet je die mist zien. Ik zou zeggen dat het hele landgoed in de rouw is.'

'Ik heb meer mensen verloren dan ik kan tellen,' zei Margaret, terwijl ze langs Antoinette heen beende. 'Maar niets is zo erg als een zoon kwijtraken. Een énige zoon. Ik geloof niet dat ik daar ooit overheen kom. En je zou dan toch tenminste verwachten dat het in huis een beetje behaaglijk is!'

Harris, de oude butler die al ruim dertig jaar bij de familie in dienst was, opende de voordeur en de douairière lady Frampton stapte de mist in, terwijl ze haar stola dichter om zich heen trok. 'Lieve hemel, kunnen we wel bij de kerk komen?' Ze bleef boven aan de bordestrap staan en overzag het tafereel voor haar. 'Die mist is zo dik als pap.'

'Natuurlijk komen we er wel, oma,' stelde Tom haar gerust, en hij pakte haar arm om haar omlaag te helpen. De Deense doggen bleven onder het gewicht van hun droefenis doodstil liggen. Margaret liet haar blik op de doodskist rusten en het kwam haar voor dat die er verschrikkelijk eenzaam uitzag zo door de ruit van de lijkwagen. Heel even verslapten haar strakke kaakspieren en trilde haar kin. Terwijl ze haar ogen met moeite afwendde, trok ze haar schouders op en verstrakte. Zielenleed was niet iets om met andere mensen te delen.

De chauffeur stond paraat terwijl Tom zijn grootmoeder in een van de Bentleys hielp. Plichtsgetrouw kwam Roberta achter haar aan, maar Antoinette stapte niet in. 'Ga jij maar, Josh,' zei ze. 'Tom en David rijden wel met mij mee.'

Joshua ging voorin zitten. Je zou denken dat de dood van zijn vader zijn moeder en grootmoeder dichter bij elkaar zou brengen, maar ze leken nog even vijandig tegenover elkaar te staan als altijd. Hij luisterde naar het gepraat van zijn echtgenote en grootmoeder achterin en vroeg zich af waarom zijn moeder minder goed met Margaret overweg kon dan Roberta.

'Die vrouw haalt me het bloed onder de nagels vandaan,' klaagde Antoinette, zorgvuldig haar ogen bettend terwijl de auto's achter de lijkwagen aan de oprijlaan af reden en de ijzeren poort door gingen die was getooid met het familiewapen met een leeuw en een roos. 'Is mijn gezicht erg vlekkerig?' vroeg ze aan Tom.

'Je ziet er prima uit, mam. Het zou niet gepast zijn om vandaag helemaal fris en stralend te zijn.'

'Dat zal wel niet, nee. Maar toch, straks moeten we iedereen onder ogen komen.'

'En iedereen komt ook nog eens mee naar huis,' bromde David vanaf de voorbank. Hij had niet veel zin in een gezellig samenzijn.

'Volgens mij kunnen we allemaal wel een stevige borrel gebruiken.' Ze klopte op Toms hand en wenste op hetzelfde moment dat ze niets over alcohol had gezegd. 'Zelfs jij. Zeker vandaag.'

Tom lachte. 'Mam, maak je over mij toch niet zo veel zorgen. Van een paar drankjes ga ik echt niet dood.'

'Weet ik. Sorry, dat had ik niet moeten zeggen. Ik vraag me af wie er allemaal zullen zijn,' vroeg ze om over een ander onderwerp te beginnen.

'Ik moet er niet aan denken dat we met al die vreselijke tantes van pap moeten praten en met al die saaie familieleden die we jaren uit de weg zijn gegaan,' merkte David op. 'Ik ben niet in de stemming voor een feestje.'

'Het is geen feestje, lieverd,' wees zijn moeder hem terecht. 'Iedereen wil alleen maar zijn medeleven betonen.'

Mismoedig staarde David uit het raam. Hij kon de hagen aan weerszijden amper zien terwijl ze de weg naar het stadje Fairfield af reden. 'Kan iedereen naderhand niet gewoon opkrassen en naar huis gaan?'

'Geen sprake van. Het is niet meer dan beleefd om na de begrafenis je vaders vrienden en familie mee naar huis te vragen. Daar knappen we vast allemaal van op.'

'Fijn!' mompelde David somber. 'Geen betere manier om over paps dood heen te komen dan een knalfuif geven met een stelletje ouwe sokken.'

Zijn moeder begon weer te huilen. 'Maak het nou niet moeilijker voor me dan het al is, David.'

David keek achterom en raakte opeens milder gestemd. 'Neem me niet kwalijk, mam. Ik wilde je niet van streek maken. Ik heb alleen geen zin om een blij gezicht te zetten, dat is alles.'

'Daar hebben we geen van allen zin in, lieverd.'

'Op dit moment zou ik het liefst alleen zijn met mijn verdriet.'

'Ik zou een moord doen voor een sigaret,' zei Tom. 'Denk je dat ik er om de hoek nog snel even een kan roken?'

De auto kwam tot stilstand voor de middeleeuwse kerk van St. Peter. De chauffeur maakte het portier aan de passagierskant open en Antoinette wachtte tot Tom om de wagen heen gelopen was om haar te helpen uitstappen. Haar benen voelden bibberig en wankel aan. Ze zag haar schoonmoeder over het stenen pad naar de ingang van de kerk lopen, waar ze plechtig werd begroet door twee van George' neven. Zíj zou nooit een traan vergieten in het openbaar, dacht Antoinette verbitterd. Ze betwijfelde trouwens of haar schoonmoeder als ze alleen was ooit wél had gehuild. Margaret vond het uitermate burgerlijk om je gevoelens te tonen en haalde haar aristocratische neus op voor de jongere generatie, die het de normaalste zaak van de wereld vond om in het openbaar te jammeren, te huilen en zich te beklagen over hun lot. Ze veroordeelde hen erom dat ze zich daartoe gerechtigd voelden en vond het een groot genoegen om haar kleinkinderen voor te houden dat de mensen in háár tijd meer waardigheid hadden bezeten. Antoinette wist dat Margaret haar verachtte om haar niet-aflatende gesnik, maar ze kon er niet mee stoppen, zelfs niet om haar schoonmoeder een plezier te doen. Maar voordat ze uit de auto stapte droogde ze wel haar tranen, en ze haalde diep adem; de douairière lady Frampton had geen geduld met publiek vertoon van emoties.

Tussen haar twee zonen in liep Antoinette het pad op, in het besef dat George heel trots op zijn jongens zou zijn geweest. Tom, die zo knap en onstuimig was, met zijn vaders dikke blonde haar en hemelsblauwe ogen, en David, die helemaal niet op zijn vader leek, maar lang en aantrekkelijk was, en uitstekend in staat zijn titel te dragen en het landgoed te beheren. Voor hen uit verdween Joshua met Roberta de kerk in. Hun middelste zoon was slim en eerzuchtig; hij was naam aan het maken in de City en verdiende goed. George had zijn ambitie gerespecteerd, ook al had hij niet begrepen dat hij voor zo'n weinig avontuurlijke carrière had gekozen. George was een man geweest die van natuurlijke, ontembare landschappen hield; van de betonnen vlakte van Square Mile had hij niets moeten hebben.

Ze liet haar blik over de natuurstenen kerkmuren gaan en dacht terug aan al die gelukkige momenten die ze hier had meegemaakt. De doop van de jongens, Joshua's trouwerij, de doop van zijn dochtertje Amber nog maar een jaar geleden – ze had niet verwacht dat ze nu hier voor *zoiets* zou zijn. Althans niet de eerstkomende dertig jaar. George was nog maar achtenvijftig geweest.

Ze begroette George' neven, want ze was de laatste die arriveerde, en liep achter hen aan de kerk in. Binnen was de lucht zwaar van de lichaamswarmte van de verzamelde mensen en hun verschillende parfums. Op de brede vensterbanken flakkerden kaarsen en weelderige boeketten voorjaarsbloemen doordrongen de kerk van de geur van lelies, fresia's en narcissen. Dominee Morley begroette haar met een meelevende glimlach. Hij nam haar hand tussen zijn zachte, deegachtige handen en mompelde enkele woorden van troost, hoewel Antoinette er niets van verstond, want haar oren tuitten van de zenuwen, alsof ze naar vioolgejank luisterde. Ze knipperde haar tranen weg en dacht terug aan het bezoek dat hij bij haar thuis had afgelegd vlak nadat ze het verschrikkelijke nieuws te horen had gekregen. Kon ze de klok maar terugdraaien…

Het leek wel of elk ogenblik van de afgelopen tien dagen naar dit moment toe had geleid. Er was zo veel te doen geweest. David en Tom waren naar Zwitserland gevlogen om het stoffelijk overschot van hun vader naar huis te brengen. Joshua en Roberta hadden zich om de organisatie van de begrafenis bekommerd. Antoinette had zelf de bloemen geregeld, omdat ze er niet op vertrouwde dat haar schoondochter, als Londense, ook maar een sering van een lelie kon onderscheiden, en haar zus had meegeholpen om de gezangen uit te kiezen. Nu de grote dag was aangebroken had Antoinette het gevoel dat ze een ander leven binnenstapte: een leven zonder George. Ze greep Toms arm vast en liep op wankele benen het gangpad door. Ze hoorde de verzamelde menigte stilvallen toen ze hen passeerde en durfde met niemand oogcontact te zoeken, uit angst dat ze bij hun betuigingen van medeleven weer in tranen zou uitbarsten.

Terwijl Tom de tantes van hun vader begroette, installeerde David zijn moeder op de voorste bank. Hij liet zijn blik over de aanwezigen gaan. De meeste gezichten herkende hij: kennissen en vrienden gekleed in het zwart, allemaal even droevig. Maar te midden van al die grauwe en bleke gezichten sprong er één fris en stralend gelaat voor hem uit, als een rijpe perzik aan een winterse boom. Ze keek hem recht aan, haar verbijsterende grijze ogen vol medeleven. Als aan de grond genageld keek hij terug. Hij nam de weerbarstige waterval van blonde krullen in zich op die over haar schouders vielen, de zachte, roomachtige textuur van haar huid, en zijn hart stond even stil. Het was net of er in het duister van zijn ziel een lampje werd aangeknipt. Het leek niet gepast om te glimlachen, maar toch had David daar veel zin in. Dus trok hij een gelaten glimlach, en zij deed hetzelfde, om hem in stilte haar medeleven met zijn verlies te betuigen.

Toen David met zijn broers en neven de kerk weer uit liep om de kist te dragen, wierp hij een blik achterom naar de mysterieuze blondine en vroeg zich af hoe hij haar in het leven van zijn vader moest plaatsen. Onwillekeurig werd hij door een opgewekt gevoel boven deze poel van verdriet uitgetild naar een plek waar alles straalde en gelukkig was. Was dit nou wat mensen 'liefde op het eerste gezicht' noemden? Van alle dagen waarop die hem zou kunnen overvallen, was de dag van zijn vaders begrafenis wel de meest ongepaste.

Phaedra Chancellor wist wel wie David Frampton was, want ze had haar huiswerk gedaan. Hij was de oudste van drie zoons, negenentwintig jaar oud, ongetrouwd, en hij woonde in een cottage op het Fairfield-landgoed, waar hij de boerderij beheerde. Hij had gestudeerd aan de landbouwhogeschool van Cirencester, want hoewel zijn vader het leven van een grootgrondbezitter weinig opwindend had gevonden, voelde David zich op het land net zo thuis als een aardappel.

Phaedra had alleen foto's onder ogen gehad van George' zonen. Het stond buiten kijf dat Tom de knapste was. Hij had de blauwe ogen en de ondeugende trek om zijn lippen van zijn vader geërfd. Maar David zag er in het echt beter uit dan ze had gedacht. Hij was minder gepolijst dan Tom, met zijn warrige bruine haar, donkere ogen en een grote haviksneus die op foto's niet goed tot zijn recht kwam. Om eerlijk te zijn waren zijn gelaatstrekken onregelmatig en grillig, maar op de een of andere manier maakten ze hem alles bij elkaar aantrekkelijk – en hij had zijn vaders charisma geërfd, die ongrijpbare aantrekkingskracht waardoor hij je blik naar zich toe trok. Joshua zag er daarentegen een stuk behoudender uit, met een gezicht dat knap was in de gangbare betekenis van het woord en dat je daardoor gemakkelijk vergat.

Ze keek omlaag naar het papier met de orde van dienst en haar blik werd wazig toen ze George' gezicht op het omslag afgedrukt zag staan. Hij was knapper geweest dan al zijn zoons bij elkaar. Ze knipperde de pijnlijke herinneringen weg en staarde naar de man van wie ze was gaan houden. Ze zag Tom en Joshua terug in zijn trekken, maar David niet; hij leek meer op zijn moeder.

Ze snifte en veegde haar neus af met een papieren zakdoekje. Julius Beecher, George' zaakwaarnemer en juridisch adviseur, die naast haar zat, gaf een klopje op haar knie. 'Alles goed?' fluisterde hij. Ze knikte. 'Zenuwachtig?'

'Ja.'

'Maak je maar geen zorgen. Alles komt in orde.'

'Ik weet niet of dit wel zo'n goede dag is om de bom te laten vallen, Julius,' fluisterde ze, terwijl muziek de kerk begon te vullen.

'Je kunt er niet onderuit, vrees ik. Ze komen er vroeg of laat toch achter. En trouwens: jij wilde hiernaartoe.'

'Weet ik. Je hebt gelijk. Ik wilde hier heel graag bij zijn. Maar ik zou willen dat ik zijn familie niet onder ogen hoefde te komen.'

Het koor liep, het *Lacrimosa* van Mozart zingend, langzaam door het gangpad. De engelachtige stemmen weerkaatsten tegen de stenen muren en stegen in crescendo galmend op naar het gewelfde plafond. De kaarsvlammen flakkerden door de plotselinge luchtverplaatsing en een onverwachte zonnestraal scheen door de glas-in-loodramen naar binnen en viel op de kist, die langzaam achter het koor aan kwam.

Antoinette kon haar emoties amper de baas; het leek wel of haar hart zou barsten van verdriet. Ze wierp een blik op de kerkbank waar George' tantes Molly en Hester, de een net zo dik als de ander mager was, met hetzelfde ijzige air als de douairière lady Frampton waren gaan staan. Zelfs Mozart wist niet door hun ijzeren pantser van zelfbeheersing heen te dringen. Antoinette was dankbaar dat haar zus Rosamunde er was, die met burgerlijke heftigheid een rij achter haar stond te jammeren.

Er rees een snik op in Antoinettes keel. Het was onvoorstelbaar dat haar zo vitale, actieve echtgenoot tussen die smalle eiken planken lag. Dat hij zo meteen in de koude aarde begraven zou worden, helemaal alleen, zonder iemand om hem te troosten, en dat ze nooit meer de warmte van zijn huid of zijn tedere aanrakingen zou voelen. Bij die ondraaglijke gedachte barstte ze in tranen uit. Ze keek even naar de kerkbank, waar ze het steenharde profiel van haar schoonmoeder zag. Maar het kon haar niet schelen wat de oude vrouw van haar dacht. Ze had zich altijd ingehouden omwille van George, maar nu hij er niet meer was, zou ze haar longen uit haar lijf janken als ze daar zin in had.

Toen de dienst was afgelopen, bleven de begrafenisgasten staan terwijl de familie de kerk uit liep. Antoinette liep naast Tom, zwaar leunend op zijn arm, en David begeleidde zijn grootmoeder. Hij liep langs de bank waar de mysterieuze blondine haar ogen zat te betten, maar stond zichzelf niet toe zijn blik op haar te laten rusten. Hij hoopte van harte dat ze naar hun huis zou komen voor de thee.

Buiten was de mist opgetrokken en plekken blauw straalden met hernieuwd optimisme aan de hemel. Het gras glinsterde in verschuivende plassen zonlicht en de vogels tsjirpten weer in de boomkruinen.

'Wie is die blondine?' vroeg Tom, die naar David toe kwam.

'Welke blondine?' antwoordde David langs zijn neus weg.

Tom grinnikte. 'Dat lekkere wijf dat je vast wel hebt zien zitten, een paar banken achter ons. Wat een spetter! De wereld ziet er ineens stukken zonniger uit.'

'Kom, lieverd. Laten we niet voor de kerk blijven staan,' zei Antoinette, die verlangde naar de beslotenheid van de auto. De twee broers keken achterom, maar de kerkbezoekers kwamen nog niet naar buiten.

Margaret snoof ongeduldig. 'Breng me maar naar de auto, David,' gebood ze. 'Ik spreek de mensen thuis wel.' Ze beende weg en voor David zat er niets anders op dan met haar mee het pad af te lopen. Terwijl ze behoedzaam haar zware achterste op de achterbank neerliet, keek David weer naar de kerk, waaruit de mensen nu het grasveld op stroomden. Vergeefs zocht hij naar de lichte krullen in de zee van zwart. 'Kom, kom op, niet zo dralen. Ah, mooi, daar zijn Joshua en Roberta. Zeg maar dat ze opschieten. Ik ben hard toe aan een borrel.'

'Mooie dienst,' zei Roberta, terwijl ze naast Margaret kwam zitten.

'Ja, prachtig,' beaamde Margaret. 'Al weet dominee Morley niet van ophouden, hè?'

'Ze mogen zichzelf allemaal graag horen,' zei Joshua.

'Daarom zijn het ook dominees,' voegde Roberta eraan toe.

'Wat hij zei over dat pap het met iedereen zo goed kon vinden, dat vond ik helemaal de spijker op de kop,' vervolgde Joshua, die plaatsnam op de voorbank. 'Hij was dol op mensen.'

Roberta knikte. 'Zeker, hij was ontzettend hartelijk.'

'We hebben op een mooie manier afscheid van hem genomen, vind je niet, oma?'

'Ja, hij zou het hebben gewaardeerd,' zei Margaret zachtjes terwijl ze haar gezicht naar het raampje keerde.

David keerde met zijn moeder en Tom terug op Fairfield Park. Het huis was in zijn vroegere glorie hersteld nu de zon de mist had weggebrand. Bertie en Woester, de Deense doggen, lagen hen op het bordes op te wachten. Het leek of de zon hen ook in een beter humeur had gebracht, want ze sprongen kwispelend op de auto af.

Harris deed de deur open en Mary, die schoonmaakte voor lady Frampton, stond in de hal met haar dochter Jane, met dienbladen wijn in de hand. Het haardvuur had tenminste voor enige warmte gezorgd en het zonlicht tuimelde door de grote ramen met roedeverdeling naar binnen. Het huis voelde heel anders aan dan het huis waar ze een paar uur tevoren uit waren vertrokken, alsof het het verscheiden van de heer des huizes had geaccepteerd en er nu klaar voor was een nieuwe stand van zaken toe te laten.

David en Tom stonden bij het haardvuur in de salon. David had zichzelf een glas whisky ingeschonken, terwijl Tom nipte van een glas cognac en stiekem een sigaretje rookte; zijn moeder en grootmoeder vonden het verschrikkelijk als er binnen werd gerookt, wat waarschijnlijk een van de weinige dingen was waar ze hetzelfde over dachten. Geleidelijk aan vulde de kamer zich met gasten, en het werd warm en benauwd. Eerst was de sfeer zwaarmoedig, maar na een wijntje of wat gingen de gesprekken niet langer over George en zijn vroegtijdige dood, en werd er ook weer gelachen.

Allebei de broers keken uit naar de mysterieuze blondine. David had het voordeel dat hij zo lang was dat hij over de hoofden heen kon kijken, maar omdat hij plichtsgetrouwer was dan zijn broer, kwam hij eerst vast te zitten in een gesprek met oudtante Hester en vervolgens met dominee Morley. Tom had zijn peuk in de haard geknipt en leunde tegen de schoorsteenmantel, botweg over oudtante Molly's schouder heen kijkend, die hem vragen probeerde te stellen over de nachtclub die hij in Londen runde.

Uiteindelijk kwam de mysterieuze gaste in zicht, als een zwaan te midden van waterhoentjes. Tom liet Molly halverwege het gesprek in de steek. David deed zijn best zich op het wijdlopige verhaal van dominee Morley te concentreren, terwijl hij er alles aan deed om zich aan de conversatie te onttrekken.

Phaedra werd ineens bloedzenuwachtig. Ze nam een flinke slok wijn en stapte de mensenmassa in. Julius hield haar vast bij de elleboog, vastbesloten haar niet kwijt te raken, en leidde haar met zachte hand steeds verder tussen de mensen door. Ze liet haar blik door de kamer gaan. Zover ze kon zien zag die er prachtig uit. Het plafond was hoog, met schitterend lijstwerk en een indrukwekkende kristallen kroonluchter die het vertrek domineerde en blonk als duizenden tranen. Schilderijen hingen in vergulde lijsten aan de met zijde beklede wanden, en kostbaar uitziende voorwerpen stonden in groepjes bij elkaar op tafels. Lampenkappen met een franjerand verspreidden op voeten van Chinees porselein een zacht licht, en op de vleugel tussen de familiefoto's in zilveren lijstjes stond een subliem arrangement van paarse orchideeën. Het zag eruit alsof de Framptons generaties lang allerlei mooie spulletjes van over de hele wereld hadden verzameld en die bij elkaar hadden gezet zonder zich te bekommeren om kleur of thema. De vloer was een lappendeken van tapijten, op banken lagen de kussens hoog opgetast, schilderijen hingen in groepjes dicht bij elkaar, een hele bibliotheek aan boeken reikte tot het plafond, en kabinetten met glazen deuren met daarin verzamelingen emaillen potjes en ivoren kammen gaven het vertrek een negentiende-eeuwse uitstraling. Hier had George' leven zich afgespeeld, te midden van zijn gezin, en zij had daar geen deel van uitgemaakt. Net toen ze de tranen alweer voelde prikken, doemde als de Cheshire Cat Toms grijnzende gezicht voor haar op.

'Hallo, ik ben Tom,' zei hij en hij stak haar zijn hand toe. Zijn ogen twinkelden flirterig. 'Ik vroeg me af wie jij bent.'

Ze glimlachte, dankbaar voor zijn vriendelijkheid. 'Ik ben Phaedra Chancellor,' antwoordde ze.

'Amerikaans,' zei hij met een verrast opgetrokken wenkbrauw.

'Canadees.'

'Ah, Canadees.'

'Is daar iets mis mee?'

'Nee hoor, ik hou wel van Canadezen.'

Ze moest lachen om zijn loom gerekte klinkers. 'Dan heb ik mazzel.'

'Hallo, Tom,' kwam Julius tussenbeide. De twee mannen schudden elkaar de hand. 'Prachtige dienst,' zei hij.

'Ja, het was echt heel mooi,' beaamde Phaedra. Tom dacht niet dat hij ooit zulke verbijsterend mooie ogen had gezien. Ze waren helder grijsblauw, bijna turquoise, omlijst door dichte wimpers en ver uit elkaar geplaatst, wat haar gezicht een charmante onschuld gaf.

'En waar kende jij mijn vader van?' vroeg hij.

Phaedra wierp een zenuwachtige blik op Julius. 'Nou...' begon ze.

Net toen ze antwoord wilde geven kwam David bij hen staan, en haar woorden bleven in haar keel steken. 'Ah, daar ben je, Tom,' zei David, maar zijn ogen bleven op Phaedra rusten en hij glimlachte nonchalant, alsof hij haar toevallig tegen het lijf liep. 'Ik ben David,' zei hij. Zijn blik liet haar niet los en hij dronk haar schoonheid in alsof het ambrozijn was.

'Phaedra Chancellor,' antwoordde ze, terwijl ze haar hand uitstak. Die pakte hij aan, een lang moment genietend van de warmte van haar huid.

'Hallo, David,' onderbrak Julius hen, en met tegenzin liet David haar hand los. 'Waar is lady Frampton?'

'O, hallo, Julius. Ik had je in de kerk niet gezien.'

'Nou, hier ben ik dan,' zei Julius, ietwat op zijn teentjes getrapt; hij was er erg gevoelig voor dat hij met zijn een meter zeventig al snel over het hoofd werd gezien. 'Ik moet haar spreken. Jij bent lang, David; kijk eens of je haar vanaf jouw verheven hoogte ergens kunt ontwaren.'

David keek omlaag naar Julius' glimmende kale hoofd en zijn rode, bezwete voorhoofd, en vond dat hij er in zijn zwarte pak met das heel dickensiaans uitzag. 'Ze is hier niet. Misschien dat ze in de hal is.'

'Laten we haar dan gaan zoeken. Ik wil haar aan Phaedra voorstellen.'

Tom en David hadden allebei het liefst gezien dat Julius hun moeder in zijn eentje zou gaan opsporen, maar de gezette zaakwaarnemer sloeg zijn arm om Phaedra's middel en liep met haar de hal in. Nieuwsgierig en misnoegd gingen de twee broers achter hen aan.

Uiteindelijk troffen ze Antoinette aan in de bibliotheek met haar oudere zus Rosamunde. Met wijnglazen in de hand stonden ze zachtjes te praten bij George' bureau. 'Ah, jullie hebben mijn schuilplaats ontdekt,' zei Antoinette, terwijl ze zich herpakte. Het was wel duidelijk dat ze weer had gehuild.

'We zochten even een rustig plekje. Het is daar buiten zo'n drukte,' legde Rosamunde met schrille stem uit, in de hoop dat ze de wenk zouden begrijpen en zich uit de voeten zouden maken.

Antoinette merkte de vreemdelinge in hun midden op en verstrakte. 'Hallo,' zei ze, haar ogen bettend. 'Hebben wij elkaar al eerder ontmoet?'

'Nee, nog niet,' reageerde Phaedra.

'Phaedra Chancellor,' zei David snel, volkomen verpletterd door haar allure.

'O.' Antoinette glimlachte beleefd. 'En hoe...' Ze fronste, want ze wilde niet onbeleefd zijn.

Julius nam de gelegenheid te baat. 'Mijn beste lady Frampton, ik was er niet zeker van of dit wel het juiste moment was om jullie aan elkaar voor te stellen. Maar ik weet dat lord Frampton heel graag zou hebben gewild dat jullie elkaar zouden leren kennen. Om eerlijk te zijn was hij bezig een ontmoeting te regelen toen... nou ja...' Hij schraapte zijn keel. 'Ik weet zeker dat hij dit gewild had.'

'Ik snap het niet helemaal.' Antoinette keek verdwaasd op. 'Wat heeft mevrouw Chancellor met mijn man te maken?'

Phaedra keek hulpzoekend naar Julius. Die knikte discreet. Ze haalde diep adem en voelde wel aan dat haar antwoord noch verwacht, noch welkom zou zijn. Maar ze dacht aan haar dierbare George en trok de stoute schoenen aan.

'Ik ben zijn dochter,' zei ze, terwijl ze de neiging om weg te rennen onderdrukte. 'George was mijn vader.'

2

Antoinette staarde de onbekende blonde vrouw die voor haar stond en beweerde haar stiefdochter te zijn vol afgrijzen aan. Het eerste wat door haar heen ging was dat ze er wel erg jong uitzag, mogelijk nog jonger dan David, wat zou betekenen dat George haar al in het begin van hun huwelijk ontrouw zou zijn geweest. Ze wrong zenuwachtig haar handen, maar was te zeer van slag om te huilen.

'Ik geloof niet dat dit het moment of de plek is om...' begon Rosamunde, en ze zette haar bril af, maar Antoinette legde haar het zwijgen op.

'Hoe oud ben je, Phaedra?' vroeg ze.

'Eenendertig,' antwoordde de jonge vrouw, terwijl ze haar blik neersloeg. Ze zag er niet veel ouder uit dan eenen*twintig*.

'Ik moet even gaan zitten.' Antoinette pakte haar zusters hand vast. De opluchting dat George haar níét ontrouw was geweest was overweldigend.

Rosamunde bracht haar naar een stoel bij de haard, terwijl Tom met een mengeling van verrastheid en geamuseerdheid naar zijn nieuwe zus bleef staan staren. David had het gevoel dat de hele wereld hem ontglipte. Hoe kon het dat een paar simpele woorden haar voorgoed buiten zijn bereik brachten? 'Weet je zeker dat je de dochter van mijn vader bent?' vroeg hij, in de hoop dat er sprake was van een misverstand.

'Heel zeker,' antwoordde Julius resoluut. 'Lord Frampton en Phaedra hebben een DNA-test laten doen voordat lord Frampton zijn testament wijzigde.'

Verbijsterd staarden ze hem allemaal aan. 'Heeft George zijn testament gewijzigd?' bracht Antoinette naar adem happend uit. 'Daar heeft hij me nooit iets over verteld.'

'Hij wilde zijn dochter erin opnemen, lady Frampton.'

'Dat had hij dan wel eens kunnen zeggen.'

Tom beende naar de haard en pakte zijn moeders hand. 'Dit komt allemaal erg plotseling. Was het nou echt nodig om ons dit te vertellen op de dag van papa's begrafenis? Zie je dan niet dat moeder van streek is?'

'Tom heeft gelijk. Ik vind het ontzettend tactloos om dit zo plompverloren te komen mededelen,' vond ook Rosamunde, en ze zette haar handen op haar welgedane heupen. 'Jullie kunnen beter weggaan en een andere keer terugkomen, als lady Frampton beter in staat is om jullie te woord te staan.'

'Neem me niet kwalijk. Het was heel onnadenkend van me om...' begon Phaedra met een gepijnigd gezicht. Ze ving Davids blik, maar keek schielijk weg, alsof ze daarin zijn verlangen las en de schrik haar om het hart sloeg.

'Lord Frampton wilde dat Phaedra deel zou gaan uitmaken van de familie,' legde Julius met een air van gezag uit. 'We hebben er uit en te na over gesproken. Phaedra heeft het recht hier vandaag te zijn, en dan was het raar geweest om haar niet voor te stellen; dan hadden jullie je natuurlijk afgevraagd wie ze is en in welke relatie ze tot lord Frampton zou staan. We hadden geen andere keus dan jullie de waarheid te vertellen.'

Antoinette staarde in het vuur en deed alle mogelijke moeite om haar verwarring de baas te worden. 'George had altijd al graag een dochter willen hebben.'

'Hoe lang weet je al dat George je vader is, Phaedra?' wilde Rosamunde weten.

'Ongeveer anderhalf jaar,' antwoordde de jonge vrouw.

'Anderhalf jaar?' zei Ton haar na. 'Heeft papa je zó lang stilgehouden?'

Phaedra slaakte een zucht en vond het moeilijk het uit te leggen. 'Zo'n twee jaar geleden overleed de man die de eerste tien jaar van mijn leven mijn vader was geweest. Mijn moeder vond het toen nodig me te vertellen dat hij niet mijn biologische vader was en dat mijn echte vader George Frampton heette. Dus besloot ik hem op te sporen, zonder dat ik wist of hij me wel wilde zien. Ik ben naar Engeland gegaan en heb hem gevonden. Eerst geloofde hij me niet. Het was nogal ongemakkelijk, en dat is dan nog zacht uitgedrukt. Ik liet mijn adres bij hem achter en keerde terug naar Parijs, waar ik woon, met het idee dat ik waarschijnlijk nooit meer iets van hem zou horen. Maar ongeveer drie maanden later belde hij me. We maakten een afspraak, en... Nou ja, de rest is geschiedenis.'

'Ik kan moeilijk geloven dat George zoiets belangrijks voor mij geheim heeft gehouden,' zei Antoinette. 'En ook zo lang. We hadden geen geheimen voor elkaar – althans, dat heb ik altijd gedacht.'

Phaedra glimlachte, en door de lieve blik op haar gezicht leek de spanning in de kamer af te nemen. 'Hij heeft me geheimgehouden omdat hij u niet wilde kwetsen. Hij droeg u op handen.'

'Nou, die angst was dus gegrond,' zei Rosamunde.

Antoinette beet op haar onderlip. 'Hield jouw moeder ook van hem?'

'Hij was haar grote liefde.' Phaedra bloosde en sloeg haar ogen neer. 'Maar zij niet de zijne.'

Op dat moment ging de deur open en kwam Margaret naar binnen benen. 'Ik ga naar huis,' kondigde ze aan, zonder zich af te vragen of ze misschien stoorde. Ze liet haar heersersblik over de ernstige gezichten gaan en zoog haar wangen naar binnen. 'Lieve hemel, is er soms nog iemand anders dood?'

'Ik geloof dat ik maar ga,' zei Phaedra.

'Ik zal je even uitlaten,' bood David aan.

'Ik ga wel met je mee,' bemoeide Julius zich ermee.

'Nee, echt, ik kom er zelf wel uit. Bedankt.' Ze wendde zich tot Antoinette. 'Het spijt me dat ik zo kom binnenvallen, maar het is fijn om jullie nu allemaal te hebben gezien. Ik wilde jullie alleen maar laten weten dat ik ook van hem heb gehouden.' Na die woorden stapte ze langs Margaret heen en verdween de gang in.

'Wie was dat botte mens?' wilde Margaret weten.

'Je kleindochter,' antwoordde Antoinette.

Nu was het Margarets beurt om zich op de bank te laten neerzakken. David gaf haar een glas sherry aan en Tom zette een raam open. 'Dat meen je niet!'

'Kennelijk was hij van plan het ons te vertellen,' zei Antoinette als verdoofd.

'Dat is volkomen absurd! Een dochter van wie we nooit iets hebben geweten!'

'Ze komt uit Amerika,' zei Rosamunde.

'Uit Canada, om precies te zijn,' verbeterde Tom haar.

Margarets blik was vol afgrijzen. 'Is ze Amerikaanse? Goeie god, heb ik een Amerikáánse kleindochter?' Haar gezicht nam een hardere uitdrukking aan. 'Niet te geloven gewoon!'

'Het is bewezen,' zei Antoinette. 'Vraag maar aan meneer Beecher.'

'Dat is het inderdaad, lady Frampton,' bevestigde Julius. 'Een DNA-test heeft uitgewezen dat Phaedra de biologische dochter van lord Frampton is.'

'Hij heeft haar opgenomen in zijn testament,' voegde Antoinette eraan toe.

'Heeft hij zijn testament veranderd? Wist jij daarvan?' Margaret draaide zich naar haar schoondochter toe.

'Niemand behalve lord Frampton en ik waren op de hoogte van het testament,' kwam Julius op gewichtige toon tussenbeide. 'Als zijn zaakwaarnemer was het mijn taak om dat te regelen. Phaedra had geen idee dat hij haar iets naliet, totdat ik haar dat vertelde toen ik haar op de hoogte bracht van zijn overlijden.'

'Dus ze woont in Engeland?' zei Margaret snuivend.

'Voorlopig woont ze in het huis van een vriendin in Londen,' antwoordde Julius. 'Al heb ik begrepen dat ze binnenkort naar Parijs wil terugkeren.'

'Wat doet ze voor de kost?'

'Ze is fotografe.'

'Heeft ze niet eens fatsoenlijk werk?' snauwde Margaret.

'Fotograferen ís fatsoenlijk werk, oma,' kwam David tussenbeide.

'Verdient ze daar een beetje mee,' ging Margaret stug door, 'of moest mijn zoon haar onderhouden?' Julius aarzelde.

Antoinettes gezicht stond zorgelijk. 'Meneer Beecher?'

'Lord Frampton wilde erg graag een vader voor Phaedra zijn,' antwoordde hij, met zorg zijn woorden kiezend. 'Maar ik moet eerlijk zeggen dat de jongedame erg zelfstandig is. Ze heeft nooit iets anders van hem gevraagd dan zijn vriendschap.'

'Dit is allemaal wel bijzonder vreemd,' vond Margaret, en ze nam een flinke slok sherry.

'Wat moeten we doen?' vroeg Antoinette.

'Doen?' kaatste Margaret terug. 'Waarom zouden we iets moeten "doen"?'

'Omdat ze familie is,' zei David.

'En papa het zo had gewild,' voegde Tom eraan toe, terwijl hij opstond en door de kamer begon te ijsberen. Hij kon nooit lang stilzitten.

'Nou, ik ben niet van plan wat dan ook te gaan "doen",' liet Margaret hun resoluut weten. 'Ze kan hier niet zomaar op de dag dat mijn zoon begraven wordt komen aanzetten en dan van ons verwachten dat we haar als de Verloren Dochter in de armen sluiten. Ik kén haar helemaal niet, en George heeft nooit iets over haar gezegd.'

'Dat lag wel in zijn bedoeling, lady Frampton,' zei Julius.

'Dat kan wel zo zijn, meneer Beecher, maar mij maakt dat allemaal niets uit.'

Het koppige gebaar waarmee Margaret haar lippen op elkaar kneep zette Antoinette ertoe aan zich juist op precies de tegenovergestelde manier op te stellen. Ze kwam overeind. 'Tja, voor mij maakt het wel degelijk uit,' zei ze, en ze voelde opeens een golf van zelfvertrouwen toen haar schoonmoeder geluidloos naar adem hapte. 'Als George haar als zijn dochter heeft aanvaard, dan zal ik dat ook doen. Ik ben bereid haar welkom te heten in de familie. Ze maakt deel uit van George en daarom is ze ook een deel van mij.'

'Allemachtig, Antoinette, dat is heel nobel van je, maar is dat nou wel zo verstandig?' vroeg Margaret. 'Je weet helemaal niets van haar af.'

'Ik denk er net zo over als jij, mam,' zei Tom verrast. 'Het lijkt me wel leuk om een zus te hebben – en dan ook nog zo'n knappe!'

'Ik sluit me bij jullie aan,' merkte David op. 'Als pap het zo wilde... Ze is ons vlees en bloed.'

'Het hemd is nader dan de rok,' voegde Rosamunde eraan toe, die als een trouwe hond naast haar zus ging staan.

Antoinette wendde zich tot Julius. 'Ik wil graag zo snel mogelijk een afspraak maken om het testament voor te lezen, meneer Beecher.'

'Zoals u wilt, lady Frampton,' antwoordde hij. 'Zodra ik maandag weer op kantoor ben zal ik u bellen en spreken we iets af. Nu zal ik jullie met rust laten. Ik ben blij dat u besloten hebt Phaedra als uw stiefdochter aan te nemen.'

Margaret snoof afkeurend. 'Ik vrees dat ik wat meer tijd nodig heb om me te laten overtuigen. Dit is meer dan ik op één dag kan verwerken. Ik ga naar huis. We praten er morgen nog wel over, als ik me beter voel. David, breng me maar naar mijn auto.'

David gehoorzaamde en liep met zijn grootmoeder mee de gang op en de hal door. De gasten gingen opzij om haar te laten passeren. Harris hielp haar met haar stola en ze leunde zwaar op Davids arm terwijl ze het bordes afdaalde naar de chauffeur van lord Frampton, die al stond te wachten om haar naar de fraaie weduwewoning in Queen Anne-stijl te brengen aan de andere kant van het landgoed.

'Weet je wat me nu het meest dwarszit?' vroeg ze, dralend bij het open portier. 'Dat mijn zoon mij blijkbaar niet in vertrouwen wilde nemen.'

'Hij heeft niemand in vertrouwen genomen,' stelde David haar gerust.

'Maar ik ben zijn moeder!'

'Moeders zijn volgens mij wel de laatsten die sommige dingen te horen krijgen.'

'George en ik waren anders heel close. Ik snap niet waarom hij me er niets over heeft verteld. Hoe lang kende hij dat meisje al wel niet?'

'Anderhalf jaar.'

'Anderhalf jaar! Hoe kan hij zoiets belangrijks zo lang voor me hebben verzwegen? Ik bedoel, ik zou er natuurlijk van hebben opgekeken, maar hij zou me er niet minder lief om zijn geweest.'

'Waarschijnlijk beidde hij zijn tijd en wachtte hij op een geschikt moment.'

'Natuurlijk, dat moet haast wel. Hij had dit allemaal ook niet kunnen voorzien!'

David keek de auto na toen die de oprijlaan af reed en zag hem links afslaan het boerenpad op dat dwars over het landgoed liep. Het ergerde zijn moeder dat Margaret zo dichtbij woonde en zo vaak op bezoek kwam. Op haar dagelijkse wandelingen door het park met Basil, haar Yorkshire terriër, deed ze Fairfield House altijd even aan. Omdat ze een vrouw was die haar eigen gezelschap moeilijk kon verdragen, stond ze op de meeste dagen onaangekondigd op de stoep, en Antoinette voelde zich dan verplicht haar te ontvangen, terwijl Bertie en Woester Basil achternazaten door de gangen. Het huis was tenslotte van haar geweest, voordat wijlen haar man Arthur en zij eruit weg waren getrokken om ruimte te maken voor hun zoon en zijn uitdijende gezin. Antoinette kon haar moeilijk de deur wijzen.

David had geen zin om weer naar binnen te gaan. De zon scheen nu met volle kracht en het vochtige gras glinsterde en leek hem uit te nodigen om eroverheen te lopen. De natuur zag er stralend uit, alsof de mist er een frisse bezem door had gehaald. Hij was nog steeds niet helemaal bijgekomen van de teleurstelling dat de eerste vrouw in jaren die iets bij hem opriep zijn halfzus bleek te zijn. Het was alsof het leven een afschuwelijke practical joke met hem had uitgehaald.

Hij besloot wat door de tuinen te gaan wandelen. Bertie en Woester spitsten hun oren en keken hem na toen hij door het hek in de heg verdween. Vervolgens sprongen ze de bordestrap af om zich bij hem te voegen; ze hadden echt zin in een stevige wandeling. David moest glimlachen om hun drukke gedoe, al ging dat inmiddels niet meer helemaal van harte. In zijn ziel heerste weer duisternis en zijn hart voelde zwaar aan, als een zak vol as.

Zijn vader was een heel dominante aanwezigheid in zijn leven geweest; het was onvoorstelbaar dat hij hier niet langer rondliep. Hij staarde naar de hoog optorenende bomen en het zacht golvende grasveld, en hield zichzelf voor dat niets eeuwig was. Zelfs niet de grond onder zijn voeten. Uiteindelijk ging alles teloor.

Het leven op het land ging rustig z'n gangetje. Zijn vader had hem aangeraden om zich jong te settelen, zoals hij zelf had gedaan, maar David had de ware Jacoba nog niet gevonden. Hij had wel relaties gehad, maar echte liefde was het niet geweest. Hij had Joshua met Roberta zien trouwen en besefte scherp dat hij zo'n liefdeloos huwelijk als het hunne voor zichzelf helemaal niet zag zitten. Ook voelde hij niets voor een losgeslagen leven zoals Tom dat leidde, met elke avond een ander liefje, zodat ze op het laatst allemaal in elkaar overvloeiden tot één groot en zielloos samenzijn.

Phaedra's uiterlijk had hem echt bekoord. Achteraf gezien kwam het misschien door hun gedeelde bloed dat hij zich zo tot haar aangetrokken had gevoeld. Misschien dat hij onbewust een band had bespeurd. Maar wat het ook was, er zat geen muziek in. Als hij haar weer zag, zou hij zijn gevoelens moeten onderdrukken.

Het was dapper van haar geweest om vandaag hiernaartoe te komen, vond hij, al had ze het niet goed aangepakt. Zijn moeder was begrijpelijkerwijs van slag door de hele situatie. Hijzelf was niet zozeer van slag als wel verrast; het was een enorme verrassing om op zijn negenentwintigste ineens tot de ontdekking te komen dat hij een halfzus had. Hem kon het niets schelen dat zijn vader zijn testament had veranderd. Als hij zijn dochter daarin had willen opnemen, dan was dat zijn zaak. Tom zou het ook niet bezwaarlijk vinden. Hij was niet inhalig, maar liet het alleen breed hangen met de middelen die hij had. Maar met Joshua en Roberta lag het anders. Hij vroeg zich af hoe zij op het nieuws zouden reageren. Vast niet goed, nam hij aan. Als iemand herrie zou gaan schoppen over geld, dan was het Roberta wel.

Phaedra stuurde haar hemelsblauwe Fiat Uno een parkeerhaven in en zette de motor uit. Ze liet haar hoofd op het stuur rusten en kneep haar ogen dicht. Ze had niets liever gewild dan naar George' begrafenis gaan, maar nu zag ze wel in dat dat een grote fout was geweest.

Inwendig kromp ze in elkaar toen ze terugdacht aan de verschrikte blik op Antoinettes gezicht en de manier waarop ze zich in de fauteuil had laten zakken, met zichtbaar trillende handen, de verwijtende trek om de mond van haar zus Rosamunde en het ongeloof dat een blos naar de wangen van de jongens had gejaagd. Alleen Julius was standvastig gebleven, alsof hij het fijn vond om gezag over hen te hebben. Was ze maar bij machte geweest om haar naam buiten het testament te houden. Was ze maar niet gekomen. Kon ze maar in rook opgaan.

Het probleem was dat George was gestorven zonder haar de tijd te geven om afscheid te nemen. Dan zou ze hem hebben verteld dat ze van hem hield. Dat ze hem had vergeven. Hij hóéfde zijn testament helemaal niet te veranderen om het voor haar goed te maken. Ze zat niet op zijn geld te wachten. Ze was uit op een heel ander soort geborgenheid, en díé kon hij haar niet langer geven.

George de man was degene die ze nodig had gehad. De vaderfiguur uit haar jonge jaren was, toen Phaedra tien was, bij haar moeder weggegaan en naar Nieuw-Zeeland vertrokken, waar hij uiteindelijk was hertrouwd en een nieuw gezin had gesticht. Phaedra werd vergeten, of raakte zoek, in het duistere verleden, en ze had hem nooit meer teruggezien. Sinds die tijd was haar moeder van de ene ongeschikte man naar de andere gehopt, als een kikker in een vijver met lelies, elke keer in de hoop dat de volgende landing haar gelukkig zou maken. Maar ze besefte niet dat ze bij elke sprong de bron van haar ongeluk met zich meenam, en van zichzelf kon ze niet wegrennen. Ze koesterde een wrok tegen Phaedra, want zij herinnerde haar eraan dat ze door haar grote liefde was afgewezen en betekende een verantwoordelijkheid waar ze niet op zat te wachten. Dus terwijl haar moeder haar verdriet wegdronk met flessen gin, was Phaedra haar eigen weg gegaan, in het vertrouwen dat haar vrienden en haar dromen haar wel door zware tijden heen zouden helpen. Zodra ze oud genoeg was, had ze haar ouderlijk huis en haar moeder voorgoed de rug toegekeerd. Ze taalde er niet naar om ooit nog terug te gaan. Dat hoofdstuk had ze niet alleen afgesloten, ze had ook het hele boek weggegooid.

George had haar een reddingslijn toegeworpen die stabiliteit, vastigheid en liefde beloofde. Met beide handen had ze zich er uit alle macht aan vastgeklampt. Maar de lijn was gebroken en George was er niet meer, zodat ze weer alleen en op drift was. Niets in dit leven is blijvend, peinsde ze – alleen liefde. Bij die gedachte slaakte ze een jammerkreet om haar ellendige lot en de toekomst die samen met George was gestorven.

Na een poosje kwam ze tot bedaren en ze veegde haar neus en ogen af aan een slip van haar zwarte jas. Ze wierp een blik in de achteruitkijkspiegel en deinsde terug. Bij de begrafenis was het haar gelukt zich goed te presenteren; ze had gewild dat ze haar allemaal op haar best zouden zien. Maar als ze haar nu zagen, met haar gezwollen rode hagedissenogen en vlekkerige huid, zou ze geen enkele indruk op hen maken.

Ze startte de motor en zette de radio aan. Door de muziek voelde ze zich een beetje beter. Ze zou zich geen zorgen maken over de toekomst, maar het leven nemen zoals het kwam. En wat het verleden betrof: dat bestond nu alleen nog in haar herinnering en deed haar pijn als ze er te lang bij bleef stilstaan. Dus zou ze dat ook niet doen. Ze keek om zich heen toen ze de weg op draaide. De frisse groene knoppen deden haar denken aan vernieuwing. Als díé na de winter weer wakker konden worden, dan kon zij dat ook.

Toen David terugkeerde in de salon, zag hij dat de meeste gasten waren vertrokken. Alleen Molly en Hester zaten naast de haard nog met een oude sikkeneurige neef van zijn grootvader sherry te drinken uit kleine kristallen glazen. Antoinette was in haar slaapkamer even op bed gaan liggen, terwijl Rosamunde en Tom in de bibliotheek waren gebleven met Joshua en Roberta, die het nieuws zojuist te horen hadden gekregen.

'Het is niet te geloven,' zei Roberta vanaf de bank. Haar hoekige gezicht stak asgrauw af tegen haar zwarte jasje.

'Ze hebben je zeker verteld dat papa zijn testament heeft veranderd?' zei David toen hij met Bertie en Woester de kamer in kwam. Een diepe afkeer van zijn schoonzus spoorde hem ertoe aan haar uit te dagen.

'Ik kan gewoon niet geloven dat hij zoiets zou hebben gedaan,' vervolgde ze, terwijl ze zich achterover liet zakken tegen de kussens en haar armen over elkaar sloeg. 'Ik bedoel, hoe lang kent hij haar nou helemaal? Anderhalf jaar? Denk je nou echt dat ze zo veel moeite zou hebben gedaan om deel te gaan uitmaken van zijn leven als hij een eenvoudige boer was geweest?'

'Je moet haar niet volgens je eigen normen beoordelen, Roberta – en ga er niet zomaar van uit dat ze op zijn geld aast. Misschien is ze zelf wel bemiddeld, weet jij veel.' David stapte op het blad met drankjes af.

'Trouwens, dat van dat testament heeft ze pas gehoord toen pap al was overleden.'

'Wat ben je toch naïef, David. Natuurlijk aast ze op zijn geld,' bitste ze terug, en ze snoof even. 'Voor iemand zoals zij staat een Engelse lord gelijk aan een flink fortuin.'

'Bedoel je omdat ze Amerikaanse is?' vroeg Tom, die met een sigaret weer op het haardhek zat.

'Ja.'

'Dan zou je je moeten schamen,' verweet hij haar. 'Ze komt niet uit een of ander gat in Kansas, moet je weten. Ze is namelijk Canadese, en dat is iets heel anders. Canadezen worden niet graag voor Amerikanen aangezien.'

'Is ze knap?' vroeg ze.

David schonk zichzelf een glas whisky in. 'Heel knap,' antwoordde hij om zijn schoonzus te stangen.

'Ja, ze is sexy,' beaamde Tom grijnzend. 'Maar een beetje te gezond naar mijn smaak.'

'O, Tom! Jij laat altijd je oog vallen op alles wat een rok draagt!' was Roberta's weerwoord.

'Ik geloof dat ik haar heb gezien,' zei Joshua. 'Lang blond krulhaar met heel lichtgrijze ogen?'

Roberta trok tegen hem van leer: 'Dat zijn wel veel details, schat, voor iemand die dénkt dat hij haar heeft gezien.'

'Ze was in de kerk de enige onder de dertig,' verklaarde hij zich nader.

'Ze is eenendertig, om precies te zijn,' verbeterde David hem.

'Verblind door haar knappe snoetje – geen wonder dat jullie mannen haar niet doorzien. Alleen een vrouw kan een vrouw goed begrijpen, wat jij, Rosamunde?'

'Ik weet niet of ik het daar wel mee eens ben,' antwoordde Rosamunde. Ze had Roberta altijd al een tikje té gevonden.

'Hoeveel heeft hij haar nagelaten?' drong Roberta aan.

'Dat weten we niet,' zei Tom.

'Wanneer komen we daar dan achter? Ik bedoel, wij moeten dat natuurlijk wel goedvinden.'

'Hoezo?' vroeg David, terwijl hij op de bank neerplofte en zijn lange benen strekte.

'Omdat het niet eerlijk is. Het deel dat hij misschien aan haar geeft kon wel eens de erfenis van onze dochter zijn.'

'Volgens mij krijgen we genoeg,' zei Joshua bedaard; hij had liever niet dat zijn vrouw een scène maakte.

'Daar gaat het niet om, schat. Het gaat om het principe,' antwoordde ze.

'Antoinette is niet van plan het aan te vechten,' zei Rosamunde op gezaghebbende toon.

'Ze is moe en aangedaan door alle emoties. Als ze weer wat is uitgerust verandert ze wel van gedachten,' verzekerde Roberta haar.

'Je zou het volgens mij eens met oma moeten bespreken,' stelde Tom voor, en hij verkneukelde zich al bij de gedachte hoe ze zich samen als twee aasgieren op Phaedra zouden storten.

'Margaret is het tenminste vast met me eens,' glimlachte Roberta.

'Ze wilde er niet echt over praten,' corrigeerde David haar. 'Maar ik denk wel dat ze het met je eens zal zijn. Niet dat het er ook maar iets toe doet wat wij vinden als het op het testament aankomt. Pap had er het volste recht toe om het te veranderen. We kunnen het niet ongedaan maken en dat zou mam ook niet willen. Ook al is ze nog zo moe en geemotioneerd, Roberta, ze wil gehoor geven aan wat papa had gewild, en Tom en ik ook.'

'Dat wel,' zei Tom, die zijn as aftikte in de haard. 'Maar het is toch allemaal een beetje merkwaardig, vind je niet?'

David zakte achterover op de bank en liet de ijsblokjes met een tinkelend geluid in zijn glas ronddraaien. 'Ze is eenendertig, wat betekent dat ze van 1981 is. Ik werd twee jaar later geboren, dus pap heeft het met haar moeder gedaan een jaar voordat hij met mama trouwde.'

'Mooi samengevat,' zei Joshua. 'En dan te bedenken dat hij met mam een jaar verkering had voordat hij haar ten huwelijk vroeg.'

'Misschien was het een onenightstand,' opperde Roberta.

'Sst, zachtjes alsjeblieft,' waarschuwde Joshua, denkend aan zijn moeder die boven in haar slaapkamer lag.

'Phaedra zei dat pap haar moeders grote liefde was, dus zal het wel meer zijn geweest dan een onenightstand,' hielp Tom hun zachtjes herinneren.

'Maar zij was niet de grote liefde van jullie vader,' voegde Rosamunde er snel aan toe. 'Ik stel me zo voor dat die arme meid kort en hevig verliefd op George was en met een gebroken hart achterbleef. Dat gebeurt wel vaker, hoewel hij in dit geval een broodje in de oven achterliet, en dat was erg slordig van hem.'

‘Waarom zei ze dan niet tegen hem dat ze zwanger van hem was?’ vroeg Roberta. ‘Ik bedoel, als ze zo verliefd op hem was, zou ze dan niet gedacht hebben dat hij wel het fatsoen zou hebben om met haar te trouwen? Vandaag de dag hebben mensen geen plichtsgevoel meer, maar was het in die tijd – en we hebben het nu over de jaren tachtig – niet een enorme schande om ongetrouwd zwanger te zijn?’

‘Dat hangt ervan af uit wat voor familie ze komt,’ zei Rosamunde. ‘In de meeste respectabele families zou het ook tegenwoordig nog niet netjes worden gevonden.’

‘En daarom vermoed ik dat ze het hem nooit heeft verteld,’ zei David. ‘Als ze dat wel had gedaan, zou hij in haar levensonderhoud hebben voorzien. Ik weet niet zeker of hij met haar zou zijn getrouwd, maar pap was een fatsoenlijke man; hij zou niet de benen hebben genomen en haar in haar eentje zijn kind laten grootbrengen. Nee, ik denk dat ze het hem nooit heeft verteld.’

Roberta kneep argwanend haar ogen tot spleetjes. ‘Ik vind dat er een luchtje aan deze hele geschiedenis zit. Zij komt aankakken op de dag dat hij begraven wordt en beweert dat ze zijn onwettige dochter is. Dat past allemaal een beetje al te mooi in elkaar.’

Tom blies de rook via zijn mondhoek naar buiten. ‘Nee hoor. De moeder brengt in haar eentje haar dochter groot, vertelt haar dochter wie haar echte vader is en de dochter gaat naar hem op zoek, wat niet meer dan natuurlijk is. De vader voelt zich schuldig dat hij er in haar jonge jaren niet voor haar was en besluit haar op te nemen in zijn testament. Daar zit helemaal geen luchtje aan.’

‘Het is gewoon een gevoel,’ hield Roberta vol. ‘Jullie zijn allemaal veel te goed van vertrouwen.’

‘Luister eens, pap is er niet meer om antwoord te geven op onze vragen,’ zei David. ‘De enige die de antwoorden kent, en waarschijnlijk niet eens allemaal, is Phaedra. Ik stel voor dat we haar ernaar vragen als we haar weer zien.’

‘Je bent toch niet van plan om haar nog eens te zien, of wel?’ vroeg Roberta vol afgrijzen.

‘Waarom niet? Willen jullie dan geen antwoorden op je vragen?’ reageerde David.

‘God, je gaat haar toch niet nog eens uitnodigen, wel?’

‘Misschien.’

‘Als je moeder het goedvindt,’ kwam Rosamunde tussenbeide.

Roberta wendde zich tot haar man om steun. 'Josh, zeg jij eens wat.'

'Als je het mij vraagt, moet je een beetje bedaren, schat, en wachten tot we weten wat er in het testament staat,' opperde hij. 'Misschien wordt haar wel zo weinig toebedeeld dat het de moeite niet waard is om er drukte over te maken.'

'Of ze krijgt een heleboel, en dan is het de moeite wel degelijk waard,' besloot Roberta ferm.

3

Antoinette lag op haar grote koperen bed en liet haar vermoeide blik door de kamer dwalen. Haar slaapkamer was haar heiligdom, de enige plek in huis waar ze veilig was voor haar schoonmoeder. Het vertrek was groot en licht, met een hoog plafond dat was afgezet met een lijst met fleur-de-lis-motieven. Op het lichtgeel gestreepte behang hingen portretten van haar zonen toen ze nog klein waren, in combinatie met schilderijen van honden en achttiende-eeuwse landschappen. Vanaf dikke houten roedes vielen sleutelbloemgele gordijnen neer voor de met dwarslatten in kleine ruitjes verdeelde ramen die uitzicht boden op het grasveld en het oude bos daarachter. Eén muur werd in beslag genomen door een garderobekast en tegen de andere wand stond een commode, terwijl voor het raam een elegante kaptafel was neergezet waaraan Antoinette vaak voor de Queen Anne-spiegel haar haar zat te borstelen en haar make-up aanbracht. Toen ze ruim twintig jaar geleden het huis had betrokken, was er weinig ruimte geweest voor verandering, want de Framptons waren van oudsher gretige verzamelaars van kunst en antiek van over de hele wereld, en George vond het mooi zoals het was. Maar haar slaapkamer had ze precies zo ingericht als zij het had gewild.

In voorname kringen is het de gewoonte dat de man en de vrouw er aparte slaapkamers op na houden, dus lag George' kleedkamer aan de andere kant van de badkamer die aan de kamer van Antoinette grensde. Hij had er zelden geslapen – alleen wanneer hij te veel gedronken had of laat thuis was gekomen –, maar al zijn kleren werden daar bewaard, samen met sentimentele aandenkens en de gebruikelijke asbak vol kleingeld. Hij had het altijd vreselijk gevonden om iets weg te gooien, dus zaten de laden boordevol met oude kaartjes voor het theater en skipasjes, brieven en ansichtkaarten die nog van voor hun huwelijk dateerden. De schoorsteenmantel was getooid met trofeeën van skiclubwedstrijden en tennistoernooien, en met ingelijste foto's uit zijn schooltijd. In de grootste lijst zat een zwart-witfoto van Antoinette als jonge debutante in de jaren zeventig; haar donkere haar was hoog opgestoken en haar valse wimpers waren lang en zwart. Ze had zelden een voet in deze kamer gezet, want ze kon niet tegen de rommel, maar nu durfde ze het niet uit angst. De plotselinge verschijning van George' onwettige dochter zou er wel eens op kunnen duiden dat hij nog meer geheimen voor haar had gehad. Ze had hem bij leven nooit gewantrouwd, maar in de dood was er een schaduw geworpen over zijn integriteit.

Ze liet haar gedachten gaan over de onverwachte komst van Phaedra. Ze keek er niet van op dat George voor zijn trouwen vriendinnen had gehad – hij was een knappe, geestige en charmante jongeman geweest –, maar het verraste haar wel dat hij nooit iets had gezegd over Phaedra's moeder. Ze dacht dat ze alle namen die met zijn verleden te maken hadden wel kende – althans, de belangrijkste. En als Phaedra eenendertig was, was ze maar twee jaar ouder dan David. George en zij waren een jaar voordat David was geboren getrouwd en daarvoor hadden ze anderhalf jaar verkering gehad. Zou het kunnen zijn dat George haar in die tijd ontrouw was geweest? Leefde hij nog maar om haar antwoord te geven op haar vragen en om zijn eer te verdedigen. Ze zou heel graag willen dat hij nu bij haar was om haar malende gedachten tot rust te brengen en haar te verzekeren dat hij van haar had gehouden – van haar en van niemand anders.

Maar Phaedra's moeder bleef haar door het hoofd spoken. Voor haar geestesoog rees het beeld op van een vrouw die veel leek op haar dochter – slank en vrouwelijk, met mooie grijze ogen en een smetteloze huid – en ze benijdde haar om haar schoonheid. Antoinette was niet knap. Haar vader had haar uiterlijk 'niet onaardig' genoemd, en dichter bij een complimentje was hij nooit gekomen. Haar moeder had haar voorgehouden dat ze 'een lief gezichtje' had, dat haar 'zachtaardige karakter' weerspiegelde. Ze wist dat ze opvallende donkerblauwe ogen had en dat haar donkere haar dik en glanzend was, maar verder hadden haar trekken niets markants. Ze was alleen mooi geweest in de ogen van George, wat uiteindelijk het enige was wat telde – maar misschien toch niet mooi genoeg. Had Phaedra's moeder in hun verkeringstijd zijn aandacht weten te trekken en hem voor één noodlottige nacht het bed in weten te krijgen? Kon haar dierbare George haar op die manier hebben verraden?

Ze moest in slaap gevallen zijn, want toen ze wakker werd zat Rosamunde in de armstoel naast het bed te borduren. 'Fijn dat je nu lekker uitgerust bent. Je ziet er een stuk beter uit,' zei ze toen Antoinette haar ogen opsloeg.

Antoinette slaakte een zucht. 'Het valt niet mee om wakker te worden. Ik dacht heel even dat het allemaal één afschuwelijke droom was. Maar toen besefte ik dat dat niet zo is. Hij is er echt niet meer, hè?'

'Nee, Antoinette. Hij is nu op een plek waar hij het beter heeft.'

'Als jij het zegt. Ik weet dat nog niet zo zeker.'

'Het is een troostrijke gedachte.'

'Ik zou willen dat het waar was. Ik mag hopen dat er echt een hemel bestaat en dat hij daar is. Goeie god, het idee dat hij nu bij onze ouders is… Ik zou eigenlijk niet weten of George papa's goedkeuring echt kon wegdragen.'

'Dat was alleen maar omdat hij mannen wantrouwde die liever bergen beklommen dan zich met eerbaar werk bezig te houden.'

'Het was niets voor George om bankier of accountant te worden. Hij was een avonturier. Hij was verzot op de onvoorspelbaarheid van de ruige natuur en op de uitdaging van die gigantisch hoge bergtoppen. God weet dat ik het vreselijk vond dat hij er de hele tijd op uittrok, en als hij weken achtereen niet te bereiken was maakte ik me grote zorgen, maar ik zou het verschrikkelijk hebben gevonden als hij aan een bureau vastgeketend had gezeten. Hij zou het heel akelig hebben gevonden om een kantoorbaan te hebben, zoals Joshua heeft. Trouwens, hij was niet zomaar een bergbeklimmer; hij was een ondernemer. Herinner je je nog dat hij sigaren importeerde uit Havana? En al die kleden uit Nepal? Hij mocht de gemeenschappen die hij bezocht graag ondersteunen. Hij was echt een vrijgevochten geest.'

'Dat wist papa ook wel, maar hij was nu eenmaal niet zo flamboyant als George. Ik weet zeker dat al dat soort dingen er niet toe doen op de plek waar ze nu zijn.'

Ze zwegen een poosje.

'Hoe ga je het met Phaedra aanpakken?' vroeg Rosamunde toen, en ze stopte even met borduren. 'Roberta zou graag zien dat je het testament aanvecht.'

Antoinette ging rechtop zitten. 'Ongetwijfeld, al weet ze nog helemaal niet wat erin staat.'

'Wat voor gevoel heb jij erover?'

'Op welke gronden zou ik het betwisten? Als George wilde zorgen dat zijn dochter goed verzorgd achterbleef, dan steun ik hem daarin van harte. Ik weet zeker dat hij van plan was om haar aan ons voor te stellen en dat hij me op een gegeven moment over zijn testament zou hebben verteld. Ik geloof niet dat het zijn bedoeling was zoiets geheim te houden. Hij had immers niet voorzien dat hij zou omkomen.'

Rosamunde zag de twijfel in de ogen van haar zus en maakte daar snel een eind aan. 'Natuurlijk had hij het je willen vertellen,' zei ze resoluut. 'Roberta is alleen maar inhalig.'

'Ik ga doen wat George volgens mij gewild zou hebben en Phaedra vragen of ze een weekend wil komen logeren. Als ze een Frampton is, moeten we haar welkom heten in de familie. Margaret ziet dat natuurlijk helemaal niet zitten, en ik kan niet ontkennen dat dat me stiekem goeddoet, maar ik wil haar graag leren kennen. Ik heb zo veel vragen. We moeten praten, lijkt me.'

'Dat is heel genereus van je, Antoinette.'

'Ach, het is nou ook weer niet zo dat George tijdens ons huwelijk een verhouding had met haar moeder, toch? Ik heb het uitgerekend – de data, bedoel ik. Het is gebeurd vóórdat wij verkering met elkaar kregen. Daar vlak voor, maar in elk geval niet tijdens. George zou mij nooit ontrouw zijn geweest, ik weet zeker dat hij dat niet zou doen. Daar was hij de man niet naar en hij zou mij zoiets nooit hebben aangedaan. Daar ben ik van overtuigd. Mij zou hij nooit hebben willen kwetsen.'

'Natuurlijk niet.' Rosamunde laste een kleine borduurpauze in.

'Ik heb met dat arme mens te doen. Het moet wel een korte romance zijn geweest...' Antoinette fronste, alsof haar poging om zichzelf van de rechtschapenheid van haar echtgenoot te overtuigen haar ineens opbrak.

'Het moet heel kort hebben geduurd, en ik neem aan dat het al voorbij was voordat ze had ontdekt dat ze zwanger was; daarom heeft ze het hem vast ook nooit verteld. Waarschijnlijk wist ze niet eens waar ze hem zou kunnen vinden, en diep in haar hart moet ze hebben geweten dat hij helemaal niet om haar gaf.'

'Maar ze wist wél waar ze hem kon vinden, Rosamunde, want anders had Phaedra hem nooit kunnen opsporen.' Ze trok wit weg. 'Denk je dat ze contact hebben gehouden? Denk je dat Phaedra's moeder en George al die jaren met elkaar zijn blijven omgaan? Stel nou dat hij al die tijd heeft geweten dat hij een dochter had en dat geheimhield, en had besloten om er nu pas voor uit te komen?'

'Antoinette, je verbeelding gaat met je op de loop,' zei Rosamunde op sussende toon. 'Moet je horen, hij heeft zijn testament vlak voordat hij doodging veranderd. Als hij al die tijd geweten had dat hij een dochter had, had hij haar er jaren geleden al wel in opgenomen. Nee, ik denk dat Phaedra de waarheid spreekt en dat ze naar Londen is gekomen om hem te zoeken.'

Meteen vatte Antoinette weer moed. 'Die arme George. Het zal wel een schok zijn geweest om tot de ontdekking te moeten komen dat hij een kind had verwekt. Hij heeft haar natuurlijk geheimgehouden omdat hij míj niet wilde kwetsen. Zijn liefde voor zijn gezin ging voor hem boven alles. Ik weet zeker dat hij goede en eerzame bedoelingen had.'

'O, dat staat buiten kijf,' beaamde Rosamunde. 'Niemand twijfelt aan zijn integriteit, Antoinette.'

'Wat vinden de jongens ervan?' Antoinettes gezicht kreeg een zorgelijke uitdrukking. 'Twijfelen zij aan hun vader? Ik zou niet willen dat ze slecht van hem denken...'

'David en Tom willen aan zijn wensen tegemoet komen, net als jij. Josh...'

'Tja, die staat natuurlijk achter zijn vrouw. Het is wel duidelijk wie in dat huwelijk de broek aanheeft!'

'Ik hoop zo dat David een leuk meisje leert kennen om zich mee te settelen,' zei Rosamunde om over iets anders te beginnen. 'Het zou leuk zijn om de volgende generatie Framptons hier te zien opgroeien nu David lord Frampton is.'

'Een titel die heel wat leed met zich meebrengt.'

'Ik zie het alleen nog niet gebeuren dat David zijn zetel inneemt in het House of Lords, jij wel?'

Antoinette stapte uit bed. 'David wil gewoon een sober leven leiden. Wat zijn al mijn kinderen toch anders. David zo relaxed, Josh zo ambitieus...'

'Voordat hij met Roberta trouwde was hij dat niet.'

'Hoe dan ook, ze begeven zich erg onder de mensen. Het ene feest na het andere; ze zien de kleine Amber maar weinig, als je het mij vraagt. En dan hebben we nog Tom.' Haar gezichtsuitdrukking verzachtte en ze glimlachte teder. 'Onze wilde en onstuimige Tom.'

'En je hebt nu ook een stiefdochter,' voegde Rosamunde eraan toe, die eigenlijk wel genoot van de wending die de gebeurtenissen namen.

Antoinette pakte haar broek en zuchtte. 'De ironie is dat George en ik allebei graag een dochter hadden gehad.'

Die avond vertrokken Joshua en Roberta naar Londen. Roberta plantte een klein koud kusje op haar schoonmoeders wang voordat ze voor in de glanzend zwarte BMW fourwheeldrive stapte en met een verstoord gezicht haar gordel omdeed. Joshua zag er afgepeigerd uit.

'Ik laat jullie wel weten wanneer we bij elkaar komen,' zei Antoinette terwijl ze haar zoon een warme zoen gaf.

'Goed, mam. Prima,' antwoordde hij. Hij zou het liefst zien dat die hele toestand met Phaedra en het testament er gewoon niet waren. Hij wist nu al dat onderweg naar Londen Roberta's mond geen moment stil zou staan.

'Ik wil Phaedra vragen of ze een weekend wil komen logeren. Ik zou het fijn vinden als Roberta en jij dan ook hier zijn.'

Hulpeloos haalde hij zijn schouders op. 'Ik zal mijn best doen, mam.'

'Dat weet ik. Rijd voorzichtig.' Ze keek toe hoe hij achter het stuur ging zitten en de motor brullend startte. Plechtig zwaaide hij, waarna ze wegreden in de schemering.

'Belachelijke vrouw,' zei David toen ze weg waren.

'Belachelijk slappe kerel,' voegde Tom er schalks aan toe.

'Ik ben het met Tom eens,' zei Rosamunde. 'Ik neem het Josh kwalijk dat hij haar met dat verwende gedrag van haar laat wegkomen.'

'Hij zou haar met de knoet tot gehoorzaamheid moeten dwingen,' merkte Tom vrolijk op.

'Zover zou ik niet willen gaan,' lachte Rosamunde. 'Maar ik vind wel dat ze zich laaghartig opstelt. Als Antoinette zo nobel is om Phaedra te accepteren, dan zou Roberta zich moeten beheersen en haar mening voor zich moeten houden. Ze mag niet vergeten dat ze maar aangetrouwd is.'

'Zo heeft ze zichzelf nooit gezien, Rosamunde,' bracht Tom haar in herinnering.

Ze namen voor het avondeten plaats aan tafel in de keuken, waarna David zou teruggaan naar zijn huis aan de overkant van het meer, terwijl Tom bij zijn moeder zou blijven slapen en de volgende ochtend naar Londen zou vertrekken. Rosamunde, die vrijgezel was en op haar vier beagles na weinig had om voor naar huis te gaan, was vooralsnog bij haar zuster ingetrokken. In het stadje in Dorset waar ze woonde viel weinig anders te doen dan Bijbelclubs en bridgeavondjes bezoeken en omgaan met de leden van de plaatselijke vrouwenvereniging, waar dames elkaar ontmoetten om te naaien en te bakken en gezellig te babbelen. Dat alles kon ze missen als kiespijn, had ze resoluut besloten. Hier voelde ze zich nodig en nuttig, en zo had ze zich in lange tijd niet gevoeld.

'Ik moet bekennen dat ik met angst en beven naar de voorlezing van het testament heb uitgekeken,' zei Antoinette terwijl ze de cottage pie uit het Aga-fornuis haalde die mevrouw Gunice daar voor hen had klaargezet. 'Ik wilde er niet aan denken. Maar nu de begrafenis achter de rug is, kan ik er niet langer onderuit.'

'Het is zoiets definitiefs, hè?' leefde Rosamunde met haar mee. 'Maar je hoeft nergens bang voor te zijn. Het is maar geld.'

'Ik had gedacht dat ik het, zolang ik er maar niet bij stilstond, op de een of andere manier wel uit de weg kon gaan. Dan leek het of George er nog steeds was.' Ze zette de stapel borden boven op de Aga en stapte achteruit om iedereen zelf te laten opscheppen.

'Ga je vragen of Phaedra ook komt als het testament wordt voorgelezen?' vroeg David, terwijl hij de lepel in de dampende aardappelkorst zette. Alleen al door Phaedra's naam uit te spreken voelde hij een clandestiene opwinding.

Antoinette keek naar haar zus. 'Ik moet haar wel vragen, hè?'

'Je moet niks,' antwoordde Rosamunde, en ze nam plaats aan tafel. 'Maar mij lijkt het beter om het wel te doen. Als ze George' dochter is, is het niet meer dan gepast. Meneer Beecher zal er wel op aandringen, denk ik.'

'Ah, die gladjakker van een Julius Beecher, de hoeder van al papa's geheimen,' zei Tom.

'Als ik me niet vergis, Tom, is er maar één geheim,' zei Antoinette met een toegeeflijke glimlach. Tom had er altijd een handje van om sterk te overdrijven.

'Ik snap niet waarom papa hem uitkoos om zijn zaken te behartigen,' vervolgde Tom. 'Ik krijg de kriebels van die man. Het heeft vast iets te maken met die hebberige oogjes van hem…'

'Ja, maar hij droeg papa op handen,' zei David. 'Hij ging voor hem door het vuur. Als je zo veel reist, wil je zeker weten dat de man die thuis je zaken beheert zo trouw is als een hond. En Beecher is die hond.'

'Hij is een goede zaakwaarnemer,' verdedigde Antoinette hem. 'Jullie vader vertrouwde hem alles toe, en dat vertrouwen is nooit beschaamd. En je moet ook niet vergeten dat jullie vader geen makkelijke man was om voor te werken. Hij kon nogal impulsief zijn. Nu eens waren het sigaren, dan weer vloerkleden en dan weer kruidenthee uit Argentinië of god mag weten wat. Als jullie vader ergens brood in zag, riep hij de hulp van Julius in, omdat hij wist dat die al het zware werk wel zou doen, terwijl George zelf ervandoor ging om de volgende bergtop te beklimmen. De meeste juristen zouden met de handen in het haar hebben gezeten, maar zo niet Julius. Hij ging de uitdaging aan. Hij was meer dan een zaakwaarnemer; hij was George' rechterhand.'

'En ik vermoed dat hij die flamboyantie van George wel bewonderde,' voegde Rosamunde eraan toe.

'O, zeker,' beaamde Antoinette. 'Hij had George heel hoog zitten.'

Ze begonnen te eten, zich scherp bewust van de lege plek aan het hoofd van de tafel.

'Mam, ik zou graag een poosje naar Murenburg gaan,' begon David voorzichtig. Antoinettes gezicht betrok; wederom werd ze geconfronteerd met de keiharde realiteit van haar mans overlijden. 'Ik wil graag naar de plek toe waar het is gebeurd. Ik geloof niet dat ik er anders vrede mee kan hebben.'

'Dan ga ik met je mee,' opperde Tom.

Antoinette sloeg haar ogen neer. 'Ik geloof niet dat ik daar ooit nog naar terug kan,' zei ze zachtjes.

'Natuurlijk niet,' stemde Rosamunde met haar in. 'Jij wilde er sowieso al helemaal nooit heen. George is nu thuis. Er is geen enkele reden waarom je ooit nog terug zou gaan.'

'Ik ben niet graag op de plek waar ik alleen maar kan denken: het kon hier toch ook nooit goed aflopen?' voegde Antoinette eraan toe.

Tom zag dat zijn moeders ogen vochtig werden en pakte over de tafel heen haar hand vast.

'Mam, je hoeft helemaal niets te doen wat je niet wilt,' zei hij.

Skiën was een van George' passies geweest waar Antoinette nooit iets van had begrepen. Het was één ding om zachtjes van de pistes af te zwieren, maar iets heel anders om de berg af te suizen vanaf hoogtes waar zelfs de gemzen geen poot durfden te zetten. Zij had niet zoals hij de sport al van jongs af aan beoefend, en ze had het moeilijk gevonden zijn liefde ervoor en de risico's die ermee gepaard gingen te accepteren. Maar George had haar angsten weggelachen en tegen haar gezegd dat de kans groter was dat hij in een auto op de snelweg zou komen te overlijden dan op een bergflank.

Kort nadat ze waren getrouwd had hij een chalet in Murenburg gekocht, een pittoresk dorpje op een paar uur rijden van Zürich, waar hij zijn hele leven al had geskied. Hij bracht zijn enthousiasme over op zijn zoons, die op hun tiende allemaal konden skiën als de beste. Antoinette mocht weliswaar een leuk huis inrichten, maar verder betekenden de skivakanties voor haar vooral dat ze in het dal voortdurend in angst zat, terwijl ze telkens omhoogkeek naar de bergen en haar best deed zich niet het ergste voor te stellen.

Aan het eind van de dag kwamen ze met rode wangen en schitterende ogen, natte kleren en koude neuzen terug, en dan hing Antoinette alles over de radiatoren om te drogen en maakte ze warme chocolademelk voor hen, die ze voor het haardvuur konden opdrinken. Dan luisterde ze naar hun verhalen zonder echt iets te begrijpen van de termen die ze gebruikten. Zij kon nooit zo veel waardering hebben voor de adembenemende uitzichten die ze hadden vanaf bergtoppen waar ze alleen waren met de natuur, terwijl de ijle, schone berglucht in hun longen brandde en de felwitte sneeuw glinsterde als een miljoen diamanten, want ze had daar maar weinig ervaring mee. Ze probeerden haar uit te leggen waarom het zo opwindend was om over smalle geulen te vliegen, waar het bijna te krap was om te keren, en om over golvende weilanden te suizen over de nog maagdelijke sneeuw, maar Antoinette had alleen maar een enkele keer op een piste geskied en zelfs daar was ze al doodsbang geweest.

'Ik zou het fijner vinden als jullie samen gingen,' zei ze tegen haar zoons. 'Misschien wil Josh ook wel mee.'

'Roberta laat hem vast niet alleen gaan,' schamperde Tom. 'En op háár zitten we echt niet te wachten!'

'Toch zou het goed zijn om hem te vragen,' drong hun moeder aan.

'Ik ben anders niet van plan er doekjes om te winden dat we zijn vrouw niet zien zitten,' zei David. 'Het wordt tijd dat hij eens voor zichzelf opkomt.'

'Ze voelt er waarschijnlijk toch niet voor om mee te gaan,' kwam Rosamunde tussenbeide. 'Skiet zij niet liever in Gstaad?'

'Dat is omdat ze niet kán skiën,' zei Tom. 'Echte skiërs gaan niet haar Gstaad!'

'En omdat Murenburg in haar ogen te weinig glamour heeft,' voegde David eraan toe. 'Daar zijn geen designerwinkels of beroemdheden te bekennen.'

'Het is heel begrijpelijk dat ze in haar eigen wereldje wil blijven. Murenburg is ook echt Frampton-terrein. Dat kan ik haar niet kwalijk nemen,' vond Antoinette, die haar best deed een tweespalt in de familie te voorkomen.

'Maar Josh is een serieuze skiër; hij moet zich wel dood vervelen in Gstaad,' peinsde Tom. Toen lachte hij schalks. 'Maar ja, nu hij met Roberta getrouwd is verveelt hij zich natuurlijk sowieso dood.' David lachte met hem mee, terwijl Antoinette en Rosamunde probeerden te kijken alsof ze dat een heel verkeerde opmerking vonden.

'Foei, jongens, jullie gaan echt te ver!' riep Rosamunde uit, maar haar mondhoeken trokken. Ze ving de blik van haar zus. 'Aan de andere kant, Antoinette, kan het geen kwaad om eens even te lachen!' Op Antoinettes gezicht brak een glimlach door. Ze wierp een snelle blik op het hoofd van de tafel en kwam tot de ontdekking dat het heel goed mogelijk was om op een en hetzelfde moment te lachen en te huilen.

Na het avondeten liep David door de tuin naar zijn huis, aan de overkant van de grote siervijver die zijn vader had laten aanleggen om er zijn verzameling miniatuurbootjes in te laten varen. Het was een fraai huisje van rode baksteen, gebouwd in dezelfde vroegzeventiende-eeuwse stijl als het hoofdgebouw. Binnen waren de wanden voorzien van boekenplanken, maar veel boeken lagen vanwege ruimtegebrek op stapels op de grond, en elk vrij oppervlak was bezaaid met tijdschriften. David was verzot op lezen, vooral geschiedenis, en zat 's avonds vaak met zijn hond voor de haard te grasduinen in de boeken die hij bij Amazon had besteld.

Hij deed de deur open en Rufus, zijn goudgele labrador, kwam de keuken uit gedribbeld om hem te begroeten. Trevor, de beheerder van de boerderij, had hem die dag onder zijn hoede genomen en hem na een lange wandeling om zes uur weer thuis afgeleverd. Rufus hield veel van Trevor, die twee bastaardhonden en een tuin vol met kippen had, maar van David hield hij het allermeest, en hij sprong dan ook tegen hem op in zijn blijdschap om hem te zien.

David liet hem naar buiten om even de poten te strekken en met z'n tweeën maakten ze een korte wandeling om het meer. De maan scheen helder en deed het water oplichten, zodat het glansde als hematiet. In de vochtige en zoete lucht rook je nieuw leven. Hij hoorde het melancholieke *oehoe* van een taankleurige uil die naar zijn partner riep, gevolgd door het blikkerige gekuch van een fazant die door Rufus werd gewekt en geschrokken de lucht in vloog. David hield van de raadselachtigheid van de nacht. Hij keek om zich heen naar de dichte struiken en bosjes, en vroeg zich af hoeveel ogen hem stilletjes zouden gadeslaan op zijn tocht door het donker. Hij genoot ervan door die geheime wereld te lopen en zichzelf helemaal te vergeten.

Terwijl hij verder wandelde, dwaalden zijn gedachten naar Phaedra en de ongemakkelijke blik op haar gezicht toen Julius over zijn vaders testament was begonnen. Ze besefte kennelijk heel goed dat het kon lijken of ze op geld uit was en wilde graag duidelijk maken dat dat niet klopte. Aan de andere kant kende Julius geen gêne. Als executeur-testamentair wilde hij er alleen maar voor zorgen dat George' wensen ten uitvoer werden gebracht. David vroeg zich af of Phaedra bij de voorlezing zou komen opdagen – of voor het logeerweekend waar zijn moeder haar voor wilde uitnodigen. Ze had zich als een verschrikt konijn de bibliotheek uit gehaast. Hij besefte dat er een gerede kans bestond dat hij haar nooit meer zou zien.

Hij keerde terug naar zijn huis en zette een kop thee. Tevreden met zijn vaste routine rolde Rufus zich op op zijn dekens in de hoek van Davids slaapkamer, sloot zijn ogen en viel meteen in slaap. David nam een douche en stapte daarna in bed om nog wat te lezen. Maar zijn blik dwaalde weg en een paar keer achter elkaar wist hij niet meer waar hij gebleven was. Hij kon zich niet concentreren, dus legde hij zijn boek op het nachtkastje en knipte het licht uit. Een benauwd gevoel overspoelde hem. De wereld leek nu zijn vader er niet meer was een heel stuk groter.

Op maandagochtend belde Antoinette Julius om een afspraak te maken voor de voorlezing van het testament. Ze zei hem dat hij Phaedra ook moest uitnodigen, waar Julius erg blij om leek te zijn. 'Daar doet u goed aan, lady Frampton,' zei hij monter. 'Lord Frampton zou dat heel fijn hebben gevonden.' Toen ze de telefoon neerlegde, voelde ze een onverwacht geluksgevoel in haar borst opwellen, met de warme sensatie dat ze iets goeds had gedaan. Ze wierp een blik uit het raam van de werkkamer en zag dat Barry de tuinman op zijn kleine tractor bezig was het wintergras in felgroene banen maaien. Het gepruttel van de maaier had iets geruststellends, en ze besefte dat, ondanks de ingrijpende verandering die had plaatsgevonden, op Fairfield het leven toch gewoon door zou gaan.

Een poosje bleef ze bij het raam staan. Ze merkte op hoe lichtgevend groen het jonge gras was en registreerde de belofte van rode tulpen die in de met kalk bestrooide border door de aarde heen piepten.

Een paartje pimpelmezen dartelde om de viburnum heen. De lente was weer aangebroken en de zon scheen met hernieuwde kracht. Antoinette haalde diep adem en realiseerde zich dat ze was vergeten hoe troostrijk het was om naar de wonderlijke werken van de natuur te kijken.

Barry zwaaide terwijl hij op zijn maaier voorbijreed. Ze zwaaide terug en glimlachte weemoedig. Wat was het lang geleden dat ze zich zelf voor de tuinen had geïnteresseerd. Barry kwam haar altijd van alles vragen, maar haar antwoord luidde steevast: 'Doe maar wat jou het best lijkt, Barry.' Ze wist dat ze hem daarmee teleurstelde, want aan zijn gezicht was altijd precies te zien wat er in hem omging. Maar ze had geen energie overgehad om in de tuinen te steken. George was heel veeleisend geweest en wilde graag dat ze in Londen verbleef als hij op reis was, dat ze dan met vrienden naar het ballet of de opera ging, of alleen maar uit eten; en in het weekend was het huis altijd vol geweest. Ze staarde nu met nieuwe ogen naar de wereld buiten en kreeg sterk het gevoel dat ze, in haar steeds drukker wordende leven, iets belangrijks over het hoofd had gezien.

Ze liep bij het raam vandaan en haar gedachten gingen naar Phaedra. Het verraste haar om te constateren dat ze haar erg graag weer wilde zien. De jonge vrouw was een verborgen deel van George. Nog iets anders dat hij had achtergelaten, buiten de familie die ze al kende. Op de een of andere vreemde manier had ze het gevoel dat Phaedra een cadeautje was, dat apart was gehouden om de schok van zijn verscheiden te verzachten, en ze verheugde zich erop om met haar samen te zijn, alsof ze daardoor George nog een poosje langer bij zich zou kunnen houden.

Rosamunde stak haar hoofd om de deur. 'Antoinette...' zei ze op zachte, dringende toon. 'Dokter Heyworth staat in de hal. Wist je dat hij zou komen?'

Antoinette sloeg haar hand voor haar mond. 'God, dat was ik helemaal vergeten!' riep ze uit, en ze kreeg een kleur. 'Ik heb hem gisteren op de begrafenis gevraagd of hij langs wilde komen.'

'Hoezo? Ben je ziek?'

'Nee. Ik wilde alleen met iemand praten.'

'Je kunt toch met mij praten?' zei Rosamunde uit het veld geslagen.

'Jij bent mijn zus. Ik wilde met iemand praten van buiten de familie.'

Rosamunde kneep haar lippen op elkaar. 'Goed,' zei ze strak. 'In de salon brandt lekker de haard. Ik zal Harris vragen of hij jullie thee wil brengen.'

'Maar er maar drie koppen van.'

Rosamunde glimlachte dankbaar, blij dat ze erbij mocht zijn. 'Doe maar rustig aan, Antoinette. Laat alles maar aan mij over. Ik houd hem wel aangenaam bezig.' Ze grijnsde en liet haar stem dalen: 'Hij is érg aantrekkelijk.'

'O, Rosamunde toch!'

'Ik mag dan op leeftijd zijn, maar ik kan heus nog wel iemand leuk vinden.'

'Hij is al dertig jaar onze huisarts. Ik heb nooit op die manier naar hem gekeken.'

'Ontzeg mij dat genoegen dan niet.'

'Je mag hem van me hebben. Ongetrouwd en in de zestig – ik weet niet of hij wel zo'n goede partij is, Rosamunde.'

'Ik ben ongetrouwd en negenenvijftig. Ik ben ook niet zo'n goede partij. Ik zal hem in de salon laten.' Rosamunde deed de deur achter zich dicht.

Antoinette moest glimlachen bij het idee dat Rosamunde een flirt zou aanknopen met dokter Heyworth. Ze was een onwaarschijnlijke kandidate voor de knappe arts. Haar zus was een robuuste, weinig vrouwelijke vrouw die gezichtscrème en haarverf maar onnodige frivoliteiten vond. Als gevolg daarvan was haar huid bezaaid met rimpels en had ze op haar wangen een heel netwerk van fijne gesprongen adertjes, als kleine weggetjes op een landkaart. Haar grijze haar droeg ze in een strenge knot. In haar jonge jaren was ze druk met paarden in de weer geweest en had ze, weer of geen weer, altijd tochten gemaakt, maar doordat ze iets aan haar heup had gekregen had ze moeten stoppen met de sport waar ze het meest van hield, dus nu keek ze er alleen maar naar op tv en als toeschouwer op de renbaan. Anders dan Antoinette, die verzot was op mooie kleren, voelde Rosamunde zich prettig in een lange broek, degelijke schoenen en een katoenen blouse, terwijl ze op haar knieën in de kruidenborder lag of op kaplaarzen met haar vier energieke honden de velden doorkruiste. Antoinette had haar nooit gevraagd of ze het jammer vond dat ze nooit was getrouwd en geen kinderen had gekregen, want ze was er altijd van uitgegaan dat haar zus geen van beide had gewild. Ze kon zich, nu ze erover nadacht, niet eens meer heugen wanneer ze haar voor het laatst een opmerking had horen maken over het knappe uiterlijk van een man. Zoiets was helemaal niets voor haar.

Toen ze de salon in kwam, zag ze dokter Heyworth in een fauteuil naast de haard zitten, met Rosamunde genoeglijk op de bank tegenover hem. Beiden nipten ze van een kopje Earl Grey. Bertie lag slapend aan haar zusters voeten, terwijl Woester, die rechtovereind zat, dokter Heyworth aankeek, die hem behoedzaam klopjes gaf op zijn grote kop. Zodra hij Antoinette zag, stond hij op om haar te begroeten. 'Hallo, dokter Heyworth. Blijft u alstublieft zitten,' voegde ze hem toe. 'Woester, laat die arme man eens met rust!' Woester gaf geen krimp en dokter Heyworth liet zich weer zakken en hervatte zijn aarzelende geklop.

'Hij mag u wel, zo te zien,' zei Rosamunde.

'O ja, Woester en ik zijn oude vrienden,' antwoordde hij.

Antoinette ging vlak bij haar zus op het haardhek zitten. In de haard knapperde een flink vuur, terwijl de vlammen met gretige tongen aan de houtblokken likten. 'Wat lekker,' zei ze toen ze de warmte op haar rug voelde. 'Een groot huis als dit is moeilijk warm te stoken. Soms doen we zelfs in de zomer de haarden aan.'

'Ik heb het niet koud,' zei dokter Heyworth.

'Ik ook niet,' viel Rosamunde hem bij. 'Ik heb het eigenlijk wel warm.'

'Dan zal het wel komen doordat ik zo'n dunne huid heb,' verklaarde Antoinette, en ze trok haar vest wat strakker om zich heen.

Dokter Heyworth glimlachte haar meelevend toe, waardoor Antoinette de tranen in de ogen sprongen. 'Het is heel natuurlijk om de kilte te voelen, lady Frampton. Helemaal niets om u zorgen over te maken.'

Antoinette had er nooit echt oog voor gehad hoe knap dokter Heyworth eigenlijk was. Als dat wel zo was geweest, zou ze niet graag zijn patiënte zijn geweest en maar moeilijk intieme medische zaken met hem hebben kunnen bespreken zonder zich opgelaten te voelen. Maar nu haar zus het onbenoembare had benoemd, besefte ze dat hij inderdaad, ondanks zijn bril, knap te noemen was. Zijn gezicht was langgerekt en vriendelijk, met intelligente groene ogen en een krachtige neus, die hem een gezaghebbende uitstraling gaf. Zijn haar, dat ooit donker was geweest, was nu grijs en dun, maar dankzij zijn welgevormde schedel en de warme tint van zijn huid zou hij er als hij uiteindelijk kaal was niet lelijker op worden. Hoewel dit een informeel bezoekje was – hij was nu zo'n beetje met pensioen en zag nog alleen een enkele particulier patiënt –, zag hij er waardig en keurig uit in zijn tweedjasje met stropdas.

'Dank u dat u naar de begrafenis gekomen bent,' zei Antoinette, in haar handen wrijvend om ze warm te krijgen.

'Het was een erg mooie dienst,' antwoordde hij. 'Lord Frampton was heel geliefd en stond in de gemeenschap in hoog aanzien. We zullen hem allemaal missen.'

Antoinette voelde dat haar keel op de welbekende wijze werd dichtgeschroefd en dat haar onderlip begon te trillen, terwijl er een steek van verdriet door haar heen ging. Ze was blij dat Margaret er niet bij was om er getuige van te zijn dat ze huilde in bijzijn van de dokter. 'Ik kan niet zeggen dat ik me veel van de dienst herinner. Ik was...' Toen Antoinette haar zin niet afmaakte, schoot Rosamunde haar zus te hulp om haar een ongemakkelijk moment te besparen.

'De bloemen waren erg mooi,' zei ze. 'Die had Antoinette allemaal zelf uitgezocht, weet u. Ze vulden de hele kerk met hun geur.'

'Inderdaad,' stemde dokter Heyworth in. Toen liet hij zijn vriendelijke ogen op Antoinette rusten. 'Hebt u vannacht een beetje kunnen slapen?' vroeg hij zachtjes, en bij de bezorgdheid die in zijn stem doorklonk smoorde Antoinette een snik in haar zakdoek.

'Gaat wel,' mompelde ze.

'Zou u willen dat ik u wat slaaptabletten voorschrijf?'

'Dat zou fijn zijn – graag.'

'Slaaptabletten?' vroeg Rosamunde toen de dokter zijn tas op zijn knieën zette en in zijn kriebelige handschrift een recept begon uit te schrijven. 'Heb je echt slaaptabletten nodig, Antoinette?' Ze wendde zich tot dokter Heyworth. 'Zijn die niet heel slecht voor haar?'

'Ze zijn heel licht,' legde de dokter geduldig uit. 'En het is maar tijdelijk. Ziet u,' vervolgde hij op langzame en geruststellende toon, terwijl hij zich weer tot zijn patiënte richtte, 'als u moe bent, kan uw hart niet genezen omdat het u al uw energie kost om de dag door te komen, zonder dat er iets overblijft om de kern van het probleem aan te pakken. Dus u hebt rust nodig, en u moet goed eten, lange wandelingen in de buitenlucht maken, uzelf met uw dierbaren omringen en dat gehavende hart van u de kans geven om zich te herstellen. Als slaaptabletten u helpen om tot rust te komen, zie ik er geen kwaad in als u die een poosje slikt.' Antoinette luisterde aandachtig naar hem en veegde over haar ogen in een poging de opwellende tranen te stoppen. Het was erg ongebruikelijk dat een arts met zo veel begrip praatte over haar emotionele gezondheid. Heel even had ze het gevoel dat hij een wijze oude vriend was, in plaats van een huisarts. 'Het is heel goed dat u huilt, lady Frampton,' zei hij. 'Tranen zijn een natuurlijke manier van genezen.'

'Ja, Antoinette,' voegde Rosamunde daaraan toe. 'Je moet het er allemaal uit huilen, zou onze mama hebben gezegd. Dan voel je je een stuk beter.'

Dokter Heyworth overhandigde Antoinette het recept. 'Het kan zijn dat uw hart nooit meer helemaal heelt, maar dat er als het ware een verbandje over de wond komt te liggen dat de pijn op afstand houdt, zodat u weer tot uzelf kunt komen, overeind kunt krabbelen en weer verder kunt. U hebt een enorme schok te verwerken gekregen, dus moet u uzelf tijd en ruimte geven om te rouwen. En voel u maar niet schuldig en denk maar niet dat u een last bent voor uw familie en vrienden, want als u het er niet allemaal uit laat komen, raakt het diep vanbinnen begraven en gaat het nooit meer weg. Dan komt het later in uw leven terug en neemt het de vorm aan van lichamelijke pijn.' Een kort ogenblik betrok zijn blik, maar hij leek door die plotselinge golf van treurigheid heen te breken en ging met een warme glimlach verder. 'U moet er zo veel over praten als u kunt, lady Frampton. Op een dag komt u dan tot de ontdekking dat het niet meer zo veel pijn doet als nu.'

'Antoinette is voor mij bepaald geen last, dokter Heyworth,' verklaarde Rosamunde kordaat.

'Mooi zo. Woont u in de buurt?'

'In Dorset, ongeveer een uur reizen hiervandaan. Maar ik blijf hier zo lang als zij me wil hebben.'

De dokter knikte goedkeurend. 'Ik ben blij dat te horen.'

Woester was inmiddels op de grond gaan liggen en lag heerlijk te dutten met zijn kop op dokter Heyworths voeten. Dokter Heyworth boog zich voorover en streelde zijn oor. Dat vertrok even van genoegen. 'Hoe is het met uw zonen?' vroeg hij toen aan Antoinette.

Ze haalde diep adem, kalmer nu. 'David verwerkt het op zijn eigen stille manier. Van Tom zou je haast denken dat het hem niet zo veel doet, maar ik weet dat hij ontzettend veel verdriet heeft. Zoals u wel begrijpt, kan hij niet zo goed met problemen overweg. Dus steekt hij zijn kop in het zand en doet alsof er niets aan de hand is. Maar ik heb liever dat dan het alternatief.'

'Kan hij de drank laten staan?'

Antoinette plukte wat aan de gescheurde nagelriem van haar duim. 'Bij de begrafenis heeft hij gedronken, zoals te verwachten was. Maar over het algemeen past hij goed op zijn tellen. Deze periode is een beproeving voor hem, maar hij houdt zich erg goed.'

'En Joshua?'

'Die kan zo slecht met emoties overweg dat hij het liefst zo snel mogelijk de draad weer oppakt en verdergaat met zijn leven.'

'Voor jullie allemaal is dit erg zwaar geweest. Als de dood zo onverwacht toeslaat, krijg je de tijd niet om je erop voor te bereiden. Het is een enorme schok. En een ongeluk zoals dat van lord Frampton lijkt ook zo onnodig. Het is volkomen vanzelfsprekend dat u ook woede voelt, lady Frampton.'

Antoinettes gezicht klaarde op toen de dokter onder woorden bracht wat zijzelf niet goed durfde toe te geven: dat ze het haar man kwalijk nam dat hij niet had opgelet toen hij zelfzuchtig zijn eigen pleziertjes had nagejaagd, kennelijk zonder zich zorgen te maken om degenen die van hem hielden.

Dokter Heyworth besefte dat hij een gevoelige snaar had geraakt. Hij stond op. 'U kunt naar me toe komen wanneer u maar wilt,' zei hij tegen Antoinette. 'Soms helpt het om met iemand te praten die geen familie is. Ik ben er altijd voor u, lady Frampton.'

Antoinette zag het medeleven in zijn ogen en realiseerde zich dat hij het meende. Hij leek zelfs precies te begrijpen waarom ze de hele tijd zo koel deed en hoe hard ze haar best deed om zich normaal te gedragen, terwijl ze zich tegelijkertijd het liefst tot een balletje zou willen oprollen en huilen. Veel had hij niet gezegd, maar aan zijn manier van doen kon ze de woorden die onuitgesproken waren gebleven wel aflezen, en daar was ze dankbaar voor. 'Dat zou ik heel prettig vinden,' antwoordde ze.

'Ik ben niet meer in mijn praktijk te vinden, maar bij mij thuis bent u welkom. Af en toe ontvang ik daar nog wat patiënten en dat werkt heel goed. Ik heb uw familie nu al ruim dertig jaar onder mijn hoede. Ik hoop dat u me niet alleen beschouwt als uw huisarts, maar ook als vriend. U kunt me bellen wanneer u maar wilt.'

Hij zei Rosamunde gedag en Antoinette liep met hem de gang door. Harris hielp de dokter in zijn jas en deed de deur open. 'Dank u wel voor uw komst,' zei ze, terwijl ze haar armen over elkaar sloeg tegen de kou, hoewel de zon stralend en warm scheen. Hij zwaaide en stapte in zijn Volvo.

Toen hij wegreed, zag ze de geduchte gestalte van haar schoonmoeder doelgericht over het veld achter de oprijlaan benen met Basil, haar Yorkshire terriër, die als een bovenmaatse muis door het gras scharrelde. Ze droeg een lange olijfgroene jas, een sjaal om haar hoofd en laarzen, en had een stok in haar hand, al had ze gezien het tempo waarin ze zich voortbewoog de steun daarvan helemaal niet nodig. Antoinette schoot snel weer naar binnen om haar gezicht op te frissen en weer tot zichzelf te komen, maar ze besefte dat het geen zin had om zich schuil te houden. Margaret wist altijd precies waar ze haar kon vinden.

4

'Schalm de luiken, de Opperheks komt ons een bezoekje brengen!' kondigde Antoinette aan terwijl ze zich terughaastte naar de salon. 'O, konden we maar wat speciale muizenmaker in haar thee druppelen!'

'En hadden we maar een kat om die muis dan te vangen!' voegde Rosamunde eraan toe. 'Roald Dahl had het goed bekeken!'

'Jammer dat het maar een verhaaltje is.'

'Je kunt altijd nog wat slaaptabletten in haar sherry doen.'

'Wat ben jij vals, Rosamunde!'

'Die zijn géén verhaaltje.'

'Maar ze is niet kapot te krijgen, net zomin als kakkerlakken,' antwoordde Antoinette. 'Zelfs van een heel doosje slaaptabletten zou ze volgens mij niets merken.'

'Hoe houdt die arme dokter Heyworth het uit om háár als patiënt te hebben?'

'Ze is een van de weinigen die nooit ziek zijn. Ik geloof niet dat ze sinds ze ergens in de middeleeuwen is bevallen ooit naar een dokter is geweest. En ik zou er helemaal niet raar van opkijken als zelfs toen George gewoon naar buiten is gefloept tussen haar aperitiefje en het diner. Maar ik moet toegeven dat mannen altijd dol op haar zijn geweest.'

'Van mannen heb ik nooit iets begrepen!' moest Rosamunde bekennen.

'Ja, ze is echt een mannenvrouw, en mannen vinden haar het einde,' zei Antoinette met een diepe zucht. 'En George wel het meest van allemaal.'

Op dat moment kwam er vanuit de hal een koude windvlaag de salon in. Bertie en Woester spitsten hun oren. Kleine pootjes dribbelden over de marmeren vloer toen Harris met een harde klap de deur dichtdeed, en Basil kwam als een projectiel de salon in stormen. De Deense doggen kwamen omstandig overeind en joegen hem vervolgens de hele kamer door, waarna ze koers zetten terug naar de hal en de trap op vlogen.

'Ophouden jullie!' galmde het door het huis, en een paar tellen later verscheen de forse in het zwart geklede gestalte van de douairière lady Frampton in de deuropening, als een oceaanstomer die aanmeerde aan de kade. Daar bleef ze even dobberen om op adem te komen. 'Mooi zo, je bent thuis,' voegde ze Antoinette toe. 'Ik moet je dringend spreken.'

'Je bent helemaal buiten adem.'

'Ik ben komen lopen door de velden.'

'Kom zitten. Een glaasje sherry?'

'Harris haalt al iets voor me.' Margaret beende over het tapijt en liet zich behoedzaam neer in de leunstoel waar even tevoren dokter Heyworth nog had gezeten. 'Ik heb geen oog dichtgedaan en moest almaar denken aan die onwettige dochter van George.'

'Een slaaptablet zou soelaas kunnen bieden,' opperde Rosamunde, terwijl ze haar wangen naar binnen zoog.

'Goeie god, op medicijnen zit ik echt niet te wachten. Gemoedsrust, dát is wat ik nodig heb.' Rosamunde ving de blik van haar zus, maar keek meteen weer weg, omdat ze bang was dat Antoinette dan zou moeten glimlachen.

'Ik heb ook over haar nagedacht,' gaf Antoinette toe.

'Mooi, ik ben blij dat je bij zinnen bent gekomen,' antwoordde Margaret. 'Zie je, ik ben niet van plan de eerste de beste griet die beweert dat ze mijn kleindochter is in mijn armen te sluiten. Mijn zoon is dood, dus er is geen enkel bewijs dat ze ook is wie ze zegt dat ze is.'

Antoinette fronste. 'Meneer Beecher heeft toegezien op de DNA-test.'

'Ja ja, een DNA-test! Was jij daarbij? Waar was jij toen die werd afgenomen? Godallemachtig, nou vraag ik je!'

'Ze is je eigen vlees en bloed, Margaret, of je het nou leuk vindt of niet.'

'Ze is buiten het huwelijk verwekt en opgegroeid in Canada, en het lijkt me niet dat een beetje gedeeld bloed ook maar iets uitmaakt. En ik weiger het te geloven. Mijn zoon zou het mij hebben verteld als hij een kind had verwekt. Dat weet ik heel zeker. Mij vertelde hij altijd alles.'

'Niet als hij zich schaamde,' merkte Antoinette op.

'Hij had geen enkele reden om zich te schamen. Hij was een heel knappe man, met een adellijke titel en een groot landgoed. Voor mij is het zo klaar als een klontje dat een of andere streberige tuthola hem heeft verleid en hem geld afhandig probeerde te maken. Misschien wilde ze zelfs wel met hem trouwen. Wie weet? Maar wat we wel weten is dat

George zijn dochter nog maar kortgeleden heeft erkend. Waarom heeft hij dat dan niet gedaan toen ze nog een baby was?' Margaret snoof zelfingenomen. 'Hoogstwaarschijnlijk omdat hij niet zeker wist of het kind wel van hem was. Of omdat hij niets meer met haar moeder te maken wilde hebben. Hij moet in een vlaag van verstandsverbijstering hebben besloten zijn testament te wijzigen, of omdat hij zich schuldig voelde. Je weet hoe goedhartig hij was. Wanneer wordt het voorgelezen? Ik wil graag weten hoeveel hij haar heeft nagelaten.'

Harris kwam binnen met een glas sherry op een zilveren dienblaadje. Margaret pakte het aan zonder ook maar een woord van dank. Antoinette, die altijd attent was tegenover degenen die voor haar werkten, bedankte hem namens haar schoonmoeder, al was Harris gewend aan de douairière lady Frampton en zou hij zich wild geschrokken zijn als ze hem wél haar dank had betuigd.

'Meneer Beecher komt morgen rond de middag,' deelde ze Margaret mee.

'Prima.'

'Ik heb Phaedra ook gevraagd te komen,' ging Antoinette verder, ondanks de ontzetting die op het gezicht van haar schoonmoeder te lezen stond. 'Zo zou George het hebben gewild. Ze is zijn dochter en hij heeft haar in zijn testament opgenomen. Het is niet meer dan gepast dat ze erbij is.'

Margarets kaak verstrakte. 'Dan laat ik verstek gaan.'

'Wat jij wilt.'

'Ik vind het uitermate onbezonnen van je, Antoinette.'

Rosamunde sprong voor Antoinette in de bres. 'Ze wil alleen maar aan George' verzoek gehoor geven.'

'Je weet niets over dat kind.'

'Behalve dat mijn man van haar hield.'

Dat legde Margaret het zwijgen op. Haar mond trok verwoed, maar ze wist er niets op te zeggen. Ze nam een flinke slok sherry en slikte die hoorbaar door. 'Als ze een beetje fatsoen in haar donder heeft, slaat ze die uitnodiging af,' zei ze uiteindelijk.

'Ik mag hopen van niet,' repliceerde Antoinette.

Margaret zette haar glas neer en stond op. 'Nou, als je zo onredelijk doet, ga ik geloof ik maar naar huis. Maar laat het me weten als je nog van gedachten verandert; dan leg ik een wat gezelliger visite bij je af. Tot die tijd wil ik niets met die vrouw te maken hebben, begrijp je?'

'Dat heb je bij dezen heel duidelijk gemaakt.'

'Mooi zo.' Bij de deur bleef ze staan en ze keerde zich om. 'Soms kun jij heel koppig zijn, Antoinette.'

'Wat moet ik anders, Margaret? George heeft ervoor gekozen haar in zijn testament op te nemen. Ik voer alleen maar zijn wensen uit.'

'Hij had niet verwacht dat hij al zo jong zou sterven. Later had hij zich misschien wel bedacht. Hij heeft maar één kleinkind, maar in de jaren die voor ons liggen komen er vast nog wel meer.'

'Verwacht je soms van me dat ik het ga aanvechten?' vroeg Antoinette.

'Natuurlijk.'

'Op welke gronden? Hij was nou niet bepaald ontoerekeningsvatbaar te noemen en werd ook niet gedwongen zijn testament te wijzigen.'

'Je moet er op de een of andere manier toch een stokje voor kunnen steken.'

'Als dat al zo is, ga ik dat niet doen, vrees ik. George was toen hij zijn testament veranderde heel goed bij zijn verstand. Toen hij nog leefde, zou ik het al nooit in mijn hoofd hebben gehaald om tegen zijn wensen in te gaan, en nu hij dood is doe ik dat zeker niet.' Antoinettes kin begon te trillen, maar ze klemde haar kaken op elkaar, vastbesloten in het bijzijn van haar schoonmoeder niet in snikken uit te barsten.

Margarets gezicht was samengetrokken tot een misnoegde bal, als een walnoot, en haar smalle lippen waren op elkaar geperst alsof ze moeite moest doen om haar tong te beteugelen. Ze was er niet aan gewend om verslagen te worden. Ze snoof geërgerd en verdween de gang in.

'Basil! Basil!' Op de gang boven was een donderend tumult te horen, waarna de drie honden als een harige lawine de trap af stormden. 'Bertie, Woester! Genoeg! Kom op, Basil, we gaan naar huis.'

Even later zwiepte er weer een windvlaag door de hal toen Harris de voordeur opendeed. Het huis leek te huiveren toen de douairière lady Frampton naar buiten stapte, met alle drie de honden achter zich aan. Vervolgens daalde er een vredige stilte neer toen de deur weer achter hen dichtging.

'Het is dus oorlog,' zei Rosamunde, die er ternauwernood in slaagde de voldoening in haar stem te verbergen. Haar leventje thuis was vreselijk saai, maar hier in Fairfield Park gebeurde er elk moment iets.

Antoinette slaakte een zucht en leek een stuk minder blij. 'Ja, ik geloof dat je wel kunt stellen dat het daarop neerkomt. Hoewel er, om eerlijk te zijn, al jaren een *koude* oorlog woedt.'

De dag daarop kwam de auto van Julius Beecher rond het middaguur op het grind tot stilstand. Hij was iemand die er trots op was dat hij altijd op tijd kwam. Hij was ook trots op zijn verschijning: zijn donkerblauwe pak van Savile Row, zijn zwarte veterschoenen van Churchill's, zijn bruine leren aktetas van Swaine Adeney Brigg in St. James's, de Montblanc-pennenset die hij nog steeds bewaarde in het oorspronkelijke met fluweel beklede doosje. Zijn zwarte BMW was al even opgepoetst als het Franck Muller-horloge dat hij losjes om zijn pols droeg. Hij had te doen met mensen die niet goed voor hun spullen zorgden. Alles aan Julius Beecher was glanzend, schoon en nieuw. Doordat hij voor lord Frampton had gewerkt, had hij zich grote luxe kunnen veroorloven. Maar één ding dat hij niet had was een echtgenote; hij was er nog niet klaar voor om al die met hard werken verdiende weelde met iemand anders te delen, tenzij zijn vrouw zelf een fortuin zou meebrengen.

Lady Frampton wachtte hem op in de eetkamer. Ze zat aan de lange notenhouten tafel met haar drie zonen, haar schoondochter en haar zuster, Rosamunde. Ze dronken thee en koffie, maar niemand had de biscuitjes die in een spiraalvorm op een schaal in het midden waren gezet nog aangeraakt.

De dieprode fluwelen gordijnen werden met embrasses opengehouden om het licht naar binnen te laten, maar het was door de ouderwetse inrichting en zware meubelstoffen nog steeds schemerig. De kamer zag eruit of er in geen honderden jaren iets aan veranderd was. De muren waren nog steeds bekleed met behang met een donkerrood-met-gouden dessin van exotische vogels; boven de marmeren schouw hing een grote spiegel in een vergulde lijst, het glas vol vochtvlekken; en de somber kijkende gezichten van de voorvaderen van de familie Frampton wierpen vanaf olieverfschilderijen hun blik omlaag de kamer in. Het plafond was hoog, omrand door een brede, rijk bewerkte sierlijst, en in het midden hing een kristallen kroonluchter die schitterde als diamant en de hele kamer domineerde. De atmosfeer kwam Julius Beecher even zwaar voor als de beklede stoelen en de tapijten.

'Goedemorgen, lady Frampton,' zei hij. Hij zag dat ze een zorgelijk gezicht trok toen tot haar doordrong dat hij alleen gekomen was, en hij gaf haar snel uitleg: 'Ik vrees dat mevrouw Chancellor niet in staat is om vandaag bij ons te zijn. Ik zal haar vertegenwoordigen.'

Het verraste Antoinette hoe diep teleurgesteld ze was. 'Heeft ze ook gezegd waarom?'

Julius nam plaats op de stoel die aan het hoofd van de tafel voor hem was vrijgelaten – de stoel waar George altijd had gezeten. 'Ze was erg blij met uw uitnodiging, maar ze vond het niet nodig om zelf te komen.' Hij maakte zijn tas open. 'Om eerlijk te zijn, lady Frampton, geloof ik dat ze zich in verlegenheid gebracht voelt.'

Roberta glimlachte zelfgenoegzaam en ving haar mans blik. David was al net zo teleurgesteld als zijn moeder. Hij keek even naar Tom, die alleen een gezicht trok en zijn schouders ophaalde. Het deed er voor zijn jongste broer niet toe hoe het precies zou verlopen. Maar voor David maakte dat wel veel uit. Hij kon er gevoeglijk van uitgaan dat Phaedra dan ook geen weekend kwam logeren. Vertwijfeld vroeg hij zich af of hij haar ooit nog terug zou zien.

'Zullen we dan maar beginnen?' zei Julius terwijl hij een map tevoorschijn haalde en die recht voor zich neerlegde.

'Wilt u misschien een kop koffie?' bood Antoinette aan.

'Ja, graag. Zwart, zonder suiker.' Hij opende het met fluweel beklede doosje en haalde er een van de twee Montblanc-pennen uit, waarna hij het zorgvuldig weer sloot en het aan de kant legde, evenwijdig aan de map. Julius Beecher hield van orde. Terwijl Antoinette een kop en schotel over de tafel naar hem toe schoof, sloeg hij de eerste pagina van het document op. 'Datum 5 maart 2012,' las hij. 'Dit is de laatste wil en het testament van lord Frampton, opgetekend in aanwezigheid van getuige de heer Richard Headley, woonachtig aan Chester Square numero 8 te Londen.' Julius sloeg zijn ogen op en liet zijn blik over de verwachtingsvolle gezichten gaan. 'Hij verklaart dat hij een echtgenote heeft, Antoinette, en drie kinderen: David, Joshua en Thomas.'

Antoinette knikte, Roberta fronste. Waarom had hij zijn dochter niet vermeld?

'En één kleindochter, Amber Rose Elizabeth,' ging Julius verder. Hij haalde met opengesperde neusgaten adem en laste een pauze in, terwijl hij zijn blik over de woorden liet gaan die hem al zo vertrouwd waren.

'Gaat u verder, meneer Beecher,' zei Antoinette, die het hele gebeuren graag zo snel mogelijk achter de rug wilde hebben.

'Voor het geval hij eerder komt te overlijden dan zijn echtgenote, laat hij Fairfield House en het landgoed na aan u, lady Frampton, onder het beheer van uw zoon David, die het na uw overlijden zal erven.'

Dat was geen verrassing. Iedereen knikte instemmend.

'Eaton Place numero 5 zal in uw bezit blijven, lady Frampton, totdat

Joshua het na uw overlijden van u erft. Chalet Marmot in Murenburg laat hij na aan Thomas.'

Tom merkte Roberta's ongenoegen op en glimlachte haar over de tafel heen toe. 'Waarom zou jij Chalet Marmot willen hebben, Roberta, terwijl Josh en jij daar toch nooit heen gaan?'

Roberta bloosde. 'Dat zie je helemaal verkeerd, Tom. Ik vind het prima dat jij het krijgt,' zei ze met geknepen stem om haar jaloezie te verbergen. 'Josh en ik hebben in Gstaad zo veel vrienden; aan ons zou het niet besteed zijn.'

Julius schraapte zijn keel en ging verder. 'Welnu, hij heeft zijn aandelenportefeuille aan u nagelaten, lady Frampton, met de wens die gelijkelijk over zijn drie kinderen te verdelen voor het geval u komt te overlijden.'

'En Phaedra?' vroeg Roberta ademloos. 'Ik dacht dat zij zijn dochter was? Krijgt zij dan geen aandeel?'

Julius negeerde Roberta; slechts een subtiel optrekken van één wenkbrauw verried zijn ergernis. 'Tot die tijd laat hij aan alle drie zijn kinderen een aanzienlijk jaargeld na.'

'Alle dríé zijn kinderen!' zei Roberta hem na. 'Hij had er toch vier?' Ze wendde zich tot Joshua. 'Als hij al die moeite heeft gedaan om zijn testament te wijzigen, waarom stelde hij zijn dochter dan niet gelijk aan zijn zoons?'

Joshua dempte zijn stem toen hij zei: 'Ik zou het niet weten, schat. Laten we maar naar de rest van het testament luisteren.'

Julius vervolgde zijn verhaal: 'Een jaarinkomen ten bedrage van de nettosom van vijfhonderd en vijftigduizend pond. Aan mevrouw Chancellor laat hij eenzelfde jaargeld na.'

Roberta was te zeer geschokt door het feit dat George eenzelfde bedrag aan zijn onwettige dochter had nagelaten om tot zich door te laten dringen dat ze zojuist een fortuin had geërfd. 'Heeft hij ook een bedrag gereserveerd voor zijn kleindochter? En hoe zit het met de Frampton-saffieren? George had bij Ambers doop duidelijk te kennen gegeven dat hij die aan ons zou nalaten.'

'Nee, schat, papa zei dat hij zich erop verheugde om ze Amber op haar eenentwintigste verjaardag te zien dragen.'

'Dat komt op hetzelfde neer,' siste Roberta.

'Daar kom ik nu aan toe,' antwoordde Julius behoedzaam. 'Lord Frampton heeft de Frampton-saffieren nagelaten aan mevrouw Chancellor.'

Er daalde een ontzette stilte over de kamer neer. Roberta kreeg tranen in haar ogen van verontwaardiging. Joshua leek zich ongemakkelijk te voelen. David en Tom trokken hun wenkbrauwen op, terwijl Antoinette leek in te storten onder het gewicht van haar schoondochters teleurstelling. Rosamunde pakte een biscuitje.

Julius ademde gewichtig in. 'We hadden allebei het gevoel dat, aangezien lord Frampton ten tijde van het opstellen van zijn testament maar één kleindochter had, hij alleen voor zijn echtgenote en zijn kinderen zorg zou moeten dragen, en het aan u moest overlaten om voor uw eigen kinderen te zorgen.'

'Ik vind dat hij al gul genoeg is geweest,' mompelde Antoinette.

'Heel gul,' beaamde Rosamunde.

'Niet te geloven dat hij de saffieren aan Phaedra heeft toebedeeld!' jammerde Roberta. 'Die zouden naar ons gaan!' Ze wendde zich tot haar echtgenoot. 'Joshua, je vader had nog zo gezegd dat hij ze aan jou zou nalaten.'

Joshua keek opgelaten. 'Kennelijk is papa van gedachten veranderd. Daar kunnen we maar heel weinig aan doen.'

Roberta liet zich snuivend achterovervallen in haar stoel en sloeg haar armen over elkaar.

'Zullen we doorgaan?' vroeg Julius, die zijn keel schraapte en omzichtig de bladzijde omsloeg.

'Ja, graag, meneer Beecher,' antwoordde Antoinette ongemakkelijk.

'Goed, waar was ik gebleven...?'

Een half uur later scheurde Julius er in zijn BMW vandoor, maar niet dan nadat Bertie tegen een van de wielen zijn poot had opgetild. Antoinette keek Julius na en sloeg haar armen om haar lichaam toen een koude windvlaag haar op het bordes deed huiveren. Ze was erg teleurgesteld dat Phaedra zich niet had laten zien. Ze zou haar persoonlijk opbellen en haar vertellen dat George haar eenzelfde bedrag had nagelaten als zijn zoons. Een poosje liep ze over het bordes heen en weer, bij zichzelf overleggend wat ze zou doen. Als Phaedra niet was gekomen voor de voorlezing van het testament, hoe groot was dan de kans dat ze een weekend zou komen logeren? Ze waren niet erg aardig tegen haar geweest. Misschien wilde ze hen geen van allen ooit nog zien.

Toen ze de voordeur achter zich dichtdeed, hoorde ze de anderen praten in de salon. In plaats van naar hen terug te keren, liep ze naar boven, naar de privacy van haar slaapkamer. Ze glipte naar binnen en leunde met haar rug tegen de deur. Roberta's gedrag had haar erg van streek gemaakt, maar dat haar zoon kennelijk niet in staat was zijn vrouw onder de duim te houden baarde haar nog veel meer zorgen. En Margarets veelvuldige bezoekjes boden ook al geen troost. George was de lijm die hen allemaal bij elkaar had gehouden; wat moest er van hen worden nu hij er niet meer was?

Ze slaakte een zucht en liep naar het raam. De zon stroomde door het glas naar binnen, zonder zich iets aan te trekken van alle narigheid in haar kleine wereldje. Hoe onbelangrijk waren de kleinzielige gevechten die mensenwezens leverden als je er vanaf de grote hoogte van de hemel op neerkeek. Ze vroeg zich af of George ergens daarboven was, zich koesterend in het licht, bevrijd van dergelijke zorgen.

Gedreven door een plotseling overweldigend verlangen haar man terug te brengen belde ze naar Julius' kantoor en vroeg de secretaresse om Phaedra's nummer. Het jonge meisje was haar graag van dienst en had twee nummers paraat: een mobiel en een vast nummer. Antoinette belde het mobieltje en wachtte. Het toestel leek pijnlijk lang over te gaan. Ze kon haar hart bijna horen kloppen terwijl ze zenuwachtig wachtte tot de jonge vrouw zou opnemen. Uiteindelijk kwam de vriendelijke stem van haar stiefdochter aan de lijn.

'Hallo, Phaedra, met Antoinette Frampton...' Ze wilde net uitleggen wie ze was toen Phaedra haar onderbrak.

'O, lady Frampton. Wat een verrassing. Ik had niet verwacht dat u zou bellen.'

'Tja, ik wilde graag mijn excuses aanbieden voor laatst.'

'Moet u luisteren, het is in orde. Ik snap best dat het een grote schok moet zijn geweest. U hoeft zich niet te excuseren. Ík ben degene die zich bij ú zou moeten verontschuldigen.'

'Ach, dat is heel vriendelijk van je. Het spijt me dat je er vandaag niet bij kon zijn toen het testament werd voorgelezen. Ik wilde je alleen even laten weten dat George...'

'Alstublieft,' kapte Phaedra haar snel af. 'Ik wil het niet echt weten. Het is allemaal hoogst gênant.'

'Wil je niet weten wat hij je heeft nagelaten?'

'Ik doe mijn best helemaal niet aan hem te denken. Dat is gewoon te pijnlijk.'

Antoinette hoorde gesnuf aan de andere kant van de lijn en haar hart zwol van medeleven. 'Ik weet hoe je je voelt, kind. Ook ik verdrink in de herinneringen. Die zijn de hele tijd overal om me heen; ik krijg bijna geen adem. Ik zou het fijn vinden als je komt logeren. Zeg alsjeblieft geen nee. Ik weet zeker dat George het zo zou hebben gewild. Je bent tenslotte een Frampton.'

Er viel een lange stilte. Antoinette begon op haar duim te bijten, waarvan de huid al rauw was. 'Of heb je tijd nodig om erover na te denken?'

'Nee, ik heb geen tijd nodig,' antwoordde Phaedra zachtjes. 'Ik kan het niet. Het spijt me. Ik kan het echt niet. Dank u wel dat u hebt gebeld, lady Frampton. Dat betekent veel voor me.' En ze hing op.

Antoinette stond perplex. Met het toestel nog tegen haar oor bleef ze op het bed zitten, niet in staat te accepteren dat het meisje haar had afgewezen. Antoinette had er al eerder naar verlangd haar te zien, maar nu hunkerde ze ernaar met heel haar hart. Het was net of Phaedra een schakel was met George; als ze haar wist te bereiken, zou ze een stukje van haar man terugkrijgen. Maar ze kón haar niet bereiken. Hoe verder ze naar haar uitreikte, hoe meer Phaedra zich terugtrok. Ze legde de telefoon neer en nam haar hoofd in haar handen. Wat moest ze nu in vredesnaam doen?

5

Rosamunde trof Antoinette aan op het bed, waar ze verslagen voor zich uit zat te staren. 'Ze komt niet,' riep Antoinette uit zodra ze haar zag.

'Wie komt niet?'

'Phaedra. Ik heb haar gebeld en haar uitgenodigd om te komen logeren, maar ze komt niet.'

'Wat onaardig.' Rosamunde sloeg haar armen voor haar ampele boezem over elkaar.

'Ik geloof dat we haar de stuipen op het lijf hebben gejaagd.'

'Ze mag blij zijn dat je zo goed voor haar bent, Antoinette. Een ander zou zo ruimhartig niet zijn.' Antoinette sloeg haar ogen op en Rosamunde zag de gekwelde blik die daarin te lezen stond. 'O, Antoinette, wat een zootje is het toch allemaal!' Ze ging naast haar zus zitten en haar hart stroomde vol woede. 'Die ondankbare meid ook! Hoe haalt ze het in haar hoofd om hier een bom te komen droppen en vervolgens de benen te nemen zonder nog op of om te kijken? Dat is ontzettend onbeschoft!'

Er werd op de deur geklopt, waarna Toms bezorgde gezicht om de hoek verscheen. 'Alles in orde, mam?'

'Phaedra heeft de uitnodiging om te komen logeren afgewezen,' liet Rosamunde hem op gewichtige toon weten. 'Je moeder is erg van streek, en dat is ook volkomen begrijpelijk.' Ze klopte op haar zusters knie. 'Het komt wel in orde, wijfie. Dit lost zich allemaal op, dat geef ik je op een briefje.'

Antoinette schudde haar hoofd. 'Nee, dat doet het niet. Ik heb geen rust nu ik weet dat er in Londen een deel van George over straat wandelt en ik niet eens met haar kan praten.'

'Ze komt wel terug,' zei Tom. 'Laat haar nou maar gewoon een poosje met rust. Zo aardig waren we niet voor haar, toch?'

'Nee, dat waren we zeker niet,' beaamde Antoinette. 'Voor haar was het waarschijnlijk ook erg moeilijk allemaal.'

'Wat had ze dan gedacht? Je kunt niet een granaat wegslingeren en dan verwachten dat er een heel bloemenveld verschijnt,' voegde Rosamunde eraan toe.

'Mam, kan ik paps Aston Martin nemen terug naar Londen?' vroeg Tom.

'Die is nu van jou, lieverd. Je kunt er overal mee naartoe waar je maar heen wilt.'

Hij grijnsde. 'Geweldig!'

'Ga je nu weg?'

'Ik moet terug, vrees ik. Josh en Roberta zijn net vertrokken. Ze wilden je niet storen. Waar zijn de sleutels?'

'In de la van de haltafel.'

Hij bukte zich en kuste zijn moeders wang. 'Red jij het wel?'

'Natuurlijk,' zei Rosamunde kortaf. 'Ik ben er om voor haar te zorgen en David woont aan de andere kant van de tuin.'

'Mooi zo. Ik kom het weekend hier weer heen.'

'Rijd voorzichtig.'

'Reken maar.' Hij grijnsde nogmaals en zag zichzelf al achter het stuur van de glimmende Aston Martin zitten terwijl hij over de snelweg racete.

Toen David hoorde dat Phaedra had geweigerd te komen logeren, was hij heel teleurgesteld. Hij reed met Rufus op de diepe passagiersstoel in de Landrover over de landerijen en ging in gedachten alle mogelijkheden na. Phaedra kon best nog van gedachten veranderen. Ze had het tenslotte ook aangedurfd naar de begrafenis te komen en wilde hen blijkbaar graag leren kennen. Zijn vader had haar in zijn testament ruim bedacht; misschien dat ze nu warmere gevoelens voor haar familie begon te koesteren. Maar hoe meer hij erover nadacht, hoe meer hij ervan overtuigd raakte dat Phaedra niet snel tot andere gedachten zou komen. Ze hadden haar een ongemakkelijk en onwelkom gevoel gegeven. Waarom zou ze in vredesnaam willen terugkeren naar al die narigheid?

Hij vond het heel erg dat zijn moeder zo van slag was. Het was een enorme klap geweest dat ze haar man had moeten verliezen, en de ontdekking dat die een onwettige dochter had zou de meeste rouwende weduwen heel zwaar zijn gevallen. Zo echter niet Antoinette; zij beschouwde Phaedra als een levend deel van wijlen haar echtgenoot. Misschien hoopte ze wel dat de jonge vrouw hem op de een of andere manier terug zou kunnen toveren. David wist dat zijn moeder geen gemoedsrust zou krijgen voordat ze vriendschap had gesloten met haar stiefdochter.

Er stond hem maar één ding te doen: hij zou naar Londen moeten gaan om Phaedra over te halen om te komen. De gedachte alleen al om haar terug te zien vervulde hem met een zenuwachtige opwinding. De eerste keer dat hij in de kerk zijn oog op haar had laten vallen stond hem nog helder voor de geest: die krans van blonde krullen, die transparante huid, de onschuld van haar lichte ogen, de meelevende manier waarop ze had geglimlacht. In gedachten maande hij zichzelf tot kalmte; ze was immers zijn zus, zijn eigen vlees en bloed, en hij zou haar nooit kunnen krijgen. Maar met een monter rukje van zijn hoofd zette hij die bedenkingen van zich af. Daar zou hij zich later wel om bekommeren.

Hij vertelde zijn moeder niet wat hij van plan was. Zij zou het hem natuurlijk afraden. In plaats daarvan nam hij Julius in vertrouwen. De zaakwaarnemer vond het leuk om bij zijn plan betrokken te worden en gaf hem zonder aarzeling Phaedra's telefoonnummers en adres, waarna hij de taak op zich nam Phaedra vooraf telefonisch te waarschuwen.

Phaedra reageerde met afgrijzen. 'Komt hij hiernaartoe?' riep ze uit.

'Ik heb hem je adres gegeven,' antwoordde Julius bedaard.

'Waarom? Ik wil hen geen van allen nog ooit zien. Nooit meer! Ik ga meteen terug naar Parijs, Julius. Ik wil me niet in dit wespennest begeven.'

'Doe niet zo belachelijk. Dit is wat we hebben afgesproken, Phaedra. Dit is wat jij wilde, omwille van George.'

'Nu niet meer. Ik voelde me net een monster, om op de dag van zijn begrafenis zomaar bij hen binnen te komen denderen. Het was zó gênant! Ik kan hun niet meer onder ogen komen. Zeg maar tegen hem dat hij weg moet blijven.'

'Daar is het nu te laat voor. Hij is waarschijnlijk al onderweg.'

'Dan vertrek ik hier nu. Ik heb al gepakt.'

'Phaedra, kalmeer nu eens even,' suste hij. Julius was er erg trots op dat hij goed met mensen om kon gaan. 'Luister naar me. George hield van je; dat heeft hij wel bewezen door je die kostbare juwelen te vermaken. Hij wilde voor altijd voor je zorgen. Trouwens, je zei dat je geen familie had. Nou, die heb je nu wel.'

'Ik wil een familie die mij wil, Julius.'

'Waarom denk je dat David dat hele eind naar Londen rijdt? Denk je dat hij die moeite zou nemen als ze niets van je wilden weten? Jij hebt tegen me gezegd dat lady Frampton je hoogstpersoonlijk heeft opgebeld om je te vragen een weekend te komen logeren. Denk je dat ze dat had gedaan als ze je niet terug wilde zien? Ze doen je een handreiking, Phaedra, en gezien de omstandigheden mag dat wel verbazingwekkend heten. Het minste wat je kunt doen, als je het mij vraagt, is hun uitnodiging genadig aannemen.'

'Zeg maar tegen ze dat ik er huiverig voor ben.'

'Trek dan iets warms aan.'

'Jij bent echt niet wijs!' Ondanks zichzelf moest ze lachen.

'Mooi zo, dat is beter. Haal nu eens diep adem en probeer te bedenken wat je gaat zeggen. Je kunt hun gulle gebaar op z'n minst beantwoorden met dankbaarheid.'

Het was zes uur 's avonds toen David aanbelde bij Cheyne Row 19. De smalle straat lag als een geheim diep verborgen in de doolhof van smalle straatjes met eenrichtingverkeer en fraai geschilderde stadswoningen tussen King's Road en de Chelsea Embankment. Ondanks de schaduw van de tegenoverliggende katholieke kerk wist de ondergaande zon toch het vochtige trottoir te bereiken, waar een hondenuitlater over het asfalt werd voortgesleept door een meute van vijf enthousiaste honden.

Phaedra woonde in een klein, maar excentriek huis, dat in een voormalige brandweerkazerne was ondergebracht. De ingang bestond uit een grote houten boog, waardoor ooit een brandweerwagen in en uit reed, en daarboven nam een breed raam de hele muur van de eerste verdieping in beslag. Binnen brandde licht, maar er deed niemand open. David drukte nogmaals op de bel.

Uiteindelijk ging de deur voorzichtig op een kier open. Het bleke gezicht van Phaedra keek om de hoek. Ze deed alsof ze verrast was. 'David, wat doe jij hier?'

Haar aanblik deed zijn hart zwellen van geluk. 'Ik moet met je praten.'

'O ja? Nou, kom dan maar binnen.' Ze zwaaide de deur verder open en David stapte een halletje in dat werd gedomineerd door een wenteltrap die om de paal heen was gebouwd waarlangs vroeger brandweermannen naar beneden roetsjten.

'Wat een mooi huis,' zei hij terwijl hij het interieur in zich opnam.

'Ja, hè? Het is iets heel bijzonders. Daar hou ik van.' Ze sloot de deur en ging hem voor naar een verrassend grote keuken annex zitkamer, die uitkwam op een kleine tuin, waar een paar vinken druk zaten te pikken op een voederhuisje dat aan een boom hing. Hij zag dat er een grote koffer op de grond stond en dat er een jas over de bank lag gedrapeerd.

'Ga je weg?' vroeg hij.

'Naar Parijs. Daar woon ik. Ik ben hier maar een maand geweest, om op het huis te passen van een vriendin.'

'O, ik dacht dat je hier woonde.'

'Nee, mijn huis staat in Parijs. Morgen vertrek ik.'

David moest moeite doen om zijn teleurstelling de baas te worden. 'Dan kom ik ongelegen...'

Phaedra had geen goed gevoel over zichzelf. Hij was tenslotte helemaal uit Hampshire hiernaartoe gekomen. 'Zal ik een kop thee voor je zetten?' bood ze aan. 'Jullie Britten zijn immers zo dol op thee?'

Hij glimlachte. 'Dat is waar, maar ik heb liever koffie.'

'Oké, dat kan ook. Cappuccino, espresso...'

'Zwart, graag.'

'Natuurlijk. Deze machine kan alles.' Ze ging in de weer met een koffiecupje en een grote blauwe mok. 'Wil je niet gaan zitten?'

David trok een felrood gelakte stoel met een spijlenrug naar achteren. Er stonden nog drie andere, in het blauw, groen en paars. Midden op de tafel, die bezaaid lag met foto's, brandde een kaars met rozengeur.

'Sorry voor de rommel, ik was mijn foto's aan het uitzoeken.' Terwijl de mok volliep met koffie pakte ze een doos op van de vloer en begon de foto's er haastig in te schuiven.

'Voor mij hoef je ze niet op te ruimen. Je zou eens moeten zien hoe ik woon.'

'O, ben jij ook zo'n sloddervos?'

'Ontzettend. Dat zit vast in de familie,' zei David, die zich heilig had voorgenomen zijn vuur te temperen door voor ogen te houden dat ze broer en zus waren.

Phaedra sloot de doos met foto's en zette de beker dampende koffie voor hem neer. 'Ik weet wel waarom je bent gekomen,' zei ze terwijl ze de paarse stoel onder de tafel vandaan trok en tegenover hem ging zitten.

'Moeder is erg van slag. Ze heeft het idee dat ze je onheus behandeld heeft op papa's begrafenis. Ze wil opnieuw beginnen.'

'Luister eens, ik had me nooit aan jullie moeten voorstellen. Ik had meteen na de dienst moeten vertrekken.'

'Het was misschien niet het beste moment om met ons kennis te maken, maar gedane zaken nemen geen keer. Laten we proberen verder te gaan.'

Ze moest grinniken om zijn pragmatische opstelling. 'Dat lijkt me een goed plan.'

'Ik ben blij dat je het ermee eens bent.'

'Dat ben ik zeker. En vertel me nu maar eens of je mijn koffie lekker vindt.'

Hij nam een slok. 'Heel lekker. Neem jij niet?'

'Ik heb al een kop gedronken. Als ik er nog een neem, word ik helemaal hyper. Hier, neem een koekje. Koekjes zijn mijn zwakke punt.'

'Dat van jou en van tante Rosamunde.' Hij tastte toe toen ze hem de trommel voorhield en haalde er een rond, zwart biscuitje uit. 'Oreo's.'

'Een blikje Amerika in mijn Londense keuken.' Ze keek toe hoe hij een koekje pakte en nam er toen zelf ook een. 'Zijn ze niet zalig?' Terwijl ze in de Oreo's hapten, keken ze elkaar glimlachend aan.

David deed zijn uiterste best om Phaedra als een zus te beschouwen, maar dat lukte niet al te best. Zoals ze daar tegenover hem zat smolt hij helemaal bij de aanblik van haar prachtige glimlach. De lucht die tussen hen in hing was geladen. Hij was er zeker van dat zij dat ook moest voelen, want de damp sloeg bijna van de tafel af, als hitte boven een woestijn. Ze moesten om dezelfde dingen lachen en geen enkele spitsvondigheid of toespeling hoefde nader verklaard te worden. Het was net of ze een eeuwenoude vriendschap weer oppakten, en ondanks alle moeite die hij deed hunkerde hij naar haar met elke vezel van zijn lichaam, op een manier die voor een broer niet door de beugel kon.

David keek er niet naar uit om weer te moeten vertrekken en het hele eind terug te rijden naar Hampshire. Het was zo gezellig in haar keuken en er ging zo'n bekoring van haar uit dat hij het liefst zou blijven. 'Wil je met me uit eten?' vroeg hij opeens plompverloren.

'Uit eten?'

'Ja, waar je maar wilt.'

'Je lijkt je vader wel: altijd hongerig.' Ze schonk hem een ietwat verdrietige glimlach. 'Hij verheugde zich altijd op de volgende maaltijd, ook al zat hij nog te eten.'

'Zouden niet alle mannen zo in elkaar zitten?'

'Misschien wel. Het komt gewoon door hoe je het vraagt: dat spontane enthousiasme. George was ook zo impulsief.' Ze voelden allebei een koude wind over de lege vlakte in hun hart waaien.

David sloeg zijn ogen neer en keek naar de tafel. 'Misschien moest ik dan maar gewoon naar huis rijden.'

'Nee, niet doen. Ik maak hier wel iets klaar; dan hoeven we de deur niet uit. Hou je van pasta? George was erg dol op mijn spaghetti Napoletana.'

'Je hoeft voor mij geen moeite te doen.'

'Spaghetti Napoletana is geen moeite. Ik kook graag. Dat vind ik ontspannend.'

Ze stond op en David keek toe hoe ze de spaghettipan tevoorschijn haalde uit een van de keukenkastjes. Ze had een losvallend gebloemd shirt aan met een spijkerbroek en sportschoenen eronder, maar hij zag desondanks dat ze een lichaam met prachtige rondingen had. 'Nu je toch blijft eten, kunnen we net zo goed een fles wijn opentrekken. Als het goed is staat er nog chardonnay in de koelkast. Wil je even kijken?' Hij vond de wijn. Ze gaf hem een kurkentrekker aan en zette een paar glazen op tafel.

'Heb jij mijn vader ooit "papa" genoemd?' vroeg hij terwijl hij de glazen volschonk.

Ze aarzelde even. 'Nee. Dat voelde niet goed. Ik ben geen klein meisje meer. Ik noemde hem George. Dat paste bij hem.'

'Het verbaast me dat hij je zo lang voor zichzelf heeft weten te houden.'

'Mannen zijn er goed in hun leven in vakjes te verdelen, denk je niet? Trouwens, ik woonde in Parijs. De tijd die we samen hebben doorgebracht was in de Himalaya, niet in Londen.'

'Dus jij bent ook bergbeklimmer?'

'Voor een goede foto doe ik alles.' Breed lachend keek ze hem aan. 'Zelfs achter een maffe Engelsman aan lopen de Mount Pumori op!'

'Mijn god, je bent echt een dochter van je vader!'

'We deelden inderdaad een liefde voor avontuur en het buitenleven.'

Hij overhandigde haar haar glas en keek toe hoe ze een slokje nam. 'Wat dacht je moeder toen je naar hem op zoek ging?'

'Ik zou het niet weten. We kunnen niet met elkaar overweg.' Phaedra draaide zich om om een ui te gaan snijden.

'Hebben ze elkaar nog gezien, papa en je moeder?'

'Nee. Zij wilde dat niet, en hij ook niet. Het was allemaal iets uit het verleden. Ze besloten allebei om het daar te laten.'

'Heel verstandig. Is je moeder hertrouwd?'

'Nee.' Ze keerde zich om en grijnsde. 'Wat wil je veel weten, David Frampton. Waarom maak je jezelf niet nuttig door de tafel te dekken? De borden staan hier,' zei ze, wijzend naar een kast. 'Bestek ligt in de la. Glazen staan bovenin en in de koelkast staat water, want ik ga ervan uit dat je je wijn wilt aanlengen als je nog naar huis moet rijden.'

'Als Rufus er niet was zou ik op Eaton Square gaan slapen.'

'Ik neem aan dat Rufus een hond is?'

'Inderdaad. Een grote gele hond, die het helemaal niet leuk zou vinden als ik vanavond niet thuiskwam.'

'Heb je hem helemaal alleen thuisgelaten?'

'De beheerder van de boerderij houdt een oogje op hem als ik weg ben. Maar die heeft hem waarschijnlijk om zes uur teruggebracht en in de keuken opgesloten.'

'Dan moet je straks naar huis.' Ze keek op haar horloge. Het was kwart voor acht. 'Om half tien zet ik je de deur uit.'

Toen de spaghetti klaar was, gingen ze aan tafel zitten om die op te eten. Phaedra had een dikke, kleverige saus gemaakt van tomaten met basilicum en had de spaghetti daar de laatste paar minuten in verwarmd.

'Je kunt erg lekker koken,' complimenteerde David haar.

'Dank je.' Hij zag dat haar glas leeg was en schonk het weer vol. 'Hè, wat leuk om samen met mijn broer te zitten eten.'

'Ik had me nooit kunnen voorstellen dat ik dit zou doen, moet ik zeggen.'

'Heb je in je jonge jaren nooit naar een zus verlangd?'

'Niet echt. Maar moeder had wel graag een dochter willen hebben. Volgens mij willen alle vrouwen dat, en mijn moeder is erg vrouwelijk. Ze zou het heerlijk hebben gevonden om meisjesdingen te delen met een klein meisje. In plaats daarvan kreeg ze drie lawaaiige zonen. In het hele huis geen spoortje roze te bekennen.'

'Ik ben dol op roze.' Ze lachte bitter. 'Toen ik klein was, had ik een blauwe slaapkamer, omdat mijn moeder blauw zo mooi vond. Ik wilde roze, zoals alle kleine meisjes, maar zij beweerde dat blauw de beste kleur voor me was. In feite was het de beste kleur voor háár. Maar ze kleedde de kamer wel aan met knuffelbeesten en een belachelijk poppenhuis voor grote mensen dat veel te kwetsbaar was om mee te spelen.'

'Het klinkt alsof ze haar best deed.'

'Helemaal niet. Materieel gesproken gaf ze me alles wat mijn hartje begeerde, maar emotioneel gezien niet.'

'Hoezo niet?'

'Omdat ze nooit tijd voor me had. Ze was helemaal geen echte moeder. Je kunt wel zeggen dat ze alleen maar geïnteresseerd was in zichzelf en in de eerstvolgende man die haar zou kunnen onderhouden. Ze was verschrikkelijk onzeker en ik zat in de weg. Als je een dochter aan je rokken hebt, is de kans om een vrijer te krijgen een stuk kleiner. Dus gaf ze me door aan de ene vriendin na de andere en gooide wat geld achter me aan – alles om maar van me af te zijn.' Ze haalde haar schouders op, alsof het er niet langer toe deed.

'Wat treurig, Phaedra.'

'Ach, denk maar niet dat ik met mezelf te doen heb. Naar de maatstaven van de meeste mensen gemeten heb ik een bevoorrechte jeugd gehad. Trouwens, zodra ik oud genoeg was ging ik het huis uit. Zodra ik zelf het heft in handen had, werd het leven meteen een stuk beter. Mijn moeder is nu alleen nog een herinnering.'

David dronk zijn glas leeg. 'Is er een speciaal iemand in je leven?'

Ze lachte even. 'Bedoel je of ik een relatie heb?'

'Ik zou het geen prettig idee vinden als je eenzaam was.'

Ze staarde even in haar glas. 'Ik ben veel te onafhankelijk om eenzaam te zijn,' antwoordde ze boudweg, maar door de manier waarop ze haar schouders liet zakken geloofde hij haar niet helemaal.

'Nou, heb je iemand?' drong hij aan.

'Nee, ik ben ongebonden.'

'Dat verbaast me,' zei hij, maar zijn stemming klaarde ervan op.

'Hoe dat zo?'

'Omdat je erg knap bent. Ik zou toch denken dat iemand inmiddels wel zijn oog op je had laten vallen.'

'O, dat is ook wel gebeurd. Ik ben korte tijd wanhopig, waanzinnig en verpletterend verliefd geweest.'

Davids opgetogenheid werd meteen verstoord door jaloezie. 'Echt waar?'

'Ja. Maar ik heb hem niet vast kunnen houden.' Haar ogen begonnen te glanzen en ze leek in elkaar te krimpen van verdriet.

'Sorry. Ik had er niet naar moeten vragen.'

'Jij kon het niet weten.'

‘Wat is er dan gebeurd?’

In een poging de pijn die ze nog steeds voelde van zich af te zetten schonk ze hem een glimlach. ‘Ik wil er niet over praten. Maar ik weet niet of ik ooit nog zo van iemand zal kunnen houden. Ik had er alles in geïnvesteerd: mijn hart, mijn ziel, mijn hele toekomst. Maar er zou geen toekomst komen. Ik ben niet van plan me ooit weer op die manier te laten kwetsen.’ Ze slaakte een diepe zucht en nam een slok wijn. ‘En jij? Heb jij ooit een serieuze relatie gehad?’

‘Ik ben nog nooit verliefd geweest zoals jij het beschrijft: wanhopig, waanzinnig en verpletterend verliefd. Ik wacht nog steeds af tot dat een keer gebeurt.’

‘Je hebt toch wel vriendinnen gehad?’

‘Jawel. Maar er is een wereld van verschil tussen een vriendin en iemand zonder wie je niet kunt leven.’

Haar ogen begonnen weer te glanzen. ‘Ik weet hoe dat voelt.’

Ze beet op haar onderlip. ‘Ik voel me zo leeg, David.’

‘Dat geldt voor ons allemaal.’

‘Het was zo plotseling. Ik verwacht nog steeds dat George me belt, maar dat zal hij nooit meer doen. Ik dacht dat ik een toekomst had, maar die nam hij met zich mee en nu krijg ik die nooit meer terug. Maar weet je wat me het meest dwarszit? De laatste keer dat we elkaar spraken was…’ Ze leek het woord dat ze wilde uitspreken in te slikken, alsof het te pijnlijk was.

‘Was…?’

Verslagen liet ze een zucht ontsnappen en haar schouders hangen. ‘Het doet er niet meer toe. Ik heb nooit afscheid kunnen nemen.’

Omdat ze bij die woorden zo verdrietig keek, schoof David zijn stoel naast de hare en sloeg zijn arm om haar schouders. Ze liet haar hoofd tegen zijn borst zakken en huilde. David trok haar tegen zich aan en snoof met welbehagen de vanillegeur van haar haar op en genoot van het gevoel van haar lichaam tegen het zijne. Hij sloot zijn ogen en voelde zijn eigen hart zwaar worden van onuitgesproken verdriet. Anders dan Phaedra had hij gemerkt dat bij hem de tranen niet zo makkelijk kwamen; die leken achter in zijn keel te blijven steken, waar zijn spieren zich samentrokken en pijn deden van alle moeite om ze in te houden.

‘Sorry,’ mompelde ze even later. ‘Ik ben er gewoon kapot van. Ik had hem gevonden, en toen raakte ik hem weer kwijt.’

'Kom op Fairfield logeren, Phaedra,' drong hij aan. 'Dan vind je troost bij zijn familie.'

'Dat kan ik niet.'

'Ik sta erop.'

'Jullie weten niets van me. Ik ben een vreemde. Ik kan niet zomaar binnen komen vallen.'

'Ik denk nou niet bepaald dat je ons 's nachts zult vermoorden.'

Ze snufte. 'Natuurlijk niet. Maar toch voel ik me er ongemakkelijk bij om gastvrijheid van je moeder te accepteren.'

'Ze wil graag dat je komt.'

'Nee, ik heb al genoeg problemen veroorzaakt. Ik kan echt beter teruggaan naar Parijs.'

'Alsjeblieft. Loop niet weg. We hebben je nog maar net ontdekt. Moeder wil je graag leren kennen. Je bent familie. Mijn vader zou graag gewild hebben dat je naar Fairfield kwam. Dat is de plek waar je thuishoort.'

Er viel een lange stilte. Phaedra had nooit ergens thuisgehoord. De gedachte om familie te hebben was erg verleidelijk. Misschien dat Parijs toch kon wachten. Eén weekend zou geen kwaad kunnen. Ze hief haar hoofd op. 'Als jij belooft dat je voor me zult zorgen.'

'Natuurlijk doe ik dat.'

'Oké, dan kom ik.' Met de rug van haar hand streek ze langs haar ogen, en toen ze zag dat er een vochtvlek op Davids shirt zat probeerde ze die ook weg te vegen. 'Lieve help, ik heb je helemaal natgehuild.'

'Het is maar een overhemd.'

'Ik kan het droogmaken met mijn föhn.' Ze moest lachen toen ze Davids gezicht zag. 'Of niet.'

'Waar zie je me voor aan? Alsof het mij iets kan schelen dat er een vochtplek op mijn shirt zit.' Ze lachten allebei. 'Voordat ik thuis ben is het weer droog, dus kan Rufus er geen aanstoot aan nemen.'

Ze wierp een blik op de klok aan de muur. 'Het is al over half tien en ik had gezegd dat ik je dan de deur uit zou zetten.'

'Dat hoeft niet. Ik zet mezelf wel de deur uit. Ik moet terug naar mijn huisgenoot.'

Toen hij naar buiten stapte, kwam ze in de deuropening staan. 'Ik heb een fijne avond gehad. Je hebt me echt opgevrolijkt,' zei ze.

'Ik weet niet of ik je echt wel zo vrolijk heb gemaakt,' antwoordde hij met een blik op haar betraande gezicht.

'O ja, zeker wel. Geen twijfel mogelijk. Het is fijn om over George te praten met iemand die hem heeft gekend.'

'Dan zie ik je vrijdag.' Hij legde zijn hand op haar onderrug en boog zich omlaag om haar een kus op haar wang te geven. Die was nog vochtig.

'Tot vrijdag dan,' antwoordde ze. 'Dan zorg je voor me, hè?'

Ze keek hem na toen hij in het licht van de straatlantaarns naar zijn bemodderde auto liep. Hij draaide zich om en zwaaide voordat hij instapte. Ze bleef in de deuropening staan tot hij de motor startte en langzaam de straat uit reed. Dus ze zou toch door George' familie worden verwelkomd. Ze voelde zich even beroerd als een dief die berouw heeft gekregen.

Later, toen ze in bed stapte, ging haar mobiele telefoon, die op het nachtkastje lag. Op het display las ze de naam Julius Beecher. Met tegenzin nam ze op.

'En, hoe is het gegaan?' vroeg hij.

6

De volgende ochtend banjerde David met Rufus door de velden, en omdat hij in een goed humeur was, was zijn tred veerkrachtig. In de fletse lucht dreven een paar roze wolken voorbij en de zon voelde al warm aan op zijn gezicht. Hij glimlachte, want vandaag maakte de gedachte dat Phaedra zou komen logeren alles een stuk mooier. De gewassen kwamen de aarde uit en hun groene kopjes reikten naar het licht. Vogeltjes dartelden kwetterend rond en hoog in de lucht cirkelde een buizerd met wijd gespreide vleugels boven zijn prooi. Het deed hem goed de in knop staande hagen te zien, en de groene sprieten van wilde hyacinten die in de bossen nog in bloei moesten komen. Rufus verdween in het struikgewas, waar de krullerige groene tentakels van varens zich al begonnen te ontvouwen. Plotsklaps leek de dagelijkse routine van zijn leven op de boerderij helemaal niet gewoon meer, maar glorieus. De bomen reikten uit om hem te omhelzen, de zon straalde op hem neer om hem te omhullen, en het zachte briesje voerde de geur van vruchtbaarheid en nieuw leven met zich mee. Zijn borst zwol door de zinnelijke vreugde van dit alles.

Toen hij bij zijn moeders huis aankwam, trof hij haar in de keuken, waar ze met Rosamunde aan het ontbijt zat. 'Ik heb nieuws voor jullie,' kondigde hij aan, terwijl hij tegen de servieskast leunde.

'Goed nieuws, mag ik hopen,' zei Rosamunde.

'Ik denk dat het jullie wel zal bevallen, ja.'

Zijn moeder wierp hem een licht bezorgde blik toe. 'Nou, hou ons dan maar niet langer in spanning.'

'Phaedra komt het weekend logeren.'

Antoinette keek hem verbijsterd aan. Op haar wangen verschenen roze blosjes. 'Hoe weet jij dat? Heb je haar gebeld?' vroeg ze.

'Ik ben naar Londen gereden om haar persoonlijk te spreken,' bekende hij.

Zijn moeder glimlachte dankbaar. 'Heb je dat voor mij gedaan?'

'Ja. Ik zag hoe erg je van streek was. Ik wilde iets doen om te helpen.'

'En wat zei ze?'

'Ze voelde zich er ongemakkelijk onder dat ze op papa's begrafenis zomaar was komen binnenvallen, maar ik heb haar ervan weten te overtuigen dat we haar dat wel vergeven.'

Rosamunde beboterde een sneetje toast. 'Goeie god, dat had ik nou nooit achter je gezocht, David!'

'Keek ze niet vreemd op toen jij ineens op de stoep stond?' vroeg Antoinette.

'Uiteraard, maar ze vroeg toch of ik binnen wilde komen en ze heeft voor me gekookt.'

'Heeft ze voor je gekookt?' zei Rosamunde hem na. 'Lieve help, Antoinette, ze heeft voor hem gekookt!'

'Ze kan best goed koken.'

'Wat hebben jullie gegeten?' vroeg Rosamunde.

'Spaghetti Napoletana.'

'Een van je vaders lievelingsgerechten,' merkte Antoinette zachtjes op.

'Het was erg lekker.' David grijnsde schuldbewust bij de herinnering, terwijl hij heel goed besefte dat zijn gevoelens voor Phaedra niet op hun plaats waren.

'Hoe heb je haar zover weten te krijgen dat ze toch komt?' vroeg Antoinette.

'Ze mist papa. Ik heb tegen haar gezegd dat ze hier bij ons troost zou vinden.'

'Dat is heel lief,' zei Rosamunde.

'Ik kan Tom maar beter het goede nieuws gaan vertellen,' zei Antoinette opgewekt. 'Ik vraag me af of Josh en Roberta ook komen.'

'Hun laat je het toch niet weten?' merkte David verschrikt op.

'Dat lijkt me wel raadzaam. Misschien komen ze niet, maar het zou niet aardig zijn om ze erbuiten te houden. Phaedra is tenslotte ook Josh' zus.'

'Als je wilt dat Phaedra nog een keer terugkomt, zou ik het niet doen. Als iemand haar kan wegjagen, is het Roberta wel.'

Antoinette keek om steun zoekend naar haar zus, en Rosamunde schoot haar al snel te hulp. 'Antoinette heeft gelijk, David. Het zou niet eerlijk zijn om hen buiten te sluiten. Roberta voelt zich al zo onheus behandeld.'

'Dan moet Phaedra maar bij jou in huis logeren,' stelde Antoinette voor. 'Dan kan ze even ontsnappen als Roberta tactloos doet.'

Rosamunde schudde haar hoofd. 'Ik weet niet of dat wel zo gepast is, Antoinette.'

'Ze is mijn zus!' bracht David haar in herinnering.

'Ja, dat is waar,' beaamde Rosamunde.

'Jouw huis is minder intimiderend dan dit.'

David kon zijn geluk niet op. Hij had het gevoel dat zijn etentje met Phaedra op de een of andere manier de aanspraak die hij op haar kon maken bevestigde. 'Als jij het zo wilt, mam.'

'Ik denk dat ze zich dan meer op haar gemak voelt. Jou kent ze nu tenslotte.'

Rosamunde bleef bedenkingen houden. 'Ik weet het niet, hoor. Het voelt niet goed. Ze mag dan je zus zijn, David, maar je kent haar nog maar net.'

'We zijn geen pubers meer, tante Rosamunde,' reageerde David grinnikend.

'Maar je hebt nog nooit een zus gehad!'

'Nu wel, en ik heb me voorgenomen haar te leren kennen.' Hij keek zijn tante grijnzend aan, die inmiddels met een zorgelijk gezicht weer een sneetje toast zat te smeren. 'En vergeet niet dat Rufus er ook nog is. We zijn heus niet alleen.'

Rosamunde nam een hapje en kauwde met smaak. 'Dan zal ik wel ouderwets zijn.'

David griste een appel van de fruitschaal. 'Goed, dat is dan geregeld. Ze komt vrijdag. Ik stel voor dat we dan met z'n allen hier eten. Nu moet ik gaan. Tot later.' Hij huppelde bijna de zonneschijn in, waar Rufus met Bertie en Woester op het gras aan het spelen was.

Die avond vertelde Joshua toen hij thuiskwam van zijn werk Roberta het nieuws. Ze geloofde haar oren niet. 'Wát? Komt dat mens het weekend logeren? Is je moeder gek geworden?'

Joshua zette zijn aktetas in de hal en liep naar de keuken om een snack uit de koelkast te halen. 'Nee, ze is alleen maar in de rouw, Roberta.'

'Dan heeft die rouw wel haar gezonde verstand aangetast.'

'Schat, kalm nou. Misschien is Phaedra wel heel aardig. Vind je het niet een beetje unfair om haar al te veroordelen nog voor je haar hebt leren kennen?'

Roberta liep achter hem aan de keuken in en keek toe terwijl hij een stuk cheddar uit de koelkast afsneed. 'Wij moeten natuurlijk ook komen opdraven.'

'Mam wil uiteraard graag dat we erbij zijn.'

'Ik had al zo'n donkerbruin vermoeden.'

'Ze is mijn zus.'

'Dat weet ik nog niet zo net. Het past allemaal veel te mooi in elkaar. Er zit een luchtje aan.'

Vermoeid liet Joshua zijn schouders zakken. 'Jij en die complottheorieën van je! Je leest te veel Patricia Cornwell.'

'Is het jou dan niet opgevallen hoe vergenoegd Beecher klonk toen hij mededeelde dat de Frampton-saffieren naar Phaedra gaan?'

'Niet wéér die verrekte saffieren!'

'Dat is belangrijk, Joshua, als jouw familie wordt opgelicht. Antoinette is op het moment ontzettend kwetsbaar. Voor George' zaakwaarnemer is het een fluitje van een cent om haar een poot uit te draaien.'

'Moeten we het hier echt weer over hebben?'

Hij nam de kaas en een blikje crackers mee naar de tafel en ging zitten. 'Wat denk jij dat we moeten doen, Roberta?'

Ze nam tegenover hem plaats en sloeg haar armen op het tafelblad over elkaar. 'Ten eerste lijkt het mij niet dat Phaedra ervoor beloond moet worden dat ze op de dag van George' begrafenis, toen zijn familie diep in de rouw was, plotseling komt vertellen dat ze zijn onwettige dochter is. Ten tweede vind ik het niet erg oprecht van je vader dat hij die informatie bijna twee jaar lang heeft stilgehouden. Ten derde is het onvergeeflijk dat zij de Frampton-saffieren heeft gekregen, terwijl die naar ons hadden moeten gaan. Ten vierde had hij schoon schip moeten maken en Antoinette alles moeten opbiechten. Ze is heel goedhartig; ze zou er nooit een punt van hebben gemaakt. Hij had geen enkele reden om aan haar te twijfelen.'

'Dat komt op hetzelfde neer als nummer twee, maar ga verder...'

Ongeduldig slaakte Roberta een zucht. 'Vergeet die nummers, Josh. Voor mij is het wel duidelijk dat die Phaedra haar best doet om met list en bedrog de familie binnen te dringen. Op haar leeftijd is dat een tikje merkwaardig. Heeft ze zelf soms geen familie?'

'Misschien zit die in Canada.'

'We leven in de eenentwintigste eeuw, en met het geld dat ze heeft gekregen kan ze daar elke week naartoe, als ze zou willen!'

'Dan hééft ze misschien geen familie. Wie weet zijn wij wel de enige naasten die ze heeft.'

'Toch is het raar om als je in de dertig bent ineens een familie te adopteren. Ze zou zelf een gezin moeten stichten. Jij vond haar knap, zei je. Dan is het gek dat ze geen man kan vinden om mee te trouwen.'

Vermoeid schudde Joshua zijn hoofd. 'Ik weet het niet, Roberta, en het kan me ook niet schelen. Ik ga er het weekend naartoe om met haar kennis te maken, omwille van mama. Het zou fijn zijn als jij ook meekwam, met Amber, maar als je een scène gaat schoppen heb ik liever dat je hier blijft.'

Ze glimlachte boosaardig. 'O nee, ik ga maar al te graag mee om te zien waar het schip strandt, ook al heb ik Kathy het weekend vrij gegeven. Ik ben best bereid zelf voor Amber te zorgen als ik dan getuige kan zijn van iets wat, als het niet zo tragisch was, een schitterende zwarte komedie zou zijn!'

De middag daarop stond Antoinette voor het graf van haar man en legde een boeketje lentebloemen tegen de provisorische grafzerk van hout die Barry had gemaakt. De aanblik van de jaartallen 1954-2012 greep haar even sterk aan en ze liet zich op haar knieën zakken om haar hoofd in haar handen te nemen. Het was bijna niet voor te stellen dat George hier onder de grond lag, net als de honden die aan de rand van hun eigen tuin begraven lagen. Hij liet alleen zijn bezittingen achter, maar nu hij er niet meer was leek alle leven daaruit geweken.

'Ik voel me zo ellendig, George,' fluisterde ze. 'Ik weet niet meer hoe ik het in mijn eentje moet redden. Maar erger is nog dat ik zo kwaad ben. Ja, ik ben woedend op je, omdat je tegen me hebt gelogen. Waarom heb je me niet verteld over Phaedra? Dan had ik je immers zonder meer gesteund. Twijfelde je aan me? Is dát de reden waarom je haar geheim hebt gehouden? Dacht je soms dat ik kwaad zou worden? Hoe kon je dat nou denken, terwijl ik er nooit over heb geklaagd dat je me zo vaak alleen liet? Jij ging altijd op reis en ik liet je gaan, omdat ik van je hield en wilde dat je gelukkig was. Maar wanneer heb jij míj op de eerste plaats gesteld, zoals ik jóú altijd op de eerste plaats stelde? Je bergbeklimmerij ging vóór mij en er kwam me geen klacht over de lippen; je wist toch zeker wel dat ik over Phaedra ook nooit zou klagen? Jij was alles voor me, George, maar voor jou was ik niet alles. Dat besef ik nu, en daar word ik heel kwaad om. Als ik voor jou alles was geweest, zou je niet zulke risico's hebben genomen. Dan zou je niet zo jong gestorven zijn en mij als weduwe hebben achtergelaten. Maar je hebt me weer alleen gelaten, en ditmaal voorgoed, en ik kan het niet aanvaarden. Ik kan het gewoon niet!'

Met de rug van haar hand veegde ze over haar wangen. Op het kerkhof wemelde het van de grafzerken, vele met de naam Frampton erop, met data die helemaal teruggingen tot de veertiende eeuw. Sommige waren zo oud dat je de inscriptie niet eens meer kon lezen. Maar elk van deze graven getuigde van een leven – een leven dat ooit even kleurrijk was geweest als het hare. Op een dag zou ze hier naast George liggen en zou háár kleurrijke leven ook afgelopen zijn. Van de dingen die belangrijk hadden geleken, zou niets overblijven. Haar bestaan zou ook zo ten einde komen: op een kil kerkhof, en de jaren die zo lang hadden geleken zouden uiteindelijk niet meer zijn dan een paar in steen gebeitelde zielloze data. Wat was het leven toch kort – en wat had het voor zin?

Een golf van angst spoelde over haar heen en ze hield haar adem in. De dood was onvermijdelijk en zou hoe dan ook komen, zoals na elke zomer de herfst aanbreekt. Het was niet zomaar iets wat met iedereen gebeurde, maar iets wat haarzelf zou overkomen. Je kon er niet onderuit.

Ze stond op en haastte zich de kerk in. Daar was niemand. Het was er schemerig, maar het middaglicht viel door de glas-in-loodramen naar binnen en scheen neer op de banken; de stofdeeltjes die erin ronddwarrelden schitterden als vuurvliegjes. Ze liep het gangpad door en nam plaats op de voorste kerkbank, tegenover het altaar. Terwijl ze neerknielde in gebed, klampte ze zich vast aan de tradities uit haar jeugd zoals een zeeman die schipbreuk heeft geleden zich vasthoudt aan de restanten van zijn schip.

Wees daar alstublieft, God. O, wees er alstublieft, omdat ik niets onder ogen kan zien. Ik kan er niet tegen dat ik tot stof zal vergaan. Ik wil niet geloven dat George onder de grond ligt. Hij is zo veel groter dan dat. Er moet ergens een onsterfelijk deel van hem zijn dat verder leeft. Hij heeft tenslotte bergen beklommen. Hij was een dappere avonturier. Ik kan niet geloven dat het avontuur voorbij is en dat die bovenstebeste George van me in een kist ligt te vergaan onder de grond. Waar heeft het allemaal toe gediend? George was een goed mens; hij verdient beter. Alstublieft, God, wees ergens daar boven. Ik wil in U geloven, dat wil ik echt. Ik wil graag denken dat George in de hemel is. Ik wil graag geloven dat daar ook een plekje is voor mij, omdat ik bang ben om alleen achter te blijven. Tranen welden op onder haar wimpers en ze drukte haar gebalde vuisten tegen haar mond. *O God, ik ben bang om alleen te zijn in het donker.*

Ze bleef nog een poosje op het knielkussen zitten luisteren naar haar ademhaling en het vertragende ritme van haar hartslag. Uiteindelijk vond haar gekwelde ziel vertroosting in de stilte, en de zachte vibraties van vele eeuwen van kaarslicht en gebed brachten haar tot bedaren. Toen ze weer overeind ging zitten, voelde ze zich merkwaardig verkwikt. Weg was de verschrikkelijke angst. Daarvoor in de plaats was nu een vreemd soort berusting gekomen – een gevoel dat iemand die sterker was dan zij wel zou zorgen dat alles goed kwam.

Ze liep naar buiten en kneep haar ogen in het felle licht tot spleetjes. Ze wierp een blik op haar horloge; het was even over zessen in de namiddag. Ruim een uur was ze binnen geweest, dus geen wonder dat het even duurde voordat haar ogen zich hadden aangepast.

Toen ze het pad op liep, zag ze tot haar afgrijzen dat haar schoonmoeder onder de houten overhuiving van de kerkpoort met dominee Morley stond te praten. Ze waren zo in hun gesprek verdiept dat ze haar niet opmerkten. Antoinette verstijfde en probeerde naarstig te bedenken of er een andere weg naar buiten was. De enige officiële uitgang was de poort, waar haar auto vlakbij geparkeerd stond, maar er moest achter de kerk een ontsnappingsroute zijn.

Langzaam draaide ze zich om om niet hun aandacht te trekken, en zo zachtjes en zo snel als ze kon liep ze om de kerk heen naar de achterkant. Zodra ze eenmaal uit het zicht was versnelde ze haar pas, en ze haastte zich over het gras naar een hoge muur die iemands terrein afgrensde. In de muur zat een roestig ijzeren hek. Ze tuurde erdoorheen en zag tot haar verbazing een liefdevol onderhouden tuin. Die was heel groot, met een keurig gemaaid gazon en netjes verzorgde borders met vaste planten en ander ontluikend groen. Tegen de muur was een kruidenperk en aan de rechterkant piepten al groepjes narcissen en tulpen door de humuslaag heen, glanzend in de avondzon. Het huis aan de overkant van de tuin was een fraai georgiaans gebouw met een rood pannendak, waarop een koppel duiven zat, al net zozeer in elkaar verdiept als dominee Morley en Margaret Frampton.

Antoinette wist niet wie hier woonde. Ze ging niet veel om met de bewoners van het stadje, en veel van dit soort panden lagen verscholen achter oprijlanen en hoog oprijzende bomen en struiken. Het zag er niet naar uit dat de eigenaar thuis was – hij was althans niet in de tuin –, dus glipte ze door het hek heen, dat tot haar opluchting niet op slot zat.

Met bonzend hart liep ze langs de rand van de tuin. Ze voelde zich net een inbreker – hoewel bij nader inzien alles beter was dan te moeten blijven staan om een praatje met haar schoonmoeder te maken. Terwijl ze zich een weg zocht, rook ze ineens de onmiskenbare geur van *Daphne odora*. Ze bleef staan om het zoete, jasmijnachtige aroma van de vroegbloeiende struik op te snuiven en haalde haar hart eraan op. Ze snoof nog een keer diep, genietend van de geur. Sinds George was overleden was ze niet meer in haar eigen tuin geweest. Ze wist niet eens of daar de *Daphne odora* al bloeide, en dat mocht voor Antoinette wel iets heel bijzonders heten, omdat ze deze plant als het grootste cadeautje van de lente beschouwde. Terwijl ze met gesloten ogen het bedwelmende parfum stond op te snuiven, drong langzaam tot haar door dat ze door iemand werd gadegeslagen. Plotseling deed ze haar ogen weer open, waarna er een blos op haar wangen verscheen, die nog dieper werd toen ze besefte dat de man die in de deuropening van zijn serre stond niemand anders was dan dokter Heyworth.

Ze wrong haar handen en glimlachte verontschuldigend. 'O hemel, u vraag zich vast af wat ik hier doe in uw tuin,' mompelde ze, en ze haastte zich het grasveld over om haar aanwezigheid te verklaren.

'Vindt u mijn daphne mooi?' vroeg de dokter met een lach.

'O, ja, uw daphne is verrukkelijk. Weet u, ik weet niet zeker of de onze al bloeit; ik heb nog niet gekeken. Het is mijn lievelingsstruik en de eerste die in bloei komt.' Ze realiseerde zich dat ze ontzettend snel praatte en alle mogelijke moeite deed om te doen alsof haar onverwachte verschijning in zijn tuin de gewoonste zaak van de wereld was.

'Ik denk dat die van u nu ook wel bloeit.' Er verscheen een bezorgde frons op zijn gezicht toen ze bij hem kwam staan, en het drong ineens tot Antoinette door dat aan haar gezicht te zien moest zijn dat ze eerder in de kerk had gehuild. 'Is alles wel goed met u, lady Frampton?'

'Ik ben net naar George' graf geweest,' antwoordde ze terwijl ze haar schouders liet zakken.

'Aha.'

'Daarna heb ik een poosje in de kerk gezeten. Daar is het heel vredig. Ik knapte er erg van op. Het is balsem voor de ziel om je op zo'n stille plek te bezinnen als er verder niemand is. Dat wil zeggen, ze stonden op het punt naar binnen te gaan...'

Dokter Heyworth trok zijn wenkbrauwen op. 'Ze?'

'Dominee Morley en mijn schoonmoeder,' verklaarde ze zich snel nader. 'Ik wilde hen niet tegenkomen op het pad, dus ben ik achterom gelopen, en ik wist weg te komen zonder dat ze me hadden gezien. Althans, ik weet vrij zeker dat ze me niet hebben gezien. Daarom ben ik ook in uw tuin.'

Dokter Heyworth grinnikte geamuseerd, en ze wist dat ze wartaal uitsloeg. 'Tja, de meeste andere mensen komen via de voorkant,' zei hij.

Ze staarde hem aan en wist niet wat ze moest zeggen. Toen begon hij zo hard te lachen dat zijn hele gezicht ervan rimpelde, en voelde ook zij ineens een lach opborrelen vanuit haar buik. Het overviel haar, want het was lang geleden dat ze zo gelachen had. 'Lieve hemel, u zult me wel heel raar vinden,' zei ze met haar handen op haar buik.

'Nou ja, als u hier toch bent, wilt u misschien binnenkomen voor een kopje thee?' Het was heel goed mogelijk dat dominee Morley en Margaret nog steeds bij de kerkpoort stonden te praten, dus zou het moeilijk worden om ongezien haar auto te bereiken.

'Heel graag,' antwoordde ze, en ze volgde hem naar binnen.

'Mooi. Laten we dan maar eens water gaan opzetten.'

Rosamunde maakte zich inmiddels grote zorgen om Antoinette. Ze was nu al uren weg en het begon donker te worden. Hoe lang had je ervoor nodig om bloemen neer te leggen op het graf van je man? Ze legde haar borduurwerk neer en keek op haar horloge. Het was al over zevenen. Ze spitste haar oren of ze de auto het grind op hoorde draaien, maar hoorde alleen een paar late hanen kraaien.

Harris verscheen in de deuropening en vroeg of ze iets wilde drinken. 'Ja, sherry graag, en schenk maar een flink glas in. Wat denk jij dat lady Frampton uitspookt, Harris?'

'Vermoedelijk komt ze zo terug. Ik zou me maar geen zorgen maken. Geen nieuws is goed nieuws, is mijn ervaring.'

'Tja, daar zit iets in. Ik denk...' Op dat moment flitste het licht van de autokoplampen door het raam. 'Ah, mooi, daar zul je haar hebben.' Rosamunde stond op en vloog opgelucht naar de hal. Harris liep voor haar uit om de deur open te maken. Maar het was niet Antoinette die zich het bordes op haastte, maar Margaret.

'Goedenavond, lady Frampton,' zei Harris, die helemaal niet verrast leek.

Margaret snoof. 'Waar is Antoinette?' wilde ze weten.

Rosamunde keek met een bezorgd gezicht langs haar heen of ze de auto van haar zus al zag. 'Ze is er niet,' antwoordde ze uit het veld geslagen.

'Haar auto staat buiten voor de kerk, maar ze is nergens te bekennen. Ik dacht dat ze misschien lopend terug was gegaan en was vergeten dat ze de auto had genomen. Verdriet kan immers rare dingen met je doen. Ik rijd niet graag auto, zoals je weet, maar ik zag me genoodzaakt hiernaartoe te komen en uit te zoeken wat er in vredesnaam aan de hand is.'

'Ze is bloemen gaan leggen op George' graf...'

'Waar is dat nou weer goed voor? Daar ziet hij toch niets van!' Ze beende de gang door naar de salon. 'Wil je me een glas sherry brengen, Harris? Ah, mooi, de haard brandt. Nou, dat is tenminste iets.'

Rosamunde verheugde zich er niet op om met de onverzoenlijke schoonmoeder van haar zus samen te moeten zijn, en al helemaal niet omdat ze haar niet kon vertellen waar Antoinette was. Margaret liet zich neerzakken in een fauteuil. 'Ik wil eens een hartig woordje met haar spreken over dat meisje.'

'Phaedra, bedoel je,' antwoordde Rosamunde, blij dat ze over háár in elk geval wel alles wist wat er te weten viel.

'Ik hoor dat ze het weekend komt logeren?'

'Ja. Antoinette heeft haar uitgenodigd.'

'Mij heeft niemand daar iets over gezegd. Mocht ik het soms niet weten?'

'Ze had het vast nog willen vertellen. Ze heeft Joshua en Tom gebeld. David wist het natuurlijk, omdat hij naar Londen is gereden om haar uit te nodigen en ze samen gegeten hebben.'

'Dat heb ik ook van Roberta gehoord. Ze wil de Frampton-saffieren lenen voor een liefdadigheidsbal op Buckingham Palace, waar de prins van Wales en de hertogin van Cornwall ook acte de présence geven. Een prettig idee dat ze in zulk voortreffelijk gezelschap zullen worden gedragen. Antoinette heeft nooit iets om sieraden gegeven, maar Roberta houdt wel van opsmuk en ze staan haar vast en zeker prachtig.'

Rosamunde begreep dat Roberta Margaret niet had verteld dat de kostbare familiejuwelen aan Phaedra waren nagelaten.

Margaret snoof geërgerd. 'Er is tenminste nog iemand in de familie die bereid is me op de hoogte te houden van wat zich hier allemaal afspeelt.'

Harris kwam binnen met een dienblad waar twee glazen sherry op stonden, met een schaaltje pistachenootjes ernaast. 'Waar denk jij dat Antoinette naartoe is?' vroeg Margaret.

'Ik stel me zo voor dat ze een vriendin tegen het lijf is gelopen en dat ze iets zijn gaan drinken,' zei Rosamunde, die niet van plan was te laten merken hoeveel zorgen ze zich maakte.

Margaret wierp een blik op haar horloge. 'Ach, ik heb toch niets anders te doen, dus blijf ik wel wachten.' Ze nipte van haar sherry en sloeg met halfgeloken ogen Rosamunde gade. Die nipte van haar eigen sherry en keek terug. Het leek een hele tijd te duren voordat ze buiten eindelijk het geluid van Antoinettes auto op het grind hoorden.

'Ah, mooi,' zei Margaret met een zucht. 'Nu kan ze ons vertellen waar ze geweest is.'

Rosamunde glimlachte veelbetekenend. 'Of niet. Ik denk niet dat ze zich geroepen voelt om ons alles aan onze neus te hangen.'

7

Margaret en Rosamunde bleven in de salon zitten toen Harris ging opendoen, waarna Antoinette haastig de hal in liep. Ze luisterden naar hoe terwijl ze haar honden toesprak, ze een aai gaf en een paar woorden wisselde met de butler. Vervolgens verscheen ze in de deuropening en ze moest een glimlach onderdrukken, omdat daar in de fauteuil, in eigen persoon, de douairière lady Frampton zat die ze met zo veel moeite had proberen te ontlopen.

'Zo, je ziet eruit als een kat die van de room heeft gesnoept,' zei Margaret. 'Waar zat je? Ik zag je auto nog voor de kerk staan, maar jijzelf was nergens te bekennen.'

'Je bent zeker een vriendin tegen het lijf gelopen en iets gaan drinken?' vroeg Rosamunde, die zich niet opzij wilde laten dringen.

'Ik ben bij dokter Heyworth geweest,' antwoordde Antoinette langs haar neus weg, terwijl ze naast haar zus op de bank kwam zitten.

'Ben je ziek?' wilde Margaret weten.

'Nee hoor, het was zomaar een bezoekje voor de gezelligheid.'

Margaret trok haar wenkbrauwen op. 'Een bezoekje voor de gezelligheid? Bij dokter Heyworth?'

'Ja.' Antoinette was niet bereid meer informatie prijs te geven, hoewel wel duidelijk was dat Margaret een soort verklaring verwachtte. Een hele poos zei niemand iets, maar Antoinette maakte geen haast de stilte te doorbreken.

'We hebben gewacht tot je thuiskwam,' zei Margaret.

'Als ik had geweten dat je kwam, had ik wel gezorgd dat ik op tijd terug was,' antwoordde Antoinette. 'Misschien moet je de volgende keer even bellen.'

'Ik had het er net met Rosamunde over dat dat meisje het weekend komt logeren,' stak Margaret van wal.

'Phaedra,' zei Rosamunde.

'Ik hoorde het van Roberta,' vervolgde Margaret, terwijl ze diep door haar neusgaten inademde om te laten blijken dat het haar helemaal niet aanstond dat ze dit van de vrouw van haar kleinzoon moest horen.

'Ik heb tegen Margaret gezegd dat jij van plan was het haar te vertellen...' begon Rosamunde, maar Antoinette viel haar bruusk in de rede.

'Dat was ik helemaal niet van plan, Rosamunde.' Ze wendde zich tot haar schoonmoeder. 'Je hebt heel duidelijk gemaakt dat je niets met haar te maken wilde hebben, Margaret, en ik heb die wens gerespecteerd.'

Heel even wist Margaret niet wat ze moest zeggen. Voordat ze antwoord gaf, nam ze eerst een flinke slok van haar sherry. 'Je hebt gelijk,' zei ze toen. 'Ik wil inderdaad niets met haar te maken hebben, maar als ze de dochter van mijn zoon is, vind ik dat ik toch ten minste met haar moet kennismaken.'

De moed zonk Antoinette in de schoenen bij de gedachte dat Margaret en Roberta samen Phaedra klem zouden zetten. 'Dat lijkt me niet zo'n goed idee. Ik wil graag dat ze hier een prettig verblijf heeft.'

'O, ik sta erop. Ik heb haar een heleboel te vragen.'

'Het lijkt me niet fair om haar aan een kruisverhoor te onderwerpen.'

'Ik gá haar helemaal niet aan een kruisverhoor onderwerpen, Antoinette. Maar ik weet zeker dat jij net zo nieuwsgierig bent als ik. Het is een uitermate verontrustende gedachte dat George zoiets geheim heeft gehouden. We hebben allemaal behoefte aan antwoorden.'

'Ik zit helemaal niet op antwoorden te wachten,' zei Antoinette, alleen maar om tegendraads te zijn. 'Ik wil alleen mijn stiefdochter graag leren kennen. En als ze er mettertijd voor kiest dingen met me te delen, ben ik graag bereid om naar haar te luisteren. Maar ik ga haar niet met haar rug tegen de muur zetten om haar antwoorden af te dwingen.'

Margarets gezicht kreeg een hardere uitdrukking en ze kneep haar ogen tot spleetjes. 'Mijn zoon heeft haar bij testament een fortuin nagelaten, een inkomen dat ervoor garant staat dat ze nooit meer hoeft te werken...'

'En de Frampton-saffieren,' voegde Antoinette eraan toe. 'Vergeet dat niet.'

Margaret morste bijna haar sherry. 'Wát zeg je?'

'De Frampton-saffieren. Die heeft George aan Phaedra nagelaten.'

'Dat kan niet waar zijn! Weet je het zeker? Die juwelen moeten in de familie blijven!'

'Phaedra ís ook familie,' hield Antoinette vol.

'Niet te geloven, zeg!' Het gezicht van de oude dame werd vuurrood.

'Het is waar, Margaret. Roberta is er erg door aangeslagen.'

'Dat zou ik denken! George zou ze aan David vermaken.'

'Roberta had de indruk dat hij ze aan Joshua zou nalaten,' zei Antoinette.

'Onzin!' snauwde Margaret. 'Ze gaan naar de oudste zoon, dat weet iedereen. Roberta wil ze graag lenen, en daar is ook niks mis mee, maar er is geen sprake van dat ze aan iemand anders toevallen dan aan David.'

'Nou, hij heeft ze aan Phaedra vermaakt.'

'Dat is volkomen krankzinnig. Ik vraag me af waarom Roberta daar dan niks over tegen me heeft gezegd. We hebben vanochtend een lang gesprek met elkaar gehad.'

'Ze heeft zeker ook niets gezegd over haar minne gedrag tijdens de voorlezing van het testament?'

Margaret fronste. 'Nee, daar zei ze niets over.'

'Ze heeft zich ontzettend misdragen, Margaret. Ik vond het echt gênant.'

De oude dame dronk haar glas leeg en zette het op het tafeltje naast haar stoel. Ze zag er opeens verslagen uit. 'Wat moet er wel niet in George' hoofd zijn omgegaan?'

Daar kon Antoinette geen antwoord op geven. Zij wist het ook niet.

'Lieve hemel, hoe moet je nou voorkomen dat Margaret zich dit weekend toch zal opdringen?' vroeg Rosamunde toen ze eenmaal weg was.

'Ik denk niet dat dat me lukt. Ze heeft als ze het in haar hoofd krijgt om hierheen te komen nooit gewacht tot ze werd uitgenodigd, maar komt binnenstormen wanneer ze er zelf zin in heeft. Ik ben bang dat we haar niet weg kunnen houden. Nou ja, daar moet Phaedra dan maar tegen kunnen.'

'Dat meisje heeft anders niets te verbergen. Alles is nu duidelijk uitgesproken, toch?'

'Precies. Misschien wil ze ons wel vertellen hoe ze George heeft opgespoord en hoe ze na al die jaren een relatie hebben opgebouwd. Mogelijk maken we drukte om niks.'

Rosamunde grijnsde. 'Margaret is anders wél haar grootmoeder!'

'Het arme kind. Ach ja, je familie heb je niet voor het uitkiezen.'

'Ik wil wedden dat ze toen ze op zoek ging naar haar vader niet op háár had gerekend.'

'Vast niet, nee. Een vrouw als Margaret kun je je ook niet voorstellen, in je stoutste dromen niet.'

'O, ik denk niet dat je dromen daar nou zo stout voor hoeven te zijn. In de folklore en literatuur is het allemaal terug te vinden: *The Wizard of Oz, Assepoester, 101 Dalmatiërs, Hans en Grietje* – om er maar een paar te noemen.'

'Wat ben jij slecht!' lachte Antoinette.

'Zeker weten, Margarets vind je overal,' zei Rosamunde.

Op vrijdagochtend pakte Phaedra met angst en beven haar weekendtas in. Ze legde een lichte gebloemde jurk op het bed en combineerde die met een paar rode pumps en zwarte panty, voor het geval dat ze op zaterdagavond elegant voor den dag zou moeten komen. Ze wist niet goed wat ze kon verwachten, want ze was nog nooit eerder in een deftig Engels landhuis geweest. Ze rommelde in de koffer die ze al had gepakt voor haar terugkeer naar Parijs en haalde er een appelgroen vestje uit, zwarte rijglaarsjes, een gebloemde blouse en een bordeauxrode wollen maillot. Vermoedelijk was dit allemaal niet echt geschikte kleding, maar ze beschikte nu eenmaal niet over het landelijke tweed en corduroy dat ze kende uit tijdschriften en films.

Sinds ze David had gesproken was ze enigszins gerustgesteld. Ze vermoedde dat de rest van de familie net zo aardig zou zijn als hij. Antoinette had aan de telefoon erg hartelijk geklonken, heel anders dan de vrouw die ze op de begrafenis had ontmoet. Maar dat was ook niet zo gek; Phaedra had haar op het slechtst denkbare moment een ingrijpende onthulling gedaan. Als ze eraan terugdacht, kromp ze weer in elkaar. Het zou fijn zijn om hen allemaal onder minder stressvolle omstandigheden terug te zien.

Maar ze hoopte wel dat niemand over George' testament zou beginnen. Het was ongelofelijk gênant dat hij haar zo veel had nagelaten, om over de Frampton-saffieren nog maar te zwijgen. Toen Julius haar had laten weten dat die nu van haar waren, was ze al bijna flauwgevallen van schaamte, want ze wist waarom hij ze aan haar had gegeven, en ze wilde ze niet. Afgezien van het feit dat ze er helemaal het type niet voor was om echte juwelen te dragen, waren ze op de een of andere manier besmet, omgeven met schuldgevoel. Ze wist zeker dat hij, als hij er goed over zou hebben nagedacht, nooit zo impulsief zou zijn geweest.

Julius had haar verteld dat de saffieren in India waren aangeschaft door de eerste lord Frampton, in 1838, toen hij daar gouverneur-generaal was, en dat ze van generatie op generatie waren overgeleverd. In de hal van Fairfield Park hing een groot portret van zijn echtgenote Theodora, de eerste lady Frampton, die er schitterend uitzag met het verfijnd vormgegeven collier van diamanten en saffieren, en de bijbehorende oorbellen en armband. Julius was helemaal paars aangelopen toen hij ze haar beschreef. Phaedra gaf niet veel om juwelen, maar Julius had bij hoog en bij laag volgehouden dat geen enkele vrouw, hoe ingetogen ook, deze opsmuk kon weerstaan.

Die avond laadde ze haar tas op de achterbank van haar auto en reed aan de westkant Londen uit, na een stop bij een boetiekje aan King's Road om een attentie voor Antoinette te kopen. Op Talgarth Road was veel verkeer, maar ze luisterde naar Capital Radio en reed met haar kleine Fiat algauw met een gelijkmatige snelheid van honderddertig kilometer per uur over de M3.

De lucht was zwaar van dikke, grijze wolken, maar in het westen, waar de zon onderging, scheen het gouden licht erdoorheen en kleurde ze roze. De zenuwen begonnen haar parten te spelen toen ze van de snelweg afsloeg naar het platteland. De hagen stonden al in knop en er leek wel een groene rooksluier tussen de bomen te kronkelen nu de takken hun eerste lichtgroene blaadjes lieten zien. De lente had het land uit het sombere bruin van de winter gehaald, blies de velden nieuw leven in en kleurde ze levendig, lichtgevend groen. Ze had plezier in de vogeltjes die in en uit de hagen vlogen, en draaide het raampje open om de stadse uitlaatgassen uit haar longen te verdrijven en de frisse, schone lucht in te ademen. Ook al was ze gespannen, toch knapte ze hiervan op.

Uiteindelijk kwam ze door het oude marktstadje Fairfield. De hoofdstraat was heel breed en omzoomd door kersenbomen die nog in bloei moesten komen. Ze reed de heuvel op, terwijl ze zich vergaapte aan de georgiaanse huizen en winkeltjes, gesaust in een regenboog van kleuren, die ze in haar zenuwen helemaal niet had opgemerkt toen ze hier voor de begrafenis was geweest. Het was net of je terugging in de tijd, en als er geen auto's onder de fruitbomen hadden gestaan, zou ze zich hebben kunnen voorstellen hoe het een eeuw of twee geleden moest zijn geweest, toen koning George nog op de troon zat.

Ze minderde vaart toen ze langs de kerk kwam. Ergens daar op de begraafplaats lag George begraven, en heel even kreeg ze zin om de auto te parkeren en op zoek te gaan naar zijn graf, maar ze wilde niet te laat komen en het was al zeven uur. Dus reed ze door en sloeg het smalle weggetje in dat naar Fairfield Park voerde, zo'n anderhalve kilometer buiten het stadje. Ze huiverde toen ze langs de witte cottages kwam en de ijzeren poort door ging, en dacht terug aan de laatste keer dat ze hier was geweest en hoe verschrikkelijk graag ze toen weg had gewild. Ze wist nog dat ze toen gezworen had nooit meer terug te komen, maar hier was ze nu, en opnieuw reed ze onder de platanen van de oprijlaan door.

Harris hoorde de auto op het grind en liep snel naar de salon om lady Frampton te waarschuwen. Antoinette haastte zich de hal in met David; Joshua en Roberta bleven binnen bij Rosamunde zitten. Terwijl Antoinette zich in de hal posteerde, omdat ze graag wilde dat alles soepel verliep en dat Phaedra haar zou mogen, beende Roberta de kamer door om door de gordijnen te gluren. Ze zag de auto aan komen rijden en halt houden. Ze zag dat de jonge vrouw die erin zat de motor uitzette en het portier openmaakte. Vervolgens zag ze Phaedra naar buiten stappen, en haar lichaam verstrakte van jaloezie, want zelfs in het halfdonker kon ze zien dat ze een schoonheid was. Roberta trok zich terug alsof ze zich aan het gordijn had gebrand.

Harris daalde de bordestreden af om Phaedra met haar bagage te helpen. David kwam achter hem aan met een brede glimlach op zijn gezicht. Zodra Phaedra hem zag ontspanden haar schouders zich, en dankbaar glimlachte ze terug. Hij had gezegd dat hij voor haar zou zorgen, en hij had woord gehouden. Er ging een warm gevoel van opluchting door haar heen toen ze hem daar zo zag staan.

'Je bent mooi op tijd,' zei hij, zich vooroverbuigend om haar een kus op haar wang te geven.

'Er was niet veel verkeer. Het ging prima.'

Hij kon wel aan haar zien dat ze gespannen was. 'Ik had zo gedacht dat je misschien liever in mijn cottage wilt komen logeren,' fluisterde hij in haar oor. 'Dan kun je er even tussenuit als mijn familie je te veel wordt.'

Ze lachte, aangenaam verrast. 'Was dat jouw idee?'

'Nee, van mijn moeder, om eerlijk te zijn.'

'Wat attent van haar. Kunnen we er nu meteen naartoe?'

Wantrouwend keek hij haar aan. 'Dat is een grapje, zeker?'

'Niet echt.'

Hij legde zijn hand op haar onderrug en leidde haar de treden op.

'Maak je maar geen zorgen, ze bijten echt niet. En degene die wel bijt is er niet,' voegde hij eraan toe, doelend op zijn grootmoeder.

Antoinette stond al op het bordes om haar welkom te heten. 'Phaedra, wat fijn dat je hebt willen komen.'

'Dag, lady Frampton.'

'Alsjeblieft, zeg maar Antoinette. Je bent tenslotte mijn stiefdochter.' Ze glimlachte hartelijk en Phaedra's angsten bedaarden. 'Trek je maar niets aan van de honden, het zijn schatten van beesten.'

'Ze zijn wel groot, hè? Ze zullen je wel helemaal de oren van het hoofd eten.'

'Ze eten niet zo veel als je zou denken. Kom verder. De anderen zijn in de salon. Tom is nog niet gearriveerd, maar dat is niets nieuws; hij komt nooit op tijd, voor wat dan ook.'

Phaedra liep achter Antoinette aan de hal door. Die zag er een stuk groter uit nu hij niet vol mensen stond. Een groot vuur danste onstuimig in de haard, onder een grote zwarte kap om de rook weg te vangen. Ze ademde de geur van brandende houtblokken in en slaakte een zucht van welbehagen; die houtgeur had iets heel vertroostends. Ze liep over de Perzische tapijten en nam alles in zich op, van het gigantische boeket lelies op de haltafel tot de rij zilveren trofeeën op de schoorsteenmantel boven de haard, die waarschijnlijk van George waren. Dit was zíjn huis, zíjn familie, zíjn privéleven – en zij had daar nooit deel van uitgemaakt.

Toen ze verder liep naar de salon, trok het grote portret van Theodora haar aandacht. Het hing onder aan de trap, waar het licht vanuit de hal op de saffieren en diamanten om haar hals en haar pols en in haar oren leek te vallen, en ze deed schitteren alsof ze echt waren. Nog los van de serene schoonheid van de vrouw bezaten de Frampton-juwelen een geheel eigen grootsheid. Phaedra kreeg de tijd niet om er langer bij stil te staan, maar Julius had gelijk gehad: geen enkele vrouw, hoe ingetogen ook, zou er níét van onder de indruk zijn.

Ze liep de salon in, waar Rosamunde en Joshua opstonden om haar te begroeten. 'Strikt genomen hebben we al eerder kennisgemaakt,' zei Rosamunde. 'Maar dat reken ik niet mee.' Ze stak haar hand uit. 'Ik ben Rosamunde, de zus van Antoinette.'

'Ja, nogmaals hallo.' Phaedra pakte haar hand aan, opgelucht dat de nogal streng ogende vrouw die ze in de bibliotheek had ontmoet heel vriendelijk was wanneer ze glimlachte.

'Dit is Josh,' zei Antoinette, waarna ze ook Roberta voorstelde. Niets in haar manier van doen verried dat ze niet bijster dol op haar schoondochter was.

Phaedra schudde Joshua de hand; anders dan die van zijn broer was die zacht en slap als deeg. Maar hij had een prettig gezicht; je zou hem zelfs knap kunnen noemen, al hadden zijn trekken niet het karakteristieke dat David tot zo'n krachtige persoonlijkheid maakte. Josh had iets sukkeligs over zich, met zijn enigszins opgetrokken schouders, en iets afstandelijks, alsof hij zich uit de situatie wilde terugtrekken.

De koelheid van zijn echtgenote verraste haar. Ze bleef ernstig, haar scherpe kaaklijn strak, terwijl ze Phaedra met een heerszuchtige blik opnam en haar in alle opzichten het gevoel gaf dat ze heel klein was.

Net toen Roberta iets wilde gaan zeggen, schoot David Phaedra te hulp. 'Laten we gaan zitten,' stelde hij voor. Er was even een onhandig moment toen David zijn hand in de richting van haar onderrug bewoog om haar naar de bank te leiden, maar zich vervolgens bedacht en hem weer terugtrok. 'Harris zal iets te drinken voor je halen,' zei hij, terwijl hij zijn zwevende hand in zijn zak stak. 'Waar heb je zin in?'

'Een tonic?'

'Weet je zeker dat je niet wel wat sterkers kunt gebruiken?' grijnsde hij met een blik omlaag.

'Later misschien.'

'Ik ben bijna geneigd me voor hen te verontschuldigen,' fluisterde hij toen ze eenmaal zaten. 'Maar ze zijn ook jouw familie.' Ze moesten allebei lachen, en Antoinette vond dat ze nu al broer en zus leken.

Harris kwam de drankjes brengen en bij het haardvuur praatten ze wat. Roberta was op de vensterbank gaan zitten, op een afstandje van de rest van de familie, en luisterde toe zonder aan het gesprek deel te nemen. Antoinette nam niet de moeite haar te vragen erbij te komen. Als ze per se afstandelijk wil doen, dacht ze, is dat haar probleem. Ze hoopte maar dat Phaedra niet in de gaten had hoe onbeleefd ze zich gedroeg.

Maar Phaedra merkte alles op en Roberta's vijandigheid verbaasde haar niet, al deed die haar wel pijn. Ze was dankbaar dat alle anderen vriendelijk tegen haar deden. Julius had gezegd dat George' familie haar als een verloren dochter zou verwelkomen, maar daar was Phaedra nog niet zo zeker van geweest. Het leek veel gevraagd van een familie die nog in de rouw was. Maar de gok die ze had genomen leek toch gunstig uit te pakken. Antoinette was bereid haar hartelijk te ontvangen, en vooral David deed erg zijn best om haar het gevoel te geven dat ze bij hen hoorde. Joshua's ogen begonnen elke keer dat hij naar haar keek te stralen, en Rosamunde, die blijkbaar graag haar zus een plezier wilde doen, was erg voorkomend. Maar voor Phaedra maakte de bloedband weinig uit, want door hun gedeelde liefde voor George waren ze toch al verbonden op een manier waarop DNA dat nooit zou kunnen.

Terwijl Antoinette over haar honden vertelde, merkte Phaedra het verdriet in haar blik op. Antoinette glimlachte en lachte weliswaar van tijd tot tijd om de grapjes die David maakte, maar Phaedra vermoedde dat vanbinnen haar hart volkomen was versteend. Ze stond aan het begin van een onbekende en eenzame weg. Ze had haar zonen om haar te troosten en haar zus om haar kracht te geven, maar toch maakte haar weduweschap haar geïsoleerd en verloren. Phaedra wilde wel nader contact met haar zoeken, maar ze besefte heel goed dat geen woord, hoe zorgvuldig ook gekozen, George ooit nog terug kon brengen. En alles wat minder was dan dat schoot onherroepelijk tekort.

Tegen de tijd dat ze zich naar de eetkamer begaven om aan tafel te gaan, was Tom nog steeds niet komen opdragen. Zenuwachtig keek Antoinette op haar horloge. 'Maak je maar geen zorgen, mam. Hij is het waarschijnlijk vergeten,' zei David, en hij trok een stoel voor Phaedra onder de tafel uit.

'Ik maak me helemaal geen zorgen,' antwoordde ze met een weinig overtuigend glimlachje.

'Hij is het vast niet vergeten,' stelde Rosamunde haar gerust.

'Is Tom ooit ergens voor op tijd gekomen?' vroeg Joshua terwijl hij ging zitten.

'Hij zal zo wel komen,' voegde Roberta eraan toe. 'Dit weekend wil hij heus niet missen. Niets vindt hij zo heerlijk als een flink drama.' Even wilde Phaedra reageren op de suggestie dat zíj het drama was, maar ze zag er toch van af. Het had geen enkele zin om aan de staart van de tijgerin te gaan trekken; dan zou ze alleen maar een knauw krijgen.

'Hij grijpt elk excuus aan om in papa's auto te rijden,' merkte David op.

Joshua grinnikte. 'Ja, achter het stuur van de Aston Martin is hij net Pad van Paddenburg.'

Phaedra lachte en Joshua's ogen glommen even van plezier. 'Ik weet niet of hij wel zo blij zou zijn met die vergelijking,' zei ze. 'Niemand wil immers graag met Pad worden vergeleken!'

'Hij zou de eerste zijn om de overeenkomst te zien; Tom heeft echt veel van Pad weg,' vervolgde Joshua, blij dat hij Phaedra wist te amuseren.

Roberta zat recht tegenover Phaedra en keek toe terwijl David en haar man aan weerskanten van haar plaatsnamen. 'Dus je bent een liefhebber van Kenneth Grahame?' vroeg ze.

'Natuurlijk. *De wind in de wilgen* is een van mijn lievelingsboeken.'

'Waar heb je op school gezeten?'

'In Vancouver,' antwoordde Phaedra met een schouderophalen. 'Maar ik had een hekel aan school.'

'Heb je ook gestudeerd?'

'Nee, ik heb vanaf mijn zestiende gewerkt. Ik ben zo snel ik kon het huis uit gegaan.'

Roberta trok haar neus op. 'Aha. Hoe dat zo?'

'Dat is een lang verhaal,' antwoordde Phaedra met tegenzin. Die geschiedenis zou ze Roberta nooit vertellen.

'Wat jammer dat je niet hebt doorgeleerd. Daar heb je nu vast spijt van, zeker?' Roberta glimlachte suikerzoet.

'Helemaal niet. Het leven heeft me veel geleerd.'

'Weet je, Rat is altijd mijn favoriete personage geweest,' merkte Joshua op.

'O, het mijne ook,' viel Phaedra hem enthousiast bij, blij om zich van Roberta te kunnen afwenden. 'Die goeie ouwe Ratje.'

'Volgens mij is David een soort Ratje,' zei Joshua.

'Ik ben liever Das. Die heeft meer charisma,' merkte David droogjes op.

Roberta verstrakte en trommelde ongeduldig met haar vingers op tafel. 'Vertel ons eens over George en jou, Phaedra. Daar willen we allemaal dolgraag meer over weten.'

Er viel een ongemakkelijke stilte. Joshua wierp zijn vrouw een onheilspellende blik toe, maar Roberta glimlachte als een listige krokodil. Antoinette probeerde koortsachtig iets te bedenken om te zeggen. Het was onvermijdelijk dat het gesprek die avond op een goed moment op George zou komen, maar ze had niet verwacht dat dat al zo snel zou zijn. Roberta was onvergeeflijk bot, maar Phaedra leek er geen aanstoot aan te nemen. Harris schonk haar glas vol met witte wijn en ze nam langzaam een slokje. David was het liefst over een ander onderwerp begonnen om Phaedra ongemak te besparen, maar hij was net zo nieuwsgierig als de anderen.

‘Wat had je precies willen weten, Roberta?’ vroeg ze.
‘Alles, vanaf het allereerste begin. Laten we beginnen bij je moeder.’
Phaedra fronste. ‘Mijn moeder heeft haar eigen herinneringen. Die heeft ze mij nooit toevertrouwd.’
‘Roberta, dit is de Spaanse Inquisitie niet,’ zei Rosamunde, waarmee ze herhaalde wat haar zus tegen Margaret had gezegd.
‘Doe maar niet alsof het je niet interesseert, Rosamunde. George’ onwettige dochter verschijnt plotseling op zijn begrafenis en erft een fortuin, om over de Frampton-saffieren nog maar te zwijgen.’ Toen ze de juwelen ter sprake bracht werd Roberta’s stem ijl van emotie. ‘Het lijkt mij ons recht, als zijn familie, om te weten hoe dit allemaal heeft kunnen gebeuren.’
‘Phaedra hoeft ons alleen te vertellen wat ze ons wíl vertellen,’ merkte Antoinette diplomatiek op.
‘Je hebt er toch geen bezwaar tegen, hè?’ vroeg Roberta aan Phaedra.
‘Ze staat niet in de beklaagdenbank, Roberta,’ zei Joshua.
Roberta wendde zich tot haar man. ‘Kennelijk ben ik hier de enige die eerlijk genoeg is om toe te geven dat ze de hele situatie uitermate onthutsend vindt.’
‘Roberta!’ riep David uit, en zijn gezicht verhardde van woede.
Phaedra forceerde een glimlachje en stak haar hand op. ‘Alsjeblieft, laten we er geen ruzie om maken. Ik kan heel goed zelf antwoord geven. Natuurlijk ben je geschokt, Roberta; dat zou ik ook zijn in jullie plaats. De man die je zo goed dacht te kennen bleek een groot geheim te hebben, waar hij niemand iets over vertelde. Maar hebben we niet allemaal vele facetten? Hebben we niet allemaal op de een of andere manier geheimen voor elkaar? Is dat niet volkomen natuurlijk? George heeft mij geheimgehouden omdat hij jullie allemaal niet wilde kwetsen, en aan Roberta’s reactie te merken had hij dat goed gezien. Als hij niet was overleden, zou niemand van jullie er iets van hebben geweten.’
‘Maar hij was toch van plan om ons op de hoogte te brengen?’ vroeg Antoinette pienter.
‘Dat had hij tegen mij ook gezegd. Maar misschien had hij dat uiteindelijk wel nooit gedaan.’ Ze haalde haar schouders op. ‘Ik bedoel, dat zei hij wel, en aan Julius maakte hij zijn plannen ook kenbaar. Alleen, het is één ding om te zéggen dat je iets gaat doen, maar nog iets heel anders om het ook echt te dóén.’
‘En we weten allemaal hoe impulsief George was,’ onderbrak Roberta

haar. 'Keer op keer kon hij zich voor korte tijd ergens helemaal op storten, toch? Weten jullie nog, die sigaren uit Havana? Hoe lang heeft dat al met al geduurd? Hooguit een jaar. Daarna besloot hij lama's uit Peru te gaan importeren. En zijn vlagen van enthousiasme strekten zich ook uit tot mensen.'

'Maar zijn liefde voor zijn gezin bleef steeds gelijk,' bracht Antoinette in het midden.

'Dat is waar,' beaamde Roberta. Ze bestudeerde Phaedra's gezicht om na te gaan of haar gelaatstrekken met die van George overeenkwamen. 'Je lijkt helemaal niet op hem.'

Phaedra huiverde even onder haar blik. 'Klopt, ik lijk op mijn moeder.'

David sprong voor haar in de bres. 'Ík lijk ook helemaal niet op papa.'

'Maar wel qua karakter,' voegde Roberta eraan toe. 'Welke eigenschappen heb jij van George overgenomen, Phaedra?'

Bij die vraag begon Phaedra's gezicht te stralen. 'We hadden heel veel gemeen. We hielden van dezelfde dingen: de bergen, klimmen in de ongerepte natuur, reizen, sport.'

'Skie jij ook?' vroeg David opgetogen.

'Jazeker. Ik ben opgegroeid in Vancouver.'

'Heb je met papa geskied?'

'Ja. Hij kon het geweldig goed.'

'Heeft hij je meegenomen naar Murenburg?' vroeg Antoinette, die moeite moest doen om het plotselinge gevoel dat ze was verraden te onderdrukken. Hoe was het mogelijk dat George al die dingen had gedaan zonder dat zij er iets vanaf wist? Klimmen, reizen, skiën... Ze slikte haar tranen weg nu het geheim opeens nog veel omvangrijker bleek te zijn.

'Nee. Met mijn verjaardag heeft hij me meegenomen naar Whistler, in Canada. We hebben ook gekaart. Hij was een slimme bridger.' Antoinette dacht terug aan de vele malen dat George zich – tevergeefs – had ingespannen om haar de beginselen van het bridgen bij te brengen. Over de tafel heen wierp ze Phaedra een blik toe, en ze vroeg zich af of George in zijn dochter dan wel een zielsverwante had gevonden, iemand die hield van alle dingen waar hij ook zo van hield – alle dingen waar zíj een hekel aan had.

'Keek hij niet vreemd op toen jij ineens voor zijn neus stond en beweerde dat je zijn dochter was?' wroette Roberta verder. 'Ik bedoel, heeft je moeder het echt voor hem geheimgehouden dat jij was geboren? Dat lijkt mij niet erg waarschijnlijk.'

Phaedra had onwillekeurig bewondering voor haar vasthoudendheid, ook al vond ze het niet prettig om antwoord te moeten geven op haar vragen. Haar hart bonkte en het zweet stond inmiddels in haar handen. Iedereen staarde haar aan, wat intimiderend was. 'Mijn moeder wilde niets van George, Roberta. Het was een korte liefdesrelatie, waar een einde aan was gekomen. Als ze hem had verteld dat ze zwanger was van zijn kind, zou hun verhouding heus niet langer hebben geduurd. Trouwens, al snel daarna trouwde ze met Jack, en een poosje vormden we een gezin. Ik dacht vroeger altijd dat Jack mijn vader was.'

'Waarom wachtte ze er zo lang mee om jou de waarheid te vertellen?' vroeg Roberta.

Phaedra sloeg haar ogen neer en leek even te bezwijken onder de druk van Roberta's vragenvuur. 'Jack kwam te overlijden. Ze wilde graag dat ik wist dat hij mijn echte vader niet was.'

'Arme meid, wat erg voor je om binnen zo'n korte tijd twee vaders te moeten verliezen.'

'Jack was de eerste tien jaar van mijn leven een vader voor me, en toen hij er niet meer was voelde ik me berooid en verraden. Hij ging in Nieuw-Zeeland wonen en stichtte daar een gezin. Hij hield geen contact. Toen hij overleed, voelde ik daar niets bij. Ik kan me hem nu amper nog herinneren.'

David merkte op dat Phaedra's ogen vochtig waren gaan glanzen en hij schoof zijn stoel naar achteren. 'Goed, laten we gaan eten. Ik ben uitgehongerd!' zei hij. Harris had het eten binnengebracht op grote porseleinen schalen en zette die op het dressoir aan de ene kant van de kamer. 'Phaedra, kom voor jezelf eens opscheppen,' stelde hij kalmpjes voor.

Maar Roberta was nog niet klaar. 'Heb je George veel gezien in de anderhalf jaar dat je hem hebt gekend?' bleef ze aandringen.

'Ja. Hij was een drukbezet man, maar voor mij maakte hij tijd. We hebben samen ski- en trektochten gemaakt. Ik woonde in Parijs, maar maakte veel reizen naar Azië, waar hij ook graag naartoe ging. Ik heb een groot fotoboek samengesteld over de mensen die in de Himalaya wonen, zie je. George hielp me. Hij kende de streek goed. Ik ben nog maar kortgeleden naar Londen verhuisd om hem vaker te zien.' Ze sloeg haar ogen neer en friemelde zenuwachtig met haar vork. 'Ik ga nu terug naar Parijs, want ik moet mijn boek afmaken en er is geen reden meer om te blijven.'

'Hoezo Parijs?'

'Ik heb op allerlei plekken gewoond, Roberta, maar Parijs is de stad waar ik me het meest thuis voel,' antwoordde Phaedra, die haar best deed beheerst te blijven terwijl Roberta de ene vraag na de andere op haar afvuurde. 'Ik spreek de taal en heb er veel vrienden.'

'Heeft George je aan mensen voorgesteld? Hoe heeft hij jou al die tijd geheim weten te houden?'

'Dat hoefde hij niet. Het grootste deel van de tijd waren we aan het klimmen. Alleen wij tweetjes, en een paar sherpa's en dragers. Het was niet aan de orde.'

'Maar toen jullie bijvoorbeeld in Whistler aan het skiën waren – hoe wist hij je daar geheim te houden?'

'Dat deed hij niet. Het enige wat hij geheimhield was dat ik zijn dochter was.'

Roberta trok haar neus in rimpels. 'Hoe stelde hij je dan aan mensen voor?'

'Als een fotograaf,' antwoordde Phaedra eenvoudigweg, en ze legde haar servet op tafel en stond op. 'Hij voelde zich niet genoodzaakt om zich tegenover anderen nader te verklaren.'

Op dat moment zwaaide de deur open en verscheen Tom in de deuropening, met zijn haar rechtovereind als dat van een aap. 'Sorry dat ik zo laat ben. Ik heb het hele eind vanuit Londen met het dak open gereden. Zo snel als ik kon. Mmm, wat eten we?'

8

Phaedra was opgelucht dat Tom net op tijd kwam om het gesprek van haar persoontje af te leiden. Ze vond het ongemakkelijk om over George te praten. Ze voelde zich kwetsbaar als ze vragen moest pareren over hun relatie. Zover ze kon nagaan misten ze hem allemaal, en dat was het enige wat ertoe deed.

Ze wenste dat ze geen contact met zijn familie had gezocht, maar ze had wel per se de begrafenis willen bijwonen. Julius had haar gewaarschuwd voor de gevolgen, maar ze had doorgezet. Nu begreep ze waarom hij haar had aangeraden voorzichtig te zijn. Hoe sneller ze terug kon naar Parijs en dit allemaal achter zich kon laten, hoe beter het zou zijn.

Antoinette was opgelucht om Tom te zien. Haar gepieker kwam even tot stilstand toen haar zoon zich bukte om haar een kus te geven. 'Sorry, mam. Ik had me verslapen.'

'Het geeft niet, lieverd. Ik ben blij dat je er nu bent.' Ze keek toe hoe hij Phaedra begroette, blij dat Roberta's geduw en getrek door zijn komst was afgekapt. Misschien dat ze nu allemaal van een fijn familie-etentje konden genieten.

'En ik ben blij dat jíj hier bent, zus,' zei Tom grinnikend. 'Wat een heerlijk woord: zus. Dat klink heel fijn en gezellig.' Roberta rolde met haar ogen en slaakte een diepe zucht.

David, die bij het dressoir stond, wierp haar een dreigende blik toe. 'Als je niet tegen je vrouw zegt dat ze zich moet inhouden, doe ik het,' fluisterde hij Joshua in het oor, die zichzelf gebakken aardappelen kwam opscheppen.

'Ze vertrouwt het niet helemaal, dat is alles,' antwoordde Joshua.

'Nou, ze kan haar complottheorieën beter voor zich houden.'

'Ga maar wat eten opscheppen, lieverd, want anders wordt het koud,' zei Antoinette tegen Tom toen ze de vermoeide trek om zijn ogen zag. Hij leidde een heel ongezond leven, maar behalve dat hij vaak moe was, zag hij er toch goed uit. Tom schepte zichzelf een flinke portie flensjes met zalm op en ging vervolgens naast zijn moeder zitten. Hij wist de hele tafel te amuseren met het nieuwste drama uit zijn nachtclub. Een werknemer had verhalen over beroemdheden verkocht aan de pers en ze hadden hem in de val gelokt door hem een verzonnen roddel op de mouw te spelden en toen afgewacht of het in de kranten verscheen. Tot zijn grote vermaak stond het de ochtend daarop in de *Daily Mail*.

'Ik heb hem ontslagen,' zei Tom. 'Dat soort dingen kunnen we in de Red Lizard niet gebruiken!'

Phaedra babbelde wat met Joshua. Híj stelde haar geen vragen over George; wat hem interesseerde was wat ze voor iemand was, niet wat voor relatie ze had gehad met zijn vader. Het leek wel of Roberta de enige was die details wilde weten, alsof ze haar van liegen verdacht en erop gespitst was haar te ontmaskeren. Phaedra voelde zich volkomen op haar gemak tussen Joshua en David in. Ze voelde zich even veilig als in het gezelschap van hun vader, en ze ontspande zich en genoot van het eten, omdat ze nu deel uitmaakte van iets wat sterker was dan zijzelf.

Na het eten speelde ze bridge met Tom, David en Joshua, aan een tafeltje dat was neergezet bij het grote erkerraam aan de andere kant van de salon. Roberta verdween naar boven om even bij Amber te kijken, maar Phaedra vermoedde dat ze alleen maar geen zin had om nog langer in haar gezelschap te verkeren en haar dochtertje gebruikte als excuus om ertussenuit te knijpen. Antoinette zat naast het haardvuur met haar zus en keek toe hoe de drie broers en hun zus met elkaar omgingen. 'Zo had het kunnen zijn als ik nog een kind had gekregen,' zei ze zachtjes tegen Rosamunde. 'George had zo graag een meisje gewild.'

'Ja, het zou leuk zijn geweest om een dochter te hebben. Nergens in dit huis is ook maar een spoortje roze te vinden.'

'Ik was bang dat Roberta haar weg zou jagen, maar als je ze zo gezellig ziet kaarten, lijkt er geen reden tot bezorgdheid. Phaedra laat zich zomaar niet wegsturen.'

'Roberta is onvergeeflijk bot,' stemde Rosamunde met haar in. 'Ik snap niet waarom zij het als haar taak ziet om de speurneus van de familie te worden. De Frampton-juwelen zullen haar nooit toebehoren; die zouden toch naar David zijn gegaan. Dat had Margaret kunnen weten.'

'Natuurlijk had ze dat kunnen weten, maar George heeft daar nu allemaal verandering in gebracht. Die juwelen kunnen me trouwens eerlijk gezegd niets schelen. Ik vind ze zelfs nogal opzichtig – het soort sieraden dat Margaret graag draagt. Al maken ze wel deel uit van onze familiegeschiedenis. Het zou jammer zijn om ze op een andere familielijn te zien overgaan.' Ze dacht eraan dat Phaedra naar Parijs zou vertrekken met de set saffieren, die ze dan nooit meer terug zou zien, en ze kreeg even een benauwd gevoel op haar borst. 'Maar je hebt gelijk; het is niet aan Roberta om namens de familie het woord te voeren,' voegde ze eraan toe. 'Wat iedereen ook denkt, George' wensen dienen te worden gerespecteerd.'

'Ze zou moeten beseffen dat ze maar aangetrouwd is, en geen bloedverwante.'

'Ze is alleen maar jaloers, Rosamunde. Phaedra is veel knapper en charmanter dan zij.'

'Én zij is wél een bloedverwante.'

'Ja, dat is ze. Ik vind dat nog steeds moeilijk te bevatten. Niet te geloven gewoon dat ze als meisje al die jaren niet heeft geweten dat George haar vader was. En dat George helemaal niet wist dat hij een dochter had.'

'Mij verbaast het niks dat hij haar meteen in zijn hart sloot. Ze heeft iets heel ontwapenends, vind je niet?'

'Ja, en daardoor wil ik graag een moeder voor haar zijn. Ik kon Roberta wel wat doen toen ze met dat vragenvuur begon. Het lijkt wel of ze haar met alle macht als bedriegster aan de kaak wil stellen.'

'Nou, er is een DNA-test gedaan en er valt niet verder over te twisten. Als Roberta het in die richting zoekt, zal ze niets vinden.'

'Het gaat allemaal alleen maar om geld, ben ik bang,' zei Antoinette met een zucht. 'Roberta kwam zonder een cent op zak de familie binnen en was opeens schatrijk. Ze mag van geluk spreken dat we háár motieven om met Josh te trouwen niet ter discussie stellen.'

'Misschien zeggen haar verdenkingen over Phaedra wel meer over haarzelf dan ze beseft.'

'Ja, dat heb ik ook al gedacht.'

Antoinette keek toe toen Harris een dienblad met koffie op het lage tafeltje voor haar neerzette. 'Ziezo, ik vraag me af of Roberta bereid is om weer naar beneden te komen, of dat we haar vanavond niet meer te zien krijgen.'

Phaedra kon goed bridgen. Tom wilde maar al te graag haar partner zijn toen hij besefte hoe slim ze was. Ze wonnen zonder enige moeite en bespraken lachend hoe het partijtje was verlopen. Phaedra nipte van haar pepermuntthee en dacht er weemoedig aan terug dat George degene was geweest die haar had leren bridgen in het basiskamp op de Annapurna, waar ze vanwege het weer drie dagen hadden vastgezeten. Bergbeklimmen zou nooit meer hetzelfde zijn nu George was overleden. Dat hoofdstuk van haar leven was voorgoed afgesloten.

David wierp Phaedra over de tafel heen een blik toe. Hoe beter hij haar leren kennen, hoe leuker hij haar vond, en af en toe, als die verbijsterende grijze ogen de zijne vingen, voelde hij wel dat zij hem ook leuk vond. De manier waarop ze naar hem keek had iets intiems, alsof hun etentje in Londen een gedeeld geheim was. Hij wilde haar helemaal voor zichzelf hebben, al was ze ook de zus van Joshua en Tom. Door haar afkomst behoorde ze hun alle drie in gelijke mate toe. Toch kon David er niets aan doen dat hij voor zijn gevoel een streepje voor had op zijn broers, want ze zou die avond meegaan naar zíjn huis en de volgende ochtend zou hij haar een rondleiding geven over het hele landgoed. Ze had gevraagd of hij voor haar wilde zorgen, en hij zou er alles aan doen om dat waar te maken.

Roberta liet zich niet meer zien. Joshua vertrok kort na hun bridgepartijtje naar boven en even later gingen Antoinette en Rosamunde naar bed. Tom, David en Phaedra bleven bij de haard zitten kletsen en lachen, en Tom trok nog een fles wijn open.

Het was al over enen toen David met Phaedra het park door reed naar zijn huis. Het was vanaf het hoofdgebouw maar tien minuten lopen, maar voor een wandeling over de velden was het te donker. Phaedra staarde uit het raampje terwijl ze over de karrensporen reden en genoot van de donkere nacht op het platteland. De maan was een felle sikkel, de lucht was zo zwart als inkt en de sterren twinkelden als scherfjes glas. In de stad kon je de sterren amper zien en had de hemel nooit zo'n diepe fluwelige kleur. 'O, wat hou ik van het platteland,' zei ze geeuwend.

'Je moet naar bed.'

'Weet ik. Het was een heerlijke avond, David. Ik vond het echt fijn om bij je familie te zijn.'

'Ónze familie,' hielp hij haar herinneren.

'Het zal wel even duren voor ik het gevoel heb dat ik er echt bij hoor.'

'Het spijt me van Roberta.'

'Dat is nergens voor nodig. Ze kan er niet mee overweg dat ik zomaar opeens ben komen binnenvallen.'

'Je kómt niet zomaar binnenvallen, Phaedra. Je bent een Frampton.'
'Dank je wel. Je bent heel aardig voor me.'
'Dat weet ik – net als Rat.' Ze moesten allebei lachen. Toen werd David weer serieus. 'Roberta kan erg vals zijn.'
'Het is begrijpelijk dat ze argwanend is. Ze vindt me natuurlijk een opportunist die jouw familie binnendringt om al jullie geld te stelen.' Ze keek hem met vaste blik aan. 'Maar George' geld interesseert me niet, David. Ik ben niet van plan het ooit aan te raken.'
'Doe niet zo mal. Het is van jou.'
'Nee, dat is het niet. Je bent heel aardig en ik ben je dankbaar voor je steun, maar ik hoef dat geld echt niet. Ik verdien zelf de kost en ik ben tevreden over mijn manier van leven. Ik ben niet inhalig. Ik heb een eenvoudige smaak. George is er veel te snel mee geweest om me uit schuldgevoel in zijn testament op te nemen...' Ze zweeg even en keek uit het raam. 'Dat had hij niet moeten doen... en als hij was blijven leven had hij het misschien ook wel weer teruggedraaid.'
'Tja, dat zullen we nooit weten. Accepteer de dingen nou maar zoals ze zijn, Phaedra. Wat je er ook van vindt, je bent een Frampton. Daar valt niets aan te veranderen.'
De auto kwam tot stilstand voor het schilderachtige huisje. 'Oost west, thuis best,' zei hij terwijl hij de motor uitzette.
'Wat goddelijk!' riep ze enthousiast terwijl ze haar blik over de oude, verweerde bakstenen en het enigszins doorzakkende dak liet gaan. Het leek net of het gebouwtje er moe van was geworden om rechtop te blijven staan en zijn schouders liet hangen om uit te rusten. Ze stapten allebei uit. 'Je huis lijkt wel te slapen, vind je niet?'
'Dat kan ik niet vinden, nee,' antwoordde hij terwijl hij omhoogkeek.
'O, jawel. Het is vast al honderden jaren oud. Arm huis, om al die tijd overeind te moeten blijven in weer en wind. Geen wonder dat het een beetje in elkaar wil zakken.'
'Vertel je me nou dat mijn huis in elkaar gezakt is?'
Ze lachte toen ze zijn verwarde gezicht zag. 'Eh... ja, een beetje alsof het slaapt. Maar het is enig, David.' Ze liep naar de deur. 'Ik verheug me erop om met Rufus kennis te maken.'
David maakte de kofferbak open en haalde haar tas eruit. 'Hij vindt je vast aardig. Hij heeft een goeie kijk op de dames.'
'Betekent dat dat als hij me niet mag ik geen dame ben?'
'Neem maar van mij aan dat hij je graag zal mogen.' Hij droeg haar tas

naar de deur en haalde die van het slot. Rufus kwam wel heel enthousiast de keuken uit gestormd en sprong tegen Phaedra op. 'Hé, kalm aan, Rufus!'

Maar Phaedra vond het juist ontzettend leuk. 'Wat een geweldig beest,' zei ze enthousiast terwijl ze haar armen om hem heen sloeg. 'Hallo, Rufus!'

'Zie je nou? Hij mag je graag.'

'Dan ben ik dus toch een dame,' zei ze. 'Wat een opluchting!'

David ging haar voor naar de keuken. Die was smetteloos schoon. 'Mary is nog speciaal langs geweest,' legde hij uit, met het gevoel dat hij niet helemaal eerlijk was. 'Anders is het meestal niet zo netjes.'

Ze liet haar blik over de glanzende granieten werkbladen en de fraaie blauwe kastjes gaan. 'Hou je van chocoladecake?'

'Wat dacht jij?'

'Dat vat ik dan maar op als een ja. Laten we morgen een cake bakken. In chocoladecake ben ik heel goed. Niemand kan die weerstaan.'

'Dat geloof ik graag.'

'O, wat leuk allemaal! Je keuken is enig.'

'Ik zal je je kamer laten zien.' Rufus dribbelde voor hen uit de trap op. 'Of liever gezegd: Rufus zal je je kamer laten zien. Ik hoop dat je die net zo enig vindt.'

Ze liepen een smalle gang door. David moest bukken vanwege de lage hanenbalken. 'Gelukkig ben ik niet zo lang,' zei ze met een lach.

'Het mag wel een wonder heten dat ik niet inmiddels een bochel heb gekregen,' antwoordde hij. 'Oké, mijn kamer is hier en die van jou is daar.' Ze keek even naar binnen in zijn kamer en zag een hoek van het bed en een ladekast vol met slordige stapels boeken en tijdschriften. Het rook er naar hond en man.

'Waar slaapt Rufus?'

'Hij hoort in de keuken, maar in de winter slaapt hij bij mij. Als het te warm is, gaat hij weer naar beneden.'

'Wat heerlijk om iemand te hebben om je nachten mee te delen.' Toen moest ze lachen, omdat ineens tot haar doordrong hoe provocerend het klonk.

'Het is oké, je bent mijn zus,' antwoordde hij, en hij lachte met haar mee, terwijl hij diep in zijn hart het liefst de God zou vervloeken die die situatie op zijn geweten had.

Haar slaapkamer was heel mooi, met een groot koperen bed, een doorgestikte sprei met een dessin van klaprozen, en bijpassende gordijnen. 'Ik zou graag de eer opstrijken voor de inrichting, maar die heeft moeder helemaal voor me verzorgd.'

Ze glimlachte. 'Ik vermoedde al zoiets.'

'Ze grijpt elk excuus aan om met inrichten bezig te zijn en was er als de kippen bij.'

'Dat komt doordat je niet getrouwd bent. Als je een vrouw had, zou ze die waarschijnlijk voor je laten zorgen.'

'Het is niet echt zo dat ze voor me zorgt. De tijd dat ik met mijn vuile was bij haar op de stoep stond is wel voorbij. Maar ze moedert wel over Tom; die geeft haar het gevoel dat ze nodig is. Ze zal nog wel meer drukte over hem gaan maken nu papa er niet meer is.'

'Ik zou morgen wel naar George' graf willen,' zei Phaedra zacht. 'Vandaag kwam ik nog langs de kerk, maar ik had geen tijd om er even te stoppen.'

'Prima. Dan breng ik je ernaartoe.'

'Dank je wel.'

'Barry heeft van hout een tijdelijke zerk gemaakt. De echte is pas over een maand klaar. Ik vind die van Barry wel mooi, maar mam wil hem een marmeren steen geven. Die zal ook wel langer meegaan.'

'Wie is Barry?'

'De tuinman. Hij was erg op papa gesteld.' David slaakte een zucht. 'Dat was iedereen. Nou, je badkamer is hiernaast. Ik hoop dat je lekker slaapt. Maak je maar geen zorgen als je af en toe wat gekras hoort, want dan is dat Boris de kerkuil.'

'Luistert hij naar die naam?'

'Je kunt het proberen. Als je een dode muis naar buiten steekt, krijg je vast meteen een reactie.'

Phaedra lachte. 'Welterusten, David, en bedankt dat ik hier mag logeren. Je had gelijk: deze cottage past prima bij me. Ik voel me hier helemaal geborgen. Het grote huis is wel erg groot, hè?'

'Dat valt wel mee als je eraan gewend bent. Maar ik ben blij dat mijn stulpje je bevalt. Je hoeft niet vroeg op te staan, maar mocht je dat toch willen, dan staat er in de koelkast genoeg te eten. Ik wist niet waar je trek in zou hebben, dus ik heb van alles ingeslagen, zelfs pannenkoeken.'

'Pannenkoeken? Ik zal eens vérse pannenkoeken voor je bakken,' zei ze met een grijns.

'Zijn alle zussen zo aardig?'

'Ik zou het niet weten, ik was enig kind.'
David zette haar tas op het bagagerek. 'Dan heb ik zeker geluk gehad.'
Ze schonk hem een hartelijke glimlach. 'Ik ook.'

Phaedra lag in bed naar de nachtelijke geluiden te luisteren. Ze hoorde Boris roepen in een boom vlak bij het huis, en de wind die door de takken floot. In George had ze eindelijk de veilige haven gevonden waar ze haar hele leven al naar had gezocht, alsof ze een bootje was dat zijn anker uitwierp op een grote, stevige rots. Ze had nooit verwacht dat die rots ooit zou verdwijnen. Het gevoel weer op drift te zijn was onverdraaglijk. Maar nu had ze het gevoel dat ze opnieuw een rots had gevonden waarop ze haar anker kon uitwerpen. Ze rolde zich op, terwijl het gewicht van de deken en de sprei aangenaam zwaar op haar lichaam drukte. Er trok een huivering van welbehagen door haar heen en ze sloot haar ogen. De geluiden van het platteland wiegden haar algauw in slaap.

De volgende ochtend werd ze om negen uur wakker gemaakt door heel andere plattelandsgeluiden. Vogels zongen in de bomen, duiven koerden op het dak vlak voor haar raam, en het gehots van een tractor op het weggetje in de verte herinnerde haar eraan waar ze was. Liggend op haar rug genoot ze van het zonlicht dat door de kier tussen de gordijnen naar binnen viel en het voeteneinde van het bed in een gloed zette. De dag was vol beloften.

Aan de achterkant van de deur vond ze een herenbadjas, die ze over haar pyjama heen aantrok. Toen ze de keuken in kwam, zat David al helemaal aangekleed koffie te drinken en de zaterdagskranten te lezen. 'Goeiemorgen,' zei hij, met een blik op haar gestalte in zijn oude kamerjas van school, terwijl haar haar in een fraaie wirwar over haar schouders viel. 'Heb je lekker geslapen?'

'O, jazeker. Boris was goed bij stem.'

'Kan ik een kop koffie voor je inschenken? Al ben ik bang dat ik niet van die chique koffie zet als jij.'

'Koffie lijkt me lekker. Ik zie dat je een cafetière hebt. Beter is er niet.'

'Ik heb een hekel aan oploskoffie.'

'Ik ook. Die is niet te drinken.' Ze trok de koelkast open. 'Wauw, jij weet wat van inslaan.'

'Ik zei je toch al dat ik van alles had gekocht?'

'Wat heb jij gegeten?'

'Nog niets. Ik heb op jou gewacht.'

'Heel galant. Ik had beloofd pannenkoeken voor je te bakken, weet je nog?'

'Daar kan ik geen nee tegen zeggen.'

'Goed, heb je meel, eieren en melk?'

'Jazeker.'

'En een Aga-fornuis. Wat zijn dat toch geweldige dingen. Ik heb van een vakvrouw pannenkoeken leren bakken en zij had ook een Aga. Let goed op, meneer Frampton, en knoop dit in uw oren.' Toen sloeg ze haar hand voor haar mond en lachte. 'O, je bent nu *lord* Frampton, toch?'

'Ik vrees van wel.'

'Chic, hoor. Oké, *milord*, aan het werk.'

Terwijl David koffie zette, mengde Phaedra het pannenkoekbeslag met de felrode mixer die zijn moeder voor haar zoon had gekocht, maar die hij nog nooit had gebruikt; hij zat nog in de doos. Vervolgens perste ze een paar citroenen uit in een kan en zette die op tafel, samen met de suikerpot en een paar borden, messen en vorken.

David keek naar haar terwijl ze in zijn keuken in de weer was en er sloeg een golf van vreugde door hem heen. Ze zag er heel lief uit in zijn oude kamerjas, en af en toe ving hij een glimp op van een glad been dat ertussenuit piepte. Toen het beslag klaar was, schonk ze een beetje regelrecht op de Aga.

'Ik heb wel een pan, hoor,' zei hij.

'Die heb ik niet nodig.'

'O nee? Ik heb het zo nog nooit eerder iemand zien doen.'

'Dat is nou juist het fijne van een Aga. Moet je zien hoe mooi hij gaart. Je koopt nu vast nooit meer kant-en-klare pannenkoeken.'

'Jawel, want jij bent er niet altijd om ze voor me te maken.'

'Dan zal ik maar heel vaak moeten komen logeren.'

Hij lachte. 'Dat lijkt me leuk.'

Met de spatel schepte ze de pannenkoek van de kookplaat en draaide hem om. Hij was goudbruin en rook verrukkelijk. Davids maag knorde. 'Geef me je bord eens aan.' Hij deed wat hem gezegd werd en Phaedra legde de warme pannenkoek er voor hem op, zodat hij hem kon besprenkelen met citroensap en suiker. Daarna maakte ze er eentje voor zichzelf.

'O, lekker zeg. Héél lekker!' zei David enthousiast, terwijl hij met zijn ogen dicht kauwde om van de smaak te genieten. 'Ik geloof niet dat ik je nog laat gaan,' voegde hij eraan toe.

'Best. Dan betaal ik de huur wel met pannenkoeken.'

'Dat hoeft niet, lijkt me, want je bent immers familie. Al zeg ik tegen die pannenkoeken geen nee.'

Ze ging aan het hoofd van de tafel zitten en begon haar eigen pannenkoek op te eten. Hij wierp een blik op de kom met beslag. 'Zit er nog meer in?'

'Zo veel als je op kunt.'

'Ik heb een flinke trek.'

'Weet ik. Je bent ook een flinke man. Daar had ik al rekening mee gehouden.'

'Een kok die kan skiën - is er iets wat je níét kunt, Phaedra?'

'Ik kan een heleboel dingen niet. Ik probeer alleen maar goede sier te maken met wat ik wél kan.'

'Daar geloof ik niks van.'

'Ik zal me nog wat geliefder maken door nog een pannenkoek voor je te bakken.'

Na het ontbijt nam Phaedra een lang, luxe bad, waarna David, Rufus en zij naar het grote huis liepen. Ze namen een route door de bossen, waar het zonlicht in glanzende poeltjes op het pad viel en het vrolijke gekwetter van vogels weerklonk in de takken van oude eiken en beuken. Een drietal reeën sprong lichtvoetig over de varens en braambosjes, en verdween tussen de hazelaars, en Rufus zat voor zijn plezier hazen en fazanten achterna door de struiken. Phaedra was er verrukt van en glimlachte vergenoegd terwijl ze luisterde naar David, die haar verhalen vertelde over de boerderij en over zijn jeugd op dit prachtige landgoed.

Na het bos kwamen ze op open land, waar de wintertarwe op de velden ritselde in het briesje, en klommen ze een kleine heuvel op waar een klassiek geproportioneerd stenen tuinhuis stond, van god en iedereen verlaten te midden van overwoekerde struiken en hele bergen door de wind opgehoopte bruine bladeren. Van daaraf konden ze links het meer zien, en de schoorstenen van Fairfield Park, die deels door bomen aan het zicht werden onttrokken.

'Wat een prachtige plek om je thuis te noemen,' zei Phaedra. 'Waar dient dit huisje voor? Het ziet er enig uit, maar zo verloren.' Ze liet haar blik over de zacht honingkleurige muren gaan en voelde diep vanbinnen iets trekken, alsof het gebouwtje haar fluisterend uitnodigde om naar binnen te komen.

'Zoiets heet een *folly* – een tuinhuis,' legde David haar uit.

'Is het alleen voor de sier?'

'Misschien wel. Of het is gebouwd om als theehuis te dienen,' zei David. 'Ik weet het niet precies.'

'Een theehuis? Helemaal hier boven?'

'Ja. Vroeger bouwden ze dit soort huisjes speciaal om er 's middags thee te drinken.'

'Welke "ze"?'

'Ik heb geen idee.'

'Heb je er ooit naar gevraagd?'

'Nee.'

Ze fronste. 'Het ziet eruit alsof niemand er nog aandacht aan besteedt. Maar hoe kun je zo'n betoverend huisje nou vergeten?'

'Toen we nog klein waren, gingen we hier altijd spelen, maar verder doet niemand er ooit iets mee. Ik ben het met je eens dat het er heel leuk uitziet.'

'Meer dan leuk. Het is uitnodigend en aantrekkelijk. Krijg jij geen zin om naar binnen te gaan en je lekker op de bank te installeren? Misschien is er binnen wel een haard. Kijk, er is een schoorsteen. Het moet voor de een of ander wel bijzondere waarde hebben gehad, want het is zo mooi ontworpen en met veel zorg gebouwd. Kijk nou, het uitzicht hier is spectaculair. Als het van mij was, zou ik het in zijn oude glorie herstellen en hier 's avonds naar de zonsondergang komen kijken. Romantisch!'

'Misschien dat Amber er wil gaan spelen als ze wat groter is.'

'O, het is veel meer dan een speelhuisje voor kinderen. Dat is zonde. Ik bedoel, een kind zou het niet weten te waarderen. Het moet gekoesterd worden, David. Wat jammer dat jullie het allemaal zo laten overwoekeren door klimop en mos, en god mag weten wat nog allemaal meer.' Ze slaakte een zucht en streek met haar hand over een van de pilaren die het timpaan ondersteunden.

'Ik zou het heerlijk hebben gevonden om op zo'n plek op te groeien. Het is hier zo betoverend,' ging ze zachtjes verder.

'Vind je?'

'Jij hebt geen idee, omdat je niet anders weet. Dit lijkt regelrecht afkomstig uit Enid Blyton en C.S. Lewis.' Ze grinnikte. 'Ik wil wedden dat je als je naar binnen loopt een heel andere wereld binnengaat.'

'In wat voor wereld ben jij dan opgegroeid?' Vragend keek hij haar aan.

'In een betonnen wereld. Mijn moeder moest niet zo veel hebben van het platteland; dat vond ze maar saai. Ze had graag mensen om zich heen, altijd keurig gekapt en opgemaakt.'

'Wat deed ze?'

'Ze deed niets. Haar vader had haar grootgebracht met de gedachte dat ze ik-weet-niet-wat was. Dat soort vrouwen werkt niet; ze zoeken een man om dat voor hen te doen.' Ze glimlachte verlegen. 'Op mijn zestiende ging ik het huis uit om in Whistler te gaan werken. Eindelijk was ik in de bergen. Je weet wel: hoge toppen en weidse luchten, en heel veel klimmen en skiën. Ik werkte als vertegenwoordiger voor een skifabrikant. Ik vond het zo heerlijk dat ik er drie jaar ben gebleven.'

'Waarom ben je er dan weggegaan?'

'Ach, je kunt niet je hele leven op zo'n plek doorbrengen. Ik werd rusteloos en wilde meer van de wereld zien.'

'Leerde je toen hoe je fotograaf moest worden?'

'Ja, ik had een relatie met een fotograaf in Rome en hij inspireerde me. Met ons samen werd het niets, en ik vertrok met mijn camera en alle kennis die ik had opgedaan weer naar Canada.'

'Hoe ben je in Parijs terechtgekomen?'

'Dat is een lang verhaal. Misschien voor een andere keer.' Ze wendde zich af. De wind kreeg vat op een lok van haar haar en blies die tegen haar gezicht. David voelde wel dat ze over dat deel van haar leven niet graag wilde praten.

'Vind je het erg als ik hier wat foto's neem? Het is echt prachtig mooi, David.'

'Heb je je camera dan bij je?'

'Een kleintje maar. Een fotograaf gaat nooit zonder camera van huis.'

'Goed hoor, maak maar foto's zo veel je wilt.'

'Mag ik er een van jou maken?'

'Zo fotogeniek ben ik niet.'

'Dat denk je alleen maar omdat je nog nooit door een prof bent gefotografeerd.' Ze glimlachte en haalde een kleine Canon uit haar zak. 'Mag ik?'

Een poosje later scheurde Phaedra zich met tegenzin van het tuinhuis los en liep achter David aan de heuvel af. Uiteindelijk naderden ze het bordes van het grote huis. 'Eén ding wil ik je nog vragen, Phaedra,' zei hij terwijl hij op het grind bleef staan.

'Vraag maar.'

'Toen je met papa omging en hij je als fotograaf aan mensen voorstelde, vonden die dat toen niet een beetje vreemd?'

Ze haalde haar schouders op. 'In Parijs vond niemand het vreemd.'

'En toen je naar Londen verhuisde?'

Haar gezicht betrok en ze werd opeens ernstig. 'Het werd ingewikkeld.' Ze stak haar handen in haar jaszakken.

'Maar werd er niet geroddeld?'

'Niet dat ik weet. Maar ik ben daar niet lang gebleven.'

'Verbazingwekkend.'

'Nee hoor. Als je iets echt stil wilt houden, dan lukt dat ook,' zei ze met een schouderophalen. 'Als hij me niet in zijn testament had opgenomen en ik niet naar de begrafenis was gekomen, zou niemand van jullie er ooit iets van hebben geweten.'

Hij voelde haar tegenzin en wilde haar weer op haar gemak stellen. 'Als ik voor mezelf mag spreken, zou ik dan zonder meer een stuk slechter af zijn geweest.'

'Wat lief om dat te zeggen.' Ze schonk hem een glimlachje en David leefde weer op.

'Kom op, laten we moeder maar eens gaan opzoeken.'

9

Antoinette zat met Roberta, Joshua en Rosamunde in de salon toen David en Phaedra in de deuropening verschenen. Antoinettes ogen begonnen te stralen, Joshua's grauwe wangen kleurden roze en Roberta fronste. Ze liet haar blik over Phaedra's fleurige bloemetjesjurk, appelgroene vest, zwarte panty en enkellaarsjes glijden, en bedacht dat haar kleding absoluut niet geschikt was voor het platteland. Phaedra zag Roberta's misprijzende blik en wenste dat ze een spijkerbroek had aangetrokken.

'Ik vroeg me al af wanneer jullie zouden opdagen,' zei Antoinette.

'Heb je goed geslapen in Davids huis?' vroeg Rosamunde.

'Heel goed, dank je. Door al die plattelandsgeluiden was ik gelijk weg,' antwoordde Phaedra.

'Ze heeft pannenkoeken voor me gemaakt als ontbijt,' zei David, en hij zag dat het rood van Joshua's wangen iets groenigs kreeg.

'Jij boft maar,' zei Rosamunde verlekkerd. 'Ik ben gek op pannenkoeken!'

'Het is veel makkelijker om ze kant-en-klaar te kopen,' snoof Roberta.

'Makkelijker wel, maar lang niet zo lekker,' zei Phaedra.

'Dat kan ik volmondig beamen,' stemde David in.

'Ik had gedacht om Fairfield in te gaan,' stelde Antoinette voor. 'Er zijn een paar schattige winkeltjes die Phaedra misschien wel leuk vindt.'

'Ik zou graag zien waar George is begraven, als je dat goedvindt,' zei Phaedra.

'Natuurlijk. Als je wilt kunnen we een bosje narcissen meenemen uit de tuin.'

Phaedra glimlachte. 'Dat zou mooi zijn.'

David werd afgeleid door zijn rinkelende mobiele telefoon. Hij liep naar het raam om hem aan te nemen.

'Ga je ook mee, Josh?' vroeg Antoinette.

Joshua wierp een blik op zijn vrouw. 'Wij gaan een stukje wandelen met Amber,' antwoordde hij, en hij probeerde enthousiast te klinken.

'Ik ga met jullie mee,' zei Rosamunde. 'Dan kan Antoinette haar stiefdochter wat beter leren kennen.'

Antoinette wendde zich tot Phaedra en glimlachte naar haar. 'Dan is het alleen wij tweeën en David. Tom ligt nog in bed. Zo is hij; hij blijft de hele week op en duikt zodra hij thuis is zijn bed in.'

'Neemt hij zijn vuile was ook mee?' vroeg Phaedra grijnzend.

'Hoe weet je dat?' lachte Antoinette.

'David heeft opgebiecht dat hij dat vroeger ook deed.'

'Ja, dat klopt. Als Tom zijn was niet mee naar huis nam, zou die gewoon niet schoon worden.'

'Je bent een goede moeder,' zei Phaedra. Ze voelde Roberta's laatdunkende blik door haar huid heen branden. 'Waar is Amber? Ik wil haar graag zien,' zei ze, in een poging Roberta erbij te betrekken.

'Ze ligt boven te slapen,' antwoordde Roberta ijzig.

'Nou, als ze wakker wordt wil ik graag met haar kennismaken. Ik ben gek op kinderen.'

'Ze is heel lief,' zei Joshua. 'Een heel mooi meisje, net als haar moeder.'

Roberta rolde met haar ogen. 'Dat moet hij wel zeggen,' reageerde ze smalend.

'Nou, als ze op jou lijkt, dan boft ze, Roberta. Je hebt een prachtige botstructuur. Ik zou mijn rechterarm wel willen geven voor zulke jukbeenderen de jouwe.'

Roberta was veel te sluw om voor dergelijke vleierijen te vallen. 'Dank je,' antwoordde ze beleefd, maar koel.

Joshua grijnsde naar zijn vrouw. 'Ja, Amber is een bofkont als ze later op Roberta gaat lijken.'

'Ik ben bang dat ik naar de boerderij moet,' zei David met een zucht. 'De zaaimachine is kapot.'

'Ach...' Phaedra keek geschrokken.

'Ik sluit me later wel bij jullie aan,' zei hij ter geruststelling.

'O, doe dat. We gaan naar de kerk, en dan de hoofdstraat af – toch, Antoinette?'

'Als jij dat wilt.'

'Kom ons dan maar opzoeken. Dat doe je toch, hè?'

David was gevleid. 'Zodra ik mezelf kan losmaken.'

'Duurt het lang, denk je?'

'Ik zorg ervoor van niet,' zei hij. 'Maar moeder zal zich wel om je bekommeren. Ik ben niet geschikt voor winkels. Ik verlies mijn geduld en word onbeleefd.'

Antoinette schudde haar hoofd. 'We kopen wel een ijsje voor hem, dan kan hij op de stoep zitten wachten terwijl wij de winkels af gaan.'

Antoinette en Phaedra reden in Antoinettes auto de oprijlaan af, terwijl David door de weilanden naar de boerderij liep, die zo'n vierhonderd meter achter het huis lag. Rosamunde bleef met Roberta en Joshua achter in de salon.

'Het is een heel aardig meisje,' zei Rosamunde ferm. 'Ze lijkt veel op George, vinden jullie niet?'

'In welke zin?' vroeg Roberta. Ze zag helemaal geen gelijkenis.

'Charisma. Ze hebben allebei de unieke eigenschap dat ze de aandacht naar zich toe trekken. Ik noem dat soort mensen "halomensen", omdat ze omgeven worden door een stralend licht, waardoor je naar ze wilt blijven kijken.'

'Nou, ik ben bang dat ik haar stralenkrans niet zie.'

'Ik ben het met je eens, Rosamunde, ze is heel fascinerend,' zei Joshua. 'Ze mag jou graag, Roberta.'

'Niet waar,' stoof Roberta op, ontzet bij de gedachte. 'Ze probeert me alleen maar voor zich te winnen. Ze weet dat ik lont ruik.'

'Dat is niet aardig van je, Roberta,' zei Rosamunde scherp. 'Je bent alleen nog maar onaardig tegen haar geweest sinds ze hier is.'

Roberta snoof lichtjes. 'Ik ben niet zo'n dweper,' legde ze uit. 'Ik kan niet doen alsof als ik iets niet voel.'

'Vind je haar nog steeds een indringer die zich aan de familie heeft opgedrongen om al ons geld te stelen?' vroeg Joshua.

'Ik weet het niet. Ik geloof haar verhaal niet. Er klopt iets niet, maar ik kan er niet achter komen wat. Noem het intuïtie als je wilt, maar ik heb zo'n donkerbruin vermoeden dat ze ons niet de waarheid vertelt.'

Plotseling vulde Margarets formidabele gestalte de deuropening. Basil dribbelde langs haar heen op zoek naar Bertie en Woester, en schoot weer weg toen hij ze niet aantrof. 'Zo, waar is onze gast?' vroeg ze, en ze liet haar scherpe blik door de kamer gaan.

Rosamunde keek Joshua veelbetekenend aan. 'David heeft haar meegenomen naar zijn huis,' loog ze.

Margaret ademde in door haar opengesperde neusgaten. 'Lieve hemel, waarom heeft niemand me dat verteld? Ik ben helemaal door de weilanden hiernaartoe komen lopen.' Ze beende de salon in en ging in een leunstoel zitten.

Harris bracht haar een kop koffie op een dienblaadje. Margaret pakte hem aan en nam een slokje. 'Hemel, wat sterk, Harris. Nu loop ik de rest van de dag te stuiteren.'

'Mevrouw Gunice heeft koffie gezet, mevrouw.'

'Dan moet jij het de volgende keer maar doen, Harris. Je weet hoe ik mijn koffie wil.'

'Ja, dat is zo, mevrouw.'

'Goed, dat is dan geregeld. Wil je ervoor zorgen dat Basil wat water krijgt? Hij heeft kilometers gelopen en zal wel vreselijke dorst hebben.'

Ze richtte zich weer tot haar familie. 'En, Roberta, wat is ze voor iemand?'

'Ze is heel aardig,' zei Roberta zuinigjes.

'Wij leerden op school altijd dat we nooit iemand "aardig" mochten noemen. Dat kun je beter.'

'Goed dan, ze is poeslief en charmant.'

'O ja?'

'Nou, ze heeft iedereen ingepalmd.'

'Behalve jou.' Margaret kneep haar ogen samen en nam haar aangetrouwde kleindochter kritisch op.

'Ze doet haar best,' zei Roberta, en er gleed een klein lachje over haar gezicht.

'Lijkt ze in enig opzicht op George?'

'Ik denk dat ze een dochter van haar moeder is,' zei Roberta.

'Je bedoelt dat ze helemaal niets van hem heeft?'

Rosamunde voelde zich verplicht om Roberta te corrigeren en zei: 'Ze heeft hetzelfde charisma als George.'

'O ja, die had een charisma waar je u tegen zei. Dat had hij van mij.'

'Ze is ongetwijfeld ook net zo slim als jij,' voegde Rosamunde eraan toe, wetend hoe gevoelig Margaret was voor complimenten.

'O ja? Wat interessant.'

'En ze is erg knap,' wierp Joshua op.

'Ja, op een zoetige manier,' zei Roberta vals. 'En ze heeft een heel apart gevoel voor stijl – of moet ik zeggen: geen enkel gevoel voor stijl?'

'Daar ben ik het niet mee eens,' zei Rosamunde. 'Ik vind het leuk dat ze zich zo apart kleedt, en ze heeft bijzondere ogen. Er is niks zoetigs aan haar ogen. Ik denk dat jij bedoelt dat ze blond is, Roberta, en een beetje onconventioneel.'

'Net als Tom,' zei Margaret glimlachend. 'Knap, slim en blond. Voor mij klinkt dat als een Frampton. George had witblond haar toen hij klein was. Wanneer komen ze terug?'

'Voorlopig nog niet,' antwoordde Joshua snel.

'Dan moet jij me maar met de auto naar Davids huis brengen.'

'Nu?'

'Ja, natuurlijk. Je verwacht toch niet dat ik er helemaal naartoe wandel?'

'Maak je geen zorgen, schat,' zei Roberta. 'Rosamunde en ik nemen Amber wel mee naar buiten.'

'Zie je wel?' zei Margaret terwijl ze opstond. 'Je bent vrij. Kom, laten we ze gaan zoeken.'

Antoinette en Phaedra liepen langzaam in de richting van George' graf. Het was stil op de begraafplaats, afgezien van een paar merels die met veel gekwetter over het gras hipten. De zon scheen, maar leek niet in staat de droevige schaduw die er hing te verdrijven. Antoinette en Phaedra staarden zwijgend naar de rechthoek van omgewoelde aarde die George' kist bedekte, die daar diep beneden was begraven. Barry's houten grafzerk was eenvoudig en bescheiden. De aanblik ervan greep Phaedra aan, zodat de tranen over haar wangen rolden en van haar kin op haar kleren drupten.

'Ik kan gewoon niet geloven dat er van zijn leven niets anders over is dan die paar woorden en dat trieste rijtje cijfers,' zei ze zacht. Instinctief pakte Antoinette de hand van het meisje. 'Vooral die laatste vier cijfers zien er zo dreigend uit, vind je niet? Net een nachtmerrie, om ze daar te zien staan. 2012. Het zou niet zo moeten zijn. Ik verwacht steeds dat ik mijn ogen opendoe en wakker word, en dan ontdek dat het allemaal een nare droom was.'

Phaedra's woorden raakten een gevoelige snaar bij Antoinette, omdat ook zij elk moment verwachtte wakker te worden, maar dat gebeurde maar niet. 'Elke dag is hetzelfde, Phaedra. Ik heb het gevoel dat ik een masker op heb. Ik kan mijn familie toch niet blijven lastigvallen met mijn verdriet. Ik lach en doe alsof er niks aan de hand is, maar als ik alleen in bed lig en niemand me kan horen, dan huil ik.'

'O, Antoinette, dat is afschuwelijk. Je moet kunnen rouwen.'

'Dat weet ik, en dat doe ik ook, maar ik wil niet dat ze zich zorgen om me maken. Het is al erg genoeg dat ze hun vader hebben moeten verliezen.'

'Zij komen er wel weer bovenop en gaan verder met hun leven. Joshua met Roberta en Amber, Tom met zijn club en misschien ooit een vrouw en kinderen, en David met de boerderij en de zielsverwante die hij ooit hoopt te ontmoeten. Hun leven gaat open als een bloem, gevuld met allerlei mogelijkheden. Maar George was jouw leven, en de bloem van de eindeloze mogelijkheden lijkt nu voorgoed gesloten te zijn. Dat begrijp ik wel, Antoinette. Jij ziet geen toekomst zonder George.'

Antoinette staarde Phaedra aan en door haar tranen heen zag ze het medeleven op haar gezicht. 'Voor iemand die zo jong is, begrijp je heel veel.'

Phaedra drukte haar hand. 'Het klinkt gek, maar George was ook mijn toekomst.' Ze droogde haar wangen met haar mouw. 'Voordat ik hem kende, hoorde ik nergens bij en had ik niemand. Ik zwalkte maar wat rond en probeerde mijn leven zin te geven, probeerde een Phaedra-vormige plek te vinden waar ik in paste. George gaf me die plek, en het paste precies. Hij gaf me het gevoel dat ik erbij hoorde en hij gaf me een doel. Nu hij er niet meer is, heb ik het gevoel dat ik niets ben.'

'Jij bent niet niets, Phaedra. Ik ben je stiefmoeder en jij hoort hier op Fairfield bij ons.'

Phaedra glimlachte. 'Je bent zo gastvrij, maar ik kan natuurlijk niet...'

'Nee, je begrijpt het niet.' Antoinette voelde plotseling de adrenaline door zich heen razen. 'Ik heb jóú nodig.'

'Wat?'

'Ja, jij bent een deel van George. Een deel van de man van wie ik hield.'

Phaedra liet haar blik naar de grond onder haar voeten gaan. 'Je weet dat hij daar niet echt is, hè?'

'Pardon?'

'O, zijn lichaam ligt daar natuurlijk wel. Net als het schild van een schildpad of het vel van een slang. Maar George, zijn wezen, zijn ziel, de persoon die door zijn ogen naar ons keek, die is ergens anders.' Ze keek om zich heen. 'Hij zou nu op dit moment hier kunnen zijn.'

Antoinette liet haar ogen ronddwalen, in de hoop dat ze een lichtflits zou zien, een schaduwflikkering, een vaag silhouet... wat dan ook. 'Denk je dat hij hier is?' vroeg ze.

'Ik wéét dat hij hier is.' Phaedra fluisterde nu. 'Hij leeft door, Antoinette. Dat kun je niet ontkennen. Je moet geloven dat hij bij je is.'

'Dat zou ik graag willen. Dolgraag.'

'Doe dan je ogen dicht en voel hem.'

Antoinette sloot haar ogen en voelde de wind haar gezicht strelen en het zonlicht haar huid verwarmen. Misschien was George aanwezig in de wind en het zonlicht. Ze voelde de tranen tussen haar wimpers door komen en over haar wangen biggelen. Hoe ze ook haar best deed, ze voelde niets bijzonders. Ze deed haar ogen weer open.

Phaedra stond nog met haar ogen dicht. Een gelukzalige glimlach gaf haar schoonheid een bovenaardse glans. Antoinette voelde diep in haar binnenste iets zich roeren, iets wat dood was gegaan toen ze als tiener had ontdekt dat alles eindig is: bepaalde momenten, vriendschappen, het leven. Niets was voor eeuwig. De Kerstman leek precies op haar vader en de paashaas op haar oom Douglas met een mandje chocolade-eieren. God was geen aardige man met een baard die in de wolken leefde, maar een primitief bedenksel, net als totempalen en stenen afgodsbeelden. Maar nu begon het kleine klompje geloof dat begraven lag in het diepst van haar ziel stralend tot leven te komen, en het vulde haar borstkas met een heerlijke warmte. Wat als Phaedra gelijk had en George echt voortleefde? Ze deed haar ogen weer dicht en glimlachte bij de gedachte aan die geweldige mogelijkheid.

'Nou, hier is ze niet!' kondigde Margaret aan, en ze beende terug naar de auto. 'Ik heb een paar keer geklopt, maar er doet niemand open. De deur zit op slot. Er is niemand thuis. Waar denk je dat ze naartoe zijn?'

'Misschien zijn ze een wandeling aan het maken?' opperde Joshua.

'En waar is Antoinette?'

'Naar het tuincentrum,' loog hij.

'Komen ze allemaal terug voor de lunch of moet ik de hele buurt af racen om ze te zoeken?'

'Ze zijn terug voor de lunch.'

Margaret snoof, niet tevredengesteld. 'Laten we in het dorp kijken. Antoinette is de laatste tijd telkens plotseling verdwenen; misschien zijn ze bij het graf van George. Kom, Basil, terug in de auto.'

Joshua reed het smalle landweggetje naar Fairfield af. Margaret zat met een grimas op haar gezicht gebeiteld, onaangedaan door de wonderbaarlijke aanblik van de natuur in voorjaarskleed. Ze zag de pimpelmezen niet die de heggen in en uit schoten, of de felgroene kleur van de weilanden en de uitkomende knoppen. Ze besteedde geen aandacht aan de sleutelbloemen en de viooltjes in de tuinen waar ze langs reden op weg naar het dorpscentrum, en ze was ongevoelig voor de charme van de kleurrijke georgiaanse huizen, aangezien ze daar al zo'n groot deel van haar leven middenin woonde. In feite drong er helemaal niets tot haar door, behalve het onophoudelijke gonzen van haar brein terwijl ze zich erop concentreerde George' ongrijpbare dochter te traceren.

Ten slotte arriveerden ze bij de kerk. Margaret lachte triomfantelijk toen ze Antoinettes auto aan de kant van de weg zag staan. 'Aha, zie je wel, ik had gelijk. Ze moeten hier zijn. Nu vinden we ze wel.'

Joshua zette de auto stil naast die van zijn moeder. 'Misschien zijn ze aan het winkelen,' opperde hij zwakjes.

'Nee, dat zijn ze niet. Ze zijn hier op het kerkhof. Let maar op.' Ze wachtte tot haar kleinzoon haar portier opendeed en haar de auto uit hielp.

'Lieve hemel!' riep Antoinette uit toen ze Joshua en zijn grootmoeder bij het toegangshek van de kerk zag. 'Die vrouw is een bezoeking. Kom, Phaedra. We moeten hier weg.'

'Wie is dat?' Phaedra ving een glimp op van een gezette, oude dame in een donkerblauwe jurk en een lang vest, die aan Joshua's arm het pad op kwam lopen.

'Dat leg ik zo wel uit. Kom, ik ken de ontsnappingsroute nu. Het is heel makkelijk en ik weet zeker dat dokter Heyworth het niet erg vindt als ik weer binnen kom vallen.' Ze haastte zich naar de achterkant van de kerk, met Phaedra op haar hielen, die zich afvroeg wie de vrouw was die zo'n paniekreactie bij Antoinette teweegbracht.

Margaret zette haar handen in haar zij. 'Goed, jij kijkt in de kerk en ik loop het kerkhof over, hoewel dat een plek is waar ik niet graag lang blijf hangen. Misschien kom ik er dan nooit meer weg!'

Joshua deed wat hem was opgedragen en ging in de kerk kijken. Margaret liep aarzelend over het gras. Al die dode mensen onder haar voeten gaven haar een uitermate onrustig gevoel. Het zou niet lang meer duren voordat ze er zelf zou liggen, en dat was een weerzinwekkende gedachte. Ze liet haar ogen over de graven dwalen, ervan overtuigd dat Antoinette en haar kleindochter daar ergens waren.

Even werd ze afgeleid door een bosje felgele narcissen dat tegen een provisorisch grafmonument stond. Ze bleef staan om het opschrift te lezen. Het bloed schoot haar naar het gezicht toen ze zich realiseerde dat dit het graf van haar zoon was. Een golf van schaamte trok door haar heen, want ze was er nog helemaal niet geweest. Niet omdat het haar niets interesseerde, want dat deed het wel – natuurlijk wel –, maar omdat ze bang was. Ze had het niet willen zien. Ze had niet willen geloven dat haar dierbare George dood en begraven was. De aanblik van de omgewoelde aarde en die laatste, ruw uitgehouwen woorden was onverdraaglijk. Ze kon haar pijn maar beter wegstoppen op een plek waar ze er niet meer bij kon, en verdergaan, zoals ze ook had gedaan toen haar man was overleden. Verdriet was niet iets waar je op moest blijven kauwen, zoals een treurige hond op een bot, want het bracht de overledene niet terug en de kwelling duurde er alleen maar langer door. Maar nu hurkte ze neer en legde haar hand op de aarde, die was opgewarmd door de zon. Een vuurbal klom vanuit haar maag omhoog naar haar borst, en ze ademde scherp in. Het gevoel was overweldigend, alsof haar ingewanden verschroeiden. Ze greep naar haar hart, bang dat ze een hartaanval kreeg.

'Ze is niet in de kerk,' zei Joshua, die achter zijn grootmoeder kwam aanlopen. 'Aha, ze zijn hier geweest,' voegde hij eraan toe toen hij de bloemen op zijn vaders graf zag. 'Goed van Barry dat hij een voorlopige zerk heeft gemaakt, hoewel het wel een beetje primitief is.'

Zodra Margaret de stem van haar kleinzoon hoorde, doofde de vuurbal; hij verdween alsof hij er nooit was geweest. Ze haalde diep en trillerig adem, en stak haar arm uit. Joshua hielp haar overeind en zag meteen dat zijn grootmoeder lijkbleek was geworden. 'Gaat het wel, oma?'

Ze knikte en het duurde even voordat haar stem weer werkte. 'Ja, hoor.'

'Je ziet er niet goed uit.'

'Ik voel me kiplekker.' Ze trok haar arm terug en streek haar jurk glad.

'Wil je in de hoofdstraat kijken?'

'Breng me maar naar huis.'

'Naar je eigen huis?'

'Nee, naar het grote huis. Dan wacht ik daar op ze.' Ze probeerde te lopen, maar haar benen voelden zwaar en stijf aan. 'Geef me je arm eens, Joshua. Zo, dat is beter. Mijn benen zijn een beetje stijf van het hurken.' Langzaam liep ze in de richting van het pad. Joshua probeerde te doen alsof hij niet zag dat ze zich moeizaam bewoog en zwaar ademde. Margaret vroeg zich af wat er zou zijn gebeurd als Joshua niet was opgedoken. Had ze een hartaanval? Wat was die brandende pijn die zijn weg omhoog zocht door haar lichaam? Maar in plaats van erbij te blijven stilstaan, schakelde ze haar emoties uit, zoals ze haar hele leven al had gedaan als dingen te pijnlijk waren om te verdragen, en in plaats daarvan concentreerde ze zich op een veilige terugkeer naar de auto.

Antoinette deed het hek achter zich dicht. 'Eindelijk veilig!' zei ze. Ze legde haar hand op haar borst en voelde haar bonzende hartslag vertragen tot een minder alarmerend tempo.

Phaedra keek om zich heen in de prachtige tuin. 'Wat een schitterende plek!' riep ze uit. 'Net of we het paradijs in zijn gelopen.'

'Dit is de tuin van dokter Heyworth. De laatste keer dat ik me voor mijn schoonmoeder verstopte kwam ik hier terecht, en bij dokter Heyworth, die gelukkig wel gevoel voor humor heeft en me uitnodigde voor een kopje thee.'

'O, dus dat was de moeder van George.'

'Een afschuwelijke vrouw. Ze wil je graag ontmoeten. Maar ik weet niet of dat wel zo'n goed idee is.'

'Is ze zo erg?'

'Ja, dat is ze zeker. Ik denk dat we haar maar het best zo veel mogelijk kunnen ontlopen. Hoewel ze je uiteindelijk wel zal weten te vinden. Ze is heel vasthoudend.'

'Ze zal er wel kapot van zijn dat ze haar enige zoon heeft verloren.'

'Ja, dat zou je denken. Maar ze is zo Brits dat je niet kunt zien of ze echt in de rouw is. Zo lang ik haar ken heeft ze al een gezicht als een prent.'

'Ach, wat treurig.'

Op dat ogenblik verscheen dokter Heyworth in de deuropening van zijn serre. 'Hallo, lady Frampton, wat fijn om u bij mijn tuinhek te zien.' Hij grijnsde veelbetekenend naar haar. 'Ik neem aan dat u weer op de vlucht bent?'

'Help!' fluisterde Antoinette Phaedra toe. 'Het wordt nu een soort gewoonte. Hij zal wel denken dat ik gestoord ben!' Ze beende het grasveld over. 'Nou, toevallig ben ik inderdaad op de vlucht,' antwoordde ze.

'Als jullie een schuilplaats zoeken, waarom komen jullie dan niet binnen om iets te drinken?' Hij richtte zijn blik op Phaedra.

'Dit is de dochter van George,' legde Antoinette uit.

Dokter Heyworth trok zijn wenkbrauwen op. 'Aha.'

'Hallo, ik ben Phaedra.' Ze gaven elkaar een hand.

'Lady Frampton vertelde me gisteren over je. Ik ben blij dat je overgekomen bent. Kom binnen. Hoeveel tijd hebben jullie nodig?'

Antoinette liep naar binnen door de deur die dokter Heyworth voor haar openhield. 'Zo lang mijn schoonmoeder nodig heeft om het dorp uit te kammen.'

'Een dik half uur dus,' antwoordde hij grinnikend. 'Goed, dan hebben we mooi de tijd voor een klein aperitief.'

10

Margaret zat in Antoinettes salon met een glas sherry in haar hand, haar gezicht zo wit als een doek. Rosamunde zag dat ze trilde. Ze leek niet in haar gewone doen. Joshua hield het gesprek gaande, zodat zijn grootmoeder dat niet hoefde te doen. Ze had de hele terugweg geen woord gezegd.

'Ze waren bij papa's graf, want mama's auto stond bij de kerk en ze hadden narcissen bij Barry's zerk gezet,' legde Joshua uit.

'Ik denk dat ze de hoofdstraat in zijn om etalages te kijken,' zei Rosamunde.

'Kijken vrouwen wel eens echt alleen maar naar etalages?' vroeg Joshua uitdagend, in de hoop zijn grootmoeder uit haar verdoving te doen ontwaken. Het was niets voor haar om zo stil te zijn.

'Mensen die geen geld uit te geven hebben, kijken vaak etalages. Maar ik denk dat Antoinette en Phaedra niet met lege handen terugkomen, jij wel?' zei Rosamunde. Ze wierp een blik op Margaret en fronste haar voorhoofd. 'George heeft ervoor gezorgd dat ze alles kunnen kopen wat ze willen.' Die laatste opmerking deed Margarets ogen even opflikkeren, en ze richtte ze op Rosamunde. 'Gaat het wel, Margaret?' zei die. 'Kan ik iets voor je halen?'

'Ik heb het koud,' antwoordde Margaret zacht. 'Ik heb het verschrikkelijk koud.'

Joshua sprong op en legde nog een paar houtblokken op het vuur. De vlammen likten er hongerig aan en spuwden kleine vonkjes. 'Dat is beter,' zei hij toen hij de warmte voelde toenemen. 'Ze zouden nu onderhand wel terug moeten zijn. Hoeveel valt er tenslotte te shoppen in Fairfield?'

'Meer dan je je kunt voorstellen, durf ik wel te zeggen,' zei Rosamunde.

Roberta kwam de kamer in met Amber in haar armen. 'Hebben jullie hen gevonden?' vroeg ze.

Joshua schudde zijn hoofd. 'Nee, maar ze zullen voor het middageten wel terug zijn.'

Roberta voelde de spanning in het vertrek en keek naar Margaret. Ze merkte meteen dat er iets niet in orde was. Het was niets voor Basil om zo rustig aan Margarets voeten te liggen. 'Hallo, Margaret. Kijk, Amber, daar is je overgrootmoeder.'

'Kom, geef haar maar aan mij,' onderbrak Joshua haar, en hij trok een gezicht naar zijn vrouw om haar aandacht te vestigen op het vreemde gedrag van zijn grootmoeder. Ze gaf hem het kind en ging naast hem op de bank zitten.

'Het is een prachtige lentedag,' ging Roberta verder, en ze probeerde niet naar Margaret te staren, wier gezicht nu de kleur van stopverf had aangenomen. 'Heerlijk. We zouden allemaal nog een wandeling moeten maken na de lunch.'

'Amber heeft er rode wangetjes van,' riep Rosamunde uit. 'Die plattelandslucht doet haar wel goed, hè?'

'Niet alleen haar; ik voel me ook herboren.'

Joshua keek op zijn horloge. 'Het is bijna lunchtijd. Ze zouden nu wel terug moeten zijn.'

Plotseling liet Margaret haar hoofd in haar handen zakken. 'Ik geloof dat ik even moet gaan liggen,' zei ze zwakjes. 'Ik voel me niet goed.'

Gealarmeerd stond Rosamunde op. Zo lang ze haar kende was Margaret nog nooit ziek geweest. 'Ja, natuurlijk, Margaret. Je bent gewoon even niet zo lekker. Als je even gaat liggen, voel je je zo wel beter.'

Joshua hielp zijn grootmoeder overeind.

'Welke kamer denk je, Joshua?'

'De blauwe kamer,' antwoordde hij. Hij verwachtte dat Margaret zou aandringen op een andere kamer, maar ze stond zwijgend op haar benen te wankelen. Ze liepen met haar mee de trap op, terwijl Roberta achterbleef in de salon met Amber en Basil, zich afvragend wat er was gebeurd terwijl zij in de keuken haar dochter te eten had gegeven.

Toen Margaret eenmaal op bed lag, dekte Rosamunde haar toe met de doorgestikte sprei en deed de gordijnen dicht. Het viel haar op hoe oud Margaret eruitzag met haar ogen dicht. Haar gezicht was uitgezakt als een lekke bal die is achtergelaten op een winters strand. Zonder iets te zeggen liep Rosamunde naar de deur. Net toen ze de kamer uit wilde gaan, begon Margaret te praten. 'Breng Phaedra maar bij me als ik wakker ben. Ik weet zeker dat ik me tegen die tijd beter voel.'

'Dat zal ik doen, Margaret. Rust nu maar uit en maak je geen zorgen. Je hebt waarschijnlijk iets verkeerds gegeten.'

Margaret gaf geen antwoord. Ze liet zich wegdrijven in de slaap, waar geen pijn was, alleen zonnige herinneringen aan gelukkiger tijden.

Toen Rosamunde de trap af kwam, liepen David, Phaedra en Antoinette net de hal in, met Rufus en de Deense doggen. Ze praatten en lachten geanimeerd, alsof ze met z'n allen een avontuur hadden beleefd. 'Is ze hier?' fluisterde Antoinette tegen Harris.

'Ik ben bang dat ze onwel is geworden, lady Frampton,' zei Harris plechtig.

Antoinette zag haar zus de trap af komen. 'Waar is Margaret?'

'Die ligt op bed in de blauwe kamer. Ze voelde zich niet lekker,' antwoordde Rosamunde gewichtig. 'Toen ze terugkwam met Joshua was ze helemaal zichzelf niet. Haar handen trilden en ze zag lijkbleek. Ik weet niet wat er is gebeurd.'

'Waar is Josh?'

'In de salon met Roberta.'

Antoinette haastte zich langs haar heen.

'Het lijkt erop dat jullie ermee wegkomen,' zei David tegen Phaedra.

'Ik zou George' moeder graag ontmoeten,' antwoordde Phaedra.

'Geloof me, dat wil je echt niet.'

Phaedra gaf hem een speelse tik. 'Wat ben jij vals. Overal is goedheid, als je er maar oog voor hebt.'

'Ik heb goed gekeken, maar heb niets gevonden wat ook maar in de buurt van goedheid komt.'

'Dan is er misschien een frisse blik voor nodig.'

'Wat is er met Margaret gebeurd?' vroeg Antoinette aan Joshua terwijl ze ongerust op het haardbankje ging zitten.

'Ze wilde jullie per se gaan zoeken,' legde hij uit. 'Ik heb haar meegenomen naar Davids huis om tijd te winnen. Toen stond ze erop dat we bij de kerk gingen kijken. Ze zag jouw auto staan en ging je zoeken. Ik ben naar binnen gegaan, maar jullie waren er niet. Toen ik naar buiten kwam, zat ze gehurkt bij papa's graf. Ze greep naar haar hart.'

'O god, wat afschuwelijk,' zei Antoinette, die naar adem hapte.

'Ik heb haar overeind geholpen en ze zei dat er niets aan de hand was, maar de hele terugweg in de auto heeft ze geen woord gezegd. Ze staarde alleen maar uit het raam. En toen zat ze hier te rillen van de kou, dus heb ik nog een paar blokken op het vuur gelegd.'

'En toen zei ze dat ze wilde gaan liggen,' vulde Rosamunde aan, die net de kamer in kwam lopen. 'Ze ligt op bed met de sprei over zich heen. Ze ziet er echt niet goed uit.'

'O hemel. Stel nou dat ze een beroerte heeft gehad? Denk je dat we dokter Heyworth moeten bellen?' vroeg Antoinette. 'Phaedra en ik zijn via het hek achter de kerk ontsnapt naar zijn tuin. We hebben er alleen maar wat gedronken. Het was niet aardig van ons om weg te lopen. Ik heb er geen goed gevoel over.'

'Ik trof ze in het dorp aan, rondsluipend als een paar voortvluchtigen,' zei David, die samen met Phaedra binnen kwam lopen. 'De kennismaking wordt nu in elk geval nog even uitgesteld.'

'Dat zie je verkeerd,' riep Rosamunde uit. 'Ze vroeg speciaal of Phaedra bij haar wilde komen na de lunch. Ik weet zeker dat ze zich dan beter zal voelen.'

'Dan zal ik de dokter nog maar niet bellen; we kijken wel hoe het met haar gaat als ze wakker is,' zei Antoinette.

'Het offerlam,' zei David, en hij trok een wenkbrauw op naar Phaedra.

'De maagd die wordt geofferd om het beest tot bedaren te brengen,' zei Tom, die slaperig in de deuropening kwam staan. Hij fronste zijn voorhoofd. 'Wat is er aan de hand?'

'Tom, lieverd,' zei Antoinette dweperig. 'Je bent het hele drama misgelopen.'

'Wat jammer. Ik ben dol op drama.' Tom streek met een hand door zijn warrige blonde haar. 'Dus oma is onwel geworden?'

'Ze ligt nu te slapen in de blauwe kamer,' zei Rosamunde.

'Is het een aflopende zaak?' fluisterde hij.

Antoinette liep rood aan. 'Zoiets zeg je niet, Tom!'

'Ze heeft haar zoon net verloren,' kwam Roberta tussenbeide. 'Als moeder kan ik me maar al te goed voorstellen hoe verschrikkelijk dat moet zijn.'

'Ach, Roberta, ze heeft amper een traan gelaten,' kaatste David terug.

'Van buitenaf gezien niet, nee.' Ze keek hem onverstoorbaar aan.

'Ze is zo sterk als een ouwe neushoorn,' voegde Tom er grinnikend aan toe. 'Ze heeft nog nooit iets gevoeld.'

Roberta rolde met haar ogen. 'Ach, oppervlakkige, harteloze jongens! Jullie begrijpen er helemaal niets van.'

'Laten we gaan eten,' zei Antoinette, en ze stond op. 'Tom, lieverd, ga jij even kijken bij je grootmoeder?'

Tom trok een gezicht. 'Waarom ik?'

'Ik ga wel,' bood Roberta aan, en ze pakte haar dochter van Joshua over. 'Het is ook tijd voor Ambers middagslaapje.'

'Niet voordat ik haar heb gezien,' zei Phaedra, die zich vanaf de andere kant van de kamer naar hen toe haastte. 'O, wat een schatje!' zei ze bewonderend. 'Mag ik?'

Roberta deinsde achteruit. 'Ze is heel moe. Ik denk niet dat ze vastgehouden wil worden door een vreemde.'

'O, alsjeblieft! Ze is verrukkelijk.' Phaedra sloeg haar handen om het lijfje van de baby en tilde haar uit haar moeders armen. Roberta's gezicht vertrok, maar Amber lachte tevreden. 'Ze lijkt precies op jou, Roberta. Ze heeft jouw ogen. Dat wordt echt een mooie meid.' Phaedra besnuffelde het kind liefdevol. Roberta zag de tedere blik in Antoinettes ogen en ze voelde een steek van irritatie. Amber greep naar Phaedra's haar en probeerde eraan te trekken, en Phaedra lachte toen Roberta de kleine vingertjes voorzichtig losmaakte.

'Nou, je hebt er een vriendin bij,' merkte Roberta droogjes op.

'O, dat hoop ik wel.'

'Ik kan haar nu beter mee naar boven nemen, voordat ze je teleurstelt en begint te huilen.'

'Maar kleine kinderen hóren te huilen, toch?'

'Liever niet in het openbaar.'

Phaedra zei zacht: 'Daar ben ik het niet mee eens. Het is belangrijk dat ze in het openbaar huilt, zodat iedereen weet wie de baas is.'

Roberta verzette zich tegen deze plotselinge aanval op haar vastberadenheid. Het was duidelijk dat zwakkere mensen zich makkelijk lieten verleiden door de charmes van het kind. 'Dat zou je niet zeggen als je weet wat voor keel ze kan opzetten,' antwoordde ze ijzig, en ze liep de hal in.

Toen ze naar de trap liep, zag ze iets op de bank liggen wat onmiskenbaar Phaedra's gestreepte canvas handtas was, achteloos daar achtergelaten. Ze keek om zich heen, als een dief die de kans heeft om iets te stelen. Ze was alleen. Het zou maar heel even duren om de tas te doorzoeken. Omdat ze Phaedra dolgraag zou ontmaskeren ging Roberta op de bank zitten. Ze zette Amber op haar knie en stak haar hand in de tas. Ze voelde een sleutelbos, een agenda, lipstick, paperassen, snoeppapiertjes en god weet wat nog meer, totdat haar vingers op het harde oppervlak van een iPhone stuitten. Snel haalde ze hem tevoorschijn en drukte op de knop middenonder. Het display lichtte op en Roberta hapte naar adem. Tot haar vreugde stond daar één duidelijk regeltje: *Gemiste oproep: Julius Beecher.* Toen ze stemmen hoorde in de salon liet ze de telefoon haastig weer in de tas glijden en liep de trap op. Het was geen bewijs, maar het was een aanknopingspunt. Julius Beecher en Phaedra waren samen met een vuil spelletje bezig, en Roberta had zich heilig voorgenomen uit te zoeken wat het was.

Een ogenblik later begeleidde David Phaedra naar de eetkamer, waar de rosbief en Yorkshire pudding al op het dressoir klaarstonden. 'Je moet eerst op krachten komen voordat je straks op audiëntie moet,' zei hij ondeugend.

Phaedra lachte. 'Is dat niet wat al te onaardig? Roberta heeft gelijk. Ze heeft net haar zoon verloren. Misschien huilt ze niet openlijk, maar ze zou wel bovenmenselijk zijn als ze het vanbinnen niet uitbrulde.'

Hij keek haar fronsend aan. 'Ik heb nooit gedacht...'

'Soms doen mensen er alles aan om hun ware gevoelens te verbergen, niet alleen voor anderen, maar ook voor zichzelf. Ik wil wedden dat ze het allemaal wegstopt, zodat ze niet zo hoeft te lijden. Maar het probleem is dat ze juist veel erger lijdt omdat ze alles oppot.'

David trok een gezicht. 'Ik geef niet graag toe dat Roberta ergens gelijk in heeft.'

'Je mag haar niet, hè?'

'Is dat zo duidelijk te merken?'

'De atmosfeer in dit huis als jullie tweeën bij elkaar zijn, is verschrikkelijk.'

'Ze strijkt me tegen de haren in.'

'Waarschijnlijk omdat ze denkt dat niemand ooit naar haar luistert.'

'Dat zouden we heus wel doen, als ze iets zinnigs zei.'

'Je moet haar niet het gevoel geven dat ze een buitenstaander is.' Phaedra ging zitten en spreidde haar servet over haar schoot. 'Weet je wat, de volgende keer dat er een denigrerende opmerking op je lippen brandt, moet je eens het tegenovergestelde doen. Dat werkt meestal, heb ik ontdekt.'

David trok de stoel naast haar naar achteren en ging zitten. 'Je bedoelt: iets aardigs zeggen?'

'Ja. Eens kijken wat er gebeurt.'

'Je vraagt wel veel van me, Phaedra.'

'Van hen aan wie veel gegeven is, wordt veel geëist.'

'Ik zal het proberen,' zei hij. 'Maar alleen voor jou.' Haar glimlach deed zijn hart als een razende tekeergaan.

'Dank je.'

Roberta kwam terug met de babyfoon en meldde dat Margaret nog sliep.

'Snurkt ze?' vroeg Tom.

Roberta schudde ongeduldig haar hoofd. 'Ze is zo stil als een muis.'

'Dat is een contradictio in terminis,' zei Tom lachend.

Roberta bukte zich om de stekker van de babyfoon in het stopcontact te steken en zuchtte met veel vertoon. 'God, ik haat het als Kathy het weekend vrij heeft.'

'Is Kathy de nanny?' vroeg Phaedra.

'Ja. Ik weet niet wat ik zonder haar zou moeten.'

'Volgens mij gaat het prima, voor zover ik het kan beoordelen.'

'Ik heb mijn handen vol – geen enkel moment voor mezelf.'

'Amber is een lieve baby,' zei Phaedra.

'Dat is waar,' stemde Roberta in. 'Ze huilt bijna nooit.'

'Ze weet dat dat toch geen zin heeft, omdat haar moeder haar gewoon laat liggen,' zei Tom.

'Dat is ook precies wat een moeder moet doen,' wierp David op, met een knipoog naar Phaedra.

'Hoe komt het dat jij ineens zo veel over kinderverzorging weet?' vroeg Roberta, en ze ging aan tafel zitten.

'Ik weet niks, maar volgens mij doe je het goed. Amber is een blij kind. Dat zegt genoeg,' ging David verder.

Roberta schonk een glas water voor zichzelf in. 'Nou, ik weet niet of ik het wel of niet goed doe, maar ik kan gerust zeggen dat ik mijn best doe.'

'Jouw best is goed genoeg,' zei David opgewekt.

'Neem je me in de maling, David?'

'Nee hoor.' Hij haalde onnozel zijn schouders op.

Roberta voelde zich ongemakkelijk onder Davids enthousiasme, dus veranderde ze van onderwerp. 'Wat vind je van Fairfield, Phaedra?' vroeg ze.

'Het is een schattig dorpje. Ik ben met Antoinette naar de kerk geweest en daarna hebben we gewinkeld.'

'Je moet de boerderij nog zien,' zei David.

'Ik denk dat ze de boerderij helemaal niet wil zien,' zei Roberta. 'Ik kan me niet voorstellen dat een vrouw als Phaedra geïnteresseerd is in tractors en graanschuren.'

'Een vrouw als ik?' herhaalde Phaedra. 'Wat bedoel je met een vrouw als ik?'

'Nou, je ziet er gewoon niet zo uit, met die laarsjes en die panty.'

'Aha, niet zo'n plattelandstype, bedoel je.'

'Ja, dat bedoel ik inderdaad.'

'Misschien had ik een tweedpak moeten aantrekken.'

'Zover hoef je ook weer niet te gaan.' Roberta snoof. 'Maar met die kleren schrik je de fazanten af.'

'Ben jíj een plattelandstype?'

'Nee.' Roberta lachte, alsof alleen het idee al te gek voor woorden was. 'Ik ben een stadsvrouw.'

'Dan beoordeel je me naar je eigen maatstaven. Dat is prima; de meeste mensen denken al snel dat iedereen is zoals zij. Maar ik moet je corrigeren; ik ben gek op het platteland en ik voel me hier beter dan in welke stad ook. Ik wil heel graag een rondleiding over de boerderij.' Ze wendde zich tot David. 'Ik sta erop dat je me vanmiddag meeneemt.'

'In dat geval kan ik niet weigeren,' antwoordde hij. Toen herinnerde hij zich de afspraak die hij met Phaedra had gemaakt en voegde eraan toe: 'Roberta, je ziet jezelf misschien niet als plattelandsvrouw, omdat je zo beschaafd en beleefd bent, maar je past je heel goed aan. Nooit een haartje verkeerd, altijd de juiste toon.'

'David, ik heb het gevoel dat je me belachelijk maakt,' zei Roberta stijfjes.

'Helemaal niet. Ik spreek de waarheid. Jij bent iemand die er altijd perfect uitziet, waar je ook bent. Vind je zelf niet?'

'Ik doe mijn best, zeker.'

'Zie je wel? Ik maak je niet belachelijk. Josh mag blij zijn dat hij een vrouw heeft getroffen die hij overal mee naartoe kan nemen en die hem nooit zal teleurstellen. Uiterlijk telt bij Josh zwaar mee.'

'Wat zeg je daar over mij?' kwam Joshua tussenbeide.

'Ik zeg alleen dat je blij mag zijn dat je met Roberta getrouwd bent.' Tom onderdrukte een grinnik, Antoinette keek verbijsterd, en Rosamunde zag Roberta's mondhoeken krullen in een lachje. Tot Phaedra's genoegen vertrok David geen spier.

'Je hebt gelijk,' zei Joshua. 'Ik mag inderdaad blij zijn dat ik haar heb.'

Roberta leek in verlegenheid gebracht. 'Dank je, Josh. Dat is heel lief. Laten we het nou over iets anders hebben; ik ben er niet aan gewend om zo veel positieve aandacht te krijgen! Straks wen ik er nog aan en wil ik niks anders meer.' De hele tafel lachte, en voor deze ene keer lachte Roberta mee.

Na de lunch ging Antoinette naar boven om bij haar schoonmoeder te kijken. Ze liep op haar tenen naar de deur en opende die op een kier. Het was donker en er kwam geen geluid vanuit de kamer. Ze tuurde naar binnen, maar Margaret lag met haar gezicht de andere kant op, zodat ze niet kon zien of ze ademde. Een verschrikkelijk moment lang was ze bang dat ze dood was. Zachtjes liep ze over het tapijt naar de andere kant van het bed. Margaret lag op haar zij met haar ogen dicht, maar Antoinette zag aan het ritmische op- en neergaan van haar borstkas dat ze nog ademde.

Ze stond al op het punt om de kamer weer uit te lopen toen de oude vrouw wakker werd. 'Ben jij dat, George?'

Antoinette kreeg bijna een hartverzakking. 'Margaret, ik ben het, Antoinette,' zei ze, en ze liep terug naar het bed.

'Ik dacht dat je George was.'

'Nee, het spijt me. Ik ben het.'

'George is dood, hè? Dat was ik helemaal vergeten.'

'Dat heb ik ook regelmatig. Dan word ik wakker en denk dat alles is zoals het zou moeten zijn. Maar als ik dan langzaam tot mijn positieven kom, realiseer ik me dat niets meer goed is en dat het ook nooit meer goed komt.'

'Maar is Phaedra er?'

'Ja, ze is beneden.'

'Breng haar eens hier. Ik wil met haar kennismaken.'

'Weet je het zeker?'

'Natuurlijk weet ik dat zeker. Ik ben de enige van de familie die haar nog niet heeft ontmoet, terwijl ik eigenlijk de eerste had moeten zijn.'

Antoinette liep de kamer uit, opgelucht dat ze niet nodig was. Margaret had zo vredig liggen slapen dat Antoinette bijna medelijden met haar had gehad. Maar zodra de oude draak ontwaakte, was ze even woest als anders. Arme Phaedra… Ze hoopte maar dat David haar had voorbereid.

'Ze is weer de oude,' zei Antoinette toen ze de salon in liep.

'Wat een opluchting,' zei Rosamunde. 'Ik maakte me grote zorgen. Het is echt niks voor haar om zo stil te zijn.'

'Nou, ze is nu niet meer stil. En die opluchting, daar krijg je nog spijt van,' zei Antoinette. 'Phaedra, ze wil jou zien.'

'Goed.' Phaedra stond opgewekt op.

'Naar het hol van de toverkol,' zei Tom.

'Luister maar niet naar Tom, Phaedra. Ze is nogal bruusk, maar ze heeft het hart op de goede plek,' zei Roberta.

'Ik maak me geen zorgen. Natuurlijk wil ze met me kennismaken. Ik ben juist blij.'

'Moet ik niet met haar mee?' vroeg David aan zijn moeder.

'Ze heeft om jou niet gevraagd,' antwoordde Antoinette.

'Je bent haar schaduw toch niet?' zei Tom.

'Ik voel me verantwoordelijk,' zei David. 'Ik heb Phaedra overgehaald om hiernaartoe te komen. Ik zou het heel erg vinden als ze door oma de grond in geboord wordt.'

'Waarom zou ze dat doen?' vroeg Roberta.

'Ach, je hebt gelijk ook. Waarom zou ze dat doen?' reageerde David. 'Jij kunt het uitstekend met haar vinden. Er is geen reden waarom dat voor Phaedra niet zou gelden.' Hij glimlachte Roberta toe, die hem achterdochtig aankeek.

'Ze is in wezen echt heel lief,' zei Roberta.

'Daar twijfel ik niet aan,' zei David. 'Maar niemand van ons heeft ooit geprobeerd tot haar wezen door te dringen.'

'Dan is dit misschien een goed moment om daarmee te beginnen. Ze heeft haar familie nu meer dan ooit nodig.'

David luisterde, zoals Phaedra hem had opgedragen, en tot zijn verrassing ontdekte hij dat Roberta voor de verandering nu wél iets zinnigs zei.

Phaedra liep achter Antoinette aan de trap op. Ze staarde naar het olieverfportret aan de muur, waarvandaan de saffieren en diamanten van de Frampton-juwelen haar toeglansden. 'Wat hebben jullie toch een schitterend huis,' zei ze.

'Toen ik net met George getrouwd was, woonden we in het andere huis, waar Margaret nu woont. Dat is een heel leuk huis in Queen Anne-stijl, licht en fris, met grote ramen en hoge plafonds. Daar vind je geen stoffige oude portretten en snuisterijen die door de generaties heen zijn verzameld. Ik moet toegeven dat ik liever in dat huis zou wonen. Ik had het gevoel dat het bij me hoorde. Dit huis niet. Ik ben de huisbewaarder, en ik zorg ervoor dat al deze kostbare spullen bewaard blijven voor de toekomstige generaties Framptons. Toen we hiernaartoe verhuisden mocht ik helemaal niets veranderen. Ik had graag de eetkamer veranderd en de salon opgeknapt. De enige kamer in het huis waar ik iets aan heb gedaan, is mijn slaapkamer. Ik denk dat het belangrijk is om van je huis een thuis te maken. In een museum kun je niet leven. Maar George was zich sterk bewust van zijn afkomst en stond erop dat de inrichting zo zou blijven. Nu hij er niet meer is, zou ik ermee kunnen doen wat ik wil, maar dat doe ik niet. Dat zou George niet kunnen waarderen.' Ze lachte droevig. 'Ik hou het zo om hem eer te bewijzen.'

'Je moet ook aan jezelf denken, Antoinette.'

'Ik kan een levenslange gewoonte niet zomaar veranderen.'

'Gewoontes kun je veranderen wanneer je maar wilt.' Phaedra glimlachte haar toe. 'Je hoeft alleen maar je angsten te overwinnen, en dat is helemaal niet moeilijk als je je ertoe zet.'

'Ik heb nooit gedacht...'

'Je hebt voor George geleefd, maar nu hij er niet meer is, moet je voor jezelf gaan leven. Je moet alle dingen gaan doen die je wilde doen toen je getrouwd was, maar die toen niet konden omdat je een goede echtgenote en moeder moest zijn. Maar je bent geen van beide. Jij bent jij. Dit is hét moment om iets louter en alleen voor je eigen genoegen te doen; anders verdwaal je in herinneringen en verplichtingen en vind je jezelf nooit meer terug.'

'Ik weet niet zeker of Margaret er wel zo blij mee zou zijn als ik de boel hier ga veranderen.'

'Heb je het haar ooit gevraagd?'

'Nee. Maar toen zij hier woonde, heeft ze helemaal niets veranderd.'

'Maar het is jóúw huis en jíj moet hier wonen. Ik denk dat George er heel anders over denkt nu hij in de geestenwereld is. Dingen die ontzettend belangrijk leken toen hij hier op aarde was, doen er nu niet meer toe, omdat materiële zaken alleen waarde hebben in onze materiële wereld. Ik weet zeker dat hij opgetogen zal zijn over wat je ook gaat doen, zolang het jou gelukkig maakt en je er niemand verdriet mee doet.'

'Je bent er nogal zeker van dat hij in... in de geestenwereld is.' Het woord voelde voor Antoinette vreemd aan.

'O, dat weet ik gewoon.' Er klonk geen spoortje twijfel in Phaedra's stem.

Antoinette bleef voor de deur van Margarets kamer staan en zuchtte. 'Wist ik dat maar net zo zeker als jij.'

'Dat komt wel, als je het wilt. Concentreer je gewoon op iets moois, zoals een bloem of de sterrenhemel, en dan voel je iets wat groter is dan jijzelf.'

'Echt? Is het zo makkelijk?'

Phaedra knikte. 'Echt waar.' Ze was zo overtuigend dat Antoinette bereid was om het eens te proberen.

11

Phaedra klopte op de slaapkamerdeur.

'Binnen!' riep Margaret.

Antoinette aarzelde toen Phaedra naar binnen liep en de deur achter zich dichtdeed. Ze had een angstig voorgevoel, alsof ze Phaedra zou kwijtraken zodra Margaret haar in haar klauwen kreeg. Antoinette bleef even staan en luisterde door de deur heen, maar de stemmen klonken zo zacht dat ze vooral het bonzen van haar eigen onrustige hart hoorde.

Margaret had het bedlampje aangedaan, maar de gordijnen waren nog dicht. 'Wil je ze opendoen? Dan kan ik beter naar je kijken,' vroeg Margaret, en ze hees zichzelf overeind in de kussens.

Phaedra deed wat er van haar werd gevraagd. Het zonlicht stroomde de kamer in en bracht een verandering teweeg in de zware atmosfeer. Ze wendde zich tot de oude vrouw in het bed. Margaret Frampton zat daar opgeblazen en enigszins verfomfaaid, als een dikke kip op haar nest. Haar mondhoeken wezen door het verdriet naar beneden en haar lichtgrijze ogen waren glazig en bloeddoorlopen. Phaedra werd getroffen door een onverwachte golf medelijden, want het was duidelijk dat George' moeder één hoopje ellende was.

Margaret nam haar grondig op met haar ontzagwekkende blik, maar Phaedra wendde haar ogen niet af. Voor deze kleine daad van verzet oogstte ze Margarets bewondering, want die was het gewend dat mensen in haar aanwezigheid ineenkrompen. 'Aha, dat heb je van mij,' zei ze triomfantelijk. 'Kom eens wat dichterbij.' Ze klopte op het bed. Phaedra ging zitten. 'Ja, ik was vroeger een schoonheid, net als jij. Het zit allemaal in de ogen, weet je. Jij hebt prachtige ogen.'

'Dank u.'

'Nee, die heb je van mij natuurlijk.' Margaret glimlachte en Phaedra lachte hardop, meer uit opluchting dan van blijdschap.

'Voelt u zich beter?' vroeg ze.

'Ik moest gewoon even gaan liggen. Antoinette zal wel gedacht hebben dat ik doodging.'

'Nou, ze was heel ongerust.'

'Soms denk ik dat ze me liever uit de weg wil hebben.'

'Ik weet zeker van niet, diep in haar hart niet.'

'O, ze ergeren zich aan mij, weet je dat? Toen George nog leefde, kwam ik hier vaak. Hij was mijn enige kind en we hadden een hechte band. Mijn man is al lang geleden overleden, dus ik ben heel lang met George alleen geweest. Maar nu hij er niet meer is, heb ik ontdekt dat ik de afleiding nog steeds nodig heb. Fairfield Park is het grootste deel van mijn leven mijn huis geweest, zie je. Antoinette vindt het natuurlijk vreselijk dat ik elke dag langskom. Ik ben net een soort postduif die steeds weer terugkomt. Ik kwam altijd voor George, maar nu... nu weet ik het niet meer.' Ze zag er verward uit en haar stem stierf weg. 'Ik word hiernaartoe getrokken...'

'Wat een mooie kamer is dit,' zei Phaedra mijmerend, en ze liet haar ogen over het blauwe bloemetjesbehang en de sprei gaan.

'Ik hou van de kleur blauw. Heel rustgevend, vind je niet?'

'Blauw kan een koele kleur zijn, maar hier voelt het warm aan. Helemaal niet koud.'

'Het is een ramp om dit huis warm te houden, omdat het zo groot is. Toen ik hier woonde, voelde ik de kou niet. Als jongetje liep George altijd in korte mouwen, zelfs in de winter. Maar nu voel ik de kou wel. Het is de ouderdom, ben ik bang. Daar kun je je niet tegen verzetten. Ik geloof dat ik de energie niet meer heb om me ergens tegen te verzetten.' Ze slaakte een zucht en even zag ze er verloren uit, alsof haar geest in een onbekende richting werd getrokken.

'Verzet maakt ongelukkig,' zei Phaedra wijs. 'Alleen door acceptatie en loslaten kunnen we vrede vinden.'

Margarets blik dwaalde weg. 'Ik mis George ontzettend, voortdurend, maar ik moet hem loslaten, want als ik vasthoud aan de pijn, voel ik me alleen maar ellendig en hij komt er niet mee terug.' Phaedra zag hoe de oude dame met haar mond trok, als de minieme eerste tekenen van een dijkdoorbraak. 'Ik ben vandaag bij zijn graf geweest en we hebben er narcissen neergelegd. Ik weet dat hij daar niet is, maar het voelde goed om hem eer te bewijzen en te voelen dat ik tenminste iets dééd. Ik hoef zijn graf niet te bezoeken om het gevoel te hebben dat ik dicht bij hem ben. Hij is voortdurend om ons heen, dat weet ik zeker. Maar ik wilde zien waar zijn lichaam is begraven, voor mijn eigen gemoedsrust, en om het af te sluiten. Ik moet accepteren dat hij er niet meer is – en hem laten gaan.'

Margaret trok steeds heviger met haar mond. Plotseling greep ze Phaedra's arm vast en staarde haar met grote, bange ogen aan. 'Het is mijn hart weer. Ik geloof dat ik een hartaanval heb,' hijgde ze. Maar de vuurbal die weer in haar maag was begonnen, trok langs haar hart heen naar haar keel, waar hij rondkolkte alsof hij zich wanhopig een weg naar buiten probeerde te banen. Margaret verzette zich en spande haar keelspieren, hield alles binnen uit vrees voor wat er zou gebeuren als ze het liet ontsnappen.

Phaedra keek verontrust toe hoe Margarets gezicht steeds roder werd. Net op het moment dat ze wilde opspringen om de anderen te waarschuwen, slaakte Margaret een luide jammerkreet, en haar hele lichaam schokte toen haar verdriet in één gigantische snik naar buiten kwam.

Phaedra herkende haar smart en sloeg haar armen om haar heen. Margaret trok zich niet terug. De barst in de dijk was nu een gapend gat en het verdriet van de oude vrouw stroomde als water naar buiten. Ze snikte en zuchtte, en de tranen rolden langs de rimpels in haar gezicht. Ze zag er geschokt uit, alsof het vrijkomen van emoties een ongewenste nieuwigheid voor haar was, die haar bovendien met afschuw vervulde.

'Het is goed om te huilen,' zei Phaedra, en ze voelde ook in haar eigen ogen de tranen prikken. 'U steekt mij aan. Maar het is goed. Dan huilen we samen.' Ze glimlachte, terwijl Margaret langzaam kalmeerde, haar lichaam nog steeds trillend van de naschok. Phaedra liet haar los, maar hield één hand geruststellend op haar arm.

'Lieve hemel!' riep Margaret uit, tussen twee sidderende ademtochten in. 'Ik weet niet wat me vandaag bezielt.'

'Lady Frampton...'

'Na die beschamende vertoning vind ik dat je me maar Margaret moet noemen.'

'Margaret, je hoeft je er niet voor te schamen. Je bent een moeder die haar enige kind heeft verloren. Ik weet dat het heel Brits is om alles binnen te houden, maar het is ongezond. En het is onnatuurlijk. Het is niet voor niks dat wij mensen tranen hebben en de mogelijkheid om te huilen. Het is een uitlaatklep, waardoor we uiteindelijk kunnen helen. Want hoe zouden we kunnen helen als we niet erkennen dat we pijn hebben?'

Margaret staarde Phaedra verrast aan. 'Mijn lieve kind, ik weet niet van wie je die wijsheid hebt, want George was nooit zo wijs.'

'Ik ben niet wijs, Margaret. Ik weet alleen wel het een en ander over ongelukkig zijn.'

Margaret kneep haar ogen tot spleetjes. 'Weet je, ik voel dat ik jou kan vertrouwen, Phaedra.' Haar gezicht verstrakte en haar blik gleed naar haar handen. 'Ik heb vandaag voor het eerst George' graf gezien. Eerder durfde ik niet te gaan. Ik kon de aanblik niet verdragen. Die losse grond en de gedachte aan zijn kist… Ik kon het niet aan… Het was allemaal te veel.'

'Het is goed dat je bent gegaan. Je hebt afscheid genomen. Je kunt nu de eerste stap zetten uit je verdriet.'

'Het raakt me diep in mijn ziel.' Ze legde haar hand op haar hart.

'Ik weet het.'

'Antoinette huilt voortdurend. Dat irriteert me, omdat ik het niet kan.'

'Maar nu wel,' zei Phaedra. Ze zag hoe de vrouw die zo in de knoop had gezeten zichzelf langzaam ontwarde, en voelde zich trots dat zij haar daarbij had geholpen.

'Vertel eens, Phaedra: heb jij een grootmoeder?'

'Nee. Ik heb niemand.'

'En je moeder dan?'

'Die is in Canada. We zijn niet zo close.'

'Dus George was de enige familie die je had?'

'Je kunt je vast wel voorstellen hoe blij ik was dat ik hem vond en dat we het zo goed met elkaar konden vinden.' Margaret glimlachte toen Phaedra's gezicht begon te stralen. 'Hij heeft me zo veel geweldige kansen geboden. Ik zou nooit de moed hebben gehad om mijn boek te maken als hij me niet had meegenomen op zijn reizen.'

'O ja, je bent fotograaf, is het niet?'

'Ja, ik fotografeer het leven graag van een afstand. Ik bedoel, ik sla het gade zoals het is, zonder te manipuleren. Eerst fotografeerde ik vooral gezinnen en kinderen, omdat daar een goede boterham mee te verdienen valt. Maar toen heb ik besloten iets avontuurlijkers te gaan doen. Het idee kwam van George.'

'O ja?'

'Ik zou jou graag fotograferen, als je het goedvindt.'

Margaret trok een gezicht. 'Ik ben niet fotogeniek, hoewel de camera vroeger dol op me was.'

'Je hebt een sterk gezicht. Heel interessant, vol tegenstellingen. Ik denk dat je het heel goed zou doen op een foto.'

'Nou, omdat je zo aandringt – hoewel het op mijn leeftijd geen zin meer heeft om ijdel te zijn. Je raakt alleen maar teleurgesteld.'

Phaedra lachte. 'Zo oud ben je nou ook weer niet, Margaret. En je bent mollig; daardoor zie je er een stuk jonger uit dan je bent. Magere oude dametjes lijken altijd halfdood, als je het mij vraagt.'

'Dat zal ik maar beschouwen als een compliment.'

'Zo was het in ieder geval wel bedoeld.'

'Nou, dan moeten we nu maar eens naar beneden gaan. Als ik je hier nog langer vasthou, denken ze dat ik je heb opgegeten als lunch!' Margaret gooide het beddengoed van zich af. 'Je bent een lief meisje, Phaedra. Ik ben blij dat je ons hebt gevonden. Hoewel ik die Julius Beecher absoluut niet mag. Een vreselijk arrogante man, die volgens mij niets goeds in de zin heeft. Ik heb George altijd gezegd dat hij voor hem moest uitkijken, maar hij wilde geen kwaad woord over hem horen. Ik denk dat Julius zijn zaken goed regelde als George elders zijn pleziertjes najoeg. Dus wees voorzichtig, Phaedra. Die man is niet te vertrouwen.'

'Julius is heel goed voor me geweest.'

'Daar twijfel ik niet aan, lief kind. Maar als je grootmoeder vind ik dat ik je moet waarschuwen. Het is geen fatsoenlijke man en het is een geldwolf.'

'Ik zal je raad in gedachten houden.'

'Goed, ik ga me even opfrissen. Ga jij maar vast naar beneden om te laten zien dat je nog ongedeerd bent. Ik weet dat ik erop kan vertrouwen dat dit gesprek onder ons blijft?'

'Alles wat in Vegas gebeurt, blijft in Vegas,' antwoordde Phaedra.

Margaret trok haar wenkbrauwen op. 'Dat zal wel "ja" betekenen in Amerika.'

Phaedra liep naar beneden met een licht gevoel in haar hoofd. Het leven had haar in ieder geval geleerd dat onaardige mensen ongelukkige mensen zijn. Tot nu toe had ze nog nooit een echt tevreden persoon ontmoet die onaardig was. Dus als je het zo bekeek, voelde Margaret zich gewoon ellendig. Ze doorkruiste de hal, waar Bertie en Woester samen met Basil op het vloerkleed lagen te slapen. Een warm, voldaan gevoel maakte haar passen veerkrachtiger. Het voelde heerlijk om iets goeds te doen.

'Ha, Phaedra!' riep Rosamunde toen ze haar zag.

'Alles goed?' vroeg Antoinette, opgelucht dat de jonge vrouw lachte.

'Margaret voelt zich al beter,' deelde Phaedra mee.

'Maar hoe voel jij je?' vroeg Tom vanaf het haardbankje.

'Prima, dank je. Ze is een heel lieve vrouw.'

Ze staarden haar allemaal stomverbaasd aan. 'Weet je zeker dat we het over dezelfde persoon hebben?' vroeg David.

'Luister eens, ik ken haar niet zoals jullie haar kennen, maar ze was ontzettend aardig tegen me.' Ze ging naast David op de bank zitten.

'Trek je van hen maar niets aan,' zei Roberta. 'Ik heb ontdekt dat Margaret een heel klein hartje heeft.'

'Ze is gewoon ongelukkig,' ging Phaedra verder. 'Maar ze komt zo naar beneden, dus dan kunnen jullie het met eigen ogen zien. Het gaat prima met haar.'

'Fijn om te horen,' zei Antoinette.

'Ik stel voor dat we met z'n allen gaan wandelen,' zei Joshua. 'Haal jij Amber uit bed?' vroeg hij aan zijn vrouw, met een blik op zijn horloge.

'Je kunt haar op je rug nemen,' zei Roberta.

'Fantastisch. Laten we er dan tussenuit piepen voordat oma beneden komt,' zei Tom, en hij sprong overeind.

'Hè, lieverd, dat is niet aardig,' zei Antoinette bestraffend, maar ze lachte alsof zijn gezicht uit louter zonnestralen bestond.

Toen Margaret binnenkwam, zag ze nog steeds bleek, maar ze had haar strijdlust terug. 'Joshua, wil je me naar huis brengen? Ik voel me nog niet sterk genoeg om te lopen.'

'Ben je uitgerust?' vroeg Antoinette.

'Phaedra heeft me enorm opgevrolijkt.' Margaret wendde zich tot haar nieuwbakken kleindochter en glimlachte hartelijk naar haar, wat voor Antoinette een openbaring was.

'Daar ben ik blij om,' zei Phaedra, en ze voelde alle ogen in het vertrek op haar rusten.

'Ik hoop dat dit een thuis voor je wordt,' ging Margaret verder. 'Je bent in ieder geval van harte welkom in mijn huis als je even weg wilt uit Londen.' Roberta voelde een steek van jaloezie; zíj was altijd degene geweest die een speciale band met Margaret had.

'Heel erg bedankt. Ik wil je huis graag zien,' zei Phaedra.

'Dat gaat ook gebeuren. David brengt je morgenochtend en dan zal ik je foto's laten zien van George als jongetje. Hij was echt een schatje. Nu wil ik graag naar huis. Joshua?'

'We wachten wel op je,' zei Roberta tegen Joshua.

'Wees maar niet bang, liefje, ik zal hem niet ophouden.' En ze liep de kamer uit, Basil bij zich roepend.

Toen Joshua terug was, wandelden ze met de hele familie over het pad de bossen in. Het was bewolkt geworden en het zag eruit alsof het zou gaan regenen. Er waaide een koude wind door de bomen, waar vogels op de takken speelden en eekhoorns hun eigen staart achternajoegen. Bertie, Woester en Rufus mochten loslopen nu het jachtseizoen voorbij was, en uit de bosjes vloog af en toe een dikke fazant op, terwijl zijn vleugels kraakten als roestige scharnieren.

Phaedra liep naast David. Ze mocht hem erg graag. Hij leek niet op zijn vader, maar hij had hetzelfde charisma, dat de ruimte om hem heen vulde en haar inspireerde. Ze werd tot hem aangetrokken als een verkleumde reiziger tot de haard in een hotel. Net als George gaf David haar een veilig gevoel.

Na een tijdje herkende ze de omgeving en merkte ze dat ze vlak bij Davids huis waren. 'Gaan we vanmiddag nog een taart bakken?' vroeg ze aan hem.

'Is dat niet heel veel werk?' antwoordde hij, en hij keek grijnzend op haar neer.

'Voor mij is het geen werk, ik ben gek op bakken. Het enige wat jij hoeft te doen is het beslag proeven. En als je zoet bent mag je de schaal uitlikken.'

'En de taart opeten.'

'Die delen we met de rest van je familie. Ik wil wedden dat Tom ook wel van chocoladetaart houdt.' Ze riep naar Tom, die tussen Rosamunde en zijn moeder in liep: 'Tom, hou jij van chocoladetaart?'

'Is er iemand die níét van chocoladetaart houdt?' riep hij terug.

'Ik niet,' zei Roberta. Ze liep naast haar echtgenoot, die Amber in een draagzak op zijn rug had.

'Dan maken we voor jou een citroenmuffin,' zei Phaedra.

'O, doe voor mij geen moeite,' zei Roberta.

'Maar je houdt toch wel van citroencake?' vroeg Phaedra.

'Jawel.'

'Ziet ze eruit als een vrouw die cake eet?' siste David.

Phaedra negeerde hem. 'We vergeten je niet, hè David?'

'Nee, we vergeten Roberta niet,' antwoordde David plichtmatig.

'Je kunt hem met Amber delen,' opperde Phaedra.

Roberta forceerde een glimlach.

'Ze probeert aardig te zijn,' zei Joshua fluisterend. 'Geef haar een kans, lieverd.'

'Ik hoef haar cake niet!' brieste Roberta. Joshua schudde voorzichtig zijn hoofd.

'Mag ik alsjeblieft de schaal van het citroencakebeslag ook uitlikken?' vroeg David aan Phaedra.

Phaedra keek glimlachend naar hem op. 'Ja, David, natuurlijk mag dat.' Het voelde goed om deel uit te maken van zijn familie.

Toen ze terug waren in Davids keuken begon Phaedra de keukentafel leeg te ruimen. Ze zette een weegschaal neer, kommen, een spatel, twee houten lepels, een theelepel voor David, en de ingrediënten die Harris met de auto uit het grote huis had gebracht: eieren, extra boter, bloem, cacao en bakpoeder – dingen die David nooit in zijn voorraadkast zou hebben. David ging aan tafel zitten met een kop thee en keek toe hoe ze druk in de weer was, alsof ze nooit anders had gedaan dan een taart bakken in zijn keuken. Ze had een groen schort van zijn moeder om en een vastberaden uitdrukking op haar gezicht. Hij stelde vast dat alle vrouwen op dezelfde manier moesten denken, want zijn moeder had zijn pannen, bestek en serviesgoed opgeborgen en Phaedra leek instinctief te weten waar ze alles kon vinden.

Ze had haar haar in een staart gebonden, zodat hij haar gezicht nu beter kon zien. Ze was van een adembenemende schoonheid, vooral wanneer haar wangen rood opgloeiden als zoete pruimen. Een deel van hem was opgetogen dat ze zijn leven was binnengewandeld en het in lichterlaaie had gezet met haar enthousiasme en vrolijkheid, maar een ander deel betreurde het dat hij nooit iets met haar zou kunnen beginnen. Hij realiseerde zich dat hij, ondanks alle obstakels, verliefd op haar aan het worden was.

'In plaats van me aan te staren alsof ik een buitenaards wezen ben, kun je me ook helpen met boter en poedersuiker te mengen voor de vulling.' Ze gaf hem een kom en een houten lepel. 'Maar er wordt niet gelikt, totdat ik toestemming geef.'

'Je bent geen buitenaards wezen, Phaedra,' antwoordde hij ernstig. 'Je bent een heel mooie vrouw. Ik kan er nog steeds niet helemaal bij dat je mijn halfzus bent.'

Ze brak een ei op de rand van haar kom en liet de inhoud met een zacht plofje in het mengsel van bloem en suiker vallen. 'Ik ook niet. Het ene moment heb ik niemand en dan ineens een hele familie.'

'Kun je je terugkeer naar Parijs niet uitstellen?' opperde hij.

Ze begon in het mengsel te roeren. 'Het is de overkant van het Kanaal maar, David.'

'Dat weet ik, maar we hebben je nog maar net gevonden.'

'Ik voel me niet thuis in Londen.'

'Fairfield kan je thuis worden. Wij zijn nu je familie. Zou je niet graag deel uitmaken van een grote familie?'

Ze stopte even met roeren en glimlachte weemoedig. 'Ik keek altijd naar mijn vrienden met hun gezin en dan wenste ik dat ik dat ook had. Je weet wel, het oude cliché: moeder, vader, een paar honden. Ik voelde me altijd anders. Waar ik vandaan kom zijn de families uit de middenklasse heel traditioneel. Ik wilde graag net zo zijn als iedereen.' Ze begon verwoed het beslag te kloppen. 'Maar nu ben ik gelukkig. Ik hou van mijn leven.'

'Ben je niet eenzaam?'

'Natuurlijk niet.'

David geloofde haar niet. 'Iedereen heeft familie nodig,' hield hij vol.

'Ik ben nu volwassen.'

'Het maakt niet uit hoe oud je bent. Je hebt alleen maar geleerd om dat verlangen te onderdrukken. Stel Parijs uit en geef ons een kans. Ik denk dat je blij zult zijn dat je bent gebleven.'

Ze grijnsde naar hem en hij wist dat hij haar had overgehaald. 'Als je nog een tandje bijzet met het kloppen van die vulling, zal ik erover nadenken.' Ze verruilde haar lepel voor een elektrische mixer, die de keuken vulde met gezoem.

Toen het gebak in de oven stond, verdween Phaedra naar boven, naar haar kamer. Ze deed de deur achter zich dicht en ging op de rand van het bed bezorgd voor zich uit zitten staren. Ze had er niet op gerekend dat ze zich aangetrokken zou voelen tot een zoon van George. Ze had het zelfs niet als mogelijkheid aangemerkt. Maar ze kon niet ontkennen dat David haar erg aanstond sinds het moment dat ze hem had opgemerkt in de kerk. En toen hij naar Londen was gereden om haar over te halen het weekend naar Fairfield Park te komen, had ze genoten van de vlinders in haar buik en hoe dat gevoel haar de week door had gesleept, in combinatie met het vooruitzicht dat ze hem die vrijdag weer zou zien.

Lieve hemel, wat zou George zeggen? Als hij haar nu zag, wat zou hij dan denken?

David was heel overtuigend geweest. Familie hebben vond ze een verleidelijke gedachte. Haar hele leven had ze zich alleen gevoeld – een last voor haar moeder, iemand die buiten de maatschappij staat omdat ze 'dat arme meisje van Chancellor' was, door haar moeder gedumpt bij vrienden als zij met haar minnaars weg wilde, of erger: meegesleept op vakantie als haar moeder geen ander alternatief zag dan haar mee te nemen. Phaedra herinnerde zich die eenzame zomers op winderige stranden, waar ze werd weggestuurd om te gaan spelen omdat haar moeder alleen met haar vriend wilde zijn. Wat had ze toen verlangd naar familie. En nu ze de kans had om een grote familie te hebben, zou ze wel gek zijn om die voorbij te laten gaan.

Toen ze weer beneden kwam, hing de zoete geur van gebak in de keuken. David zat nog steeds aan tafel en las de zaterdagkrant. 'Het ruikt alsof ze klaar zijn,' zei ze. Ze pakte de ovenhandschoenen en deed het deurtje van de Aga open. Er kwam een wolk van cakegeuren naar buiten. Ze haalde de muffinvorm met de citroencakejes er eerst uit en bukte zich toen om de taartvormen te pakken.

'De vulling is perfect volgens mij,' zei David, en hij tilde de *Telegraph* op, waaronder zijn beslagkom stond.

'Ze moeten eerst afkoelen voordat we ze kunnen glazuren.'

'Wat zullen we in de tussentijd doen?'

Phaedra stak haar vinger in het boter-suikermengsel dat David tot een dikke crème had geklopt. 'Mmm, lekker zeg. Wil je ook wat?' Ze gaf hem zijn theelepel.

Hij schepte een klodder op en stak die in zijn mond. 'Heel lekker,' zei hij enthousiast. 'Zo, wat wil je doen terwijl de taarten afkoelen?'

'Een potje kaarten?'

'Prima.'

Ze begon de tafel af te ruimen. 'Ik waarschuw je: ik ben heel fanatiek.'

'Ik heb je fanatisme gezien aan de bridgetafel, weet je nog?'

'O, dat was nog maar het begin.'

'Mooi, want ik ben geen bridgespeler. Ik ben wel kampioen ezelen van de familie.'

'Is dat het enige waar je kampioen in bent?' vroeg ze met een lach.

'Nee, in nog veel meer, maar ik zal je niet vermoeien met mijn prestaties. Laten we nu de kaarten maar pakken, nog een pot thee zetten...'

‘Een pot thee: jij pakt het echt serieus aan!’

‘Inderdaad. Thee is voor een Engelsman hetzelfde als spinazie voor Popeye.’

‘Laten we dan maar zien of je net zo veel hersens als spierkracht hebt! Schud de kaarten, vriend, ik ben er klaar voor.’

12

Antoinette voelde zich beter. Sinds Phaedra vrijdagavond was aangekomen, heerste er in Fairfield Park een opgewekte stemming, die voor die tijd ver te zoeken was geweest. Sinds de dood van George hing er in elke kamer een troebele atmosfeer, als een mist, en had Antoinette het constant koud. Maar nu voelde ze de kilte niet meer en het donkere waas was verbannen naar de hoeken van de kamers, verdreven door Phaedra's optimistische en spontane karakter. Ze was net een mooie engel, en Antoinette voelde zich bevoorrecht dat, hoewel George met de ene hand was weggenomen, Phaedra met de andere aan hen was gegeven.

Dit meisje was een wonder. Ze had Margaret voor zich ingenomen. Joshua, Tom en David waren duidelijk betoverd door haar. Als ze een kamer binnenkwam, werd de sfeer voelbaar beter en keerden hun drie verwachtingsvolle gezichten zich naar haar toe als zonnebloemen naar de zon. Niemand was ongevoelig voor haar charmes, behalve Roberta, maar die was gewoon onredelijk. Antoinette zou alleen willen dat George Phaedra niet zo lang geheim had gehouden; dan hadden ze samen van haar kunnen genieten.

Zelfs dokter Heyworth was gevallen voor haar charmes. Hij had zich uitgesloofd en thee voor hen gemaakt. Hij had koekjes op tafel gezet, en een of andere vruchtencake die hij van een dankbare patiënt had gekregen, compleet met servetjes. Misschien was hij niet zo blij geweest om Antoinette weer in zijn tuin te zien opduiken als Phaedra er niet bij was geweest. Antoinette kon zich niet voorstellen dat er een man bestond die niet zodra hij haar zag zou opspringen van vreugde. Ze waren blijven kletsen, en tijd leek er niet toe te doen. Dokter Heyworth had beslist niet snel van hen af gewild, want hij wist hen over te halen om nog wat langer te blijven, met verse kopjes thee en meer plakken cake. Het was een heel lekkere cake en Antoinette had het moeilijk gevonden om hem af te slaan. Ze was nooit slank geweest, maar dat kwam niet doordat ze het niet geprobeerd had. Het enthousiasme van dokter Heyworth was aanstekelijk, en dom genoeg had ze hem een tweede plak voor haar laten afsnijden. Daar had ze spijt van gehad, hoewel ze nu geen man meer had om voor af te slanken.

George had haar altijd mooi gevonden zoals ze was. Toen ze elkaar net kenden, was ze 'bevallig' geweest en hij had haar nooit gevraagd om te veranderen. Dat wilde niet zeggen dat hij geen oog voor vrouwen had. Hij hield van mooie vrouwen en flirtte met alle aantrekkelijke dames die hij tegenkwam. Maar Antoinette wist zeker dat hij van haar het meest hield. Een beetje flirten deed hem deugd, en wat hem deugd deed, deed haar deugd. Het deed hem deugd dat ze hem drie zoons had geschonken, en het deed hem deugd dat ze al haar tijd besteedde aan hun opvoeding. Toen ze opgroeiden tot mannen en uitvlogen uit het nest, deed het hem deugd dat ze vervolgens haar tijd aan hem en hun huis wijdde, zodat hij altijd een charmante vrouw aan zijn arm had en een warm onthaal om naar terug te keren.

Antoinette wist dat hij van thuiszitten niet gelukkig werd; hij was veel te rusteloos en altijd op zoek naar avontuur, en zij had dat leven zonder morren aanvaard. Ze was er zo aan gewend dat ze zich niet afvroeg of het normaal was, totdat Phaedra haar had verteld dat het tijd was om aan haarzelf te gaan denken. Ze had al zo lang niet aan zichzelf gedacht dat ze niet zeker wist hoe ze eigenlijk tegen dingen aankeek. Maar de mogelijkheid om iets helemaal voor zichzelf te gaan doen bezorgde haar een lichte rilling van opwinding. Een gevoel alsof ze iets heel zondigs deed, zoals spijbelen van school of een zakje snoep stelen in de snoepwinkel. Phaedra had haar aangemoedigd om de toekomst positief tegemoet te zien. En die positieve instelling gaf haar bovenal het prettige gevoel dat ze de zaken onder controle had.

'Tom en ik gaan volgende week naar Murenburg,' deelde David zijn familie mee tijdens de zondagse lunch. 'Een paar dagen maar. Ik moet zien waar papa is overleden om verder te kunnen.'

Margaret keek hem vermoeid aan. 'Wil je dan echt dat er geen einde komt aan dit drama?'

'Het probleem is, oma, dat er geen einde aan komt als ik er níét naartoe ga,' legde hij uit met een gekwelde uitdrukking op zijn gezicht.

'Ik ben het met Margaret eens,' zei Antoinette zacht. 'Zou het niet beter zijn als we hem gewoon loslaten?'

Margaret rechtte verbaasd haar rug. 'Nou, dat is voor het eerst dat jij en ik het ergens over eens zijn, Antoinette.' Er verscheen een klein lachje op haar gezicht. Het werd stil in de kamer. Toen verhief ze haar stem. 'Antoinette en ik zijn het erover eens dat we allemaal verder moeten en dat we George in vrede moeten laten rusten!' Antoinette verrekte de spieren in haar gezicht bijna terwijl ze probeerde haar tranen in te houden. De gedachte dat ze George moest laten gaan was onverdraaglijk.

'Dit is voor mij de enige manier om er vrede mee te krijgen,' drong David aan. Toen viel zijn blik op Phaedra. 'Wil jij ook mee, als onze zus?'

Phaedra leek in verlegenheid gebracht. 'Ik? Weet je het zeker?'

'Waarom zou ik het niet zeker weten?' vroeg David. 'Je hebt er net zo veel recht op als wij. Hij was ook jouw vader.'

Ze sloeg haar ogen neer. 'Als je zeker weet dat ik me niet opdring, wil ik graag mee.'

'Ik kan me niet voorstellen hoe jij je zou kunnen opdringen, Phaedra,' wierp Margaret tegen, terwijl Harris binnenkwam met haar glas sherry. 'De jongens mogen maar wat blij zijn dat je meegaat. Hoewel ik geen hoge pet op heb van hun plan.'

'Dat is dan geregeld,' zei Tom blij, en hij stak Harris zijn wijnglas toe, zodat die hem kon bijschenken.

'Josh, ga jij ook mee? Roberta?' Aan de toon van zijn stem was duidelijk te horen dat hij hoopte dat ze zijn uitnodiging zouden afslaan. Het enige wat Antoinette hoopte was dat Harris zijn glas niet zou bijvullen.

'Ik heb veel te doen volgende week,' antwoordde Joshua. 'Ik kan niet zomaar alles uit mijn handen laten vallen, en Roberta ook niet – toch, lieverd?'

'Nee, ik heb een behoorlijk volle agenda, vrees ik,' beaamde Roberta. 'Mensen maken maanden van tevoren afspraken.'

'Dat is dan geregeld. Ik vraag me af hoeveel sneeuw er ligt. Zal ik even kijken op internet? Het zou toch geweldig zijn als er net een heel pak is gevallen?' Tom haalde zijn iPhone uit zijn borstzakje.

'Na het eten, Tom,' zei Antoinette, die Harris in de deuropening zag staan knikken. 'Laten we aan tafel gaan.'

Tom sprong op, met in zijn hand nog steeds zijn nu weer volle glas wijn. 'Wat eten we?'

'Lamsbout,' antwoordde Harris plechtig.

'Geweldig, dat is mijn lievelingsgerecht. Ik hoop dat mevrouw Gunice genoeg Yorkshire pudding heeft gemaakt. Ik heb honger als een paard.' Hij liep als eerste de eetkamer in.

Tijdens de lunch was het een ongewoon vrolijke bedoening. Margaret was weer helemaal hersteld van de vorige dag en leek opgevrolijkt door haar ochtend met Phaedra. Ze had rode wangen van de sherry, en van plezier. Ze luisterde naar Phaedra's grappige imitaties van haar leraren op school. Het meisje wist wel hoe ze onaangename situaties kon veranderen in vermakelijke anekdotes. Het inspireerde de jongens ertoe herinneringen op te halen aan hun eigen schooltijd. Ze hadden het over docenten die uit hun mond stonken, en nachtelijke strooptochten naar de voorraadkast. Zelfs Roberta deed mee en lachte om hun verhalen. In dat zeldzame ogenblik van familieharmonie geloofde Antoinette oprecht dat alles goed zou komen.

Na de lunch vroeg Antoinette of Phaedra met haar mee wilde naar George' slaapkamer. 'Ik durfde er eerst nog niet naar binnen, maar nu wel. Ik denk dat ik het beter aankan om zijn spullen uit te zoeken als we het samen doen,' legde ze uit.

Phaedra werd ineens zenuwachtig. 'Vind je niet dat dat iets is wat je in je eentje moet doen, of met de jongens? Ik bedoel, je moet de tijd nemen om hem te gedenken, zonder je te hoeven bekommeren om iemand anders.'

'Nee, ik wil dat je meegaat. Ik heb geestelijke steun nodig.'

Phaedra glimlachte zwakjes. 'Goed, als je erop staat.'

Antoinette bezag haar met moederlijke genegenheid. 'Ik weet dat jij het ook een beetje eng vindt. Dat geeft niet. We doen het samen.'

Phaedra haalde diep adem en liep achter haar aan de trap op.

'George bewaarde alles. Hij gooide niet graag iets weg. Ikzelf ben een echte opruimer. Ik heb een hekel aan troep en waardeloze prullaria. Maar George had laden vol dingen die hij door de jaren heen bewaard heeft en die alleen sentimentele waarde hebben. Ik kan dat gewoon niet allemaal in mijn eentje uitzoeken. Aan de ene kant wil ik een grote vuilniszak pakken en alles in één keer weggooien, zodat ik er niet naar hoef te kijken, maar aan de andere kant maak ik me zorgen dat ik dan misschien iets belangrijks over het hoofd zie. Het komt erop neer dat ik gewoon niet kan geloven dat hij niet meer terugkomt. Zijn spullen uitzoeken is zoiets definitiefs; daarmee accepteer ik dat hij weg is. Daar voel ik me nog niet klaar voor.'

'Stel het dan uit, Antoinette, totdat je je sterker voelt.'

'Nee, ik moet het nu doen. George komt niet meer terug. Dat moet ik accepteren, anders blijf ik hangen in een verschrikkelijk soort tweestrijd.'

Ze stonden even stil bij de deur van George' kleedkamer en zetten zich schrap tegen het plotselinge gevoel van verlies, waar geen humor of stoïcisme tegenop kon. Antoinette ademde in door haar neus alsof ze moed wilde verzamelen, drukte toen de deurklink naar beneden en duwde de deur open.

Het rook mannelijk in de kamer: kruidig, naar sandelhout, een geur die precies bij George paste. Zijn aanwezigheid hing in de lucht alsof hij bij hen was, alsof hij de ruimte om zich heen vulde met zijn krachtige uitstraling. En toch was de kamer leeg, op zijn kleren na, die achteloos op het grote tweepersoonsbed lagen, en op de stoelen en de divan onder het raam. Zilveren schaaltjes stonden lukraak verspreid op de tafel aan het voeteneind van het bed en op de hoge ladekast van kersenhout die tegenover het andere raam stond. De schaaltjes lagen vol met muntgeld, paperclips, spijkers, afgescheurde strookjes van instapkaarten en andere nutteloze dingen die ooit deel hadden uitgemaakt van iets belangrijks. De laatjes onder de Queen Anne-spiegel zaten barstensvol oude kaartjes van opera's, balletten, films, theaters en zelfs de Londense Underground.

Het rook er ook een beetje muf, want er was nog niemand binnen geweest om schoon te maken sinds George' overlijden, en stof hoopte zich snel op in het oude huis.

Phaedra liep naar het raam dat uitkeek op het grasveld aan de voorkant van het huis. Ze schrok even toen ze een paar lieveheersbeestjes in de hoek van het glas zag zitten, die zich koesterden in de zon.

'Ik denk dat ik die maar moet vrijlaten, vind je niet?' zei ze, en ze duwde de stijve ijzeren greep naar boven om het raam open te maken. Ze knipte de lieveheersbeestjes met haar vingers naar buiten en liet de frisse lucht de kamer binnenstromen. Zachte, kwinkelerende vogelgeluiden werden door de wind meegevoerd en Phaedra ademde diep in. De schoonheid van de zonovergoten tuin deed haar goed.

'Kom, Antoinette. Kijk eens naar buiten,' zei ze. Antoinette kwam bij haar aan het raam staan. 'Het is zo prachtig, ik wil hier even blijven staan en ervan genieten.'

Antoinette liet haar blik over het uitzicht gaan. 'Wat een schitterende dag is het, hè?'

'George heeft hier ook naar buiten gekeken, misschien elke ochtend wel als hij de gordijnen opendeed. Dan zal hij wel diep hebben ingeademd en hebben genoten van het uitzicht. Hij moet het hier heerlijk hebben gevonden.'

'Dat was ook zo. In Fairfield was hij altijd thuis. Maar op een bepaalde manier liep hij er ook voor weg.'

Phaedra keek haar vragend aan. 'Denk je?'

'Ik weet het wel zeker. Hij was hier nooit meer dan een paar dagen achter elkaar, en dan vloog hij weer naar Londen, of hij stortte zich in een of andere malle onderneming, zoals het beklimmen van de Everest of skiën.'

'Ja, hij leek rusteloos, alsof hij zichzelf altijd tot het randje dreef,' beaamde Phaedra.

'Totdat hij eroverheen viel,' voegde Antoinette er bedroefd aan toe.

'Dat was niet zijn bedoeling.'

'Natuurlijk niet. Maar als je altijd tot het uiterste gaat, vraag je om ongelukken.'

Ze liepen bij het raam weg. 'Goed, waar beginnen we?' zuchtte Antoinette. De hoeveelheid spullen was overweldigend.

'Laten we eerst de laden doen,' stelde Phaedra voor, en ze wees naar de nachtkastjes.

'Goed, we halen ze eruit en zetten ze midden in de kamer. Dan gaan we er systematisch doorheen. We maken een stapel met dingen die weg kunnen en een stapel met dingen die te veel sentimentele waarde hebben om weg te doen – en, lieverd, als je iets voor jezelf wilt hebben, moet je het gewoon vragen.'

Phaedra voelde zich plotseling misselijk. Ze wenste dat ze ergens anders was, overal behalve hier, waar ze op het punt stond om George' privébezittingen te doorzoeken.

'Dank je. Dat zal ik doen,' antwoordde ze slapjes. Ze haalde de bovenste lade van het rechterkastje eruit en zette die op het vloerkleed. Hij zat tot de rand toe vol met paperassen, foto's, jachtscorekaarten en routebeschrijvingen.

Een voor een haalden de twee vrouwen de spullen eruit, allebei huiverig voor wat ze konden aantreffen. Als George in staat was om Phaedra geheim te houden, wat had hij dan nog meer verborgen?

'Aha, dít herinner ik me nog wel,' zei Antoinette, en ze liet Phaedra een handgeschreven menu zien, kunstig versierd in goud, lichtroze en lichtblauw. 'Dit was voor George' vijftigste verjaardag bij Le Moulin Rouge in Parijs.' Haar ogen glinsterden bij de herinnering. 'We hebben enorm veel plezier gehad. Ik geloof dat ik deze maar bewaar.' Ze legde de menukaart opzij, samen met aantekeningen voor een speech en een dagboek dat George een paar jaar geleden op safari had bijgehouden.

'Hij heeft echt alles bewaard. Het is ongelooflijk,' zei Phaedra peinzend, terwijl ze een oude zwart-witfoto van zijn schoolvrienden op Eton tevoorschijn trok. Op de achterkant hadden ze allemaal een persoonlijke boodschap geschreven. 'Ik vraag me af wat er gebeurd is met al deze jongemannen. Heeft hij contact met hen gehouden?'

Antoinette liet haar blik over de jonge gezichten gaan. 'Ik herken er een paar. Lieve hemel, wat was Henry Patterson toen nog knap.'

'Wat is er van Henry Patterson geworden?'

'Hij is twee keer getrouwd en twee keer gescheiden, kreeg een rooie kop en werd zo dik als een pad. Ik heb hem in jaren niet gezien.'

Phaedra lachte en voelde zich iets beter. 'Het leven is prachtig, vind je niet? Zo veel verschillende hoofdstukken, als op zichzelf staande levens.'

'Moet je dit zien!' riep Antoinette uit. 'Over hoofdstukken gesproken! Dit is een hoofdstuk waar ik niets van wist. Wat was George toch een stiekemerd!' Met een diepe frons in haar voorhoofd keek ze onderzoekend naar een foto.

Ze overhandigde Phaedra een stapeltje foto's van George, staande bij ruïnes van forten en kastelen in een woestijn. Hij had een woeste grijns op zijn gezicht en hing duidelijk de pias uit. 'Die lijken nog niet zo oud, hè? Ik bedoel, ze moeten het afgelopen jaar zijn genomen. Waar denk je dat hij was?'

Phaedra bekeek alle foto's nauwgezet. Een tijdje zei ze niets. Antoinette zag dat ze wit wegtrok, en ook haar eigen ogen vulden zich weer met tranen. Het was de eerste foto van George die ze tegenkwamen, en hij keek heel blij; het leven lachte hem toe. Antoinette was dankbaar voor het gezelschap van haar stiefdochter. Het maakte het makkelijker nu ze iemand had met wie ze haar verdriet kon delen.

'Dit zijn oude kruisvaarderskastelen,' zei Phaedra ten slotte. 'Ik denk in Syrië of Jordanië.'

Antoinette was onder de indruk. 'Hoe weet jij in vredesnaam dat dat kruisvaarderskastelen zijn?'

'Ik ben dol op ruïnes – vooral die in Ierland, trouwens. Misschien omdat we in Canada niet zo veel geschiedenis hebben.' Ze bladerde haastig door de foto's en Antoinette vroeg zich af of ze het te pijnlijk vond om ze nauwkeuriger te bekijken. Nadat ze ze allemaal had bekeken, deed ze dat nog een keer, maar nu langzamer. De kleur kwam weer terug op haar wangen en haar handen trilden niet meer. 'Ze zijn adembenemend, vind je niet? En dan te bedenken dat hier negenhonderd jaar geleden mensen in woonden. Ik denk dat dit Shobak in Jordanië is.' Ze gaf de foto's terug aan Antoinette. 'Shobak is heel beroemd, en ongelooflijk mooi.'

'Waarom hou je er niet een paar?'

'Mag dat?'

'Natuurlijk. Ik heb er zo veel. Het is raar, maar soms denk ik dat George nog een heel ander leven leidde, naast het leven dat hij met mij deelde. Hij heeft me zelfs nooit verteld dat hij in Jordanië is geweest. Is dat niet vreemd?' Ze haalde haar schouders op. 'Ik bedoel, je denkt dat je iemand kent...'

'Ik denk dat we een ander nooit echt kennen,' zei Phaedra. 'Ik weet niet eens of we onszelf wel ooit leren kennen.'

'Ik begreep wel dat hij tijd voor zichzelf nodig had,' ging Antoinette verder.

'Denk je niet dat hij ooit eenzaam was?'

'Nee, hij maakte overal waar hij kwam vrienden, en hij was bovendien nogal een einzelgänger. Hij had het nodig om alleen te zijn.'

'Voelde je je nooit aan de kant gezet?'

'Helemaal niet. Ik had het hier en in Londen altijd druk. Om eerlijk te zijn was hij zo veeleisend dat ik af en toe wel wat rust nodig had.' Maar haar voorhoofd rimpelde zich in een frons. 'Nou ja, misschien voelde ik me wel een beetje aan de kant gezet, nu je het zegt.' Ze veegde haar neus af met haar zakdoek. 'Ik denk dat je soms zo went aan een bepaald patroon dat je je niet meer afvraagt wat je er eigenlijk van vindt. Zo was het met George en mij. Ik heb nooit vragen gesteld bij de manier waarop hij leefde.'

Phaedra lachte haar aanmoedigend toe. 'Maar nu doe je dat wel.'

'Ja, nu wel.' Antoinette legde de foto's op haar stapeltje 'bewaren'. 'Hij heeft jou geheimgehouden; daardoor ben ik gaan twijfelen aan zijn integriteit.'

'O, Antoinette...'

'Nee, ik denk niet slecht over hem, maar ik voel me gewoon onzekerder over ons als stel. Ik kan het jou wel toevertrouwen, jij vertelt het vast niet aan de jongens. Ik zou het verschrikkelijk vinden als zij het gevoel krijgen dat ik op de een of andere manier kritiek op hun vader heb. Want dat heb ik niet, echt niet. Ik vraag me alleen af wat hij misschien nog meer voor me heeft achtergehouden, dat is alles, en ook of hij me niet genoeg vertrouwde om het met mij te delen.'

'Hij probeerde je alleen maar te beschermen…'

'Jawel… maar hij kende me toch? Het is helemaal niets voor hem om mij niet in vertrouwen te nemen, zie je. Misschien hield hij je geheim om een andere reden… Ik weet niet wat, maar ik kan niet geloven dat het alleen was uit angst dat ik het zou afkeuren of gekwetst zou zijn. Hij wist dat ik hem altijd zou steunen.'

'Als hij was blijven leven, weet ik zeker dat hij mij na verloop van tijd aan je had voorgesteld,' voerde Phaedra voorzichtig aan.

'Misschien wel. Hij heeft er gewoon de kans niet voor gekregen.' Antoinette schudde de gedachten van zich af en ging verder met waar ze mee bezig was.

Stukje bij beetje groeven ze zich een weg door George' laden en kasten.

'Phaedra, kom je snel weer terug?' vroeg Antoinette toen ze vonden dat ze wel genoeg hadden gedaan voor één middag. 'Ik heb je echt nodig. Het is nog veel werk en ik vind het prettig om dat met jou te doen.' Ze lachte verlegen. 'Jij begreep George echt, hoewel je hem maar zo kort hebt gekend.'

'Ik kom wanneer je me maar nodig hebt. Ik vind het fijn om zijn spullen uit te zoeken. Dan voel ik me dicht bij hem.'

'Weet je nog dat je zei dat hij niet onder de grond was, maar in de geestenwereld?'

'Ja.'

'Denk je dat hij nu hier is?'

Phaedra liet haar ogen door de kamer dwalen. 'Ik weet het wel zeker. Misschien ervoeren we hem daarom zo sterk toen we binnenkwamen.'

'Dat is een troostvolle gedachte.'

'Ik twijfel er niet aan.'

'Ik ben jaloers op je. Het moet prettig zijn om niet te twijfelen. Wat zou hij wel niet denken, als hij ons in zijn verzameling rommel ziet grasduinen?'

'Precies dat, denk ik: dat het allemaal alleen maar rommel is. Dingen die tijdens zijn leven heel belangrijk leken, zijn in de dood plotseling waardeloos geworden. Deze aandenkens betekenen nu alleen voor óns nog iets. Hij lacht misschien wel om het belang dat we eraan hechten.'

'Zoals aan de Frampton-saffieren,' grinnikte Antoinette. 'Ik heb nooit echt iets om juwelen gegeven, in tegenstelling tot Roberta; zij is echt een ekster.'

'Ik ook niet. Ik ben vereerd dat George ze aan mij heeft nagelaten, maar ik kan me niet voorstellen dat ik ze ooit zal dragen. Zo'n leven leid ik niet.'

'Ze zouden je anders prachtig staan. De saffieren laten het blauw in je ogen vast heel mooi uitkomen.'

'Waarschijnlijk voel ik me net een kerstboom.'

Antoinette lachte. 'Ik snap wat je bedoelt. Juwelen hebben ook nooit bij mij gepast. Ik ben altijd veel te gewoontjes geweest voor diamanten! Maar jij bent niet gewoontjes; jij hebt een bijzondere uitstraling.'

'Wat zal George wel niet denken, als hij ziet dat we hier samen de Frampton-saffieren staan te bespreken?'

'Hij zal blij zijn dat we vriendinnen zijn, denk ik,' zei Antoinette zacht.

Phaedra pakte een foto van haar stapeltje en bestudeerde peinzend George' gezicht. 'Ik denk dat in de hemel alleen de liefde er nog toe doet. Als de daden van een mens worden ingegeven door liefde, moet het goed zijn. Ik ben hier met goede bedoelingen gekomen, Antoinette. Ik weet dat het voor jullie niet gemakkelijk is geweest. Maar ik hoop dat jullie nu weten dat ik niets van jullie wil.'

Antoinette lachte. 'O, Phaedra, lieverd, je hebt een frisse wind door deze familie laten waaien. Als George op ons neerkijkt, kan hij alleen maar blij zijn.'

'Ik hoop het maar,' antwoordde Phaedra met een huivering.

13

Terneergeslagen kwam Phaedra die avond om zeven uur in Cheyne Row aan. Het afscheid van haar nieuwe familie was verzacht door de belofte vier dagen door te brengen in Murenburg met David en Tom, plus de uitnodiging om wanneer ze maar wilde terug te komen op Fairfield. En toch had ze het verschrikkelijk gevonden om weg te gaan uit het huis van George, alsof zijn geest dáár rondzwierf en ze hém eigenlijk in de steek liet... Of vond ze het het ergst om bij David weg te gaan?

Ze hadden haar met z'n allen uitgezwaaid op het bordes. Zelfs Margaret was thee komen drinken en was gebleven tot half zes, toen Phaedra met tegenzin was opgestaan om te vertrekken. Ze waren met haar meegegaan naar buiten. David had haar liefdevol omhelsd, waarbij hij zijn sterke armen om haar heen had geslagen en haar iets te stevig tegen zich aan had gedrukt. Ze had haar adem ingehouden en zich losgemaakt, zich bewust van de blos op haar wangen. De plotselinge huivering van aantrekkingskracht die ze voelde had haar overvallen, en ze was duizelig geweest van onzekerheid.

Antoinette raadde haar bezorgd aan om goed op te passen in Murenburg, en Rosamunde zei dat ze een helm op moest zetten, waaruit wel bleek hoe weinig zij wist van het hedendaagse skiën, want tegenwoordig droeg iedereen standaard een helm. Maar Phaedra had hen amper gehoord. Ze was zich alleen bewust van David die op de tweede tree stond en haar met een vreemde blik aankeek. Verward door het onverwachte verlangen dat ze voelde, had ze haastig een kus op Roberta's koude wang gedrukt – haar scherpe botten als metaal tegen haar huid – en afscheid genomen van Joshua, die had gestraald van plezier toen ze ook hem een kus gaf. Ze durfde niet meer naar David te kijken, maar aan de rand van haar blikveld zag ze dat hij haar nog steeds stond aan te kijken, met zijn handen in zijn zakken, zijn gezicht nu heel ernstig.

Tom had besloten om op hetzelfde tijdstip te vertrekken. Zodra ze op de openbare weg waren verdween zijn Aston Martin brullend uit het zicht, en Phaedra bleef achter met het melancholieke stemgeluid van Sarah McLachlan en haar eigen verwarde gedachten.

Eenmaal thuis aangekomen bracht ze haar weekendtas naar haar slaapkamer en zette haar mobiele telefoon aan. Net toen ze het bad wilde laten vollopen, ging hij over. Even dacht ze dat het David was en haar hart fladderde verwachtingsvol op, maar toen ze op de display keek, zag ze tot haar teleurstelling Julius' naam staan.

'Ben je thuis?' vroeg hij, zonder haar zelfs maar te begroeten.

'Ja,' antwoordde ze.

'Hoe ging het?'

Ze ging op het bed zitten. 'Het was geweldig,' antwoordde ze.

'Dus Roberta heeft je niet levend verslonden?'

'Dat niet, maar ze was heel onaardig.'

'Onthoud dat ze maar aan één ding denkt: de Frampton-saffieren.'

'O, die kan ze van me krijgen,' zei Phaedra vermoeid. 'Ik geef echt geen zier om juwelen.'

'Dat ga je niet doen, Phaedra. Ze zijn van jou. George heeft ze aan jou gegeven en als je zijn wil respecteert, hou je ze.'

'Natuurlijk respecteer ik zijn wil. Maar als er daardoor een wig tussen ons wordt gedreven, wil ik ze liever niet hebben.'

'Doe niet zo mal. Daar komt ze wel overheen.'

'Ik voel me een enorme oplichter.'

'Dat wil ik nooit meer van je horen. George wilde voor je zorgen. Hij was zich er zeer van bewust dat hij eerder zou overlijden dan jij, en hij was bang dat je niet goed verzorgd zou achterblijven.'

'Het is een heel leuke familie,' zei ze dromerig.

'En, ben je nog steeds van plan om terug te gaan naar Parijs?'

'Natuurlijk. Dit verandert niets, Julius. Het vertraagt alles alleen een beetje.'

'Jammer. Het klinkt alsof jullie het goed met elkaar konden vinden.'

'Dat was ook zo.'

'Dan zullen ze je wel opnieuw uitnodigen.' Hij grinnikte. 'Doe maar niet alsof je het niet heerlijk vond om onderdeel van hun familie te zijn.'

'Dat doe ik ook niet. Ik vond het heerlijk om een Frampton te zijn,' biechtte ze op.

'Je bént ook een Frampton, schattebout,' riep hij triomfantelijk uit.

'Hou jezelf niet voor de gek, Julius. Ik ben een Chancellor.'

'Het kost even tijd om eraan te wennen, maar ik weet zeker dat je je over een poosje een Frampton voelt.'

'Ik ga volgende week naar Murenburg met David en Tom.'

'Mooi zo. Dat versterkt de familieband.'

'We gaan kijken op de plek waar George is overleden.'

'Dan kun je dat achter je laten en verdergaan.'

'Ik denk dat ik nooit in staat zal zijn om George achter me te laten, Julius.' Ze voelde een golf verdriet opwellen in haar borstkas. 'Ik ben zo in de war.'

'Zullen we samen gaan eten?'

'Eten?'

'Je klinkt zo somber. Ik vrolijk je wel op. Morgenavond?'

'Eh... ik...' Maar ze kon geen uitvlucht bedenken.

'Ik laat mijn secretaresse wel reserveren bij het Ivy. Zal ik je om een uur of acht ophalen? Hoe klinkt dat?'

'Prima, dank je wel.'

'We zijn een goed team, jij en ik. George zou blij zijn als hij wist dat ik je onder mijn hoede neem.'

'Ik heb echt niemand nodig die voor me zorgt, Julius. Ik heb het grootste deel van mijn leven voor mezelf gezorgd, en dat is prima gegaan.'

'Niet op de manier die George in gedachten had.'

'Geld is niet alles, Julius.'

'Dat zie je verkeerd. Nu je rijk bent, zul je ontdekken dat geld de sleutel tot geluk is.'

Phaedra verbrak de verbinding en bleef op bed voor zich uit zitten staren. Ze schaamde zich. George had haar een fortuin nagelaten, plus een waardevolle set juwelen die ze niet eens wilde hebben. Voor zijn overlijden had hij haar verwend, maar zijn geschenken waren makkelijker aan te nemen zolang hij ze met de warme hand gaf. Nu hij dood was, leek het op de een of andere manier inhalig om ze te accepteren. Het klopte niet dat zij de Frampton-saffieren kreeg, en toch had Julius ervoor gezorgd dat ze zich ondankbaar voelde toen ze zei dat Roberta ze mocht hebben. Waarom al die drukte over een paar stukken goud, diamanten en saffieren? Julius had ongelijk: op het grotere geheel gezien had geld geen echte waarde; dat had ze wel geleerd door naar haar moeder te kijken. Alleen liefde telde – en ze miste George met heel haar hart.

Het duurde echter niet lang voordat haar gedachten terugkeerden naar David. Ze stond op en liep de badkamer in om de kraan open te draaien. Terwijl het water liep, bekeek ze de foto's die ze met haar digitale camera bij het tuinhuis had genomen. Ze bleef hangen bij Davids gezicht en voelde de welbekende warmte zich verspreiden door haar borstkas, gevolgd door een knagend gevoel van schaamte, waardoor ze de foto haastig wegklikte, als een verboden speeltje. George lag amper onder de groene zoden, of zij had al ongepaste gevoelens voor zijn oudste zoon.

Ze kleedde zich uit, stapte in het schuimende water en liet het over zich heen spoelen. Misschien moest ze niet naar Murenburg gaan. Misschien zou het beter zijn als ze hen niet meer terugzag. Een paar dagen weg met David kon verschrikkelijke gevolgen hebben – en het zou haar eigen schuld zijn. Ze moest teruggaan naar Parijs, en Fairfield en de Framptons vergeten. Ze deed haar ogen dicht en liet haar hoofd onder water zakken.

Antoinette vond het jammer dat Phaedra vertrok, maar ze was blij dat ze vriendschap hadden gesloten. In één weekend was er meer gebeurd dan ze had durven hopen. Ze hadden niet alleen tijd met elkaar doorgebracht, maar ze hadden ook echt genoten van elkaars gezelschap. Als ze een dochter had gehad, had die op Phaedra moeten lijken.

Ze liep George' kamer in en keek uit het raam. Het was bewolkt, op een paar heldere plekken lucht na, waar ze de sterren kon zien. Ze herinnerde zich Phaedra's goede raad om je op de sterren te richten om de aanwezigheid van een hogere macht te voelen, dus keek ze naar boven door een gat in de bewolking en verloor zich een ogenblik in de oneindige ruimte daarachter. Ze voelde zich heel klein, en tegelijkertijd voelde ze, ergens in haar borstkas, dat ze deel uitmaakte van die mysterieuze uitgestrektheid, alsof ze veel meer was dan vlees en bloed: deel van de eeuwige stroom van het Leven.

Dat moment van bewustzijn duurde maar kort. De tuin trok haar aandacht. Hoewel het donker was, zag ze de twee appelbomen en de toppen van de laan met lindebomen tegen de lucht afgetekend. Ze luisterde naar de wind in de takken en dacht eraan dat Phaedra zich had voorgesteld dat George iedere ochtend dat uitzicht had gezien wanneer hij de gordijnen opendeed. Het was waar: George was dol geweest op Fairfield, en als een postduif die telkens terugkeert had hij zijn leven onderbroken voor weekendjes hier zodra hij de kans had. En toch was hij rusteloos geweest, alsof hij meer van zijn huis had verwacht en telkens werd teleurgesteld. Alsof misschien de *gedachte* aan thuis beter was dan de werkelijkheid.

Antoinette dacht aan Margaret en het soort moeder dat zij was. Ze was niet hartelijk geweest, maar Antoinette wist zeker dat ze George op handen had gedragen – hij was haar enige zoon. Toch was hij met een heel ander soort vrouw getrouwd. Hoe meer Antoinette dacht aan de verschillen tussen hen, hoe sterker ze zich realiseerde dat hij ervoor had gekozen zijn leven te delen met de absolute tegenpool van zijn moeder. Misschien was hij getrouwd met een vrouw van wier liefde hij zeker was, omdat die van zijn moeder zo moeilijk te winnen was. Voor Antoinette was hij een held geweest vanaf het moment dat ze hem had leren kennen. Margaret was niet zo gul met haar lof, wat niet betekende dat ze niet trots op hem was, maar alleen dat ze het moeilijk vond om dat onder woorden te brengen. George was echter een man die zowel verbale als fysieke bevestiging nodig had. Antoinette wist niet of Margaret ooit aan die behoefte had voldaan.

Phaedra had ook op Margaret een kalmerend effect gehad. Toen de oude dame naar beneden kwam, was ze helemaal bijgekomen. Phaedra had niet uitgeweid over hun gesprek, maar wat ze hadden besproken had Margaret uit het moeras van haar onderdrukte verdriet gehaald, en ze had gelachen naar Phaedra op een manier zoals Antoinette haar zelden had zien doen. Alleen Roberta was kil en achterdochtig gebleven. Diep vanbinnen wist ze dat Roberta zich alleen maar beschermend opstelde jegens haar familie, maar ze wist ook hoe materialistisch haar schoondochter was. Zou ze Phaedra hebben geaccepteerd als George haar niet de Frampton-saffieren had nagelaten?

Ze dacht aan Tom en David, die Phaedra wilden meenemen naar Chalet Marmot, en toen richtte ze haar gedachten op zichzelf. Wat ging zij doen nu George haar niet meer nodig had? Ze had geld, ze kon doen wat ze wilde… maar wat? Het idee om helemaal in haar eentje een avontuur aan te gaan was intimiderend. Hier op Fairfield was ze veilig. Eigenlijk wilde ze zich alleen maar verstoppen en haar wonden likken. Ze had helemaal geen behoefte om iemand te zien buiten haar familie – behalve dokter Heyworth dan.

Hem zag ze graag. Hij was erg aardig en begripvol geweest toen hij haar de eerste keer in zijn tuin had aangetroffen. Hij had naar haar geluisterd terwijl ze opbiechtte hoe boos ze was op George, en hoe verontwaardigd dat hij alle voorzichtigheid overboord had gegooid en onnodige risico's had genomen. Dokter Heyworth had het niet afgekeurd; integendeel, hij had haar gezegd dat het 'volkomen normaal' was dat ze zich zo voelde en dat het goed was om erover te praten. Na haar tweede vlucht zijn tuin in waren ze goede vrienden geworden. Margaret zou het ten zeerste afkeuren, dacht ze glimlachend. Maar ook Rosamunde zou misschien wel lichtelijk geïrriteerd zijn – zij was tenslotte duidelijk van hem gecharmeerd. Ze besloot dat ze hem weer eens zou uitnodigen, voor Rosamunde.

Ze wendde zich af van het raam, plotseling veel positiever gestemd. Misschien zou ze hem te eten vragen.

De volgende avond stopte Julius' zwarte BMW bij Phaedra's huisje aan Cheyne Row, en Julius stapte uit met een grote bos rode rozen. Toen hij voor de deur stond, op het punt om aan te bellen, trok hij nog even zijn stropdas recht. Phaedra sloeg hem gade vanuit het bovenraam en slaakte een diepe zucht toen ze de bloemen zag. Ze troostte zichzelf met de gedachte dat ze over een paar dagen naar Zürich zou vliegen, griste haar handtas van het bed en liep de trap af om de deur open te doen.

'Hallo, Phaedra,' zei Julius, en hij nam haar goedkeurend van top tot teen op. 'Wat zie je er mooi uit.'

'Dank je,' zei ze, in de hoop dat ze geen verkeerde signalen uitzond door een jurk te dragen.

'Ik heb rozen voor je meegebracht. Ik weet hoeveel vrouwen van bloemen houden en ik vond dat je heel verdrietig klonk gisteren aan de telefoon.'

'Ik mis hem, Julius.'

'Natuurlijk mis je hem. Maar de tijd heelt alle wonden, en dat geldt ook voor afleiding. Ik ga je trakteren op een lekker etentje, dan kun je je zinnen verzetten.' Hij overhandigde haar de bloemen en volgde haar het halletje in.

'Ik zal ze meteen in het water zetten. Ze zijn prachtig, dank je wel.'

Julius' BMW was het nieuwste model, en hij was smetteloos. Een mooie leren bekleding, een glanzend houten dashboard, en nergens een stofje te zien. In de auto rook het naar poetsmiddel en Julius' rijkelijk aangebrachte aftershave. Hij startte de motor en ineens klonk er klassieke muziek. Phaedra deed haar gordel om en Julius stortte zich in het verkeer. Met grote snelheid reed hij in de richting van de Embankment.

Het was schemerig. De lucht was van een zacht, dof roze, en door het licht leken de rondcirkelende zeemeeuwen op kleine flamingo's.

De auto zoefde door de stad en Phaedra fleurde op bij de aanblik van de perken met krokussen en narcissen in Hyde Park. Bloesems in snoepjeskleuren werden door de wind meegevoerd en zwermen duiven verzamelden zich op de stoepen en rond vuilnisbakken op zoek naar eten. 'Ik hou van Londen in dit jaargetijde,' zei ze.

'Ja, heel mooi,' knikte Julius, maar het was wel duidelijk dat hij het niet echt zag.

'Fairfield was zo schitterend. Alles begon net uit te botten, de appelbloesem bloeide, honderden tulpen piepten de grond uit. Het is een heel bijzondere plek.'

'Heb je de schilderijen ook gezien? Ze hebben een paar heel waardevolle kunstwerken.'

'Ik heb ze gezien, maar ik zou niet weten hoeveel ze waard zijn.'

'Heeft Antoinette je het portret laten zien van Theodora met de Frampton-saffieren?'

'Nee,' loog ze; ze wilde niet de indruk wekken dat ze had rondgeneusd.

'Echt niet? Het hangt boven de trap. Je weet wel, naast het grote portret van Algernon Frampton. Kijk de volgende keer maar eens. Het moet een klein fortuin waard zijn.'

'Misschien ben ik er wel langs gelopen zonder het me te realiseren. Die saffieren hebben ze me nog niet laten zien.'

'Ze zijn zo groot als snoepjes.'

'Ze zijn vast schitterend.'

'Je zult ze snel genoeg dragen.'

Phaedra lachte. 'Dat denk ik niet! Wanneer heb ik nu ooit de gelegenheid om juwelen te dragen? Je weet dat ik niet zo'n soort leven leid.'

'Dat zou anders goed kunnen, als je maar wilde.'

'Maar ik wil het niet. Ik ben heel gelukkig met mijn leven zoals het is. Ik ben een vrouw voor spijkerbroeken en T-shirts.'

Hij wierp een zijdelingse blik op haar en grijnsde, als om aan te geven dat hij wel beter wist.

In het Ivy was het warm, schemerig en vol. Het kruiperige personeel maakte een hoop drukte om Julius, waar hij duidelijk van genoot. Hij was hier tenslotte vaak geweest als gast van George. De manager betuigde zijn deelneming terwijl ze naar George' vaste tafel in het midden van het restaurant werden gedirigeerd, en Julius trok een gepast treurig gezicht. Phaedra ging op de roodleren muurbank zitten en keek om zich heen naar de andere gasten. Tegen de tijd dat Julius eindelijk zat, had ze al drie beroemde acteurs en een tv-kok ontdekt.

'We zijn in goed gezelschap,' zei Julius blij.

'Het is een mooi restaurant.'

'Het was het lievelingsrestaurant van George. Hij kwam hier minstens drie keer per week.'

'Geen wonder dat ze jou behandelen als een lid van de koninklijke familie.'

'We hadden hier altijd onze lunchafspraken, en voor het avondeten gingen we naar Mark's Club. George had vaste gewoontes wat dat betrof.' Hij bestelde een fles wijn zonder op de kaart te kijken. 'We beginnen met wit en daarna zien we wel.'

'Ik vind wit prima.'

'Dat hangt ervan af wat je bestelt.'

'Ik lust alles. Wat raad je aan?'

'Ik bestel wel voor je.'

Ze sloeg Julius gade terwijl hij nauwgezet de menukaart doorkeek. Hij had kleine oogjes; staalgrijs waren ze, maar ze vermoedde dat die ogen niets ontging.

Hij deed er niet lang over om een beslissing te nemen en riep de ober met een vingerknip. 'Dit vind je vast lekker,' zei hij toen de ober was weggelopen. 'Ik ken je beter dan je denkt.'

'Dat zullen we nog wel zien,' zei ze met een glimlach, wetend dat hij haar helemaal niet kende.

'Wat ben je van plan te gaan doen nu je een rijke vrouw bent geworden?'

'Precies hetzelfde als ik altijd heb gedaan. Teruggaan naar Parijs, mijn boek afmaken...'

'Dat fotograferen van je is een leuke hobby, Phaedra, maar denk je niet dat je je tijd beter kunt benutten in het bestuur van een liefdadigheidsinstelling? Ik ken een paar belangrijke mensen die jou maar wat graag naar voren willen schuiven.'

'Je bedoelt goede doelen waar George iets mee had, zoals Tibetaanse kinderen...'

'Nee, ik bedoel vooraanstaande organisaties hier in Londen.'

'Waarom zou ik? Ik bedoel, ik wil graag helpen als het een club is waar ik iets mee heb, maar ik hoef er niet bij betrokken te zijn alleen maar om tot de hogere kringen door te dringen.'

'Dat suggereer ik ook niet. Het is alleen de klassieke manier voor buitenlanders zoals jij om de juiste mensen te leren kennen.'

'Ik ken in Parijs mensen genoeg.'

'Dat is Parijs. Ik heb het over Londen en de juiste mensen in Londen. Je bent nu een rijke jonge vrouw. Het is tijd dat je andere rijke mensen ontmoet.'

'Julius, ik moet je onderbreken. Ik wil het geld niet.'

Julius keek geschokt. 'Doe niet zo bespottelijk.'

'Ik meen het. Ik wil het niet. Ik zal er geen cent van aanraken.'

'Daar ga je wel anders over denken als het je toelacht op een bankrekening die op jouw naam staat.'

'Ik heb je mijn bankgegevens niet gegeven, en dat zal ik niet doen ook. Zoals ik al zei: ik wil het geld niet. Het is besmet.'

Hij lachte en gaf haar een klopje op haar hand. 'Je komt uiteindelijk wel tot inkeer en dan begint er een heel nieuw leven voor je. Nieuwe vrienden, nieuwe...'

Ze onderbrak hem. 'Ik weet wie mijn vrienden zijn en ik vertrouw ze. Ik hoef geen nieuwe vrienden te maken. Bovendien hou ik me liever een beetje gedeisd. Ik ben geen feestbeest.'

'Ga me nu niet vertellen dat je mijn uitnodiging afslaat om na het eten naar Annabel's te gaan.'

'Wil je gaan dansen?' Haar mond viel open.

'Natuurlijk. Ik ben vanavond uit met een prachtige vrouw. Ik wil met haar pronken.'

'O, Julius, ik ben moe. Ik geloof niet dat ik energie heb om te dansen.'

'Wacht maar tot je een paar glazen wijn op hebt. Dan denk je er vast anders over.'

Maar aan het eind van het etentje dacht Phaedra er nog precies hetzelfde over. Julius was teleurgesteld, maar hij probeerde haar niet op andere gedachten te brengen. Ze complimenteerde hem met de gerechten die hij voor haar had uitgezocht; de vis was mals en licht, en het lam perfect roze. Vervolgens bracht hij haar naar huis, waarbij hij bij de eerste gelegenheid de Embankment op reed, zodat ze de Theems bij avond kon zien. Hij wist dat vrouwen de lichtjes op het water romantisch vonden. Toen ze bij Cheyne Row aankwamen, was het half twaalf.

'Je ziet er heel wat beter uit,' zei hij toen hij het portier aan de passagierskant opendeed om haar te laten uitstappen.

'Ik heb een heel leuke avond gehad, dank je wel.'

'Daar ben ik blij om, want ik weet dat George graag zou willen dat ik een oogje op je hou, en ik ben hem alles verschuldigd.' Phaedra dacht dat het heel lucratief moest zijn geweest om George' zaakwaarnemer te zijn. 'Dus je vertrekt woensdag?'

'Ja.'

'Chalet Marmot is adembenemend. Antoinette heeft een geweldige smaak; jammer dat ze niet kan skiën.'

'Ben jij er ooit geweest met George?'

'Ja. Ik ben een ervaren skiër. Je kunt in Murenburg fantastisch off-piste skiën. Weet je, ik heb prachtig filmmateriaal van George en mij samen aan het skiën.' Hij grijnsde. 'Een van de beste dagen die we hadden was in de week voordat hij overleed.'

Phaedra verbleekte. 'Was jij bij hem in de week voordat hij overleed?'

'Ik moest terug naar Londen om een paar dingen voor hem te regelen. George kon de verse sneeuw niet weerstaan en bleef nog. Ik weet zeker dat als ik er was geweest, ik hem had afgeraden die dag off-piste te gaan.'

'Hoezo?'

'Het was veel te warm. De omstandigheden waren gevaarlijk. Maar George dacht dat hij alles kon. Hij dacht dat hij onsterfelijk was.' Hij schudde bedroefd zijn hoofd. 'Ík dacht dat hij onsterfelijk was.'

Phaedra had plotseling met hem te doen en legde haar hand op zijn schouder. 'Dat dachten we allemaal, Julius.'

Hij keek haar ernstig aan. 'Ik hoop dat die jongens goed op je passen.'

'Daar ben ik van overtuigd.'

'Ik heb weinig hoop voor Tom. Het zou me verbazen als het hem lukt op tijd wakker te worden om te gaan skiën.'

'Dat maakt niet uit. David is heel betrouwbaar.'

Julius trok een gezicht. 'Maar ze hebben geen van allen de drive die George had, toch?'

Phaedra stak de sleutel in het slot. 'Ik weet niet of dat erg is. Ik bedoel, George had iets te bewijzen. Hij zat veel ingewikkelder in elkaar. David zit gewoon lekker in zijn vel.'

'Joshua is eigenlijk degene die je in de gaten moet houden. Hij verdient bakken met geld in de City, maar hij zit helemaal onder de plak van die inhalige vrouw van hem. George was niet zwak. Tom heeft een nachtclub – wat voor baan is dat? Ik denk dat hij helemaal niet veel verdient en dat hij sowieso te veel drinkt om ergens een succes van te maken. Wat een familie!'

Phaedra trok ontdaan haar hand terug. 'Ik dacht dat je ze zo graag mocht?'

'Het betaalde goed om ze te mogen.' Hij lachte om het gezicht dat ze zette. 'Kijk niet zo geschrokken. Natuurlijk mag ik ze. Vergeleken met andere families zijn ze de kwaadsten niet. Alleen, de appel valt doorgaans niet zo ver van de boom, en ik bewonderde George enorm.' Hij zuchtte. 'Ze komen geen van allen ook maar bij hem in de buurt.'

Phaedra duwde de voordeur open en liep de hal in. 'Bedankt voor het etentje, Julius. En het spijt me dat ik niet mee ging dansen.'

'Volgende keer beter. Bel me maar.'

Ze fronste haar voorhoofd, terwijl een ongemakkelijk gevoel bezit van haar nam. 'Luister eens, Julius, je bent geweldig geweest. Je hebt me door een heel moeilijke tijd heen geholpen; ik weet niet wat ik zonder jou zou hebben gedaan. Maar je kunt me nu laten gaan. Ik beloof je dat ik het in mijn eentje wel red.'

Ze kromp ineen toen hij zijn handen om haar middel legde en zich vooroverboog om haar op haar wang te kussen. 'Doe niet zo gek, Phaedra. We zitten hier samen in, jij en ik – en je weet dat je me nodig hebt. Ik bel je wel als je in Murenburg bent om te horen of alles goed gaat.'

'O, natuurlijk gaat het daar goed. Ik ben met mijn broers.' Dat klonk bespottelijk.

'Broers voldoen maar tot op zekere hoogte. Jij hebt een *man* nodig.'

'Die had ik.'

'Dan heb je een nieuwe nodig. Een gebroken hart kan helen, Phaedra, en het leven is leuker met z'n tweeën. Ga nou maar naar bed en zorg dat je lekker slaapt.'

Ze deed de deur dicht. Haar hart bonsde uitzinnig in haar ribbenkast, als een bang aapje. Ze kon zijn aftershave op haar huid nog ruiken en kromp in elkaar. *O, George, kijk toch hoe moeilijk je het me hebt gemaakt!*

Een paar dagen later ontmoetten Phaedra, David en Tom elkaar op vliegveld Heathrow voor hun vlucht naar Zürich. Ondanks de serieuze aard van hun missie hing er opwinding in de lucht. De jongens hadden niet veel bagage bij zich, want hun skikleding lag al in Murenburg, maar Phaedra's koffer was enorm groot en zwaar. 'Ben je van plan om tot de zomer te blijven?' grapte Tom toen hij hem zag.

'Ik weet het, sorry. Hij is belachelijk groot, maar mijn helm neemt de helft van de ruimte in.'

'Tante Rosamunde zal blij zijn dat je die hebt ingepakt,' zei David, en hij trok de koffer in de richting van de incheckbalie.

'Die tante Rosamunde van jullie is me er een,' zei Phaedra lachend.

'Zou ze ooit nog weggaan?' vroeg Tom zich af.

'Ze is dolblij dat ze zich nuttig kan maken,' antwoordde David. 'Maar mama zal haar uiteindelijk wel zat worden.'

'Je weet wat ze zeggen over gasten – net als vis blijven ze maar drie dagen fris,' zei Phaedra.

'Nou, tante Rosamunde is er al een paar weken; dan moet ze wel vreselijk stinken!' zei Tom.

'O, Tom, dat is gemeen!' Phaedra sloeg hem speels op zijn pols. 'Waarom is ze nooit getrouwd, denken jullie?'

'Slechte timing, slechte keuzes,' begon David.

'Als jij een man was, zou je dan met haar willen trouwen?' vroeg Tom.

'Misschien was ze als jonge vrouw wel knap,' mijmerde Phaedra.

'Ze is nooit knap geweest en ze heeft altijd meer om paarden gegeven dan om mannen.'

'Aha, daar zit 'm de crux,' zei Phaedra.

Tom proestte het uit. 'Geen enkele man kan het opnemen tegen een paard!'

Ze waren aan de beurt en David tilde Phaedra's koffer op de lopende band. 'Paspoorten,' zei hij, en hij stak zijn hand uit. 'Ik zie al dat ik de boel voor jullie zal moeten organiseren,' voegde hij eraan toe toen Phaedra in haar handtas begon te graven en Tom in al zijn zakken voelde. Ten slotte vond Tom zijn paspoort in de achterzak van zijn spijkerbroek en Phaedra viste dat van haar tevoorschijn uit de troep in haar tas.

'Heb jij een Brits paspoort?' vroeg hij toen hij het zag.

'Ja, ik ben Brits staatsburger,' antwoordde ze trots.

'Hoe dat zo?'

'Nou ja, ik kan het nu wel vertellen: ik ben getrouwd geweest met een Brit.'

Tom en David staarden haar aan. 'Ben jij getrouwd geweest?' riep David uit.

'Voor een gescheiden vrouw zie je er wel lekker uit,' zei Tom grijnzend.

'Gedraag je, Tom – en laat die paspoorten nou zien, David. Die arme vrouw zit op je te wachten en er staat een rij achter ons.'

David overhandigde de paspoorten aan de medewerkster van Swissair en draaide zich toen weer om naar Phaedra. 'Was hij degene die je hart heeft gebroken?' vroeg hij zacht.

'Dit is niet het moment of de plek om mijn ex-echtgenoot te bespreken,' antwoordde ze, en haar verleden verdween achter een onzichtbaar, maar tastbaar hek.

'Die tas van jou is net de Tardis,' zei Tom, terwijl hij er een blik in wierp.

'Hij is nogal groot uitgevallen,' gaf ze toe. De baliemedewerkster gaf de paspoorten weer terug aan David en terwijl Phaedra met Tom over haar tas stond te praten, wierp hij een blik op haar pasfoto. Die leek precies. Zijn ogen geleden naar rechts, waar haar geboortedatum als een kogel op hem af schoot: 9 februari 1984. Hij staarde er stomverbaasd naar. Als ze echt eenendertig was, zoals ze beweerde, zou ze in 1981 geboren moeten zijn. Dit betekende dat ze nog maar achtentwintig was – een jaar jonger dan hij.

'Hé, je staat toch niet naar mijn pasfoto te kijken?' vroeg ze lachend, en ze trok het paspoort uit zijn hand.

'Je ziet er nog precies hetzelfde uit,' zei hij, terwijl hij zijn verwarring probeerde te verbergen achter nonchalance.

'Laat eens zien,' zei Tom.

'Nee!' Phaedra liet het paspoort in haar tas vallen. 'Het is een verschrikkelijke foto. En nu heb ik een kop koffie nodig. Zullen we door de douane gaan en aan de andere kant een leuk tentje zoeken?'

Met z'n drieën liepen ze over de luchthaven. David voelde zich ongemakkelijk. Als Phaedra een jaar jonger was dan hij, dan moest haar moeder met zijn vader naar bed zijn geweest toen die al getrouwd was met zijn moeder, wat zou betekenen dat zijn vader al helemaal aan het begin van zijn huwelijk vreemd was gegaan. Had Phaedra gelogen om hem in bescherming te nemen? Had ze gelogen om hen allemaal in bescherming te nemen? Hij haalde diep adem en probeerde het van zich af te schudden. Uiteindelijk was het achtentwintig jaar geleden gebeurd en waren zijn ouders sindsdien heel gelukkig geweest. Hij dacht aan zijn moeder en hoe kapot ze ervan zou zijn als ze de waarheid zou weten. Hij besloot te proberen het te vergeten.

14

Chalet Marmot was zo pittoresk als een Zwitsers chalet maar kon zijn. Het lag hoog in de weilanden boven het dorp, en de brede balkons keken uit op de indrukwekkende Gotschna ertegenover en rechts het glooiend aflopende Prättigau-dal. Het dak van het chalet was bedekt met sneeuw; het had houten wanden die donkerbruin waren geworden van ouderdom, en rode luiken met kunstig uitgesneden harten.

Het was vier uur in de middag toen ze aankwamen. De lucht was diepblauw en de zon scheen oogverblindend, zodat de sneeuwkristallen glinsterden als dicht op elkaar gezette diamanten. David bracht de bagage naar binnen, terwijl Tom buiten op en neer beende met zijn iPhone tegen zijn oor gedrukt en een sigaret in zijn mondhoek. Phaedra liep de hal in en inhaleerde de vertrouwde dennengeur. Ze liet haar ogen over het interieur gaan, en haar blijdschap nam toe toen ze de zitkamer in liep, waar de achtermuur werd gedomineerd door een traditionele Zwitserse haard met een stapel houtblokken erin, klaar om aangestoken te worden. De muren en plafonds waren betimmerd met antiek vurenhout uit Prättigau-boerderijen van twee- of driehonderd jaar oud, waar traditionele Zwitserse patronen van bloemen en inscripties in schoonschrift in waren uitgesneden. Impressionistische schilderijen hingen naast oude meesters, en de banken waren ruim en uitnodigend, en lagen vol met kussens. Buiten was het wit en besneeuwd, maar binnen zorgden de houten lambrisering en het enorme rode Perzische kleed voor een uitermate knusse sfeer.

'Je moeder heeft een erg goede smaak,' zei ze terwijl ze door een poortje de eetkamer in liep. 'Ze heeft een goed oog voor stoffen. Blauw- en roodtinten doen het heel goed in de bergen.'

'Ik zou het niet weten.' David haalde zijn schouders op. 'Het is in ieder geval gezellig.'

'Ze had binnenhuisarchitect moeten worden. Ze heeft echt gevoel voor stijl.'

Hij volgde haar de eetkamer in, waar oude tinnen bierkroezen in de vensterbanken stonden, en de vurenhouten wanden en balken de sfeer van een traditionele boerenhoeve ademden. 'Misschien was ze dat ook wel geworden als ze niet met mijn vader was getrouwd,' zei hij.

'Ze is nog jong.'

'Het is moeilijk om op haar leeftijd met iets nieuws te beginnen,' voerde David aan.

'Misschien gaat ze Fairfield wel een metamorfose geven.'

'Ze mocht van papa nooit ergens aankomen, op de slaapkamer na.'

'Nou ja, het huis kan hier en daar wel een likje verf gebruiken. Nu George er niet meer is om haar tegen te houden...'

'Ik ben het met je eens. Een huis moet een thuis zijn. Maar ik denk dat ze er te zeer van doordrongen is dat het een erfgoed is om er iets aan te veranderen. En mijn oma is ook voortdurend aanwezig om met haar kraaloogjes in de gaten te houden wat er gaande is.'

'Ik vind dat ze moet doen wat ze zelf wil. De afgelopen dertig jaar van haar leven heeft ze het alleen maar andere mensen naar de zin gemaakt. Vind je niet dat het nu tijd wordt dat ze iets voor zichzelf gaat doen? Misschien moet ze gaan reizen.'

'Ze zou nooit in haar eentje gaan, en tante Rosamunde zou haar al heel snel het bloed onder de nagels vandaan halen.'

'Ze moet het huis uit, en haar hoofd uit. Zolang we in een bekende omgeving zijn, blijven we hangen in ons hoofd, met al die onzinnige gedachten waar we niets mee opschieten. In het buitenland léven we in onze zintuigen; dan nemen we al die nieuwe en prachtige taferelen, geuren en geluiden in ons op. We stijgen uit boven het zinloze gepruttel van onze gedachten en leven volkomen in het nu, net als ik nu doe. Ik neem dit schitterende nieuwe uitzicht in me op en ik voel me zó boven het alledaagse verheven.' Ze lachte verlegen, zich ervan bewust dat het raar klonk. 'Het was een goed idee van jullie om eruit te gaan. Ik voel me nu al beter.'

Aan Davids liefdevolle blik was duidelijk te zien dat hij haar helemaal niet raar vond. 'Ik ook,' zei hij instemmend. 'Maar ja, alleen jouw aanblik is al genoeg om me een beter gevoel te geven!' Ze wendde zich af, in verlegenheid gebracht. Zijn flirterige opmerking verraste haar. Hij lachte het weg, alsof het hem ook had verrast en hij nu spijt had dat hij het gezegd had. 'Kom, ik zal je laten zien waar je mag slapen.'

De benedenverdieping had Phaedra verrukt, maar de bovenverdieping beviel haar nog beter. Haar slaapkamer was helemaal bekleed met blauwe Toile de Jouy, en het bed was zo hoog dat ze erin zou moeten klimmen. Ze liep naar het raam en keek het dal in. Geen wonder dat George zo verzot was geweest op Murenburg; het had de bekoring van een adventkalender.

De jongens gaven Phaedra geen tijd om haar koffer uit te pakken. Ze wilden dat ze zo snel mogelijk ski's en schoenen ging huren, zodat ze de volgende ochtend vroeg weg konden. Met George' jeep reden ze de berg af naar het dorpje en parkeerden tegenover de supermarkt om boodschappen te gaan doen. Phaedra had graag de keuken van het mooie chalet gebruikt, maar David en Tom stonden erop dat ze elke avond zouden eten bij de Wynegg of bij het Chesa Grischuna.

Ze huurde een indrukwekkend paar Core-ski's bij Gotschna Sport en David zorgde ervoor dat ze een pieper had voor het off-piste skiën. Het personeel sprak hun oprechte deelneming uit. George was een geliefd en alomtegenwoordig persoon geweest in Murenburg. Sinds zijn dood was er in het dorp over weinig anders gepraat en men rouwde om hem alsof hij een van de hunnen was.

David maakte Phaedra's ski's vast op het imperiaal en ze reden langzaam door het dorp, wijzend naar bezienswaardigheden en zwaaiend naar de dorpelingen, die de auto herkenden en enthousiast teruggroetten.

Phaedra was verrukt. Murenburg had de sfeer van een verloren romantisch tijdperk en de bekoring van een doos Lindt-bonbons. Twee Berner sennenhonden begroetten enthousiast hun in bont gehulde baasje die uit het cadeauwinkeltje kwam; een stel paarden stond voor een slee gespannen bij het Alpina Hotel te wachten, en ze lieten telkens als ze met hun hoofd schudden hun bellen rinkelen; en de koetsier, in zijn traditionele blauwe geborduurde jak, rookte een pijp en praatte vrolijk met voorbijgangers die bleven staan om de paarden te aaien. Aan de overkant, op het perron van het station, stond een verweerde dorpeling met een baret op kastanjes te verkopen achter een stalletje, precies zoals hij de afgelopen veertig jaar had gedaan, zijn stem weergalmend door de straat terwijl hij riep: '*Heisi maroni, heisi maroni!*' Het zachtgele Hotel Vereina glansde met vorstelijke grandeur in de zon, terwijl het bescheidener Chesa, een eindje verderop in de straat, een ouderwetse charme uitstraalde.

Tom wees haar op de enige nachtclub, de Casa Antica, en trakteerde hen op een paar verhalen over zijn avonturen daar. David stopte bij de bakker, waar nog maar een paar vlechtbroden op de schappen lagen. Phaedra ging met hem mee naar binnen en luisterde hoe hij vrolijk in gebroken Zwitserduits met de oude dame achter de toonbank kletste. 'Ik ben bang dat ik niet zo'n talenmens ben,' zei hij tegen Phaedra, terwijl de vrouw met een tang een brood pakte en dat in een papieren zak liet glijden.

'Je deed het goed, wat ik ervan hoorde,' antwoordde ze.

'Wat jij hoorde is ongeveer alles wat ik kan zeggen.'

'Het doel van een andere taal spreken is communiceren, toch? Dus in dat geval heb je je doel bereikt.'

'Tom spreekt het veel beter dan ik. Hij heeft hier een jaar gewerkt toen hij van school kwam.' David keek uit het raam en zag zijn broer om de auto heen lopen, druk pratend in zijn iPhone. 'Tom heeft echt een talenknobbel.'

'Ik heb zo'n idee dat hij een talentvol iemand is die tegelijkertijd ook heel lui is. Klopt dat?'

David lachte. 'In één keer goed. Hij zou alles kunnen doen wat hij wil, maar hij kiest voor die nachtclub.'

'Daar is niks mis mee, zolang hij maar gelukkig is.'

'Ik weet niet zeker of dat wel zo is.' David fronste zijn voorhoofd. 'Hij gaat dingen uit de weg...'

De oude vrouw stak haar hand uit en David tastte in zijn zak naar kleingeld om haar te betalen. Phaedra keek toe hoe Tom stond te bulderen van het lachen en vroeg zich af of hij echt verdriet had gehad over de dood van zijn vader, of dat hij, zoals David beweerde, de pijn gewoon had weggeduwd. Ze realiseerde zich dat dit reisje voor haar en David belangrijk was, maar voor Tom nog veel belangrijker.

Die avond aten ze met z'n drieën bij het Chesa, waar David en Tom als familie werden verwelkomd. Het leek alsof ze bijna iedereen kenden en door alle enthousiaste begroetingen duurde het even voordat ze bij hun tafeltje waren. David stelde Phaedra aan iedereen voor, maar hij zei tegen niemand dat ze zijn halfzus was. Phaedra was opgelucht. Ze voelde zich er niet klaar voor om haar verhaal met vreemden te delen. Het was beter voor hen allemaal als het een familiegeheim bleef.

Iedereen schonk overdreven veel aandacht aan haar, en plotseling drong het tot haar door dat ze ervan uitgingen dat zij Davids vriendin was. Ze keken van haar naar David en lachten veelbetekenend, en aan hun bewonderende blikken was duidelijk te zien dat ze haar een goede partij vonden. David legde zijn hand op Phaedra's onderrug en leidde haar naar hun tafeltje in de hoek. Maar intussen voelde ze de mensen naar hen kijken en ze hoorde hen fluisteren. Tot haar eigen verbazing gaf het haar een prettig gevoel; ze vond het leuk om aan David gekoppeld te worden.

De tafel stond op de ideale plek om de ruimte te overzien. Het restaurant was bijna vol en de serveersters zigzagden tussen de tafels door in hun mooie dirndljurken met nette witte schortjes. Phaedra liet haar ogen over de alpentaferelen glijden die in de houten balken waren uitgesneden. Ze nam de warme atmosfeer van de ruimte in zich op en zuchtte van genoegen. Wat was ze blij dat Julius haar had overgehaald om Davids oorspronkelijke uitnodiging om naar Fairfield te komen aan te nemen. Ze voelde zich nu deel van hun familie – en ze had nog nooit deel uitgemaakt van een echte familie.

Ze dronken wijn, aten van de heerlijke gerechten en lachten om Toms verhalen. Toen Tom naar buiten ging om een sigaret te roken, bleven David en Phaedra alleen achter en opnieuw knetterde de spanning tussen hen zo hevig in de lucht dat Phaedra ervan overtuigd was dat het hele restaurant het kon zien. David lachte haar toe over de tafel heen. Hij kon zijn gevoelens niet verbergen. Ze namen zo snel in hevigheid toe dat hij niet zeker wist of hij ze nog wel onder controle kon houden, en als de woorden 'broer en zus' niet tussen hen in de lucht hadden gehangen als de tralies van een gevangenis, zou het de natuurlijkste zaak van de wereld zijn geweest om haar hand vast te houden.

David rekende af – het viel Phaedra op dat Tom het niet eens aanbood – en ze reden over het smalle weggetje naar Chalet Marmot. Sterren fonkelden aan de hemel en de maan verlichtte de bergen met een fosforescerend zilveren licht, waardoor elke boom en rots op de Gotschna duidelijk afgetekend stond.

'Wat prachtig, hè?' zei Phaedra toen ze even later samen met David op het balkon stond, een mok chocolademelk in de hand. 'De berg komt echt op je af en de hemel lijkt zo diep. Zo ver weg.' Ze keek hoe haar adem in de koude lucht een wolkje vormde.

'Het is moeilijk voorstelbaar dat papa daarboven is overleden,' zei David, en hij trok zijn gezicht in een frons.

'Van hieraf ziet het er zo vredig uit.'

'Het is toch verschrikkelijk dat zoiets moois zo veel kwaad kan doen?'

'Het stond geschreven in het Boek des Levens, David.'

'Ik weet het.'

'Het was zijn lot om te gaan.'

'Maar toch is het moeilijk voor ons.' Hij nam een slok chocolademelk en slikte hoorbaar.

'Degenen die achterblijven, die lijden het meest. Je vader heeft er waarschijnlijk heel weinig van gemerkt toen de lawine hem raakte. Misschien heeft hij helemaal geen pijn gevoeld. Maar wij voelen die voortdurend.'

David sloeg zijn arm om haar schouders en trok haar tegen zich aan. 'Ik ben blij dat je hier bent, Phaedra.'

'Ik ook,' antwoordde ze, een traan wegpinkend. 'We zitten in hetzelfde schuitje, en dat maakt het zo veel makkelijker te dragen.'

David wilde haar vragen waarom ze over haar leeftijd had gelogen. De vraag lag op het puntje van zijn tong, maar zijn nieuwsgierigheid werd verdrongen door angst en hij hield zich in. Hij wilde niet het risico lopen haar vertrouwen te verliezen door toe te geven dat hij in haar spullen had gekeken of dat hij haar op een leugen had betrapt. Het was duidelijk dat ze alleen had gelogen om hen allemaal te beschermen voor de waarheid: dat zijn vader vreemd was gegaan toen hij pas getrouwd was. Maar het zat hem toch dwars, als een lelijke plastic zak die in een prachtig bos is achtergelaten. Zolang hij wist dat de zak er lag, kon hij niet voor honderd procent van het uitzicht genieten. Uiteindelijk zou hij het aan haar moeten vragen – maar niet op het moment dat ze tegen hem aan leunde.

Later, toen hij in bed lag, dacht hij na over het huwelijk van zijn ouders. Voor zover hij wist, waren ze heel gelukkig geweest. Zijn moeder had zijn vader op een bijna kinderlijke manier aanbeden. Ze had nooit in twijfel getrokken wat hij deed, had hem de baas over haar laten spelen en had dat onderdanig als een geisha geaccepteerd. Op zijn beurt had George haar altijd met het grootste respect behandeld en haar met de felheid van een leeuw verdedigd als iemand haar te na kwam. Ze hadden nooit gekibbeld of ruziegemaakt, en hij herinnerde zich intieme momenten tussen hen, wanneer zijn vader haar hand vasthield of zich naar haar overboog om haar op haar wang te kussen. De liefdevolle blik op zijn moeders gezicht was een beeld dat hem altijd was bijgebleven. Dus als zijn vader was vreemdgegaan, maakte dat dan iets uit?

Voor zover David wist, had het geen invloed gehad op hun huwelijk.

Het was niet goed te praten, maar niemand was erdoor geschaad. Wat niet weet, dat niet deert – en dat was een cliché omdat het waar was. Hij draaide zich op zijn andere zij en deed zijn ogen dicht. Eén ding wist hij zeker: als zijn vader zich zo veel moeite had getroost om te voorkomen dat Antoinette gekwetst werd, dan zou hij hetzelfde doen.

De volgende ochtend ontbeten ze vroeg en om negen uur waren ze al op de top van de Gotschna. De lucht was helder en koud, en de hemel van een fel, geestdriftig blauw, waartegen de berg duidelijk afstak. Maar de stemming was somber. Vandaag zouden ze de plek bezoeken waar George was overleden. De gedachte daaraan hing als een donkere wolk boven hun hoofd.

Phaedra was zenuwachtig. Alleen haar handschoenen weerhielden haar ervan om op haar nagels te bijten. Tom was heel stil, afgezien van een paar flauwe grappen in de gondel van de kabelbaan. David verborg zijn ongerustheid achter efficiëntie. Hij vertelde Phaedra wat het programma voor de dag was en wees haar op de beroemde Wang, een van de steilste hellingen van Murenburg. 'Met elke bocht val je een meter naar beneden,' legde hij uit. 'Het is prachtige poedersneeuw, maar het is enorm gevaarlijk.'

Phaedra keek neer op de brede strook jonge boompjes die het bos doorsneed en het drong tot haar door dat dit echt lawinegebied was.

Toen ze boven waren, rookte Tom nog snel een sigaret. Ze klikten hun ski's aan en keken nog even naar het indrukwekkende uitzicht over het dal en de berg Madrisa in het zuiden, badend in het zonlicht. Phaedra droeg een witte broek en een donkerblauwe jas, waardoor haar slanke taille en vrouwelijke heupen benadrukt werden. Ze rilde, maar niet van de kou, en keek hoe Tom zijn sigarettenpeuk in de sneeuw gooide. Hun ogen ontmoetten elkaar en voor het eerst zag ze angst op zijn gezicht. Ze glimlachte hem begrijpend toe en hij deed zijn best om terug te lachen. Hij zag eruit als een klein jongetje en ze wilde wel naar hem toe vliegen en haar armen om hem heen slaan.

Plotseling werden ze geraakt door de ernst van hun missie, als door een koude windvlaag. Ze spraken niet meer. David zette af en Phaedra volgde hem, haar hart zwaar van verdriet, omdat George wel duizend keer deze berg af geskied moest zijn.

Die eerste afdaling samen had hun een goed gevoel moeten geven, want ze waren alle drie ervaren, snelle skiërs. David was onder de indruk van Phaedra, die haar bochten nam als een wedstrijdskiër, haar gewicht behendig van de ene naar de andere kant verplaatsend, terwijl haar ski's met een scherp, zoevend geluid door de sneeuw sneden. Ze was elegant en sterk, maar bovenal snel, en de Framptons stonden bekend om hun snelheid. Maar op dit moment waren ze zich te zeer bewust van het doel van hun tocht om het plezier toe te laten. De dood van George nam al hun gedachten in beslag.

Tom nam de sleeplift alleen, zodat David en Phaedra op elkaar aangewezen waren. 'Wat is hij stil,' zei Phaedra.

'Tom gaat dingen uit de weg, maar papa kun je hier niet uit de weg gaan.'

'Het dringt nu echt tot hem door, hè?'

'Dat moest eens gebeuren, vroeg of laat.'

'Arme Tom,' zuchtte ze meelevend.

'Hij lijkt wel stoer...'

'Nee, dat lijkt hij niet,' onderbrak Phaedra hem.

'Veerkrachtig dan.'

'Nee, David, hij ziet eruit als iemand die alles wegstopt.'

'Hij is eraan gewend om zijn problemen in alcohol te verdrinken. Hier heeft hij geen plek om zich te verstoppen.'

'En dat is wel zo gezond. Hij rouwt, laat het dan los en kan verder met zijn leven. Dat moeten wij allemaal doen.'

David keek naar haar omlaag. 'Je kunt goed skiën, Phaedra.'

Ze keek grijnzend naar hem op. 'Jij ook, David.'

'Waar heb je zo leren skiën?'

'Ik ben opgegroeid in Vancouver, weet je nog?'

'Ik ken niet veel vrouwen die zo snel zijn op de ski's als jij.'

'Dat zal ik maar beschouwen als een compliment, niet als een seksistische opmerking.'

'Ik stel het gewoon vast, ik zeg het niet om te provoceren. De meeste vrouwen die ik ken, zijn niet zo dapper als jij. Ben je net zo goed off-piste als op de piste?'

'Natuurlijk.' Ze haalde bescheiden haar schouders op. 'Ik neem elke uitdaging aan.'

'Je zult op de proef gesteld worden. Papa is aan zijn einde gekomen terwijl hij aan het extreemskiën was. Daar was hij dol op, op grenzen verleggen. Hij skiede altijd zo, en meestal kwam hij ermee weg. Ik denk dat hij gewoon pech heeft gehad.'

'We zullen voorzichtig doen.'

'Het noodlot zal toch niet twee keer toeslaan?'

Phaedra schudde haar hoofd. 'Zeg nooit nooit. Ik kan ook roekeloos zijn, maar door George ben ik me enigszins gaan inhouden.'

'Heb je je pieper aan?' vroeg hij, doelend op het elektronische apparaatje waarmee je elkaar kon terugvinden in het geval van een lawine.

'Natuurlijk. Zeg me alsjeblieft dat jij weet hoe dat ding werkt!'

David werd ernstig en keek op naar de spitse toppen van de Weissfluhgipfel. 'Ja. Maar laten we hopen dat het niet nodig is.'

Ze voegden zich boven aan de Mahder-lift bij Tom en gingen toen op weg naar de Furka, vanwaar ze overstaken naar de Graudergrat en toen hun ski's losklikten om Alp Duranna te beklimmen. De zon werd steeds warmer. Phaedra bond haar jas en helm om haar middel en klom met de mouwen van haar trui tot aan haar ellebogen opgerold en de rits ver naar beneden getrokken. De sneeuw lag fonkelend om haar heen en de bergen torenden met hun kartelige toppen en steile afgronden boven haar uit.

Uiteindelijk bereikten ze de top. Ze staken hun ski's in de sneeuw en gingen zitten om een reep chocola en Davids heupflacon pruimenbrandewijn met elkaar te delen.

'Wat schitterend,' zei Phaedra, enthousiast om zich heen kijkend naar de zee van lichtblauwe toppen.

'We staan op het topje van de wereld,' zei David.

'Wat een ongelooflijk gevoel,' ging ze verder. 'Net alsof we deel zijn van de eeuwigheid. Ik voel me heel klein en tegelijkertijd zo verbonden met alles.' Ze ademde genietend diep in en vulde haar longen met lucht.

'Hier zou papa ook hebben gezeten na zijn klim,' zei David ernstig. 'Hij zou hebben uitgekeken naar de afdaling. Hij zou blij zijn geweest met alle nieuwe sneeuw. Ik vraag me af of hij ook naar deze toppen heeft gekeken, net als wij nu doen, en zich ook verbonden heeft gevoeld met iets wat groter was dan hijzelf. Ik heb hem nooit gevraagd wat hij dacht over God.'

Tom haalde diep adem en staarde voor zich uit naar de uitgestrektheid waar geen einde aan leek te komen. Kilometers verderop, aan de horizon, losten de bergen op in mist. Daarachter lag de oneindigheid. Al starend voelde hij iets diep in zijn binnenste in beweging komen. Voor het eerst in zijn leven werd hij zich bewust van de eeuwige stroom, en op een bijzondere manier voelde hij zich er onderdeel van. Hij had niet durven denken aan de plek waar zijn vader nu was. Hij had niet willen accepteren dat hij er niet meer was. Doen alsof alles oké was, was de enige vorm van zelfverdediging die hij kende. Maar nu zette zijn borstkas uit van de onderdrukte emoties en snakte hij ontzet naar adem toen ze omhoogkwamen in zijn keel en verder naar boven, totdat hij een zwaar, trillend gekreun voortbracht. Het ging buiten hem om, alsof een vreemd wezen bezit had genomen van zijn lichaam en hij alleen maar machteloos kon toekijken hoe het door hem heen raasde en hem deed sidderen en stuiptrekken.

David sloeg zijn broer bezorgd gade terwijl diens gezicht vertrok van pijn en hij naar adem snakte. Phaedra kroop door de sneeuw naar hem toe en sloeg haar armen om hem heen. Hij gaf zich meteen over en begroef zijn gezicht in haar jas. Ze bleven allemaal doodstil zitten, terwijl Tom zijn verdriet door zijn lichaam heen liet golven.

'Dit is goed,' zei Phaedra toen Tom weer rustig was geworden. 'Je zult je er veel beter door voelen. Je kunt het niet altijd maar inhouden. Dat is het ergste wat je kunt doen. Je moet het onder ogen zien en dan loslaten. Doen alsof het er niet is maakt het alleen maar erger.'

Tom stak zijn hand uit naar zijn rugzak, maar David had die al opengeritst en haalde de sigaretten van zijn broer eruit. Met trillende handen stak Tom er een op met de aansteker die David hem voorhield. De eerste teug vulde zijn longen en hij voelde zich meteen kalmer. 'Het spijt me,' zei hij ten slotte. 'Ik weet niet wat me bezielde.'

'Het is goed,' zei David. 'Je reactie was alleen wat vertraagd, dat is alles.'

Tom staarde de berg af naar de plek waar zijn vader zijn dood tegemoet was geskied. 'Ik mis hem,' zei hij met een klein stemmetje. 'Ik mis hem heel erg.'

'Dat weet ik,' antwoordde David. Hij volgde de blik van zijn broer en staarde ook de berg af. 'Daar ergens was de lawine.'

'Ben je er klaar voor, Tom?' vroeg Phaedra.

'Ik denk dat ik er nooit klaar voor zal zijn,' antwoordde hij met een zucht, en hij nam nog een diepe trek van zijn sigaret.

'Maar we moeten wel,' zei Phaedra. 'Niemand van ons zal in staat zijn verder te gaan voordat we hier hem herdacht hebben.' Ze hees zichzelf overeind. 'Kom op, jongens. Hoe langer we wachten, hoe moeilijker het wordt.'

15

Het had pas gesneeuwd en er waren nog maar een paar sporen zichtbaar in het ongerepte oppervlak van de berghelling. Onwillekeurig voelde Tom zich beter nu hij door poedersneeuw zo licht als ganzendons stuiterde, en David ontdekte tot zijn vreugde dat Phaedra net zo bedreven was op de piste als erbuiten.

Phaedra voelde de zon op haar gezicht en de wind op haar decolleté, waar ze de rits van haar trui naar beneden had getrokken, en ze raakte weemoedig gestemd door al die schoonheid. Daar, tussen de fonkelende kristallen en de golvende hellingen, moest George zijn, kijkend naar de mensen van wie hij hield op de plek waarvan hij zo veel had gehouden.

Nadat ze een tijdje hadden geskied en een paar pauzes hadden genomen om op adem te komen, stopten ze. De helling was zo steil dat hij gewoonweg onder hen verdween. Op dat ogenblik leek de wind te gaan liggen, en Tom en David werden stil. Een paar verdwaalde wolken waren over de top gewaaid en wierpen een schaduw over hen heen. Phaedra voelde dat ze op de plek waren aangekomen.

'Laten we achter elkaar skiën,' zei David. 'Hou rechts en stop niet. Ik ga eerst.' Toen hij over de rand sprong en de helling af dook, zag hij aan zijn linkerhand de resten van de lawine die de halve berghelling met zich had meegenomen. Hij wist dat het te gevaarlijk was om te stoppen en skiede verder tot hij onder aan de lawine aankwam. De lawine was vlak bij de top begonnen en had een brede richel van zo'n twee meter hoog opgeworpen op de plek waar de sneeuw simpelweg was afgesneden als een stuk van een bruidstaart. Op weg naar beneden had de lawine in snelheid en kracht toegenomen, totdat hij op een punt aankwam waar het terrein vlakker werd en uitliep in een klein dal, waarna het weer steil naar beneden ging. Daar lagen de restanten nu opgehoopt: een stapel enorme, met ijs bedekte keien, nu verstopt onder een dikke laag sneeuw. Het zag er heel onschuldig uit, als een beest dat onder een witte deken lag te slapen. Het was moeilijk voorstelbaar dat dit ooit een woeste lawine was geweest die hun vader de dood in had gesleurd.

Phaedra skiede als tweede naar beneden en probeerde niet naar links te kijken, voor het geval ze haar evenwicht zou verliezen en zou vallen, waarmee ze zichzelf in gevaar zou brengen. Ze skiede door tot ze bij David aankwam. Ze ging naast hem staan en staarde naar het schouwspel waarvoor ze deze reis hadden ondernomen. Alleen het geluid van haar bonzende hart en haar hijgende ademhaling verbrak de stilte die zo zwaar op hen woog.

Tom arriveerde als laatste. Hij klikte zijn ski's los en sjokte door de diepe sneeuw om op de resten van de lawine te klimmen. Toen hij erbovenop stond, zette hij zijn handen in zijn zij en keek op naar de kale helling, alsof hij erachter probeerde te komen hoe die er precies in was geslaagd zijn schijnbaar onverwoestbare vader te vellen.

'Laten we naar hem toe gaan,' stelde David voor. Hij klikte zijn ski's los en stak ze in de grond. Phaedra volgde zijn voorbeeld, maar toen ze haar skischoenen op de sneeuw zette, zakte ze er tot haar knieën in.

'Laat me je helpen,' bood hij aan, en hij stak zijn hand uit. Phaedra pakte hem vast en samen waadden ze door de sneeuw.

'Ik kan niet geloven dat papa door zoiets om het leven is gekomen,' zei Tom zacht toen de andere twee bij hem op de berg stenen kwamen staan. 'Het ziet er helemaal niet bijzonder uit.'

'Er is ook niet veel bijzonders voor nodig,' zei David.

'Het heeft zo moeten zijn,' zei Phaedra filosofisch. Haar keel werd dichtgeschroefd toen ze dacht aan alle dingen die ze nu nooit meer aan George kon vertellen. 'Als je tijd om is, is het zover en kun je er niet meer onderuit. Hij is overleden tijdens een van zijn liefste bezigheden.'

'Dat zei mama ook,' mijmerde David.

'Voor ons is het moeilijk, maar hij is gewoon regelrecht de hemel in geskied.'

'Zoals jij het zegt, klinkt het heel makkelijk, Phaedra,' zei Tom.

'Ik denk dat het ook makkelijk ís als je de wereld uiteindelijk verlaat.'

'Nee, dat bedoel ik niet. Ik bedoel: makkelijk om het te accepteren.'

'O nee, dat is helemaal niet makkelijk. Ik vind het heel moeilijk om te accepteren dat hij er niet meer is en dat hij niet langer deel uitmaakt van mijn leven. Maar ik heb geen andere keus dan het te accepteren. Door me ertegen te verzetten krijg ik hem niet terug, en ik voel me er niet beter door; integendeel, ik zal me juist ellendig en wrokkig voelen.

Dan ga ik het leven op den duur haten omdat het hem van me afgepakt heeft. Maar je kunt je hoofd niet tegen die muur blijven beuken. Op een gegeven moment moet je je realiseren dat het niet verandert en dat jouw woede helemaal niets uitmaakt – je krijgt er alleen een zeer hoofd van.'

'Maar hoe kan ik het dan accepteren zoals jullie?' vroeg Tom.

'Wij nemen afscheid, Tom.'

Tom staarde haar verdrietig aan. 'Hoe moet ik afscheid nemen?'

Phaedra zag dat zijn ogen schitterden en dat zijn wangen vuurrood waren. Opnieuw leek hij een klein jongetje in zijn verdriet, en ze pakte zijn hand. Tot haar verbazing pakte David haar andere hand. Ze glimlachte dankbaar naar hem en deed toen haar ogen dicht. 'We stellen ons voor dat hij levend en wel op een betere plek is,' zei ze zacht. 'We zien hem lachen, stralend, vol blijdschap, en we wensen hem alle goeds. Als je klaar bent, neem dan afscheid op je eigen manier, in de wetenschap dat hij altijd om je heen zal zijn en dat hij je op een dag, als het jouw tijd is om te gaan, staat op te wachten om je thuis te verwelkomen.'

Met z'n drieën stonden ze op de plek waar George aan zijn einde was gekomen en namen afscheid. De wind waaide over hun gezicht, hoog in de lucht riep een vogel en de wolken dreven weg, waardoor de berg weer met zonlicht werd overgoten. Toen ze hun ogen opendeden, zag de wereld er hetzelfde uit, en toch was er binnen in hen iets veranderd. Ze voelden zich anders; ze hadden iets afgesloten.

Ze skieden verder de berg af, de lawine ver achter hen latend. Tot dit moment had het oneerbiedig geleken om te genieten, maar nu voelden ze zich vrij om dat te doen. Ze kwamen bij een tegen de berghelling genesteld dorpje van houten koeienschuren en chalets die voor de winter afgesloten waren, en skieden toen verder het dal in door de bomen en langs de Serneus-weiden. De omstandigheden hadden niet beter kunnen zijn voor off-piste skiën en ze genoten met volle teugen.

Toen ze aan het eind van de dag weer thuiskwamen, voelden ze zich moe en beurs, maar lichter in hun hart. 'Ik heb zin in zwemmen en een sauna,' zei David terwijl hij op de houten bank ging zitten en zijn skischoenen losklikte.

'Goed idee,' stemde Tom in.

'En waar zou dat moeten plaatsvinden?' vroeg Phaedra aan David.

'In de kelder,' antwoordde hij laconiek.

Phaedra keek verbaasd. 'Hebben jullie een zwembad hier binnen?'

'Natuurlijk.'

'Nee, ík heb een zwembad hier binnen,' corrigeerde Tom hen. 'Weet je nog: papa heeft dit huis aan mij nagelaten.'

'Dus nu moeten we de rest van ons leven bij jou komen slijmen als we er gebruik van willen maken?' vroeg David lachend.

'Uiteraard!' Tom liep door het gangetje van de bijkeuken naar de keuken. 'Is het te vroeg voor een glas wijn?'

'Na een dag als deze zou ik zeggen dat een glas wijn niet mag ontbreken,' zei Phaedra. David trok ongerust zijn wenkbrauwen op en keek hoe Tom in de keuken verdween.

Aan de deur van haar slaapkamer vond Phaedra een donkerblauwe badjas. Ze kleedde zich uit en trok hem aan. David ging haar voor de smalle trap af naar de kelder. Het was warm in de buik van het chalet en het rook er naar een mengsel van chloor en dennennaalden. Ze liepen verder door een zandkleurige tunnel, over lange tapijten die Antoinette daar had neergelegd ter bescherming van blote voeten, totdat één wand plotseling overging in een groot raam, waardoor het zwembad te zien was. Het lag er luxueus en uitnodigend bij, en dat gold ook voor de zes teakhouten strandstoelen met hun blauw-wit gestreepte bekleding. Het elektrische licht weerkaatste op het water en tekende grillige vormen op de muren en het plafond. De kalkstenen vloer werd van onderaf verwarmd.

David ging haar voor naar het zwemgedeelte en de kleedkamers. Op de herenkleedkamer hing een getekend nijlpaard in jarentwintigbadpak, en op die van de dames een vrouwtjesnijlpaard in een roze bikini. 'Stoombad of sauna?' vroeg hij.

'Stoombad, als ik mag kiezen.'

'Dat mag je zeker.' Hij opende de deur om het aan te zetten.

Phaedra liep de kleedkamer in. Er lag een keurig stapeltje witte handdoeken en er hingen badpakken. Achter de dubbele wastafel stond een hele rij met diverse schoonheidsproducten van het merk Clarins. Het was net een beautycentrum. Ze snapte niet waarom Antoinette hier niet graag kwam. Als zijzelf niet van skiën had gehouden, zou ze zich prima hebben vermaakt in dit ondergrondse beautyparadijs. Ze liet de badjas van zich af glijden en koos een mooi blauw-met-wit badpak uit. Toen sloeg ze een handdoek om zich heen en liep naar het stoombad, waar David haar al opwachtte.

Hij zat op het bovenste bankje, een handdoek om zijn middel geslagen. De stoom begon al om hem heen te wervelen als gloeiend hete mist. Phaedra klauterde naar boven en ging tegenover hem zitten. 'Wat heerlijk is dit,' zei ze met een zucht, en ze leunde achterover tegen de stenen wand. 'Precies wat ik nodig heb.'

'Het is een goeie manier om de spieren los te maken na al die inspanning,' zei David.

'Het ruikt naar eucalyptus.'

'Dat opent de luchtwegen.'

Phaedra lachte. 'Heb jij dat erin gedaan?'

'O ja, ik hou wel van een beetje aromatherapie,' zei hij met een stem die droop van het sarcasme.

'Nou, wie dan?'

'Geen idee. Waarschijnlijk een van Toms vriendinnen. Die neemt hij altijd mee hiernaartoe.'

'Dan heb ik het badpak van een van zijn vriendinnen aan!'

'Nee, die badpakken zijn van niemand. Mama heeft er een paar gekocht speciaal voor in het chalet. Ze heeft overal aan gedacht.'

'Inderdaad. Het is net een vijfsterrenhotel.'

'Ik ben blij dat je het leuk vindt.'

'O, ik vind het prachtig, David. Het is zo mooi. Het wordt morgen vast moeilijk om te gaan skiën nu ik weet wat voor vreugden hier beneden op me wachten!'

Ze begonnen zich allebei warm en slaperig te voelen. De ruimte stond nu vol stoom, zodat ze elkaar nog maar amper konden zien. 'Hoe lang moeten we hier blijven?'

'Een kwartiertje is genoeg.'

'Hoe lang zitten we er al?'

'Acht minuten.'

'Lieve hemel, ik weet niet of ik dat overleef – nog zeven minuten.'

'Hou maar in gedachten hoe goed het voor je is.'

'Ik zal proberen niet flauw te vallen.'

'Ik hou je wel in de gaten.'

Ze lachte. 'Dank je.'

Maar David meende het. Phaedra in de gaten houden was het makkelijkste wat er bestond. Hij keek hoe ze haar ogen sloot en haar hoofd in haar nek legde. Ze had een prachtige gladde hals, dacht hij, en hij liet zijn blik langs haar borstbeen naar beneden gaan. Een stevige, melkwitte huid en lange, slanke ledematen. Hij schoof heen en weer en probeerde het verlangen dat zich in zijn lendenen roerde te onderdrukken. Hoe meer tijd hij met haar doorbracht, hoe moeilijker het voor hem werd om zijn toenemende hartstocht te bedwingen. Hij had nog nooit zoiets gevoeld voor een vrouw. Het was niet alleen het feit dat hij haar niet kon krijgen dat haar zo begeerlijk maakte. Ze had ook kwaliteiten die hij nog nooit bij iemand anders had aangetroffen, kwaliteiten die hij bewonderde.

David was ontroerd geweest door de manier waarop ze Tom had getroost boven op de berg, en de manier waarop ze het beste naar boven had gehaald in zijn grootmoeder, een vrouw die bekendstond om haar moeilijke karakter. Phaedra was een goed mens. Hij liet zijn gedachten afdwalen, omdat hij de kracht niet had ze in te tomen. Ze zou een lieve moeder zijn, dacht hij heimelijk, en hij herinnerde zich de liefdevolle manier waarop ze Amber in haar armen had genomen en had gekust. Ze zou een sensuele minnares zijn, vermoedde hij, en nu begonnen zijn gedachten rond te zwerven over het zwaarst verboden terrein. Hij geloofde niet dat er nog iemand op de wereld rondliep die zo'n ideale vrouw voor hem zou zijn. Maar zijn dagdroom zorgde plotseling voor meer pijn dan plezier. Hij kon haar niet krijgen. Een zweetdruppel rolde over zijn slaap. Het was onmogelijk.

'De tijd is om,' zei hij.

Phaedra deed haar ogen open. 'Goddank!' Ze klauterde naar beneden.

David volgde haar. 'Ik spring meteen in het zwembad.'

'Ik ook! Het zal wel sissen!' Ze keek hoe David zijn handdoek op de grond liet vallen en in het water dook. Hij had een sterk, atletisch figuur, het lichaam van een man die constant in beweging is, die dingen optilt, veegt, opstapelt, draagt. Zijn schouders waren breed en gespierd, zijn taille slank, zijn benen lang en sterk. Het boerenleven zorgde ervoor dat hij in topconditie was.

Hij crawlde een paar slagen en draaide zich toen snel naar haar om. Hij ving haar blik en grijnsde. Phaedra voelde het bloed naar haar toch al vuurrode gezicht stromen. Het had geen zin om te doen alsof ze niet op elkaar vielen. De aantrekkingskracht was even sterk als de zomerzon. Een kus zou de spanning eraf halen, maar een kus was onmogelijk. De spanning nam alleen maar toe, en wat dan?

'Je kunt daar niet de hele avond blijven staan,' zei David lachend toen hij bij de kant kwam. 'Je moet afkoelen.' Daar had hij gelijk in, dacht

Phaedra. De prachtige olijfkleur van zijn huid viel haar op en onwillekeurig stelde ze zich voor hoe haar eigen lichaam daartegenaan zou liggen, lelieblank.

'Goed dan. Trek nog maar een baantje,' zei ze. Hij lachte schalks en zwom weg. Phaedra sprong in het water. Het was koud op haar brandende huid. Ze kon zichzelf bijna horen sissen, als een gloeiend hete pan in de gootsteen. Het voelde lekker om haar haar nat te maken en het zweet af te spoelen. Ze watertrappelde, zich bewust van elke beweging die David maakte. Hij kon een grote ruimte klein maken, alleen door zijn aanwezigheid.

Nu kwam hij weer naar haar toe gezwommen. 'Dat voelt zeker wel goed, hè?' zei hij.

'Inderdaad.'

Ze lachte zenuwachtig; het leek alsof er onder water een magneet zat die haar onweerstaanbaar naar hem toe trok. Hij lachte met haar mee, maar eigenlijk wilde hij haar tegen de rand van het zwembad drukken en haar zoenen. Hij zag haar lichaam onder water en probeerde zijn ogen op haar gezicht gericht te houden.

'Ik denk dat ik eruit ga,' zei ze plotseling.

'Je bent er nog maar net in.'

'En dat is een hele prestatie. Maar nu wil ik eruit en onder de douche.'

'Ik zwem nog een paar baantjes.' Ze keek hem na en zwom toen naar het trapje. Even keek ze om naar David, om zich ervan te verzekeren dat hij nog aan het zwemmen was; toen klom ze eruit en haastte zich terug naar haar handdoek. David leunde inmiddels tegen de achtermuur en keek hoe ze terugliep naar de kleedkamer. Hij vroeg zich af hoe dit in vredesnaam zou aflopen en hoopte met heel zijn hart dat het een Hollywood-film met een happy end was. Maar wat voor einde was er mogelijk, anders dan teleurstelling en frustratie? Hij deinsde terug voor de gedachte aan incest, maar toch had hij er alles voor over om haar de zijne te maken. Hij deed zijn best, maar het was waardeloos om haar als zijn zus te beschouwen. Zijn halfzus nog wel! Hij had totaal geen broederlijke gevoelens voor haar.

Die avond aten ze bij Wynegg, een klein alpenrestaurant midden in het dorp, en bleven tot laat kaarten met een paar vrienden die in een van de houten alkoven achterin zaten te eten. David bestelde een grote kan Fendant, de lokale wijn, waarvan het grootste deel werd opgedronken door Tom, die ook al een halve fles bourgogne op had voordat ze naar het restaurant gingen. Opnieuw werd Phaedra voorgesteld als vriendin van de familie, en opnieuw werd er aangenomen dat ze Davids nieuwe vlam was. Ze deden allebei geen moeite om het te corrigeren, en Tom was te ver heen om het op te merken.

Toen ze ten slotte naar huis reden, was Tom heel stil. Hij zat op de achterbank en staarde uit het raampje naar de sterren alsof die in een hypnotische dans langs de hemel bewogen.

Aangekomen bij het chalet hielpen Phaedra en David Tom uit de auto. 'Ik geloof dat ik te veel heb gedronken,' brabbelde hij terwijl ze hem bij zijn armen pakten en naar het chalet duwden.

'Dat heb je inderdaad,' zei David.

'Ik wil nog wel een sigaret.'

'Daar hebben we geen tijd voor. Naar bed!'

Hij spartelde nog even tegen voordat hij toeliet dat ze hem half de trap op droegen naar zijn slaapkamer. Phaedra deed zijn schoenen uit en hielp hem uit zijn trui en overhemd; de rest liet ze aan David over.

Toen David beneden kwam, trof hij Phaedra aan op het balkon, haar jas om zich heen geslagen, op een van de ligstoelen die ze in de zomer gebruikten om te zonnen.

'Op dit soort momenten zou ik graag willen roken,' zei ze toen hij bij haar kwam staan. 'Het zou fijn zijn om hier in de kou met een sigaret te zitten.'

'En een mok warme chocolademelk?'

'Dat is ook goed.'

'Laat maar aan mij over.' En hij verdween weer naar binnen.

Phaedra bleef alleen achter met haar gedachten. Ze hield van de bergen en de stilte. Omringd door zo veel verhevenheid was het moeilijk om niet aan de grote dingen des levens te denken. In de aanwezigheid van zo veel schoonheid was het moeilijk geen romantisch gevoel te krijgen. Wanneer het leven werd teruggebracht tot de essentie, was liefde het enige wat overbleef.

David kwam een paar minuten later terug met twee dampende mokken warme chocolademelk. Hij gaf er een aan Phaedra en ging toen naast haar op de andere ligstoel zitten. Ze nam een slokje. 'Mmm, lekker. Wat heb je erin gedaan?'

'Een kleine hartversterking,' antwoordde hij met een speelse grijns.

'Is dat ook een Zwitserse traditie?'

‘Een Frampton-traditie.’

Ze sloeg haar handen om de beker heen, nam nog een slok en voelde hoe de chocolademelk zich een weg naar beneden brandde. ‘Ik vind het een uitstekende traditie.’

‘Dat dacht ik al.’

‘Ik vond het eten vanavond erg lekker, maar ik weet zeker dat ik de hele komende week uit iedere porie naar knoflook zal stinken.’

‘In ieder geval hebben we allemaal knoflook gegeten.’

‘Dus kunnen we elkaar zoenen,’ zei ze met een lach.

David keek naar haar in het donker. Ze had haar haar uit haar gezicht gestreken en de bontkraag van haar jas tot aan haar kin opgetrokken. Haar huid leek melkwit in het maanlicht, haar lippen waren zo rood als hulstbessen en haar blauwe ogen zo licht als maansteen. Ze was vanavond mooier dan hij haar ooit had gezien, en met elke pijnlijke spier in zijn lichaam verlangde hij ernaar haar te zoenen.

‘Vertel eens iets over je ex-man, Phaedra,’ zei hij, om afleiding te zoeken.

‘Nou, ik was nog heel jong, net twintig. Hij heette Shane Connelly – een Ier natuurlijk, met een Engelse moeder. Weet je dat Connelly in het Gaelisch “woest als een bloedhond” betekent? Dat vertelde hij me in ieder geval, en hij was af en toe ook, eh… nou ja, woest. We leerden elkaar kennen in Whistler. Hij was daar aan het skiën met een groep vrienden en we werden verliefd. Het ging allemaal heel snel. Hij was veel ouder dan ik en was heel ordelijk. Ik was nogal chaotisch. Nou ja, dat ben ik eigenlijk nog steeds.’

‘Je ziet er helemaal niet chaotisch uit.’

‘Ik kan het goed verbergen. In werkelijkheid ben ik heel vergeetachtig en slordig.’

‘Je hebt vandaag aan alles gedacht.’

Ze lachte. ‘Dat komt doordat ik gisteravond de moeite heb gedaan om alles op een stoel klaar te leggen, zodat ik niets zou vergeten! Het zou echt iets voor mij zijn om met maar één handschoen op de bergtop aan te komen. Ik wilde een goede indruk op je maken.’

‘Dat heb je zeker gedaan. En, wat gebeurde er verder?’ David wilde graag meer weten over haar verleden, hoewel de gedachte aan haar en Shane Connelly hem met jaloezie vervulde.

‘Hij werkte in Genève voor Franck Muller – je weet wel, de horlogemaker. Hij was gek van horloges. Helaas heb ik de signalen niet opgepikt. Hij kon goed skiën en was heel knap; het kwam verder niet bij me op dat we niks gemeen hadden, of dat zijn obsessieve gedrag uiteindelijk alles zou kapotmaken.'

'Hoezo obsessief?'

'Alles moest smetteloos zijn. Hij werd kwaad als ik dingen vergat. Hij kon heel wreed zijn en was heel bezitterig. Hij wilde niet dat ik mannelijke vrienden had; hij werd boos als er een man tegen me praatte.'

'Ik haat die Shane Connelly!' riep David hartstochtelijk uit.

Phaedra lachte. 'Je bent te goed, David. Het is lief dat je me zo steunt.'

'Je hebt geen idee,' zei hij, en hij keek haar teder aan. 'Hoe lang ben je getrouwd geweest?'

'Vijf jaar.'

'Is hij degene die je hart heeft gebroken?'

Phaedra zuchtte diep en keek op naar de lichtjes bij het station van de skilift op de Gotschna, die als sterren fonkelden op de bergtop. 'Nee. Ik heb zijn hart gebroken. Ik hield van een illusie. Toen ik dat eenmaal besefte, wist ik dat ik nooit verliefd was geweest. Dat wilde ik alleen maar graag. Mijn liefde verdween als sneeuw voor de zon en het enige wat me restte was teleurstelling. Ik ben weggelopen.'

'Naar Parijs?'

'Ja, ik ben in Parijs gaan werken. Je vader wilde dat ik naar Londen zou verhuizen.' Ze staarde in haar chocolademelk en zuchtte. 'Ik denk niet dat hij er goed over had nagedacht. Hij was zo impulsief...'

Lange tijd zaten ze zwijgend bij elkaar. David merkte dat ze zich opgelaten voelde, alsof de lucht tussen hen in op de een of andere manier in de knoop was gaan zitten.

Precies op dat moment klonk het suizende geluid van de rode trein door het dal. Een ogenblik later floot hij en samen keken ze naar de kleine vierkantjes van de verlichte ramen terwijl de trein door het dorp kronkelde en achter de chalets verdween.

'Phaedra,' zei hij zachtjes, 'ik weet hoe het echt zat met papa.'

Ze staarde hem perplex aan. Haar rode wangen zagen ineens asgrauw. 'Echt?'

'Het geeft niet. Ik begrijp waarom je hebt gelogen.'

Ze keek ontzet, alsof ze in de loop van een geweer staarde.

'Ik zal het uitleggen. Het is zo'n lang verhaal...'

David onderbrak haar. 'Ik weet dat je het deed om papa in bescherming te nemen.'

'O god!' hijgde ze.

'En ook om mama te beschermen, want het zou haar hart breken als ze wist dat papa was vreemdgegaan.'

'Het spijt me zo.' Ze sloeg haar hand voor haar mond alsof ze een kreet wilde smoren.

'Het geeft niet, Phaedra.'

'Ik wist het niet. Ik zweer je dat ik het niet wist!'

'Hoor eens, ik neem je niets kwalijk. Integendeel, je bent heel tactvol geweest.' Ze was zo van streek dat hij wilde dat hij er niet over was begonnen. 'Weet je, je ziet er niet uit als eenendertig.'

'Wat?'

'Nou, ik snap het nu. Je bent jonger dan ik. Dus papa had een relatie met jouw moeder toen hij getrouwd was met de mijne. Het doet er niet toe. Het maakt geen verschil.'

Ze hield op met huilen en staarde hem met opgetrokken wenkbrauwen aan.

'Ik heb er lang over nagedacht en ik was niet van plan om te laten merken dat ik het wist. Maar ik kan niet langer doen alsof ik van niks weet. Ik kan niet tegen je liegen, Phaedra.'

'Hoe ben je erachter gekomen?'

'Ik zag het in je paspoort op het vliegveld.'

In een plotselinge vlaag van opluchting wierp ze zich tegen hem aan. David had niet verwacht dat ze zo heftig zou reageren. 'O, dank je wel, David,' zei ze hijgend. 'Bedankt dat je me wilt vergeven.'

Hij sloeg zijn armen om haar heen en voelde hoe ze zijn jas vastgreep alsof haar leven ervan afhing.

'Natuurlijk vergeef ik je,' zei hij, en hij lachte ongelovig.

'Het spijt me zo.'

'Doe niet zo gek. Het is jouw schuld niet. En het is lang geleden gebeurd. Maar we moeten het wel geheimhouden. We moeten dit nooit aan iemand vertellen, begrijp je? Mijn moeders hart zou breken als ze er ooit achter zou komen.'

'Ja.'

'Dat is dan afgesproken. We hebben het er niet meer over.'

Maar Phaedra maakte zich niet van hem los, en dat wilde David ook helemaal niet.

16

Die avond kreeg Phaedra net toen ze naar bed ging een sms'je van Julius. Hij vroeg hoe alles ging en stelde een datum voor voor een etentje, wanneer ze terug was. Ze las het met een stijgend gevoel van verontwaardiging. Door Julius was ze in deze ellende terechtgekomen en nu zat ze met de gebakken peren. Als George' zaakwaarnemer had hij het hem moeten afraden zijn testament plotsklaps te veranderen. Als zij er niet in had gestaan, had ze gewoon kunnen verdwijnen en dan zou niemand hebben geweten dat ze gelogen had. Ze wilde George' geld niet en de Frampton-saffieren evenmin. Als George zo graag had gewild dat die in haar bezit kwamen, waarom had hij ze dan niet simpelweg aan haar gegeven? Waarom moest hij zo nodig zijn testament veranderen? Hij had kunnen weten wat voor problemen dat zou veroorzaken. Ze was in een vervelende positie terechtgekomen. En tot overmaat van ramp dreigde ze verliefd te worden op David.

Ze lag wakker, haar hoofd bonzend van de gedachten die alle kanten op schoten. Julius en George tolden door haar brein als stenen in een betonmolen. Maar in het middelpunt van alles stond David. Ze had nooit kunnen bedenken dat ze verliefd zou worden op de zoon van George. Alleen al de gedachte was onvoorstelbaar, en verkeerd. Hij was niet voor haar bestemd, nooit. Hoe pijnlijk het ook was, het was haar eigen schuld.

De volgende ochtend sneeuwde het. Door het raam zag Phaedra grote, wollige vlokken als wattenbolletjes naar beneden vallen, en door de mist kon ze alleen de vage omtrek van de grote spar onderscheiden. Het was doodstil en ze bleef nog even liggen, kijkend naar het ballet van dansende sneeuwvlokken. Ze wenste dat David naast haar lag, dicht tegen haar aan. Weer dacht ze aan George, en ze vroeg zich af wat hij zou denken van haar groeiende verliefdheid op zijn zoon.

Tom had te veel last van een kater om te skiën, dus vertrokken David en Phaedra met z'n tweeën. Er was bijna niemand op de Gotschna. Zoals gewoonlijk waren het alleen Britten die roekeloos genoeg waren om in een sneeuwstorm naar buiten te gaan. Maar David nam haar mee om tussen de bomen te skiën, waar het zicht veel beter was. Er was 's nachts zo veel sneeuw gevallen dat zich een dikke laag op de sporen van gisteren gevormd had, zodat ze de hele ochtend over een ongerepte witte vlakte skieden, helemaal tot aan het dorp Saas.

Tegen de middag braken er bleke zonnestralen door de wolken, die de laatste fragiele sneeuwvlokjes deden flonkeren als engelenhaar. Ze aten op de top van de Weissfluchjoch, het hoogste punt van Murenburg, en keken uit over de gekartelde toppen die opdoken uit de oplossende nevelslierten. Ze waren zich ervan bewust dat hun tijd samen in Murenburg maar kort was en er kwam een melancholisch gevoel over hen, vergelijkbaar met de mistflarden die de zon niet kon bereiken. Terwijl David van zijn koffie dronk en Phaedra van haar warme chocolademelk, voelden ze allebei de wederzijdse aantrekkingskracht, als dieren, instinctief – en ze wisten allebei dat het te erg voor woorden was.

Phaedra vond het heerlijk om met David te skiën. Het was ontzettend romantisch om met hem in de bergen alleen te zijn. Ze joegen elkaar op en vlogen in volle vaart de pistes af, de sparrenbomen in de lichte poedersneeuw ontwijkend. Samen stonden ze op een open plek te kijken naar een kudde gemzen die in de sneeuw snuffelden op zoek naar gras. De bergen waren stil en ontzagwekkend, en allebei voelden ze zich klein en bevoorrecht om hier te zijn, op zo'n schitterende dag, te midden van zo veel schoonheid.

Geen van beiden wilden ze dat er een einde aan de dag zou komen. Ze waren hier gekomen voor George, maar hadden elkaar gevonden. Dat was een ontdekking die hen beiden frustreerde en in verwarring bracht.

Toen ze weer bij het chalet kwamen, zat Tom in zijn pyjama een dvd te kijken. Op het tafeltje naast de leunstoel stond een lege wijnfles en een halfleeggegeten bord *bündnerfleisch*, het plaatselijke gedroogde rundvlees. David ving Phaedra's blik. Hij haalde gelaten zijn schouders op. 'Dat was denk ik onvermijdelijk, gezien de omstandigheden,' fluisterde hij tegen haar.

'Laat mij maar met hem praten.'

'Heb je zin in een stoombad?'

'Ik zie je straks beneden.'

'Wacht niet te lang, anders raak ik oververhit.'

Phaedra liep naar de leunstoel. Tom zat in elkaar gezakt en keek versuft voor zich uit naar *The Sopranos*. Ze pakte de fles, en ineens kreeg hij door dat hij niet alleen was. 'Hé, hallo,' zei hij, en hij grijnsde naar haar. 'Fijne dag gehad?'

'Een heerlijke dag,' antwoordde ze. 'Maar we hebben jou gemist.'

'Ik was vanochtend niet in staat om te skiën.'

'Hoe laat ben je opgestaan?'

'Geen idee. Rond de middag.'

'Heb je al gegeten?' Ze pakte het bord bündnerfleisch op. 'Dit is niet genoeg voor een jongen in de groei.'

'Ik heb ook wat brood genomen.'

'Goed, maar je had een echte maaltijd moeten eten. Zullen we vanavond hier thuis eten? Dan kook ik.'

'David beweert dat je een fantastische pasta kunt maken.'

'Dat klopt. Zo fantastisch dat het verboden zou moeten worden!'

'Afgesproken.'

'Ga je mee met ons in het stoombad?' Ze lachte naar hem. 'Misschien zweet je wat van die alcohol eruit.'

'Ik heb niet veel op, een slokje maar,' antwoordde hij snel.

'Het begint altijd met een slokje.' Toms gezicht betrok en Phaedra wist dat hij op het punt stond om in de verdediging te schieten. 'Mijn moeder is alcoholist,' voegde ze eraan toe, en ze zag zijn gezichtsuitdrukking veranderen van schuldbewust in geïnteresseerd.

'Echt?'

'Ja. Maar ze ontkent het al jaren.'

'Waarom?'

'Omdat het leven haar telkens weer teleurgesteld heeft. Iedereen heeft er zijn redenen voor en die zijn allemaal even goed – maar je moet op de een of andere manier de kracht vinden om uit te stijgen boven het gevoel dat je tekortschiet en je angst.' Hij perste zijn lippen op elkaar en liet zijn blik over het tapijt onder zijn voeten gaan. Phaedra ging verder: 'Ik ben opgegroeid zonder broers of zussen, maar weet je, ik vind het geweldig om broers te hebben. Dat ben ik misgelopen. Het is leuk om mensen om je heen te hebben om wie je geeft. Ik geef om jou, Tom. Mijn moeder kon ik niet helpen. Ze luisterde niet naar me en haar problemen waren te groot. We hadden nooit echt een band. Ik had altijd het gevoel dat ik een soort buitenaards wezen was dat op de een of andere manier in haar schoot was beland. We zijn altijd vreemden voor elkaar geweest. Maar met jou voel ik wel een band. Ik begrijp dat dit een moeilijke tijd voor je is en dat de makkelijkste oplossing is om de pijn uit de weg te gaan door hem te verdoven met alcohol. Je voelt je veel beter als je iets gedronken hebt. Dat geldt voor ons allemaal. Maar het is te kort door de bocht. Je zult dit nooit goed kunnen verwerken als je er niet helemaal doorheen gaat.'

'Ik begrijp het,' zei hij. Hij staarde uit het raam. 'Weet je, papa was zo'n held, iemand die onbedwingbare bergen beklom en naar afgelegen plekken reisde, helemaal één met de natuur.' Hij grinnikte boosaardig. 'Iedereen hield van hem. Maar voor ons was hij er niet. Mama zal het wel niet met me eens zijn, want zij aanbad hem onvoorwaardelijk, als een hondje. Maar het is waar. Hij was er nooit op sportdag van school, of als we een weekend vrij hadden. Joshua en David vonden het volgens mij niet zo erg, maar ik wel. Ik wilde dat hij zich voor me interesseerde, maar hij was meer geïnteresseerd in zichzelf.' Hij zuchtte, alsof er een grote last van zijn schouders af was gevallen. 'Dat had ik niet moeten zeggen. Nu heb ik de mythe ontkracht.'

Phaedra stak haar hand uit en raakte zijn arm aan. 'Dat geeft niet. Je hebt recht op je eigen mening. Maar Tom, je kunt die bitterheid niet met je blijven meedragen. Je moet het loslaten. Het verleden bestaat niet meer; dat zijn alleen gedachten. Het is jouw verhaal, maar het bepaalt niet wie je nu bent.'

Tom keek haar glazig aan en glimlachte. 'Het is net of ik een zelfhulpboek hoor!'

Phaedra lachte. 'Daar heb ik er wel een paar van gelezen.'

'Dat merk ik.'

'Kom lekker mee naar het stoombad, en dan eten we bij de haard. We kunnen dan samen naar *The Sopranos* kijken. Niets zo leuk als een goed Amerikaans drama!'

Hij zuchtte en zette de televisie uit. 'Goed, ik ga mee om de alcohol eruit te zweten. Ik vind het fijn dat je er bent, Phaedra,' zei hij, en hij stond op. 'Je hebt iets waardoor ik een beter gevoel over mezelf krijg.'

'Ik vind het verschrikkelijk als ik zie dat iemand om wie ik geef zichzelf de vernieling in helpt.'

'Het helpt ook om met iemand van buiten de familie te praten. Nou ja, jij bent natuurlijk ook familie, maar je begrijpt wel wat ik bedoel.'

'Zeker.'

'Ik schaam me er niet voor om met jou over papa te praten.'

'Je hoeft je helemaal niet te schamen, Tom. We hebben allemaal onze eigen strijd te voeren. Zelfs degenen met wie niets aan de hand lijkt te zijn. We zoeken allemaal onze weg in het donker.' Ze glimlachte hem liefdevol toe.

Daarop gooide hij zijn hoofd in zijn nek en lachte hardop. 'Kom op dan, wijze vrouw. Op naar het stoombad! Waar is David?'

'Die zit al te stomen.'

'Weet hij dat we een goeroe in de familie hebben?'

Phaedra lachte verlegen. 'Geen idee. Misschien moet jij hem dat vertellen.'

'Nee, ik denk dat ik je voor mezelf hou als mijn geheime goeroe.'

'Dat is ook prima.'

'Jij gaat me helpen, hè?'

'Als je dat wilt.'

'Alleen omdat je een knáppe goeroe bent. Als je een grote harige *mannelijke* goeroe was, zou ik het niet doen. Maar je bent knap en wijs, dus ja, alsjeblieft, deel je wijsheid met mij en maak me een beter mens.'

Die avond zaten ze bij de haard te kaarten. Phaedra had pasta gemaakt met George' favoriete tomatensaus. De jongens hadden elk twee porties genomen en Tom had zelfs de pan met een spatel uitgeschraapt. Geen van allen hadden ze wijn gedronken, en Tom had er ook niet om gevraagd. Hij had in het stoombad zo veel alcohol uitgezweet dat hij zich had voorgenomen nooit meer een druppel te drinken. Hij was ervan overtuigd dat dat zou lukken – met Phaedra's hulp.

Het gefluit van de trein echode door het dal en David ving Phaedra's blik. Ze bloosde toen ze dacht aan hun gesprek van de vorige avond. Hij wendde zijn blik niet af en ze werd diep geraakt door de hartstocht in zijn ogen. Zij voelde hetzelfde. Een lang moment staarden ze elkaar aan, zonder woorden toegevend aan hun verlangen, totdat Phaedra de kracht vond om haar blik af te wenden.

Ze kon de dood van George accepteren en ze kon ook aanvaarden dat ze nu verder moest met haar leven. Maar de gedachte dat ze moest accepteren dat David een man was van wie ze nooit zou mogen houden was onverdraaglijk.

George had hem voor altijd buiten haar bereik geplaatst.

In Fairfield kwamen Antoinette en Rosamunde thuis na een paar dagen Londen, waar ze zomerkleren hadden gekocht. Ze hadden heerlijk geluncht met vrienden bij Lucio's aan Fulham Road, en waren langs de kledingrekken geslenterd bij Harvey Nichols en Harrods tot hun benen zo'n pijn deden dat ze moesten stoppen voor een kop Earl Grey in de tearoom van Harrods. Rosamunde was niet bijster geïnteresseerd in mode, maar de gedachte dat ze dokter Heyworth weer tegen het lijf zou kunnen lopen inspireerde haar ertoe een nieuwe blouse met een leuk bloemetjespatroon en een bijpassende broek aan te schaffen. Antoinette had niemand om zich leuk voor aan te kleden, maar niettemin kwam ze thuis met een achterbak vol draagtassen en ze voelde zich daar oneindig veel beter door.

'Dat zouden we vaker moeten doen,' zei ze tegen Rosamunde terwijl ze een kopje thee dronken in de salon. 'Ik voel me als herboren.'

'Ik ook,' stemde Rosamunde met haar in. 'Die zijden blouse is wel een heel buitensporige aankoop, maar ik kijk ernaar uit om hem te dragen. Normaal gesproken koop ik nooit iets van zijde.'

'Je krijgt nooit spijt van dingen die je doet, alleen van dingen die je niet doet. Denk je dat dat ook voor winkelen geldt?'

'Ik denk het wel.'

'Ik ben van plan vaker naar de stad te gaan,' deelde Antoinette haar zus mee. 'Ik kan niet de hele dag hier rondhangen, en het is goed om af en toe het huis uit te gaan. Daardoor ga je het des te meer waarderen.' Ze glimlachte en hield haar theekopje vlak voor haar lippen stil. 'Misschien kan ik een keer met Phaedra gaan lunchen. Denk je dat ze een uitnodiging van mij zou aannemen?'

'Ik zou niet weten waarom niet. Ze heeft duidelijk laten blijken dat ze je graag mag.'

'Het zou leuk zijn, denk je niet? Misschien kunnen we naar Peter Jones; dan kan zij me advies geven over make-up. Ze is echt een schoonheid.'

'Jij ziet er prima uit zoals je bent.' Rosamunde was van mening dat een beetje rouge het enige was wat een vrouw nodig had om haar uiterlijk te verbeteren.

'Of ze kan me advies geven over mijn haar.'

'Wat is er mis met je haar?'

'O, er is niets mis mee. Ik ben het gewoon zat, dat is alles.'

'Je hebt al dertig jaar hetzelfde kapsel; waarom zou je het nu veranderen?'

'Ik weet het niet. Ik zeg maar wat.' Antoinette zette haar kopje neer en leunde achterover op de bank. 'George is er niet meer, mijn leven heeft een onverwachte wending genomen. Ik heb het gevoel dat ik mee moet veranderen.'

'Verandering is ook goed. Maar ik vind je haar mooi zo. Het past bij je,' hield Rosamunde vol.

'Maar wie ben ik?'

'Hoe bedoel je, wie ben je? Jij bent Antoinette Frampton.' Rosamunde keek verward.

'Ja, ik ben Antoinette Frampton. Ik ben al meer dan dertig jaar Antoinette Frampton. Maar wie is Antoinette?'

Nu keek Rosamunde bezorgd. 'Ik weet niet precies wat je bedoelt. Denk je dat Harris wat van die zandkoekjes van mevrouw Gunice zou kunnen opdiepen?'

'Natuurlijk.' Antoinette stond op en trok aan een koord met een kwast dat rechts van de haard hing. Een tel later verscheen Harris in de deuropening. 'Ach, Harris, wil je ons wat van de zandkoekjes van mevrouw Gunice brengen?'

'Jazeker, lady Frampton,' antwoordde hij.

Rosamunde straalde al bij het vooruitzicht. 'Die zijn echt verrukkelijk!' zei ze verlekkerd.

'Waar hadden we het over?' vroeg Antoinette.

'Jij was op zoek naar Antoinette,' antwoordde Rosamunde schamper.

'Ja. Phaedra heeft me aan het denken gezet. Ik ben al zo lang echtgenote en moeder dat ik mezelf onderweg ben kwijtgeraakt. Ik weet dat het mal klinkt, maar ik maak het mensen graag naar de zin. Dat is altijd al zo geweest. Ik heb altijd mijn eigen wensen opgeofferd voor die van George. Nu hij er niet meer is, is het alsof het fundament onder me is weggeslagen en ik niets anders heb dan mezelf. Wat wil ík? Ik weet niet of ik dat wel weet.'

'Ik denk van wel.'

'Nee, Rosamunde, je begrijpt het niet. Ik weet het echt niet. Ik word 's morgens wakker en dan weet ik niet wat ik met mezelf aan moet. Ik weet niet wat de dag zal brengen. Toen George nog leefde, wist ik waar ik aan toe was. Ik kon plannen maken. Nu heb ik geen enkele structuur. Niemand om me te vertellen hoe laat we vanavond eten, wanneer we naar het ballet gaan of wanneer ik in Londen verwacht word voor een cocktailparty. In het weekend komen zijn vrienden niet meer over de vloer, en ik hoef zijn pakken niet meer naar de stomerij te brengen. Ik ben vrij, maar die vrijheid maakt dat ik me verloren voel. Snap je dat?'

'Ja, ik geloof het wel.'

'Ik kan niet voor eeuwig zo doelloos blijven rondzwalken.'

'Je komt er wel uit.'

'Ik moet iets constructiefs gaan doen.'

'Wat dan?'

'Precies!' Antoinette zag er verslagen uit. 'Wat dan?'

Op dat moment kwam Harris binnen met een schaal zandkoekjes. Hij boog zich voorover en bood eerst Rosamunde er een aan, want hij had wel gezien hoe ze ervan smulde tijdens het bezoek van Julius Beecher. Rosamunde nam een hap. Het zoete, boterige gebak smolt op haar tong en er ontsnapte haar een zacht gekreun. 'O, deze zijn echt verschrikkelijk lekker. Dank je, Harris. Je kunt die schaal wel hier laten.' Hij zette hem op de koffietafel en liep de kamer uit.

Rosamunde liet haar schouders zakken. Ze kon zich weer ontspannen. Antoinette reageerde gewoon net als alle andere vrouwen die pas weduwe waren geworden en een onzekere toekomst voor zich zagen. 'Waarom leer je niet bridgen?'

'Lieve hemel, nee. George heeft geprobeerd me te leren bridgen, maar ik heb het nooit onder de knie gekregen. Ik vind het ook niet leuk.'

'Je kunt je voor een goed doel gaan inzetten.'

'Ik steun al genoeg goede doelen, maar als je bedoelt dat ik in een bestuur moet gaan zitten – vergeet het maar. Daar ben ik niet geschikt voor. Ik ben veel te gereserveerd. Bij liefdadigheidsinstellingen stikt het van de vrouwen als Margaret.'

'Ja, dat is zo.' Rosamunde pakte nog een koekje. 'Ze hebben dynamische, ontzagwekkende vrouwen nodig die vasthoudend genoeg zijn om fondsen te werven. Maar jij hebt wel veel goede contacten.'

'Ik doneer liever in stilte, zonder mijn vrienden ermee lastig te vallen.' Antoinette glimlachte weemoedig. 'In mijn jonge jaren wilde ik graag een winkeltje hebben.'

'Lieve help, jij kunt echt geen winkelier worden! Je bent een dame!'

'Is dat niet de droom van elk klein meisje: een eigen winkeltje?'

'Je bent geen klein meisje meer. En ja, het is een oud cliché.' Rosamunde lachte. 'Wat zou je verkopen in je winkel?'

'Ik weet het niet. Het is maar een fantasie.'

'Je zou iets voor de kerk kunnen gaan doen.'

'Daar zit Margaret al. Maar ik kan het huis opknappen,' zei ze, ineens oplevend.

'Dat zou Margaret voortijdig het graf in jagen, denk je niet?'

'Een huis is bedoeld om erin te leven. Het is geen museum.'

'Probeer dat je schoonmoeder maar eens duidelijk te maken.'

Antoinette haalde hulpeloos haar schouders op. 'Dan weet ik niet wat ik met mezelf aan moet.'

'Gun het nog wat tijd,' zei Rosamunde. 'En neem nog een koekje. Ze zijn fantastisch.'

De volgende dag ging Rosamunde terug naar Dorset om te kijken hoe het met haar honden was. Antoinette trok haar laarzen en jas aan, en nam Bertie en Woester mee de tuin in. De dagen lengden al. De zon voelde warm aan op haar gezicht en het licht was zo fel dat ze een zonnebril op moest zetten. Het bracht haar in blije stemming en ze inhaleerde de zoete geur die opsteeg van de compost in de border met vaste planten, en van de weer tot leven komende struiken en uitkomende bloembollen. Onder de kastanjebomen lagen poelen van blauwe anemonen te schitteren en de narcissen tilden hun gele rokjes op naar de zon. Pimpelmezen vlogen de bosjes in en uit, en de bomen weergalmden van het vogelgezang. De aarde was aan het ontwaken, en zij had het niet eens gezien.

Barry scharrelde rond bij de borders. 'Goedemorgen, lady Frampton,' zei hij. Vanonder zijn pet piepte een massa kleine witte krulletjes, als van een schaap.

'Barry, het spijt me dat ik de laatste tijd niet zo veel belangstelling voor de tuin heb gehad...'

'Dat is volkomen begrijpelijk, lady Frampton.'

'Ik weet het, maar de tuin is een plek van heling. Het zal me goeddoen om er meer tijd in door te brengen.' Ze glimlachte naar de bescheiden man die al zo lang zij in Fairfield woonde het terrein onderhield, en ze kreeg plotseling veel zin om haar handen vuil te maken, zoals ze in de begindagen had gedaan, toen ze nog jong en enthousiast was. 'Laten we een rondwandeling maken; dan kun je me laten zien waar je mee bezig bent. Nu het lente is, wil ik er ook graag bij betrokken zijn.'

'Heel goed, mevrouw,' antwoordde hij opgetogen, niet in staat zijn blijdschap te verbergen. 'Nou, laten we dan maar beginnen in de ommuurde tuin. U zult deze zomer geen gebrek hebben aan groente. Ja, ik ben van plan een recordoogst binnen te halen.' En hij begeleidde haar naar de moestuin, die werd omgeven door een oeroude muur van rode bakstenen. De verweerde eikenhouten poort ging knarsend open en ze liepen een kleine doolhof binnen van keurig bijgehouden groentebedden en grindpaden met borders van lavendel en buxus. In het midden stond een rond stenen huisje waar je kon zitten om de tuin te bewonderen, maar Antoinette had daar nog nooit tijd voor gevonden. Het zag er vredig uit, en verleidelijk in het zonlicht.

Barry liet haar trots elk onderdeel zien, wees haar op de eerste sprieten van asperges en artisjokken die uit de grond piepten, op de keurige rijen bieten, wortels en bonen, en de hoopjes grond waar de aardappelplanten binnenkort zouden verschijnen. Er waren metalen frames over de paden gespannen waar de lathyrus zou bloeien, en later de klimrozen en de clematis. 'Ik weet dat u het liefst donkerpaarse lathyrus hebt,' zei hij met een grijns. 'Ik zal ervoor zorgen dat er daar van de zomer genoeg van is.'

Terwijl Antoinette naar Barry luisterde, werd ze steeds enthousiaster. Toen George nog leefde was ze zo druk in huis geweest dat ze geen tijd had gehad om iets in de tuin te doen. Barry had er, samen met zijn groepje jongens uit het dorp, voor gezorgd dat het landgoed er altijd prachtig bij lag, en bezoekers waren altijd verrukt geweest over de perfect onderhouden borders en potten met planten, maar Antoinette had dat nooit als haar eigen verdienste gezien. Barry was al meer dan veertig jaar hoofdtuinman en wist beter dan wie ook hoe hij de tuinen het best kon onderhouden.

Toen ze hier was komen wonen als de jonge mevrouw George Frampton, waren de tuinen het enige onderdeel van Fairfield waar ze invloed op kon uitoefenen. Ze had het heerlijk gevonden om samen met Barry te planten en te zaaien. Ze waren samen naar het tuincentrum gegaan en hadden honderden tulpenbollen gekocht, waarna ze een hele week bezig waren geweest die in de grond te stoppen aan weerszijden van de laan met lindebomen. Toen de tulpen die eerste lente waren opgekomen, had ze het gevoel gehad dat ze een wonder had verricht – zoiets als het scheiden van de Rode Zee.

Ze glimlachte bij de herinnering. Wat was haar leven snel veranderd. Er waren kinderen gekomen, George was veeleisender geworden, en op de een of andere manier waren de tuinen in het vergeetboekje geraakt, samen met dat bijna goddelijke gevoel van blijdschap.

‘Laten we naar het tuincentrum gaan, Barry,’ zei ze, meegesleept door de plotselinge golf van opwinding die haar overspoelde.

‘Nu?’

‘Ja. We hebben geen tijd te verliezen.’

‘Wat wilt u kopen?’

‘Ik weet het niet. Van alles, waar mijn oog maar op valt.’

‘Heel goed.’

‘Weet je nog hoeveel plezier we vroeger hadden, Barry?’

‘Ja, dat weet ik nog, mevrouw.’

‘Ik wil het weer doen. Ik wil mijn handen vuilmaken en dingen zien groeien.’ Ze lachte om zijn verbijsterde gezicht. ‘Het klinkt misschien dwaas, Barry. Ik ben geen jonge vrouw meer. Maar ik denk dat de tuinen me heel gelukkig gaan maken.’

‘O, dat denk ik ook,’ antwoordde hij.

‘Ik kom dan toch niet te veel in jouw vaarwater?’ vroeg ze, ineens onzeker. ‘Ik wil niet dat je denkt dat ik de boel kom overnemen.’

Hij grinnikte. ‘Mijn vaarwater, lady Frampton?’ zei hij. ‘Ach, ik wacht al jaren tot u weer thuiskomt,’ voegde hij er zachtjes aan toe.

17

Toen Rosamunde de volgende dag weer aankwam op Fairfield, trof ze haar zus op haar knieën in de boomgaard aan, waar ze nieuwe fruitboompjes aan het planten was. Het had een vol kwartier geduurd voordat ze Antoinette had gevonden. Uit volle borst had ze staan roepen, totdat de honden door de heg kwamen aanstormen, blaffend alsof ze een insluiper was.

'Lieve hemel, Antoinette! Wat ben je in vredesnaam aan het doen?' riep Rosamunde uit toen ze de bemodderde knieën en vuurrode wangen van haar zus zag.

'Ik ben aan het planten,' antwoordde Antoinette trots. 'Ik ben met Barry naar het tuincentrum geweest – niet het kleine in Fairfield, maar dat grote bij Bristlemere. Ze moesten de spullen bezorgen, want we hebben zo veel gekocht dat het niet in de auto paste. Kijk dit lieve perzikboompje eens. Stel je voor, Rosamunde: straks hebben we perziken!'

'Heeft Barry dan behoefte aan nog een extra paar handen? Ik dacht dat hij een heel leger jonge mannen had om hem te helpen.'

Antoinette barstte in lachen uit. 'Ik wíl het graag doen!'

'Kijk nou hoe je erbij loopt! Je zit onder de modder.'

Antoinette grijnsde naar haar. 'Je zou je gezicht eens moeten zien.'

'Ik ben gewoon verbaasd, dat is alles.'

'Ik heb in jaren niet zo veel plezier gehad!' Antoinette pakte het jonge boompje vast en trok het voorzichtig uit de pot. 'Daar gaat-ie.' Rosamunde keek toe hoe ze de wortels losmaakte en het toen zorgvuldig in het gat zette dat ze gegraven had. 'Zo, een mooie nieuwe plek voor jou, meneertje Perzikboom.' Ze ging op haar hurken zitten en veegde haar voorhoofd af met de rug van haar hand, zodat er een streep modder op haar gezicht achterbleef. 'Weet je nog dat we toen we klein waren met moeder hyacinten gingen planten?'

'Natuurlijk. Ik hou van hyacinten.'

'En jij wilde altijd de tuin omspitten en kwam dan van top tot teen onder de modder weer binnen.'

'Ja, en jij was altijd heel erg schoon en netjes, als ik het me goed herinner.'

'Ik denk dat jij meer plezier had dan ik.'

'Dat weet ik wel zeker. Kinderen vinden het heerlijk om in de modder te spelen.'

'Nou, die tijd ben ik nu aan het inhalen. Barry haalt nog een boompje op. Ze staan allemaal achter het huis. Tien stuks.'

'Allemaal perzikbomen?'

'Nee, we hebben twee pruimenbomen, twee appels, twee peren, twee kersen en natuurlijk twee perziken.'

'Als ik geen stijve heup had zou ik nu door de knieën gaan om je te helpen.'

'Dat weet ik. Maar in plaats daarvan kun je tegen me praten en me gezelschap houden. Is het geen schitterende dag? Hoor die vogels toch eens. Waarom hoor ik ze wel in de bomen, maar zie ik ze niet? Heb jij je dat ooit afgevraagd? Luister! Het wemelt ervan tussen de takken, het zijn er honderden, maar zie je ook maar één vogel?'

Rosamunde lachte, omdat het zo fijn was om haar zus weer gelukkig te zien. 'Misschien kan Barry een stoel voor me meenemen als hij terugkomt.'

'Ja, een van de tuinstoelen. Het wordt tijd dat die weer naar buiten komen en ontdaan worden van alle spinnenwebben van de afgelopen winter. Trouwens, weet je wie er vanavond komt eten?'

'Margaret.'

'Nee, Margaret niet, maar ik denk dat we die vandaag ook nog wel te zien krijgen.' Ze grijnsde naar Rosamunde toen ze zei: 'Je kunt je nieuwe blouse en broek aan.'

Rosamundes gezicht klaarde op. 'O, dokter Heyworth?'

'Ja, het leek me leuk om hem weer te zien, om hem ervoor te bedanken dat hij me niet één, maar twee keer heeft opgevangen in zijn tuin toen ik me voor Margaret verstopte.'

'Je hebt groot gelijk, hij is echt een redder in de nood.'

'Ik dacht al dat je het leuk zou vinden.'

'Ik flirt alleen maar wat met hem. Echt, meer is het niet.'

'Weet je dat wel zeker? Je kunt het mij wel vertellen, hoor.'

'Lieve hemel, ik ben veel te oud voor alles wat verdergaat dan dat

– en ook veel te vastgeroest. Maar een beetje flirten is goed voor het moreel.'

Antoinette begon het plantgat op te vullen met een mengsel van aarde en compost. 'Het is dertig jaar geleden dat ik voor het laatst geflirt heb. Ik zou niet meer weten hoe het moet.'

'Is het niet net als met fietsen?'

'Ik weet niet zeker of ik dát nog wel zou kunnen.' Ze maakte de grond vlak met haar handen. 'Ik kan me niet voorstellen dat ik ooit met iemand anders zou zijn dan met George.'

'Je bent nog jong.'

'"Weduwe" is een akelig woord, vind ik.'

'Je hoeft niet de rest van je leven vrijgezel te blijven.'

Antoinette stond op en strekte haar benen. 'Moet je me nou zien, Rosamunde. Ik ben niet geschikt voor wie dan ook.'

'Nee, niet met een veeg modder op je gezicht.'

'En ik weet ook niet of ik ooit nog wel iemand wíl.'

'O, maar dat kan in de komende jaren nog veranderen.'

'Nee, Rosamunde,' hield Antoinette vol. 'Ik blijf altijd bij George horen.'

Aan het eind van de dag had Antoinette alle fruitboompjes in de grond gezet. Barry had de gaten gegraven en zij had de rest gedaan. Rosamunde had op een tuinstoel gezeten en haar zus gezelschap gehouden, terwijl de zon boven hun hoofd langzaam langs de wolkeloze hemel trok en Bertie en Woester lui aan Rosamundes voeten lagen.

Antoinette nam een bad en kleedde zich om voor het eten. Het was alsof er een last van haar af was gevallen. Neuriënd liep ze door de slaapkamer, koos haar kleren uit en droogde haar haar. De tuin had haar weer energie gegeven en een gezonde blos op haar wangen getoverd. Haar huid was niet meer zo ziekelijk bleek en haar ogen sprankelden van geluk – ze had niet gedacht dat ze ooit nog weer gelukkig zou zijn. Ze had gedacht dat George haar geluk had meegenomen; was haar geluk tenslotte niet naadloos verbonden geweest met het zijne?

Vandaag had ze vrijheid geproefd – vrijheid van zorgen, van schema's, van plannen en afspraken. Vandaag had ze door de tuinen gewandeld, had ze genoten van de wind die met zachte vingers door haar haar en over haar gezicht streelde, van het vrolijke gekwetter van de vogels en van de warme zon die zo liefdevol doordrong in haar ontroostbare hart en dat tot barstens toe vulde. De natuur had haar het vertrouwen in haar eigen kunnen teruggegeven. Vandaag had ze zich gerealiseerd dat ze het toch wel in haar eentje kon redden.

Antoinette ging naar beneden en trof Rosamunde in de salon aan in een van de leunstoelen, waar ze zat te borduren. Ze had haar nieuwe broek en zijden bloemetjesblouse aan, die bovenaan sloot met een losjes geknoopte strik. 'Je ziet er mooi uit,' zei Antoinette.

'En jij ziet er heel wat beter uit zonder die veeg modder op je gezicht.'

Antoinette lachte breed. 'Ik heb zo'n fijne dag gehad. Echt, het was perfect.'

'En Margaret was in geen velden of wegen te bekennen. Wel ongebruikelijk, dat ze niet langskomt.'

'Ik hoop dat alles goed met haar is.'

'Natuurlijk is alles goed.'

'Het is zo vreemd om haar niet te zien. Ze komt meestal elke dag. En laatst voelde ze zich ook al niet zo lekker.'

'Wil je haar bellen?'

Antoinette wuifde haar zorgen weg. 'Nee, ik bel haar morgen wel. Dokter Heyworth kan er elk moment zijn.'

Harris verscheen in de deuropening. 'Wilt u iets drinken, lady Frampton?'

'Ja, dat zou heerlijk zijn. Een wodka-tonic, alsjeblieft.'

'Een wodka-tonic?' herhaalde Rosamunde verbaasd.

'Af en toe moet je het ervan nemen,' antwoordde Antoinette.

'Dat is zo. Nou, als jij er een neemt, dan doe ik het ook.'

Harris liep de kamer door naar het drankenkastje. George had er altijd op gestaan dat dat goed gevuld was, met alle sterkedrank in mooie kristallen karaffen, allemaal duidelijk gelabeld met een naamplaatje aan een kettinkje. 'Het is jaren geleden dat ik een cocktail heb gehad.'

'Ik heb wodka nooit lekker gevonden,' zei Antoinette.

'Waarom drink je het dan?'

'Omdat ik een ander mens ben, Rosamunde.'

Tegen de tijd dat dokter Heyworth arriveerde, hadden de dames hun cocktail al half op. Harris ging naar de deur en liet de dokter binnen in de hal. Hij nam zijn jas aan en hing die over zijn arm, waarna hij hem voorging naar de salon. 'Lady Frampton, dokter Heyworth is hier.'

Antoinette stond op om hem te begroeten, maar Bertie en Woester stormden al op hem af en liepen hem bijna omver in de deuropening.

'Wat een enthousiaste begroeting,' zei dokter Heyworth, en hij gaf Woester een klopje op zijn kop.

'De honden houden van u, dokter Heyworth,' zei Rosamunde, terwijl ze snel naar hem toe liep om hem te ontzetten. 'Dat zegt heel veel over u, weet u dat?'

'Alleen maar goede dingen, mag ik hopen,' antwoordde hij, en hij schudde Rosamunde de hand. Die trok de honden van hem af, en het lukte de dokter langs hen heen de kamer in te glippen. Hij wendde zich tot Antoinette, die nog bij de leunstoel stond, en er verscheen een brede glimlach op zijn gezicht. 'U ziet er goed uit, lady Frampton.'

'Ik voel me ook heel goed vandaag,' zei ze. 'Ik ben de hele dag in de tuin geweest – bomen planten.'

'Dat heeft u deugd gedaan. U hebt weer kleur in uw gezicht.'

'Dat zou ook door de cocktail kunnen komen.' Antoinette trok een wenkbrauw op.

Hij lachte. 'Aha, ja, dat zou er iets mee te maken kunnen hebben.'

'Wat wilt u drinken, dokter Heyworth?' vroeg ze toen Harris terugkwam nadat hij de jas van de dokter had opgehangen.

'Ik zou wel een glas wijn willen.'

'Wit of rood?'

'Wit zou lekker zijn.'

Harris gaf een knikje en liep naar de drankenkoelkast aan de andere kant van de kamer, verstopt achter een verborgen deur die in de boekenkast was ingebouwd.

'Is rode wijn niet gezonder?' vroeg Rosamunde.

'Jawel, maar ik heb geen dienst vandaag, en bovendien geloof ik dat af en toe zondigen van het grootste belang is voor een goede gezondheid.'

'Heerlijk,' zuchtte Antoinette, die zich achterover liet zakken in de leunstoel. 'U bent een dokter naar mijn hart.'

Ze zaten met z'n drieën bij de haard, die Harris sinds lord Framptons overlijden elke avond had aangestoken omdat het huis zo koud had aangevoeld. Antoinette en Rosamunde dronken hun glazen leeg, maar dokter Heyworth nipte voorzichtig van zijn wijn.

'Wat is uw voornaam?' vroeg Rosamunde. '"Dokter Heyworth" klinkt zo formeel; we zijn nu toch vrienden onder elkaar die samen eten?'

Antoinette fronste haar wenkbrauwen. Ze wist niet zeker of ze haar huisarts wel bij zijn voornaam wilde noemen.

'William,' antwoordde dokter Heyworth enigszins gegeneerd.

'William...' herhaalde Rosamunde, alsof die naam mooier was dan alle andere namen. 'Dan moet jij mij Rosamunde noemen, William. Klinkt dat niet beter?'

Hij nam nog een slok wijn. Antoinette dacht dat ze het begin van een blos op zijn wangen zag.

'U weet dat David, Tom en Phaedra met z'n drieën naar Murenburg zijn,' zei ze, om van onderwerp te veranderen.

'Hoe gaat het daar?' vroeg hij.

'Ik heb nog helemaal niets van ze gehoord. Goed, mag ik hopen. Geen nieuws is goed nieuws, denk ik altijd maar.'

'Dat is natuurlijk ook zo.'

'Ski jij ook, William?' vroeg Rosamunde. Door de wodka blaakte ze ineens van het zelfvertrouwen.

'Nee, ik ben bang van niet.'

'Nou, ik ook niet. Is dat niet mooi?'

'Het lijkt me wel leuk, maar mijn ouders waren helaas niet van die sportieve types,' zei hij.

'Was uw vader ook arts?' vroeg Antoinette.

'Ja, inderdaad. Hij is nu met pensioen.'

'Hoe oud is hij?'

'Negenentachtig, en mijn moeder is drieëntachtig. Ze zijn allebei nog heel gezond, goddank.'

'Het is mooi om gezond oud te worden,' zei Rosamunde instemmend. 'Ik hoop dat jij hun genen hebt geërfd, William.'

'Dat hoop ik ook,' zei hij. 'Het enige wat je nodig hebt in het leven is een goede gezondheid en een beetje geluk.'

'En geen van beide hebben we zelf in de hand,' merkte Antoinette op.

'En daarom moeten we de dag plukken.' Hij glimlachte naar haar. 'Zoals u vandaag hebt gedaan, lady Frampton.'

Ze lachte terug. 'Dat heb ik inderdaad gedaan, dokter Heyworth, en ik voel me er veel beter door.' Ze zag dat Harris weer bij de deur stond. 'Het eten is klaar. Zullen we?'

Harris had een ronde tafel gedekt in de kleine zitkamer aan de andere kant van de hal. Er brandde een vuur in de haard en midden op de tafel stond een pot blauwe hyacinten. Het was een knus vertrek, met handgeschilderd gebloemd behang in paars en groen, Perzische kleedjes op het tapijt en één wand die volledig bedekt was met planken vol antiquarische boeken. De gordijnen waren gesloten en de geurkaarsen op het bijzettafeltje flakkerden gastvrij. Deze kamer was intiemer dan de grote salon. Ze gingen zitten en vielen aan op het diner van zelfgemaakte waterkerssoep gevolgd door canard à l'orange. Rosamunde besmeerde een volkorenbroodje met boter en nam een hap, zich verbazend over de culinaire kwaliteiten van mevrouw Gunice. Het brood was altijd zelfgebakken, de groenten waren vers en van het seizoen, regelrecht uit de moestuin, en het vlees was altijd mals en goed gerijpt door de slager in Fairfield. Ze hoopte dat ze nooit meer terug hoefde naar haar eigen huis.

Harris schonk een lichte sauvignon in om mee te beginnen, gevolgd door een bordeaux die paste bij de eend. Antoinette had zich na de wodka al een beetje licht in het hoofd gevoeld, dus ze zorgde ervoor dat ze niet te veel wijn dronk en vroeg Harris een paar keer om haar waterglas bij te vullen. Maar Rosamunde was veel te opgewonden door de aanwezigheid van dokter Heyworth om te merken dat de wijn haar nu naar het hoofd steeg. Ze dronk stevig door en genoot van elk hapje rodekool, de nieuwe aardappels uit Jersey en de malse eendenborst. De kleine zitkamer deed informeel aan, en ze zaten met z'n drieën te lachen en te praten, op hun gemak in elkaars gezelschap.

Rosamunde ontdekte dat zij en William veel gemeen hadden. Behalve dat ze niet aan skiën deden, hielden ze beiden van tuinieren, hoewel Rosamunde niet meer in staat was om zich daar actief aan over te geven. Antoinette sprak enthousiast over de tuin van de dokter en vertelde Rosamunde over het zoet geurende peperboompje, de *Daphne odora*, waardoor ze letterlijk was tegengehouden toen ze de eerste keer zijn tuin in was gevlucht. William hield ook van paarden en had als jongeman veel gereden.

Rosamunde vertelde met genoegen over de tijd dat ze als meisje wedstrijden had gereden en had gejaagd met de Beauforts. 'Antoinette kan niet bij paarden in de buurt komen, omdat ze er allergisch voor is,' vertelde ze. 'Maar voor mij waren ze jarenlang mijn lust en mijn leven, totdat ik problemen kreeg met mijn heup. Er is niets zo heerlijk als in galop met de wind in je gezicht over de glooiende groene velden razen. Ik mis het echt.' Ze zuchtte en schraapte met haar vork het laatste restje eend op. 'Hemeltjelief, die mevrouw Gunice is echt een wonder. Dit is het lekkerste wat ik ooit heb gegeten!'

Voor het dessert had mevrouw Gunice de meest lichte, zoete, kleverige chocolademousse gemaakt die Rosamunde ooit had geproefd. Haar zintuigen waren versterkt door de wijn en ze liet de eerste hap over haar tong rollen, genietend van het zweempje sinaasappel dat ze proefde. De smaak was zo sensueel dat ze zich voelde zwellen van genot. Antoinette zag dat de wangen van haar zus de kleur van frambozenjam hadden aangenomen en dat haar ogen sprankelden als die van een dromerige tiener. Ze wilde Rosamundes wijnglas wegzetten, maar dacht dat dat vernederend voor haar zou zijn waar dokter Heyworth bij was, en het zou bovendien niet lukken om het ongemerkt te doen. In plaats daarvan kon ze alleen maar hulpeloos toekijken hoe alles aan Rosamunde zo slap werd als een te los opgewonden bol wol. Haar kaken als ze lachte, haar lichaam – alles was slap, terwijl ze anders zo'n stijve houding had; maar nu hing ze voorover boven haar chocolademousse, waarbij haar ampele boezem op tafel rustte als een pakje dat in zijde was gewikkeld en was vastgemaakt met een strik.

Toen Rosamunde met dubbele tong begon te praten, besloot Antoinette dat het tijd was om naar de salon te verkassen voor de koffie. Misschien zou de formelere atmosfeer in die kamer een ontnuchterend effect hebben op haar zus. Ze liepen de hal in, waar Harris al stond te wachten met een blad thee en koffie. 'We gebruiken de koffie in de salon, Harris,' zei Antoinette.

'Ik geloof dat ik boven even mijn sneus ga poederen,' giechelde Rosamunde. 'Ik bedoel mijn neus.' En ze liep de trap op.

Het gesprek tussen Antoinette en dokter Heyworth stokte abrupt toen ze zagen dat Rosamunde halverwege de trap begon te wankelen. Een verschrikkelijk moment lang stond ze onvast op een tree en probeerde haar evenwicht te hervinden. Ze zwaaide met haar armen, verplaatste haar gewicht en schommelde vervaarlijk heen en weer, maar het mocht niet baten: heel langzaam, alsof alles plotseling vertraagd werd afgespeeld, viel ze achterover. Als door een wonder slaagde ze erin haar lichaam om te draaien, zodat ze op haar achterste viel in plaats van op haar rug, waarna ze als een tonnetje de trap af rolde. Dokter Heyworth rende naar haar toe om haar op te vangen, maar ze lag al op het tapijt. Antoinette hapte geschrokken naar adem en stond als aan de grond genageld.

Rosamunde kreunde toen de pijn omhoogschoot vanuit haar linkerbeen naar haar onderrug. Met knipperende ogen keek ze op naar dokter Heyworth. 'God, leef ik nog?' mompelde ze. De hal tolde om haar heen.

'Het komt goed,' zei hij met geruststellende stem. 'Blijf maar even stil liggen, dan kijk ik of alles nog is waar het moet zijn.'

'Mijn linkerbeen doet pijn,' mompelde ze. 'En... Nou ja, het doet geloof ik overal pijn.'

Voorzichtig deed hij haar schoenen uit en raakte haar tenen aan. 'Voel je je tenen, Rosamunde?'

Ze wiebelde ermee. 'Ja.'

'Zie je ze bewegen?'

'Ik zie hónderden tenen bewegen. Ze zijn heel druk.'

'Voel je je benen?'

Die kon ze ook bewegen.

Antoinette kwam dichterbij. 'Heeft ze iets gebroken?' vroeg ze met een klein stemmetje. Ze keek hoe de dokter Rosamundes schouders, armen en nek onderzocht.

'Je hebt jezelf een enorme schok bezorgd, en een paar ernstige blauwe plekken. Kom, we brengen je naar bed,' zei hij ten slotte.

Het verbaasde Rosamunde dat ze zo makkelijk op kon staan. Haar lichaam deed pijn, maar lang niet zo erg als ze had gedacht. 'Je hield je heel slap toen je viel; daarom heb je geen ernstige verwondingen opgelopen,' legde dokter Heyworth uit terwijl hij haar de trap op hielp.

'Ik denk dat ik te veel heb gedronken.' Rosamunde begon nu over haar hele lichaam te trillen van de schrik. 'Ik voel me heel wankel.'

'Je voelt je wel beter als je ligt,' verzekerde hij haar.

'Zal ik een paar pijnstillers pakken?' vroeg Antoinette, die zich nuttig wilde maken.

'Ja, graag, en wat arnica,' antwoordde de dokter.

Antoinette haastte zich langs hen heen om in het badkamerkastje te gaan kijken. Een tel later was ze terug, gewapend met de halve inhoud van haar medicijnkastje.

Samen legden ze Rosamunde in bed. Ze voelde zich belachelijk. De avond was zo goed begonnen, maar nu deed haar lichaam pijn en was haar trots gekrenkt. Ze liet zich door de dokter instoppen en deed haar ogen dicht, hopend dat de pijnstillers snel zouden werken. Maar voordat ze verder kon nadenken over haar kneuzingen, of over het duizelige gevoel, verdwenen de stemmen naar de achtergrond en werd het donker om haar heen. Ze zonk diep weg in die troostende duisternis, totdat ze zich niet langer van zichzelf bewust was.

'Ze zal morgenochtend wel helemaal bont en blauw zijn,' zei dokter Heyworth terwijl hij voorzichtig de deur van Rosamundes slaapkamer dichttrok.

'Ondanks al die arnica?'

'Ik ben bang dat ze een lelijke klap in haar zij heeft gekregen. Het zou me niets verbazen als die morgen de kleur heeft van een Engelse lucht bij heel slecht weer.'

'O lieve hemel, die arme Rosamunde.'

'Hoe lang blijft ze nog hier?'

'Zo lang als ik haar nodig heb.'

'Nou, zij heeft u nu nodig. Ik denk dat ze in ieder geval nog een week hier moet blijven.'

'Echt, zo lang?'

'Ze moet verzorgd worden. Hoe ouder we worden, hoe langer het duurt om te genezen. Je moet er toch niet aan denken dat ze in haar eentje de deur uit zou moeten om boodschappen te doen. Hier wordt er voor haar gezorgd en kan ze rust houden. Dat is het enige wat ik kan voorschrijven: heel veel rust.'

'Als u het zegt, dokter.'

'Dat doe ik.'

'Hemel, wat een drama. Ik bied u mijn verontschuldigingen aan.'

'Waarvoor? Ik ben blij dat ik er was.'

'Ik weet niet zeker of het wel zou zijn gebeurd als u niet hier was geweest,' zei ze, en ze slaakte een diepe zucht. 'Laten we nog een kopje koffie drinken. Ik vraag me af of mevrouw Gunice nog *fudge* heeft. Ik heb geloof ik sterke behoefte aan een stuk fudge.'

Weer zaten ze in de salon, terwijl Harris hun koffiekopjes vulde en daarna naar de keuken ging op zoek naar fudge.

'Ik kom morgen weer om bij uw zuster te kijken, lady Frampton.'

'O, doet u geen moeite.'

'Ik wil het graag doen, als u het goedvindt. Ik wil zien of uw zuster in orde is en misschien neem ik nog wat zalf mee voor de kneuzingen. En wellicht heeft ze zwaardere pijnstillers nodig.'

'Nou ja, als u het niet erg vindt. Ik weet zeker dat Rosamunde u heel dankbaar zal zijn.'

'Als het mooi weer is, kunt u me misschien laten zien wat u geplant hebt.'

Antoinettes gezicht bloeide op in een enthousiaste glimlach. 'Dolgraag! Tuinieren is mijn nieuwe bezigheid. Het was goddelijk om vandaag buiten te zijn in de zon, met mijn handen in de aarde, en te luisteren naar de vogels. Ik ben er enorm door opgeknapt. Barry zegt dat er op het moment zo veel te doen is; alles moet aan kant gemaakt worden als voorbereiding op de zomer. Hij beweert dat hij wel een extra paar handen kan gebruiken.'

'Ik weet zeker dat hij blij is met uw hulp.'

'Ik denk dat hij me vleit. Hij doet het tenslotte al jaren zonder mij! Maar ik vind het alleen al heerlijk om buiten te zijn. Alles is nu aan het uitlopen, en in zo'n mooie tint groen.'

'U moet wel een geweldige moestuin hebben, als ik kijk naar het diner.'

'Dat klopt. Barry en ik hadden het er vanochtend toevallig over. Over alles wat we gaan planten als het iets warmer wordt. We hebben genoeg ruimte om een heel leger van eten te voorzien, maar David en ik zijn hier nu met z'n tweetjes, en Josh en Tom soms in het weekend. Toen George nog leefde zat het huis ieder weekend vol met gasten. Hij vond het heerlijk om mensen te ontvangen. Hij hield er nooit mee op, zelfs niet op gewone vrije dagen! Daarmee vergeleken is het nu behoorlijk stil, maar ik geniet ervan. Ik kan mezelf weer horen denken. Ik heb ineens zeeën van tijd. Wat een weelde is dat, vindt u ook niet?'

'Een van de grootste weeldes die er zijn, als je weet hoe je ermee om moet gaan.'

'Wat doet u in uw vrije tijd, dokter Heyworth, afgezien van tuinieren?'

'Ik speel piano.'

'Echt waar?'

'Ja, ik vind het heel ontspannend.'

'Wilt u iets voor me spelen?' Hij leek te aarzelen. 'Het hoeft niet hoor, als u liever niet wilt. Ik wil u niet onder druk zetten.'

'Natuurlijk wil ik dat. Waar houdt u van? Klassiek? Jazz?'

'Waar u maar zin in hebt.'

Dokter Heyworth stond op en liep naar de vleugel. 'Het is een Steinway,' zei hij, onder de indruk. Hij ging op de kruk zitten en deed de klep omhoog.

'Ik kan wel een beetje spelen,' zei Antoinette, die in de leunstoel was blijven zitten. 'Als kind speelde ik heel goed. Terwijl Rosamunde te paard de buurt onveilig maakte, moest ik piano studeren. Wat had ik daar een hekel aan. Nu zou ik natuurlijk willen dat ik meer geoefend had. Muziek maken is iets heerlijks. Nou, begin maar wanneer u er klaar voor bent, dan hou ik mijn mond.'

'Ik zal mijn lievelingsstuk voor u spelen,' zei hij met zijn vingers boven de toetsen.

Hij begon te spelen en Antoinette bleef stil zitten luisteren. Ze had het stuk nog nooit eerder gehoord. Het was prachtig. Het riep een gevoel van rust en verwondering op. Ze stelde zich een troep ganzen voor, vliegend door een bleekroze lucht, op weg om neer te strijken bij een kristalheldere rivier. Ze dacht aan de avond, de melancholie van de dag die ten einde liep en het gevoel van vergankelijkheid dat altijd met schoonheid verbonden is. Ze dacht aan het graf van George op die rustige plek op de begraafplaats, en toen dacht ze aan zijn geest, die vrij was en niet langer werd belast door het grote gewicht van zijn fysieke lichaam, en haar gedachten dwaalden naar Phaedra en haar onwrikbare geloof in een leven na de dood. De muziek kwam onverwacht heftig bij haar binnen. Terwijl dokter Heyworth speelde, voelde ze zich opgetild naar een hoger bewustzijn, als een krokus die zich ontvouwt in het zonlicht. Ze deed haar ogen dicht en liet de muziek binnenstromen.

Na de laatste noot opende Antoinette haar ogen en glimlachte naar hem. 'Dat was prachtig,' zei ze. 'Wat was het?'

'Mijn moeder heeft het geschreven.'

'Is uw moeder componist?'

'Amateurcomponist. Ze doet zelf alsof het niets voorstelt, maar ik vind dat ze heel goed componeert.'

'Ik vind het méér dan goed. Ik sta versteld. Ik was echt in vervoering.'

'Het doet me altijd denken aan een dag die ten einde loopt,' zei hij, en hij sloot de klep van de vleugel weer.

'Ja, dat was precies waar ik ook aan dacht.'

Hij lachte tevreden. 'Dat was ook de bedoeling. Het heet *Zonsondergang*.'

'Wat fantastisch dat een muziekstuk ons allemaal aan hetzelfde kan laten denken.'

'Het is zo mooi sereen en ontspannen. Eigenlijk is het een heel droevig stuk.'

'Een zonsondergang ís ook droevig, omdat hij zo schitterend is, maar tegelijk ook zo vluchtig.' Ze keek toe hoe hij terugliep naar de bank. 'U hebt prachtig gespeeld, dokter Heyworth.'

'Ik ben blij dat u het mooi vond.'

'Wilt u nog wel een keer voor me spelen?'

'Op één voorwaarde.'

'En dat is?'

'Dat u me morgen een rondleiding door uw tuin geeft.'

Antoinette glimlachte. 'Dat is een goede ruil. En u hebt me geïnspireerd. Het is jaren geleden dat ik die toetsen heb aangeraakt. Maar ik ga het weer oppakken.'

'Dat is een heel goed idee.'

'Kunt u me iets aanbevelen om te spelen?'

'Ik zal morgen wat bladmuziek meenemen als ik kom voor de rondleiding en een bezoek aan uw zuster.'

'Wilt u *Zonsondergang* voor me meenemen? Zou uw moeder dat erg vinden?'

'Het zou een eer voor haar zijn, lady Frampton, en voor mij ook.'

Antoinette leunde achterover in haar stoel en lachte dokter Heyworth toe. Ze wist niet precies of het kwam doordat ze de hele dag in de tuin was geweest, door de wijn of door het prachtige muziekstuk dat ze net had gehoord, maar haar hart stroomde over van optimistische gevoelens, alsof de toekomst een stralende, aanlokkelijke plek was, vol wonderbaarlijke mogelijkheden. Als Rosamunde niet was gevallen, zou het een volmaakt einde van een volmaakte dag zijn geweest.

18

De volgende ochtend werd Rosamunde wakker met een bonzend hoofd en een doffe pijn in haar linkerzij. Ze stond op om naar de wc te gaan en wankelde moeizaam de kamer door. Toen ze haar nachtpon optilde en zag hoe bont en blauw ze was, was ze met afgrijzen vervuld. Haar linkerbovenbeen zag eruit als een homp rauw vlees. Ze kon zich onmogelijk zo aan William vertonen.

Antoinette had het doosje pijnstillers op haar nachtkastje laten liggen, en er stond een glas water bij. Ze nam er vier in en ging terug naar bed. Ze moest weer weggezakt zijn, want toen ze haar ogen opendeed, stond Antoinette bij haar bed.

'Goedemorgen, Rosamunde,' zei ze met een meelevende glimlach. 'Hoe voel je je?'

Rosamunde keek met knipperende ogen op naar haar zus en maakte in gedachten een snelle inschatting van haar toestand. De hoofdpijn was over, of onderdrukt door de pijnstillers, en haar been deed alleen nog maar pijn als ze het bewoog. 'Heel verschrikkelijk,' antwoordde ze. 'Echt heel verschrikkelijk. Wat is er gisteravond gebeurd? Ik kan me er helemaal niets van herinneren.'

'Je bent van de trap gevallen.'

'O, ja. Nu weet ik het weer, nu je het zegt. Dat was me een klap. Alles doet zeer als ik me beweeg.'

'Dokter Heyworth is er om je te onderzoeken.'

Rosamunde trok wit weg. 'Hier? Nu? Hoe zie ik eruit? Ik heb mijn tanden nog niet eens gepoetst. Zeg maar dat hij moet wachten. Ik ben nog niet klaar om hem te ontvangen.'

'Ik weet niet of je wel uit bed moet komen,' mompelde Antoinette toen Rosamunde het beddengoed van zich af gooide en naar de badkamer strompelde, kreunend bij iedere stap. Antoinette hoorde het geluid van de tandenborstel en de lopende kraan. Omdat ze wist dat de dokter bij de deur stond te wachten, deed ze die op een kier open en zei: 'Ze is zo klaar, dokter Heyworth.'

'Prima,' antwoordde hij. 'Ik heb geen haast.'

Even later lag Rosamunde weer in bed en mocht dokter Heyworth binnenkomen. 'Hoe maakt de patiënt het vanochtend?' vroeg hij, en hij zette zijn tas op de grond. Rosamunde was meteen gerustgesteld; hij had een kalmerende stem en een vriendelijke manier van doen. Ze begreep niet goed dat ze er net nog bezwaar tegen had gemaakt dat hij haar blauwe plekken zou zien. Hij had vast veel ergere dingen onder ogen gehad in de loop van zijn carrière.

'Ik had ontzettende hoofdpijn toen ik vanochtend wakker werd, dus heb ik vier pijnstillers genomen en ben weer gaan slapen.'

De dokter fronste zijn voorhoofd. 'Dat is wel wat overdreven, Rosamunde.'

'Ik had echt heel veel pijn. Ik dacht dat twee nooit genoeg zou zijn.'

'Ik heb iets zwaarders voor je meegebracht, maar je moet er maar twee per keer innemen, goed?'

'Als ze maar werken.'

'Hoe is het met je been?'

'Het ziet er heel naar uit.'

'Mag ik het zien?'

'Als het moet. Maar het is geen verheffende aanblik.'

'Dat hoeft ook niet.' Hij tilde haar nachtpon op en ontblootte een paarse heup en dij. 'Ja, ik dacht al dat je er wat blauwe plekken aan over zou houden. Maak je geen zorgen, Rosamunde, dat is volkomen normaal. Je bent behoorlijk hard gevallen. Ik heb een zalfje bij me om erop te smeren, en wat pillen die je in kunt nemen. Maar ik ben bang dat we de genezing verder moeten overlaten aan rust en Moeder Natuur.'

'Wat saai. Ik vind het vreselijk om in bed te liggen.'

'Lady Frampton kan je vast wel een paar boeken brengen uit haar prachtige bibliotheek.'

'Ik ben geen lezer, William. Maar mijn borduurwerk zal ik nu wel af krijgen.' Ze zuchtte. 'Mag ik niet beneden televisiekijken?'

'Natuurlijk wel, maar dan moet iemand je de trap af helpen. We willen niet dat je nog een keer valt.'

'Hemeltje, nee. Ik zal heel voorzichtig doen.' De gedachte aan een rustig weekje in de salon bij de haard, voor de tv, met haar borduurwerk, vrolijkte haar op.

'Ik kom morgen nog even kijken hoe het met je herstel gaat.'

'Dat is heel aardig, dank je wel.' Ze zag dat hij met zijn groene ogen meelevend op haar neerkeek. Die waren van een heel zacht groen, als aventurijn.

'Lady Frampton heeft me een rondleiding door de tuin beloofd,' zei hij toen.

'Ze zal vandaag ook wel weer de mouwen opstropen.'

'Het doet haar veel goed.'

'Ik weet het. Ik begin me af te vragen of George haar niet op allerlei manieren kleineerde.'

'Ze ontdekt nu dat er ook voor haar een leven is.'

'Dat is een goede zaak. Ze heeft meer dan dertig jaar van haar leven gewijd aan haar kinderen en haar man. Ik ben blij dat ze nu eindelijk tijd voor zichzelf vindt.'

'Negatieve dingen hebben ook altijd een positieve kant.'

'Maar die zie je niet altijd. Als God een deur sluit, opent Hij een andere.' Dokter Heyworth liep de kamer uit en Rosamunde grijnsde bij de gedachte aan de positieve kant van haar eigen ongeluk: William zou weer langskomen om haar te zien, misschien wel elke dag, een hele week lang. Alleen al dat idee was genoeg om haar herstel te versnellen.

Dokter Heyworth trof Antoinette aan in de salon, waar ze op hem zat te wachten. Hij had wat bladmuziek voor haar meegenomen, inclusief de eigen compositie van zijn moeder, *Zonsondergang*. Ze was er erg blij mee en zette de muziek meteen op de vleugel. 'Ontzettend bedankt,' riep ze opgetogen uit. 'Wat opwindend allemaal. Ik had nooit gedacht dat ik nog weer piano zou spelen.'

'Je kunt alles doen wat je wilt, als je het maar wilt,' antwoordde dokter Heyworth.

'Dan moet u nu de tuinen komen bekijken. Ik heb zo veel ideeën. Barry en ik zijn geweldige plannen aan het maken.'

Dokter Heyworth volgde haar naar buiten. De ochtendmist was inmiddels opgelost in de warme voorjaarszon en de lucht was stralend blauw. Hier en daar hing nog een heel licht waas, maar het zou niet lang duren voordat dat ook zou zijn weggebrand en de hemel strakblauw was. Het leek haast wel zomer, afgezien van de uitbottende bomen.

Ze wandelden over het grasveld naar de ommuurde moestuin en Antoinette legde uit wat er groeide en wat nog geplant moest worden.

Dokter Heyworth plukte een takje rozemarijn en bracht dat naar zijn neus. 'Ik ben dol op de geur van kruiden, u niet?' vroeg hij.

'Ja, ik ook,' zei Antoinette. 'Ik hou het meest van tijm. In de zomer zijn alle paadjes daarmee bedekt en het ruikt verrukkelijk als je eroverheen loopt.'

'Het doet me denken aan Italië.'

'O ja? Nou, dat is mooi. Italië is prachtig.'

Ze liepen door de boomgaard naar de plek waar Antoinette de vorige dag de fruitboompjes had geplant. Toen ze de poort opendeed, verstoorden ze een troep duiven, die opvlogen, luid flapperend met hun vleugels. 'Ze zijn zo dik; het is een wonder dat ze nog kunnen opstijgen,' zei ze.

'Voert u ze?'

'Dat is niet de bedoeling. Barry strooit voer voor de kleinere vogels: roodborstjes, lijsters, en natuurlijk die schattige pimpelmeesjes. De vinken zijn gek op nigerzaad, dus daarvoor zet Barry speciale voedersilo's neer. Natuurlijk proberen de duiven die te plunderen. George mocht hier jagen, dus de jachtopziener strooide altijd voer voor de fazanten en patrijzen. Ik weet niet hoe dat nu zal gaan. Het hangt allemaal van David af en ik weet niet zeker of hij er wel van houdt. Hij doodt niet graag dieren.'

'Dat snap ik wel,' zei dokter Heyworth. 'Het is een wrede sport.'

Ze liet hem trots de boompjes zien die ze achter in de boomgaard had geplant. Sommige toonden al iets van hun roze bloesem. 'Ik heb zo veel plezier gehad gisteren. Het was heel bevrijdend om hier buiten te zitten werken. Ik had het gevoel dat ik echt een doel had. Het was vredig en warm.' Ze ademde diep in en lachte tevreden. 'Echt, ik weet niet waarom ik niet méér in de tuin heb gedaan toen George nog leefde. Te druk, denk ik. Maar je moet proberen dingen te doen waar je van geniet. Bent u het daar niet mee eens, dokter Heyworth?'

Hij keek vertederd naar haar, duidelijk gecharmeerd van haar enthousiasme. 'Ik denk dat u de sleutel tot het geluk hebt gevonden, lady Frampton.'

Ze lachte afwijzend. 'U vleit me.'

'Helemaal niet. Ik merk dat veel mensen het zo druk hebben dat ze nooit tijd hebben om gewoon te *zijn*. Gisteren *was* u gewoon, hier in deze prachtige tuin met alle flora en fauna. U genoot van het moment en ik denk dat dat de sleutel is tot echt geluk.'

'Nou, ik was inderdaad heel gelukkig.' Ze keek hem bezorgd aan. 'Mág ik me wel zo gelukkig voelen zo kort na het overlijden van George?'

'Ik denk niet dat lord Frampton zou willen dat u tot in alle eeuwigheid om hem bleef rouwen.'

'Maar het is nog maar een paar weken geleden.'

'U zult ups en downs hebben, lady Frampton. Maar als u zich somber voelt, moet u de tuin in gaan, want daar voelt u zich beter door. Dat kan alleen maar goed zijn.'

Antoinette glimlachte weer. 'Dan zal ik me er wel en niet schuldig over voelen. Kom, er is nog veel meer te zien. Ik zal u onze voedersystemen laten zien. Het zal u verbazen hoeveel vogels we hier op Fairfield hebben.'

Genoeglijk keuvelend liepen ze verder over het landgoed. Dokter Heyworth bewonderde de oeroude bomen. Hij kende alle namen. Hij herkende de planten die na de lange winter weer aan het uitlopen waren en deed suggesties voor een paar nieuwe struiken die het goed zouden doen in Antoinettes tuin.

Op een gegeven moment zei hij dat het tijd werd om te gaan, maar Antoinette haalde hem over om nog even bij het tuinhuis te kijken. 'Het is maar een paar minuten lopen de heuvel op. Het is een snoezig gebouwtje, maar inmiddels wel erg vervallen,' legde ze uit. 'Ik had er in jaren niet meer aan gedacht, tot gisteren, toen ik in de tuin rondscharrelde. Het staat helemaal alleen daar op de heuvel, ziet u. Verwaarloosd en vergeten, wat een schande is, want het is heel mooi. Ik zat eraan te denken om het op te knappen, nu ik weer meer betrokken ben bij de tuin. Het maakt tenslotte deel uit van Fairfield Park, en het is duidelijk dat het door iemand met liefde gebouwd is. Ik vind dat we er goed voor moeten zorgen.'

Het tuinhuis was heel romantisch, ondanks de schimmel die de ramen ontsierde en de klimop waarmee de pilaren onder het fronton bedekt waren. Het gebouwtje had klassieke, harmonieuze proporties. De stenen gaven het een warme uitstraling.

'Wat interessant,' zei dokter Heyworth, terwijl hij het tuinhuis van alle kanten bekeek. 'Het is gemaakt van Bath-steen. Ik herken het van een huis in Wiltshire waar ik als kind wel eens logeerde.'

'Wat doet steen uit Bath helemaal hier in Hampshire?' vroeg Antoinette.

'Ik zou het niet weten.'

'Het is wel romantisch, hè?'

'Zeker.'

'Wat zal ik ermee doen? Ik bedoel, het ligt hier zo verstopt en is helemaal overwoekerd. De natuur neemt alles over als je haar haar gang laat gaan, nietwaar?'

'Ja, zeker.' Hij wreef nadenkend over zijn kin. 'Het heeft gewoon een schoonmaakbeurt nodig, vanbinnen en vanbuiten. Het is hier duidelijk gebouwd vanwege het uitzicht op het huis en het meer.' Ze keken beiden uit over het park dat zich voor hen uitstrekte en een spectaculair uitzicht bood. Het meer lag donkerblauw te glinsteren en er schoten een paar wilde eenden als bootjes over het water.

'Ik heb dit altijd een plek gevonden om een picknick te houden,' mijmerde Antoinette.

'Dat zou kunnen. Het ligt op het zuiden, dus het heeft de hele dag zon, en het is hier heel vredig. Het zou natuurlijk ook kunnen dat het gebouwd is om gezien te worden vanuit het huis, en in dat geval was het alleen maar voor de sier.'

'Wat jammer als dat zo zou zijn.'

'Ja, dat ben ik met u eens. Het is een plek waarvan genoten moet worden.'

'En dat ga ik ook doen. Ik ga het weer mooi maken.' Uit enthousiasme ging Antoinette harder praten. 'En ik ga proberen uit te zoeken waarom het van Bath-steen is gemaakt. Ik bedoel, het was makkelijker geweest om het met bakstenen uit Hampshire te bouwen.'

'Maar lang niet zo mooi,' zei dokter Heyworth.

Ze zuchtte. 'En dan te bedenken dat het hier al die tijd dat ik in het huis woon al heeft gestaan, en dat ik me nooit heb afgevraagd waarom. Ik ben er zelfs nooit geweest. Dat kwam gewoon niet bij me op. Het is alsof mijn ogen zijn opengegaan voor een wereld binnen de wereld die ik kende. Klinkt dat gek?'

'Helemaal niet.'

'Het is echt heel vreemd. Ik voel me helemaal anders.'

'Denk eens aan een boom, lady Frampton. In zijn schaduw groeit een kleinere boom. Het enige wat die kleine boom ziet, zijn de takken van de grotere boom die over hem heen groeien. Maar op een dag wordt de grote boom omgehakt en de kleine boom denkt dat hij het onmogelijk kan overleven zonder de beschutting die de grote boom hem gaf. Maar dan opent de kleine boom zijn ogen en ziet de lucht, de zon, de sterren in de nacht en de vogels die over hem heen vliegen. Die waren er altijd al, maar dat kon hij niet zien vanwege de takken van de grote boom. En terwijl hij treurt om het verlies van de grote boom, geniet hij tegelijkertijd van de nieuwe wereld die voor hem zichtbaar is geworden.'

'En ik ben de kleine boom,' zei ze met een droevige glimlach, en ze bedacht hoe George haar altijd had gedomineerd omdat hij een sterkere persoonlijkheid had.

'Dat is waar. Jullie missen George allemaal, maar er breekt nu een nieuw hoofdstuk aan.'

'Ik geloof dat het een spannend nieuw hoofdstuk wordt.'

Ze liepen terug de heuvel af naar het huis.

'Ik ga weer eens,' zei dokter Heyworth, en hij haalde zijn autosleutels uit zijn zak.

'Bedankt dat u op een zaterdag langs wilde komen.'

'Nee, ú bedankt dat u me gisteravond voor het eten hebt uitgenodigd. Het spijt me dat uw zuster zo'n nare val heeft gemaakt. Ik kom morgen nog even langs om bij haar te kijken.'

'Maar dan is het zondag. U kunt hier toch niet op zondag komen?'

'Voor mij is er geen verschil tussen weekends en doordeweekse dagen, want ik werk maar parttime. Ik zou Rosamunde graag zien, om na te gaan of haar herstel naar behoren verloopt.'

Antoinette glimlachte begrijpend. 'Goed, als u erop staat.'

'Zorg ervoor dat ze veel rust krijgt. Ze mag niet onnodig rondlopen.'

'Dat zal ik doen.'

'En bel me als u zich zorgen maakt.'

Antoinette keek hoe hij in zijn auto stapte en de sleutel in het contact stak. 'Rosamunde is een sterke vrouw,' zei ze. 'Ze is vast snel weer op de been. Ik ga Barry maar eens opzoeken en hem vertellen over mijn plannen voor het tuinhuis.'

'Ik zie ernaar uit om het in zijn volle glorie te zien.'

Ze lachte. 'Dat gaat ook gebeuren. Ik zal David vragen of hij me wil helpen als hij morgen thuiskomt. Ik hoop dat ze het naar hun zin hebben. Ik heb nog helemaal niets van ze gehoord.'

'Tot morgen, lady Frampton. O, en trouwens...'

'Ja?'

'U hebt werkelijk een schitterende tuin!'

Ze zwaaide hem uit en hij verdween uit het zicht op de oprijlaan.

Net op dat moment kwam de alomtegenwoordige gestalte van Margaret Frampton in beeld, die met grote stappen kwam aanlopen, samen met Basil. Antoinette zwaaide naar haar. Margaret zwaaide terug. Antoinette vroeg zich af wat haar schoonmoeder de afgelopen dagen had uitgespookt. Het was ongebruikelijk voor haar om zich zo lang niet te laten zien.

Ze keek toe toen Margaret het hek aan de rand van het weiland opende en ongeduldig wachtte tot Basil erdoorheen gedribbeld was. De hond vond een spoor van iets wat hem beviel en stoof de andere kant op. Margaret bulderde tegen hem en sloeg op haar bovenbeen, totdat hij wel was gedwongen zijn jacht te staken en naar haar te luisteren. Als een doodsbange cavia kwam hij door het hek rennen. Margaret deed het achter zich dicht en beende over het grind naar de voorkant van het huis.

'Hallo, Antoinette!' riep ze.

'Hallo, Margaret. Ik wilde je vanochtend net bellen,' zei Antoinette.

'O? Waarom?'

'Ik heb je al een paar dagen niet gezien. Ik wilde horen of alles in orde was.'

'Met mij is alles uitstekend, dank je.' Ze beklom de treden naar het bordes en stond bovenaan even stil om op adem te komen. Haar grote boezem zwoegde als een blaasbalg op en neer. 'Ik hoorde dat Rosamunde gisteravond is gevallen.'

Antoinette was stomverbaasd dat het nieuws haar zo snel had bereikt. 'Ja, inderdaad. Van wie heb je dat?'

'Van dominee Morley,' antwoordde Margaret laconiek.

'Dominee Morley? Hoe wist hij dat in vredesnaam?'

'Hij weet alles,' zei Margaret, en er speelde een geheimzinnig lachje om haar ogen en haar mond. 'Vergeet niet dat hij een rechtstreekse verbinding met God heeft.'

Antoinette wist niet wat haar meer verbaasde: het plezier op het gezicht van de oude vrouw of het feit dat ze een grapje over God maakte. 'Laten we naar binnen gaan,' zei ze, en ze draaide zich om en liep de hal in. Er was iets met haar schoonmoeder vandaag.

Ze liepen de salon in en gingen op de bank bij de gedoofde haard zitten. Het was een warme dag en Antoinette had Harris opgedragen de haard van de kleine zitkamer aan te steken, zodat er een warme plek voor Rosamunde zou zijn als ze naar beneden wilde komen om televisie te kijken.

'Dus je had dokter Heyworth te eten gevraagd?' zei Margaret.

Antoinette vroeg zich af of de spion haar ook had verteld dat Rosamunde dronken was geweest. 'Ja, hij is heel goed voor me geweest de afgelopen weken,' zei ze.

'Werkelijk, dat was echt niet nodig, Antoinette. Maar wel heel aardig van je om hem uit te nodigen.' Margarets stem klonk neerbuigend en Antoinette besefte dat ze het beneden haar waardigheid vond om de plaatselijke huisarts te eten te vragen.

'Hij is vanochtend langs geweest om bij Rosamunde te kijken.'

'Hoe gaat het met haar? Was het een lelijke val?'

'Ja, zeker. Ze is bont en blauw.'

'Ach hemel, de arme ziel.' Ze leek echt met haar te doen te hebben. 'Ik hoop dat ze in bed blijft en haar lichaam de tijd gunt om te herstellen. Niet met de honden op stap en zo.'

'Nee, ze gaat het heel rustig aan doen.'

'Mooi.'

Margarets gezicht verzachtte toen er een aangename gedachte in haar hoofd opkwam. 'En wanneer komt dat leuke meisje weer naar Fairfield?'

'Je bedoelt Phaedra?'

'Natuurlijk bedoel ik Phaedra. Er is toch geen ander leuk meisje dat ik nog niet ontmoet heb?'

'Ze komen morgen terug uit Murenburg,' deelde Antoinette haar mee.

'Volgend weekend dan. Dat zou leuk zijn. Je vraagt het haar toch, hè?'

'Natuurlijk doe ik dat. Ik wil haar ook graag weer zien.'

'Ze is heel wijs voor haar leeftijd, weet je dat?'

'Ja, ze is een diepzinnig iemand,' stemde Antoinette in.

'Dat is een goed woord,' zei Margaret tevreden. 'Ze heeft diepgang – échte diepgang.'

'Het klinkt alsof ze een moeilijke jeugd heeft gehad.'

'Ellende geeft iemand meer diepgang, zegt dominee Morley. En dat is iets positiefs. Kennelijk worden we er wijzer en meelevender door. Phaedra lijkt die eigenschappen allebei in ruime mate te bezitten. Wel ongebruikelijk bij zo'n jong iemand, vind je niet? Jonge mensen zijn tegenwoordig reuze egoïstisch.'

'Ik denk dat de jongens wel teleurgesteld waren toen bleek dat ze hun halfzus was,' vertrouwde Antoinette haar schoonmoeder toe.

'Nou, ik snap wel waarom. Ze is een knappe vrouw. Maar ze zou sowieso te goed zijn geweest voor Tom, en David had ik haar ook niet toegewenst. Dat is een slechte keuze. Als broer en zus zullen ze elkaar altijd blijven tegenkomen.'

Antoinette was er als de kippen bij om haar zoon te verdedigen. 'Ik denk niet dat David een slechte keuze is, Margaret. Hij heeft gewoon de ware nog niet gevonden. Hij is heel kritisch.'

'Hij moet er vaker uit. Misschien kan Phaedra hem mee uit nemen in Londen. Hier zal hij niet veel potentiële echtgenotes ontmoeten, hè?'

'Dat is waar. Misschien heeft Phaedra nog wel een leuke vriendin aan wie ze hem kan voorstellen.'

'Ik denk dat ze genoeg leuke vriendinnen heeft. Soort zoekt soort.'

'Ja, daar heb je helemaal gelijk in. Als ik haar weer zie, zal ik haar even apart nemen en vragen of ze iets voor David kan doen.' Antoinette kikkerde helemaal op van dat idee.

'Als hij op een dag dit huis erft, zal hij het toch moeten vullen met kinderen. Hij kan hier niet in zijn eentje rond blijven scharrelen.'

'Zoals ik,' zei Antoinette met een zucht. 'Zoals ik hier nu rondscharrel.'

'Maar die tijd heb jij gehad, dat je het vulde met een gezin. Dat is heel anders dan in je eentje beginnen. Als David trouwt, kun je erover gaan denken om het aan hem over te doen, net als Arthur en ik hebben gedaan toen George met jou trouwde. Dit is een huis dat altijd vol mensen moet zijn. Maar je moet je niet bezwaard voelen dat je hier rondscharrelt, Antoinette. In je eigen huis kun je rondscharrelen zo veel je wilt.'

Antoinette was ontwapend door de reactie van haar schoonmoeder. Ze waren het tot nu toe eigenlijk overal over eens, wat wel iets bijzonders mocht heten. 'Weet je Margaret, soms denk ik wel eens aan Arthur,' zei ze melancholiek.

Margarets gezicht verhardde zich. 'O ja?'

'Ja. Hij was net zo opgewekt als George.'

Margaret snoof. 'Dat zou kunnen.'

'Hij maakte jou altijd aan het lachen.'

'Ja, dat klopt. Ik snap nog steeds niet hoe hij dat voor elkaar kreeg.'

'Dat herinner ik me nog het best.'

'Misschien omdat ik nu niet meer zo veel lach.' Ze boog zich samenzweerderig naar Antoinette over. 'Weet je, soms voel ik me een bedrieger als ik lach.'

'Jij? Waarom?'

'Omdat ik ben vergeten hoe het moet. Het gaat niet meer op een natuurlijke manier. Het voelt geforceerd en onnatuurlijk aan.' Ze schudde met haar schouders als om te demonstreren hoe ongemakkelijk het voelde.

'Maar je mag toch lachen, net als ieder ander?'

'Ik ben een verschrikkelijke oude zuurpruim.'

Antoinette glimlachte; als er ooit een moment was om te lachen, dan was het nu wel. 'Je hóéft geen zuurpruim te zijn.'

'Toen ik jong was, was ik heel vrolijk. Ik was altijd goedgemutst.' Ze keek geïrriteerd, alsof iemand haar had gedwongen een zuurpruim te worden.

'"Goedgemutst", dat woord kent tegenwoordig niemand meer, Margaret. En muts betekent nu iets anders.'

'Onzin! Zie je nu wat ik bedoel als ik zeg dat jonge mensen egoïstisch zijn? Dat was een prima woord, totdat zij het hebben gestolen.' Haar mondhoeken trilden. Ze zoog haar wangen naar binnen. 'Zie je wel, Antoinette? Ik ben echt een vreselijke ouwe zuurpruim.'

Plotseling, onverwachts, begon Margaret te lachen. Het borrelde omhoog uit haar buik, door haar borstkas, naar haar keel, en toen naar buiten in een blije, klaterende lach. Antoinette moest ook lachen. Ze kon zich niet heugen wanneer ze voor het laatst zo samen hadden gelachen, als dat al ooit was gebeurd. Ze staarde Margaret verbaasd aan, omdat ze onder haar ogen een gedaanteverwisseling leek te hebben ondergaan. Ze zag er helemaal niet meer uit als een bedrieger. Integendeel, ze leek juist heel ontspannen in haar vrolijkheid.

Toen Margaret weg was, installeerden Antoinette en Harris Rosamunde in de kleine zitkamer bij de haard. Ze zat op de bank met haar benen opgetrokken en een deken over zich heen, terwijl ze televisiekeek en borduurde. Harris had een bord met mevrouw Gunice' zandkoekjes op het bijzettafeltje gezet, samen met een pot thee. Rosamunde had twee pijnstillers van dokter Heyworth ingenomen en voelde zich nu veel beter. Sterker nog: toen ze een koekje in haar mond stak en een hap nam, stelde ze vast dat het eigenlijk niet beter kon.

Antoinette ging naar buiten om Barry te zoeken. De zon scheen fel en warm; ze moest haar ogen dichtknijpen. Er zongen vogels in het park, een zoel windje streelde haar gezicht en haar hart zwol van geluk.

Haar blik werd getrokken naar het tuinhuis op de heuvel. Het lag daar ver weg, onverschillig, het landgoed stilletjes opnemend met een passieve blik. Het was alsof de ramen ogen waren – en er lag een vreemd mededogen in de manier waarop ze naar haar keken, alsof ze op iets of iemand wachtten, en alsof hun geduld op den duur beloond zou worden. Ze fronste haar voorhoofd. Wat vreemd om menselijke trekjes toe te schrijven aan een gebouw, dacht ze. Ze draaide zich om en wandelde weg over het gras, maar nog steeds voelde ze die zachte ogen op haar rusten.

19

Zondag aan het eind van de middag kwamen David, Tom en Phaedra op Heathrow aan. Het korte verblijf in de bergen was idyllisch geweest, en nu ze weer in Engeland waren hadden ze het gevoel alsof ze vanuit een betoverde luchtbel in een wereld van steen en beton stapten. Tom moest terug naar zijn nachtclub, David naar de boerderij en Phaedra naar haar foto's en naar Julius' aanhoudende telefoontjes. Ze waren op de plek geweest waar George aan zijn einde was gekomen en hadden afscheid van hem genomen. Nu moesten ze zonder hem verder met hun leven. Dat was een ontmoedigende gedachte. Maar wat nog veel ontmoedigender was voor David en Phaedra was dat ze de rest van hun leven moesten doen alsof ze van elkaar hielden als broer en zus, terwijl ze allebei verteerd werden door een heel ander soort liefde.

De laatste paar dagen waren een beproeving geweest. Ze hadden overdag samen geskied en 's avonds samen gegeten. Ze hadden elkaar steeds beter leren kennen, terwijl ze met elkaar kletsten in stoeltjesliften en samen genoten van de stille schoonheid van de bergen, de verborgen open plekken en de ravijnen. Tom was ook mee geweest, zich niet bewust van de toenemende aantrekkingskracht tussen hen. Sterker nog: Tom werd zo in beslag genomen door zijn eigen opbloeiende vriendschap met Phaedra dat hij niet zag dat de koele, formele manier van doen tussen haar en zijn broer gewoon hun manier was om de waarheid te verhullen – namelijk dat ze elkaar onweerstaanbaar begonnen te vinden.

Phaedra wist dat het niet slim was om zo veel tijd met David door te brengen en besloot dat ze afstand zou nemen zodra ze weer in Londen was. David daarentegen had zich vast voorgenomen haar zo vaak mogelijk te zien, ervan overtuigd dat een broederlijke verhouding met Phaedra beter was dan helemaal geen verhouding.

Ze gingen uit elkaar bij het vliegveld. Phaedra en Tom namen samen een taxi naar de stad en David had zijn auto bij het vliegveld geparkeerd. Hij had Phaedra omhelsd en genoten van het zeldzame moment dat ze tegen elkaar aan gedrukt stonden, lichaam tegen lichaam, wang tegen wang. Pas toen hij haar losliet voelde hij de enorme druk van zijn hopeloze verliefdheid.

Hij reed over de M3 en vroeg zich af hoe hij moest navigeren door het mijnenveld dat hij voor zichzelf had aangelegd. Het zou een stuk makkelijker zijn geweest als hij wist dat ze zijn gevoelens niet beantwoordde. Maar dat deed ze wel. Daar twijfelde hij niet aan. Hij merkte het aan alles. Hun gevoelens waren zo heftig dat ze ze niet konden verbergen.

Hij reed eerst naar zijn eigen huis, omdat hij niet kon wachten om Rufus weer te zien. Toen hij de voordeur opendeed, schoot de hond naar buiten in een wolk van stof en haar. Hij sprong tegen hem op en maakte zijn hals lang in een poging zijn baasje in het gezicht te likken. David aaide hem blij en krauwde hem achter zijn oren op het plekje dat hij het lekkerst vond. Rufus kwispelde zo enthousiast dat zijn hele achterlijf meebewoog, alsof het een eigen leven leidde.

David gooide zijn tas neer in de hal en reed toen naar zijn moeder, terwijl Rufus hem liefdevol aanstaarde vanaf de kuil in de passagiersstoel. Toen hij vanaf het pad de oprijlaan op reed, moest hij even de berm in om een andere auto te laten passeren. Hij herkende de donkerblauwe Volvo niet. De man zwaaide naar hem en ineens zag David tot zijn verbazing dat het dokter Heyworth was. Die verbazing sloeg al snel om in ongerustheid. Was zijn moeder ziek? Snel reed hij naar het huis en sprong met twee treden tegelijk de bordestrap op. Hij was opgelucht toen hij haar gezond en wel in de kleine zitkamer aantrof, samen met Rosamunde en zijn grootmoeder.

'David!' riep Antoinette blij uit. 'Je bent er weer.'

'En nog helemaal heel,' zei Rosamunde. 'Helaas kan ik dat over mezelf niet zeggen.'

David bukte zich om zijn grootmoeder een kus te geven.

Ze keek lachend naar hem op. 'Nu moet je alles vertellen. Hoe is het met dat alleraardigste meisje?'

'Wat deed dokter Heyworth hier?' vroeg hij, terwijl hij een van de eetkamerstoelen pakte, omdat zijn tante de hele bank in beslag nam alsof het een ligstoel was.

'Rosamunde is van de trap gevallen,' lichtte Margaret hem in.

'Heel dom van me,' zei Rosamunde, duidelijk genietend van alle aandacht. 'Dokter Heyworth is een engel geweest. Ik voel me al veel beter, maar hij staat erop dat ik de hele week nog rust hou. Dus hier zit ik, vastgeplakt aan de bank, terwijl je moeder de hele dag in de tuin haar handen vuilmaakt.'

David keek ongelovig naar Antoinette. 'Echt?'

'Ja. Ik heb je een heleboel te vertellen, ik heb zo veel plannen. Maar vertel eerst hoe het was. Is met Tom alles goed?'

David ging zitten. Harris verscheen in de deuropening met een glas whisky op een dienblaadje. David begroette de butler hartelijk en bedankte hem.

'Blijf je eten, lieverd?' vroeg zijn moeder.

'Graag,' antwoordde David.

'Dan zijn we dus met z'n vieren,' zei Antoinette tegen Harris.

'Heel goed, mevrouw,' zei Harris, en hij liep met een hoofdknik de kamer uit.

David haalde diep adem en staarde even in zijn whiskyglas. Die vier dagen in Murenburg hadden om zijn vader moeten draaien, maar in feite had alles om Phaedra gedraaid. Hij kon haar niet uit zijn hoofd zetten. Zijn vader was er niet meer, en hij miste hem verschrikkelijk. Phaedra daarentegen was er wel, maar zij was voor altijd buiten zijn bereik – en haar miste hij nog meer.

'Het was goed om te zien waar papa is overleden en om daar afscheid van hem te nemen,' zei hij ernstig. 'Tom vond het moeilijk, maar het was goed dat hij erbij was. Nu kunnen we allemaal verder met ons leven.'

'Was het een grote lawine?' vroeg Antoinette angstig.

'Groot genoeg,' kwam Margaret tussenbeide.

'Hij was behoorlijk groot,' antwoordde David. 'Maar het was heel vredig op de berg en het was een prachtige dag.' Toen brak er een glimlach door op zijn gezicht, en hij sloeg zijn ogen neer. 'Phaedra was fantastisch. We hebben daar met z'n drieën hand in hand gestaan en afscheid genomen. Het klinkt weeïg, en dat was het misschien ook wel, maar ergens voelde het heel natuurlijk aan, de manier waarop ze dat deed. Zo konden we het afsluiten.'

'Wat lief dat ze met jullie mee is gegaan,' zei Margaret warm.

Antoinette liet haar blik rusten op het stralende gezicht van haar zoon, en terwijl hij doorpraatte over Phaedra, herkende ze tot haar afgrijzen de verliefde gloed op zijn gezicht. Hij straalde verliefdheid uit alsof hij vanbinnen werd verlicht door een Chinese lampion.

'Ze was ook heel goed met Tom,' ging David verder. 'Hij is erg rustig als zij erbij is en ze hebben eindeloos gepraat. Hij noemt haar zijn "goeroe", omdat ze zo wijs is. Ik denk dat ze zich gewoon goed kan inleven en niet zo snel haar oordeel klaar heeft.'

'Wanneer komt ze weer?' informeerde Margaret.

'Dat heb ik nog niet gevraagd.'

'Nou, doe dat dan maar snel,' drong Margaret aan. 'Vraag of ze dit weekend komt. Dit is nu haar thuis.'

Margaret snoof, alsof ze daarmee de afspraak wilde bekrachtigen. 'O ja, je moeder en ik vinden dat je er eens wat vaker uit moet. Je besteedt al je tijd aan die hond van je, weggestopt op het platteland. Als je op die tractor blijft zitten, vind je nooit een vrouw, dus wij hebben eens nagedacht. Zou het niet leuk zijn, nu je een zus hebt, om haar te vragen of ze je aan een paar vriendinnen van haar wil voorstellen? Ze kent vast hordes leuke meisjes die je kunt ontmoeten. Soort zoekt soort, toch? Phaedra is heel knap en charmant; ik weet zeker dat haar vriendinnen net zo zijn.'

David lachte inwendig om de absurditeit van die gedachte. Alleen al het feit dat zijn moeder en grootmoeder samen plannetjes aan het smeden waren was onvoorstelbaar. 'Ik voel er weinig voor om iets in die richting te ondernemen.'

'Waarom niet?' vroeg Rosamunde. 'Ik vind het een fantastisch idee.'

'Ik haat Londen, om te beginnen.'

'Dan vraagt ze toch of haar vriendinnen hier komen? Het huis is groot genoeg en het wordt weer eens tijd dat Antoinette mensen uitnodigt. Zo had George het altijd het liefst, als het hier krioelde van zijn kameraden,' zei Margaret.

'Phaedra zou het gênant vinden,' legde David uit. 'Ze heeft niet het gevoel dat dit ook haar huis is. Ze moet er nog aan wennen dat we familie van haar zijn. Ze noemt papa nog George, en tegen Tom en mij heeft ze het over "jullie vader". Het laatste wat ze zal doen is hier logeerpartijtjes organiseren voor haar vriendinnen.'

'Ik zal wel met haar praten als ze van het weekend komt,' zei Margaret, alsof Phaedra de uitnodiging al had aangenomen. 'Als vrouwen onder elkaar. Laat dat maar aan mij over.'

'Niet doen, oma, alstublieft.'

Margaret grijnsde en haar ogen schitterden ondeugend. 'Soms, lieve jongen, moet je vertrouwen op de mensen die ouder en wijzer zijn dan jij. Wij weten wat we doen.'

Antoinette had haar zoon nog nooit zo vol vuur zien praten als nu over Phaedra. Hij had in het verleden genoeg relaties gehad, en had soms ook vriendinnetjes mee naar huis genomen, maar nu wist ze dat hij nooit echt om hen had gegeven. Phaedra had zijn hart in vuur en vlam gezet, en als moeder maakte ze zich zorgen om hem. Waarom was hij, van alle vrouwen die er op de wereld rondliepen, gevallen op enige die hij nooit kon krijgen? Het was zo oneerlijk. Hoe graag ze ook wilde dat hij gelukkig was, dít wilde ze niet. Het klopte gewoon niet. Maar wat kon ze doen? Ze kon niet laten merken dat ze het wist. Hij zou het bovendien toch maar ontkennen. Terwijl ze keek hoe hij zat te eten, voelde ze een diep medelijden met hem – en vreemd genoeg was ze ook bang. Als David en Phaedra niet meer met elkaar omgingen, wat zou dat dan voor haar betekenen?

De liefde leek overal te zijn op Fairfield. Rosamunde kon over niets anders meer praten dan over hoe aardig en lief William was. Hij was die middag zoals beloofd bij haar komen kijken en ze hadden met Antoinette thee gedronken in de kleine zitkamer. Mevrouw Gunice had verse koekjes gebakken en Rosamunde had er met gemak de helft van opgegeten, terwijl dokter Heyworth de andere helft voor zijn rekening nam. Antoinette was zo tactvol geweest om hen alleen te laten. Bovendien popelde ze om weer naar de tuin te gaan, en naar Barry, die druk bezig was bij het meer om de grote hoeveelheid struiken in de grond te zetten die ze bij het tuincentrum hadden aangeschaft. Voor het eerst in haar leven had ze een beeld van hoe ze wilde dat het landgoed eruit zou komen te zien. Het was heel spannend om dat te verwezenlijken.

Even later had dokter Heyworth Antoinette aangetroffen met haar armen diep in de modder. Ze hadden samen zitten praten bij het meer, voornamelijk over Rosamunde. Antoinette was erop gebrand hun vriendschap aan te moedigen in het belang van haar zus. Rosamunde was als jonge vrouw niet gelukkig geweest in de liefde; misschien zou ze nu, in de herfst van haar leven, met William eindelijk het geluk vinden. Dokter Heyworth had Antoinette meegedeeld dat hij elke dag langs zou komen totdat de patiënt beter was, en Antoinette had gelachen, omdat ze wist dat het herstel van haar zus voorspoedig verliep en dat er geen dokter meer aan te pas hoefde te komen. Maar als hij wilde blijven komen, en Rosamundes val als excuus gebruikte om haar te kunnen zien, zou zij hem niet tegenhouden.

Na het eten bracht David zijn grootmoeder met de auto naar huis. Rosamunde ging naar bed en Antoinette bleef alleen achter in de salon. Ze voelde zich ineens een beetje verloren. Het zou maanden duren om te wennen aan George' afwezigheid. Zoals Phaedra wijselijk had gezegd, zouden haar kinderen doorgaan met hun leven, zoals kinderen doen, maar háár leven had alleen uit George bestaan, en zonder hem leek het nergens meer toe te leiden.

Ze ging achter de vleugel zitten en zette het muziekstuk van mevrouw Heyworth op het richeltje. Voorzichtig begon ze te spelen. Eerst waren haar vingers onzeker en aarzelde ze bij de ingewikkeldere akkoorden. Maar al snel kreeg ze meer zelfvertrouwen, en stukje bij beetje herinnerden haar handen zich hoe het was om behendig over de toetsen te bewegen en kon ze zich overgeven aan de vertrouwde stroom van stijgende en dalende tonen. Haar geest leefde op terwijl de muziek haar hoog optilde, totdat ze zich heel ver verwijderd voelde van haar zorgen, en niet langer alleen.

David lag in bed te lezen. Rufus lag te snurken in zijn mand in de hoek van de kamer; verder was het stil. Hij had een wandeling om het meer gemaakt en Phaedra was geen moment uit zijn gedachten geweest. Hij vroeg zich af of ze dit weekend zou komen. Op de een of andere manier betwijfelde hij dat. Hij had angst in haar ogen gezien toen ze elkaar omhelsden op het vliegveld. Als ze nu voor hem wegliep, was dat omdat ze wist hoe gevaarlijk het was om te dichtbij te komen.

Hij legde zijn boek neer en staarde voor zich uit. Hij verlangde ernaar haar te spreken. De wekker op zijn nachtkastje gaf middernacht aan. Het was te laat om te bellen. Hij pakte zijn iPhone en staarde er een hele tijd naar, zich afvragend wat hij moest doen. Zou ze al slapen? Dacht ze aan hem?

Hij tikte een sms: *Zit hier met Rufus. Hij zeurt dat ik je moet uitnodigen voor het weekend. Hij weet van geen ophouden... dus, kom je? David*

Hij dacht lang na voordat hij op 'verzenden' drukte. Het bericht verdween met een zoevend geluid. Ziezo, weg. Nu kon hij er niets meer aan doen. Hij staarde naar zijn telefoon, hopend op een reactie, maar die bleef uit. Uiteindelijk ging hij weer liggen en deed het licht uit. Hij bleef nog lang wakker, maar op het laatst viel hij toch in een diepe slaap en droomde dromen vol verlangen.

Toen Phaedra wakker werd, zag ze Davids bericht op haar telefoon, en haar hart maakte een sprongetje. Ze was gisteravond zo moe geweest dat ze een telefoontje van Julius had genegeerd en om negen uur het licht uit had gedaan. Ze lag in bed en moest lachen om de manier waarop David zijn hond gebruikte om haar voor het weekend uit te nodigen. Dat was typisch een grapje voor hem. Ze wilde niets liever dan naar het platteland gaan, maar ze was zich scherp bewust van de gevaren. Op dit moment had ze in ieder geval de kracht nog om ervandoor te gaan. Ze zat er nog niet zo diep in dat ze zich er niet meer uit kon losmaken. Als ze meer tijd met David doorbracht, zou ze voorbij het punt komen waarna er geen weg terug meer was, en dat zou voor een hoop ellende zorgen, want het was een onmogelijke situatie. Ze had al eerder van iemand gehouden – haar hart kon een nieuwe teleurstelling niet aan.

Ze douchte zich en kleedde zich aan, waarna ze naar Caffè Nero op King's Road ging om te ontbijten en de kranten te lezen. Het was een prachtige, zonnige ochtend. Onwillekeurig wenste ze dat ze op Fairfield was, waar geen betonnen trottoirs waren, maar glooiende velden en dichte bossen.

Ze ging op een van de banken zitten en staarde uit het raam naar de voorbijgangers. Iedereen leek zijn winterkleren opgeborgen te hebben en liep met lichte tred. Ook zij liep met lichte tred. Ze moest telkens weer grinniken als ze dacht aan Rufus die haar uitnodigde voor het weekend. Maar ze had een besluit genomen. Ze moest de uitnodiging afwijzen. Dat was het enige juiste.

Phaedra keek naar haar telefoon en aarzelde hoe ze zou reageren op Davids sms. Ze wilde hem niet kwetsen. Kon ze het maar uitleggen. Ze beet op haar onderlip en wist dat ze het nóóit zou kunnen uitleggen – helemaal nooit.

Op dat moment ging de telefoon over, en er stond een nummer op het scherm dat ze alleen herkende aan het netnummer: Fairfield. Er ging een steek van bezorgdheid door haar heen toen ze opnam.

'Spreek ik met Phaedra?'

Phaedra herkende Margarets stem onmiddellijk. 'Ja, met Phaedra.'

'Mooi zo. Met Margaret Frampton. Ik bel over aankomend weekend.'

'O.'

'Ik weet dat je de vorige keer bij David hebt gelogeerd, maar de gedachte dat jij daar wegkwijnt in dat malle huisje van hem staat me helemaal niet aan. Ik wil graag dat je bij mij logeert.'

'O, nou, ik...' Phaedra wist niet wat ze moest zeggen. Margarets uitnodiging kwam volkomen uit de lucht vallen.

'Goed, dat is dan geregeld. Ik weet dat Antoinette er niet blij mee zal zijn, maar ze heeft haar handen vol aan die arme Rosamunde, die een afschuwelijk ongeluk heeft gehad.'

'Wat is er dan gebeurd?'

'Ze is van de trap gevallen en heeft een kneuzing die de kleur heeft van een slagersetalage.'

'Is verder alles goed met haar?'

'Nou, ze heeft niets gebroken, goddank. Maar ze moet een hele week rust houden, en dokter Heyworth komt elke dag bij haar kijken. Dus het moet wel ernstig zijn. Ik denk dat het voor Antoinette te veel is om jou er ook nog bij te hebben.'

'Denk je dat?'

'Ja, liefje. Ik weet dat ik gelijk heb. Jij logeert gewoon bij mij; dan heeft Antoinette wat ruimte.'

Of ze nu wilde of niet, Phaedra zou aankomend weekend naar Fairfield gaan.

'Goed, dat is prima. Dank je wel, Margaret.'

'Niets te danken. Het is me een genoegen. Kom vrijdagavond, als het lukt; dan heb je het hele weekend. Wij tweetjes hebben heel wat te bespreken.'

'O? Is dat zo?'

Maar voordat Phaedra kon stilstaan bij het plotselinge ongeruste gevoel waarvan haar maag samenkneep, legde Margaret uit: 'Ja, ik moet je om een gunst vragen – maar dat kan wachten. Tot vrijdag.'

'Goed, tot vrijdag.'

Margaret hing op en Phaedra bleef verbijsterd, maar opgewonden achter. Margaret had niet eens geprobeerd haar over te halen om het weekend te komen. Wat haar betrof was Phaedra een onderdeel van de familie en hoorde ze thuis op Fairfield; er was geen sprake van dat ze níét zou gaan.

Met bonzend hart stuurde ze David een sms: *Lieve Rufus, hoe kan ik zo'n onweerstaanbare uitnodiging afslaan? Ik wil graag komen, maar ik ben bang dat Davids oma erop staat dat ik bij haar logeer. Mag ik wel langskomen en pannenkoeken voor je maken? Phaedra*

Ze had nog maar net op 'verzenden' gedrukt toen er al een reactie op het scherm verscheen: *Woef woef! Maar je logeert niet bij Margaret!*

Phaedra lachte hardop. Een paar bejaarde veteranen uit het nabijgelegen rusthuis staarden haar over hun bril heen aan en lachten naar haar.

Phaedra sms'te: *Ik durf niet te weigeren*

David sms'te: *Laat maar aan mij over, ik bijt harder dan ik blaf…*

Phaedra sms'te: *Jij bent meer een grote lobbes, Rufus*

David sms'te: *Denk dat maar niet! Ik ben alleen een lobbes in het gezelschap van mooie vrouwen*

Phaedra sms'te: *Is dat een compliment, van een hond?*

David sms'te: *Mijn baasje is het met me eens, maar hij is te verlegen om dat te zeggen…*

Phaedra sms'te: *Dan is het ons geheimpje…*

David sms'te: *Ik kan niet zo goed dingen geheimhouden voor hem, maar ik doe mijn best. O, daar komt hij…*

Phaedra sms'te: *Je kunt maar beter stoppen, Rufus, en ik ook. Ik moet verder met mijn boek…*

David besloot met: *Woef woef…*

De hele weg naar huis bleef Phaedra lachen. George had gevoel voor humor gehad, maar niet zo'n *speels* gevoel voor humor als David had.

Dus ze ging nog een weekend naar Fairfield… De gedachte dat ze terug zou gaan naar die prachtige plek bracht haar in vervoering. Ze moest er alleen voor zorgen dat ze haar gevoelens onder controle hield. Dat zou toch wel lukken? Het moest! Als ze David op afstand hield, zou dat haar onvermijdelijk afsluiten van Fairfield en de rest van zijn familie – wat een ramp zou zijn, want ze werd ernaartoe getrokken als een vermoeide reiziger naar een warme, huiselijke haard. Het had iets onweerstaanbaar aantrekkelijks, en hoezeer haar verstand haar ook toeschreeuwde dat ze niet moest gaan, haar hart smeekte haar om het wel te doen – en Phaedra was het soort vrouw dat haar hart altijd voorrang gaf boven haar verstand.

20

Antoinette stond voor het tuinhuis in een overall en met een pet op, die ze allebei had aangeschaft bij de boerenwinkel in Winchester, en had een grote tuinbezem in haar hand. 'Ik begin met de binnenkant,' zei ze tegen Barry. 'Kijk jij maar wat je met de buitenkant kunt.'

'Snoeien,' zei hij, krabbend aan zijn kin.

'Ik denk dat we hier iets moois moeten planten. Clematis die tegen de muren op klimt en geurige struiken op de plek waar nu die brandnetels groeien. Wat vind jij?'

Hij keek naar de zon. 'Clematis zal het hier wel goed doen.'

'Mooi.'

'Ik ken iemand die die stoelen kan repareren,' zei hij, wijzend naar een paar mooie smeedijzeren stoelen die aan een bijpassende tafel onder het afdak stonden.

'Weet jij wie dit heeft gebouwd?'

Barry schudde zijn hoofd. 'Geen idee.'

'Het is zó romantisch! Er móét wel een verhaal achter zitten, denk je niet?'

'O, vast wel,' zei Barry. Hij begon de brandnetels uit te trekken en gooide ze op de kar die hij achter de tractor de heuvel op had gereden. 'Het is een raadsel, mevrouw.'

Antoinette verdween in het gebouwtje en begon stof en spinnenwebben weg te halen, die in de hoeken naar beneden hingen als smerige stukken gaas. Er lagen dode motten op de vensterbanken en op de vloer vond ze het karkas van een vogel. Ze zag dat er een ruit gebroken was, waardoor het arme beestje wel een ingang had gehad naar zijn graf, maar geen uitgang. Tegen de achtermuur stond een stapel meubels onder een wit laken. Barry zou haar moeten helpen om die allemaal naar buiten te brengen.

Dokter Heyworth had gezegd dat hij om vijf uur zou komen. Hoewel ze zich niet wilde mengen in zijn opbloeiende vriendschap met haar zus, kon ze niet wachten om hem te vertellen dat ze zijn moeders muziekstuk had gespeeld en dat het was alsof ze naar een prachtige zonsondergang had gekeken. Ze wilde hem ook het tuinhuis laten zien, omdat ze samen op het idee waren gekomen om het op te knappen. Ze keek op haar horloge en wenste dat ze mevrouw Gunice had gevraagd om sandwiches te maken voor de lunch. Het leek zonde van de tijd om terug naar het huis te gaan om te eten.

Stukje bij beetje werd het tuinhuis bevrijd uit de tentakels van het bos. Er was veel te doen, maar tegen de middag had Barry alle brandnetels uitgetrokken en een aantal van de struiken gesnoeid die het gebouwtje langzaam maar zeker in beslag namen. Planten waren doorgeschoten en hazelaars in elkaar gegroeid, waardoor er een dichte wirwar van takken en gebladerte was ontstaan. Ze stonden hun werk in ogenschouw te nemen, met hun vieze handen het zweet van hun voorhoofd wissend.

'Dit is een goed begin,' zei Antoinette.

'Je realiseert je niet hoeveel er te doen is totdat je eraan begint,' zei Barry.

'Ik zal vragen of David me van het weekend wil helpen.'

'Dan kan hij het zware werk doen. Al die meubels moeten eruit; dan kan het goed schoongemaakt worden.'

'Ik ben zo blij dat we het tuinhuis weer tot leven brengen. Toen George er nog was, had ik nooit tijd voor dit soort dingen.' Antoinette veegde een vlieg van haar gezicht. 'Het leven gaat verder, hè? Ik bedoel, je denkt dat dat niet zal gebeuren. Je kunt het je niet voorstellen. Maar het gebeurt wel.'

'Het is net als met een rivier, lady Frampton. Als die een obstakel tegenkomt, vindt hij altijd een manier om eromheen te gaan en zijn weg te vervolgen.'

'En ik word erdoor meegesleurd.'

'U moet recht voor u uit blijven kijken. Niet naar beneden. Net als een koorddanser.'

'Ik weet het.' Ze lachte naar hem. 'Heb je honger?'

'Als een paard.'

'Laten we dan iets gaan eten. Harde werkers moeten goed eten.'

'Ik heb mijn brood in de kas liggen.'

'Maakt je vrouw je brood altijd klaar?'

'Ja, dat doet ze al veertig jaar.'

'Ben je echt al zo lang getrouwd?'

'Deze herfst drieënveertig jaar.'

'Dat is echt bijzonder, Barry.'

Hij slaakte een diepe zucht en grijnsde ondeugend. 'Het is een heel mensenleven, lady Frampton.'

Ze liepen samen de heuvel af en lieten de tractor bij het tuinhuis staan voor later.

Toen Antoinette het grasveld overstak, kwam David op haar af lopen. 'Ik moet je spreken,' zei hij ernstig.

Antoinette gebaarde naar Barry dat hij kon gaan en de oude man liet hen alleen.

'Wat is er gebeurd?' Haar gedachten gingen automatisch naar Tom en ze kreeg het bekende gevoel alsof de grond onder haar wegzonk.

'Het gaat om oma.'

'O.' Ze zuchtte opgelucht.

'Ze heeft Phaedra uitgenodigd om dit weekend te komen logeren.'

'Mooi!'

'Bij háár.'

'O, dat is niet zo mooi. Heb je Phaedra gesproken?'

'Zij kan er niets aan doen. Ze wil niet onbeleefd zijn. Maar geen sprake van dat ik haar bij oma laat slapen. Misschien wordt ze 's ochtends dan wel helemaal niet meer wakker.'

'Ik snap het. Maar je verwacht toch niet dat ík er iets van ga zeggen, hè?'

'Iemand moet iets zeggen.'

'En diegene ben jij, David.'

'Maar wat voor reden moet ik dan opgeven?' Hij maakte een hulpeloze beweging met zijn schouders.

'Dat Josh en Tom er ook zijn en dat het leuker voor haar is om in het huis te slapen.'

'Dan moeten ze wel echt komen.'

'Als ze horen dat Phaedra komt, weet ik zeker dat ze spoorslags hiernaartoe komen!'

'En Roberta!' Hij trok een gezicht.

'Roberta is alleen maar overbezorgd. Ze draait uiteindelijk wel bij.'

David grijnsde. 'Ik hoop dat je gelijk hebt. Ik ga meteen naar oma toe.'

Antoinette haastte zich naar binnen om Rosamunde in te lichten. De gedachte aan Phaedra in Margarets ijzeren greep was onverdraaglijk.

Ze trof haar zus in de zitkamer aan, waar ze zat te borduren en intussen naar een verhaal op de radio luisterde. 'Mag ik even iets zeggen?' vroeg ze, zich ervan bewust dat ze stoorde.

'Het is niet zo'n goed verhaal,' zei Rosamunde. 'Ik wil liever golf zien. Wil je even kijken of dat op tv is?'

Antoinette zette de televisie aan, lichtelijk geïrriteerd dat Rosamunde dat zelf niet kon. Haar zus pakte de afstandsbediening. 'Leg nog eens uit hoe Sky werkt.'

'Echt, Rosamunde, het is bepaald geen hogere wiskunde.'

'Voor mij wel. Denk je dat het middageten al klaar is? Ik rammel.'

'Dan heeft het geen zin om Sky aan te zetten, als je toch gaat eten.'

'Ik dacht dat ik vandaag wel aan tafel kon.'

'Mooi.'

'Ja, ik voel me iets beter.'

'Zijn de blauwe plekken al wat minder?'

'Ja, een heel stuk. Maar ik denk toch dat dokter Heyworth er nog een keer naar moet kijken.'

'Ik denk niet dat hij komt om naar jouw blauwe plekken te kijken, Rosamunde.'

Het gezicht van haar zus werd vuurrood. 'Denk je van niet...?'

'Nee, ik denk van niet.' Antoinette zette de televisie uit en ging zitten. 'Ik denk dat hij het als een excuus gebruikt om langs te komen en jou te kunnen zien.'

'Wat doet hij dan als ik beter ben?'

'Jou de liefde verklaren, vermoed ik. Hoe kan hij je anders nog blijven zien?'

Rosamunde rilde van opwinding. 'O, echt? Ik weet niet... Ik word er een beetje zenuwachtig van. Het is toch ook ál te belachelijk?'

Antoinette glimlachte. 'Hij komt vanmiddag theedrinken, toch?'

'Ja, om vijf uur zei hij, geloof ik.'

'Dan zal ik jullie alleen laten.'

'O, nee! Niet doen!' Rosamunde keek verontrust.

'Ik sta erop. Er is nog zo veel te doen bij het tuinhuis. Ik moet me trouwens even opfrissen. Ik zit onder het zand.'

'Moet ik een andere blouse aan voor de thee?'

'Ja, ik denk dat je die blauwe aan moet doen. Blauw staat je goed, en waarom doe je voor de verandering je haar niet eens los?'

'Ik heb het in geen dertig jaar los gedragen!'

'Dan is dit een goed moment om daarmee te beginnen. Trouwens, we hebben een probleempje.'

'O? Wat dan?'

'Margaret heeft Phaedra gevraagd om dit weekend bij háár te logeren.'

'Ach, lieve help!'

'David is nu met haar aan het praten, maar zodra hij weg is zal ze wel op hoge poten hiernaartoe komen.'

Rosamunde stond behoedzaam op van de bank. Haar bovenbeen was nog beurs, maar ze kon inmiddels zonder pijn lopen. Het was in ieder geval niet meer zo afschuwelijk rood. Het deed haar denken aan een jachtongeluk dat ze had gehad toen ze in de twintig was, behalve dat ze toen veel sneller hersteld was.

Ze werd oud, dat was het probleem. Was het heel erg dwaas om op haar leeftijd nog te flirten? Zette ze zichzelf voor gek? Was ze niet veel te vastgeroest om zich te wagen aan een relatie? Was ze *klaar* voor een relatie? Ze liep naar de tafel en ging voorzichtig zitten. Het was leuk om aandacht te krijgen van een aantrekkelijke man. Ze kon zich niet heugen wanneer een man haar voor het laatst het gevoel had gegeven dat ze bijzonder was. Het was moeilijk te geloven, maar het was zo, dus kon ze er maar beter van genieten in plaats van zich af te vragen of ze er wel klaar voor was. Als ze er op deze leeftijd nog niet klaar voor was, dan zou het nooit meer gebeuren. Ze zou de raad van haar zus opvolgen en haar haar los doen. Zo knap als Antoinette was ze niet, maar ze kon datgene wat Moeder Natuur haar had gegeven wel verfraaien. Ze zuchtte somber: Moeder Natuur had haar niet echt verwend.

David bracht de auto tot stilstand bij het huis van zijn grootmoeder. Het was een mooi, goed geproportioneerd gebouw in Queen Anne-stijl, met een steil pannendak waarop vier grote schoorstenen als stijve schildwachten in de houding stonden. De roodstenen voorgevel was bedekt met blauweregen, waar al kleine blaadjes aan zaten. De plant probeerde stiekem naar binnen te kruipen door de open ramen, waar hij meteen gedwarsboomd zou worden door Margaret en haar snoeischaar. Er zaten duiven in de wirwar van takken, en in mei hing de blauweregen altijd vol bloemen als druiventrossen, die een zoete geur verspreidden die je overal in huis kon ruiken.

David had het huis van zijn grootmoeder altijd mooi gevonden. Hij was er geboren en had er de eerste jaren van zijn leven gewoond, voordat zijn ouders naar het grote huis verhuisden, maar daar wist hij niets meer van. Wel had hij mooie herinneringen aan de tijd dat hij er als jongetje kwam spelen. Zijn grootmoeder had een spelletje gehad dat 'De melkboer' heette, met piepkleine melkflesjes en minipakjes boter en kaas. In die wereld kon hij urenlang opgaan, waarbij hij alles uitstalde op het tapijt achter de bank in de zitkamer. En het huis had twee trappen, een aan de voorkant en een aan de achterkant. Dat maakte het de ideale plek voor 'Cocky Ollie', een soort verstoppertje waar na de zondagse lunch de hele familie altijd aan meedeed. Soms, als zijn ouders op reis waren, logeerde hij hier met zijn broers en pikten ze koekjes uit de provisiekast, die ze midden in de nacht onder hun bed opaten. Eén keer waren ze betrapt door hun grootvader. In tegenstelling tot zijn vrouw, die opvliegend en ongeduldig was, was hun grootvader een zachtaardige, goedlachse man geweest. Hij had geprobeerd boos te worden, met zijn lippen op elkaar geperst en zijn handen in zijn zij, maar Tom had gegiecheld en die kleine subversieve daad had de oude man in bulderend gelach doen uitbarsten. Hij had hen de kruimels laten opvegen en ze hadden moeten beloven dat ze nooit meer zouden stelen, want anders zouden ze van hun grootmoeder een flinke uitbrander krijgen. Ze kenden haar standjes maar al te goed, dus ze waren hun grootvader dankbaar voor zijn bescherming.

Terwijl hij stopte voor haar huis herinnerde David zich dat Margaret, ondanks haar boze buien, heel veel gelachen had met Arthur. Hij was de enige die haar blij kon maken, en zonder zijn vrolijkheid was het leven zwaar geworden voor zijn grootmoeder.

David zag dat zijn auto niet de enige was die op het grind geparkeerd stond: in de schaduw van de taxusheg stond een oude Morris Minor. David vroeg zich af van wie die was. Hij liet Rufus naar buiten en keek toe hoe de hond naar de vreemde auto toe draafde en onmiddellijk tegen het voorwiel aan plaste. David ging door de voordeur naar binnen. Hij nam niet de moeite om aan te kloppen, want dat had hij nog nooit gedaan. Het huis van zijn grootmoeder was hem even vertrouwd als zijn eigen huis, en ze zou het heel raar hebben gevonden als hij had aangebeld.

Toen hij de hal in stapte, hoorde hij stemmen in de zitkamer. Eerst klonk het als een laag gezoem, als van een grote bij, maar toen hij dichterbij kwam kon hij een mannenstem onderscheiden – en die sprak over de liefde. Hij bleef voor de deur staan, die op een kiertje stond, en probeerde te bedenken of hij al dan niet naar binnen zou gaan. Hij had nooit gedacht dat zijn grootmoeder een minnaar zou hebben. Hij dacht eigenlijk dat ze daar te oud voor was – en te opvliegend. Maar nu zat ze in haar zitkamer te luisteren naar een man die sprak over liefde. Hij verstijfde en deinsde achteruit, zich er plotseling van bewust dat hij op het punt stond een geheim afspraakje te verstoren. Maar net toen hij terugsloop naar de voordeur, kwam Basil luid snuivend de zitkamer uit draven. David had geen andere keus dan naar binnen te stappen en maar te hopen dat het hem vergeven zou worden.

Margaret schrok toen ze hem zag en trok haar hand uit die van dominee Morley. David was ervan overtuigd dat hij haar zag blozen. 'Hallo, oma,' zei hij op zijn meest nonchalante toon, in een poging te doen alsof hij niet geschokt was door de aanblik van zijn grootmoeder met de dominee. 'Dag, dominee Morley.'

'Dag, David.' Dominee Morley keek helemaal niet gegeneerd.

'David, wat doe jij hier?' vroeg Margaret.

'Ik kwam gewoon even bij je langs.'

'Onzin. Niemand komt ooit "gewoon even bij me langs".' Ze lachte naar de dominee. 'Ze willen altijd iets van me!' voegde ze er droog aan toe.

'Ik kan een andere keer wel terugkomen.' Hij maakte aanstalten achteruit weg te lopen.

'Nee hoor, het is goed,' zei ze.

'Ik moet echt gaan,' begon dominee Morley.

'Nee, dat moet u niet,' zei Margaret vinnig, en ze legde een hand op zijn arm om hem ervan te weerhouden overeind te komen. 'Waarom ga je niet zitten, David? Nu je er toch bent, kun je net zo goed blijven.'

'Goed dan.' Hij ging in de oude leunstoel van zijn grootvader zitten en herinnerde zich het groene emmertje met kaaskoekjes dat altijd op het bijzettafeltje stond, en dagelijks werd bijgevuld door Moira, hun Ierse kokkin.

'Je komt over Phaedra praten, zeker?' vroeg Margaret.

Het had geen zin te doen alsof dat niet zo was. 'Onder andere,' antwoordde hij luchtig.

'Ze logeert bij mij dit weekend.'

'Denk je niet dat het leuker voor haar is bij mama in huis?'

'Absoluut niet! Om te beginnen wil ik haar haar erfstukken geven, en we hebben heel wat te bepraten, zij en ik.' Ze wendde zich tot de dominee. 'Het is een allerliefst meisje.' Dominee Morley knikte, maar had duidelijk geen idee over wie ze het hadden. 'Je kunt haar niet helemaal voor jezelf houden, David. Je moet haar delen. Bovendien vond ze het een heel goed idee toen ik haar uitnodigde. Ik heb nog nooit iemand zo snel op een aanbod horen ingaan.'

David besefte dat het geen zin had om met haar in discussie te gaan. Margaret kreeg toch altijd haar zin. 'Nou, dat is dan geregeld.'

'Mooi.'

Er volgde een lange stilte. Dominee Morley probeerde zijn boordje wat losser te trekken. Het was warm in Margarets zitkamer. 'Misschien is het een ideetje om een paar van ons voor het diner uit te nodigen?' zei David ten slotte.

Margaret zoog haar wangen naar binnen. 'Als jullie je goed gedragen, mogen jullie zaterdagavond misschien wel allemaal hier komen eten.' David vroeg zich ongerust af hoe het dan moest met vrijdagavond. 'Ik nodig haar uit om haar te leren kennen, snap je? Als ik moet vechten om haar aandacht met de rest van mijn familie, gaat dat nooit lukken.'

'Ik kan me niet voorstellen dat dat waar is,' zei dominee Morley.

'O, dat zou u nog verbazen, dominee. Wij Framptons zijn nogal luidruchtig.'

Even later slaagde David erin te vertrekken met de smoes dat hij terug moest naar de boerderij. Hij stapte het zonlicht weer in, verbouwereerd en ook een beetje boos. Rufus en Basil renden rond in de tuin en rolden over elkaar heen in het gras. Hij floot en Rufus sprong op de passagiersstoel, terwijl Basil nijdig kefte. David kreeg veel zin om regelrecht naar zijn moeder te rijden en haar te vertellen over Margaret en de dominee, maar hij maakte zich er drukker om dat hij Phaedra had teleurgesteld. Ze zat nu opgescheept met zijn grootmoeder – hún grootmoeder – en hij kon er helemaal niets aan doen. Hij was kwaad dat Margaret zich ermee had bemoeid en Phaedra had uitgenodigd voordat hij of zijn moeder de kans had gekregen. Snapte ze niet dat een weekend met háár een kwelling zou zijn voor die arme Phaedra? Hij durfde haar niet te sms'en om het slechte nieuws mee te delen. Misschien zou zijn grootmoeder tegen het eind van de week nog tot andere gedachten komen.

In plaats daarvan belde hij Tom, die zo ontzet was dat hij Joshua belde. Joshua slaagde erin zijn moeder te pakken te krijgen net toen ze na de lunch weer naar het tuinhuis wilde gaan. Antoinette voelde zich alsof haar eigen dochter uit haar armen was gerukt, en ze haastte zich naar de kleine zitkamer om Rosamunde in te lichten. Rosamunde was op haar beurt gepast verontwaardigd en nam dokter Heyworth in vertrouwen toen die om vijf uur langskwam voor thee en de zandkoekjes van mevrouw Gunice.

'De arrogantie van dat mens, om te denken dat een jonge vrouw als Phaedra graag het hele weekend bij zo'n oude dame zou willen zijn. Ik bedoel, dat is toch absurd?' Ze nam een slokje Earl Grey.

'Is lady Frampton er erg door van slag?' vroeg dokter Heyworth.

'Ze is bij het tuinhuis, om afleiding te zoeken.'

'Ach, het tuinhuis.' Hij glimlachte. 'Heel goed dat ze dat prachtige gebouwtje weer tot leven brengt. Ik heb het idee dat het een symbool voor haar is, een nieuwe start.'

'Ze is er in elk geval druk mee. Ik heb haar de laatste tijd amper gezien. Ik zou echt terug moeten naar mijn eigen huis, maar nu ben ik gebonden aan de bank hier, en niet in staat om waar dan ook naartoe te gaan.' Met die woorden bracht ze dokter Heyworths aandacht weer terug naar haar heup.

'Heb je er nog steeds pijn aan?'

'Niet zo veel, om eerlijk te zijn. Het doet wel een beetje pijn als ik loop, maar dat zal wel normaal zijn. Ik ben ook de jongste niet meer. Op onze leeftijd duurt het langer om te genezen, nietwaar?'

'Ik ben bang van wel.'

Zijn ogen waren zo vriendelijk dat Rosamunde even vlinders in haar buik voelde. Ze vroeg zich af of hij had gezien dat ze haar haar los had. Hij had er niets over gezegd.

'Ik zou mijn zus graag helpen in de tuin. Ze is ineens zo enthousiast. Ik hoorde haar gisteravond zelfs pianospelen.'

Er kwam een lach op dokter Heyworths gezicht. 'Speelde ze piano?'

'Ja. Ze heeft in geen jaren gespeeld. Het eerste half uur klonk het niet zo goed, maar toen kreeg ze de smaak te pakken, en het stuk dat ze speelde was verrukkelijk. Droevig, maar verrukkelijk.' Ze zette haar tanden in een zandkoekje, blij dat William zo veel interesse toonde voor wat ze zei. 'Ik denk dat ze zich langzaamaan realiseert dat er een leven is na George. Phaedra heeft haar een *raison d'être* gegeven. Ik denk dat zij de dochter is die Antoinette nooit heeft gehad, maar waar ze wel naar heeft verlangd – en nu doet Margaret zoiets achterbaks. Echt, die vrouw is het toppunt!'

'Is er niets aan te doen?'

'Dat betwijfel ik sterk. Margaret is ontzettend koppig, zoals je maar al te goed weet.'

'Ik denk dat ik na de thee even bij lady Frampton ga kijken, gewoon om te zien of alles goed met haar is.'

'Echt waar? Helemaal naar het tuinhuis?'

'Het is maar een klein eindje lopen. Ze heeft me er laatst mee naartoe genomen.'

Daar keek Rosamunde van op. Ze had gehoopt dat hij zou blijven voor nog een pot thee. 'Zal ik met je meegaan?'

'Denk je dat je daartoe in staat bent?'

Ze zuchtte verslagen. 'Niet echt.'

'Je moet rust houden, vrees ik, en de natuur haar gang laten gaan.'

'Je komt morgen weer, toch? Ik geniet zo van ons theedrinken. Antoinette verdwijnt steeds haar tuin in en dan heb ik niemand om mee te praten. Ik zou voor haar moeten zorgen, en hier lig ik, als een aangespoelde walvis.'

'Toch geen walvis, Rosamunde!' protesteerde dokter Heyworth beleefd.

Rosamunde leefde weer een beetje op toen ze de twinkeling in zijn ogen zag. 'Goed, geen walvis dan. Maar ik voel me wel nutteloos. Het is zoiets doms om van de trap te vallen.'

'Dat kan ons allemaal overkomen. Het is niets om je voor te schamen, en ik weet zeker dat lady Frampton het fijn vindt dat je hier bent als ze 's avonds thuiskomt. Het is een groot huis; ze moet zich wel eenzaam voelen in haar eentje. Het is veel beter dat jij er bent om haar gezelschap te houden en te voorkomen dat ze verdrinkt in haar verdriet.'

'Je hebt helemaal gelijk, William. Dus ik ben geen plakker?'

'Ik weet wel zeker van niet. Bovendien zul je toch nog minstens tot het eind van de week moeten blijven om te herstellen.'

'En jij komt theedrinken. Misschien niet als dokter – ik kan niet doen alsof er in die hoedanigheid veel voor je te doen is –, maar als vriend.'

'Akkoord.' Hij lachte breed en Rosamunde was er zeker van dat ze hun relatie een stap verder had gebracht. Zijn bezoekjes zouden nu niet langer werk voor hem zijn, maar alleen dienen voor de gezelligheid. Ze streek haar haar naar achteren. Hij zei er nog steeds niets van. Misschien vond hij het te intiem om commentaar te leveren op het haar van een dame.

Ze keek hem na toen hij vertrok en nam toen het laatste koekje. Dan zou ze in haar eentje nog maar een pot thee drinken.

Dokter Heyworth trof Antoinette bij het tuinhuis. Ze stond op een ladder mos van het dak te vegen. 'Hallo, dokter!' riep ze toen ze hem zag aankomen.

'Hallo, lady Frampton. Ik dacht: ik kom even kijken naar uw vorderingen.'

'Dat hoopte ik al. Er is zo veel te doen, mijn hoofd loopt een beetje om.'

'Bent u alleen?'

'Ja, Barry is weer naar de tuin. Ik kan niet van hem verwachten dat hij de hele dag hier blijft als er rondom het huis zo veel te doen is. Maar ik vind het heerlijk hier, hoor. Het is zo mooi, ik geniet met volle teugen.'

'Dat snap ik.'

'Van het weekend krijg ik hulp van de jongens.'

'Als u ooit een extra paar handen nodig hebt, wil ik u graag helpen.'

Antoinette staakte haar bezigheden even. 'Meent u dat?'

'Natuurlijk. Ik ben in het weekend altijd in mijn tuin; ik zou voor de verandering graag eens een weekend in andermans tuin doorbrengen.'

'Dan bent u bij dezen geboekt. Prachtig!' Van enthousiasme ging ze harder praten. 'We kunnen in het tuinhuis aan de gang. Ik moet alle meubels eruit halen en de vloer en de wanden goed afschrobben. En dan moet er geschilderd worden...'

'Ik kan best goed schilderen, al zeg ik het zelf.' Hij grijnsde en Antoinette moest lachen om zijn zelfvoldane blik. Zijn speelsheid verraste haar. Hij was tot nu toe altijd erg formeel geweest.

'Nou, ik kan wel een goede schilder gebruiken, dokter Heyworth.'

Hij fronste zijn voorhoofd en keek toe hoe ze voorzichtig de ladder af kwam. Wat hij haar eigenlijk wilde vragen leek plotseling niet gepast, dus hield hij zich in. 'Ik heb zelfs een overall,' zei hij in plaats daarvan.

'Heel belangrijk. U wilt vast geen verfvlekken op uw mooie kleren.'

'Precies!'

'Het tuinhuis is prachtig, hè?'

'Het wordt nog mooier als u er eenmaal klaar mee bent.'

'En wat dan?'

'Dan?' Hij haalde zijn schouders op. 'Dan drinken we er thee!'

21

David kwam om zeven uur bij zijn moeder thuis. Ze leek zich steeds meer zorgen te maken bij het vooruitzicht dat ze Phaedra het weekend naar haar schoonmoeder moest sturen. 'Alsof je een maagd naar de Minotaurus stuurt om door hem opgevreten te worden,' zei ze terwijl ze met een glas wijn in haar hand door de keuken heen en weer liep. Ze had nog steeds haar overall aan en haar pet op, en er zat vuil onder haar nagels en een veeg modder op haar wang.

'De hele familie is er in ieder geval om haar daar weg te halen,' zei Rosamunde bemoedigend. David vrolijkte op. 'Komt iedereen?'

'Het wordt volle bak,' zei Antoinette. 'Zodra het bekend werd, heeft iedereen zich gemeld om Phaedra te steunen. Ze heeft veel fans in onze familie. Wat zou George dat fijn gevonden hebben.' Over Roberta zei ze maar even niets. Ze was er zeker van dat Phaedra Roberta uiteindelijk voor zich zou winnen.

'Kunnen jullie niet één front vormen tegenover Margaret en het gewoon tegen haar zeggen?' opperde Rosamunde.

'Die geeft geen haarbreed toe,' zei David. 'Ik heb al laten doorschemeren dat Phaedra het misschien fijner vindt om hier bij ons allemaal te logeren...'

Antoinette draaide zich om. 'Dat heb je dan verkeerd aangepakt,' zei ze. 'Je moet nooit subtiel zijn met Margaret.'

'Te laat, mam.'

'Wat moeten we doen?'

'We verzinnen wel iets,' zei David. 'Ondertussen moet ik Phaedra op de hoogte brengen.'

'Als ze niet zo beleefd was, denk ik dat ze zou proberen eronderuit te komen,' zei Antoinette.

'Mag ik jullie tweeën eraan herinneren dat Phaedra Margaret wel leek te mogen?' kwam Rosamunde tussenbeide. 'Ik weet dat jullie allemaal vinden dat ze de Boze Heks is, maar Phaedra vond haar, als ik het me goed herinner, heel aardig.'

David grijnsde cynisch. 'Na dit weekend denkt ze er wel anders over.'

Na Julius' telefoontjes een week lang genegeerd te hebben, stond Phaedra hem uiteindelijk te woord. 'Wat ben jij lastig te pakken te krijgen,' zei hij wrokkig. 'Waarom heb je me niet teruggebeld?'

'Sorry. Ik heb het heel druk gehad sinds ik uit Zwitserland terug ben. Ik was de hele week bezet.'

'Nou, dat is in ieder geval iets. Hoewel jij niet meer hoeft te werken.'

'Ik werk omdat ik het leuk vind, Julius. Een vrouw die niets omhanden heeft, is heel erg saai.'

'En, hoe was het?'

'Hoe was wat?'

'Murenburg.'

'O, sprookjesachtig.'

'En heb je het nu allemaal kunnen afsluiten, zoals je hoopte?'

'Jazeker. Ik heb het gevoel dat ik nu verder kan met de rest van mijn leven.'

'Mooi. Wat dacht je ervan om vanavond samen uit eten te gaan?'

Ze lachte om zijn vasthoudendheid, maar kreeg het er benauwd van, alsof de muren op haar af kwamen en ze amper ruimte had om adem te halen. 'Ik ben erg moe.'

'Wat een onzin! Ik neem je mee naar een gezellig restaurantje en dan eten we vroeg. Wat dacht je van acht uur?'

'Ik moet nog zo veel doen om mijn boek af te krijgen.'

'Morgen dan?'

'Julius...'

Zijn toon werd hard. 'Kom op, zeg. Ik heb hemel en aarde voor je bewogen. Het minste wat jij kunt doen is met me uit eten gaan. Ik ben Jack the Ripper niet!'

'Woensdag dan.'

'Geweldig. Dan kom ik je om acht uur halen.' Hij moest lachen. 'Jij en ik zijn een geweldig stel, Phaedra.'

'Ik begrijp echt niet wat je bedoelt.'

'Niet zo koket, schat. Ik zal een trendy restaurantje uitzoeken.'

'Ik vind alles best.'

'Ik laat mijn secretaresse wel een tafeltje bespreken bij Le Caprice. Daar kun je meestal heerlijk mensen kijken.'

'Mooi,' zei ze. Ze probeerde een beetje enthousiast te klinken. De muren kwamen nog dichterbij. 'Ik moet ophangen, Julius.'

'Tot woensdag dan, schat.' Ze vroeg zich af waarom hij haar opeens 'schat' begon te noemen. Het beviel haar niets.

Ontdaan plofte ze neer op de bank: wat moest ze doen? Als George nog geleefd had, was dit allemaal niet gebeurd. Dan zou Julius haar nooit mee uit hebben gevraagd. Dat zou hij niet gedurfd hebben. Maar nu George er niet langer was om haar te beschermen, voelde ze zich als een vis in een glazen kom terwijl er een hongerige kat op hem zit te azen. Een kat die ze een hele hoop verschuldigd was.

Ze pakte haar telefoon en stuurde een sms'je naar David: *Rufus, als je er bent, wil je me dan bellen... Ik moet eventjes met een lieve brave hond praten. Phaedra*

David was net terug van het eten met zijn moeder en tante toen zijn iPhone piepte omdat er een berichtje was. Toen hij zag dat het van Phaedra was, maakte zijn hart een sprongetje. Hij knipte het licht aan, liep naar de keuken en toetste haar nummer in. Ze nam na één keer overgaan op.

'Ben jij dat, Rufus?' vroeg ze.

'Woef!' zei David.

Ze lachte. 'Heerlijk om je stem te horen.'

'Alles goed met je?'

Ze zuchtte. 'Ach, ik word doodmoe van een vent.'

Davids hart stond stil. 'Een vent?' bracht hij met moeite uit.

'Hij jaagt me de stuipen op het lijf.'

'Wie is het?'

'O, zomaar iemand. Hij vraagt me alleen steeds mee uit.'

'Je kunt toch nee zeggen?'

'Ik ben hem nog iets verschuldigd.'

'Wat dan?' David was verontrust. 'Geld?'

'Nee, geen geld. Hij is alleen heel aardig voor me geweest, meer niet. Ik vind het onbeleefd om nee te zeggen. En het is maar een etentje.'

'Phaedra, je hoeft niet met een man uit te gaan omdat hij aardig voor je is geweest! Hij is waarschijnlijk alleen maar aardig voor je geweest om ervoor te zorgen dát je met hem uit zou gaan.'

Nu was het Phaedra's beurt om verontrust te zijn. 'Daar had ik niet aan gedacht.' Ze zuchtte en liet het onderwerp rusten.

'Ik verheug me op het weekend,' zei ze.

'Ach...' zei David langzaam. 'We hebben een klein probleempje.'

Dat was een domper voor Phaedra. 'Kan ik niet komen?'

'Natuurlijk kun je komen. Het probleem is dat we allemaal om je vechten, maar dat oma helaas gewonnen heeft.'

Phaedra was zo opgelucht dat de uitnodiging niet van de baan was dat ze haar armen om David heen zou hebben geslagen als hij nu voor haar had gestaan, in plaats van aan de andere kant van de lijn. 'Ik vind het heerlijk om bij Margaret te logeren.'

'Echt?'

'Natuurlijk. Ik vind het prima. Ze is heel lief.'

David verslikte zich. 'Lief? Dat kun je niet menen – dat ze lief is.'

'Hoor eens, ik zou liever bij jou logeren, maar ik ga heus niet dood van een weekendje bij je grootmoeder. Ik vind het gewoon heerlijk om te komen.'

'Je bent altijd welkom, wanneer je maar wilt.'

'Mag ik dan op donderdag komen?' Fairfield was een veilige haven. Ze stelde zich voor dat ze door die grote poort heen reed en verlangde er opeens hevig naar.

'Natuurlijk. Kom donderdag bij mij logeren, dan breng ik je vrijdag naar oma. Ze hoeft dat verder niet te weten.'

Phaedra haalde opgelucht adem. 'Fijn.' Toen liet ze er zacht op volgen: 'Kon ik nu maar komen...'

'Wat houdt je tegen?'

Even had ze bijna toegegeven. Het zou heel makkelijk zijn om gewoon in de auto te stappen en naar Fairfield te rijden. Maar haar verstand waarschuwde haar voorzichtig te zijn, en voor deze keer luisterde ze. 'Ik moet werken...' Ze ging op iets anders over. 'Wat doet Rufus?'

'Die ligt op zijn kussen in de keuken.'

'En waar ben jij?'

'Op een kruk in de keuken.'

'Hoe gaat het met de boerderij?'

'We zitten op regen te wachten.'

'Ik zal een regendans doen.'

'Ja, graag.'

Ze lachte. 'Geef die schat van een hond maar een dikke kus van me.'

'Doe ik.' Had ze maar een kus voor hém over, dacht hij.
'Tot donderdag dan.'
Hij voelde haar aarzeling en zei: 'Hoor eens, als je ergens mee zit, kun je me altijd bellen.'
'Doe ik. Dank je wel.'
'En laat die man geen misbruik van je maken.'
'Oké.'
'Wat er ook gebeurt, zeg gewoon nee.'
'O, daar hoef je je geen zorgen over te maken. Ik zeg echt wel nee,' zei ze vastberaden.
'Ik bedoel maar. Veel kan hij toch niet doen.'
Phaedra voelde zich opeens misselijk. 'Je hebt gelijk.' Maar toen ze de telefoon had weggelegd, verborg ze haar gezicht in haar handen. Ze wist heel goed dat Julius wel degelijk veel kon doen.

De daaropvolgende dagen leken zich voort te slepen. Phaedra miste David en wilde dat het al donderdag was. Ze bad om regen en werd tot haar grote vreugde midden in de nacht wakker van dikke druppels die tegen de ramen kletterden. Ze moest glimlachen bij de gedachte dat de boerderij van David nu de regen kreeg waar hij zo naar snakte.
Ze werkte aan de begeleidende tekst bij de foto's. Dat was lastig. Ze was veel beter in fotograferen; het schrijven ging haar niet makkelijk af. Bovendien kon ze haar aandacht er niet helemaal bij houden. Ze moest steeds aan George denken: hij was er zo vaak bij geweest toen ze de foto's genomen had. Ze wekten herinneringen tot leven, en die leidden weer tot gevoelens van verdriet en spijt en uiteindelijk angst, omdat iedere gedachte uiteindelijk uitkwam bij Julius Beecher.
Ze miste het platteland. Het was heel warm geworden. De bloesem aan de bomen had plaatsgemaakt voor dik groen gebladerte en in de parken schitterden de bloemen. Ooit hadden de drukte en het verkeer in de stad haar het gevoel gegeven dat ze ergens bij hoorde; nu voelde ze zich alleen maar eenzaam en losgeslagen. Ze verlangde naar Fairfield, waar het rustig was en weelderig groen. En ze verlangde naar David.

Het werd woensdag en ze pakte nauwgezet haar weekendtas in voor de volgende dag. Vanbinnen was ze één bonk zenuwen: opgewonden omdat ze de volgende dag weg zou gaan, terwijl ze zich tegelijkertijd zorgen maakte over haar afspraakje met Julius. Het was net alsof ze nog één hindernis te nemen had voor ze naar de veilige haven van Fairfield kon vluchten.

Die avond stond hij stipt om acht uur op de stoep. Ze had niet de moeite genomen iets moois aan te trekken, omdat ze bang was dat een jurkje hem een verkeerde indruk zou geven. In plaats daarvan droeg ze een witte spijkerbroek en een gebloemd topje. Ze had haar haar opgestoken en zich nauwelijks opgemaakt.

Julius was heel blij haar te zien. Hij had wel werk gemaakt van zijn kleding en droeg een mooi zwart jasje, een kraakwit overhemd en een rode das van Hermès. Zijn schoenen glommen zo dat ze de straat erin weerspiegeld zag. Hij rook sterk naar aftershave.

Hij kuste haar, waardoor er een wolkje parfum op haar wang bleef hangen, en hield het portier van zijn auto voor haar open. Zuchtend stapte ze in. Was de avond maar voorbij en stapte ze maar uit in plaats van in, dacht ze.

Hij reed naar Piccadilly en parkeerde in Arlington Street. Le Caprice zat zoals Julius haar al had beloofd vol met hippe mensen, maar Phaedra had geen zin om om zich heen te kijken en nam de stoel met de rug naar de zaal, zodat Julius in de hoek kon zitten en naar iedereen die hij kende kon glimlachen.

Tot haar verrassing liet hij haar met rust en drong hij zich niet aan haar op. In plaats daarvan hield hij haar aangenaam bezig met amusante verhalen over George. Phaedra ontspande zich en begon er plezier in te krijgen. Ze voelde zich dom dat ze zich zo had zitten opwinden over niets.

Aan een tafeltje aan de andere kant van het restaurant had Roberta hen binnen zien komen. Ogenblikkelijk was haar interesse gewekt. Ze luisterde niet meer naar het verhaal dat haar echtgenoot aan het gezelschap aan hun tafel vertelde en kneep haar ogen samen, zodat geen detail haar zou ontgaan. Zo, dacht ze voldaan, Phaedra en Julius waren dus toch een stel. Ze had het bij het rechte eind gehad. Toen, alsof hij haar vermoedens wilde bevestigen, legde Julius zijn hand teder op die van Phaedra. Roberta voelde triomf. Ze had verder geen bewijzen nodig. Het feit alleen al dat Phaedra een spijkerbroek droeg en weinig aan haar haar en make-up had gedaan gaf aan dat ze al een hele tijd samen waren. Ze waren op hun gemak in elkaars gezelschap. Joost mocht weten wat voor plannetjes ze nu weer zaten uit te broeden. Toen de ober twee glazen champagne bracht, verstrakte Roberta. Wat walgelijk! Vierden ze het dat hun zwendel was geslaagd? Nou, dat feestje was dan een beetje voorbarig, dacht ze kwaad. Ze hadden dan misschien wel de rest van de familie om de tuin geleid, maar háár niet. Ze zou Phaedra als leugenaarster ontmaskeren, al was het het laatste wat ze deed.

Na het eten bracht Julius Phaedra naar huis. Hij vroeg niet of hij mee naar binnen mocht, en hij wilde ook niet opnieuw afspreken. Hij kuste haar gewoon onschuldig op haar wang, bleef wachten tot ze veilig binnen was, en liep toen terug naar de auto.

Phaedra legde haar tas op de keukentafel en vroeg zich af of haar angst veroorzaakt werd door een slecht geweten. Julius had gelijk: ze was hem haar vriendschap verschuldigd. En het kostte haar niets om die te geven.

'We moeten nóg een DNA-test laten afnemen,' zei Roberta dwingend tegen Joshua terwijl ze zich klaarmaakten voor de nacht.

'Ze zaten samen te eten, liefje. Dat wil nog niet zeggen dat ze een stel zijn.'

'God, hoeveel bewijzen van vals spel heb jij nog nodig?' Ze hing haar jurk aan een kleerhanger en borg hem in de kast. 'Toe nou, Joshua, vind je het niet vreemd dat de zaakwaarnemer van George en zijn zogenaamde dochter samen uit eten zijn, alleen met hun tweetjes?'

'Jij leest te veel detectives,' antwoordde hij terwijl hij zijn jasje over de stoelleuning hing en zijn overhemd losknoopte. 'Weet je, ik geloof helemaal niet dat een vrouw als Phaedra op een man als Julius valt. Daar klopt niets van.'

'Mannen met macht zijn heel aantrekkelijk, Josh. Als hij net heeft geregeld dat ze tonnen erft, om nog maar te zwijgen over de Framptonsaffieren, dan zal ze hem toch wel een klein beetje aantrekkelijk vinden, wat dacht jij?'

'Wil je beweren dat Julius papa's testament heeft vervalst?' Hij keek haar ernstig aan.

'Ik weet het niet. Zou hij dat gedaan kunnen hebben?'

Joshua schudde zijn hoofd. 'Dat gaat niet zo gemakkelijk.'

'Maar de DNA-test kan hij wel vervalst hebben, toch? Ik bedoel, we hebben toch geen van allen de uitslag gezien?'

'Nee, we hebben Julius op zijn woord geloofd.'

'Een grote fout.' Roberta kneep wat tandpasta op haar elektrische tandenborstel en begon te poetsen, terwijl ze peinzend naar haar gezicht in de spiegel staarde. Uiteindelijk spuugde ze de tandpasta uit in de wasbak. 'Laten we dan nog zo'n test doen,' stelde ze voor.

Joshua stapte in bed. 'Hoe dacht je dat voor elkaar te krijgen? Mam staat dat nooit toe. En David en Tom ook niet. Die vinden haar geweldig.'

'Ik pik wel wat haren van haar of zo.'

'Het lijkt me geestig om jou daarmee bezig te zien.'

'Ik haal ze uit haar haarborstel.'

'Dat betekent dat je bij oma haar slaapkamer moet binnensluipen. Jij liever dan ik!' zei hij lachend.

'Jij neemt dit helemaal niet serieus,' zei ze woedend terwijl ze naast hem in bed stapte.

Joshua draaide zich naar haar toe en kuste haar op haar strakke gezicht. 'Ik denk dat je zult ontdekken dat ze wel degelijk is wie ze beweert te zijn en dat Julius probeert haar te versieren, maar dat zal hem niet lukken. Hij is haar bondgenoot in deze hele zaak, omdat hij papa's rechterhand was. Hij is waarschijnlijk van het begin af aan haar vriend geweest. Je moet niet vergeten dat zij ook in de rouw is. Julius is waarschijnlijk heel geschikt om bij uit te huilen.'

'Geloof dat maar niet, Joshua. Ze deugt niet.'

'Oké, speurneus. Ik laat het aan jou over om de waarheid aan het licht te brengen.' Hij kuste haar weer, maar Roberta merkte het niet. Ze dacht na over hoe ze dat zou aanpakken.

De volgende ochtend vertrok Phaedra in een vrolijke stemming naar Fairfield. Ze luisterde naar de radio en zong zo hard mogelijk mee met de liedjes die ze kende. Ze had de raampjes laten zakken en het dak opengeschoven, en ze voelde zich steeds blijer terwijl ze over de snelweg reed. Alle zorgen over Julius waren weggeblazen door de wind en ze verheugde zich op de vier dagen met David.

Ze verliet de snelweg en reed langs de bochtige weggetjes naar Fairfield. Donzige wolken fluitenkruid en witte meidoorn sierden de hagen. Het had die nacht geregend en in het gras glinsterden de druppels. De vogels scheerden door de lucht, de lammetjes dartelden in de wei en de paarden sloegen met hun staarten om de vliegen weg te jagen. Ze reed langs schattige rietgedekte cottages en over een schilderachtige stenen brug die een kronkelend beekje overspande. Het was allemaal zo mooi dat ze wilde dat ze buiten kon wonen, waar ze elke dag omgeven zou zijn door deze schoonheid. Vergeleken daarmee stelden de parken in Londen niets voor.

Toen ze langs de kerk reed, zag ze Davids grootmoeder in de zonneschijn staan praten met de dominee. Ze gingen op in hun gesprek en Margaret hield een boeketje gele bloemen vast. Phaedra maakte zich klein in de auto en reed door, en Margaret was te zeer in beslag genomen door dominee Morley om de Fiat Uno op te merken.

Eindelijk reed ze door de poort van Fairfield Park. Nu was ze helemaal blij. Ze wist de weg naar de cottage van David en sloeg rechts af het karrenspoor op. Ze reed door het bos, dat in een zee van blauw leek te drijven. De wilde hyacinten vormden zo'n adembenemende aanblik dat ze de auto stilzette.

Toen ze uitstapte, kwam er een Landrover de hoek om. Ze verwachtte een van Davids werknemers te zien die haar kwam zeggen dat ze op verboden terrein was, maar toen de auto dichterbij kwam, zag ze dat het David was.

'Phaedra!' riep hij verheugd uit terwijl hij uitstapte. 'Wat een fijne verrassing. Ik had je zo vroeg nog niet verwacht.' Rufus werkte zich de auto uit, sprong op haar af en begroette haar als een oude vriendin. Ze klopte hem op zijn zachte kop.

'Ik moest zo snel mogelijk weg uit de stad. Het is daar niet meer uit te houden.'

'Dat begrijp ik heel goed. Ik zou nooit in Londen kunnen wonen.'

'En ik miste Rufus.' Ze krauwde hem achter zijn oren.

'Hij heeft jou ook gemist.' David keek toe hoe ze neerhurkte. Ze droeg een gebloemde zomerjurk en een spijkerjasje. Haar blonde haar zat in de war en hing in dikke krullen over haar schouders en rug. Elke keer werd hij weer overweldigd door haar schoonheid, alsof hij haar voor het eerst zag. 'Ben je uitgestapt om naar de hyacinten te kijken?'

'Ik kon het niet laten. Ze zijn zo mooi.'

'Als je wilt kunnen we erdoorheen lopen. Ik heb geen haast.'

'Het boerenleven is fijn.'

Hij grijnsde. 'Vandaag wel. En nog bedankt voor de regen!'

'Het heeft geholpen, hè?'

'Jazeker.'

Phaedra liet haar ogen over de korenvelden dwalen. 'Het staat er allemaal heel gezond bij.'

'We hadden de regen nodig voor de meststoffen. De grond is heel kalkrijk, dus die houdt het water goed vast. Maar ik maakte me zorgen over hoe het bovengronds ging.'

'Boeren maken zich altijd wel ergens zorgen over, toch? Te veel regen, te weinig. Niet genoeg zon, te veel.'

Hij haalde zijn schouders op. 'Ik maak me er niet al te druk om. Ik kan er toch niets aan doen, dus ik neem het zoals het komt. Laten we door het bos lopen. Je ziet het nu op zo'n mooist.'

Ze liepen over het pad dat tussen de bomen door slingerde. Het gras was welig en vochtig, de lucht zoet van de geur van de hyacinten. 'Zal ik er een paar plukken voor in de keuken?' vroeg ze.

'Dat heeft jammer genoeg geen zin. Ze verleppen heel snel als je ze afplukt. Je kunt ze beter ter plekke bewonderen.' Voor hen stond een groep rododendronstruiken in roze, rood en wit. 'Daar kun je er wel een paar van plukken als je wilt.' Hij gaf haar zijn zakmes.

'Je bent een echte padvinder.'

'In iedere boer schuilt volgens mij een padvinder.' Hij keek naar haar terwijl ze de bloemen bekeek. Hij wilde er een plukken en in haar haar steken, maar dat zou geen pas geven. Dus ging hij maar op een stapel hakhout zitten van een boom die tijdens een winterse storm was omgewaaid.

'Ik zag je grootmoeder nog voor de kerk met de dominee praten,' zei ze.

'Er is daar iets aan het handje,' antwoordde David terwijl hij peinzend over zijn kin wreef.

'Wat bedoel je?'

'Nou, ik stoorde hen laatst toen ze bij haar in de zitkamer zaten. Ze hielden elkaars hand vast en ze praatten over de liefde.'

Phaedra sneed een grote roze bloemtros af. 'Bedoel je dat ze iets met elkaar hebben?'

Hij keek kritisch. 'Ik weet niet wat ik ervan moet denken. Zoiets is niets voor haar.'

'Het zou leuk voor haar zijn.'

'Maar minder leuk voor de dominee.'

Ze lachte. 'Ik denk dat hij haar net een bosje bloemen had gegeven. Misschien maakt hij haar het hof.'

'Dat is net zoiets als een schorpioen het hof maken, vind je niet?'

'Dat is helemaal niet aardig van je, David,' zei ze quasibestraffend. 'Ik mag Margaret wel.'

'En zij jou ook. Ze wil je de saffieren geven.'

Phaedra kwam met haar bloemen naar hem toe en ging naast hem op de stapel hout zitten. 'Ik wil ze niet, David.'

'Waarom niet?'

Ze keek neer op de kelk van een rode rododendron waarin een grote hommel omstandig nectar zat te zuigen. 'Ik draag nooit sieraden. Wanneer moet ik die saffieren om doen? En ik geloof bovendien niet dat ze mij toebehoren.'

'Papa wilde dat jij ze kreeg.'

'Dat weet ik. Maar dat wil nog niet zeggen dat ik ze ook moet hebben. Ik bedoel, ik ben geen Frampton. Niet echt.'

'Strikt genomen wel.'

'Als ik trouw, draag ik een andere naam en dan zijn die prachtige sieraden voor altijd voor jouw familie verloren. Ik denk niet dat je overgrootvader dat gewild zou hebben.'

David probeerde de gedachte dat Phaedra zou trouwen te verdringen. 'Mijn overgrootvader is dood, dus hem kan het niets meer schelen,' zei hij.

'Maar George is ook dood, David,' zei ze zachtjes. 'Het is veel belangrijker om aan de levenden te denken.'

Op dat moment vloog de hommel uit de bloem en streek onvast neer op Phaedra's arm. David wilde hem wegjagen, maar ze hield hem tegen. 'Niet doen, het is een vriendje,' zei ze. Ze keken toe hoe het insect dronken van de nectar over haar arm naar haar hand liep. 'Hij steekt me heus niet, daar is hij veel te verstandig voor.'

'Of te slaperig,' merkte David op. Ze keken een tijdje naar het diertje. 'Hoor eens, oma zal wel beledigd zijn als je die saffieren niet aanneemt. Ze vindt het geweldig om ze aan jou te geven.'

'Dan wil ik ze wel voorlopig aannemen – te leen, zeg maar. Misschien mogen ze bij jou in de kluis. Ik heb er geen in Londen en ik ben als de dood dat ik ze kwijtraak.'

David glimlachte. 'Weet je hoeveel ze waard zijn?'

'Geen flauw idee.'

'Meer dan een miljoen.'

Phaedra's mond viel open. 'Meer dan een miljoen pond? Mijn hemel!'

'Weet je zeker dat je ze niet wilt hebben?'

Ze schudde verward haar hoofd. 'Nu helemaal!' Ze stond op en gaf David de bloemen aan. 'Ik ga deze hommel ergens op een veilig plekje neerzetten waar hij zijn roes kan uitslapen.' Voorzichtig legde ze haar vinger voor het insect en keek toe hoe het zijn ronde lijfje erop hees. Toen hield ze hem uitnodigend voor een bloemkelk. De hommel aarzelde even, maar de geur van nectar was te verleidelijk en hij waggelde naar binnen.

Ze liepen terug naar de auto's en Phaedra reed achter de Landrover van David aan naar zijn huis. Nadat hij haar weekendtas naar boven had gebracht gingen ze met thee en koekjes op zijn terras zitten. Er daalde een geruststellend, vredig gevoel over Phaedra neer. De zonneschijn verwarmde haar huid en het gekwinkeleer van de vogels maakte haar blij. Londen en Julius Beecher leken ineens ver weg. Op Fairfield voelde ze zich veilig.

Ze liet haar blik op David rusten. Zijn donderblauwe ogen werden nog donkerder door het blauwe overhemd dat hij droeg en zijn huid was gebruind en verweerd door het buitenleven. Zijn opgerolde mouwen toonden zijn sterke bruine onderarmen en grote, sterke handen. Ze vond hem verschrikkelijk aantrekkelijk. Hij beantwoordde haar blik en een lang moment keken ze elkaar aan. Phaedra wist dat ze weg moest kijken, dat het niet verstandig was hem aan te moedigen; maar hoewel haar verstand haar voorhield dat ze voorzichtig moest zijn, negeerde haar hart de waarschuwing. Het was zo behaaglijk in de warmte van zijn blik en zo vertrouwd alsof ze daar altijd al vertoefd had.

22

Die avond aten David en Phaedra samen in zijn keuken. Phaedra had een paddenstoelenrisotto gemaakt en David had een mooie bourgogne opengetrokken. Het deed David plezier dat hij erin geslaagd was haar op het landgoed binnen te smokkelen zonder dat zijn moeder of grootmoeder erachter was gekomen. Hij had haar helemaal voor zichzelf.

Ze hadden die middag met z'n tweeën in de Landrover met Rufus op de achterbank rondgereden over de landerijen. Phaedra vond het heerlijk om hem te vergezellen als hij aan het werk was en het hinderde haar niet dat ze tegen de tijd dat ze weer thuis waren warm en stoffig was.

Na het eten gingen ze naar buiten om naar de sterren te kijken. In tegenstelling tot de sterren boven Londen, die gedimd werden door de smog, waren deze zo helder en schitterend als geslepen diamanten. Ze besloten om met Rufus een rondje om het meer te maken. De duisternis voegde iets spannends toe aan hun middernachtelijke wandeling. David stak zijn handen in zijn zakken om zich ervan te weerhouden de hare vast te pakken. Hij hield zichzelf steeds voor dat ze broer en zus waren, maar die woorden leken hol en betekenisloos. Ze vóélde niet als zijn zusje. Zeggen dat ze dat was, veranderde niets aan zijn gevoelens voor haar en aan het feit dat die gevoelens met de minuut sterker en minder beheersbaar werden. Als hij zich ervan kon overtuigen dat het voor haar anders was, zou hij zijn gevoelens op de een of andere manier wel onderdrukken, maar elke keer als ze hem aankeek legde ze haar hart voor hem open.

Ze kwamen bij het meer, waar de maan in het kwikzilverachtige water weerspiegeld werd. Rietstengels tekenden zich ertegen af; hun zware pluimen zwaaiden zachtjes in de wind en een dikke waterhoen zat te slapen op haar nest midden in het meer, buiten het bereik van de vossen. Terwijl ze eromheen liepen, drongen lieflijke pianoklanken tot hen door, door de wind meegevoerd vanaf het grote huis. 'Wie zou er nu nog spelen?' vroeg David.

'Speelt je moeder piano?'

'Vroeger wel. Maar ze heeft de vleugel in geen jaren aangeraakt.'

Ze verlegden hun pad en liepen het gazon op. 'Je gaat haar toch niet bespioneren?' fluisterde Phaedra.

'Waarom niet?' antwoordde hij terwijl hij over het pasgemaaide gras naar het huis liep.

'Ben je niet bang dat Rufus je zal verraden?' zei ze zachtjes.

Hij keek naar zijn hond, die opsprong tegen het raam waardoor een lichtstraal vanuit de salon naar buiten viel. 'Zolang moeders honden zijn opgesloten, is het wel in orde.'

De muziek werd luider toen ze het raam naderden. Het was een droevige melodie, vloeiend gespeeld.

'Is je tante hier nog steeds?' vroeg Phaedra.

'Ja, ik geloof dat ze hier voorgoed haar intrek heeft genomen.'

'Heeft ze zelf dan geen huis?'

David lachte zachtjes. 'Je zou denken van niet, hè? Ze is gekomen om mam te troosten, maar nu troost mam haar. Ze is van de trap gevallen.'

'Ja, dat vertelde Margaret al. Die arme stakkerd.'

'Ze had kennelijk te veel gedronken.'

'O jee.'

'Maar ze heeft nu wel een excuus om nog een week langer te blijven. Dokter Heyworth heeft haar rust voorgeschreven.'

'Het is vast fijn voor je moeder om gezelschap te hebben.'

'Ik geloof eerlijk gezegd dat ze er een beetje genoeg van krijgt. Ze is de hele dag in de tuin of ze is bezig met de restauratie van het tuinhuis, waarschijnlijk om even alleen te kunnen zijn.'

'O, het tuinhuis!' riep Phaedra zachtjes uit. 'Ik ben blij dat ze zich daarover ontfermd heeft.'

'Ze heeft gevraagd of we haar dit weekend allemaal willen helpen. Dan ben je in ieder geval een tijdje verlost van oma.' Hij bleef bij het raam staan en tuurde naar binnen. 'Het is moeder,' fluisterde hij.

'Ze speelt prachtig.'

'Ze zit in haar ochtendjas en ze heeft een kaars op de piano aangestoken.'

'Is ze alleen?'

Hij trok een geschrokken gezicht. 'Wat zijn dat voor insinuaties!'

'Ik dacht aan je grootmoeder met de dominee. Misschien is het besmettelijk.'

Hij gaf haar een speels tikje op haar arm. 'Ondeugd! Laten we maar gaan, voor ze ons ziet.' Plotseling hield de muziek op. David greep Phaedra's hand en ze renden weg over het grasveld.

Antoinette liep naar het raam en keek hen na terwijl ze in de duisternis verdwenen. Rufus dribbelde aan de andere kant naar het raam en hief zijn poot op tegen de kerstrozen, totaal niet verrast om haar daar te zien staan. Antoinette fronste haar wenkbrauwen en vroeg zich af wie die vrouw die David bij zich had was. Ze leek verdacht veel op Phaedra. Dat blonde krullende haar was onmiskenbaar. Maar zou David haar hand vasthouden? Nee toch?

Ze keerde terug naar de vleugel met een onrustig gevoel vanbinnen. Die onrust kwelde haar al sinds David terug was uit Zwitserland, toen ze gezien had hoe zijn gezicht oplichtte als hij over Phaedra sprak. Maar ze voelde zich nog ongeruster nu ze tot de conclusie kwam dat de twee mensen die hand in hand over het gazon renden inderdaad David en Phaedra moesten zijn. Ze wist dat haar zoon verstandig was. Als het Tom was geweest, had ze zich wellicht ernstig zorgen gemaakt. Haar onrust werd niet veroorzaakt door angst dat David een relatie zou beginnen met zijn halfzusje. Integendeel, ze was er vast van overtuigd dat hij dat nooit zou doen. Maar het deed haar verdriet dat als David nu eindelijk de liefde van zijn leven had gevonden, zij nooit zijn vrouw kon worden.

Ze blies de kaars uit en sloot de klep van de vleugel. Het stuk dat ze net gespeeld had, had haar gekalmeerd en haar naar een hoger plan gebracht, ergens buiten het bereik van haar zintuigen, waar ze zich overspoeld voelde door een sensatie van harmonie – dezelfde harmonie die ze in de kerk had ervaren. Ook daar was ze zich bewust geweest van een aanwezigheid die haar verzekerde dat ze niet alleen was. Het was een troostrijke gedachte dat ze dat gevoel met pianospelen kon oproepen. Antoinette deed het licht uit en ging de trap op naar haar slaapkamer. Ze was nog steeds niet klaar met de kamer van George. Ze was er niet meer bang voor, maar een stukje van haar wilde zijn spullen nog bewaren, omdat die haar met hem verbonden. Als ze al die voorwerpen opborg in dozen, zou ze in zekere zin hem toch ook opbergen? Zijn kamer, precies zoals hij hem had achtergelaten, zou de herinnering aan hem levend houden.

Ze stapte in bed en knipte het licht uit. Vervolgens sloot ze haar ogen en dacht aan George. Toen, net toen het verdriet in een golf naar boven kwam, richtte ze haar gedachten op de tuin en het tuinhuis, en al die spannende dingen die ze van plan was. Het raam stond open. De wind blies door de bomen en een uil kraste naar zijn wijfje. Ze luisterde naar die vertrouwde nachtgeluiden en liet zich er zachtjes door in slaap sussen.

David en Phaedra liepen terug om het meer. David had haar hand losgelaten. Niet omdat hij dat wilde, maar omdat, naarmate hij hem langer vasthield, de verleiding steeds groter werd om haar naar zich toe te trekken en haar te zoenen. Het was beter om fysiek contact maar helemaal te vermijden. Phaedra sloeg haar armen over elkaar en liep door alsof er niets onschuldiger was dan hand in hand met hem lopen. Maar in werkelijkheid tintelde haar huid nog waar hij haar had aangeraakt. Als ze geen broer en zus waren geweest, zou ze zich door hem laten meenemen naar een geheime plek bij het meer en zich door hem laten omhelzen. Ze zou willen dat het allemaal anders was. Maar er viel niets meer aan te doen.

Die nacht lagen ze ieder in hun eigen bed, zich scherp bewust van de ander een paar kamers verderop. Phaedra probeerde naar de geluiden van de nacht te luisteren, maar David was overal. Hij was in de wind, in het geweeklaag van de uil en in de kreten die af en toe klonken van een dier dat door een vos werd belaagd. Zijn gezicht lichtte op in het donker toen ze zichzelf dwong te gaan slapen, en toen ze eindelijk indommelde, bevolkte David haar dromen en was George verdwenen.

De volgende ochtend ontbeten ze met Phaedra's pannenkoeken en reden toen met de Landrover de heuvel op naar het tuinhuis, in de hoop Antoinette daar aan te treffen. Het was een heldere, zonnige ochtend, maar een koude oostenwind blies over de velden en joeg grote donzig witte wolken langs de lucht. Phaedra droeg een trui over haar jurkje, maar ze zag dat ze nog steeds kippenvel op haar blote benen had. Had ze maar een spijkerbroek aangetrokken, dacht ze, maar de wens om er mooi uit te zien voor David had het gewonnen van haar gezonde verstand.

Ze reden over het pad. Een stelletje zwaluwen maakten hun duikvluchten en een dikke patrijs met zes jongen achter zich aan rende over het gras om zich in het kreupelhout te verschuilen. Phaedra glimlachte naar David en hij lachte terug, blij dat ze net zo van de natuur kon genieten als hij.

Eindelijk waren ze bij het tuinhuis. Toen ze uitstapten, konden ze Antoinette binnen tevreden horen zingen. 'Moeder!' riep David. Het gezang hield op en Antoinette kwam naar buiten, gekleed in een blauwe overall en met haar haar met een elastiekje naar achteren gebonden.

'Ha, Phaedra!' zei ze blij. Ze probeerde niet te denken aan het beeld van die twee die hand in hand over het gazon renden. 'Wanneer ben jij aangekomen?'

'Gisteren,' zei Phaedra. 'Ik had het helemaal gehad met Londen. Ik kon het er geen minuut meer uithouden. Het is ongelooflijk mooi hier. Je boft maar dat je buiten woont en hier altijd kunt zijn.'

Dus het was inderdaad Phaedra geweest, dacht Antoinette. Ze drukte het onrustige gevoel snel de kop in. 'Toen George nog leefde, zat ik vrijwel de hele week in Londen. Achteraf gezien kan ik me niet meer voorstellen hoe ik dat heb uitgehouden. Na zijn dood nam ik me voor er vaker naartoe te gaan, maar nu ik de tuin eenmaal heb ontdekt, staat de gedachte om terug te gaan naar de stad me ontzettend tegen. Het is hier zo vredig.'

'Waar ben je mee bezig?'

'Ah, mijn nieuwe project. Kom kijken.'

'David zei dat je hulp nodig hebt.'

'Graag. Dokter Heyworth komt morgen, en Tom en Joshua zijn er vanavond al.'

'Geweldig! De hele familie dus.'

Antoinette lachte; ze kon Phaedra toch niet vertellen dat ze allemaal kwamen om haar van Margaret te verlossen? 'Vele handen maken licht werk. Jullie ontkomen er morgenochtend niet aan!'

'Wie heeft het tuinhuis gebouwd?'

'Geen idee.' Antoinette ging haar voor naar binnen. 'Romantisch, hè? Er is ongetwijfeld iemand die het weet, maar ik weet niet aan wie ik het moet vragen.'

'Ik hou wel van een mysterie,' zei Phaedra.

'Ik vrees dat dit geheim nooit ontsluierd zal worden, maar we kunnen het tuinhuis wel in zijn oude glorie herstellen.' Ze zuchtte. 'Wat jammer dat die muren niet kunnen praten.'

Ze lunchten allemaal samen in het grote huis. Phaedra zag meteen dat Rosamunde een nieuw kapsel had; ze zag er veel liever uit met haar haar los. Toen Phaedra haar een complimentje maakte, keek Rosamunde verlegen. 'Ik heb mijn haar het grootste deel van mijn leven uit mijn gezicht gedragen. Ik heb het gevoel dat het een beetje laat is om iets nieuws te beginnen.'

'Het is absoluut niet te laat. Je bent nog jong!' zei Phaedra.

'Dat is lief gezegd, kind.'

'Leeftijd doet er niet toe. Volgens mij gaat het om karakter. Iemand kan op zijn tachtigste jong zijn, of oud op zijn twintigste. Het is maar net hoe je vanbinnen bent.'

'Daar ben ik het mee eens,' zei David.

Rosamunde schoof blij heen en weer op haar stoel. 'Maar in dat geval, Phaedra, ben jij een heel oude en wijze eenendertigjarige, hoewel je er niet ouder uitziet dan twintig.' David ving Phaedra's blik en glimlachte stilletjes voor zich heen toen hij haar zag kleuren. Antoinette had het meteen in de gaten. Nu ze gemerkt had hoe na ze elkaar stonden, zag ze iedere verstolen blik en glimlach die die twee uitwisselden. Ze wilde dat niet. Hun groeiende liefde voor elkaar ging verder dan gewoon gedrag tussen broer en zus, en gaf haar beslist een bijzonder ongemakkelijk gevoel. Het was maar goed dat Phaedra de rest van het weekend bij Margaret zou logeren. Voortaan moet ze maar hier in huis overnachten, dacht Antoinette. Het was niet gezond voor David en haar om te vaak samen alleen te zijn. Daar kwam alleen maar narigheid van.

Toen die middag dokter Heyworth op de thee kwam, zat Rosamunde bij het tuinhuis op een stoel met een deken over haar knieën, terwijl Antoinette, Phaedra en David de klimop van de buitenmuren af trokken. Mevrouw Gunice had hem een Tupperware-bakje met koekjes gegeven en een mand met cake, sandwiches, een paar thermoskannen thee, kopjes, borden en bestek om in zijn auto mee te nemen. Dokter Heyworths hart klopte sneller bij de gedachte dat hij de hele middag zou doorbrengen met de vrouw van wie hij hield, en hij trapte op het gaspedaal om zo snel mogelijk boven aan de heuvel te zijn.

'Hallo, William,' zei Rosamunde vrolijk toen zijn auto stilhield bij de meidoorns. Ze zwaaide naar hem en hij zwaaide terug; zijn mond verbreedde zich tot een gulle glimlach. 'Wat heb je daar?' vroeg ze toen ze zag dat hij een grote mand van de achterbank tilde.

'Thee,' zei hij.

Toen hij over het pad naar hen toe liep, greep een windvlaag zijn strohoed en blies die van zijn hoofd. 'O jee!' riep hij.

‘Het is hier behoorlijk winderig. En koud ook, als de zon achter de wolken verdwijnt,’ zei Rosamunde. Hij zette de mand bij haar voeten en rende weg om zijn hoed te pakken voor de wind hem verder weg zou blazen.

‘Aha, heerlijk, koekjes van mevrouw Gunice,’ mompelde Rosamunde terwijl ze de inhoud van de mand inspecteerde.

‘Goed werk, lady Frampton,’ riep dokter Heyworth uit toen een lange sliert klimop als een dode octopus op de grond viel.

‘Ik word goed geholpen,’ zei Antoinette.

‘Vele handen maken licht werk,’ zei Rosamunde. ‘Ik zou ook wel graag willen helpen.’

‘Maar dat moet je niet doen,’ zei dokter Heyworth vriendelijk. ‘Hoe is het vandaag met onze patiënte?’

‘Ik voel me stukken beter. Ik ben heel voorzichtig naar boven gelopen en nu zit ik lekker onder deze deken.’

‘Mag ik je een kopje thee inschenken?’

‘Graag!’

Dokter Heyworth haalde een thermosfles uit de mand. ‘Morgen zal ik me erop kleden; dan kan ik meehelpen,’ zei hij.

‘Misschien mag ik dan ook wel meedoen.’

‘Je zus heeft heus wel een karweitje voor je dat niet te inspannend is – toch, lady Frampton?’

‘Ze mag de ramen lappen,’ riep Antoinette vanaf het dak.

‘Waarom drinkt u niet ook een kopje thee, lady Frampton? Dan trek ik wel klimop los. U wilt ongetwijfeld ook wel even uitblazen.’

Antoinette glimlachte naar hem. ‘Als de dokter het zegt, moet ik wel luisteren.’ Ze lachte en klom voorzichtig langs de ladder naar beneden. Toen ze daar was aangekomen stond dokter Heyworth al klaar om haar te helpen. Ze pakte zijn hand, sloeg de laatste sporten over en sprong op het gras. ‘Dank u wel.’

Dokter Heyworth rolde zijn mouwen op. ‘Ik kan niet stilzitten terwijl jullie aan het werk zijn. Dat is niets voor mij.’

‘Dan drink ik een kopje thee met Rosamunde en kijk ik lekker toe terwijl jullie drieën het werk doen.’

Antoinette spreidde het kleedje uit dat mevrouw Gunice boven op de mand had gelegd en ging zitten. David en Phaedra stonden op ladders en trokken de klimop van het timpaan dat op de zuilen rustte. Het was zwaar werk, omdat de plant zich had vastgehecht aan de stenen en niet van plan was los te laten. Met plamuurmessen wrikten ze de hechtworteltjes los, voorzichtig om de stenen eronder niet te beschadigen. Ze praatten gezellig met elkaar. Af en toe klonk hun lach op, en zelfs Rosamunde voelde de dynamiek tussen hen.

'Alsof ze elkaar hun hele leven al kennen,' merkte ze op tegen haar zus.

'Ja,' antwoordde Antoinette nerveus.

Rosamunde kneep haar ogen samen toen ze haar zusters toon hoorde. 'Ze zijn wel érg dol op elkaar, hè?'

Antoinette kromp ineen. 'Hoe bedoel je?'

'Niets. Alleen dat er iets tussen hen is – een soort geladenheid. Maar misschien zijn ze alleen maar dikke maatjes. Ze kunnen het in ieder geval heel goed samen vinden.'

'Denk je dat ze op elkaar vallen? Nou, daar kunnen ze dan verder niets mee. Ze zijn familie.'

Rosamunde zag dat haar zus van slag was. 'O, kom op, Antoinette, je hoeft je nergens druk om te maken. David is een verstandige jongen.'

'Dat weet ik wel, maar ik vind het verschrikkelijk als hij ongelukkig is. Onbeantwoorde liefde is heel erg.'

De zussen dronken samen hun thee en keken hoe de anderen langzaam al de klimop omlaaghaalden. Plotseling riep David verrast: 'Kijk nou eens! Er staan iets op het steen geschreven!' Dokter Heyworth klom naar beneden om het beter te kunnen bekijken. Phaedra veegde de laatste restjes klimop weg. Daar stonden duidelijk de woorden: DUM SPIRO TI AMO in het steen gebeiteld, gevolgd door een datum.

Antoinette stond op en zette haar handen in haar zij. Ze keek verbaasd omhoog naar de inscriptie. 'Niet te geloven!' bracht ze ademloos uit. 'Een aanwijzing voor ons mysterie. Wat betekent het? U kent vast Latijn, dokter Heyworth!'

'Jazeker. "Zolang ik ademhaal, heb ik je lief,"' antwoordde hij.

'O, wat romantisch!' riep Phaedra uit.

'En de datum, dokter Heyworth?' vroeg Antoinette.

'1954.'

'Dus het tuinhuis is niet zo oud als wij dachten.'

'Als iets door de natuur wordt verwoest, ziet het er veel ouder uit dan het in werkelijkheid is. Gebouwen kunnen in een paar jaar verweren,' wist dokter Heyworth.

'Nou, wie kan het dan gebouwd hebben?' vroeg Rosamunde.

'Ik neem aan dat een man het heeft laten bouwen voor de vrouw van wie hij hield,' zei David. 'En in 1954 woonde opa hier – verder niemand.'

'Die moet toen in de twintig zijn geweest... Denk je dat hij het voor Margaret heeft laten bouwen?' vroeg Antoinette verwonderd.

'Als het speciaal voor haar gebouwd is, waarom heeft zij het dan zo laten vervallen?' vroeg David.

'Geen idee,' antwoordde Antoinette peinzend. 'Ik bedoel, het tuinhuis kan alleen maar gebouwd zijn door Arthur.'

'En hij kan het voor niemand anders gebouwd hebben dan voor Margaret.'

'Haar familie komt uit Bath, als ik me niet vergis,' voegde Antoinette eraan toe.

'Vandaar de Bath-stenen.'

'Dat kan dan wel kloppen,' zei dokter Heyworth.

'Phaedra, je hebt een opdracht dit weekend,' zei Antoinette opgewonden. 'Jij bent de enige die het verhaal bij haar los kan krijgen.'

'Ik zal mijn best doen,' antwoordde Phaedra, terwijl ze de ladder af klauterde.

'Laten we een kopje thee nemen om het te vieren,' stelde David enthousiast voor.

'Er zijn cake en koek en sandwiches met ei,' vertelde Rosamunde. 'Mevrouw Gunice heeft weer een feestmaal klaargemaakt.'

Die avond bracht David Phaedra naar het huis van zijn grootmoeder aan de andere kant van het landgoed. Phaedra was er de vorige keer toen ze op Fairfield Park was op bezoek geweest, maar nu bloeide de clematis en het huis zag er in de rozige avondschemer mooier uit dan ooit. Ze parkeerde de auto bij de haag tussen het huis en de tuin, terwijl David zijn auto op het grind zette. Hij liet Rufus in de auto, omdat hij niet van plan was lang te blijven.

Margaret was dolblij toen ze Phaedra zag. Ze kwam haastig met een brede glimlach op haar gezicht uit haar werkkamer de hal in lopen. Ze spreidde haar armen en sloeg ze enthousiast om Phaedra heen. David had haar nog nooit zo opgewekt meegemaakt. 'Fijn dat je haar even gebracht hebt, David. Wil je voor je weggaat haar tas nog naar boven brengen? Naar de gele kamer, graag.'

David deed wat hem gezegd was en bracht de tas naar boven. Die was niet erg zwaar. Ze had kennelijk niet veel meegenomen.

Hij probeerde aan Phaedra's gezicht af te lezen of ze het fijn of vervelend vond om alleen bij Margaret achter te blijven. Ze lachte hem jolig toe en hij wist niet of ze zich alleen maar groot hield of dat ze het echt leuk vond om hier te zijn. Toen hij wegging, voelde hij zich verloren als een jongetje dat zojuist alle feestballonnen de lucht in had laten vliegen.

Hij liep terug naar zijn auto en naar Rufus, die blij kwispelde toen hij zijn baasje zag, maar de gedachte dat hij nu alleen naar huis moest gaan stemde David somber.

'Nou, meisje, wat zal ik je te drinken inschenken? Ik heb een bijzonder goede sauvignon, als je wijn wilt. Ik neem een glaasje sherry,' zei Margaret terwijl ze Phaedra voorging naar de zitkamer.

Phaedra liet haar ogen door het fraaie vertrek dwalen. Het was een harmonieuze, vierkante kamer, met een hoog plafond, hoge ramen en een brede honingkleurige schoorsteen waarboven een portret hing van Margaret als jonge vrouw. Ze was bepaald een schoonheid geweest. De kamer was smaakvol ingericht in zachtgeel en blauw, met antiek houten meubilair en grote zachte banken en stoelen, en straalde warmte uit die te danken was aan de positieve energie die er hing en niet aan de cv. 'Wat een prachtige kamer,' riep ze welgemeend uit terwijl ze op de bank ging zitten.

'Ja, maar ik ben niet verantwoordelijk voor de inrichting,' antwoordde Margaret. 'Antoinette heeft dat gedaan toen ze hier nog woonde. Ik heb er erg weinig aan veranderd. Het is nog steeds mooi, hè?'

'Ik vind hem echt prachtig.'

'Mooi, ik vind het prettig dat je hem mooi vindt. Antoinette heeft iets met geel.'

'Het is een gelukkige kleur.'

'Dat ben ik met je eens; het is inderdaad een gelukkige kleur. Ik zal het meisje even bellen.' Ze drukte een knopje in op een zilveren houder op de wandtafel. Even later verscheen er een opgewekte jonge vrouw met een blauw-met-wit gestreept schort in de deuropening. Haar bruine haar was naar achteren gekamd en ze had een rond, sproetig gezichtje met de grote blauwe ogen. 'Ah, Jenny, dit is Phaedra. Wat wilde je drinken, kind?'

'Een glaasje witte wijn graag,' zei Phaedra.

'Mooi, en voor u een sherry, mevrouw?' vroeg Jenny aan Margaret.

'Zoals altijd,' zei Margaret kordaat.

'Mooi, ik ben zo terug.' Jenny verdween.

'Ik geloof dat zij te veel geel heeft gehad,' zei Margaret met een lachje. 'Ze is veel te vrolijk.'

'Is ze altijd zo?'

'Altijd.'

'Dan boft ze maar.'

'Je kunt haar beter om je heen hebben dan iemand die de hele tijd loopt te chagrijnen, zou ik zeggen. En bovendien kookt ze heel goed.' Margaret ging naast Phaedra zitten. 'Wat gezellig,' zei ze met een zucht. 'Nu heb ik je helemaal voor mezelf. Ze vechten allemaal om je in het grote huis, hoor.'

'Vast niet,' antwoordde Phaedra bescheiden.

'O, jawel. Je hebt iets sprookjesachtigs in de familie gebracht. Ik kan er de vinger niet op leggen, maar je straalt een bijzonder licht uit, Phaedra, en daar willen we ons allemaal in koesteren.'

'Echt, zo'n compliment verdien ik helemaal niet. Jullie zijn allemaal erg aardig voor me geweest. Ik voel me heel welkom.'

'Ik denk dat Antoinette graag een dochter had gehad, en wat mij betreft – ik had alleen George maar. Ik had het heerlijk gevonden om een meisje te hebben.' Margarets gezicht betrok even. 'Maar dat zat er niet in.'

'Wat jammer.'

'Ach, het hindert niet meer. Ik heb nu een kleindochter en dat is heerlijk. Ah, Jenny, kom maar binnen.'

Het meisje gaf Margaret haar sherry aan en ze nam een slokje. Phaedra proefde haar wijn, die precies op temperatuur was.

'David heeft me over jullie bezoek aan Murenburg verteld,' zei Margaret.

'Het was louterend, en het heeft ons denk ik allemaal goedgedaan.'

'Het was een geluk voor de jongens dat jij met hen mee bent gegaan.'

'Ik vond het fijn. Ik had er behoefte aan om de plek te zien waar George van ons is weggenomen, om hem te kunnen loslaten. Ik heb er nu vrede mee. Ik mis hem natuurlijk, en ik denk veel aan hem, maar het doet niet meer zo verschrikkelijk veel pijn. Ik denk dat dat komt doordat ik zijn dood nu kan aanvaarden. Het is nu eenmaal zo en ik kan niets doen om hem weer tot leven te wekken. Maar ik kan wel zijn herinnering koesteren en verdergaan met mijn eigen leven, dat zo veel beter is geworden doordat ik hem een tijdje heb mogen kennen.'

Margarets gezicht gloeide van bewondering. 'Jij bent een oude ziel, Phaedra. Ik heb het met dominee Morley over je gehad en hij is het met me eens. Je bent heel wijs voor je leeftijd. Toen je in de blauwe kamer van Antoinette met me praatte, is er iets wonderbaarlijks gebeurd. Niemand heeft ooit zo met me gepraat. Ik was nog niet naar George' graf geweest, moet je weten. Ik wilde niet accepteren dat hij dood was. Het was te veel. Toen, die dag, ging ik met Joshua naar het kerkhof en gebeurde er iets waarvan ik schrok. Ik kwam bij toeval bij George' graf terecht en opeens schaamde ik me heel diep omdat ik niet had geweten waar het was. Hij was mijn zoon, en ik wist niet eens welke grafzerk van hem was! Ik heb me zelfs niet bemoeid met de tekst die op de officiële steen komt. Dat heb ik allemaal aan Antoinette overgelaten. Maar ik had me er wél mee moeten bemoeien. En toen kreeg ik erge spijt. Ik dacht dat ik een hartaanval kreeg, maar jij maakte het me allemaal duidelijk toen je met me praatte. Ik had niet gerouwd. Ik bedoel, hoe kon ik nu rouwen terwijl ik zijn dood niet eens accepteerde? Maar met jou kon ik over hem praten en over hoe ik me voelde. Dat was een hele opluchting. Ik voelde me daarna een ander mens.' Ze glimlachte beverig. 'Ik heb gisteren een boeketje gele bloemen op zijn graf gelegd. Omdat geel zo'n vrolijke kleur is, dacht ik dat dat mooi zou zijn. En dominee Morley is heel aardig geweest.'

De bloemen waren dus toch geen hulde van de dominee, dacht Phaedra. 'O, Margaret, wat vind ik het fijn dat je je beter voelt,' zei ze.

De oude vrouw gaf een klopje op Phaedra's hand. 'Jij hebt me de weg gewezen, liefje.'

'Echt?'

'Jazeker. Jij was een lichtje dat me de weg naar God wees. Dominee Morley is mijn leraar en gids geweest. Ik kan me nu niet voorstellen dat ik zo oud ben geworden zonder te beseffen dat God bestaat. Het is heerlijk, en ik heb het aan jou te danken.'

'Maar die eer komt mij echt niet toe.' Phaedra voelde zich kleintjes onder zo veel lof.

'Die komt je wel toe, echt, liefje. En nu heb ik iets voor jou.' Ze pakte een met rood fluweel bekleed etui op dat op de wandtafel lag. 'George wilde dat jij ze kreeg, en ik vind dat je ze helemaal verdient. Eerst was ik er eerlijk gezegd tegen. Het zijn Frampton-sieraden en ik vond dat ze in de familie moesten blijven. Maar nu ik je ken, weet ik geen betere kandidate om ze aan te geven, hoewel je natuurlijk zult trouwen en ze zult doorgeven in een andere familielijn.'

Phaedra's hart begon te bonzen. Met een wee gevoel pakte ze het etui aan.

'Toe maar, doe maar open.'

Phaedra klapte het deksel open. Daar lagen ze: de Frampton-saffieren. Ze schitterden zoals ze nog nooit iets had zien schitteren. Phaedra hapte naar adem. Toen deed ze het etui snel dicht. 'Margaret, dit kan ik niet aannemen.'

Margarets gezicht betrok. 'Hoezo? Waarom in 's hemelsnaam niet?'

'George was impulsief, dat weet je. Hij wilde dat ik ze kreeg. Maar ik weet zeker dat als hij langer geleefd zou hebben, hij van gedachten zou zijn veranderd.'

'Dat kun je niet weten.'

'Jawel. Echt wel.' Ze lachte bitter. 'Zijn dood heeft me in een heel lastig parket gebracht, daar heb je geen idee van. Het zou verkeerd van me zijn om ze aan te nemen. Jouw eerste gevoel klopte helemaal: ze moeten in de familie blijven.'

'Maar jij bént familie.'

'Zoals je net zei: ooit zal ik trouwen en dan neem ik ze voor altijd mee. Dan behoren ze nooit meer toe aan de Framptons. Dat klopt niet. Jij weet toch ook, diep in je hart, dat dat niet klopt?'

'Maar mijn zoon wilde het zo.'

'Het was een gril van hem, Margaret. Echt, ik vind het verschrikkelijk...'

'Ik sta erop!' Margaret gaf haar weer een klopje op haar hand. 'Slaap er maar een nachtje over. Morgen denk je er vast anders over.'

Phaedra zuchtte. Ze wilde haar gastvrouw niet grieven. 'Goed, ik slaap er een nachtje over.'

'Mooi. En dan gaan we nu een hapje eten. Je hebt vast honger.' Phaedra liep achter haar aan naar de eetkamer. 'Dan kun je me vertellen wat er aan de hand is, daar bij het tuinhuis. David heeft het je vast verteld. Antoinette is het kennelijk aan het restaureren. Weet jij waarom? Ik snap niet wat haar bezielt.'

23

Margaret ging aan het hoofd van de tafel zitten en Phaedra zat rechts van haar. Jenny diende het eten op: aspergesoep vooraf, gevolgd door een lamsbout, nieuwe aardappeltjes en groente uit de tuin.

'Vertel eens: waarom restaureert Antoinette het tuinhuis? Het was prima zoals het was,' zei Margaret toen Jenny naar de keuken verdween.

'Ik denk dat ze het fijn vindt om iets omhanden te hebben dat haar afleidt,' zei Phaedra.

'Ik dacht dat ze die afleiding al in de tuin kreeg. Barry heeft me verteld dat ze hem heeft meegenomen naar de kwekerij en een heleboel planten heeft gekocht. Een beetje rommelen in de tuin, dat is prima. Maar het tuinhuis? Ik bedoel, je moet die hele heuvel op. Wat heeft het voor zin?'

'Misschien doet ze het uit nieuwsgierigheid.'

Margaret leek van haar stuk gebracht. 'Is ze nieuwsgierig naar het tuinhuis?'

'O, ik ook. Het tuinhuis heeft mijn hart gestolen.'

'O ja? Waarom?'

'Omdat het zo schattig is, en zo verwaarloosd. Het heeft iets geheimzinnigs, iets romantisch. Vind je niet?'

'Nou, als ze mij ernaar gevraagd had, dan had ik het haar wel verteld. Er is helemaal niets geheimzinnigs aan, en nog minder romantiek. Neem dat maar van mij aan.'

'O, wat een teleurstelling!'

Margaret hief haar kin. 'Het is voor mij gebouwd. Door mijn man.'

'Dat is toch romantisch?' zei Phaedra opgewekt.

'Maar de reden voor dat grote gebaar was helaas niet erg romantisch.' Margaret legde haar lepel neer en aarzelde, alsof ze bij zichzelf overlegde hoe ze het verhaal het best kon vertellen. 'Kijk, Arthur was een vrouwenliefhebber. Of liever: hij was een liefhebber van één vrouw. Ze heette Leonora en ze was best aantrekkelijk, op een ietwat ordinaire manier, hoewel ze heel aristocratisch was, hoor – de dochter van een graaf. Goed, ze hadden een verhouding, zoals zo veel mannen die hebben. Zijn fout was niet dat hij een scharrel had met een ander, maar dat hij zich liet betrappen. Hij zei altijd dat het elfde gebod luidde: "Laat je niet betrappen", en wat deed die dommerd uiteindelijk? Hij liet zich betrappen. Ironisch, hè?'

Phaedra was wit weggetrokken.

'O, daar hoef je niet van te schrikken, liefje. Ik ben eroverheen gestapt. Ik ben sterker dan ik eruitzie.'

'Wat heb je gedaan?'

'Ik heb hem in niet mis te verstane bewoordingen te kennen gegeven dat ik bij hem weg zou gaan als hij háár niet zou laten zitten, en dan het liefst in een woestijn ergens heel ver weg.' Ze lachte. 'Hij heeft haar natuurlijk onmiddellijk aan de dijk gezet. Dan doen mannen meestal als ze moeten kiezen tussen hun maîtresse en hun echtgenote. Ze komen op een holletje terug. Als een geslagen hond, met de staart tussen de benen.'

'Dus hij heeft dat tuinhuis als een soort excuus gebouwd?'

Margaret glimlachte. 'Jij bent echt een romantisch meisje, hoor. Ja. Heel dom van hem. Hij hoefde echt niet al die moeite te doen en stenen vanuit mijn geboorteplaats helemaal naar Hampshire te verslepen. Ik heb nooit iets voor dat tuinhuis gevoeld.'

'Maar hij hield van je,' zei Phaedra eenvoudig.

'Op zijn manier.'

'Mannen zijn er erg goed in om het leven in hokjes te verdelen. Hij hield waarschijnlijk van jullie allebei op een heel verschillende manier.'

'Misschien.'

'Maar zijn grootste liefde en trouw golden jou.'

'En hij wilde geen schandaal, vergeet dat niet. In die tijd kon zoiets echt niet door de beugel.'

'Maar het is een mooi gebaar om een huisje te bouwen op een plek waar je van de ondergaande zon kunt genieten. Het tuinhuis staat volgens mij op het mooiste deel van het landgoed.'

'Ja, het is er erg mooi.'

'Het uitzicht is fantastisch. Je kunt het meer zien, en het huis, en de lucht is er zo weids. Ik zou het heerlijk vinden om er te zitten en de zon op en onder te zien gaan. Dat kan allebei.'

'Nou, ik zit er nooit,' zei Margaret kortaf. Ze ging weer verder met haar soep.

'Heb je hem uiteindelijk vergeven?' vroeg Phaedra.

'Volgens mij hebben we het gewoon overleefd en zijn we er een beetje sterker en een beetje bedachtzamer uit gekomen. Maar het was nadien nooit meer helemaal hetzelfde. Zulk soort dingen veranderen je. Jij bent te jong om dat te weten, maar ik kan je uit ervaring vertellen dat je een beetje anders uit zo'n gebeurtenis tevoorschijn komt. In mijn geval werd ik een oude zuurpruim.'

'O, Margaret, dat vind ik niet.'

'Jawel. O, ik lachte nog wel steeds. Arthur kon me als geen ander aan het lachen maken, en dat gunde ik hem eigenlijk niet. Ik vond dat hij de beloning dat ik gelukkig was niet verdiende. Dus werd ik lastig, alleen maar om hem te straffen.' Ze nam een slok wijn. 'Misschien heb ik het hem wel nooit vergeven. Niet helemaal.'

'Wat zou dominee Morley daarvan vinden?'

'Hij zou het niet goed vinden. Ik weet wel dat het niet erg christelijk van me is. Vergeving is een van Jezus' meest blijvende boodschappen aan ons. Maar Arthur is al lang dood, en ik ben nog steeds een oude zuurpruim.'

Phaedra's hart zwol van medelijden. 'Ik vind je helemaal geen zuurpruim, Margaret.'

Margarets ogen schitterden blij. 'Dat komt doordat ik jou graag mag. En nu kun je tegen Antoinette zeggen dat je het geheim hebt opgelost. Ze is je vast erg dankbaar.'

'Er staat "Zolang ik adem, heb ik je lief". In het Latijn.'

Margaret keek verrast. 'Ken jij Latijn?'

'Dokter Heyworth.'

De oude vrouw trok haar wenkbrauwen op. 'O ja, die zit achter Antoinette aan, toch?'

'Ik dacht dat hij voor Rosamunde kwam.'

Margaret verwierp die gedachte. 'Heb je Rosamunde wel eens goed bekeken? Nee, ik dacht al van niet. Ze is heel aardig, maar niet bepaald aantrekkelijk, zoals Antoinette. Die bovenstebeste dokter Heyworth. Hij is al dertig jaar verliefd op haar, geloof ik. Ik had haar dat allang kunnen vertellen.'

'Weet Antoinette het niet?'

'Natuurlijk niet. Antoinette is heel bescheiden, en bovendien rouwt ze nog steeds om George.'

'Denk je dat hij haar zijn liefde zal verklaren?'

'Als hij maar een greintje verstand heeft, laat hij dat wel uit zijn hoofd. Het zou heel aanmatigend van hem zijn. Ik neem aan dat Rosamunde gewoon teruggaat naar huis, en dat dokter Heyworth zich terugtrekt in zijn praktijk en alles weer gewoon wordt zoals vroeger.'

Ze aten hun lamsvlees en als toetje aardbeien en zwarte bessen van de supermarkt. Margaret begon over iets heel anders: 'Nu heb ik nog een karweitje voor je.'

'Ik help je graag.'

'Mooi, want ik heb je hard nodig. Het gaat over David.'

'O?'

'Het wordt tijd dat hij een lieve vrouw vindt om mee te trouwen.' Margaret ging helemaal op in de heerlijke aardbeien en zag daardoor de blos op Phaedra's wangen niet. 'Hij wordt er ook niet jonger op, en het is al een hele tijd geleden dat hij een echte vriendin had.'

'Hoe kan ik dan helpen?'

'Je bent zijn halfzus, en je bent heel mooi. Jij hebt ongetwijfeld vriendinnen in Londen die je aan hem kunt voorstellen.'

'Hij heeft een hekel aan Londen.'

'Dan breng je ze hiernaartoe. Antoinette vindt het vast prima om haar logeerkamers met leuke vriendinnen van jou te vullen.'

'Maar ik héb geen vriendinnen in Londen,' wierp Phaedra tegen, in een poging om onder de verplichting uit te komen. 'Die wonen allemaal in Parijs.'

'Je kent vast wel één geschikte kandidate.'

'David is heel kieskeurig.'

'Ja, dat is zijn fout. Hij legt de lat onmogelijk hoog. Hij leidt per slot van rekening niet zo'n opwindend leven. Hij heeft een vrouw weinig te bieden.'

'Hij woont op een van de mooiste landgoederen van het land!'

'Ja, maar hoeveel vrouwen willen er midden in een korenveld wonen? Ze willen uitgaan en onder de mensen komen. Hij moet wat minder kieskeurig zijn en een lief, aardig meisje zoeken dat het fijn vindt om hier te wonen en een hoop kinderen te krijgen. Ooit zal hij het grote huis erven, en ik kan me niets ergers voorstellen dan dat hij daar als vrijgezel intrekt. Hij zal erin verdrinken. Nee, hij moet een vrouw zoeken en een groot gezin stichten, en jij, liefje, moet hem daarbij helpen.'

Phaedra zuchtte, sloeg haar ogen neer en keek naar haar lege bordje. 'Ik zal mijn best doen.'

'Mooi!' Toen voegde Margaret er met een glimlach aan toe: 'Wat jammer dat je zijn zus bent, want jij zou de ideale vrouw voor hem zijn.'

Na het eten bracht Margaret Phaedra naar haar kamer. Het was een gezellige kamer, met geel gebloemd behang, bijpassende gordijnen en een hoog ijzeren bed. Er stonden een kan water en een glas op het nachtkastje en er lag een King James-bijbel. Phaedra vroeg zich af of Margaret die daar gelegd had naar aanleiding van haar lange gesprekken met de dominee.

'Als het te warm wordt, kun je het raam opendoen,' zei Margaret terwijl ze de gordijnen dichttrok.

'Het is prima zo.'

'Ik hou van een warm huis. Op mijn leeftijd voel je de kou verschrikkelijk.'

'Het bed ziet er heel behaaglijk uit.'

'Dat is het ook. Dus slaap maar uit. We ontbijten in de serre als je zover bent. Haast je niet. Als Basil je wakker komt maken, moet je hem gewoon negeren, dan gaat hij wel weg. Als je hem maar een beetje aandacht schenkt, is hij niet meer weg te slaan. Ik heb je gewaarschuwd!'

'Maak je geen zorgen. Ik ben dol op honden,'zei Phaedra lachend.

'Gelukkig maar. Slaap lekker, liefje.'

Phaedra nam een bad en trok haar pyjama aan. Ze deed het licht uit en bleef even bij het raam naar de sterren staan kijken. Ze vroeg zich af of David nu met Rufus een rondje om het meer liep en naar dezelfde sterren keek. Haar kamer had uitzicht op de tuin en zoete geuren dreven naar binnen. Ze snoof ze met genoegen op en hoorde het vertrouwde gekras van een uil in de duisternis. Ze moest aan de kerkuil Boris denken en vroeg zich af of die bij Davids huis zat te krijsen.

Ze miste hem. Het was heel gezellig bij Margaret thuis, en ondanks Davids gevoelens voor zijn grootmoeder mocht Phaedra haar graag, maar ze was toch liever bij David thuis.

Ze stapte in bed en sloot haar ogen. Zij zou heel graag midden in de korenvelden wonen en met een man trouwen die op een tractor reed. Ze draaide zich om en zuchtte diep. Hoe kon dit tot een goed einde komen? Datgene wat haar in staat zou stellen met hem te trouwen, zou hem voor altijd van haar vervreemden. Er was geen andere keus dan haar mond houden, haar hart op slot doen en de sleutel weggooien, dacht ze wanhopig.

Ze had eerder iemand liefgehad, en daar had ze verschrikkelijk veel verdriet van gehad. Als ze zou toelaten dat ze van David net zo veel ging houden, zou ze ook weer net zo veel verdriet hebben. Ze moest aan haar moeder denken, die haar als kind had gezegd dat ze niet moest verlangen naar de maan, omdat ze daar gek van zou worden. Maar de maan was zo mooi geweest dat ze haar ogen er niet vanaf had kunnen houden. En zo was het nu ook met David: ze wist dat ze gek zou worden, maar ze móést bij hem zijn. Op de korte termijn was het geluk om bij hem te zijn in ieder geval het verdriet waard.

Ze dacht aan Arthur en zijn verhouding met Leonora. De gedachte stond haar tegen. Die arme Margaret, die zo geleden had en zo haar best deed om sterk te zijn. Geen wonder dat ze bitter was geworden. Na zo wreed bedrogen te zijn, werd je vanzelf een ander mens. Phaedra kneep haar ogen dicht. Een traan drong zich door haar wimpers heen. Ze fronste haar wenkbrauwen en veegde de traan aan het kussensloop af. Ze kon beter niet aan verdrietige dingen denken. Iets fijns was beter.

Het getik van de grote klok op de schoorsteenmantel hield haar uit haar slaap. Het geluid was haar niet opgevallen toen ze zich uitkleedde, maar nu, in de stilte, klonk het keihard. Ze stond op en deed het licht aan. Het was een prachtige antieke klok, waarschijnlijk heel kostbaar. Ze dacht even na en besloot toen hem in haar trui te wikkelen, het pakketje in haar weekendtas te leggen en de tas in de kast te doen. Ze deed de kastdeur dicht en luisterde. Het getik was nu voldoende gedempt om te kunnen slapen.

De volgende ochtend werd ze wakker van het geluid van kleine pootjes die haar slaapkamer binnen kwamen trippelen. Ze wist dat het Basil was, maar ze sloeg Margarets waarschuwingen in de wind, draaide zich om en keek naar het hondje. Hij kwispelde met zijn staartstompje en blafte. Het had geen zin om nu nog te proberen weer in slaap te vallen, en bovendien was ze klaarwakker, omdat ze zich erop verheugde David weer te zien.

Margaret zat in de serre. Ze dronk een kopje koffie en nam de kranten door toen Phaedra beneden kwam. Het zonlicht stroomde door de ruiten naar binnen en maakte de ruimte zo warm als een oven. Margaret had de ramen opengezet voor wat koelte.

'Goedemorgen, liefje,' zei ze met een glimlach. 'Heb je lekker geslapen?'

'Als een roos.'

'Mooi. Goed, wat wil je voor ontbijt? Jenny kan een eitje voor je koken, als je dat lekker vindt.'

Phaedra ging zitten. 'Graag. Heerlijk!'

Ze had net haar lepel in het zachtgekookte eitje gestoken toen er voor het raam drie bekende gezichten opdoken. Margaret trok een wenkbrauw op, maar leek allerminst verrast. 'Aha, de reddingsbrigade. Ik vroeg me al af wanneer ze zouden komen.'

Phaedra keek naar David, Joshua en Tom, en lachte. 'Ik hoef echt niet gered te worden, hoor,' zei ze.

'We komen je eigenlijk rekruteren,' zei Tom. Hij ging als eerste naar binnen. Hij kuste haar op haar wang en ging naast haar zitten. 'Croissants graag, oma, als het mag. Phaedra eet ze toch niet, hè Phaedra?'

'Ik heb extra croissants gekocht,' zei Margaret. 'Je denkt toch niet dat ik jullie bezoek niet had voorzien? Hoewel ik jullie niet alle drie had verwacht. En waar hebben jullie Roberta en Amber gelaten?'

'Die zitten te ontbijten,' zei Joshua. Ook hij kuste Phaedra. 'We dachten dat je het wel leuk zou vinden om mama bij het tuinhuis te helpen. We kunnen een extra stel handen goed gebruiken.'

'Gelukkig heb ik je gisteravond al te eten gevraagd,' zei Margaret. 'Ik wist wel dat de jongens ons niet lang met rust zouden laten.'

Maar ze leek niet uit haar humeur; de zuurpruim vond het moeilijk zuur te blijven. Joshua ging naast zijn grootmoeder zitten en pakte een geroosterde boterham.

'Jullie kunnen net zo goed mee-eten,' zei Margaret. 'Ik neem aan dat iedereen koffie wil en eieren?'

'Je leest mijn gedachten, oma,' zei Tom.

'Krijg je in het grote huis niet te eten?'

'Nooit genoeg,' zei Tom. Hij schudde droevig zijn hoofd. 'Ik heb altijd honger.'

David ving Phaedra's blik en glimlachte. 'Ik zou wel een pannenkoek lusten,' zei hij, en Phaedra glimlachte terug.

'Het is hier geen restaurant!' snauwde Margaret. 'Eieren met spek – graag of niet.'

'Graag,' zei David. Hij ging aan de andere kant van Margaret zitten.

'Ben je gisteravond met Rufus om het meer gelopen?' vroeg Phaedra zachtjes.

'Ja. Hoe weet je dat?'

'Ik dacht het alleen maar. Heb je de uil gehoord?'

'Ja, maar het was Boris niet. Boris krijst.'

Ze lachte. 'Denk je dat het een vriendje was?'

'Ik denk niet dat ze samen eten, als je dat soms bedoelt.'

Phaedra liet haar stem nog verder dalen. 'Ik weet wie het tuinhuis gebouwd heeft en waarom. Ik vertel het je straks wel.'

David keek naar zijn grootmoeder. Die was in gesprek met Joshua en Tom. 'Als we alleen zijn,' antwoordde hij.

Margaret wilde niet mee naar het tuinhuis, maar ze vond het prima dat Phaedra ging. Ze herinnerde hen er nog aan dat ze allemaal voor het eten waren uitgenodigd. Voor Tom had ze strooptaart laten maken, omdat ze wist dat dat een van zijn lievelingstoetjes was.

Phaedra haalde haar camera uit de auto en toen vertrokken ze met z'n vieren in Davids Landrover. Rufus zat op de grond voor de stoel van Phaedra en legde zijn kop op haar knie. David zag dat zijn hond net zo dol op haar werd als hij. Ze leek hen allemaal in een goede bui te brengen, want Joshua en Tom zaten elkaar achterin goedmoedig te plagen en Phaedra moest lachen om hun vrolijke gedoe. Hun prettige nieuwe publiek leek hen nog geestiger te maken en David moest wel met hen meelachen.

Ze kwamen bij het tuinhuis aan en troffen daar dokter Heyworth en Rosamunde, Antoinette, Roberta, de kleine Amber in haar buggy, en Kathy, de dikke nanny die op haar paste. Ze werden door iedereen opgewekt begroet, behalve door Roberta, die koeltjes 'Hallo' tegen Phaedra zei en haar verder achterdochtig vanaf haar ladder gadesloeg zonder verder nog iets te zeggen. De jongens hielpen dokter Heyworth het meubilair naar buiten te dragen en op het gras te zetten, terwijl Phaedra de rest van de klimop van de andere kant van het tuinhuis af haalde en Antoinette en Rosamunde, die vandaag een stuk beter ter been was, het tuinhuis schoonveegden. Toen schrobden ze de vloer en de muren, en boenden de ramen tot ze glommen. Het was eerder een feest dan een corvee. Er hing een opgewekte stemming: iedereen praatte en maakte grapjes met elkaar, terwijl de zon steeds hoger aan de hemel kwam te staan en op hen neerscheen.

David en Phaedra vonden het gewoon fijn om bij elkaar te zijn. Ze keken elkaar af en toe aan als de anderen te druk bezig waren om het te zien, en wisselden grapjes uit en opmerkingen die alleen zij begrepen. Antoinette was te zeer in beslag genomen door haar werk om zich zorgen te maken over haar zoon en stiefdochter, en Rosamunde had het zo druk met op de dokter letten dat er een hele eendenfamilie had kunnen binnenvliegen zonder dat ze het gemerkt zou hebben.

Roberta was in een goede bui, ondanks haar twijfels over Phaedra, of misschien wel juist vanwege die twijfels. Haar gespeur bezorgde haar een heimelijk gevoel van opwinding, iets waarvan alleen Joshua en zij op de hoogte waren. Ze had zich vast voorgenomen om dit weekend Phaedra's slaapkamer binnen te sluipen en wat haren uit haar haarborstel te halen. Ze wist nog niet hoe ze het moest aanleggen om een DNA-test te laten doen, maar ze kende wel mensen aan wie ze dat kon vragen. Ze bekeek Phaedra met het plezier waarmee een jager een argeloos hert bekijkt. Die meid had geen idee dat zij haar in de gaten hield; ze dacht zeker dat haar plannetje gelukt was.

Terwijl Roberta een muur stond te schrobben, kwam Joshua achter haar staan en kuste haar in haar nek, op het plekje huid dat nog net zichtbaar was omdat ze haar haar met een elastiekje had opgebonden. Ze glimlachte en draaide zich verrast om. 'Hé, hallo,' zei ze zachtjes. 'Waar heb ik dit aan te danken?'

'Geen idee. Ik had gewoon zin om je te zoenen.'

Ze giechelde. 'Fijn!'

'Leuk is dit, hè?' zei hij. Hij sloeg een arm om haar middel en drukte haar even tegen zich aan.

'Ja, we zijn een geheim team. Net undercoveragenten.'

'Zul je heel erg teleurgesteld zijn als je het bij het verkeerde eind hebt?' vroeg hij lachend.

Roberta lachte ook. 'Nee, jíj zult heel erg teleurgesteld zijn als ik gelijk blijk te hebben!'

Ze picknickten in de schaduw. Phaedra haalde haar camera uit de Landrover en maakte een heleboel foto's. Ze probeerde niet te laten merken dat ze voor elke foto van dokter Heyworth of van Davids familie er drie van David nam. Het tuinhuis fotografeerde ze ook, van alle kanten, en ze bekeek het resultaat vervolgens op het schermpje.

Tom was een tijdje verdwenen en kwam terug met een oude stereo-installatie die hij had opgediept uit een kast in zijn kamer. Hij zette een bandje op met dansmuziek uit de jaren tachtig, tot groot plezier van zijn broers. Toen pakte hij Phaedra bij de hand en trok haar overeind. Hij trok zich niets aan van haar bezwaren en begon met haar te dansen. Joshua brulde van het lachen en nam Roberta bij de hand. Ze dansten met z'n vieren uitbundig in de zonneschijn totdat Rufus, in verwarring gebracht, begon te blaffen. Dokter Heyworth, geïnspireerd door de jongelui en aangemoedigd doordat Antoinette duidelijk plezier had in het geheel, vroeg Rosamunde ten dans. Rosamunde leek zich te generen en weigerde, met haar heup als excuus. Dokter Heyworth liet zich echter niet uit het veld slaan en stapte op Antoinette af. 'Lady Frampton,' begon hij, 'mag ik deze dans van u?' Ze glimlachte verlegen naar hem, aan de ene kant vergenoegd, aan de andere kant gegeneerd. 'We doen het voorzichtig aan,' zei hij geruststellend en hij stak zijn hand uit.

Rosamunde keek ongemakkelijk toe toen de man naar wie ze verlangde zijn arm om het middel van haar zus sloeg en haar over het gras voerde. Onder het dansen lachten ze en ze hielden hun hoofden dicht bij elkaar om elkaar te kunnen verstaan. Ze bewogen zich ritmisch op de maat van de muziek. Rosamunde hield zichzelf voor dat hij Antoinette alleen maar uit beleefdheid had gevraagd. Als zíj geen nee had gezegd, zou hij nu háár tegen zich aan drukken.

David schonk zichzelf nog een glas wijn in, leunde achterover op het kleed en gaf luidkeels commentaar op het buitengewone schouwspel. Maar hij hield Phaedra onafgebroken in de gaten.

De feestelijke stemming hielp hen allemaal de middag door. Roberta ging tegen theetijd weg om Amber en Kathy naar huis te brengen, maar de anderen bleven bij het tuinhuis.

'Morgen gaan we schilderen,' kondigde Antoinette aan. 'Dus oude kleren aan, graag.'

'Weten we al wie het gebouwd heeft?' vroeg dokter Heyworth.

Antoinette keek Phaedra hoopvol aan. 'Heb je iets van Margaret losgekregen?'

'Arthur heeft het kort na hun huwelijk laten bouwen,' antwoordde ze luchtig. 'Wat een romantisch cadeau, hè?'

'Heel romantisch,' antwoordde Antoinette. Ze vroeg zich af waarom dat nooit aan haar verteld was.

Phaedra keek even naar David, die besefte dat ze niet het hele verhaal vertelde. Ze keek weer naar Antoinette. 'Margaret beweert dat ze het je wel verteld zou hebben als je haar ernaar gevraagd had.'

'O, dus er is niets geheimzinnigs aan?' Antoinette was teleurgesteld.

'Nee, er zijn geen geheimen.'

'Waarom komt ze hier dan nooit naartoe?'

'Dat moet je haar zelf maar vragen. Ik ben het vergeten.'

'Misschien is het te pijnlijk voor haar,' zei Antoinette peinzend.

'Ja, misschien wel,' antwoordde Phaedra. Weer ving ze Davids blik. Het was niet bepaald een verhaal dat ze graag aan hem zou vertellen.

Die avond aten ze allemaal bij Margaret. Ze had veel moeite gedaan om een menu samen te stellen dat ze allemaal lekker vonden. David had uit Arthurs wijnkelder een aantal mooie wijnen uitgekozen. Het was alsof ze iets belangrijks te vieren hadden.

Na het eten speelden ze hints. Zelfs Margaret deed mee en ontlokte met haar zeer overtuigende voorstelling van Cruella De Vil haar stomverbaasde publiek een stormachtig applaus.

Antoinette keek toe hoe haar familie een eenheid begon te worden op een manier die ze nooit voor mogelijk had gehouden, en op een hoogstonwaarschijnlijke plek. Bij Margaret thuis was het altijd stijf en formeel geweest, en werd er weinig gelachen. Nu was het het centrum van de pret. Ze keek naar Phaedra, het middelpunt van alles. Ze leek een bijzonder gouden licht uit te stralen waarmee ze iedereen naar zich toe trok, als een schitterende ster – iedereen behalve Roberta. Antoinette zou graag zien dat haar schoondochter beter haar best deed om Phaedra te leren kennen. Roberta zou haar vast aardig vinden, als ze haar een kans zou geven.

Een tijdje later ging Tom naar buiten om een sigaret te roken en Joshua liep met hem mee. Rosamunde en Antoinette vertrokken naar huis en Margaret ging naar bed. David greep de gelegenheid aan om onder vier ogen met Phaedra te praten. Ze keerden terug naar de eetkamer met de smoes dat ze hun glazen wilden bijvullen. Roberta zag haar kans schoon en haastte zich naar boven naar de gele kamer.

'En, wat is nou het echte verhaal?' vroeg David. Phaedra wilde het hem liever niet vertellen, maar Margaret had zelf gezegd dat Arthurs verhouding geen geheim was, dus ze herhaalde tegen hem wat zijn grootmoeder haar verteld had. Hij keek ontzet.

'Dat verklaart veel,' zei hij ten slotte. 'Die arme oma. Ik kan bijna niet geloven dat opa haar zoiets heeft aangedaan, en nog wel zo snel na hun bruiloft. Hij leek me er helemaal het type niet voor. Ik herinner me hem als een heel fatsoenlijk, achtenswaardig man.'

'Hij heeft zijn lesje waarschijnlijk wel geleerd.'

'Het tuinhuis is wel een heel groot zoenoffer. Arthur moet zich erg schuldig hebben gevoeld.'

'Het verbaast me niets dat Margaret er nooit naartoe gaat. Ik neem aan dat ze er nooit overheen is gekomen.'

'Je zou zoiets nooit hebben gedacht als je ze samen zag.' Hij keek ernstig naar haar omlaag. 'Ga je het aan moeder vertellen?'

'Dat is niet aan mij.'

'Dan doe ik het,' zei David, nadat hij er even over had nagedacht. 'Het verklaart veel van Margarets karakter.'

'We zijn allemaal de optelsom van onze ervaringen,' zei Phaedra plechtig.

'Kijk niet zo droevig! Wat zijn jouw ervaringen dan?' Hij lachte vrolijk.

Ze schudde haar hoofd. 'Nu niet.'

Hij fronste zijn wenkbrauwen. 'Ga je het me ooit nog een keer wél vertellen?'

'Er valt weinig te vertellen.'

Maar dat geloofde David niet. 'Ik heb het gevoel dat je iets voor me verzwijgt.'

'Iedereen mag wel een paar geheimen hebben.'

'Ik kan me niet voorstellen dat jij er veel hebt.'

'Een paar maar.' Ze keek naar hem op. Heel even dacht ze dat hij op het punt stond haar te gaan zoenen. Hij werd opeens heel ernstig en boog zijn hoofd enigszins. Phaedra hield haar adem in; ze wilde zo graag dat hij haar zoende. Het ogenblik leek een eeuwigheid te duren, waarin ze de afgelopen anderhalf jaar aan haar geestesoog voorbij zag trekken.

Net toen zijn lippen de hare bijna raakten, riep Tom vanachter de deur: 'Wat doen jullie?' Hij deed de deur open en stormde naar binnen. 'Waar hebben jullie tweeën het over?'

'Over de waarheid achter het tuinhuis,' zei David. 'Kom binnen, dan vertellen we het aan jou.'

'Heerlijk, ik ben dol op schandalen!' riep hij in zijn handen wrijvend.

'Ik laat het verder aan jullie over,' zei Phaedra. 'Ik ga denk ik maar eens naar bed.' En ze ging weg, zonder acht te slaan op de stille smeekbede in Davids ogen.

Ze ontsnapte naar haar kamer en sloot de deur. Haar hart ging als een razende tekeer; het bonsde tegen haar ribben als een woedende papegaai in zijn kooi. Ze sloot haar ogen en haalde diep en opgelucht adem. Dat was op het nippertje geweest. Als Tom hen niet had gestoord, had

David haar ongetwijfeld gezoend. En dan? 'O god!' zuchtte ze hardop, en ze ging de badkamer in om zich klaar te maken voor de nacht.

Ze waste haar gezicht en staarde naar haar spiegelbeeld. Waar was ze mee bezig? Ze moest gewoon weggaan, maar ze was te zeer bij de Framptons betrokken geraakt om hun nu de rug toe te keren, en ze was inmiddels te zeer op hen gesteld.

Ze trok haar pyjama aan en stapte in bed, nam een slok water en deed toen het licht uit.

Het geluid van een krakende vloerplank deed haar schrikken. Was David naar boven gekomen om haar te zoeken? Ze verstijfde, maar het enige wat ze hoorde was haar eigen ademhaling... en het luide getik van de klok.

Ze snakte ontzet naar adem. Wie had die teruggezet? Margaret? Jenny? Ze kroop onder de dekens en wenste even dat de matras haar zou opslokken. Hadden ze soms gedacht dat ze van plan was hem te stelen?

'Gelukt!' siste Roberta tegen Joshua, die ze in de zitkamer aantrof.

'Dat was snel,' antwoordde hij.

'Het was zo gepiept. Haar borstel lag in de badkamer; ik heb er gewoon een paar haren uit getrokken.' Ze klopte op haar broekzak. 'Veilig opgeborgen.'

'Gelukkig heeft ze je niet in haar kamer betrapt.'

'Daar ben ik veel te slim voor. Ik zag haar in de hal en ik ben de kamer naast de hare in gedoken. Toen zij eenmaal in haar kamer was, ben ik naar beneden gerend. Eitje!'

'Je zou een goede detective zijn,' complimenteerde Joshua haar.

'Inderdaad. Ik vind het trouwens best leuk. Ik ben er bijna. Nog even en dan is het allemaal voorbij. Wacht maar af!'

24

De volgende ochtend ontbeten Margaret en Phaedra weer samen in de serre. Grijze wolken pakten zich samen in de lucht; er zou wel eens regen kunnen komen. Maar Margaret was in een uitbundige bui. Ze had haar zondagse jurk aan en haar parels om, klaar voor de kerk. Ze blikte met veel genoegen terug op de vorige avond, die ze tot een ongekend succes verklaarde.

'Het is lang geleden dat de familie zo bij elkaar is geweest. En volgens mij hebben we nog nooit zo veel plezier gehad, zelfs niet met kerst,' zei ze enthousiast terwijl ze een geroosterde volkorenboterham met boter besmeerde.

Phaedra kon haar enthousiasme niet delen. Ze voelde zich bezwaard. David had haar bijna gezoend, en zij had gewild dat hij dat deed. Ze schonk zichzelf een kopje sterke koffie in en probeerde geïnteresseerd te kijken.

Margaret zei niets over de klok, dus Phaedra begon er ook maar niet over. Misschien had Jenny hem gevonden en op de schoorsteenmantel teruggezet. Ze had vast wel begrepen waarom Phaedra hem had verstopt. Er was geen enkele reden om zich schuldig te voelen, maar op dit moment voelde Phaedra zich over alles schuldig.

Na het ontbijt ging Margaret met Joshua en Roberta naar de kerk. Kathy bleef in het grote huis bij Amber. Phaedra had een spijkerbroek en T-shirt aangetrokken omdat ze de hele dag zou gaan schilderen en wachtte in de hal zenuwachtig op David. Ze was teleurgesteld toen in zijn plaats Tom verscheen. Ze wist dat er de avond tevoren in de eetkamer een onzichtbare lijn overschreden was.

Boven op de heuvel bij het tuinhuis stroopten Antoinette, dokter Heyworth, Rosamunde en David hun mouwen al op en trokken de verfblikken open. Tom liep naar binnen en kondigde vol geestdrift hun komst aan, alsof hij een acteur was die het toneel op stapte. De anderen begroetten Phaedra allemaal hartelijk, behalve David, die haar blik ontweek. Antoinette gaf Phaedra een overall en een verfkwast. 'Jij mag Rosamunde met het houtwerk helpen,' zei ze. 'Je moet de zijdeglansverf nemen.' Ze merkte meteen de verkilling tussen haar zoon en Phaedra op en vroeg zich af wat er gebeurd was. Voordien hadden ze het zo goed met elkaar kunnen vinden!

Tom zette de radio aan en ze begonnen te werken onder begeleiding van popmuziek, die Rosamunde vergeleek met wilden die op drums tekeergingen. Dokter Heyworth was bijzonder opgewekt en praatte vrolijk met Antoinette terwijl ze met grote rollers de muren witten. Phaedra en Rosamunde deden samen het houtwerk, maar Phaedra was niet in de stemming om te praten. Ze was zich te zeer van David bewust, die zwijgend op een ladder het plafond stond te schilderen. Rosamunde praatte voor twee, gaf haar mening over moderne muziek en zei dat ze het zo jammer vond dat er groot gebrek was aan getalenteerde singer-songwriters, zoals degenen die zij in haar jeugd had bewonderd.

'Muziek wordt vandaag de dag overgeproduceerd,' klaagde ze. 'In mijn tijd hadden we de Beatles en Marianne Faithfull – daar kan niemand aan tippen.'

Af en toe merkte Phaedra dat David naar haar keek, maar hij richtte zijn aandacht vervolgens weer snel op zijn werk. Ze miste zijn geplaag en hun gezamenlijke grapjes, en het voelde alsof ze iets dierbaars verloren had. Zijn aanwezigheid vulde het hele vertrek, en hoe ze zich ook probeerde te concentreren op haar verfkwast en Rosamundes gebabbel, toch kon ze de gedachte niet van zich af zetten dat hij haar negeerde, en dat kwetste haar.

Rufus lag buiten op het gras met Basil en de Deense doggen, die waren meegenomen om niets van de pret te missen. De lucht klaarde op en de regen bleef uit. Joshua en Roberta verschenen laat in de ochtend, en terwijl Roberta Phaedra en Rosamunde ging helpen met het houtwerk, assisteerde Joshua David en dokter Heyworth om al het meubilair weer in de kamer te zetten. Phaedra voelde wel dat Roberta heel koel tegen haar was, maar dat kon haar niet schelen. Het enige waar ze zich druk om maakte was David en of hun vriendschap nu onherstelbaar geschonden was.

Tegen de middag hadden ze de eerste laag verf aangebracht. Antoinette had geregeld dat iedereen bij haar thuis kwam eten – Margaret ook – en ze trokken allemaal hun overall uit en dromden de salon binnen.

Iedereen was nog steeds in een feeststemming, behalve Phaedra en David, die elkaar zorgvuldig uit de weg gingen. Margaret vroeg hoe het project ervoor stond, maar toen Roberta voorstelde dat ze mee de heuvel op zou gaan om het met eigen ogen te zien, schudde ze haar hoofd en perste haar lippen op elkaar. 'Ik heb geen enkele behoefte om te zien wat voor herinneringen jullie hebben opgegraven. Dank je feestelijk! Het was prima zoals het was – dat al die herinneringen daar begraven lagen onder jaren stof en puin. Het tuinhuis is al tientallen jaren niet meer van mij.' Toen, omdat ze besefte dat ze weer klonk als een oude zuurpruim, glimlachte ze zuinig. 'Maar vermaken jullie je maar. Arthur zou het geweldig vinden als hij zag hoe jullie het in zijn oude glorie herstelden.'

'Hij zou het nog veel geweldiger vinden als hij jou daar op de heuvel zou zien,' waagde Antoinette op te merken.

Margaret verstijfde. 'Nou, dat genoegen gun ik hem niet, punt uit.'

Antoinette begreep er niets van: dat romantische gebaar van Arthur was toch iets goeds geweest?

Het leek haar raadzaam om David en Phaedra ver uit elkaar aan de eettafel te plaatsen. Ze hadden de hele ochtend niets tegen elkaar gezegd.

Voor Phaedra begon de toestand wanhopig te worden. Straks moest ze weer naar Londen. Als David en zij niet met elkaar zouden praten voor ze wegging, zou het erg lastig worden om hier terug te komen. Ze at haar rosbief en deed net of ze even vrolijk was als de rest. Ze kon goed toneelspelen, maar dit ging haar talenten bijna te boven.

Na het middageten trok ze zich haastig terug in een badkamer boven. Ze bleef met haar hoofd in haar handen even op de rand van het bad zitten en voelde zich ellendig. Maar ze besefte dat ze zich hier niet de hele middag kon blijven verstoppen.

Toen ze de overloop over liep, zag ze George' kamer aan het einde van de gang. De deur stond op een kier, alsof hij haar wenkte binnen te komen. Ze vroeg zich af of Antoinette nog had opgeruimd sinds ze er voor het laatst was geweest. Langzaam liep ze naar de kamer. Haar hart bonsde, omdat ze wist dat als ze daar alleen zou zijn, ze naar dingen zou gaan zoeken – naar aanstootgevende zaken waarvan ze niet wilde dat Antoinette ze vond.

Heel voorzichtig duwde Phaedra de deur verder open. Er was niemand in de kamer. Ze kon het zachte geroezemoes van stemmen in de salon beneden horen en ze wist dat ze voorlopig veilig was. Ze snoof George' geur op en even stond haar hart stil. Voor de tweede keer zag ze zich geconfronteerd met al zijn bezittingen en met de valse hoop dat hij opeens de badkamer uit zou komen alsof hij nooit was weggegaan.

Ze snuffelde in de verschillende doosjes met kleine spulletjes die op het tafeltje bij het bed stonden. Ze wist niet waarnaar ze op zoek was. Misschien was er wel niets wat hem in een kwaad daglicht zou stellen, maar George was altijd iemand geweest die er niet van hield om dingen weg te gooien. Hij had alles bewaard: brieven, aandenkens, herinneringen... Heel veel herinneringen, en die wilde ze uitwissen.

Opeens voelde ze dat er iemand bij de deur stond. Ze draaide zich om en schrok toen ze Roberta zag, die met over elkaar geslagen armen tegen de deurpost leunde. 'Sorry, heb ik je laten schrikken?' vroeg ze.

'Helemaal niet.' Phaedra voelde het bloed naar haar wangen stijgen, waardoor ze er meteen schuldig uitzag.

'Ben je in George' spulletjes aan het snuffelen?'

'Ik haal herinneringen op. Antoinette en ik zijn een paar weken geleden begonnen...'

Roberta zuchtte. 'Voor mij hoef je geen toneel te spelen, hoor,' zei ze koel. 'Ik weet heus wel dat je liegt.'

Phaedra was ontzet. 'Waar heb je het over?'

'Jij bent George' dochter helemaal niet, hè?'

'Natuurlijk wel!'

'Ik weet wel dat Julius en jij dat hele verhaal verzonnen hebben. De narigheid is dat niemand mij gelooft. Omdat ze jou zo graag mogen. Maar als je ook maar één minuut denkt dat je hiermee weg...'

Ze werd midden in haar zin onderbroken door David. Hij zag hoe bleek Phaedra was en nam ogenblikkelijk aan dat Roberta bot tegen haar was geweest. 'Wat is hier aan de hand?' vroeg hij streng.

'Phaedra en ik maken gewoon even een praatje,' zei Roberta gladjes. 'Ik trof haar hier aan terwijl ze in George' spulletjes zat te snuffelen.'

David schoot Phaedra te hulp. 'Daar is niets mis mee, Roberta,' zei hij.

'Dat weet ik. Ze is heel behulpzaam.' Roberta draaide zich om om de kamer uit te gaan, bleef toen staan en draaide zich nogmaals om. 'Heb je lekker gegeten met Julius, laatst bij Le Caprice?'

Phaedra wist niet wat ze moest zeggen. Ze stond daar met een schuldbewust gezicht en zou willen dat ze ergens anders was.

'Josh en ik waren daar met vrienden van ons. Je hebt ons kennelijk niet gezien. Tja, het was er ook erg druk, hè?' Ze lachte huichelachtig, en snoof toen even. 'Ik zag heus wel hoe dik jullie met z'n tweetjes waren. Heel roerend.'

Toen Roberta wegliep, begon Phaedra te huilen. 'Ik voel me zo ellendig!' snikte ze. 'Ik ben hier gewoon zomaar naar binnen gegaan. De deur stond op een kier en ik wilde me dicht bij hem voelen... Roberta denkt dat Julius en ik samen een plan hebben beraamd om zijn geld te stelen. Het is vreselijk!'

David voelde een steek in zijn hart toen hij haar tranen zag. Hij liep naar haar toe en sloeg een arm om haar heen. 'Ik vind het heel erg. Roberta heeft zich in het hoofd gezet dat jij de boel belazert. Daar kunnen we haar maar niet vanaf brengen. We moeten haar maar de tijd gunnen, dan gaat het wel over.' Hij trok haar dicht tegen zich aan. 'Waar het om gaat is dat niemand van ons haar gelooft.'

'Ze was zo gemeen! Inderdaad, ik ben uit eten geweest met Julius. Maar wat steekt daar voor kwaad in?'

'Toen je vertelde dat iemand je lastigviel, doelde je toen op hem?'

'Ja.'

'Je zei dat je hem iets verschuldigd was.'

'Hij is heel aardig voor me geweest. Sinds George' dood heeft hij me begeleid, verteld over het testament en me raad gegeven. Ik wilde terug naar Parijs, maar hij zei dat ik beter hier kon blijven om met jullie kennis te maken. Ik ben blij dat ik dat heb gedaan. Julius is nogal vasthoudend, maar ik wil niet onbeleefd tegen hem zijn.'

'Kom, we gaan naar beneden. Zet Roberta verder maar uit je hoofd.'

Phaedra maakte zich van hem los en veegde haar gezicht af met haar mouw. 'Zijn *wíj* weer goede vrienden, David?' vroeg ze toen ernstig.

Hij glimlachte, opgelucht dat de ongemakkelijkheid tussen hen was verdwenen. 'Natuurlijk,' antwoordde hij.

Ze gingen apart van elkaar terug naar de salon. Dokter Heyworth zat aan de vleugel en zijn vingers bewogen vaardig over de toetsen. Margaret troonde als een koningin op haar leunstoel. Haar blik was wazig omdat de muziek haar in vervoering bracht, en niet alleen haar. De rest van het gezelschap, Roberta incluis, verdrong zich om de vleugel en luisterde vol bewondering toe.

Phaedra ging op de bank vlak bij Margaret zitten, wier lippen de woorden 'Prachtig, hè?' vormden en die liefkozend op haar hand klopte. Harris bracht een blad met thee en koffie binnen en Phaedra keek expres niet naar David toen die een paar minuten later de kamer binnenslenterde. Als Antoinette niet zo was opgegaan in het spel van dokter Heyworth, was haar wellicht het rozige waas op Phaedra's wangen opgevallen en de tevreden grijns die om Davids mondhoeken speelde, terwijl de muziek toch zo droevig was en hij tot nu toe nog nergens om had geglimlacht.

'Wat heb jij een talent,' zei Rosamunde enthousiast toen dokter Heyworth de laatste noot gespeeld had.

Dat compliment deed hem genoegen. 'Ik moest wel piano leren spelen, het was mijn moeders grootste passie.'

'Wist u dat moeder weer speelt?' zei David. Hij pakte *The Sunday Times* van de salontafel en plofte tegenover Phaedra neer op de bank.

'Hebt u het stuk gespeeld dat ik u gegeven heb?' vroeg dokter Heyworth aan Antoinette.

Ze bloosde, ontzet bij het vooruitzicht het te moeten spelen waar iedereen bij was. 'Ja,' zei ze toen. 'Het is prachtig. Ik heb erop geoefend, maar het gaat nog niet geweldig.'

'Kom op, mam, probeer het eens!' zei Tom.

'U moet zich niet verplicht voelen het voor mij te spelen,' zei dokter Heyworth tactvol. 'Ik heb u *Zonsondergang* niet gegeven om u in verlegenheid te brengen.'

'Inderdaad,' zei Rosamunde, die opeens niet wilde dat haar zus liet zien wat ze kon. Ze had haar 's avonds horen spelen en ze wist hoe goed ze was, ook al deed ze nu heel bescheiden. 'Waarom speel je niet iets opgewekts, William?' stelde Rosamunde voor.

'Goed dan,' zei de arts. Hij keek snel even naar Antoinette, zag hoe opgelucht ze was en glimlachte, blij dat ze niet in verlegenheid was gebracht. 'Dan wordt het jazz.'

'Geweldig, ik ben dol op jazz,' zei Roberta enthousiast. Joshua sloeg zijn arm om haar middel en ze leunde tevreden tegen hem aan. Niemand zou gedacht hebben dat ze Phaedra zojuist nog hard had aangepakt in George' slaapkamer.

'Weet je nog, die jazzclub waar ik je in New York mee naartoe genomen heb?' fluisterde hij.

'Dat was ons vierde afspraakje! Dat vergeet ik echt niet, hoor.'

Joshua lachte ongelovig. 'Hield je de tel bij?'

Roberta gaf hem een speels stootje met haar elleboog. 'Natuurlijk hield ik de tel bij! Je mocht me pas bij ons vijfde afspraakje zoenen.'

David verborg zijn gezicht achter de krant, maar hij was zich scherp bewust van Phaedra's aanwezigheid, en dat ze naar hem keek. Hij voelde haar ogen door de krant heen branden. Zelfs al was hun relatie net zo hopeloos als een vogel met gekortwiekte vleugels, toch kon hij er niets aan doen dat hij zich beter voelde omdat ze nu weer vrienden waren. Op dit moment deed de rest er verder niet meer toe. Een vogel die niet kan vliegen, is tevreden op de grond. Alleen wanneer hij omhoogkijkt naar de lucht en de beperkingen van zijn gekortwiekte vleugels beseft, hunkert zijn ziel naar de vrijheid.

Phaedra wilde niet weg. Bij de gedachte dat ze naar Londen terug moest kreeg ze al heimwee.

Dokter Heyworth vertrok na de thee, nadat hij had beloofd Antoinette te helpen met de tweede verflaag. Kathy ging achter in de BMW zitten met Amber in het autostoeltje, en Joshua en Roberta zwaaiden terwijl ze de oprit af reden.

'Breng jij Phaedra en mij even thuis?' vroeg Margaret aan David. 'Wat jammer dat je weg moet, Phaedra! Ik vond het heerlijk dat je bij me logeerde. Ik was helemaal vergeten hoe fijn het is om gezelschap te hebben. Je raakt eraan gewend om in je eentje te wonen.'

Antoinette sloeg haar armen hartelijk om Phaedra heen. 'Je moet Fairfield Park maar als je thuis beschouwen,' zei ze. 'Je bent een echte Frampton.'

Phaedra was zich bewust van Davids blik toen zijn moeder de enige reden benoemde waarom ze geen paar konden zijn. 'Ik beschouw dit heel graag als mijn thuis,' antwoordde ze.

'Maar het volgende weekend moet je bij míj logeren. Of moet ik daarvoor op de vuist met Margaret?' Antoinette glimlachte naar haar schoonmoeder.

Die snoof verontwaardigd. 'Ik zal je wel móéten delen.'

'Ik voel me vereerd dat jullie me allemaal te gast willen hebben,' zei Phaedra, een beetje verlegen door al die aandacht. Maar het beeld van Roberta rees voor haar geestesoog op en ze huiverde bij de gedachte aan wat zíj zou kunnen aanrichten.

'Tja, meisje, je bent nu eenmaal goed gezelschap,' merkte Margaret op. 'Het is je eigen schuld!'

Rosamunde kuste Phaedra. 'Je hebt goed geverfd! We waren een prima team.'

'Inderdaad. Maar nu moet je het in je eentje afmaken.'

'Antoinette en William zijn er ook nog. En David natuurlijk, als hij niet op de tractor zit.'

'Misschien kunnen we volgend weekend wel in het tuinhuis theedrinken,' zei David.

Margaret sloeg haar ogen ten hemel. 'Toe, David, doe niet zo gek!' Ze floot Basil, die zo snel de hoek om kwam rennen dat het wel leek of hij wieltjes had in plaats van poten. 'Waar zat je? Ik hoop dat je niet vies bent geworden. Ik heb geen zin om je vanavond in bad te doen.'

Margaret ging voor in Davids Landrover zitten. Phaedra stapte achterin en zwaaide vrolijk terwijl ze wegreden. Maar vanbinnen voelde ze een treurnis optrekken als mist.

Boven pakte ze haar tas in. Ze zag de klok op de schoorsteenmantel staan en kromp ineen. Het weekend was zo goed begonnen, maar het was geëindigd met beschuldigingen en angst. Ze wist niet of ze hier nog wel terug zou keren. Ze wist niet of ze Roberta nog een keer onder ogen durfde te komen. En altijd was daar de gedachte aan Parijs, als een baken in de verte dat haar veiligheid beloofde.

Toen ze de trap af liep, stapte David naar voren om haar tas aan te pakken. Margaret gaf haar het rode etui met de Frampton-saffieren aan. 'Je moet ze meenemen, ik sta erop,' zei ze terwijl ze het etui in Phaedra's handen drukte. 'En nu niet tegenspreken. Tot volgend weekend. Doe voorzichtig onderweg!' De dag had haar vermoeid. Ze liep stijf door de hal naar de zitkamer en sloot de deur.

'Ik kan ze niet aannemen,' zei Phaedra tegen David.

'Dat zou oma heel erg vinden.'

'Bewaar jij ze dan voor mij. Dan is het ons geheimpje.'

Hij lachte naar haar. 'Weer een!'

'Ja, we hebben er al heel wat.'

Hij nam het etui van haar aan en deed het open. 'Ik zou je ze graag eens zien dragen.'

'Met die dingen lijk ik net een kind met de sieraden van haar moeder.'

'Ze staan je vast beeldschoon. Echt.'

'Alleen in jouw ogen.'

Hij deed het etui weer dicht en keek vertederd naar haar omlaag. 'Mijn ogen zijn de enige die tellen.'

'David...' begon ze, maar ze maakte haar zin niet af.

Ze liepen naar haar auto, die nog steeds in de schaduw van de haag geparkeerd stond.

'Ik wil niet weg,' zei Phaedra.

'Je hoeft niet weg te gaan. Je weet dat je hier zo lang mag blijven als je wilt. Fairfield is nu je thuis.'

'Ik moet werken,' zei ze met een zucht.

'Kom hiernaartoe. Je kunt je boek hier in alle landelijke rust afmaken.'

'Een verleidelijke gedachte. Maar als ik hier woonde, zou ik geen fotoboeken samenstellen.'

David glimlachte en vroeg schertsend: 'Vertel eens, wat zou je dan doen?'

Ze glimlachte naar hem. 'O, ik weet het niet... Ik heb nooit...'

'Weet je het niet? Kom op, Phaedra, ik ken je langer dan vandaag. Sinds wanneer heb jij niet overal een idee over?'

'Oké, als je het dan per se wilt weten... Ik zou het park openstellen voor publiek, en ik zou hier een boerderijwinkel beginnen.'

'Echt?'

'Ja. Het park en de tuinen zijn prachtig. Mensen kunnen hier op het gras picknicken en van de omgeving genieten. En ik heb altijd al in een winkel willen staan.'

Hij lachte. 'Jij kunt toch veel beter, Phaedra!'

Ze keek hem fronsend aan. 'Jij vindt het fijn om op je tractor te rijden. Sommige mensen zullen daar ook over zeggen dat je veel beter kunt.'

'Ik neem mijn woorden terug. Je hebt gelijk. Ik vind het heerlijk om boer te zijn.'

'Nou, ik vind het heerlijk om een winkel te drijven.'

Hij knikte goedkeurend. 'Dan doen we dat.'

'Je moeder zal vast bezwaren maken.'

'Dat zou nog wel eens mee kunnen vallen. Moeder verlangt ernaar iets te ondernemen.'

Ze gaf hem speels een duwtje. 'Nu moet ik gaan.' Ze stapte in haar auto en liet het raampje zakken. 'Dank je wel, David.'

'Waarvoor?'

Phaedra glimlachte schaapachtig. 'Nou ja, voor alles.'

'Ik had je toch beloofd dat ik op je zou passen?'

'En je bent je belofte nagekomen.'

Ze draaide het contactsleuteltje om en hij klopte op het dak van de auto. 'Doe voorzichtig.'

'Doe ik,' antwoordde ze, en ze schakelde.

Toen ze wegreed kon ze hem in haar achteruitkijkspiegel zien zwaaien tot ze de hoek om sloeg. Toen was hij weg, en zag ze alleen nog maar de haag en de oprijlaan waarover ze reed. Ze schudde wanhopig haar hoofd. *O, Phaedra, wat een ellende! Wat moet ik in vredesnaam doen?*

Het was druk op de weg. Ze reed naar Londen terwijl ze droomde over David en naar Sarah McLachlan luisterde, waar ze nog treuriger van werd. Toen dacht ze aan George en aan wat hij hiervan zou vinden. Als hij haar vanuit de hemel gadesloeg, hoopte ze maar dat hij doorhad dat hij haar in de problemen had gebracht en dat hij zijn uiterste best zou doen het recht te zetten. *O, George, jij hebt me in de problemen gebracht, haal me er nu ook maar weer uit!*

Rosamunde en Antoinette liepen door de tuin. De ondergaande zon verspreidde een zachtroze gloed aan de westelijke hemel en veranderde de wolken in toefjes gesponnen suiker. De wind was fris en Antoinette trok haar vest strak om zich heen en zuchtte van genoegen bij de aanblik van de uitbottende struiken en de bloeiende bollen. Ze snoof de zoete geur op van viburnum en jasmijn in de vochtige lucht. Het was een heerlijk weekend geweest. Ze voelde zich gezegend dat Phaedra zo plotseling in haar leven was gekomen en ze dankte George in stilte voor zijn afscheidscadeau.

Rosamunde stak haar handen diep in haar jaszakken. 'Ik geloof dat ik naar huis moet,' zei ze opeens.

Antoinette keek verbaasd op en bleef staan. 'Bedoel je naar je eigen huis?'

'Ja. Ik kan Marjorie niet voor eeuwig met de honden opschepen. Het wordt tijd dat ik mijn eigen leven weer oppak.'

'Wat jij wilt.'

'Ik kan in het weekend terugkomen als je je eenzaam voelt, maar ik kan mijn heup niet langer als excuus gebruiken.'

'Heb je dan een excuus nodig?'

'Nee, natuurlijk niet. Maar jij hebt me niet langer nodig. Je hebt het druk met de tuin en met het tuinhuis. Je kunt het leven weer aan. David zit vlakbij en zo te zien gaat het een stuk beter tussen jou en Margaret.'

'Het gaat er niet om dat ik jou "nodig heb", Rosamunde. Ik vind het gewoon fijn dat je er bent. We zijn zussen.' Rosamunde glimlachte dankbaar. 'En hoe moet het dan met dokter Heyworth?' voegde Antoinette er met een lachje aan toe.

Rosamunde schudde neerslachtig haar hoofd. 'Ik geloof niet dat hij hier elke dag langs komt om míj te zien.'

'Natuurlijk wel!' Antoinette lachte, maar zag toen al aan Rosamundes gezicht wat die vervolgens wilde gaan zeggen.

'Nee, schat. Ik denk dat hij mij als excuus gebruikt om jóú te kunnen zien.'

Antoinette was van haar stuk gebracht. 'Wat een onzin!' riep ze uit.

'Schrik maar niet. Hij is echt niet zo dom om zich aan je op te dringen. Maar hij vindt je leuk. Dat is overduidelijk.'

'O, Rosamunde, weet je het zeker? Jullie konden het zo goed met elkaar vinden!'

'Ik zag het toen hij met je danste. Toen heeft hij geen één keer naar mij gekeken.'

'Ik weet zeker dat je je vergist.' Maar Antoinette kon niet doen alsof ze het zelf niet gemerkt had, al had ze de gedachte meteen verworpen.

'Meestal vergis ik me in dat soort dingen; ik heb daar geen gevoel voor, dat weet je. Maar een vrouw weet het gewoon als een man geen belangstelling voor haar heeft. Ik weet het in ieder geval wel. Daar ben ik al mijn hele leven aan gewend. Ik ben geloof ik niet geschikt voor de liefde, Antoinette. Ik ben te oud, te zeer gewend aan mijn eigen manier van doen, en ook al staat de gedachte aan een liefde me heel erg aan, toch komt de werkelijkheid niet zo... nou ja, gelegen. Ik bedoel, ik zou mijn huis nooit kunnen delen met een ander. Ik zou gek worden van een man met al zijn grillen en eigenaardigheden. Nee, ik ben er gewoon niet geschikt voor. Ik vond het leuk dat hij aandacht aan me besteedde, maar meer ook niet. Eigenlijk is het wel een opluchting. Ja echt, ik voel me opgelucht.'

Antoinette luisterde naar haar zus en hoe meer ze hoorde, hoe beter ze begreep dat Rosamunde eigenlijk een beetje beledigd was door de afwijzing van de dokter. Nog los van het feit dat dokter Heyworth misschien een oogje op háár had, had hij Rosamunde zonder meer laten geloven dat zíj het voorwerp van zijn liefde was.

'Ik vind dat hij zich heeft misdragen,' zei Antoinette terwijl ze doorliep.

'Nee, hij gedraagt zich altijd als een heer. Hij kwam voor mijn heup. Ik heb zijn bedoelingen verkeerd geïnterpreteerd. Ik heb me aangesteld als een bakvis.'

'Doe niet zo gek. Dat heb je niet. Echt niet.'

'Ik viel op hem. Maar op mijn leeftijd had ik beter moeten weten!'

'Je hebt het steeds maar over je leeftijd. Je bent nog geen zestig. Dat is toch niet oud?'

Rosamunde zuchtte diep. 'Ach, het is wel te oud voor de liefde.'

'Alleen als je dat zelf denkt.'

'Hij heeft niet eens gemerkt dat ik mijn haar los had.' Ze lachte om haar eigen dwaze behaagzucht. 'Toen had ik het al moeten weten.'

'Maar je hebt je trots nog.'

'Misschien.'

Rosamunde besloot de volgende ochtend na het ontbijt te vertrekken. Antoinette ging die avond naar bed terwijl ze piekerde over wat haar zus tegen haar gezegd had. Zou dokter Heyworth echt gevoelens voor haar hebben gekregen, na al die jaren dat ze zijn patiënte was geweest? Of verbeeldde Rosamunde het zich maar? De dokter had haar in het tuinhuis opgezocht, dat was waar, en hij had haar de pianomuziek gegeven om te spelen. Ze dacht terug aan hoe ze gedanst hadden en bloosde. Het was fijn geweest om de armen van een man om zich heen te voelen. Maar George was nog maar zo kort dood; ze was er nog niet aan toe om aan een ander te denken. Dat voelde als verraad tegenover George, terwijl ze juist zo graag zijn nagedachtenis in ere wilde houden. Als dokter Heyworth haar graag mocht, zouden ze gewoon vrienden blijven, meer niet. Ze was gevleid, maar ze wilde het niet.

Maar de gedachte om alleen in het grote huis te zijn, zonder Rosamunde een paar kamers verderop, vervulde haar met angst. Ze wist niet of ze daar wel klaar voor was.

25

Phaedra keerde met het lood in haar schoenen naar Londen terug. Cheyne Rowe voelde niet als thuis. Ze hóórde er niet. Terwijl ze over de Embankment reed, dacht ze na over haar leven van stapsteen naar stapsteen en over het eenzame gevoel dat ze altijd ergens maar tijdelijk verbleef, dat ze nergens thuishoorde, dat ze telkens maar verder sprong naar de volgende stapsteen in de hoop dat het daar goed zou zijn. Net haar moeder. In feite, peinsde ze, was ze haar hele volwassen leven voortgedreven door het – gewoonlijk onbewuste – verlangen om ergens thuis te horen.

Ze vroeg zich af of haar huwelijk niet gewoon een manifestatie van dat verlangen was geweest. Ze had zich in elk geval nooit thuis gevoeld in Genève. Alleen in Parijs – maar nu begon zelfs Parijs, de enige stad waarvan ze ooit echt gehouden had, ver weg en onbereikbaar te voelen. Fairfield was bijzonder. Het zwaaide haar niet onverschillig uit als een hotel aan het einde van de vakantie, het gaf haar niet het gevoel dat ze een gast was. Het gaf haar het gevoel dat het iets blijvends was.

Ze dacht aan Antoinette en aan hoe die zo lief over haar was gaan moederen. Ze zag Margaret voor zich en glimlachte bij de gedachte dat ze voor het eerst van haar leven een grootmoeder had. Ze begon net zo veel van hen te houden als zij van haar. Toen moest ze aan David denken en sloeg de angst haar om het hart. Hij had zich zo vast voorgenomen om in het hier en nu te leven, en niet aan de toekomst te denken, maar Phaedra keek daar op dit moment juist wel naar. Tenslotte begreep zij er ook meer van dan hij. Ze wist welke geheimen erin verscholen lagen en hoe zij die kon oplossen. En toch… Als ze ze zou oplossen, riskeerde ze dat ze David, Antoinette, Margaret en Fairfield voorgoed kwijt zou raken. Er zou geen weg terug meer zijn.

Ze parkeerde de auto voor de katholieke kerk en keek omhoog naar de indrukwekkende façade. 'Mijn lot ligt nu in Uw handen,' zei ze zachtjes. Ze voelde zich nog treuriger dan daarvoor, omdat ze bang was dat de knoop waarin haar lot haar had verstrikt zo ingewikkeld was dat hij nooit meer ontward zou kunnen worden.

Ze ging het halletje binnen en liet haar weekendtas op de tegels vallen. In de keuken was het benauwd, omdat de ramen het hele weekend dicht waren geweest, dus liep ze naar de zitkamer en schoof de glazen pui opzij die toegang gaf tot de patio. Ze hoorde in de verte het gedruis van het verkeer op King's Road en stelde zich voor dat daar mensen met hun geliefde of vrienden uit eten gingen. De eenzaamheid strekte zijn koude vingers uit naar haar hart. Heel dom van haar dat ze zich had voorgesteld dat het ooit iets zou kunnen worden tussen David en haar. Ze keek naar haar grote koffer, die nog steeds midden in de zitkamer stond. Ze had hem al die weken niet uitgepakt. Het werd tijd dat ze de knoop doorhakte en een besluit nam over waar ze wilde zijn.

Op dat moment werd ze in haar overpeinzingen gestoord door de deurbel. Ze vroeg zich af wie er op zondagavond nog langs kon komen. Het zou wel een collecte zijn, dacht ze, dus ze was aangenaam verrast toen ze Julius zag. Hij was bijna net zo verrast om haar aan te treffen.

'Julius! Hoe kom jij hier nou?' vroeg ze.

'Ik reed naar huis vanuit Gloucestershire en ik dacht: zou Phaedra al thuis zijn, en zou ze het fijn vinden om met me uit eten te gaan?'

Ze glimlachte dankbaar voor de gezelligheid die hij haar bood. 'Ik ben net terug.'

'Dan tref ik het. Laten we ergens in de buurt een hapje gaan eten.'

'Zullen we naar Daphne lopen? Het bevalt me daar wel.'

'Prima. Het is een heerlijke avond.'

'Kom binnen. Ik trek even iets anders aan. Ik heb vanochtend een huis geschilderd.'

'Wiens huis?' riep hij toen ze met haar weekendtas over de wenteltrap naar boven liep.

'Een klein tuinhuis. Boven op de heuvel,' riep ze naar beneden.

'O ja? Ik heb er nooit een tuinhuis gezien.'

'Het was al jaren overwoekerd. Antoinette wil het restaureren, en we helpen haar allemaal.' Ze voelde een golf heimwee bij de herinnering aan de vorige dag, toen ze allemaal gedanst hadden op de stereo van Tom. 'Het was heel leuk om mee te doen,' zei ze, maar haar stem stierf weg en Julius verstond haar niet.

Een paar minuten later liepen ze over Glebe Place. Phaedra had een gebloemd zomerjurkje en een spijkerjasje aangetrokken. Op haar gympjes was ze maar een klein stukje langer dan Julius. Haar haar hing los en de krullen dansten tijdens het lopen op haar schouders, maar ze zag de bewonderende blikken niet zowel van de mannen als van de vrouwen die hen passeerden. Julius zag ze echter wel en hij was trots dat hij naast haar liep. Hij had het gevoel dat vanavond de avond was waarop alle stukjes in elkaar zouden passen.

Ze praatten de hele weg naar Draycott Avenue onafgebroken. Het was een zachte avond; de zon gaf nog warmte en het was druk op straat: iedereen wilde de laatste paar uurtjes van zijn weekend nog uitbuiten. Er hing iets feestelijks in de lucht, want eindelijk was na een lange, koude winter de lente gekomen. De bomen waren donzig, de lucht blauw en zoel, en het was om half negen 's avonds nog licht. De mensen stonden voor de pubs op de stoep samen te lachen. Ze koesterden zich zowel geestelijk als lichamelijk in de late zonneschijn. Hun vrolijkheid was aanstekelijk en het leek alsof de hele stad zinderde van het zomergevoel.

Julius werd in dit restaurant net zo respectvol ontvangen als in het Ivy en Le Caprice. Ze werden naar hun tafel gebracht, een ronde tafel in de hoek bij het raam. Een zoel briesje waaide naar binnen en Phaedra leunde dankbaar achterover in haar stoel, blij dat haar eenzaamheid voorlopig was opgelost. Julius bestelde direct een gekoelde sauvignon blanc en een bordje met *zucchini fritti* terwijl ze op de kaart hun menu uitzochten.

'Gezellig!' zei Phaedra terwijl ze een slokje wijn nam.

'Een mooi slot van dit weekend,' lachte Julius. 'Als je genoeg hebt van Fairfield, moet je eens een keer bij mij in Gloucestershire komen logeren. Ik heb een groot huis bij Tetbury. Je zou kunnen zeggen dat ik de buurman van de prins van Wales ben.'

'Chic!' zei ze toegeeflijk. 'Heb je hem al eens te eten gevraagd?'

'Helaas hebben we nog geen kennisgemaakt. Maar goed, ze vroegen meer dan drie miljoen voor het huis en ik heb het voor twee-vijfenzeventig gekregen. Een koopje, gezien de locatie en de grootte.'

'Woon je daar alleen?'

Hij keek haar strak aan. 'Op dit moment wel, ja. Ik ga er in de weekends naartoe. Ik hoop ooit te trouwen en het te vullen met kinderen. Er is een tennisbaan en een zwembad. Geweldig voor kinderen.'

'Het klinkt ideaal.'

'Ik ben een goede partij, hoor Phaedra. Ik kan een vrouw een heel comfortabel leventje bieden.'

'Ongetwijfeld.'

Hij keek toe hoe ze nog een slok van haar wijn nam. 'Ik ben blij dat je je vanavond een beetje kunt ontspannen. Je bent de laatste tijd behoorlijk nerveus geweest.'

'O ja?'

'Ja, maar dat hindert niet. Ik begrijp het wel. Ik roep de ober, ik heb trek.' Hij knipte met zijn vingers. Phaedra maakte haar keus uit het menu en Julius gaf de bestelling op. De zucchini fritti werden midden op tafel gezet en Phaedra stortte zich erop. Ze had honger. Julius nam ook een handje en strooide er zout over. Hij sloeg haar gade terwijl ze at. Hij hield van vrouwen met een gezonde eetlust; dat betekende dat ze ook een gezonde hartstocht hadden in bed. Vrouwen die zaten te kieskauwen op hun eten, kieskauwden op het leven. Hij kon niet tegen magere vrouwen die alleen sla namen.

Phaedra at goed en genoot ervan: dat was nou eens een vrouw die zijn bewondering verdiende. Hij hield van haar wilde krullenbos, van haar glanzende gouden huid en haar roze wangen. Ze zag er gezond uit, alsof ze verwekt was in een hooiberg. En als ze glimlachte krulden haar lippen ondeugend op, wat hij bemoedigend vond. Maar ook al zag ze er nog zo engelachtig uit, toch vermoedde hij dat ze heel stout kon zijn. En nu was ze ook nog rijk. Ze had het allemaal.

'Vertel eens: hebben ze je de Frampton-saffieren al gegeven?'

Phaedra at haar mond leeg en voelde zich opeens niet meer zo op haar gemak. 'Ja, ik heb ze aangenomen, maar ik heb ze aan David in bewaring gegeven.'

'Wát zeg je?' Julius keek ontzet.

'Ze zijn niet van mij, Julius. Niet echt. Dat weet jij ook.'

'Natuurlijk zijn ze van jou.'

'Hoor eens, ik kan niet zomaar binnen komen wandelen en een stel saffieren meenemen die al generaties lang in de familie zijn. Dat deugt gewoon niet.'

'Doe niet zo gek. George wilde dat jij ze kreeg.'

'Dat was een opwelling. Hij was misschien later van gedachten veranderd.' Ze sloeg haar ogen neer. 'Eerlijk gezegd weet ik wel zeker dat hij van gedachten zou veranderen.'

'Dat weet je níét! Vergeet niet dat ik George veel beter kende dan jij.

Mij vertrouwde hij zijn diepste gedachten toe. Ik weet wat hij voor jou voelde. Hij heeft zijn testament niet in een opwelling veranderd, zoals jij suggereert. Jazeker, hij voelde zich schuldig. Hij had eerlijk moeten zijn, maar hij heeft ze aan jou gegeven om te bewijzen dat zijn liefde voor altijd was.'

'Stil nou maar, Julius. Ik wil er niet meer over praten. Dat kan ik niet aan.'

'Jij verdient die sieraden. Ze komen je toe, ook al zul je ze nooit dragen. Je kunt ze doorgeven aan je kinderen. Denk aan de erfenis!' Hij keek haar dwingend aan. 'Denk aan je kinderen!'

Hun gesprek werd onderbroken doordat de obers hun voorgerecht brachten. Phaedra nam een grote slok wijn en greep de gelegenheid aan om over iets anders te beginnen. Ze vond het niet prettig om met Julius over George te praten. Het gaf haar het gevoel alsof ze belegerd werd, alsof ze medeplichtig was aan een misdaad waarvan ze geen deel wilde uitmaken. Dus vroeg ze hem hoe het met hem ging, en hij vond het best om door te meieren over zijn successen en zijn mening over van alles en nog wat te ventileren, zonder te zien dat het haar niets interesseerde.

Ze dacht aan David en wilde dat ze terug was in de veilige omhelzing van Fairfield. Plotseling stond Julius voor alles wat ze onaangenaam vond aan de stad. Hij was hebzuchtig, materialistisch en egoïstisch. Ze kon zich niet voorstellen dat hij ooit door zijn tuinen in Gloucestershire had gelopen en de bloemen gewoon om hun schoonheid bewonderd had. Voor Julius draaide alles om wat dingen waard waren. Bloemen werden alleen gewaardeerd omdat ze waarde toevoegden aan zijn bezit. Ze begon zich af te vragen of hij alleen maar belangstelling voor haar had vanwege het geld dat ze had geërfd. Waarom zeurde hij anders zo door over die Frampton-saffieren? Iemand met Julius' ervaring zou haar toch juist moeten aanmoedigen het juiste te doen en ze terug te geven? Ze bezag hem opeens met heel andere ogen. Hij hielp haar niet omwille van haar, maar omwille van zichzelf. Er bekroop haar een onprettig gevoel toen het opeens tot haar doordrong wat hij van plan was.

Julius bestelde koffie om de avond nog wat te rekken. Phaedra wilde naar huis, de deur achter zich dichtdoen en Julius veilig aan de andere kant laten staan. Ze keek toe hoe hij het papiertje van een amarettokoekje haalde. 'Heb je zoiets wel eens zien branden?' vroeg hij. Ze schudde haar hoofd. Met een kordaat vingerknipje ontbood hij een ober en vroeg om een doosje lucifers.

De ober nam aan dat de lucifers voor sigaretten waren; verward begon hij uit te leggen dat dat niet kon. Julius snauwde ongeduldig tegen hem: 'Ik wil niet roken, sukkel. Ik wil mijn vriendin hier een trucje laten zien.'

'Neemt u me niet kwalijk,' zei de ober met een hoogrode kleur. Phaedra had met hem te doen en glimlachte hem meelevend toe om te laten blijken dat ze vond dat Julius zich misdroeg. Even later kwam er een andere ober met de lucifers en Julius stak het doorschijnende papiertje aan. Ze keken alle drie toe hoe het verteerd door de vlammen de lucht in vloog. Even later viel er een wolkje as terug op tafel.

Phaedra voelde zich niet op haar gemak. Julius had iets sinisters. Wist hij maar niet zo veel over haar. Had ze hém maar niet om hulp gevraagd.

Ze liepen onder het licht van de straatlantaarns naar Cheyne Row. Het was bijna twaalf uur. Julius was bijzonder tevreden over zichzelf en liep met verende tred, alsof hij de hoofdprijs had gewonnen. Hij maakte grappen en lachte daar zelf hartelijk om, terwijl Phaedra naast hem liep en amper een woord uitbracht. Haar humeur klaarde op toen ze haar voordeur in het zicht kreeg. Nog maar een paar minuten en dan was ze binnen.

Julius bleef staan toen ze in haar handtas naar haar sleutels zocht. 'Phaedra...' zei hij, en zijn stem klonk zacht. Haar hart begon sneller te kloppen. Ze wist wat er nu komen ging. 'Hoor eens...' begon hij.

'Het was een fijne avond, Julius,' onderbrak ze hem haastig. 'Heel erg bedankt. Je bent een lieve vriend voor me.' Ze hoopte dat de nadruk die ze op het woordje 'vriend' legde hem zou ontmoedigen. Maar hij leek het niet te horen. Hij kwam dichterbij en ze wist dat hij haar zou gaan zoenen. 'Julius, ik mag je graag, maar...' Hij legde zijn hand in haar nek en trok haar naar zich toe. Ze zag zijn bedoelingen in zijn ogen, alsof hij in een pot goud staarde, en stribbelde tegen. 'Julius, toe! Ik voel niet voor je op die manier.'

Hij liet haar los. 'Wat zijn dat voor spelletjes?' vroeg hij, en zijn eerst zo zachte stem kreeg nu een ijskoude, metalige klank. 'Kleine flirt!'

'Ik flirt niet met je. Ik ben altijd eerlijk tegen je geweest.'

'Ik denk dat jij niet eens weet wat het woord "eerlijk" betekent!'

Phaedra wilde verschrikkelijk graag naar binnen, waar ze veilig zou zijn. Het was stil op straat. Ze was bang voor hem. 'Julius, ik ben niet toe aan een relatie.'

'Bespaar me die praatjes.' Hij veegde zijn mond af met zijn mouw, alsof de gedachte haar te zoenen hem nu deed walgen. 'Aha, ik snap het al. Ik snap wat je van plan bent.'

'Ik dacht dat we vrienden konden zijn.'

'Jij hebt me nódig. Dat is de enige reden waarom je met me omgaat, hè? Ik ben niet gek. Integendeel! Je denkt toch niet dat ik zover gekomen ben door naïef te zijn, hè? Nou, ik help je niet langer.' Hij snoof verontwaardigd. 'Zo, hoe vind je dat? Helemaal alleen op de wereld.'

Phaedra verbleekte. 'Julius, toe, doe niet zo. Ik mag je echt erg graag.'

'Ik laat jou niet langer misbruik van me maken.' Hij liep weg. 'Ik wens je het allerbeste, Phaedra Chancellor!'

Ze keek ontzet toe hoe hij in zijn auto stapte en met brullende motor wegreed. Ze was verstijfd van angst. Nu was Julius haar vijand. Ze vroeg zich af hoe ver hij zou gaan om haar te gronde te richten.

Phaedra vluchtte haar huis binnen en deed de deur achter zich op slot. De grote koffer stond nog steeds in de zitkamer en herinnerde haar aan alles wat er voor haar op het spel stond. Met lood in haar schoenen ging ze de trap op naar haar slaapkamer, waar haar weekendtas open op haar bed stond. Ze begon hem uit te pakken. Alles leek naar Fairfield te ruiken. Ze drukte haar T-shirt tegen haar neus, moest denken aan wat zich bij het tuinhuis had afgespeeld en aan het moment dat David haar bijna gezoend had in de eetkamer. De tranen welden op in haar ogen en ze zag amper meer wat ze deed.

Ze liet het bad vollopen, liet zich wegzakken in het schuim en probeerde zichzelf ervan te overtuigen dat Julius niet zo erg was als ze aannam. Misschien had hij de hoop nog niet opgegeven, en zou hij haar dus niet verraden. Ze wilde hem eigenlijk bellen, maar hij was zo kwaad geweest dat ze bang was dat ze het alleen maar erger zou maken. Ze overwoog David te bellen, maar wat kon ze tegen hem zeggen? Toen ze later op haar iPhone keek, zag ze dat ze twee gemiste gesprekken had en een sms van David: *Phaedra, waar ben je...?*

Julius zette zijn glas whisky neer en deed de kluis open. Met onvaste hand haalde hij er een bruine envelop uit. Hij lachte bitter in zichzelf. Waarom werden de gevaarlijkste documenten altijd in bruine enveloppen bewaard? Hij haalde een dvd uit de envelop en staarde er dronken naar. Hij had de dvd al een tijdje geleden naar lady Frampton willen sturen, maar had hem toen nog eens afgespeeld en beseft wat een explosief materiaal die bevatte. Stel je voor: als hij niet de aandrang had gevoeld om hem ter nagedachtenis aan George nog eens te bekijken, zou hij hem nietsvermoedend hebben opgestuurd.

George was alles voor hem geweest. Zonder George was hij niets. Ondanks al zijn bravoure en bluf was hij nu weer terug bij af, omdat hij de afgelopen twintig jaar het grootste deel van zijn tijd aan George had gewijd. George was er niet meer, en hij bleef achter zonder werk en – erger nog – zonder vriend. Hij zou helemaal opnieuw moeten beginnen. Hij wilde niet voor iemand anders werken.

Julius voelde de wrok in zijn hart branden als pek. Als Phaedra er niet was geweest, was George niet zo afgeleid geweest op die fatale middag in maart. Als Phaedra er niet was geweest, leefde George vandaag misschien nog. Hij tikte met de dvd op zijn hand, pakte zijn glas en nam nog een slok. Nu zou hij Phaedra straffen voor haar aandeel in de dood van George. En omdat ze hem had afgewezen. Samen hadden ze een wereldstel kunnen zijn. Niets deed er nu meer toe, want George was dood.

De volgende ochtend nam Rosamunde afscheid van haar zus. Barry droeg haar koffer naar de auto en zette hem in de kofferbak. Antoinette wrong zorgelijk haar handen. Rosamundes aanwezigheid had haar getroost. Ze was prettig gezelschap geweest. Nu zou Antoinette alleen zijn.

'Ik ben vlakbij, als je me nodig mocht hebben,' zei Rosamunde.

'Dank je wel dat je zo lang gebleven bent.'

'Doe niet zo gek. Je had me nodig. Maar nu kun je het zelf weer aan… en de honden missen me.' Ze omhelsde Antoinette en hield haar iets langer vast dan nodig was. 'Het leven gaat door,' zei ze terwijl ze een stap naar achteren deed. 'Ik kan de rest van mijn dagen niet op de parkeerhaven blijven staan. Ik moet de weg weer op!'

'O, Rosamunde, ik zal je missen. Ik ben aan je gewend geraakt.'

'Dan is het goed dat ik vertrek. Je kunt je niet voor eeuwig op mij verlaten. Jij moet ook weer op eigen benen staan.'

Antoinettes ogen glommen van de tranen. 'Ik weet niet wat ik zonder jou moet.'

Het deed Rosamunde goed dat ze nodig was; het verwarmde haar als zonnestralen. 'Je hebt de tuin en je hebt het tuinhuis. William zal je ongetwijfeld helpen met die laatste verflaag.' Antoinette trok een gezicht. 'Kom zeg, je hoeft geen medelijden met mij te hebben. Het was een flirt, meer niet. Stel je voor dat ik op mijn leeftijd verliefd zou worden – ondenkbaar!'

'Kom je gauw nog eens langs?'

'Je hoeft maar te bellen.'

'Ik zal eenzaam zijn in dit grote oude huis zonder George.'

'Je hebt Margaret nog.'

Antoinette lachte. 'Ja, Margaret. Ze is de laatste tijd een stuk opgefleurd, hè? Zou dat door dominee Morley komen?'

'Welke man het ook is, ik heb medelijden met hem.'

'Nou, mij verbaast inmiddels niets meer.'

'Laten we hopen dat ze zo vrolijk blijft. Ik moet gaan. Zwaai me niet uit, want ik heb een hekel aan afscheid nemen. Ga jij maar weg, iets in de tuin doen. Barry kan je vast helpen wieden. Het onkruid schiet nu echt omhoog en je moet het eruit trekken als het nog klein is.'

Antoinettes hart liep over van medelijden toen Rosamunde kordaat in de auto stapte en het sleuteltje in het contact stak. 'Wel thuis,' zei ze.

Rosamunde zwaaide en pakte haar bril uit de koker. Antoinette liep het bordes op en draaide zich bij de deur om. Ze zag haar zus als een mol door de voorruit turen, haar bril op haar neus, een frons op haar voorhoofd. Ze zag er oud uit, en een beetje verbijsterd. Antoinette vroeg zich af wat er thuis op haar wachtte, behalve haar honden. Zíj had David in ieder geval nog.

Rosamundes auto verdween om de haag en uit het zicht. Antoinette nam de honden mee de tuin in, op zoek naar Barry. Donkere wolken pakten zich samen aan de horizon, grijspaars als een blauwe plek. Het zou ongetwijfeld gaan regenen. Ze probeerde er niet aan te denken dat ze alleen was. Tenslotte was ze zo vaak alleen geweest als George weg was op een van zijn reizen. Toen had ze er helemaal geen last van gehad. Maar nu was haar eenzaamheid blijvend en dat gaf haar een verloren gevoel. Toen George nog leefde, wist ze dat er altijd een eind aan kwam.

Barry was in de kas met de kuipplanten bezig. 'Aha, ben je daar, Barry. Ik dacht dat we maar eens moesten gaan wieden.'

'Het gaat regenen, mevrouw.'

'Ik vind een beetje regen niet erg.'

'Ik denk dat het wel meer dan een beetje wordt.'

Ze was teleurgesteld. 'Denk je dat ik vandaag moet overslaan?'

'U zou natuurlijk in de border kunnen beginnen, als u dat wilt. Daar komen al heel wat kleine monsters omhoog.'

Dat vrolijkte Antoinette op. 'Dan begin ik daar,' zei ze. 'Als het gaat regenen, ga ik weer naar binnen.'

'Prima, mevrouw. Gooit u de kruiwagen maar vol, dan leeg ik hem voor u.'

Antoinette bracht een uur op haar knieën in de border door voor de eerste druppel als een natte kiezelsteen uit de hemel viel. Ze keek omhoog naar de donkere wolkenmassa boven haar. Grappig dat ze zo druk bezig was geweest dat ze niet had gezien dat de bui dichterbij kwam. Ze deed haar handschoenen uit en haastte zich naar huis. Woester en Bertie renden achter haar aan.

Harris stond klaar om een kopje thee voor haar te zetten. Zijn aanwezigheid stelde haar net zo gerust als het haardvuur dat hij in de kleine zitkamer had aangestoken. Maar ze had de hele dag nog voor zich. Wat moest ze doen zonder Rosamunde om mee te praten? Ze kon niet naar buiten, want het regende nu heel hard – dikke zware druppels, als bij een tropische regenbui. Ze kon een kruiswoordpuzzel maken, of een boek lezen. Het voelde verkeerd om midden op de dag tv te gaan kijken.

De kamer deed ondanks het knusse vuur in de haard leeg aan. Rosamunde had zo veel tijd op de bank doorgebracht dat die haar afwezigheid nu leek te benadrukken, net als de staande klok in de hal veel luider leek te tikken dan gewoonlijk.

Harris bracht een blad binnen met thee en de koekjes van mevrouw Gunice, die haar nog meer aan het vertrek van haar zus herinnerden. 'Ik drink het boven wel op, Harris,' zei ze. 'Het regent nu, dus ik kan net zo goed George' kamer gaan opruimen. Dat heb ik steeds maar uitgesteld, maar ik kan het niet eeuwig voor me uit schuiven.' Was Phaedra er maar om haar te helpen, dacht ze. Ze monterde op bij de gedachte aan die fijne jonge vrouw en ze voelde zich een beetje beter toen ze de trap op liep. Misschien zou ze dit weekend weer komen en haar helpen datgene wat ze samen begonnen waren tot een goed einde te brengen.

Het was stil in George' kamer. Harris zette het blad op het tafeltje aan het voeteneind van zijn bed. 'Zal ik u helpen, mevrouw?' bood hij aan.

'O, wil je dat, Harris? Dat zou ik fijn vinden.'

Hij glimlachte naar haar en toen ze zijn meelevende blik zag, vulden haar ogen zich met tranen. 'Ik zal nog wat vuilniszakken en dozen halen. U hebt al een goed begin gemaakt, zie ik.'

'Er zijn ontzettend veel dingen die weggegooid moeten worden. Hoewel ik het heel vervelend vind om iets wat emotionele waarde heeft weg te doen.'

'Het gaat nu om u, mevrouw,' zei Harris zacht. 'Lord Frampton heeft het niet meer nodig.'

'Je hebt gelijk. Aan de slag, Harris.' Antoinette pakte een koekje en nam er een hapje van. Rosamunde had gelijk: het waren bijzonder lekkere koekjes.

Die avond kwamen David en Margaret eten. Ze aten in de keuken: lasagne die mevrouw Gunice had klaargemaakt.

'Ik ben George' kamer aan het opruimen, Margaret,' zei Antoinette toen ze allemaal opgeschept hadden. 'Als er iets is wat je graag wilt bewaren, moet je dat zeggen. Ik ben zelf nogal radicaal.'

Margaret dacht even na. 'Ik hoef eigenlijk niets. Ik heb foto's, en ik heb een heel goed geheugen.'

'En jij, David? Ik wil geen dingen weggooien die jij graag als aandenken zou willen hebben. Ik leg natuurlijk papa's manchetknopen apart voor Tom, en zijn goede pakken en zo, voor het geval dat. Maar er zijn zo veel medailles en bekers en dozen met rommeltjes. Ik weet niet wat ik ermee aan moet.'

'Ik zou die medailles en bekers in dozen stoppen, mam. Dan bewaren we ze op zolder.'

'Joshua en Tom hebben meer zijn maat, dus zij kunnen kijken wat ze van zijn pakken en jassen willen hebben. Ik moet zeggen dat ik het geen gemakkelijke opgave vind.' Ze zuchtte ervan. 'Margaret, hoe heb jij dat aangepakt toen Arthur overleed?'

Margaret keek even heel ernstig; toen hief ze haar kin. 'Het meeste heb ik aan de kringloop gegeven.'

'Ook de echt goede spullen?'

'Ik heb George de waardevolle dingen gegeven, maar alles wat alleen emotionele waarde had heb ik gewoon weggedaan, vrees ik. Ik ben geen gevoelsmens.' Toen werd haar blik zacht en ze voegde er bijna weemoedig aan toe: 'Maar nu zou ik soms willen dat ik dat niet had gedaan. Je moet niet al te rigoureus weggooien, Antoinette. Je kunt het beter in dozen op zolder zetten dan in een vuilnisbak waar je het nooit meer uit kunt halen.'

'Ik zal Phaedra vragen me te helpen als ze dit weekend weer komt. Je hebt haar toch gevraagd, David?'

Davids gezicht brak plotseling open in een brede glimlach. 'Ik heb haar nog niet gevraagd, mam, maar dat zal ik zeker doen.'

Ook Margaret glimlachte. 'Phaedra is echt iemand van wie je vrolijk wordt, moet ik zeggen. Ze lijkt wel een raam waardoor de zon binnenkomt. Dit weekend heeft ze me zonder meer opgepept. Het is erg prettig om haar over de vloer te hebben.'

'Ik geloof dat we nog nooit zo'n gezellig weekend met z'n allen hebben gehad, toch?' zei Antoinette. 'Phaedra heeft ons volgens mij allemaal aangestoken.'

'We mogen George wel dankbaar zijn – waar hij nu ook is – dat hij haar in ons leven heeft gebracht,' opperde Margaret, en ze hief haar glas. Ook Antoinette en David staken hun glas omhoog, David het zijne het hoogst.

26

Na het eten ging David naar zijn eigen huis terug en belde Phaedra. Hij had de hele dag al geprobeerd haar te pakken te krijgen, maar ze had niet opgenomen. Hij hoopte dat ze zich niet nog steeds zorgen maakte om Roberta.

Het was nu donker. Het park was stil, afgezien van de krassende uilen in het bos en Boris die naar zijn jongen krijste in de boom voor Davids raam. David gaf Rufus een koekje en keek hoe hij zich op zijn kussen nestelde. Toen ging hij op bed liggen en belde Phaedra. Het was half twaalf, maar ze nam toch op.

'Bel ik je wakker?' vroeg hij.

'Nee, ik kan toch niet slapen.'

'Waarom niet?'

'Omdat ik een verschrikkelijke strijd uitvecht tussen mijn hart en mijn verstand.' Davids eigen hart sloeg over. Zou ze nu uitspreken wat al sinds hun eerste ontmoeting onder de oppervlakte borrelde? Phaedra zweeg even.

'Ga door.'

'Ik wil deel zijn van jouw familie, David. Ik hou van je moeder, ik hou van Margaret. Tom is een schat, en jij en ik staan elkaar heel na.'

'Ik voel een maar aankomen,' zei hij ongemakkelijk, en hij durfde bijna geen adem te halen.

'Roberta heeft gelijk. Niet dat ik probeer jullie familie binnen te dringen om jullie geld te stelen, maar ik zou er helemaal niet moeten zijn.'

'Roberta heeft het bij het verkeerde eind.'

'Ze probeert me af te schrikken, dat weet ik.'

'Phaedra, ze gaat haar boekje ver te buiten. Je moet je niets van haar aantrekken.'

'Het lijkt me beter als ik een tijdje niet naar Fairfield kom.' Dat was een zware teleurstelling voor David. 'Het is de afgelopen weken allemaal heel heftig geweest. Ik heb geen goed gevoel over het geld dat je vader me heeft nagelaten en over de Frampton-saffieren. Het klopt gewoon niet. Het spijt me.'

'Daar neem ik geen genoegen mee,' antwoordde hij resoluut. 'Je bent een Frampton, of je dat nu wilt of niet.'

'O, David, ik heb gelogen...' De rest van de woorden bleven in haar keel steken.

'Hoor eens,' onderbrak hij haar. 'Het kan me niet schelen of je hebt gelogen. Ik weet dat je gelogen hebt om mijn moeder te beschermen, en dat is heel bewonderenswaardig.'

'Ik heb inderdaad gelogen om haar te beschermen. Ik wist niet wat ik anders moest doen. Ik zat in zo'n lastig parket. Ik kon er niets aan doen.'

'Maak jezelf nu niet van streek, Phaedra. Ik sta achter je.'

Het bleef lang stil. Even dacht hij dat ze misschien had opgehangen. Toen zei ze heel zacht: 'Stond je maar echt hier achter me.'

Davids hart begon als een razende te kloppen. Ze klonk heel dichtbij, bijna alsof ze naast hem lag. 'Waarom kom je niet hiernaartoe?' stelde hij voor. 'Zeg nou niet dat je te veel werk hebt. Kom naar Fairfield en begin je winkel. Denk niet langer aan Roberta en die beschuldigingen van haar die nergens op slaan. Zij doet er niet toe. Niemand gelooft haar en haar mening telt sowieso niet.'

Ze lachte spijtig. 'Dat lijkt me heerlijk. Kunnen we varkens gaan houden? Ik ben altijd dol geweest op varkens. Biggetjes zijn schattig.'

'Je krijgt zo veel varkens als je maar wilt.'

'En kippen?'

'Een paar kippen kunnen er ook nog wel bij.'

'Ik vind die blauwe zo prachtig.'

'Bestaan er blauwe kippen?'

'Ja, Cochin-kippen.'

'Goed, dan nemen we ook een stel Cochin-kippen.' De toegeeflijke manier waarop hij lachte deed haar glimlachen.

'Je bent een lieverd, David.'

'Ik zou toch een boer van niks zijn als ik nee zei tegen een paar varkens en kippen?'

'Antoinettes moestuin is groot genoeg om de hele stad te eten te geven.'

'Wil jij haar van onze plannen op de hoogte stellen of zal ik dat doen?'

'Zou ze het niet ontzettend aanmatigend vinden?'

'Ze vindt het vast een briljant idee. En ze zal het heerlijk vinden om samen met jou iets te ondernemen. Dat weet ik zeker.'

'Het is een prachtige droom.'

'Een droom die jij werkelijkheid kunt laten worden. Je hoeft alleen maar in je auto te stappen en hiernaartoe te rijden. Je kunt hier op Fairfield bij mij komen wonen.'

Ze lachte om dat voorstel. 'O, David... je weet dat dat niet kan.'

'Niets is onmogelijk. Ik weet zeker dat we ergens op het landgoed wel een cottage voor jou hebben.'

'En dan moeten we de arme huurder eruit schoppen?'

'Ik ben tenslotte de eigenaar.'

'Maar je bent een aardige eigenaar. Je hebt me in ieder geval toch opgevrolijkt.'

'Kom je dan dit weekend?'

'Misschien.'

Phaedra voelde een warm sprankje hoop in haar hart toen ze het licht uitdraaide en haar hoofd op haar kussen legde. Misschien hoefde ze het toch niet allemaal op te geven. Misschien lag haar toekomst toch in Engeland. Ze zette Roberta en Julius uit haar gedachten en liet ze vrij dwalen over de velden van haar dromen.

Ze sloot haar ogen en stelde zich haar boerderijwinkel voor. Ze zag zichzelf al in een wit schort staan praten met de klanten achter een toonbank vol patés en vleespasteien. Er zouden verse eitjes zijn van de kippen en fruit en groente uit de tuin. Het zouden allemaal heerlijke seizoensproducten zijn, en de mensen zouden van heinde en verre komen om in de winkel iets te kopen en door het schitterende park te lopen. En de toverkracht van Fairfield zou ieder die het zag aansteken. David, Antoinette en zij zouden gelukkig samenwerken. Misschien zou Tom ook wel meedoen, en Rosamunde. En misschien zou zelfs Margaret het goedkeuren. Het zou een familiebedrijf worden. George zou trots zijn geweest – en dan had zij het allemaal goed gemaakt. Met deze lichte, fantastische gedachtes viel ze in slaap.

Antoinette kon de slaap niet vatten. Ze luisterde naar de wind die de bladeren deed ritselen en naar het gekraak van het huis, dat klonk als het gekraak van oude botten, en ze was te bang om in slaap te vallen. Dus stond ze op en deed het licht aan. Ze hulde zich in haar ochtendjas en stapte in haar muiltjes. Toen ging ze de trap af naar de salon. Het was koud in het grote vertrek, maar dat kon haar niet schelen. Ze liep meteen naar de vleugel en zette de klep open. Ze kende *Zonsondergang* inmiddels uit haar hoofd, maar ze zette de muziek voor de zekerheid toch op de standaard. Toen ging ze zitten en plaatste haar vingers op de toetsen. Daar voelden ze zich thuis, vlak boven het ivoor. Langzaam begon ze te spelen. Ze glimlachte toen de muziek de kamer vulde en het gekreun van het huis deed verstommen, alsof de oude botten in slaap gesust waren.

Het deed haar goed om op deze manier haar angsten van zich af te spelen. Haar vingertoppen kenden de toetsen als voeten een vaak betreden pad. Ze bewogen alsof ze een eigen leven leidden en zij kon rustig luisteren naar het droevige rijzen en dalen van de melodie. Ze dacht aan George, maar al snel zag ze alleen nog maar het lieve gezicht voor zich van dokter Heyworth die zich over de vleugel boog en haar pogingen prees. Ze wilde hem laten zien wat ze geleerd had en hoe goed ze nu speelde. George had nooit veel om muziek gegeven, maar dokter Heyworth was heel bedreven op de vleugel. Ze wilde zíjn goedkeuring.

Ze hield op met spelen en lichtte haar handen van de toetsen. Ze wreef haar vingers. Dat was het enige wat ze van dokter Heyworth wilde, dacht ze, enigszins benauwd: zijn goedkeuring en zijn bewondering voor haar als pianiste. En daar was niets onbetamelijks aan. Ze miste George. Ze miste hem vreselijk; en met die gedachte begon ze weer te spelen, maar op de een of andere manier was de magie verdwenen.

Ze sloot de vleugel en stond op. Misschien zou ze nu kunnen slapen. Ze keek op haar horloge; het was één uur. De vogels zouden algauw weer gaan zingen als de zon stukje bij beetje in het oosten opkwam en de velden overspoelde met het heldere licht van de dageraad.

De nacht was bijna voorbij. De gedachte aan de komende dag bemoedigde haar. Ze liep snel naar boven en stapte in bed. Het huis was nu stil; de uilen zwegen, de wind was gaan liggen. Antoinette sloot haar ogen en viel eindelijk langzaam in slaap.

De volgende ochtend zat er een pakje van Julius Beecher bij de post. Het was een dvd. In de begeleidende brief stond dat hij hem al eerder aan haar had willen geven, maar dat hij haar niet van streek had willen maken. Het was een film van George die in Murenburg skiede, een week voor zijn dood: *Bekijk hem als u er klaar voor bent, lady Frampton. Ik wil dat u hem hebt, zodat u weet dat hij stierf terwijl hij iets deed waar hij veel van hield. Met alle respect voor u en uw familie, Julius Beecher.*

Antoinette staarde naar het zilveren schijfje en voelde een koude rilling over haar huid trekken. Dit waren beelden van George die ze nog nooit had gezien en die waren opgenomen slechts een paar dagen voordat hij voorgoed verdween. Alleen de gedachte al maakte haar overstuur; alsof ze George vanuit het graf zou zien spreken. Ze was natuurlijk nieuwsgierig, maar ze vond het griezelig om er in haar eentje naar te kijken. Dus nam ze de dvd mee naar haar werkkamer en legde hem in de bovenste rechterla van haar bureau, waar ze belangrijke spullen bewaarde, zoals haar paspoort en sleutels. Ze zou wachten tot ze haar familie om zich heen had; dan konden ze er allemaal samen naar kijken. Misschien kon ze Rosamunde overhalen het weekend weer terug te komen. Dan kon zij er ook bij zijn – en Phaedra ook. Ja, dat zou ze doen. Ze zouden er als familie samen naar kijken, en hun eenheid zou haar kracht geven.

David kon niet wachten tot het weekend was. Phaedra had gezegd dat ze zou komen en dat ze bij hem zou logeren. Hij reed op zijn tractor heen en weer over de velden, spoot meststoffen over de gewassen en stelde zich voor hoe het leven zou zijn als hij met haar getrouwd zou zijn, waarbij hij de pijnlijke waarheid dat een huwelijk er niet in zat verdrong. De DNA-test stond tussen hen in als een berg die niet van zijn plaats te krijgen was, maar David keek naar de grond of de lucht en deed net of hij hem niet zag.

Phaedra probeerde zich op haar werk te concentreren. Het lukt haar een paar pagina's te schrijven. Toen bladerde ze op haar laptop door de foto's van het weekend. Ze zat urenlang te dromen boven kiekjes van David, terwijl ze probeerde te bedenken hoe ze uit de warboel moest komen waar ze door George' toedoen in was beland. Ze wist dat het gevaarlijk was om alleen met David in zijn huis te zijn, gezien het feit dat ze elkaar bijna gezoend hadden in de eetkamer van Margaret, maar ze moest er niet aan denken onder hetzelfde dak te logeren als Roberta. Hoewel haar verstand haar zei terug te gaan naar Parijs, trok haar hart naar David zoals een muis wordt aangetrokken door de kaas in een val.

Julius Beecher had niet gebeld om zijn excuses aan te bieden. Het was vreemd om niets van hem te horen; hij had haar zo hardnekkig achtervolgd. Ze hoopte dat hij haar nu met rust zou laten en zich op een ander zou richten. Ze nam niet aan dat ze zijn hart had gebroken, want een man moet toch eerst over een hart beschikken wil het kunnen breken.

Julius was koud en berekenend, een man die haar alleen maar begeerde vanwege de bonus die ze met zich meebracht. Hij had kennelijk door George de smaak te pakken gekregen van het leven in de hogere kringen en wilde dat nu zelf ook. Ze wist dat hij sluw was. Ze vroeg zich af of hij ooit iets van zijn opdrachtgever gestolen had. Dat zou best kunnen. George had hem vertrouwd in al zijn zaken. Julius was meer geweest dan zijn zaakwaarnemer; hij was zijn rechterhand geweest. Dankzij Julius had George de boel de boel kunnen laten wanneer hij maar wilde. Hij was vrij geweest, maar tegen welke prijs? Phaedra vroeg zich af of Julius nog steeds van George stal; tenslotte beheerde hij nog steeds de meeste bezittingen van George, zolang Joshua zich nog moest inwerken in de zaken van zijn vader.

Antoinette was opgetogen toen dokter Heyworth haar belde om voor te stellen in het tuinhuis de tweede verflaag aan te brengen nu het niet meer regende. Het vleide haar dat hij aanbood haar te helpen. Het was een hele opgave, want het was een groot vertrek, maar hij hield vol dat hij het alleen maar plezierig vond; hij vond het geen prettig idee dat ze het in haar eentje zou doen. Antoinette was opgelucht, niet alleen omdat ze nu gezelschap had, maar ook omdat ze iets had om zich mee bezig te houden. De gedachte om nog een dag George' kamer op te ruimen vervulde haar met afgrijzen. Harris was heel behulpzaam geweest, maar ze had liever Phaedra's morele steun, of die van haar kinderen, want Harris kon, hoe hij ook zijn best deed, haar niet raden in wat ze moest bewaren en wat ze moest weggooien.

Dokter Heyworth kwam dinsdagochtend en ze gingen samen in de Landrover van David de heuvel op. David was met de tractor op de velden en had de auto niet nodig. De honden vlijden zich neer in de schaduw van een knoestige eikenboom, terwijl dokter Heyworth en Antoinette binnen aan het werk gingen. Ze praatten opgewekt met elkaar en lachten om elkaars grappen en opmerkingen. Dokter Heyworths gevoel voor humor sloot naadloos aan bij dat van Antoinette en ze vonden dezelfde dingen grappig. Toen ze op hun horloge keken en beseften dat het al half twee was, waren ze allebei evenzeer verrast, want de ochtend was omgevlogen, zoals dat gaat als je het naar je zin hebt.

Ze reden naar het huis en lunchten voor het eerst van het jaar buiten op het terras. Barry had de eerste kuipplanten naar buiten gebracht nu de kans op nachtvorst voorbij was, en dikke hommels zoemden om de seringen en lavendelstruiken. Een koekoek riep vanuit de tuin en duiven zaten te koeren op het dak van het huis. De zwaluwen maakten hun duikvlucht en de lijsters deden zich te goed aan de voederhuisjes die Barry voor hen gevuld hield. Dokter Heyworth en Antoinette zaten in de schaduw van een parasol te genieten van de zomergeluiden.

'Mei is mijn lievelingsmaand,' zei Antoinette. 'Alles ziet er dan zo weelderig uit, maar het is nog netjes. Tegen de tijd dat het augustus wordt, verlies je het van de tuin.'

'Vooral als het veel heeft geregend,' knikte dokter Heyworth.

'Hebt u altijd al van tuinieren gehouden? U bent er heel goed in.'

'Mijn vrouw was degene met groene vingers, ik niet.'

Antoinette was zo verbaasd dat ze bijna haar vork liet vallen. 'Uw vrouw?'

Dokter Heyworth moest om haar reactie glimlachen. 'Ja. Ik had vroeger een vrouw. Ze is jong gestorven.'

'Wat erg.' Ze keek naar hem of ze tekenen van verdriet kon ontdekken, maar hij zag er alleen berustend uit. 'Hoe lang zijn jullie getrouwd geweest?'

'Acht jaar.'

'Hoe is ze gestorven? Als u het me niet kwalijk neemt dat ik dat vraag,' voegde ze er snel aan toe.

'Borstkanker. Tegenwoordig hebben vrouwen meer kans.'

Hoe heette ze?'

'June. Ze was een heel lieve vrouw.'

'Hadden jullie geen kinderen?'

'Nee, helaas niet. Sommige dingen gebeuren nu eenmaal niet.'

Antoinette keek hem strak aan en haar hart vloeide over van medeleven. 'Dus toen u zei dat ik over mijn verlies moest praten, sprak u uit ervaring?'

'Ja, ik weet wat er gebeurt als je alles opkropt. Ik heb mijn gevoelens rondom June twintig jaar opgekropt, tot ik er ziek van werd. En ik ging me pas beter voelen toen ik over haar begon te praten.'

'Met wie hebt u erover gepraat?'

'Ik heb een therapeut in de arm genomen,' zei hij schaapachtig.

'Daar hoeft u zich toch niet voor te schamen, dokter Heyworth?'

Hij fronste zijn wenkbrauwen en legde zijn mes en vork neer. 'Lady

Frampton, mag ik zo aanmatigend zijn om ervan uit te gaan dat wij vrienden zijn?'

'Natuurlijk,' zei ze.

'Mag ik u dan vragen me te tutoyeren en me William te noemen?'

Antoinette voelde dat ze een kleur kreeg. 'Goed, dan zeg ik William. Maar dan moet jij mij Antoinette noemen.' Het leek vreemd dat hij haar dat had moeten vragen, maar het was geen moment bij haar opgekomen om hem anders aan te spreken dan met 'dokter Heyworth'. 'Maar dan kun je mijn huisarts niet meer zijn, dat snap je wel, hè?'

'Waarom niet?'

'Omdat ik mijn huisarts niet bij zijn voornaam kan noemen. Dat voelt raar.'

'Dan zal ik een andere huisarts voor je zoeken. Ik ben toch te oud en ik ben veel liever je vriend.'

Antoinette lachte en voelde een bescheiden gefladder in haar buik, alsof ze per ongeluk een van die dikke hommels had ingeslikt. 'Dat vind ik ook,' zei ze, en ze werd nog roder.

'Trouwens, ik heb je zus vandaag niet gezien,' zei dokter Heyworth terwijl hij zijn mes en vork weer oppakte en aan de koude kippenpoot begon.

'Ze is naar huis gegaan. Ze moest helaas terug naar haar honden en haar eigen leven. Ik heb veel van haar gevraagd; het was niet meer dan eerlijk om haar te laten gaan.'

'Gaat het wel, zo alleen?' vroeg hij bezorgd.

'Natuurlijk. Prima, hoor. David zit maar even verderop en Margaret is ook altijd in de buurt. Rosamunde zal heus wel af en toe een weekend overkomen.'

'Mooi. Ik neem aan dat haar heup weer helemaal in orde is?'

'Ja, ik geloof dat het weer goed is. In ieder geval goed genoeg om met de honden over de heuvels te banjeren. Ik heb haar gisteravond nog gesproken en gevraagd of ze dit weekend komt. Ze zei dat ze dan misschien haar honden moet meenemen. Alle vier! Stel je eens voor!' Ze zuchtte en haar gezicht betrok.

'George' zaakwaarnemer heeft me een dvd gestuurd met een film die een week voor zijn dood in Zwitserland is opgenomen. Ik heb hem nog niet gezien. Het leek me beter om te wachten tot de hele familie er is, zodat we hem samen kunnen bekijken. Samen sta je sterk, en dat heb ik wel nodig.'

'Heel goed dat je ermee wacht. Het is zwaar om zoiets in je eentje te bekijken.'

Ze glimlachte. Het was prettig om haar zorgen met iemand te kunnen delen. 'Ik ben bang dat ik er een terugslag door krijg. Ik begin mezelf net weer terug te vinden, en ik heb een beter gevoel gekregen over het leven dat voor me ligt.'

'Het probleem is, Antoinette, dat je die dvd nu in je bezit hebt. Het is niet realistisch om te denken dat je hem kunt houden zonder ernaar te kijken. Je bent tenslotte ook maar een mens.'

'Denk jij dan niet dat ik er een terugslag door krijg?'

'Misschien is het juist wel goed voor je. Als je ziet hoe hij zich vermaakt, stelt dat je gerust en weet je dat hij gestorven is terwijl hij iets deed wat hij fijn vond. Het kan goed zijn om te zien dat zijn laatste dagen gelukkig waren.'

'Je hebt gelijk. Misschien helpt het me wel juist om door te gaan.' Ze stond zichzelf toe troost te zoeken in zijn blik. 'Jij bent uiteindelijk ook doorgegaan, toch?'

'Iedereen doet dat, als de tijd daar is. Het is niet gezond om aan het verleden vast te houden. In mijn ervaring is het het best om de mooie dingen te onthouden en die als een zegen te beschouwen. Maar jij hebt nog jaren voor je. Het is jouw keus hoe je die gaat besteden. Ik heb ervoor gekozen mijn leven te leiden zonder toe te staan dat het verleden er een schaduw over wierp. Het is allemaal al zo lang geleden. Ik ben dankbaar dat ik die prachtige herinneringen heb, en ik aanvaard de acht jaar die we samen hadden als onderdeel van een groter geheel. En dat was George' dood ook. Nu moet je voor jezelf zorgen. En om dat te doen moet je hem laten gaan als je je daar klaar voor voelt, en aan de toekomst denken.' Zijn glimlach was bemoedigend. 'Jij leidt zo'n rijk leven, Antoinette. En je bent een gevoelige vrouw, iemand met diepgang. Je bloeit alweer helemaal op nu je plezier hebt in je gezin, de tuin en het tuinhuis. Laat je maar ondersteunen door die eenvoudige dingen. Veel meer hebben we in het leven niet nodig.'

'Je hebt helemaal gelijk, William.' Ze bloosde weer nu ze zijn naam uitsprak. Ze moest aan Rosamunde denken en aan hoe dapper die haar teleurstelling had verbeten. 'Fijn dat je zo'n goede vriend voor me bent. Dank je wel.'

'Ik ben altijd je vriend geweest, Antoinette. Je wist het alleen niet.'

Die avond draaide Antoinette klassieke muziek in de kleine zitkamer. Harris had de haard aangestoken voor hij naar huis ging naar zijn eigen cottage aan het einde van de oprit bij het hek. Het beurde haar op om aan hem in zijn huisje te denken. Ze zette een doos met brieven van George op de salontafel en bekeek ze een voor een. Ze nam de moeite om ze allemaal te lezen, waarvoor ze zich bij het opruimen niet de tijd had gegund. Er waren ansichtkaarten van vrienden en brieven van de jongens toen ze nog op kostschool zaten. Hij had de aantekeningen voor zijn toespraken bewaard en het dagboek dat hij ooit begonnen was, maar waar hij nooit mee verder was gegaan. Daar was George goed in: in iets beginnen, niet in iets afmaken. Hij had altijd gepopeld om met het volgende project aan de slag te gaan.

Tot over twaalven zat ze daar op de bank in de zitkamer. De dvd wenkte haar onweerstaanbaar vanuit de bureaula in haar werkkamer, maar ze wist dat het niet verstandig zou zijn hem in haar eentje te bekijken. Ze haalde in plaats daarvan foto's van George tevoorschijn en bekeek ze stuk voor stuk. Al snel kwam ze bij de foto's die ze met Phaedra had gevonden, die van de ruïne in Jordanië. Ze keek naar het glimlachende gezicht van haar man. Hij nam een branieachtige houding aan, blijkbaar om op te scheppen tegenover degene die de foto nam. Toen zag ze aan de onderkant van de foto een schaduw op het zand. Die had ze eerder niet gezien. Nu keek ze er aandachtig naar. Het was duidelijk een vrouw; haar rok bolde op in de woestijnwind en ze stond op een heuveltje om de foto te nemen. Haar schaduw was lang, dus het moest aan het eind van de dag zijn.

Antoinette fronste haar wenkbrauwen. Het gaf haar een ongemakkelijk gevoel en ze vroeg zich af wie die vrouw was. Ze had niet geweten dat George naar Jordanië was geweest, laat staan dat hij daar met een vrouw was.

Haastig stelde ze zichzelf gerust: hij was er waarschijnlijk met een groep geweest, en daar waren uiteraard ook vrouwen bij. Maar toch kreeg ze kippenvel van die jolige houding van hem; die straalde een zekere intimiteit uit. Er lag iets zorgeloos en informeels in die glimlach – het soort glimlach dat een man iemand schonk van wie hij hield.

Ze legde de foto neer alsof hij te warm was geworden om nog vast te houden. Stel dat, terwijl zij als een brave echtgenote en moeder thuis had gezeten, George aan de andere kant van de wereld aan de boemel was geweest met een ander? Ze haalde diep adem. Dat was ondenkbaar.

Het paste helemaal niet bij hem. Hij hield van zijn gezin en van zijn huis; hij zou nooit iets doen om dat in de waagschaal te stellen. Maar hoe logisch haar argumenten ook klonken, haar intuïtie vertelde haar iets anders. Hij was zo vaak weg geweest dat hij gemakkelijk een dubbelleven had kunnen leiden.

Ze dacht aan de schaduw in het zand en haar fantasie deed de rest, tot de schaduw de gedaante aannam van een beeldschone verleidster, die ongemerkt zijn hart binnenkroop en het zwart maakte.

27

Vrijdagochtend reed Phaedra naar Hampshire met een misselijk gevoel in haar maag. Ze keek ernaar uit om David weer te zien, maar ze was bang dat ze zich nog dieper in de nesten zou werken. Ze had niets meer van Julius gehoord. Dat zou eigenlijk een opluchting moeten zijn, maar zijn zwijgen verontrustte haar. Ze had het idee dat hij op wraak zon omdat ze hem had afgewezen en ze was bang voor wat hij kon aanrichten. Eindelijk had ze een familie gevonden en ze moest er niet aan denken om die weer kwijt te raken.

Toen ze langs de kerk reed, hield ze haar blik op de weg gericht. Ze wilde niet aan George denken. Door hem kon ze zijn zoon niet krijgen. Ze schaamde zich om die kiem van wrok die al zo snel na zijn dood wortel had geschoten in haar hart. Hij had dit niet kunnen voorzien. Ze kon niet alle schuld op hem schuiven. Maar toch was ze kwaad op hem als ze nu aan hem dacht.

Ze reed door het ijzeren hek en nam het pad naar Davids huis. Haar bloed klopte in haar slapen toen ze het naderde. De zon wierp een gouden licht op het landschap, waar alles vrolijker van werd, en toch had ze het gevoel dat er een grijze wolkenbank achter de horizon op de loer lag om al dat licht weg te nemen.

Ze parkeerde voor Davids cottage en Rufus kwam blaffend naar buiten springen. Davids Landrover stond bij de heg. De raampjes waren open en de voorruit zat onder het stof, wat deed vermoeden dat hij net terug was van de boerderij. Ze keek op haar horloge. Het was twaalf uur; ze was precies op tijd.

Een tel later kwam hij met grote passen zijn voordeur uit. Hij droeg een gebleekte spijkerbroek en een blauw overhemd met opgerolde mouwen. Zijn brede glimlach was genoeg om de knoop in haar maag te ontwarren en haar bonzende hart tot bedaren te brengen. Hij liep naar haar auto toen ze die naast de zijne parkeerde en de motor afzette, trok haar portier open en sleurde haar er bijna uit. Ze moest lachten toen hij zijn armen om haar heen sloeg en haar tegen zich aan drukte. 'Wat ruik je lekker.'

'Jouw hyacinten hebben me ertoe geïnspireerd om een nieuw geurtje te kopen,' antwoordde ze.

'Ik ben blij dat je er bent.'

'Ik ook.'

'En maak je geen zorgen. Ik zal als een trouwe hond tussen jou en Roberta gaan staan.'

Phaedra sloeg haar armen om zijn middel, leunde ontspannen tegen hem aan en zuchtte tevreden. Het was net of ze thuiskwam in zijn omhelzing, alsof ze daar altijd was geweest.

'Ik wil je het tuinhuis laten zien,' zei David terwijl hij haar losliet. 'Moeder heeft het afgemaakt, met hulp van dokter Heyworth, die ze nu William noemt.' Hij trok veelbetekenend een wenkbrauw op.

Phaedra lachte. 'Mooi dat ze vrienden zijn geworden.'

'Ik geloof dat mam wel een beetje meer voor hem voelt.'

'Ze verdient het dat er iemand in haar leven is.'

'Maar het is wel een beetje snel, toch?'

'Ik weet zeker dat ze niets overhaasts zal doen. Maar vind jij het niet leuk dat ze een aanbidder heeft? Dokter Heyworth is een echte heer.'

David parkeerde de Landrover voor het tuinhuis en zette de motor uit. Het gebouwtje stond te glanzen in de zonneschijn. Het zag er niet langer verwaarloosd uit. Antoinette had een clematis tegen de muur geplant in plaats van de klimop, en grote terracotta potten met in vorm gesnoeide buxusbollen stonden aan weerszijden van de ingang. Het zag er uitnodigend uit en David en Phaedra liepen nieuwsgierig naar binnen.

'Ze heeft alle meubels weer teruggezet,' merkte Phaedra op. Ze liet haar blik rondgaan over de leunstoelen, de tafeltjes en het grote Perzische tapijt dat bijna de hele vloer bedekte. 'Het ziet er nu heel huiselijk uit.'

David plofte neer op de bank en strekte zijn lange benen voor zich uit. 'Hij zit prima.'

Phaedra ging in een leunstoel naast de open haard zitten. 'Moet je je voorstellen dat je grootvader dit voor je grootmoeder heeft laten bouwen in de hoop dat ze hem vergiffenis zou schenken. Maar dat heeft ze nooit gedaan. Wat treurig.'

Schuins keek hij haar aan. En moeder en dokter Heyworth hebben het met liefde hersteld. Wat vind je daar nu van?'

Ze lachte. 'Interessant!'

'We moeten het maar het Tuinhuis der Liefde noemen.'

'Dat is mooi.' Ze sloeg haar ogen neer, omdat ze wist dat hij haar veelbetekenend aankeek.

'Moet jij niet aan het werk, lord Frampton?' zei ze om van onderwerp te veranderen.

'Ik heb een hele hoop te doen, maar jij leidt me een beetje af, Phaedra.'

Ze lachte en stond op. 'Kom op, laat me eens zien wat je allemaal gedaan hebt terwijl ik in Londen zat.'

Dus verlieten ze het tuinhuis en reden naar de boerderij, waar David zijn Landrover verwisselde voor de rode tractor. Phaedra ging in de cabine achter hem zitten en David zette de motor aan. De tractor maakte een reutelend geluid. Langzaam en tevreden reed David terug naar de velden.

Die avond kwamen Tom, Joshua en Roberta. Het was Antoinette gelukt haar angsten van zich af te zetten en ze verwelkomde hen enthousiast. Ze nam de kleine Amber in haar armen en droeg haar de salon in.

Rosamunde arriveerde even later. Ze had Marjorie zover gekregen dat ze het weekend op de beagles paste. In ruil daarvoor had ze beloofd dat ze met haar mee zou gaan naar de vereniging van plattelandsvrouwen en de kookcursus zou volgen die de week daarop begon. Rosamunde kon zich niets verschrikkelijkers voorstellen, maar Marjorie was te verlegen om er in haar eentje heen te gaan en ze wilde al heel lang op een kookcursus. Het was een klein offer voor het plezier dat een weekend op Fairfield haar gaf. Rosamunde zou overal ja tegen hebben gezegd.

Het was een zoele avond, maar Harris had toch de haard aangestoken, omdat de kamer groot was en het er al snel kil was, zelfs in de zomer. David en Phaedra kwamen langs voor het avondeten en de feestelijke stemming van het weekend daarvoor keerde terug. Roberta had een DNA-test geregeld, waarbij Phaedra's haar vergeleken werd met een lokje van Joshua. De volgende week verwachtte ze de uitslag. Ze glimlachte gul, als een sluwe krokodil, maar Phaedra noch David liet zich door die suikerzoete glimlach in de luren leggen.

Margaret was de avond verhinderd, wat iedereen verbaasde. 'Ik denk dat de dominee haar het hof maakt,' zei David met een ondeugende grijns.

'Nee, zij maakt de dominee het hof,' voegde Tom eraan toe met een bulderende lach.

'Nee, jongens, dat is te erg!' zei Antoinette berispend, maar ze moest toch lachen. Ook zij had wel eens gedacht aan een romance tussen de dominee en Margaret.

'Ik moet jullie tot mijn spijt teleurstellen,' kwam Phaedra ertussen. 'Ze wordt het hof gemaakt door God.'

Ze staarden haar allemaal verbaasd aan. 'God?' herhaalde Joshua. 'Wat bedoel je?'

'Ik dacht niet dat Margaret nou zo op God gesteld was,' merkte Rosamunde op.

'Ze ziet dominee Morley de laatste tijd vaak – niet omdat ze verliefd op hem is, maar omdat ze gevoelens koestert voor God. Ze heeft Hem nog maar kortgeleden ontdekt, en Hij maakt haar gelukkig,' legde Phaedra uit.

'Ah!' zei Antoinette. 'Dat kan wel eens kloppen.'

David keek teleurgesteld. 'Dus toen ik haar met dominee Morley in haar zitkamer zag zitten terwijl ze zijn hand vasthield en over de liefde sprak, had ze het over Gods liefde en niet over de zijne?'

'Het spijt me voor je,' antwoordde Phaedra. 'Ik weet dat jij op een groot liefdesverhaal zat te hopen.' Toen keek ze verward van hem weg, want die woorden raakten te zeer aan de waarheid.

'Ik geloof geen moment dat Margaret het zichzelf zou toestaan op een dominee te vallen,' zei Roberta. 'Jullie weten toch wat een snob ze is!'

David zou vroeger misschien hebben opgemerkt: 'Ja, de pot verwijt de ketel,' maar hij had niet meer zo'n zin om zijn schoonzus op stang te jagen. 'Ik denk dat niemand goed genoeg zou zijn voor oma,' zei hij in plaats daarvan.

'Ze is een typisch voorbeeld van haar generatie,' zei Antoinette. 'Zelf denk ik dat het er niet toe doet uit wat voor nest iemand komt, als hij of zij maar een goed hart heeft. Dat is het belangrijkste, dunkt me.'

'Je hebt helemaal gelijk,' beaamde Rosamunde. Ze ging met haar glaasje sherry op de bank zitten alsof ze nooit weg was geweest. 'In Margarets jonge jaren draaide alles alleen maar om klasse en kon je alleen maar het hof worden gemaakt door iemand die in sociaal opzicht je gelijke was, of liever nog: een trapje hoger stond. Gelukkig is dat veranderd. En bovendien is niemand ooit te oud om verliefd te worden.'

Antoinette wierp een warme blik op haar zus en dacht aan dokter

Heyworth. Ze vroeg zich of het Rosamundes lot was om altijd alleen te blijven, of dat er toch nog ergens iemand op haar wachtte.

Ze aten in de eetkamer en er werd luid en levendig gepraat. David zat aan het hoofd van de tafel, met Phaedra aan zijn rechterhand. Antoinette merkte op hoe naadloos het leven van de ene in de andere fase overging. Nu was haar oudste zoon lord Frampton en zat hij op de stoel die vroeger van haar man was geweest. De familie was er nog; ze waren gewoon een plaatsje opgeschoven. En op een goede dag zouden hun kinderen op hún stoelen zitten en zou het leven op dezelfde manier doorgaan. Ze had nooit gedacht dat de leegte die George had achtergelaten weer opgevuld kon worden, maar dat was wel zo, en ze bouwden er nu op verder als op de ruïnes van een oude beschaving. En zo zouden er steeds nieuwe generaties komen, zoals het altijd was geweest. George was gewoon een klein baksteentje geweest in de steeds maar groter wordende metropool van het leven, en dat waren ze allemaal.

Ze merkte de zinderende spanning tussen David en Phaedra op terwijl ze samen lachten en fluisterden, hun hoofden naar elkaar toe gebogen, terwijl ze elkaar bijna aanraakten, hun blikken zwaar en veelbetekenend. Ze wist echt wel wat liefde was en ze twijfelde er nu niet meer aan dat Phaedra en David sterke gevoelens voor elkaar koesterden. Maar een relatie tussen hen was onmogelijk, al zou ze graag willen dat Phaedra niet George' dochter was, maar een jonge vrouw die David had leren kennen en had uitgenodigd voor het weekend. Onder deze omstandigheden konden ze echter nooit met elkaar trouwen, voor altijd gevangen in George' DNA. Wat ontzettend jammer, dacht ze terwijl ze haar blik over de rest van haar gezin liet dwalen. Zou zij de enige zijn die het zag?

Na het eten stond ze op om een aankondiging te doen. Het werd stil in de kamer.

'Ik vind het fijn dat jullie er dit weekend allemaal zijn, want ik wil iets met jullie delen. Komen jullie met me mee naar de salon?'

Ze keken elkaar verbaasd aan, maar deden wat hun werd gevraagd. Harris had al een blad met koffie en thee neergezet. De familie ging op de banken en stoelen zitten, Tom zette de tv aan en Antoinette gaf hem de dvd. 'Ik heb hem dinsdag al gekregen, maar wilde er niet alleen naar kijken. Het zijn de laatste beelden van George voor hij stierf. Julius Beecher heeft de dvd gestuurd. Hij skiede de week voor George' dood met hem.' Ze wrong vertwijfeld haar handen. 'Ik weet niet of dit een goed idee is of niet, maar nu ik die dvd heb, voel ik me verplicht ernaar te kijken. Misschien zal het ons allemaal geruststellen dat George gestorven is terwijl hij iets deed waarvan hij hield.'

Phaedra werd ineens onwel. Alles wat met Julius Beecher te maken had, wekte nu haar achterdocht. Ze sloeg haar armen over elkaar om het bonzen van haar hart te dempen en hoopte maar dat haar vrees ongegrond was. Toen de dvd begon, voelde ze haar handen vochtig worden en werd de knoop in haar maag strakker aangetrokken.

Niemand zei iets. Ze keken hoe George' vrolijke gezicht op het scherm verscheen: verweerd, knap, gelukkig. Antoinette drukte een tissue tegen haar ogen en snufte.

'Julius, zet dat ding uit!' zei George. Toen lachte hij; zijn tanden staken wit af tegen zijn zwarte helm en gebruinde huid. Hij draaide zich om en skiede naar beneden door de smalle berggeul waar David, Tom en Phaedra een paar weken eerder geskied hadden. Hij had een krachtige, soepele stijl, alsof skiën net zo makkelijk was als lopen. De helling was bijzonder steil, maar George sprong bijna naar beneden en zijn machtige lichaam bewoog over de sneeuw alsof hij een jonge atleet was. Hij kwam beneden aan en juichte van vreugde, duwde zijn skibril omhoog tegen zijn helm en haalde diep adem. Hij zwaaide naar Julius en riep iets onverstaanbaars. Andy, de gids, skiede na hem naar beneden. Hij was net zo behendig als George en zijn rode skipak stak helder af tegen de stralend witte sneeuw.

Toen richtte Julius de camera op zichzelf. 'Hier zijn we dus weer met z'n drieën – George, Andy en ik – om te doen waar we zo goed in zijn. Het is warm, vier graden boven nul, maar op de noordelijke hellingen is de sneeuw geweldig en er valt veel te genieten. Het is natuurlijk niet voor watjes, maar dat vindt George nou juist heerlijk. Ik moet opschieten, de baas roept!' Hij grijnsde breed en zijn ronde roze gezicht glom. Het scherm werd zwart en kwam toen even later op een ander stuk van de berg weer tot leven.

De familie keek als gehypnotiseerd toe hoe George Julius goedmoedig plaagde, zich tot de camera richtte en geintjes maakte. Ze durfden elkaar niet aan te kijken uit angst iemand op tranen te betrappen die aanstekelijk konden werken. Er was heel wat op de dvd te zien; ze zagen het drietal omhoogklimmen en op de top pruimenbrandewijn drinken uit George' zilveren heupflacon; ze zagen hen ontzagwekkende hellingen afdalen en over gladde weiden naar het dorp Serneus skiën. Antoinette beet op haar nagels terwijl ze zag hoe haar man genoot, zich er niet van bewust dat hij over een week dood zou zijn.

Tom nam zijn moeders hand in de zijne. Ze glimlachte dankbaar naar hem en wendde toen haar vochtige ogen weer naar het scherm.

Phaedra had ook wel kunnen huilen, maar ze was te bang. Haar kaken waren zo stijf dat het pijn begon te doen. Ze had het verschrikkelijke gevoel dat de donkere wolken die ze eerder had gezien nu steeds dichterbij kwamen.

Weer richtte Julius de camera op zichzelf. 'Daar zijn we dan, boven op de Gameide Boden. Het is een hele klim geweest, maar het is de moeite waard, want onder ons strekken zich kilometers maagdelijke helling uit. Dit wordt geweldig!' riep hij opgewonden. Toen hoorden ze op de achtergrond George' stem. Hij telefoneerde.

Eerst leek het weinig om het lijf te hebben. Zijn stem viel weg tegen de wind en het opgewekte gebabbel van Julius. Maar toen ging de wind even liggen en werd Julius afgeleid door Andy, die ergens op wees. 'Liefste, ik hou van je,' zei George. Daarna zei Julius weer iets en overstemde daarmee George, waardoor het onmogelijk was te verstaan wat hij zei. Tom grijnsde naar zijn moeder; hij nam aan dat George met haar in gesprek was geweest, maar Antoinette zat als bevroren op haar stoel.

'Zo eenvoudig ligt het...' ging George verder. 'Nee, schat, dat zei ik al. Ik was van plan om het je te vertellen, maar ik wilde wat wij hebben niet bederven... Ik was echt van plan het je te vertellen, echt! Niets kan wat ik voor jou voel veranderen... Nee, dat is niet zo... Jij bent meer dan dat... Je moet me vergeven...' Hij smeekte nu, duidelijk van streek. 'Alsjeblieft, liefste, vergeef me...'

Het was opeens koud geworden in de kamer en iedereen was verlamd van schrik, niet in staat zijn of haar blik van het scherm af te wenden. Rosamunde keek naar haar zus, wier gezicht doodsbleek was.

'Ik zei toch dat ik nooit heb gelogen? Ik heb je alleen de waarheid niet verteld...' ging George door. Julius hield nu zijn mond, alsof ook hij wilde verstaan wat George te zeggen had. Hij draaide de camera weg en begon Andy te filmen. Het gesprek tussen hen beiden overstemde George. Het scherm werd weer zwart. De dvd was afgelopen.

Iedereen keek elkaar verbijsterd en gegeneerd aan.

'Wie had papa daar aan de telefoon?' zei Joshua op harde toon. Ze keken elkaar allemaal wezenloos aan. Tom haalde zijn schouders op. Antoinette begon te huilen. Rosamundes gezicht vertrok verontwaardigd.

Phaedra drukte Davids hand en liet hem toen los. Julius had zich gewroken; ze had wel geweten dat hij dat zou doen. Ze stond op. 'Hij praatte met mij,' zei ze met vaste stem.

De blikken die zich op haar richtten waren hard en veroordelend. Davids gezicht werd asgrauw, alsof hij in een paar tellen tien jaar ouder was geworden.

'Met jou, Phaedra?' bracht Antoinette haperend uit.

Phaedra liet haar blik op Roberta's zelfvoldane gezicht rusten. 'Je had gelijk, Roberta. Ik ben geen Frampton,' zei ze eenvoudig.

'Ik zei het toch!' riep Roberta triomfantelijk uit. Ze wierp haar echtgenoot een verwijtende blik toe, maar Joshua was te ontdaan om iets te zeggen.

'Maar je had het mis dat ik geld wilde van George, en zeker niet die prachtige saffieren. Ik heb nooit iets anders van hem gewild dan zijn liefde.'

'Allemachtig, Phaedra! Hoe kon je?' riep Tom uit terwijl zijn moeder zat te snikken. 'We vertrouwden je!'

'Laat haar uitpraten,' gebood David. Zijn zelfbeheersing was angstaanjagend.

Phaedra wist niet of ze wel verder kon. Ze had nu iedereen verloren die haar dierbaar was.

'Ik ben George' dochter niet,' ging ze verder. Ze verbeet zich om haar wanhoop te onderdrukken. 'Ik was zijn minnares.' Iedereen snakte naar adem, maar Phaedra ging dapper verder. Ze wilde schoon schip maken en het hele verhaal vertellen. Omdat iedereen te geschokt was om iets te zeggen, had ze het toneel voor zich alleen.

'We hebben elkaar anderhalf jaar geleden leren kennen toen ik foto's nam in de Himalaya. Ik wist niet dat hij getrouwd was, omdat hij me dat nooit had gezegd. Ik woonde in Parijs en hij kwam af en toe bij me. Ik had geen enkele reden om hem te wantrouwen. Ik ben een maand voordat hij overleed naar Londen verhuisd, om dichter bij hem in de buurt te zijn. En daar kwam ik erachter dat hij getrouwd was. Niet omdat iemand me dat verteld heeft, maar omdat ik op internet onderzoek deed voor mijn boek, en zijn naam opdook in verband met een artikel over Britse bergbeklimmers. Ik was razend. Ik hield van hem, maar ik wilde geen relatie met de man van een ander. Dus heb ik het uitgemaakt, maar George wilde er niets van weten. Hij probeerde me terug te krijgen. Hij zei dat hij me zou opnemen in zijn testament en dat ik de familiejuwelen zou krijgen. Het was een opwelling van hem en ik weet zeker dat hij dat terug zou hebben gedraaid als hij in leven was gebleven. Ik zie nu pas wat een impulsieve, grillige man hij kon zijn. Ik heb tegen hem gezegd dat ik niets van hem wilde, behalve datgene wat hij me niet kon geven. Maar George ging skiën met Julius. Hij dacht dat ik wel zou bijtrekken als ik de tijd kreeg om na te denken. Hij belde me voortdurend op, maar ik heb steeds hetzelfde tegen hem gezegd.'

Ze haalde diep adem. Een klein stukje van haar was opgelucht omdat ze nu niet langer hoefde te liegen. Daarna vervolgde ze: 'Toen hij stierf, moest ik wel een verhaaltje verzinnen. Jullie zouden de waarheid achterhalen, tenzij ik er een draai aan gaf, en ik kon het niet verdragen dat zijn familie gekwetst zou worden. Als hij zijn testament niet had veranderd, hadden jullie het nooit geweten.' Ze keek naar Antoinette, wier ogen overliepen van tranen, en haar hart stond even stil. Ze slikte om haar eigen tranen terug te dringen.

'Julius kwam met het plan dat ik me zou voordoen als George' dochter. Op onze tweede reis nam een man in het basiskamp aan dat we vader en dochter waren, dus noemde ik George voor de grap wel eens "papa". Dat bracht Julius op het idee. Het kon niet anders. Ik was van plan om maar één keer hierheen te komen om jullie te ontmoeten. Ik had niet gedacht dat ik nog terug zou komen, en zeker niet dat ik zo veel van jullie zou gaan houden. Misschien had ik meteen terug moeten gaan naar Parijs. Dan hadden jullie me nooit ontmoet en hadden jullie George' ontrouw ontdekt op het moment dat het testament werd voorgelezen. Ik heb gedaan wat me toen het juiste leek – ik kon niet weten dat ik daar zo veel spijt van zou krijgen.'

Ze veegde met de rug van haar hand langs haar ogen, niet in staat in Davids richting te kijken. Zijn zwijgen zei meer dan welke woorden ook.

'En wie is je echte vader dan?' vroeg Joshua. Zijn gezicht stond hard en onverzoenlijk.

'Dat was Jack. Hij is weggegaan toen ik tien was en ik heb hem nooit meer gezien. Een paar jaar geleden is hij gestorven. In Nieuw-Zeeland.' Ze kon al die koude blikken niet meer verdragen. 'Ik kan maar beter gaan,' zei ze zachtjes.

Niemand hield haar tegen. Ze keken hoe ze de kamer uit liep en de deur achter zich dichttrok.

Phaedra rende over de velden naar Davids huis. Haar hart was in duizend stukken gebroken. Om de paar minuten keek ze achterom, in de duisternis speurend naar David, want ze hoopte dat hij achter haar aan zou komen. Maar hij kwam niet, en door haar tranen zag ze het huis waarvan ze zo veel hield in een waas verdwijnen. Ze had gegokt en alles verloren.

In de salon van het grote huis was een ijzige, ontzette stilte neergedaald. David had zijn hoofd in zijn handen verborgen. Nog nooit had hij zich zo ellendig gevoeld. Phaedra was ten slotte toch geen bloedverwante, maar ze was zijn vaders maîtresse geweest. Hij wist niet wat erger was. Ze kon hoe dan ook zijn vrouw niet worden. Weer had het lot hem met de ene hand iets gegeven, maar het met de andere weer weggenomen.

Antoinette staarde naar het zwarte televisiescherm en voelde dat er van de gemoedsrust waarvoor ze zo haar best had gedaan helemaal niets meer over was. Haar wereld lag in brokken om haar heen en midden tussen die brokstukken stond de jonge vrouw van wie ze was gaan houden. Ze wist dat ze haar nooit zou kunnen vergeven.

Rosamunde was de eerste die iets zei. 'Hoe durfde ze jouw huis binnen te gaan, jouw gastvrijheid aan te nemen, de warmte van je omhelzing, terwijl ze al die tijd wist...' Ze kreeg de woorden niet meer over haar lippen. Het was zo afgrijselijk dat het onzegbaar was.

'Ik vind het heel erg, mam,' zei Tom terwijl hij zijn arm om Antoinette heen sloeg. 'Ik hield van papa. Maar dit was wel een enorme rotstreek.'

'Hoe kon hij zoiets doen?' mompelde Joshua.

'Hoe kon Phaedra...' Antoinette snufte en barstte toen weer in tranen uit.

'Ze heeft tegen ons gelogen,' zei David. Hij begreep nu pas Phaedra's opluchting toen ze erachter kwam dat de enige leugen die hij in Zwitserland ontdekt had de geboortedatum op haar paspoort was.

'Ik dacht dat ze iets goeds voor ons was,' zei Tom. 'Wat een kreng!'

'Ik vind het verschrikkelijk dat ik gelijk heb gekregen,' zei Roberta. Ze stond op en zette de tv uit. 'Ik had het meteen al in de gaten. Had ik het maar bij het verkeerde eind gehad, denk ik nu.'

'Liefste,' begon Joshua. Hij wilde haar het zwijgen opleggen voor ze iets zou zeggen waar ze later spijt van zou krijgen.

'Laat me uitpraten, Josh. Ik zeg dit niet voor mijn lol. God, ik ben ook lid van deze familie, en ik vind het verschrikkelijk om jullie allemaal zo kapot te zien. Ik vermoedde al dat Julius en zij een plannetje hadden uitgebroed, maar ik had nooit kunnen denken dat ze de maîtresse van

George was. Ik geloof niet dat ze nu liegt, en in dat geval is haar ook onrecht aangedaan. George wilde er een vrouw én een vriendin op na houden, en hij hoopte dat ze er geen van beiden achter zouden komen. Wat een zootje! En ik dacht nog wel dat ze achter de Frampton-saffieren aan zat!'

'Die wilde ze niet hebben,' onderbrak David haar. 'Ze heeft ze aan mij in bewaring gegeven.'

'Godzijdank dat ze het eerlijk opgebiecht heeft en dat die waardevolle juwelen in de familie zullen blijven,' constateerde Roberta tevreden.

'Wat heeft papa bezield om zo ondoordacht te handelen?' vroeg Joshua.

'Ik vermoedde al dat George een verhouding had,' zei Antoinette ineens tot ieders verbazing. 'Ik voelde het gewoon – dat doen vrouwen. Maar ik had nooit gedacht dat het om Phaedra ging.' Ze begon weer te huilen. 'Ik voel me zo verraden!'

'Neem een borrel, dat zal je goeddoen,' opperde Rosamunde.

'Nee. Ik wil naar bed. Ik ben opeens ontzettend moe.' Tom hielp haar overeind. 'Wat zal Margaret zeggen? Die is er vast ook kapot van. Zij hield ook van Phaedra.'

'Ik vertel het haar wel,' stelde David voor.

'Nee, ik zeg het haar morgen. Ik denk dat het beter is als ze het van mij hoort,' zei Antoinette.

Rosamunde had een sterk déjà vu-moment toen ze haar zus in bed stopte. 'En het ging nog wel zo goed met je,' zei ze spijtig.

'Ik ben terug bij af. Maar dan erger!' Antoinette veegde haar ogen af aan het kussensloop. 'Zou George überhaupt wel van mij gehouden hebben? Wat denk je?'

'O, Antoinette. Natuurlijk! Je weet hoe mannen zijn. Phaedra was niet meer dan een avontuurtje.'

'Maar hij zei dat hij veel hij van haar hield. Ik denk dat zij alles had wat ik niet heb. Misschien als ik geskied had en meer lef had gehad...'

'Daar heeft het niets mee te maken. Je bent een prima vrouw voor George geweest en hij hield van je.'

'Ik voel me zo waardeloos, Rosamunde.'

'Dat snap ik. Maar getrouwde mannen hebben al sinds mensenheugenis relaties met anderen. Liefde en seks zijn twee heel verschillende dingen. Hij was verliefd, niets meer en niets minder, zoals hij op wel meer verliefd was. Weet je nog dat hij helemaal enthousiast kon raken voor een of ander nieuw project en dat hij het vervolgens aan Julius overliet? Na een poosje had hij er geen belangstelling meer voor. Zo ging het altijd. Nou, met Phaedra was het net zo. Een korte verliefdheid. Als hij nog geleefd had, had hij haar nu waarschijnlijk alweer aan de dijk gezet en zijn testament terugveranderd.' Rosamunde zuchtte diep. 'George stelt me erg teleur. Dit had ik nooit van hem verwacht.'

'Ik heb zin om naar zijn graf te gaan en alle bloemen die ik daar heb neergelegd weg te halen. Ik háát hem!'

'Nee, dat doe je niet.'

'Jawel. Ik haat hem, Rosamunde. En Phaedra wil ik nooit meer zien!'

28

De volgende ochtend werd Antoinette al vroeg wakker. Haar aanvankelijke geluksgevoel toen ze door de kieren in de gordijnen het bleke zonlicht zag binnenvallen, dat weer een mooie dag in de tuin beloofde, werd verdrongen door herinneringen aan de avond daarvoor. Ze bleef verstijfd in bed liggen terwijl die herinneringen een voor een als geraamtes oprezen vanonder een groene, weelderige weide, en alles van haar afnamen wat vertrouwd en dierbaar was. Toen stapte ze uit bed en liep naar de aangrenzende badkamer, waar ze kokhalsde boven de wasbak.

Was haar huwelijk een schijnvertoning geweest? Had George gelogen al die keren dat hij zei dat hij van haar hield? Was ze dom en naïef geweest om hem te vertrouwen? Ze had zich nog nooit zo ellendig gevoeld. Gisteravond was George nogmaals voor haar gestorven, en er bleef maar één vraag over, die nooit meer beantwoord zou worden: had ze hem wel ooit echt gekend?

Ze nam een douche en kleedde zich aan. Het was zes uur: de rest van de familie sliep nog. Alleen David zou wakker zijn; ze wist zeker dat hij net zo kapot zou zijn als zij. De moeder in haar wilde naar hem toe rennen en haar armen om hem heen slaan om de last van het verlies van hem over te nemen. Maar de vrouw in haar wist dat ze de kracht niet had om behalve haar eigen verdriet ook nog dat van een ander te dragen; die last was zelfs al te zwaar voor haar breekbare schouders.

Haar hart hunkerde naar troost. Ze ijsbeerde door de kamer, terwijl de herinneringen aan George haar verteerden. Ze zou al zijn spullen in een zak stoppen en ze verbranden. Samen met al zijn geheimen zou ze ze tot as reduceren. Door zijn ontrouw had alles zijn glans verloren en ze wilde er niets meer mee te maken hebben. Geen wonder dat Phaedra geweten had van die ruïnes in Jordanië; ze was er zelf bij geweest! Zíj was de schaduw op die foto. George had voor háár geposeerd. Antoinette moest terugdenken aan hoe ze met Phaedra in zijn slaapkamer op de grond had gezeten en haar diepste gevoelens met haar had gedeeld, in de overtuiging dat ze een dochter had gevonden die ze kon vertrouwen. Toen ze daaraan terugdacht, begon haar hele lichaam te trillen van woede en verdriet. Ze moest eruit. Waar dan ook naartoe, als ze maar weg was uit deze kamer.

In de tuin was het koel. Het gras was nat van de dauw. De lucht was van een licht, waterig blauw. Antoinette liep snel in de richting van het tuinhuis; ze verlangde naar de rust en eenzaamheid van dat kleine huisje op de heuvel.

Toen ze de tuin en het grote huis achter zich had gelaten, begon ze zich een beetje beter te voelen. De wind blies door haar haren en droogde haar vochtige wangen. Ze kon weer vrij ademhalen en zoog de frisse lucht met diepe teugen op. De lappendeken van donzige velden en schuimige hagen strekte zich in de vallei beneden uit. Vanaf het punt waar ze nu liep zag Fairfield er klein en onbetekenend uit.

Eindelijk was ze bij het tuinhuis. Bij de aanblik van het warmgele steen en de potten met buxus kikkerde ze helemaal op en opgelucht stak ze haar hand uit naar de deurkruk. Ze deed de deur open en stapte naar binnen.

Tot haar verrassing trof ze daar Margaret aan. Ze zat in de leunstoel met een deken over haar knieën. Basil lag op haar schoot.

De oude vrouw keek verrast op. 'O, Antoinette, ben jij dat? Ik had niet verwacht dat iemand hier al zo vroeg zou komen.'

'Wat doe jij hier?' vroeg Antoinette, teleurgesteld dat ze niet langer alleen was.

'Dat kan ik jou ook vragen.'

'Ik kon niet slapen,' zei Antoinette.

'Ik ook niet. Ik ben al uren wakker,' klaagde Margaret.

'Gaat het wel goed met je?'

'Ik vond het tijd worden om Arthur vergiffenis te schenken. Ik kan geen goede christen zijn als ik niet in staat ben hem te vergeven. Maar het blijkt veel moeilijker dan ik dacht. Dit leek me een goede plek om te beginnen. Ik moet zeggen, Antoinette dat je prachtig werk hebt geleverd. Het is hier uitermate aangenaam.'

'Dank je wel.' Antoinette liet zich op de bank neervallen. 'Ik heb helaas slecht nieuws voor je.'

'O, nee! Toch niet nóg iemand die vergeven moet worden?'

'Helaas wel.'

Margaret zuchtte. 'O jee. Maar goed, dat kan dan in één moeite door. Wie is het dit keer?'

Antoinette aarzelde even. Ze wilde haar schoonmoeder niet van streek maken.

'Nou, voor de draad ermee. Vertel het me maar nu ik nog in een goed humeur ben.'

'Het gaat om Phaedra.'

Margaret trok wit weg. 'Is alles goed met haar?'

'Ze is George' dochter niet.'

'Niet?'

'Het spijt me, maar ze is geen Frampton.'

'Geen Frampton! Maar wat is ze dan wel?'

Antoinette sloeg haar ogen neer. Het was bijna te pijnlijk om de waarheid onder woorden te brengen. Ze liet haar hoofd in haar handen rusten. 'George' maîtresse.'

Margarets gezicht werd eerst asgrauw en toen knalrood, en haar mond vertrok tot een woedende dunne streep. Ze haalde als een draak adem door haar opengesperde neusgaten. 'Dat kan niet waar zijn!' bracht ze naar adem happend uit.

'Helaas wel. Ze heeft het ons gisteravond ons opgebiecht.'

'Hoe dan?'

'Julius Beecher heeft een dvd gestuurd met opnames van George, skiend in zijn laatste dagen voor de lawine. Er zaten beelden van hem bij terwijl hij met Phaedra telefoneerde.'

'Wat zei hij dan?'

Antoinettes ogen vulden zich met tranen. 'Dat hij van haar hield...'

'Goeie god! Weet je zeker dat hij niet met jou in gesprek was, schat?'

'Heel zeker. Hij vroeg haar om vergeving.'

'Waarvoor in godsnaam?'

'Voor dat hij haar niet verteld had dat hij getrouwd was. Ze heeft zich na zijn dood als zijn dochter voorgedaan omdat hij haar in zijn testament had opgenomen. Ze zei dat dat de enige manier was om mij de ellende te besparen dat ik erachter zou komen dat hij ontrouw was geweest!'

'Wat uitgekookt van haar! Ik neem aan dat ze er nu met de Frampton-saffieren vandoor is?'

'Nee, die heeft ze aan David gegeven. Ze zei dat ze ze niet wilde hebben.'

'Een slecht geweten!' zei Margaret kwaad.

'Waarschijnlijk wel, ja.'

Margaret kneep haar ogen samen. 'Dus Julius heeft gelogen over die DNA-test?'

'Ja.'

'Ik heb hem toch al nooit gemogen. Totaal niet. Die man is een verschrikkelijk onderkruipsel. Ik had gelijk dat ik hem niet vertrouwde. In het begin wilde ik zijn verhaal niet geloven, weet je nog? Ik had op mijn gevoel af moeten gaan, maar Phaedra was een erg innemend meisje.' Ze schudde haar hoofd. 'Een heel overtuigende leugenaarster. Wat stelt ze me nu teleur!'

'Mij ook,' zei Antoinette. 'Ik ben helemaal ontdaan en ontzettend verdrietig.'

Margarets ogen werden groot toen haar nog een bewijs voor Phaedra's slechtheid te binnen schoot. 'Ze heeft nota bene geprobeerd mijn klok te stelen!'

'Je klok?'

'Ja, de klok op de schoorsteen in de gele kamer. Jenny heeft hem ontdekt: hij lag in haar kleren gewikkeld verstopt in haar tas, achter in de kast. Op dat moment dacht ik nog dat ze last had gehad van het getik, maar nu begrijp ik dat ze van plan was hem te stelen. Wat een huichelaarster!'

Ze zaten even zwijgend bij elkaar en lieten de verschrikkelijke feiten tot zich doordringen. De bladeren aan de bomen ritselden buiten in de wind en de zonneschijn viel uitbundig naar binnen door de ruiten die Rosamunde met zo veel ijver had schoongemaakt, maar ze voelden zich er geen van beiden vrolijker door.

'Waarom moet jij Arthur eigenlijk vergeven?' vroeg Antoinette uiteindelijk. 'Wat heeft híj gedaan?'

Margaret sloeg geen acht op die vraag. 'En dan te bedenken dat ik mijn hart heb uitgestort bij Phaedra!' zei ze woedend. 'Ik vertrouwde haar.' Ze wrong haar handen. 'Ik weet niet wie erger is, George of Arthur. Of misschien zijn ze allebei wel even erg. Zo vader, zo zoon.' Ze lachte bitter, maar haar ogen lachten niet mee en bleven gesluierd door verdriet. 'Arthur had een relatie met een ander toen George nog klein was. Ik ontdekte het en toen kwam hij op een holletje terug.' Ze keek Antoinette met vaste blik aan. 'Mannen komen altijd bij hun vrouw terug, kind.'

Antoinette stond versteld. 'Nee! Jij ook?'

'Ja. We zitten helaas in hetzelfde schuitje.'

'Hield Arthur van die andere vrouw?'

'Op zijn manier wel, neem ik aan. Het hart van een man zit soms anders in elkaar dan dat van een vrouw.'

'Rosamunde zegt dat het heel gewoon is voor een getrouwde man om een verhouding met een ander te hebben. Is dat zo?'

'Nee, dat geloof ik niet. Ik denk dat de meesten hun hele leven trouw zijn. Misschien gaan alle Frampton-mannen wel vreemd. Maar volgens mij hebben mannen nu eenmaal andere behoeftes dan vrouwen. Ik ben gaan inzien dat er een heleboel verschillende manieren zijn waarop je van iemand kunt houden. Arthur hield van mij, maar ook van zijn maîtresse, net zoals George waarschijnlijk van jou hield en tegelijkertijd van Phaedra, maar dan anders. Aan de andere kant weet ik ook zeker dat hij meteen bij je terug was gekomen als je erachter was gekomen, net als Arthur. Dan had hij misschien wel voor jóú een tuinhuis gebouwd, net als dit huisje.' Margaret keek naar de dikke traan die over Antoinettes wang rolde. De traan ergerde haar niet, maar ontroerde haar. 'Lieve schat, huil maar eens flink uit, dan voel je je straks een stuk beter. Gooi het er maar uit.' Ze sloeg haar ogen neer. 'Dat heeft Phaedra tegen mij gezegd, en ze had gelijk. Ik heb het er allemaal uit gegooid en ik voelde me daarna een stuk beter. Maar ik ben nog net zo kwaad op Arthur als jij ongetwijfeld op George bent. Wie had nou ooit kunnen denken dat we dát gemeen zouden hebben?' Antoinette snikte en Margaret glimlachte warm. 'Weet je, mijn verstand zegt me dat je je best moet doen om hem te vergeven. Zelfs al lukt dat je nooit helemaal, toch moet je daarnaar streven, want ik heb tientallen jaren wrok gekoesterd en je wilt toch niet net zo'n oude zuurpruim worden als ik?'

'Je bént geen zuurpruim, Margaret. Je bent lief,' antwoordde Antoinette.

Margarets ogen glinsterden vochtig. 'Wat aardig van je om dat te zeggen. Mensen hebben veel over me gezegd, maar nooit dat ik lief was.'

'Zal ik de haard aansteken?' stelde Antoinette voor terwijl ze opstond.

'Goed idee. Het is hier behoorlijk kil.'

'Tja, het is ook nog vroeg. Ik denk dat er nog niemand wakker is.'

Margaret werd weer ernstig. 'Hoe is David eronder?'

Antoinette draaide zich om, een houtblok in haar hand. 'Dus je wéét het?'

'Ik vermoedde wel iets, ja.'

'Ik denk dat zijn hart gebroken is.' Antoinette legde een blok op het haardrooster.

'Hij komt er wel weer overheen,' zei Margaret, maar ze geloofden het geen van beiden.

'We komen er allemaal wel weer overheen,' zei Antoinette. Ze legde nog wat blokken op het rooster en stak het stapeltje aan met een aansteker. Al snel laaide het vuur hoog op.

'Je hebt hier zeker geen koffie, hè?' vroeg Margaret terwijl ze om zich heen keek door het onberispelijke vertrek.

'Nee, jammer genoeg niet.'

'Dan plaatsen we een bestelling.' De douairière lady Frampton lachte breed en haalde haar mobiel tevoorschijn.

Antoinette stond versteld. 'Ik was helemaal vergeten dat jij zo'n ding had.'

'Tom heeft hem voor me gekocht. Voor het geval dat ik zou vallen en niet meer overeind zou kunnen komen. Echt, die jongen denkt dat ik zowat invalide ben.'

'Hij is heel zorgzaam.'

'Ik bel het huis en ik zal Harris vragen of hij ons een ontbijt kan brengen. Ik weet niet hoe het met jou is, maar ik heb honger gekregen van al die emoties.'

'Ik ook.' Antoinette glimlachte naar Margaret en de oude dame glimlachte terug.

'Eens kijken of dat hem lukt zonder dat de rest van de familie erachter komt. Ik vind het echt gezellig zo samen met jou hier, Antoinette.' Ze toetste het nummer in. Even later nam Harris op. 'Ah, Harris, ik vroeg me af of je lady Frampton en mij een kleine dienst wilt bewijzen...'

David was ontroostbaar. Hij had de hele nacht geen oog dichtgedaan. Alles deed hem aan Phaedra denken: van het gekras van Boris in de boom voor zijn raam tot de Aga die hem herinnerde aan pannenkoeken en gezellige maaltijden aan de keukentafel. Hij liet hun gesprekken in gedachten keer op keer de revue passeren en begreep nu de diepere betekenis van wat ze had gezegd: *Ik ben geen Frampton, David... Ik voel me niet prettig om de gastvrijheid van je moeder aan te nemen... Ik weet niet of ik zonder George kan leven... Ik ben wanhopig, waanzinnig, verpletterend verliefd geweest... Ik wist het niet... Ik zweer je dat ik het niet wist... Dank je wel dat je me vergeeft... O, David, ik heb gelogen...* Haar stem kwam uit het verleden naar hem toe op golven van het geheugen, telkens een zinnetje, en hij analyseerde al die zinnen en kon ze met de kennis die hij nu had eindelijk begrijpen.

Wat een stommeling was hij geweest dat hij het niet eerder begrepen had. Ze had nooit gezegd dat ze een Frampton was, behalve de eerste keer, toen ze in de bibliotheek met Julius Beecher die leugen debiteerde. Ze had zich schuldig gevoeld om de saffieren aan te nemen en erop aangedrongen dat ze in de familie zouden blijven. Ze had George geen enkele keer 'papa' genoemd en ze had het altijd over 'je vader' gehad, en hoe langer hij erover nadacht, hoe meer het tot hem doordrong dat haar rouw over zijn dood meer het verdriet van een vrouw om haar partner was dan het verdriet van een kind om een vader. Hij had gebeden dat er geen DNA-test zou zijn, maar nu die inderdaad niet bleek te bestaan, was ze nog verder van hem weggedreven dan daarvoor.

Hij nam niet de moeite zich te scheren. Er lag een donker waas over zijn wangen en hij had wallen onder zijn ogen. Hij had nog nooit zo veel van een vrouw gehouden als van Phaedra. Elke vezel van zijn hart had hij in haar geïnvesteerd. En nu voelde het alsof zijn hart uit zijn borst was gerukt en verscheurd, en bloedend naar buiten hing. Groter en verschrikkelijker kon haar verraad niet zijn. Hij dacht niet dat hij er ooit overheen zou komen, en toch school er ergens in het diepst van zijn gekwelde gemoed een sprankje hoop dat ze op de een of andere manier haar fouten zou goedmaken: een klein streepje licht waar hij doorheen kon springen om haar te vergeven.

Hij zette een kop sterke koffie voor zichzelf. Rufus lag op de vloer en hield hem met droevige ogen in de gaten. Af en toe zuchtte hij, alsof hij wist wat er aan de hand was en hij medelijden had met zijn baasje.

Davids gedachten gingen van Phaedra naar Julius Beecher. Was het mogelijk dat hij die dvd had gestuurd zonder hem eerst te bekijken? Of had hij hem wel gezien en Phaedra opzettelijk ontmaskerd? In beide gevallen was hij er zelf gloeiend bij omdat hij over de DNA-test had gelogen. Maar waarom zou hij zichzelf te gronde richten, tenzij de voldoening om háár te gronde te richten groter was dan zijn eigen overlevingsdrang? Waarom zou hij haar zo'n ramp toewensen, tenzij ze het samen bedacht hadden en ze hem op de een of andere manier verraden had?

David herinnerde zich dat Roberta had gezegd dat ze hen samen had zien eten bij Le Caprice en dat het er veel van weg had gehad dat ze een stel waren. Zijn lichaam verstrakte van woede. Wat hem betrof, mochten ze elkaar hebben.

Toen Antoinette met Margaret en Basil terugkwam bij het grote huis, stond de auto van dokter Heyworth op het grind. 'Je hebt bezoek,' zei Margaret.

'Onverwacht bezoek dan toch.' Antoinette keek op haar horloge. 'Het is acht uur. Wat kan hem hier nu zo vroeg gebracht hebben?'

'Wie, lieve kind?'

'Dokter Heyworth. Dat is zijn auto.'

'Aha, dokter Heyworth.' Margaret glimlachte plagerig. 'Wel wel wel! Ik vraag me af wat die komt doen.'

Ze gingen de hal binnen en troffen daar alle familieleden op een kluitje aan. Ze vertelden wat er de avond daarvoor gebeurd was aan dokter Heyworth, die geduldig probeerde te luisteren naar vier mensen tegelijk. Toen ze Antoinette zagen, stormden ze op haar af als een kudde koeien.

'Wat is er aan de hand?' vroeg ze verschrikt.

'Ik schrok zo toen je niet in je bed bleek te liggen dat ik dokter Heyworth heb gebeld,' zei Rosamunde gewichtig. 'Ik dacht dat je iets doms had gedaan.'

'Wat? Dacht je dat ik van het dak was gesprongen? Kom nou, Rosamunde, je kent me toch?'

'Ik vind dat iedereen tot bedaren moet komen en ermee moet stoppen om van een mug een olifant te maken,' zei Margaret terwijl ze zich een weg baande door het gedrang. 'Fijn u te zien, dokter Heyworth. Nu u hier toch bent: kunt u een recept voor slaappillen voor me uitschrijven?'

'Ik had nooit gedacht dat jij slaappillen zou slikken,' zei Antoinette terwijl ze achter Margaret aan de salon in liep.

'Ik heb mezelf de laatste tijd wel vaker verbaasd. Dit is weer zo'n verrassing. Geen reden tot paniek, er is verder niets met me aan de hand.'

Joshua, Roberta, Tom, Rosamunde en dokter Heyworth gingen zitten. 'Waar was je, mam?' vroeg Tom, die nog gekleed was in pyjama, ochtendjas en pantoffels. Zijn haar stak alle kanten op.

'Ik was naar het tuinhuis,' antwoordde ze.

'En daar trof ze míj aan,' voegde Margaret eraan toe.

'Wat deed jij daar zo vroeg?' vroeg Roberta. Ze hield Amber stevig vast, zodat die zich niet los kon wringen.

'Hemeltjelief, is dit de Fairfield-inquisitie? Ik probeerde Arthur te vergeven,' zei Margaret met een zucht.

'Vergeven. Waarvoor?' informeerde Roberta.

Margaret sloeg haar ogen ten hemel. 'Nee maar, wat kan die Phaedra goed geheimen bewaren! Ik had eigenlijk gehoopt dat zij het aan David zou vertellen, die het dan weer aan Antoinette zou doorvertellen. En die zou het aan jullie vertellen, zodat ik er geen woord meer aan vuil hoefde te maken.'

Harris verscheen in de deuropening.

'Ah, je bent een toonbeeld van discretie, Harris.'

'Dank u wel, mevrouw,' antwoordde hij plechtig.

'We hebben de ontbijtboel in het tuinhuis laten staan. Ik hoop dat je ons dat niet kwalijk neemt.'

'Geen probleem, mevrouw. Ik haal het straks wel op.'

'Dus al die tijd dat wij in paniek waren, wist Harris waar jullie zaten,' zei Joshua vermoeid.

'Ik had tegen hem gezegd dat hij niets tegen jullie mocht zeggen. Je moeder en ik moesten even in alle rust met elkaar praten.' Margaret wendde zich tot Harris. 'Een kopje sterke koffie voor iedereen, lijkt me.'

'Uitstekend, mevrouw,' zei Harris, en hij verliet de kamer.

'Nou, je hebt ons de stuipen op het lijf gejaagd,' zei Joshua kwaad.

'Wat fijn om te weten dat jullie je zorgen maken om je moeder,' zei Margaret met een lachje. 'Niemand zou naar míj op zoek zijn gegaan – dat verbeeld ik me echt niet.'

'Wel als we hadden geweten dat je verdwenen was,' zei Roberta vriendelijk.

'Dank je wel, Roberta. Jij hebt mij altijd gesteund.'

Ze bleven in de salon en Harris bracht een blad met thee en koffie. Margaret vertelde het verhaal van Arthurs verhouding, en toen gebeurde er iets heel vreemds. Hoe langer ze erover praatte, hoe minder pijn het haar deed. Eigenlijk vond ze het nu, nu ze het voor de derde keer vertelde, nogal dwaas dat ze zich er zo over opgewonden had.

'Dus die lieve Arthur heeft het tuinhuis voor me laten bouwen, maar ik heb nooit de moeite genomen ernaar te gaan kijken,' vervolgde ze onbekommerd. 'Ik bedoel, ik ben er natuurlijk wel een paar keer geweest, maar ik wilde hem in het ongewisse laten. Het deed me goed om hem mijn vergiffenis als een wortel voor zijn neus te houden. Die arme Arthur moest zich altijd maar verdedigen. En hij hield echt van me, dat weet ik zeker. Ik heb hem alleen nooit laten weten hoeveel ik van hém hield.'

'Wat een verdrietige geschiedenis,' zei Roberta.

'Inderdaad,' beaamde dokter Heyworth.

'Nou, ik neem niet aan dat mijn vergiffenis hem nu nog veel zal kunnen schelen, maar ik moet hem voor mijn eigen gemoedsrust toch vergeven. Als ik dat niet doe, betwijfel ik of ik wel in de hemel kom.' Ze wendde zich tot Antoinette. 'En we willen allemaal naar de hemel, toch?'

'Ik weet niet of George daar is,' mompelde Antoinette.

'Nu hij zich zo blijkt te hebben misdragen, vermoed ik dat hij nog op de hemelpoort staat te bonzen,' merkte Tom op.

'Je moet je nu om je eigen zielenheil bekommeren,' raadde Margaret Antoinette aan. 'Nou, dokter Heyworth, waar blijft mijn recept?'

Toen het weekend voorbij was gingen Joshua, Roberta en Tom terug naar Londen, en Rosamunde reed vol tegenzin terug naar Dorset en het angstaanjagende vooruitzicht van de vrouwenvereniging. Margaret liep de gele logeerkamer binnen waar Phaedra geslapen had en liet haar handen over de sierklok op de schoorsteenmantel glijden. Ze schaamde zich dat ze de jonge vrouw ervan had beschuldigd dat ze hem had willen stelen. Ze wist diep in haar hart dat Phaedra een goed mens was. Want alleen een goed mens had die oude zuurpruim kunnen verjagen.

Antoinette was nu weer alleen, en eenzamer dan ooit. Ze voelde zich opnieuw beroofd van een familielid, net alsof Phaedra gestorven was. Zij had de last van George' dood zo veel draaglijker gemaakt en had zonneschijn gebracht in de schaduwhoekjes in Antoinettes hart. Maar nu had ze ontdekt dat de zonnestralen vals waren geweest en dat George niet de man was geweest waarvoor ze hem had aangezien. Het was alsof ze wakker was geworden en erachter was gekomen dat alles waarvan ze had gedacht dat het werkelijk bestond lucht was. Ze was kwaad en voelde zich in de steek gelaten, maar vooral voelde ze zich vernederd. Ze hadden misbruik gemaakt van haar goedgelovigheid en haar haar levensvreugde ontnomen. Ze vroeg zich af of ze ooit weer blij zou kunnen zijn, of – en dat leek haar waarschijnlijker – dat die levensvreugde nu voor altijd verdwenen was.

Ze speelde piano om de pijn te verzachten, en op die momenten voelde ze daadwerkelijk enige verlichting. De muziek haalde de druk van haar hart en vormde een uitlaatklep voor haar zielenleed. Dokter Heyworths *Zonsondergang* was in het bijzonder heel nuttig, omdat het stuk haar daar raakte waar de pijn het hevigst was, en het verlichtte die een beetje, als balsem op een wond.

29

Phaedra zat in de Eurostar op weg naar Parijs. In Engeland had ze niets meer te zoeken. Ze had de hele nacht door de kamer geijsbeerd en haar koffer ingepakt en toen had ze voorgoed de deur van het huis aan Cheyne Row achter zich dichtgetrokken. Het had toch nooit als een thuis gevoeld.

Ze zat als verdoofd in de trein en keek naar het landschap dat aan de andere kant van het raam voorbijgleed. Ze wilde zo veel mogelijk afstand scheppen tussen Fairfield en zichzelf. Iedere gedachte aan de Framptons was als een messteek in haar hart. Ze werd verteerd door schuldgevoel en ze maakte zichzelf grote verwijten om wat ze David had aangedaan. Al meteen in het begin had ze weg moeten gaan, toen ze de kans nog had. Dan zou ze de onwettige dochter zijn gebleven die ze één keer en daarna nooit meer hadden ontmoet, maar ze had zich door de familie laten verleiden en had het laten gebeuren dat ze verliefd was geworden op David.

Ze trok het mes uit haar hart en probeerde aan haar toekomst te denken. Ze zou naar Parijs teruggaan en haar leven weer oppakken zoals dat geweest was voor ze George had leren kennen. Dat leven moest daar nog ergens zijn, onder de brokstukken. Ze moest het weer opdiepen en het opnieuw opbouwen. Haar verdriet zou haar verder helpen, hield ze zichzelf voor. Ze zou een beter mens worden, een barmhartiger mens – iemand die sterker was.

Ze stapte uit op het perron en bleef even verloren staan terwijl andere passagiers haastig lang haar heen liepen, op weg naar hun echtgenoot, hun vrouw, hun werk en hun leven. Zij had niemand. Ze was nog meer alleen dan ze ooit was geweest, want ze wist nu hoe het was om deel uit te maken van een familie.

Langzaam, zeulend met haar koffer, liep ze over het perron en door de drukke stationshal naar de taxistandplaats buiten. Ze zou teruggaan naar haar flat, haar boek afmaken en de tijd haar wonden laten helen. Misschien zou de tijd haar zelfs helpen te vergeten. Op dit moment haatte ze George vanwege de verwoestingen die hij had aangericht. Hij had opnieuw haar hart gebroken, dit keer door zijn zoon.

Het begon te regenen. Ze stond daar in haar zomerjurk en spijkerjasje en liet zich natregenen. Toen begon ze te huilen. De andere mensen in de rij voor de taxi's deden of ze het niet zagen. Een kind trok aan de hand van zijn moeder en wees naar haar. Toen ze eindelijk vooraan stond, was ze nat tot op haar huid. Een vriendelijke taxichauffeur zette haar bagage in de kofferbak en hield het portier voor haar open. Hij glimlachte haar meelevend toe. 'Alles goed, mevrouwtje?' vroeg hij in het Frans.

'Ik heb heimwee,' antwoordde Phaedra, en toen moest ze nog harder huilen bij de gedachte aan wat ze had achtergelaten.

De week die op de onthullingen volgde was de somberste van Davids leven. De uren leken leeg, de nachten zonder ziel. De omgeving stond machteloos, omdat zijn hart te zwaar was om van de schoonheid ervan te genieten. De herinneringen aan Phaedra bleven door zijn hoofd spoken en ze varieerden van rozig tot inktzwart, omdat ze allemaal uiteindelijk uitkwamen bij haar bedrog.

Hij vroeg zich af of ze nog in Londen was of dat ze naar Parijs zou zijn gevlucht. Hij speelde regelmatig met de gedachte haar te sms'en en merkte dat hij telkens naar zijn telefoon staarde in de hoop dat zij contact met hem zou opnemen, maar dat deed ze niet. Ondanks zijn woede miste hij haar verschrikkelijk, zo erg dat hij niet in staat was zich op iets anders te concentreren dan op zijn eigen verdriet. Hoe meer hij aan haar dacht, hoe verdrietiger hij werd. Hij hield van haar – kon hij de liefde maar dichtdraaien, als een kraan.

De rol van Julius Beecher in het bedrog wekte nog het meest zijn woede. Waren ze een stel, zoals Roberta gesuggereerd had, of was Phaedra het slachtoffer van zijn egoïstische intriges? Hij móést het weten, en eindelijk, na dagen zonder contact, besefte hij dat er maar één manier was om een eind te maken aan deze ellendige speculaties. Hij moest haar bellen en het vragen.

Zoals hij al verwacht had, was Phaedra's telefoonnummer buiten dienst. Ze had haar iPhone waarschijnlijk in de Theems gegooid. Dus reed hij naar Londen. Hij wist dat er een kans bestond dat ze niet thuis was. Dat ze naar Parijs zou zijn gevlucht, of nog verder: terug naar Canada. Hij klemde zijn handen om het stuur en sloeg van de Embankment af naar Oakley Street. Eindelijk reed hij Cheyne Row in en parkeerde voor haar huis. Hij keek naar de ramen. Het zag er niet uit alsof er iemand thuis was. De ruiten waren donker. Er zat een stapel post in de brievenbus gepropt, te dik om erdoorheen te gaan. Zijn hart sloeg een slag over toen het tot hem doordrong dat ze hier al een tijdje niet meer was geweest, misschien al dagen niet. Hij stapte uit, trok de post uit de brievenbus en keek door de spleet. Het gangetje was in duister gehuld. Er lag niets op het ronde tafeltje bij de wenteltrap. Er lag post op de deurmat. Ze was weg.

Voor het eerst sinds hij een jongetje was, huilde David. Hij zakte neer op de stoep en nam zijn hoofd in zijn handen. Zijn snikken bleven niet in zijn keel steken en hij had de kracht niet meer om ze te onderdrukken. Hij ontspande zijn borst en gaf zich over aan zijn verdriet. Gezien de post had ze geen nazendadres achter gelaten. Hij voelde zich machteloos. Ze kon overal zijn – Genève, Parijs, Amerika, Canada... Tibet... Er waren eindeloos veel mogelijkheden. Ze had geen wortels die hij kon natrekken.

Opeens ging het er niet meer om om uit te zoeken of Julius en Phaedra minnaars waren geweest, maar om Phaedra te vinden. Daar, op de stoep voor haar huis, doemde dat kleine reepje licht voor hem op waar hij doorheen kon springen om haar te vergeven. Hij kon gewoon niet zonder haar – dat was het. Hoe erg het ook was wat ze gedaan had, hij kon niet altijd boos op haar blijven. Zij was zelf ook bedrogen, net als zijn moeder. Als er iemand schuld had, dan was het zijn vader.

Maar hoe kon David haar vinden nu ze geen sporen had achtergelaten? Er was maar één persoon die het misschien wist. Hij hief zijn hoofd en zijn gezicht verstrakte: Julius Beecher.

Julius hield kantoor in een fraai achttiende-eeuws gebouw, om de hoek van Berkeley Square in het chique West End. Toen David zijn naam noemde, trok de receptioniste wit weg. 'Gecondoleerd, lord Frampton. Ik zal meneer Beecher laten weten dat u er bent,' zei ze, en ze pakte de telefoon. Even later stond Julius in de receptie, zijn armen gespreid en met een huichelachtige glimlach op zijn roze gezicht. David zag dat zijn ogen zo koud bleven als ijs. Hij had zijn vaders zaakwaarnemer nooit gemogen, en nu mocht hij hem nog minder.

'Mijn beste David! Wat een aangename verrassing.' Julius stak zijn hand uit en David schudde hem zonder de glimlach te beantwoorden. 'Kom mee naar mijn kamer. Mevrouw Carrington zal wel een kopje thee voor je halen. Of heb je liever koffie?'

'Nee, niets, bedankt,' zei David. 'Ik ben zo weer weg.' Hij liep achter Julius door de met tapijt belegde gang naar een ruime kamer aan de linkerkant. De ramen boden uitzicht op het plantsoen van Berkeley Square. Julius' bureau was groot, voorzien van nette stapels papier in leren brievenbakjes en twee beeldschermen. Er stonden een bank en twee leunstoelen bij een salontafel vol catalogi van Christie's en glossy's over Engelse landhuizen. De mahoniehouten boekenkast stond vol met antiquarische boeken en de nieuwste bestsellers op het gebied van geschiedenis en biografie in gebonden uitgave. Een stel zilveren prijsbekers waren op een prominente plek in het midden neergezet, boven een flatscreen. David vroeg zich af wat voor bekers het waren; hij betwijfelde of die kleine dikkerd ooit iets gewonnen had. Misschien waren ze van zijn vader geweest.

Terwijl hij rondkeek in het vertrek, viel zijn blik op de grote fotocollage die een hele muur in beslag nam. Het waren stuk voor stuk foto's van George – of Julius met George, of Julius met George en een of andere hoogwaardigheidsbekleder. David voelde zich slecht op zijn gemak nu het gezicht van zijn vader hem vanuit zo veel lijsten toelachte. Hij had altijd wel geweten dat Julius zijn opdrachtgever bewonderde, maar niet dat die bewondering zo groot was. Het leek wel een obsessie.

'Ah, mijn *wall of fame* is je opgevallen,' zei Julius lachend. 'Ik had een zeer hoge dunk van je vader, dat weet je. Hij was een geweldige man. Tragisch wat hem is overkomen. Meer kan ik er niet over zeggen. Een tragedie die mijn leven voor altijd veranderd heeft. Er zal nooit meer iemand als George Frampton zijn.'

Hij ging op de stoel achter het bureau zitten en vlocht zijn vingers afwachtend in elkaar. 'En, wat voert jou naar ons mistige Londen?'

Davids haren gingen overeind staan bij zijn joviale toon. 'Je hebt gelogen over die DNA-test,' zei hij terwijl hij aan de andere kant van het bureau ging zitten.

Julius' gezicht betrok; zijn glimlach verdween zo snel alsof hij een masker had afgetrokken. 'Je weet het dus.' Hij haalde zijn schouders op. 'Nou ja, het moest eens uitkomen.'

'Nee, het is alleen maar uitgekomen omdat jij daarop aangestuurd hebt. Je wist heel goed wat er op die dvd stond.'

Julius pakte een pen op en begon hem tussen zijn korte vingers heen en weer te draaien. Hij zuchtte zogenaamd meewarig. 'O jee, het zal je moeder wel veel verdriet hebben gedaan. Wat erg voor haar!'

'Bespaar me je medeleven, Julius.'

Een glimlachje deed Julius' mondhoeken krullen. 'Ik neem aan dat Phaedra nu niet meer zo welkom is op Fairfield? Wat jammer nou! Tja, de weg naar de hel is geplaveid met goede voornemens.'

David zag hoe hij zich verkneukelde over Phaedra's ondergang, en plotseling werd het hem allemaal duidelijk. 'Ze heeft je afgewezen, hè?' zei hij met bonzend hart.

'Ik weet niet waar je het over hebt.'

'Je dacht dat je wraak kon nemen door mijn moeder die dvd te sturen, omdat Phaedra je trots gekrenkt heeft. Na alles wat je voor haar gedaan hebt, al die listen en bedrog, wilde ze je niet.'

'David, je hebt het helemaal bij het verkeerde eind.'

'Je hebt niet alleen Phaedra verraden, je hebt ook mijn vader verraden.' David liet zijn blik over de muur vol foto's dwalen. 'Je beweert wel dat je om hem geeft, maar toch vernietig je zijn nagedachtenis en iedereen van wie hij hield.'

'Je weet niet waarover je het hebt,' snauwde Julius. 'Ik zou mijn leven voor George hebben gegeven. Jouw vader was beter dan al zijn zonen bij elkaar.'

'Maar dat hij jou als zijn rechterhand aanstelde, was toch een misser. Of misschien heeft hij jou juist wel uitgekozen omdát je achterbaks bent. Ik heb altijd gedacht dat mijn vader een integer man was. Nu ben ik daar niet meer zo zeker van.'

Julius was zichtbaar van slag. 'Je vader was briljant. Phaedra heeft hem verleid, en vanwege haar verslapte zijn aandacht voor dingen waar hij zijn hoofd bij had moeten houden. Ze haalde hem naar beneden. Misschien zou hij niet gestorven zijn als zij hem niet zo ellendig had gemaakt. Hij werd roekeloos toen ze hem niet meer wilde zien. Hij heeft zich van die berg af gestort alsof hij dood wílde.'

'Je bedoelt zeker dat hij geen aandacht meer had voor jou, Julius? Geef maar toe: je was jaloers. Ze zijn er samen op uit geweest – hoe vaak, twee keer? Lange reizen naar de Himalaya, iets wat hij met jou nooit heeft gedaan. Op mijn moeder was je niet jaloers, omdat zij jou niet in de weg stond. Maar Phaedra wel. Hij was helemaal stapel op haar, hè? Opeens was jij naar het tweede plan verwezen en liep je alle pret mis.'

'Het zou toch van korte duur zijn geweest,' snauwde Julius. 'Het was een obsessie. Je weet hoe je vader was; hij had zo zijn obsessies, maar die duurden nooit lang. Hij zou zijn testament uiteindelijk wel weer veranderd hebben.'

'Was het jouw idee om te doen alsof Phaedra zijn dochter was?'

'Ze kwam in paniek bij mij toen ze erachter was gekomen dat hij haar in zijn testament had opgenomen. Ze wilde zijn familie geen verdriet doen. Dus heb ik dat plan bedacht om George te beschermen. Hij zou Antoinette nooit verlaten hebben; Phaedra was niet meer dan een bevlieging voor hem. En nu staat Phaedra waar ze gestaan zou hebben als hij niet gestorven was: in de kou. Zoals ik al zei: hij had ongetwijfeld genoeg van haar gekregen.'

'Ze heeft je echt van je stuk gebracht, hè?' zei David. 'Maar die vlieger van je ging niet op. Ik ga haar vragen of ze terugkomt, als ik haar gevonden heb.'

Julius herstelde zich enigszins toen het tot hem doordrong dat hij nog steeds aan het langste eind trok. 'Aha, ze is ervandoor!'

'Zoals jouw plan was. Ze was geschokt en gekwetst door de onthullingen op de dvd. Maar ik ga haar vinden.'

'Nou, als je hierheen gekomen bent in de hoop erachter te komen waar ze zit: ik heb geen idee.' Hij haalde onverschillig zijn schouders op. 'En als ik het wel wist, hoef je niet te denken dat ik het jou zou vertellen.'

David had zin om hem op zijn uitgestreken smoel te slaan. Dat zou niet moeilijk zijn – de man was maar half zo groot als hij en zo zacht en week als een pudding –, maar hij beheerste zich. Het had ook geen zin om Julius voor te houden dat hij George' zaken niet langer hoefde te behartigen. David behield zijn waardigheid, stond op en stak zijn handen in zijn zakken om te voorkomen dat hij domme dingen zou doen.

'Ik wens je veel geluk, Julius. Als het eenmaal bekend wordt dat jij die DNA-test vervalst hebt, dan denk ik niet dat je nog veel opdrachten zult krijgen. Het verbaast me: voor een man die zo nauwgezet is als jij, heb je ongelooflijk stuntelig gehandeld.'

Julius glimlachte listig. 'En ik wens jou veel geluk, David. Dat zul je nodig hebben om Phaedra te vinden. Ik stel me zo voor dat ze zich terugtrekt in de verste uithoeken van Amerika. Een vrouw als Phaedra kan heel gemakkelijk spoorloos verdwijnen: geen wortels, geen banden – niets.' Hij knipte met zijn vingers. 'Weg! Als een vlam in de wind. Je komt er zelf wel uit, hè?'

Van Davids vernisje van kalmte bleef weinig over toen hij weer buiten op de stoep stond. Hij begon te beven en wankelde naar zijn auto, waarin hij een hele tijd bleef zitten en diep ademhaalde om de opwellende misselijkheid te onderdrukken. Het draaide hem voor de ogen en hij kon zijn gedachten niet op een rijtje krijgen. Waar moest hij nu naartoe? Kende hij iemand die Phaedra kende? Nee, niemand.

Verslagen verliet hij Londen. Hij kon nu alleen nog maar hopen dat zij de moed zou hebben om contact op te nemen met hém.

Toen hij bij Fairfield Park kwam, trof hij zijn moeder en Margaret bij het tuinhuis aan met dokter Heyworth. Ze zaten met z'n drieën voor het vuur te praten, als vluchtelingen voor een storm die beschutting zochten in het kleine huisje op de heuvel. Natuurlijk ging het over Phaedra – een onderwerp dat sleets raakte omdat ze het er onophoudelijk over hadden.

Toen David onverwacht binnenstapte, schrokken ze ervan hoe onverzorgd hij eruitzag. Het leek wel alsof hij in geen dagen geslapen had of zich had gewassen. Het ging Antoinette vreselijk aan het hart toen ze de wanhoop van haar zoon zag, en opeens leek de hare nog maar weinig voor te stellen.

'David, gaat het wel?' vroeg ze. Hij zag eruit als een man die alles had verloren.

'Lieve jongen, kom zitten,' zei Margaret zacht. 'Ze is vertrokken, hè?'

David plofte naast zijn moeder op de bank neer en verborg zijn gezicht in zijn handen. Hij vond het niet erg dat ze zagen hoe ongelukkig hij was. Waarom zouden ze de waarheid niet mogen weten?

'Ze is weg en ze heeft alles meegenomen,' zei hij. 'Ze komt niet meer terug.'

Antoinette legde haar hand op zijn schouder. 'Je houdt heel veel van haar, hè?' Hij kon niet antwoorden en Antoinette wist ook niet wat ze nog moest zeggen. Ze had geen woorden om hem te troosten.

'Ik weet niet waar ze naartoe is. Ze kan overal zijn. Ik denk dat ze haar mobieltje in de Theems heeft gegooid, want ze neemt niet op en ze beantwoordt mijn sms'jes niet. En die klootzak van een Julius Beecher heeft me ook niet echt geholpen.'

'Ben je naar Beecher toe geweest?' Margaret was ontzet.

David hief zijn hoofd. 'Die man is ziek!'

'Hoezo ziek?' vroeg dokter Heyworth.

'Hij heeft een hele muur vol foto's van papa, alsof hij door hem geobsedeerd was. Griezelig gewoon. Ik denk dat hij jaloers was op Phaedra, omdat zij tussen hen in kwam. Je weet hoe dik papa en Julius met elkaar waren. Julius was net een schaduw: altijd een stapje achter hem, maar hij week nooit van zijn zijde. Toen papa gestorven was, heeft hij geprobeerd Phaedra voor zich te winnen, alsof hij in zijn voetsporen wilde treden. Opeens was er de kans om, via haar, George te worden, met een dikke bankrekening en de Frampton-saffieren. Die kans was te mooi om hem voorbij te laten gaan. Maar ze heeft hem afgewezen; dat zou elke vrouw met een beetje gezond verstand en een gezonde smaak doen, en dus heeft hij haar verraden.'

'Bedoel je dat hij die dvd met opzet heeft gestuurd, omdat hij wist dat Phaedra erdoor ontmaskerd zou worden?' riep Antoinette uit. Ze keek naar dokter Heyworth. 'Wat ben ik toch naïef!'

'Het is helemaal niet verkeerd om het beste van iedereen te denken. Dat is juist een bewonderenswaardige eigenschap, Antoinette,' zei dokter Heyworth teder.

'Dat weet ik nog zo net niet,' zei ze met terneergeslagen ogen. 'Ik ben de laatste tijd veel te goed van vertrouwen geweest.'

'Het verbaast me niets dat die weerzinwekkende man die dvd expres gestuurd heeft. En het heeft gewerkt,' zei Margaret. 'Wat een gluiperd.'

'Nou, hij is nu ook alles kwijt. Ik denk niet dat iemand hem nog zal inhuren als ze erachter komen wat hij gedaan heeft.'

'Hij wás alles al kwijt. Daarom wilde hij Phaedra zo graag in zijn val meeslepen,' merkte Margaret wijs op. 'Een man pleegt alleen professioneel zelfmoord als hij niets meer te verliezen heeft.'

David schudde spijtig zijn hoofd. 'Ik had meteen toen ze wegging achter haar aan moeten gaan. Wat ben ik stom geweest! Zij verdiende net zo veel medelijden als jij, mama. Echt, ik weet wel dat ik dat niet mag zeggen en dat jij het niet wilt horen, maar volgens mij is het de waarheid. Ze hield van papa en hij heeft tegen haar gelogen, net als hij tegen jou gelogen heeft. Jullie hebben meer gemeen dan je zelf beseft.'

Antoinette hoorde hem aan, maar ze zei niets. Zo vergevingsgezind was ze nog niet.

'Ik denk dat we allemaal tijd nodig hebben om het stof te laten neerdalen,' opperde Margaret tactvol. 'Het is een verschrikkelijke schok geweest en we voelen ons allemaal zwaar verraden. We weten niet wat de toekomst brengt, en op dit moment zijn we er nog niet aan toe om vooruit te kijken. *Que será será*, zeggen de Spanjaarden toch? Wat zal zijn, zal zijn. Maar we moeten onze zinnen verzetten en iets ondernemen. We kunnen niet blijven kniezen, als honden die geen baasje meer hebben.'

'Dit tuinhuis was mijn liefhebberij,' zei Antoinette verdrietig. 'Maar nu is het klaar.'

'Er is altijd een hele hoop te doen in de tuin,' opperde dokter Heyworth.

David wreef nadenkend over zijn kin. 'Wat dacht je van een boerderijwinkel?'

Het voorstel leek zomaar uit de lucht te vallen. Margaret en Antoinette keken hem verrast aan.

'Dat vind ik nou een briljant idee,' zei Margaret. 'Niet te geloven dat we zoiets niet eerder hebben bedacht.'

'Waar moeten we die winkel dan inrichten?' vroeg Antoinette.

'In een van de bijgebouwen van de boerderij. We hebben genoeg schuren om uit te kiezen.'

'Zoiets bestaat nog niet in de buurt van Fairfield,' zei dokter Heyworth enthousiast. 'Het zal vast goed lopen.'

'We kunnen dieren houden,' zei Antoinette, die steeds meer warmliep voor het idee. 'Kippen... en koeien...'

'En varkens,' voegde David eraan toe, met zijn gedachten bij Phaedra. 'Biggetjes zijn heel schattig.'

Margaret kneep haar ogen samen. 'Schattig' was niet bepaald een woord dat David snel zou gebruiken. 'Ik heb het gevoel dat er iemand anders achter dit plan zit,' zei ze.

'Phaedra kwam ermee,' gaf David verlegen toe.

'Het is een goed plan,' zei dokter Heyworth. 'Tenminste, dat vind ik wel.'

'Wat heeft ze nog meer voorgesteld?' vroeg Margaret.

'Om het park open te stellen voor publiek.' David kon zich voorstellen dat dit een brug te ver was voor zijn grootmoeder, maar Margaret hield haar hoofd schuin alsof ze de voors en tegens tegen elkaar afwoog.

'Helemaal geen slecht idee. Fairfield is tenslotte gebouwd om bewonderd te worden en om er plezier aan te beleven.'

'We zouden het alleen in de zomer kunnen openstellen, voor een paar weken of zo,' zei Antoinette opgewekt. 'Dan hebben Barry en ik een stimulans om de tuinen zo mooi mogelijk te maken. Ik zou nog een heleboel aan het meertje willen doen. We zouden bijvoorbeeld eenden kunnen houden.'

‘Eenden, Antoinette? Ik denk dat je ganzen en zwanen moet nemen,’ merkte Margaret op.

‘Zijn zwanen niet het eigendom van de koningin?’ vroeg dokter Heyworth.

‘Ik weet zeker dat hare majesteit er ons wel een paar wil lenen als we haar dat netjes vragen,’ zei Margaret met een lachje. ‘Nou, wat denken jullie ervan? Zijn we het allemaal eens? Dít wordt ons nieuwe project. We wentelen ons niet langer in zelfbeklag, maar steken de handen uit de mouwen.’

Antoinette keek bekommerd naar David. ‘Ik doe mee,’ zei ze toen.

‘Ik ook,’ zei hij op matte toon, maar hij wist dat zijn hart niet meedeed.

‘Dat is dan afgesproken.’ Margaret richtte haar haviksblik op dokter Heyworth. ‘Bent u goed met dieren, dokter?’

‘Ik kan het altijd proberen,’ zei hij met een glimlach.

‘Dan doet u ook mee.’

‘Het zal me een waar genoegen zijn.’

‘Mooi!’ Margaret keek op haar horloge. ‘Sherrytijd. Zal ik Harris even bellen?’

30

Het plan dat met zo veel tamtam geboren was, doofde al snel als een nachtkaars uit. Antoinette praatte veel over de boerderijwinkel. Ze kocht een schrift waarin ze eindeloze lijstjes met ideeën opschreef, maar ze dééd er niets mee. David hielp haar een schuur uitkiezen en bedacht waar de parkeerplaats moest komen, en de varkensstal en het kippenhok, maar verder gebeurde er niets. Dokter Heyworth wist een geschikte beheerder, een oud-patiënt. De man heette Toby Lemon en had eerder gewerkt voor een winkelketen in kruidenierswaren tot hij daaruit gestapt was om voor zichzelf te beginnen. De recessie had zijn plannen een halt toegeroepen en nu werkte hij in de plaatselijke supermarkt, wat hij verschrikkelijk vond. Maar zolang er geen bedrijf was, hadden ze geen baan voor hem. Margaret probeerde Antoinette enthousiast te maken, maar ze wist dat er maar één iemand was die haar weer levenskracht zou kunnen geven. Het was onmogelijk om Phaedra te vervangen.

De zomerdagen lengden, het goudgele koren op de velden stond hoog. Het werd warmer, maar in Davids hart was het kil alsof het midden in de winter was. Hij hield zijn verdriet voor zich, hoewel iedereen wist wat de oorzaak was. Joshua, Roberta en Tom kwamen nog steeds in het weekend, maar de stemming was bedrukt. Af en toe werden ze allemaal weer dolenthousiast over de boerderijwinkel en dreigde Tom zijn baan in Londen op te geven en naar Fairfield te komen om de zaak te leiden, maar dan gingen ze allemaal weer weg en verstreek er weer een aantal weken voor het onderwerp opnieuw ter sprake kwam.

David ging niet meer naar die familiebijeenkomsten zoals vroeger. Hij bleef in zijn huis een boek lezen, of was op de boerderij aan het werk. Toen het oogsttijd was, reed hij tot 's avonds laat op zijn tractor rond en vervoerde graan van de combines naar de schuren. Op regenachtige dagen veegde hij de vloeren en tastte de tarwe op. Zijn bezigheden boden hem troost. Als hij het druk had, had hij geen tijd om aan Phaedra te denken en zich af te vragen wat ze deed en of ze nog wel eens aan hem dacht.

Vaak keek hij op naar de maan als hij 's avonds met Rufus een rondje om het meer liep en dan stelde hij zich voor dat zij er ook naar keek en dacht aan de keer dat ze Antoinette bespioneerd hadden toen ze piano speelde. Dat was de eerste keer dat hij haar hand had vastgehouden en had beseft dat hij van haar hield. Hij vroeg zich af of zij nog om hem gaf, of dat ze net zo gemakkelijk verder was gegaan met haar leven als dat ze weg was gegaan. Tenslotte was het niet meer dan een kortstondige flirt geweest. Niets in haar gedrag had erop gewezen dat ze zo 'wanhopig, waanzinnig en verpletterend' verliefd op hem was als ze dat op zijn vader was geweest.

Ze had geen pogingen ondernomen om contact met hem op te nemen, dus had ze kennelijk geen behoefte meer om hem te zien. Hij hield zichzelf voor dat hij haar moest vergeten.

Begin september merkte Antoinette dat ze minder boos op Phaedra was. Ze kon niet ontkennen dat ze haar miste. De jonge vrouw was het zonnetje in huis geweest. Sinds haar vertrek was Fairfield Park in duisternis gehuld en lachte niemand nog. Zelfs Roberta leek zich – na haar aanvankelijke triomf omdat ze het bij het rechte eind had gehad met haar verdenkingen – te schamen, alsof ze zich ervoor geneerde dat ze alles op alles had gezet om Phaedra te ontmaskeren. Eigenlijk wilde Antoinette dat Phaedra toch George' dochter was, dat ze terug zou komen en dat alles weer werd zoals het was geweest voor het allemaal zo verschrikkelijk mis was gegaan. Ze wilde Phaedra terug, onbezoedeld.

Op een saaie, regenachtige middag kreeg ze opeens behoefte om naar George' graf te gaan. Ze was er niet meer geweest sinds die verschrikkelijke dvd-onthulling in de lente, en tot dat moment had ze er ook niet naar getaald. Ze had wrok en woede gevoeld, maar nu, dankzij de tijd die was verstreken, voelde zich alleen nog maar verdrietig. George had zo veel weg genomen, en hij wist het niet eens.

Ze reed naar Fairfield, parkeerde haar auto in de berm en haastte zich onder een grote paraplu door de motregen naar de kerk. Het gebouw zag er grijs en grimmig uit in de regen. De ramen waren donker, de grote deur was dicht, maar tegen George' glimmende nieuwe grafsteen leunde een bosje gele rozen. Ze glansden op in de sombere duisternis als een baken en Antoinettes hart sprong op bij de gedachte dat Phaedra misschien was teruggekomen. Ze staarde naar de bloemen met een sprankje hoop in haar hart. Was het mogelijk dat, terwijl ze Phaedra zo gemist had, ze zo dichtbij was geweest, in Fairfield? Ze keek vol verwachting om zich heen, maar het kerkhof was op een paar sombere kraaien na verlaten. Teleurgesteld liet ze haar schouders hangen. Als Phaedra het niet geweest was, dan konden die rozen alleen van Margaret zijn. Zij was degene in de familie die regelmatig naar de kerk ging. Ze bukte zich en pakte de bloemen op. Ze waren pas geplukt, roken heerlijk en waren bedekt met kleine regendruppeltjes.

'O, George, weet je wel hoe erg je in de problemen zit?' zei ze zachtjes. 'Heb je enig idee wat voor puinhoop je hebt achtergelaten? Jij hebt het schip verlaten en ons op de rotsen te pletter laten slaan.' Het voelde wonderlijk prettig om haar hart te luchten tegen de man die alle ellende had veroorzaakt. 'Ik besef nu dat je misschien toch van mij hield, en tegelijkertijd van Phaedra. Je hield waarschijnlijk op een heel verschillende manier van ons, zoals Margaret al zei. Misschien vormden wij samen de vrouw met wie jij wilde zijn. Ik was de ene helft, Phaedra de andere. Het is vreemd, want zonder haar voel ik me incompleet, alsof we echt twee helften van één geheel zijn. Ik mis haar, George. Ik mis haar heel erg. Ze heeft vreugde in ons huis gebracht, en nu is die verdwenen. Het zal nog wel een tijdje duren voor ik jou vergeven heb – het heeft je moeder jaren gekost om je vader voor hetzelfde vergrijp te vergeven, dus je snapt wel dat ik nog niet zover ben. Maar ik doe mijn best. Waar je ook bent – en als je me kunt horen –, weet dan dat ik mijn best doe. En als het maar enigszins in je macht ligt, zorg dan dat ze terugkomt.' De tranen welden in haar ogen op toen ze de rozen weer tegen de grafsteen legde. In plaats van terug te gaan naar haar auto, liep ze over het kerkhof naar het hek in de heg dat toegang gaf tot dokter Heyworths tuin.

Even later stond ze bij de deur van zijn serre en klopte op het glas. Er brandde licht, dus ze wist dat hij thuis moest zijn. Ze drukte de deurkruk naar beneden. De deur was open. 'Hallo!' riep ze. 'Ik ben het, Antoinette.'

Ze snoof. Was dat geen brandlucht? Geschrokken haastte ze zich door de serre en de gang naar de keuken. 'William, William! Alles goed me je? Ik ben het, Antoinette! William!'

De keuken stond blauw en dokter Heyworth was bezig de ramen open te schuiven om de rook naar buiten te laten. Toen hij Antoinette zag, keek hij haar schaapachtig aan. 'O jee, je hebt me betrapt terwijl ik de cake heb laten verbranden.'

'Cake?' riep ze uit. 'Is dat die lucht?'

'Ik was bezig een citroencake voor je te bakken, maar ik werd afgeleid.'

'Goede god, het lijkt wel of het huis in brand staat.'

Hij bukte zich en haalde een rond bakblik uit de oven met iets wat eruitzag als houtskool. 'Dit is 'm. Weinig aanlokkelijk, hè?'

'Je kunt beter,' zei ze glimlachend. 'Sorry dat ik je zo overval.'

'Je bent zeker door het hek van de kerk gekomen?'

'Ja, dat wordt een gewoonte van me.'

'Een prettige gewoonte, vind ik. Hoor eens, heb je zin om ergens uitgebreid thee te gaan drinken?'

Ze lachte. 'Dat heb ik niet meer gedaan sinds ik op kostschool zat en mijn ouders me op zondag mee uit namen.'

'Dan maken we er een nieuwe gewoonte van. Laten we een kop thee en een plak cake nemen bij Oliver's.'

'Ik ben al zo vaak langs Oliver's gelopen, maar ik ben er nooit binnen geweest.'

'Wat kent u uw eigen stadje slecht, lady Frampton.' Hij lachte haar breed toe. 'Wat doen we hiermee?' Hij hield de rokende cake omhoog.

'O, het is zonde om hem weg te gooien,' zei Antoinette lachend. 'Ik zou hem bewaren voor een speciale gelegenheid.'

'Goed idee.' Hij zette de cake op het aanrecht. 'Ik ga even een schoon overhemd aantrekken.'

De ramen bij Oliver's waren beslagen en aan de tafeltjes zaten mensen met natte jassen te schuilen voor de regen. Ze kozen een tafeltje achterin en bestelden thee. Antoinette vond de geur van zelfgebakken brood en gemalen koffie opbeurend. Ze keek naar dokter Heyworth en vond ook hem heel opbeurend.

'Ik ben naar George' graf geweest,' zei ze tegen hem. 'Sinds de lente was ik er niet meer geweest. Ik vond dat het tijd werd dat ik eens met hem praatte.'

Dokter Heyworth glimlachte haar toe. 'Voel je je nu beter?'

'Ja, inderdaad. Ik weet niet of hij iets gehoord heeft van wat ik tegen hem heb gezegd, maar ik heb mijn hart in ieder geval kunnen luchten.'

'Dat is mooi.'

'Weet je, Margaret heeft haar wrok zo lang gekoesterd dat ze er helemaal door is verzuurd. Zo wil ik niet worden.'

'Dat zal ook niet gebeuren, Antoinette, omdat jij George zult vergeven. Er zit niets anders op. Als je kwaad op hem blijft, verandert dat toch niets aan wat hij gedaan heeft en zul je je er ook niet beter door voelen. Het zal juist doorzieken en je ongelukkig maken. Dus aanvaard het verleden, laat het los en ga verder. Dan wordt je toekomst er niet door bedorven.'

'En Phaedra, William? Wat moet ik daarmee?'

Dokter Heyworth merkte het verdriet in haar ogen op – verdriet dat er niet geweest was toen ze over George had gesproken. 'Je mist haar, hè?'

'Heel erg – en ik voel me er niet goed onder dat ik zo'n afkeer van haar heb gehad. Dat was niet eerlijk van me.'

'Daar moest je doorheen om zo ver te komen als je nu bent. Alleen de tijd kon je dit inzicht geven.'

'Maar ze is voorgoed verdwenen.'

'Misschien.'

'Het is zo oneerlijk. Iedereen is er somber onder dat ze er niet meer is. Ze is maar zo kort bij ons geweest, en toch heeft ze veel indruk gemaakt. Fairfield was een gelukkige plek. En nu lopen we allemaal te mokken als kinderen op een feestje nadat de goochelaar vertrokken is. Tom ligt de hele dag in zijn bed, Joshua zit chagrijnig in de zitkamer de krant te lezen, Roberta kijkt de hele tijd alsof het haar schuld is dat Phaedra is weggegaan. Ik wil gewoon dat het allemaal weer wordt zoals het was.'

'Dat gebeurt ook wel. Te zijner tijd.'

'Ik hoop dat je gelijk hebt.' Antoinette lachte hem schuldbewust toe. 'Het lukt me zelfs niet om aan de boerderijwinkel te beginnen. Het is een fantastisch idee, maar ik mis de motivatie nu Phaedra er niet is. Ik weet zeker dat we ontzettend veel plezier zouden hebben als we het samen zouden doen, net zoals toen we het tuinhuis restaureerden. Weet je nog dat we gedanst hebben? Wat hebben we toen samen een pret gehad. Die middag is verdwenen, en hij komt nooit meer terug.'

'Maar er zullen nog meer van dat soort middagen volgen – misschien zelfs fijnere. Je moet niet in het verleden blijven hangen, Antoinette. Leef in het nu.'

Ze lachte hem breed toe terwijl de serveerster thee en cake op het tafeltje zette. 'Dit smaakt vast beter dan die cake van jou,' zei ze. 'Wat denk jij?'

Toen ze de volgende dag aan de oever van het meer neerknielde en de treurwilg plantte in de kuil die Barry gegraven had, dacht Antoinette aan William. Ze moest glimlachen bij de herinnering aan hoe hij de cake had laten verkolen, de schaapachtige uitdrukking op zijn gezicht toen hij haar in de deuropening had zien staan, en aan het theedrinken bij Oliver's. Ze verheugde zich op zijn bezoeken. Hij was het afgelopen half jaar een grote troost voor haar geweest en de enige die haar een licht gevoel in haar hart had gegeven.

Ze vond het heerlijk dat hij nu gewoon langskwam zonder eerst te bellen. Soms nam hij een muziekstuk voor haar mee, andere keren liepen ze naar het tuinhuis en zaten ze voor de haard te praten – ze hadden elkaar altijd wel iets te vertellen. Hij was een goede raadgever en kon goed luisteren, maar hij was ook geestig, en hoe beter ze hem leerde kennen, hoe meer ze zijn humor waardeerde. Het was een droge humor, waarmee hij verdrietige dingen tot iets grappigs maakte. Geleidelijk aan merkte Antoinette dat als ze bij hem was ze haar melancholie van zich af kon schudden en weer vreugde voelde.

Ze drukte de aarde rondom de treurwilg aan en stond op om hem te bewonderen. 'Als hij groot is, is hij vast prachtig,' zei ze tegen Barry.

'Wilgen worden snel groot.'

'Mooi, wat doen we nu?' Ze draaide zich om naar het rijtje planten en struiken dat netjes op het gras achter haar lag en bedacht hoe mooi het er allemaal uit zou gaan zien. Zonder Phaedra leken haar plannen om de tuinen 's zomers open te stellen voor publiek en een boerderijwinkel te beginnen echter onuitvoerbaar; ze voelde zich niet flink genoeg om zoiets in haar eentje te ondernemen. Ze veegde haar voorhoofd af en keek naar boven naar het huis, half in de verwachting dat ze William zou zien die over het grasveld naar haar toe kwam lopen, maar in plaats daarvan kwam Basil aangedribbeld, om de komst van Margaret aan te kondigen.

De oude dame kwam met vastberaden tred in haar lange groene jas en rubberlaarzen aangelopen. Vroeger zou Antoinette bij deze aanblik de schrik om het hart zijn geslagen, maar nu kikkerde ze op bij het vooruitzicht van het prettige gezelschap van haar schoonmoeder en haar nietsontziende humor.

'Kom eens kijken wat we hier aan het doen zijn,' zei ze toen Margaret bij haar was.

'God, jullie zijn weer bezig geweest op de kwekerij.' Margarets wangen waren rozig van de wandeling. Ze droeg een groene sjaal die onder haar kin was vastgeknoopt en een designerzonnebril die ze van Tom had gekregen. Het zag er grappig uit in combinatie met haar Barbour-jas en rubberlaarzen.

'Ik heb het er druk mee.'

'Goed zo! De tuin is zo groot: je begint aan de ene kant en als je er dan eindelijk helemaal doorheen bent, kun je weer opnieuw beginnen.'

'Ga je mee een kop thee drinken? Ik ben wel toe aan een pauze.'

'Heerlijk!'

Ze liepen samen over het gras naar het huis.

'Ik had Roberta net aan de telefoon. Joshua en zij zijn op een chic liefdadigheidsfeest in Battersea Power Station uitgenodigd. Denk je dat David haar de saffieren wil lenen? Ze zijn nu officieel van hem, omdat hij de oudste zoon is. Het is alleen maar voor deze gelegenheid, en dan worden die saffieren eindelijk weer eens gedragen.'

'Je weet hoe David over Roberta denk,' zei Antoinette.

'Het wordt zo langzamerhand wel eens tijd dat ze de strijdbijl begraven! Echt, we schieten er niets mee op als die twee steeds met elkaar bakkeleien.'

'Ik zal het hem vragen. Je weet maar nooit...'

'Het zou fijn zijn als hij het goedvond. We moeten allemaal onze geschillen bijleggen en verdergaan.'

Antoinette schudde haar hoofd. 'Ik weet niet of David dat wel kan.'

'O? Is het zo erg?'

'Ja, het is erg, Margaret. Zijn hart is echt gebroken.'

'Goeie hemel, dat wist ik niet. Nou, dan moeten we daar iets aan doen!'

'Hij wil niet naar haar op zoek. Hij denkt dat zij hem niet meer wil. En bovendien weet hij toch niet waar hij moet beginnen met zoeken.'

Margaret kneep haar ogen samen. 'Ben jíj zover dat je haar kunt vergeven, Antoinette?'

'Ik geloof het wel,' antwoordde Antoinette een beetje gespannen. Ze besefte nu dat, ondanks alles wat er was gebeurd, Phaedra's talent om het leven van mensen te veraangenamen écht was geweest. 'Tenminste, als ze opeens voor mijn neus zou staan, denk ik dat ik onmogelijk weerstand aan haar zou kunnen bieden.' Ze zuchtte en trok haar laarzen uit. 'Maar ik weet niet of ze ons wel wil zien. Ik heb het verschrikkelijke gevoel dat ze voorgoed weg is en nooit meer gevonden zal worden.'

Die avond, toen Antoinette het onderwerp Roberta en de Frampton-saffieren ter sprake bracht, haalde David zijn schouders op en begon over iets anders. Zijn gezicht stond tegenwoordig altijd somber en ernstig; hij keek bijna altijd nors, alsof dat zijn normale gezichtsuitdrukking was, dus ze vond het niet raadzaam om erover door te gaan. Ze hadden samen in de kleine zitkamer gegeten en Antoinette probeerde haar zoon een beetje af te leiden. Ze was George kwijtgeraakt en daarna Phaedra. En met iedere dag die verstreek dreef het verdriet David ook steeds een stukje verder van haar af. Straks was hij niet meer dan een vage schim van de man die hij ooit was geweest. Ze had zich vast voorgenomen om dat te voorkomen. Maar afgezien van Phaedra zoeken en haar mee terugnemen naar huis kon ze niets doen. Hij wilde niet uitgaan en onder de mensen komen; hij wilde zelfs zijn vrienden niet meer zien. Zijn leven was teruggebracht tot de boerderij en Rufus, en hij leek alle vreugde verloren te hebben. Een lange sombere winter strekte zich voor hen uit.

Het tweede weekend van september kwam Rosamunde logeren. Joshua, Roberta en Tom kwamen ook. Antoinette had Margaret te eten gevraagd, en hoewel de stemming ingetogener was dan toen Phaedra nog deel had uitgemaakt van de familie, was die toch opgewekter dan in lange tijd. Antoinette wist niet hoe dat kwam. Misschien was het gewoon doordat de tijd afstand had geschapen tussen de afschuwelijke gebeurtenissen van het voorjaar en het begin van de herfst: een nieuw seizoen, een nieuw hoofdstuk, een nieuw begin. Ze dacht aan de bladeren aan de bomen die bruin werden en afvielen, en vroeg zich af of zij, als familie, hun verdriet ook konden laten afvallen en een nieuwe start konden maken.

'Hoe is het bij de vrouwenvereniging?' vroeg Margaret aan Rosamunde.

'Nou, ik wilde er eigenlijk niet bij, maar Marjorie, mijn buurvrouw, die op de honden past als ik weg ben, wilde heel graag die kookcursus volgen. Ik kon haar niet teleurstellen, want ik ben haar heel wat verschuldigd. Dus hou ik haar gezelschap. Ze heeft me namelijk nodig. Ik kon geen nee zeggen.'

Antoinette viel de enthousiaste glans in de ogen van haar zus op. 'Natuurlijk kon je geen nee zeggen, Rosamunde. Het is heel aardig van je, zeker omdat je zo weinig zin had om lid te worden.'

'Tja, het is eigenlijk niets voor mij, maar ze hebben mensen als ik nodig voor hun goede werken,' ging Rosamunde door. Niemand trapte erin. 'Ik ben natuurlijk onvermoeibaar als het erom gaat geld in te zamelen en kan goed organiseren.'

'Het klinkt echt als iets voor jou,' zei Tom terwijl hij een gebakken aardappel in zijn mond stak.

'Ik heb graag wat omhanden,' antwoordde Rosamunde. 'Niets is zo erg als je vervelen. De vereniging slokt al mijn tijd op, al was dat niet de bedoeling. Maar ze hebben me nodig en ik wil anderen niet graag teleurstellen.' Antoinette ving Margarets blik en ze zag dat haar mondhoeken trilden. Ze keek snel weg, zodat Rosamunde niet zou zien dat ze een beetje om haar moesten lachen.

'Roberta, vertel eens over dat feest waar jullie naartoe gaan. Het klinkt erg indrukwekkend,' zei Margaret.

'O, dat is het ook. We zijn vorig jaar geweest en iedereen die ertoe doet zal er zijn!' zei ze opgetogen.

'Onvoorstelbaar dat ze mij dan niet gevraagd hebben,' zei Tom.

'Dat komt doordat jij er niet toe doet,' zei Joshua, maar het klonk vriendelijk.

'Er is sprake van dat de hertog en de hertogin van Cambridge ook zullen komen, maar dat weet niemand nog zeker. Het is allemaal diep geheim,' vertelde Roberta.

'Het klinkt erg feestelijk,' zei Margaret enthousiast. 'In mijn tijd ging ik naar alle feesten van niveau en mijn balboekje was altijd vol.'

'Oma, we hebben tegenwoordig geen balboekjes meer,' lachte Tom.

'Vrouwen houden de boot niet meer af en mannen houden de deur niet meer voor je open,' verzuchtte Margaret. 'Ik zou jullie generatie maar niet zo ophemelen, als ik jou was.'

Tom sloeg melodramatisch zijn ogen ten hemel. 'Ik hou niet van vrouwen die de boot afhouden!'

'De vrouw die jou uiteindelijk voor zich wint, zal de vrouw zijn van wie je altijd had gedacht dat jij haar niet kon krijgen, neem dat maar van mij aan. Dat zijn de vrouwen met niveau,' zei Margaret resoluut. 'Maak maar plezier met die lichtzinnige types als je het niet laten kunt, maar trouw met een vrouw met niveau. Ja toch, Antoinette?'

'Natuurlijk,' zei Antoinette, die opeens werd afgeleid door het geluid van de voordeur die open- en dichtging.

Een tel later stond David met Rufus in de deuropening. 'David!' riep Antoinette verrast uit. 'Ik had je niet verwacht voor het eten.'

'Ik blijf ook niet,' antwoordde hij. Hij zag er verlegen uit. In zijn handen hield hij een rood etui. Roberta herkende het onmiddellijk en haar hart sloeg een slag over.

'Ach, blijf nou,' soebatte zijn moeder. 'Het is al zo lang geleden dat we allemaal samen waren.'

'Je moeder heeft gelijk. Blijf toch!' zei Roberta haar na.

Margaret onderbrak hen op een toon die geen tegenspraak duldde. 'Jij gaat nergens heen voor je goed gegeten hebt, David. Je ziet eruit als een magere, hongerige wolf. Joshua, pak eens een stoel.' Ze wapperde met haar hand in de richting van de extra Chippendale-stoelen die netjes op een rijtje tegen de muur stonden.

'Ik ben gekomen om Roberta de Frampton-saffieren voor haar feest te geven,' zei David.

Roberta's gezicht begon te glimmen van opwinding. 'O, David, ik weet niet wat ik moet zeggen!' Maar ze wist wel wat ze moest doen. Gestimuleerd door dankbaarheid en meer dan vijf maanden zelfverwijt, schoof ze haar stoel naar achteren en rende om de tafel heen om hem te bedanken. Tot Davids verbazing sloeg ze haar armen om zijn nek en drukte haar lippen op zijn rasperige wang. 'Dank je wel,' zei ze ernstig. 'Dit betekent heel veel voor me.'

Haar oprechte dankbaarheid deed Davids bevroren hart enigszins ontdooien en een klein glimlachje speelde om zijn mondhoeken. Hij gaf haar het etui. 'Eet met ons mee,' zei ze. 'Alsjeblieft!' Haar betekenisvolle blik vertelde hem dat ze hem om vergiffenis vroeg.

'Oké, dan blijf ik,' antwoordde hij met een berustende zucht, maar Antoinette zag dat hij het fijn vond dat ze hem had overgehaald.

David schepte zijn bord vol en ging tussen Rosamunde en zijn grootmoeder zitten. Roberta sloeg hem over de tafel heen gade. Ze wist dat hij kapot was van Phaedra, maar ze had zich niet gerealiseerd dat het zo erg met hem was. Het was alsof hij niet langer om zichzelf gaf. Hij was ongeschoren, met donkere kringen onder zijn ogen, en somber – een schim van de geestige charismatische man die hij vroeger was geweest. Het was net of Phaedra het leven uit hem had weggezogen en een leeg omhulsel had achtergelaten. Haar hart kromp ineen nu ze hem zo zag, en ook al wist ze dat zij niets kon doen aan de leugens van Phaedra, ze had wel een grote rol gespeeld bij haar ontmaskering. Zou ze nu niet ook iets kunnen doen om het weer goed te maken?

31

Drie dagen later stortte Margaret in. Ze slaagde er nog net in om de telefoon te bereiken en David te bellen, die toevallig thuis zat te ontbijten. 'David, goddank. Ik voel me helemaal niet goed. Je moet meteen komen. Ik heb misschien een hartaanval.' David vond dat ze iets te levendig klonk voor iemand die een hartaanval had, maar hij reed meteen in zijn Landrover naar haar toe.

Hij trof Margaret op de bank aan. Ze lag met haar ogen dicht en haar handen op haar borst gevouwen, alsof ze al dood was. Hij kwam angstig op zijn tenen binnenlopen, maar zodra zijn voet het tapijt raakte vlogen Margarets ogen open. 'O, ben jij het,' zei ze met zwakke stem. 'Ik schrik me een ongeluk!'

'Sorry, oma.' Hij liep opgelucht naar de bank. 'Hoe voel je je?'

'Zwakjes.' Margaret haalde moeizaam adem. 'Heel zwak.'

'Ik bel dokter Heyworth wel.'

'Nee, je moet niemand bellen. Ik moet meteen met je praten. Als ik doodga, heb ik tijd nodig om te zeggen wat ik op mijn hart heb.'

David keek ontsteld. 'Je gaat niet dood!'

'Dood gaan we allemaal. Luister nou maar.' Hij ging naast haar in een leunstoel zitten en schoof die dichterbij. 'Het gaat over Phaedra.'

'Oma, weet je zeker dat ik dokter Heyworth niet moet bellen? Als het een hartaanval is...'

'Het is geen hartaanval. Ik weet niet wat het wel is. De dood, waarschijnlijk. Luister nu. Het is belangrijk. Ik heb nog één wens voor ik sterf. Geef me mijn zin nou maar.'

'Goed. Wat wil je dan?'

'Je moet naar Parijs gaan en Phaedra mee terugbrengen.' David deed zijn mond al open om bezwaren te maken, maar Margaret sloot haar ogen weer, en een verschrikkelijk ogenblik lang leek ze weg te zakken.

'Ga door,' drong hij zachtjes aan.

Ze ademde diep in en opende haar ogen. 'Het is mijn laatste wens dat Phaedra terug wordt gebracht in de familie, zodat we allemaal weer gelukkig kunnen zijn.'

'Maar oma, ik zou niet weten waar ik haar kan vinden.' Toen fronste hij zijn wenkbrauwen. 'Zei je nu net Parijs?'

'Ja. Parijs. Ik heb haar adres.'

'Hoe kom je daar in vredesnaam aan?'

'Vraag daar nu maar niet naar. Het is een lang verhaal en ik heb de tijd niet meer.' Ze nam zijn hand en klemde hem vast. 'Het staat op een stuk papier op mijn bureau. Je moet snel zijn. Misschien overleef ik het niet...'

David liep met grote passen naar het bureau en vond het papier onder het vloeiblok. Hij staarde naar wat erop geschreven stond en zijn hart ging als een razende tekeer. Dus Phaedra was in Parijs! Maar stel dat ze verder was gegaan met haar leven en hem niet langer wilde zien?

Margaret had zijn gedachten gelezen. 'Dit gaat niet om jou, David,' zei ze vanaf de bank. 'Dit gaat om mij en mijn laatste wens voor ik sterf. Ik wil haar vergeven voor ik voor Gods aangezicht verschijn.'

'Oma!'

'Je moet het voor mij doen.'

'Waarom stuur je niet iemand anders?'

'Wie dan, David? Echt, je doet erg moeilijk. Ik ga dood!'

David was niet overtuigd. 'Hoe weet je dat ze daar is?'

'Dat weet ik niet. Het is een gok, maar het is het enige aanknopingspunt dat ik heb.'

'Wat moet ik tegen haar zeggen? Ze zal het vast niet fijn vinden om me te zien na...'

'Mijn hemel, David! Als je nu niet opschiet, ben ik dood voor jij het land uit bent.'

'Goed, ik ga al. Maar ik bel moeder en dokter Heyworth, of je dat nu leuk vindt of niet.'

'Vooruit dan maar. Ik neem aan dat je me inderdaad hier niet rustig in mijn eentje mijn laatste adem kunt laten uitblazen.'

David wachtte tot zijn moeder er was en ging toen haastig weg om voorbereidingen te treffen voor een onmiddellijk vertrek. Hij vroeg zich af hoe zijn grootmoeder aan het adres gekomen was en hoe lang ze het al had. Het was allemaal heel verbijsterend. Hij wist niet of Phaedra op het opgegeven adres zou zijn; ze reisde tenslotte veel. Voor hetzelfde geld zat ze ergens in de bergen, aan de andere kant van de wereld. Maar zijn grootmoeder had het met alle geweld gewild, dus had hij geen keus. Als ze werkelijk stervende was, dan moest hij zijn plicht doen en Phaedra ophalen. Hij was opeens ziek van de zenuwen. Wat moest hij tegen haar zeggen? Er was zo veel tijd verstreken dat ze vreemden voor elkaar waren geworden.

Antoinette schrok toen ze Margaret languit op de bank aantrof. Ze vloog naar haar toe en nam in tranen haar hand in de hare. 'Margaret, laat me nu niet in de steek, net nu we vriendinnen zijn geworden.'

Margaret opende haar ogen met de zware oogleden als een sluwe leguaan. 'Waar is dokter Heyworth?'

'Hij komt eraan. David heeft hem ook gebeld. Hij zal er zo wel zijn. Kan ik iets voor je doen?'

'Nee, laat mij hier maar gewoon lekker liggen.' Ze vlocht haar vingers ineen en zuchtte tevreden.

'Hoe voel je je?'

'Verlamd.'

Antoinette werd door paniek bevangen. 'Verlamd? Waar?'

'Overal. Ik heb het gevoel dat ik langzaam wegglijd.'

'Niet doen! Even volhouden: William kan er elk moment zijn.'

Margaret trok een wenkbrauw op. 'Jij mag dokter Heyworth wel, hè?'

'Jazeker.'

'Hij komt dan misschien niet uit de beste kringen, maar hij past wel bij je.'

'O, Margaret, hoe kun je nu op dit moment aan zulke dingen denken?'

De oude dame nam haar schoondochter kritisch op en zag twee roze blosjes op haar jukbeenderen. 'Omdat ik, als ik opstap, het prettig vind om het gevoel te hebben dat alles geregeld is.'

'Maar je stapt niet op!'

'Nou, ik ben al wel heel oud.'

'Je bent heel sterk.'

'Ik verheug me er eerlijk gezegd nogal op om Arthur weer te zien.'

'Die kan nog wel even wachten.'

Margaret glimlachte. 'Wat ben je met dokter Heyworth van plan? Je zei dat je hem graag mocht.'

'Niet op die manier!'

'Waarom niet op die manier? Wat mankeert er aan die man?'

'Niets. Alleen, George...'

'George is er niet meer, lieve kind. Hij komt niet meer terug. Jij hebt de rest van je leven nog voor je en het is niet erg gezellig om alleen te zijn.

Geloof mij maar, ik weet er alles van. William, zoals jij hem noemt, mag je heel graag, dat kan een kind zien. Je moet hem een beetje aanmoedigen, Antoinette.'

'Maar hoe?'

Margaret zuchtte ongeduldig. 'Echt, op het gebied van de liefde schijnt niemand hier in staat voor zichzelf te zorgen.'

Opeens hoorden ze de buitendeur opengaan en met een dreun weer dichtvallen. Zware voetstappen kwamen hun richting op. Een tel later verscheen dokter Heyworth in de zitkamer en vlak achter hem kwam een bijzonder somber kijkende dominee Morley.

'O, mooi dat jullie er allebei zijn,' riep Margaret uit. 'Dominee, u kunt me bedienen.'

De dominee keek ontzet. Dokter Heyworth lachte. 'Ik zie dat de patiente zich al een beetje beter voelt.'

'William, je moet haar meteen onderzoeken!' zei Antoinette op dringende toon. 'Dominee Morley en ik wachten wel in de hal.' Ze stond op en rende naar hem toe. 'Je moet haar beter maken, William!' fluisterde ze. 'Ze mag niet sterven. Ik kan niet zonder haar.'

'Ik doe mijn best,' antwoordde hij.

Antoinette en de dominee gingen in de hal zitten, terwijl dokter Heyworth de deur van de zitkamer dichtdeed en naar de patiënte liep. Na een kort onderzoek nam hij plaats in de leunstoel en keek haar streng aan. 'Ik vermoedde het al, lady Frampton: uw gezondheid is uitstekend.'

'O, mooi,' zei Margaret. Ze ging rechtop zitten en zwaaide haar benen van de bank. 'Wat een opluchting.'

'Voor lady Frampton zeker.'

'Noem haar toch Antoinette,' zei Margaret. 'Het is erg verwarrend, twee lady's Frampton.'

'Ik ben blij dat dominee Morley hier niet nodig is. Hij kan naar huis gaan zonder het droevige vooruitzicht van weer een begrafenis.'

'Ik heb hem geloof ik wel aan het schrikken gemaakt. Hebt u zijn gezicht gezien? Hij zag lijkbleek.'

'U hebt Antoinette ook laten schrikken.'

'Dat was niet de bedoeling,' antwoordde ze snel.

'Mag ik vragen wat dan wel de bedoeling was?'

Margaret glimlachte een beetje schaapachtig. 'Ik heb dit plannetje samen met Roberta uitgebroed. David stort helemaal in, en ik kon het niet langer aanzien. Zijn hart is gebroken en het leek er niet op dat dat nog in orde zou komen. Roberta herinnerde zich dat Phaedra in Londen op het huis van een vriendin paste. Ze is erheen gegaan en heeft naar Phaedra's adres in Parijs gevraagd. Het was geen probleem. Die vrouw gaf het met alle plezier.'

'Waarom die "hartaanval"?'

'Omdat David met geen tien stokken naar Parijs te krijgen zou zijn. Hij denkt dat Phaedra verder is gegaan met haar leven en niets meer met hem te maken wil hebben. Dus ik dacht dat als het mijn laatste wens zou zijn, hij wel zou moeten gaan.'

'Er was toch wel een makkelijker manier? Zonder iedereen de stuipen op het lijf te jagen?'

'Hoe dan, dokter Heyworth? Roberta en ik konden niets bedenken.' Ze lachte schalks. 'Ik moet zeggen dat ik het best prettig vind om te weten dat er mensen zijn die om me geven.'

'Meer dan u beseft.'

'Verraad me niet, dokter. Antoinette wordt hels als het tot haar doordringt dat ik gelogen heb.'

Dokter Heyworth zuchtte; hij wilde niet graag bij Margarets intriges betrokken worden. 'Goed, voor deze keer dan. Maar u moet dit niet nog eens doen.'

'Dat beloof ik. Gaat u haar nu maar het goede nieuws vertellen.'

Toen dokter Heyworth de deur van de zitkamer opende, sprongen Antoinette en dominee Morley op. 'Hoe is het met haar?' vroeg Antoinette.

'Het komt helemaal in orde,' antwoordde dokter Heyworth. 'Ze moet rusten, meer niet.'

Antoinette was zo opgelucht dat ze haar armen om zijn hals sloeg. 'O, dank je wel!' zuchtte ze. 'Ik wist wel dat je haar zou redden!'

Dokter Heyworth was overrompeld. 'Dat komt niet door mij,' zei hij gegeneerd. 'Ze is gewoon heel sterk.'

Antoinette liet hem blozend los. 'Ik maakte me zo'n zorgen. Ik had het niet kunnen verdragen als ik nóg iemand was kwijtgeraakt van wie ik hou.'

'Het is in orde. Je zult haar nog een tijdje bij je hebben.'

'Dat is geweldig goed nieuws,' zei dominee Morley. Hij liep langs hen heen en ging de zitkamer binnen.

'U bent helaas voor niets gekomen,' zei Margaret.

'Integendeel, ik heb te horen gekregen dat het goed met u gaat. Ik kan dus weer blij naar huis.'

‘Het spijt me, maar ik kan u geen kopje thee aanbieden. Ik heb Jenny een dagje vrij gegeven.’

‘Wat een pech dat u nu uitgerekend op de dag dat Jenny er niet is ziek bent geworden.’

‘Ik weet het: als het misgaat, gaat het ook goed mis. Maar ik kan u wel een sherry serveren.’

‘Wat zou de dokter daarvan zeggen?’

‘Ik denk dat het hem niets uitmaakt. Hij heeft wel iets beters te doen,’ antwoordde ze. Haar ogen twinkelden ondeugend.

Dokter Heyworth en Antoinette namen afscheid van de dominee en Margaret in de zitkamer en liepen naar buiten naar hun auto’s. ‘Wat denk je, zal ik haar een tijdje bij mij thuis te logeren vragen? Tot ze weer helemaal beter is?’ vroeg Antoinette.

‘Ze zit daar prima, echt,’ antwoordde dokter Heyworth.

‘Maar als ze nu weer niet lekker wordt?’

‘Dat zal niet gebeuren, denk ik. Het was iets eenmaligs.’

Antoinette glimlachte. ‘Gelukkig. David zei tegen me dat ze stervende was. Ik maakte me verschrikkelijke zorgen.’

‘Zíj zei tegen David dat ze stervende was. Oude mensen zijn geneigd het ergste te denken.’

‘Ik weet niet waar David zo haastig naartoe is.’

Dokter Heyworth besloot haar niet in te lichten. Als David had gewild dat zijn moeder het wist, had hij het haar wel verteld. ‘Ik ook niet. Maar hij is vast opgelucht als hij hoort dat zijn grootmoeder nog springlevend is!’ Hij deed het achterportier van zijn Volvo open en zette zijn dokterskoffertje op de achterbank.

‘William,’ zei Antoinette dapper, en haar hart ging opeens als een razende tekeer.

‘Ja?’

‘Ik geloof dat ik *Zonsondergang* nu in de vingers heb.’

Hij glimlachte vergenoegd. ‘Ik zou het fijn vinden het jou te horen spelen.’

‘Echt?’

‘Ja, echt.’

‘Ik speel het graag voor je. Ik heb het de laatste tijd vaak geoefend. Het gaat echt goed, volgens mij.’

Op dat moment opende dominee Morley de voordeur van het huis en kwam naar buiten. 'De hemelpoort gaat nog niet open voor de douairière lady Frampton,' zei hij opgewekt, terwijl hij naar zijn auto liep.

'Ze overleeft ons allemaal nog,' zei dokter Heyworth.

'Nou, dat zou echt een wonder zijn,' voegde Antoinette eraan toe; ze merkte dat haar hart weer tot bedaren kwam. Haar poging om dokter Heyworth aan te moedigen was alweer afgelopen voor die goed en wel begonnen was. Misschien was het te snel na de dood van George. Misschien was ze er nog niet klaar voor. En natuurlijk kon het best zijn dat dokter Heyworth haar gevoelens niet beantwoordde en dat hij alleen maar vriendschap wilde; dan had ze zich nogal belachelijk gemaakt. Ze keek toe hoe hij in zijn auto stapte en zwaaide hem uit. Toen ging ze het huis weer in om te kijken hoe het met Margaret was, met een verbazend bezwaard gemoed.

David nam de trein naar Londen en vandaar de Eurostar naar Parijs. Hij had een kleine weekendtas met het allernoodzakelijkste bij zich. Hij verwachtte niet lang te blijven. Als Phaedra niet thuis was, zou hij teruggaan en tegen zijn grootmoeder zeggen dat hij zijn best had gedaan.

Hij zat in de eerste klas en keek naar het Engelse platteland dat aan de andere kant van het raam voorbijtrok. Op het moment dat de trein zoevend de Kanaaltunnel binnenreed en het glas zwart werd, besefte hij ineens dat hij niet langer naar buiten keek, maar naar zijn eigen gekwelde spiegelbeeld. Hij staarde er ontzet naar. Hij had niet gemerkt hoe hij zichzelf had verwaarloosd. Zijn magere gezicht en holle ogen leken iemand anders toe te behoren en hij liet zijn hand peinzend over de baardstoppels op zijn kin glijden. Wat zou Phaedra denken? Zou ze hem wel herkennen? Ze zou hem in elk geval niet aantrekkelijk vinden – misschien had ze hem wel nooit aantrekkelijk gevonden. Had hij maar beter voor zichzelf gezorgd. Hij had zich in ieder geval wel even mogen scheren.

Toen de trein Parijs naderde, werd hij zenuwachtig. Hij had maar een paar bladzijden van zijn boek kunnen lezen, want zijn gedachten werden steeds afgeleid en hij herleefde gebeurtenissen uit het verleden alsof het een kapotte dvd was die bleef steken bij een favoriete filmscène. Hij had die herinneringen al zo vaak teruggehaald dat ze zo langzamerhand verbleekt moesten zijn, maar ze waren nog steeds stralend helder en bezaten nog steeds de kracht hem pijn te doen.

Hij keek de eerste klas rond, naar zakenlieden, vrouwen in mantelpakjes en een elegant geklede moeder met jonge kinderen. Ze leken allemaal geen enkele zorg te hebben zoals ze daar hun tijdschrift of krant zaten te lezen, en de kinderen speelden rustig op hun gameboys. Het voelde onwerkelijk, alsof David de enige op de wereld was met een gebroken hart.

Eindelijk reed de trein het station binnen en hij stapte uit. Hij bewoog zich als in een roes door de menigte, zijn ogen op de grond gericht terwijl hij alle mogelijke scenario's opnieuw de revue liet passeren.

David stapte in een taxi en gaf het adres rue de Longchamps op. De auto reed weg en hij voelde zijn maag samentrekken tot een strakke knoop. Hij wist niet of zijn misselijkheid veroorzaakt werd door de zenuwen of door de taxi, die hortend tot stilstand kwam voor een stoplicht. Het was vroeg in de avond; Parijs baadde in een zacht gouden licht terwijl de zon langzaam onderging en het water van de Seine rood en goud kleurde. De etalages waren verlicht en straatlantaarns beschenen een warreling van bruine bladeren die werden voortgeblazen door de wind, waarna ze zich in hoopjes verzamelden op de vochtige trottoirs en in de goten. Hij liet zijn blikken dwalen over de herenhuizen met hun elegant gebogen grijze daken, de dakkapellen en fraaie smeedijzeren balkonnetjes, en hij begreep waarom Phaedra zo veel van Parijs hield. Het had de charme van een verdwenen tijdperk.

Phaedra's flat bevond zich in het centrum. Hij had niet verwacht dat hij er al zo snel zou zijn en had het gevoel dat hij niet goed voorbereid was. Nadat hij de taxichauffeur had betaald, ging hij op zoek naar een café waar hij bij een kop koffie kon bedenken wat hij zou gaan zeggen. Aan een tafeltje bij het raam zat hij naar buiten te staren, balancerend tussen hoop en vrees dat Phaedra zou langslopen.

De wind wakkerde aan en de mensen kwamen en gingen. Maar David bleef zitten waar hij zat met zijn lege koffiekopje en tuurde zorgelijk naar buiten naar de donkere straat. Hij probeerde zich voor te stellen wat hij zou zeggen, maar het klonk allemaal even geforceerd. Allereerst wilde hij uitleggen dat Margaret een hartaanval had gehad, maar hij eindigde steeds met verward geklets – en dit was dan nog maar een repetitie, die zich slechts in zijn hoofd afspeelde. Eindelijk drong het tot hem door dat hij Phaedra onder ogen moest komen en maar moest zien wat ervan kwam. Er was altijd nog kans dat hem onder de druk van de omstandigheden iets zinnigs zou invallen. Of misschien was ze wel helemaal niet thuis. Hij rekende af en gaf een fooi, ook al was de ober bijzonder chagrijnig geweest.

David stond op om weg te gaan. Het café was nu vol. Hij had niet gemerkt dat het zo druk was geworden. Hij wrong zich langs de tafeltjes en langs mensen die op een plaatsje stonden te wachten. Toen werd zijn blik getrokken naar de andere kant van het café, waar een vermoeid ogende blonde vrouw hem strak aanstaarde, haar lichtgrijze ogen groot en angstig. Hij bleef staan en keek nog eens goed. Eerst herkende hij haar niet. Ze was mager geworden; haar huid stak wit af tegen het zwart van haar truitje en haar haar zat in een strakke paardenstaart. Een ober onttrok haar even aan het gezicht en David probeerde om hem heen te kijken. Was ze het nu wel of niet? De ober liep door. De vrouw stond daar nog steeds tegen de muur geleund en staarde hem aan.

David hield zijn adem in. Het was Phaedra. Hij kreeg een benauwd gevoel op zijn borst toen hij naar haar toe liep, maar de mensen versperden hem de weg en hinderden hem, alsof hij door een woeste zee waadde: één stap naar voren, en dan weer en stap achteruit. Ze stond op, en één verschrikkelijk ogenblik was ze verdwenen achter een groepje slonzige tieners. David zocht de menigte af; zijn blik vloog paniekerig van het ene gezicht naar het andere, tot hij haar opeens zijn kant op zag komen, als een meeuw die op een golf naar hem toe werd gedragen.

Het deed er niet langer meer toe wat hij zou gaan zeggen, omdat het verlangen in haar ogen bevestigde dat zij zich net zo ellendig voelde als hij. Zijn hartslag versnelde, een wilde blijdschap beving hem en de knoop in zijn maag loste op toen ze haar hand uitstak en hij die vastgreep en haar de laatste stappen naar zich toe trok, tot ze eindelijk herenigd waren, lichaam tegen lichaam, borst tegen borst, en in een zoen meer zeiden dan ze ooit in woorden hadden kunnen uitdrukken.

Thuis op Fairfield Park zat Antoinette aan de vleugel. Haar vingers vlogen over de toetsen, want ze kende het stuk nu uit haar hoofd. De honden lagen op de kleedjes, het vuur smeulde in de haard en het huis was stil. Ze dacht aan dokter Heyworth en kromp ineen bij de herinnering aan haar onhandige poging om hem aan te moedigen, zoals Margaret haar had aangeraden. Had ze maar niet tegen hem gezegd wat ze had gezegd; het had heel onnatuurlijk geklonken. Ze hoopte maar dat ze dokter Heyworth er niet mee had afgeschrikt. Hoe haalde ze het in haar hoofd om te denken dat hij zich misschien tot haar aangetrokken voelde? Ze sloeg de toetsen krachtiger aan.

De telefoon onderbrak haar spel. Ze zuchtte en stond op om op te nemen. 'Hallo,' zei ze.

'Met William,' klonk het.

'O, William.' Antoinettes stem werd helderder. 'Wat een verrassing.'

'Ik vroeg me af of ik langs kon komen om naar je pianospel te luisteren.'

'Nu?'

'Nou... als het niet te laat is.'

'Nee, natuurlijk niet.'

'Mooi. Ik bel bij je aan.'

Antoinette had de telefoon nog niet neergelegd of de deurbel ging. Ze fronste haar wenkbrauwen. Het was onmogelijk dat hij zo snel hier was. Haar hartslag versnelde. Wie kwam er zo laat op bezoek? Plotseling wilde ze dat ze niet alleen in dit grote huis was. Harris was in de cottage aan het einde van de oprit; David was niet thuis. Als ze gilde, zou niemand haar horen. Even stond ze als aan de grond genageld, niet in staat zich te verroeren. De bel ging weer; dit keer werd hij langer ingedrukt. De honden werden wakker en sprongen overeind.

Met de Deense doggen naast zich vond ze de moed om door de kamer naar de hal te lopen. Toen bleef ze handenwringend staan. 'Wie is daar?' riep ze.

'Ik ben het!'

Bertie begon te blaffen.

'William?' Ze kon wel huilen van opluchting. 'Wat doe jij hier?'

'Ik zei toch dat ik zou aanbellen?'

Antoinette haastte zich om de deur open te doen. 'Maar wat ben je er snel!'

Hij stond glimlachend op de stoep. 'Ik was hier al,' antwoordde hij. Toen hij haar gezicht zag, betrok het zijne. 'Heb ik je aan het schrikken gemaakt?'

'Een beetje wel,' bekende ze.

'Mijn liefste Antoinette, wat spijt me dat.' Toen keek hij plechtig op haar neer. 'Goed, ik zal maar eerlijk zijn. Ik ben hier níét gekomen om naar je pianospel te luisteren.'

'Nee?'

Hij schudde zijn hoofd. 'Nee. Ik kwam hier...' Hij aarzelde. Even keek hij heel verlegen. Antoinette glimlachte en meer aanmoediging had hij niet nodig. Hij nam haar gezicht in zijn handen, boog zich naar haar toe en zoende haar.

32

De volgende ochtend liep Antoinette door de tuin. Haar hart was lichter dan het sinds het overlijden van George ooit was geweest. Dokter Heyworth was pas ver na middernacht vertrokken en ze was alleen achtergebleven in het huis, maar zonder zich eenzaam te voelen. Ze was naar bed gegaan en had wakker gelegen, beleefde in gedachten nogmaals de zoen en de uren daarna die ze samen in de salon hadden doorgebracht. Hij had geluisterd naar haar spel terwijl hij tegen de piano leunde en teder naar haar gezicht keek, alsof de muziek van haar lippen vloeide en niet van haar vingers. Toen was hij naast haar gaan zitten, hadden ze een spontaan duet gespeeld en gelachen toen hun improvisatie eindigde in valse akkoorden en disharmonie.

Haar liefde voor William was anders dan haar liefde voor George. Ondanks de ontrouw van haar echtgenoot hield ze nog steeds van hem. Ze zag zijn verraad niet door de vingers, maar ze had een manier gevonden om hem te vergeven door te proberen te begrijpen waarom hij het had gedaan. In Phaedra was hij iemand tegengekomen die zijn passie voor avontuur deelde. Ze was een vrije geest, net zo gelukkig op verafgelegen plekken op de wereld als hij, met een moed die Antoinette ontbeerde. Phaedra skiede, klom en voelde zich ongetwijfeld net zo thuis in een tent in de bergen als in een warm hotelbed. Antoinette had zijn huiselijke behoeftes vervuld, maar ze had een gapend gat gelaten in dat andere deel van zijn leven – het deel dat bijna net zo belangrijk voor hem was geweest. Hij had zo veel tijd alleen in de bergen doorgebracht dat het best te begrijpen was dat hij was gevallen voor een beeldschone jonge vrouw die zijn enthousiasme voor de meest onbegaanbare plekken op aarde deelde. Maar terwijl hij verliefd was op Phaedra, had hij Antoinette nooit anders dan anders behandeld. Hij was net zo liefdevol als altijd geweest, even attent. Hun leven samen was op geen enkele manier veranderd, en ze voelde zich gerust dat zijn liefde constant was geweest, ook al had zijn verliefdheid zijn gezond verstand tijdelijk in de weg gestaan. Antoinette wilde graag geloven dat George uiteindelijk genoeg zou hebben gekregen van Phaedra, zoals hij vroeg of laat van al zijn bevliegingen genoeg kreeg.

Terwijl George behoefte had gehad aan avontuur, was William tevreden met een kalm leventje. Bij hem voelde ze zich veilig, maar ook waardevol. Er waren geen bergen om hem weg te lokken, geen vergezichten die zijn hart stalen. Antoinette was zijn grote liefde en ze kon daar zeker van zijn. Met George deelde ze de kinderen, Fairfield en zijn diepste gedachten. Met William deelde ze de tuin, muziek en háár diepste gedachten. Hij gaf haar zijn volledige aandacht en ze had geen moment het gevoel dat hij aan iets anders dacht. Haar liefde voor William had iets heel stabiels; die was warm en zacht als een zomerweide.

Verdiept in deze gedachten liep ze door de boomgaard. Dikke rode appels deden de takken doorbuigen. Een paar vruchten lagen op het gras, aangevreten door wespen. De boompjes die ze met Barry had geplant deden het goed; hun bladeren werden al bruin nu op de oostenwind de herfst naderde. Ze keek naar die stervende bladeren en besefte dat mensen wel wat op bomen leken: ook al verliezen ze hun bladeren, toch hebben ze de kracht om de winter te overleven en opnieuw geluk te vinden in de lente van nieuwe mogelijkheden. In William meende ze een nieuwe lente te hebben gevonden na een winter van verdriet. Misschien zou ze nu het verlies van Phaedra ook kunnen aanvaarden.

Nadat ze weer naar binnen was gegaan, belde ze Margaret om te horen hoe het met haar was. Jenny nam op en vertelde dat Antoinettes schoonmoeder rustte. Toen Antoinette voorstelde even langs te komen, zei Jenny meteen dat Margaret diep in slaap was en dat het beter zou zijn haar niet wakker te maken. Ze stelde haar verder gerust dat Margaret zich heel goed voelde, alhoewel ze een beetje moe was. Antoinette hing op met een enigszins ongemakkelijk gevoel. Er klopte iets niet, maar ze kon niet bedenken wat het was.

’s Middags verscheen dokter Heyworth met zijn kofferbak vol struiken. ‘Ik dacht dat we deze wel bij het meer kunnen planten,’ zei hij nadat hij haar teder had gekust. ‘Wat vind jij?’

‘Wat een goed plan,’ antwoordde ze blij. ‘Heerlijk dat we de hele middag voor ons hebben.’

‘Ik heb zitten denken: we moesten samen maar eens een reisje maken.’

'Waarheen?'

'Ik weet niet.' Hij haalde zijn schouders op. 'Parijs, Wenen, Rome – wat je maar wilt. Wanneer ben je er voor het laatst uit geweest?

'Nou...' Antoinette zuchtte. Dat was heel lang geleden. 'Minstens een jaar terug.'

'Dan wordt het tijd dat je eens weggaat van Fairfield.' Zijn gezicht klaarde op. 'Ben je wel eens in India geweest?'

'Nee.'

'Ik ook niet. We kunnen het samen ontdekken.'

Ze aarzelde. 'Maar hoe moet het dan met Margaret?'

'Die redt zich wel. En David is er toch?'

'Weet je, ik heb haar vanochtend gebeld. Jenny zei dat ze rustte. En daarna zei ze dat ze sliep. Ze leek wat zenuwachtig, alsof ze loog.'

'Waarom zou ze liegen?'

'Omdat Margaret haar dat gevraagd heeft.'

'O. Zou je graag naar haar toe willen?'

'Ik weet het niet. Ik wil haar niet storen als ze inderdaad slaapt...'

Op dat moment verscheen Harris in de deuropening. 'Lady Frampton, de douairière lady Frampton heeft zonet gebeld.'

'Zie je wel! Ik wist wel dat er iets aan de hand was!' riep Antoinette uit terwijl ze naar binnen rende. 'Wat zei ze, Harris?'

'Ze wil dat u meteen naar het tuinhuis komt. Daar is ze.'

'Het tuinhuis? Wat heeft ze daar nou te zoeken? Ik dacht dat ze rustte!'

'Ze zei dat het belangrijk was,' zei Harris.

Antoinette wendde zich tot dokter Heyworth. 'Je moet met me mee komen, William. Ik heb het gevoel dat er iets aan de hand is, maar ik weet niet wat. Gisteren was ze nog stervende, en nu zit ze in het tuinhuis en wil ze dat ik daar ook naartoe kom. Wat is er toch?'

Dokter Heyworth glimlachte. Hij moest denken aan wat Margaret hem de vorige dag had verteld. 'We gaan erheen; dan horen we het wel.' Ze stapten stevig door. Bertie en Woester liepen voor hen uit. Lichtgrijze wolken hingen zwaar in de lucht, maar af en toe lichtte de hemel even op als de zon erdoorheen probeerde te schijnen. Toen ze boven aan de heuvel aankwamen, zagen ze Davids Landrover op het karrenspoor staan. 'O jee, zo te zien heeft ze David ook laten komen.' Antoinette draaide zich paniekerig naar dokter Heyworth. 'Ze zal ons toch niet allemaal hierboven laten komen om afscheid te nemen? God, ik hoop dat alles goed met haar is.'

‘Ze is zo sterk als een paard,’ zei dokter Heyworth vol vertrouwen.

‘Nee, dat is ze niet. Ze doet maar alsof. Vanbinnen is ze net zo zacht als wij allemaal. Ik weet dat het vreemd klinkt, omdat we zo’n moeilijke relatie samen hadden, maar sinds George’ dood mag ik haar wel. Sterker nog: ik ben erg op haar gesteld geraakt.’ Ze versnelde haar pas.

Dokter Heyworth greep haar hand en drukte hem. ‘Ze is prima in orde, Antoinette. Geloof me nou maar, ze heeft nog vele jaren voor de boeg.’

Eindelijk waren ze bij het tuinhuis. Antoinette haalde diep adem en duwde de deur open. Daar, op de bank en stoelen bij de haard, zaten Margaret, dominee Morley, David en Phaedra.

Antoinette legde een hand op haar hart. ‘Alles is dus in orde met je, Margaret!’ zuchtte ze. Ze was zo opgelucht dat ze wel kon huilen.

‘Natuurlijk is met mij alles in orde,’ zei Margaret vanuit haar leunstoel. ‘Maar met jou kennelijk niet. Kom zitten, kind, dan leg ik je het uit.’

Antoinette keek verbijsterd naar David en Phaedra, die samen op de bank zaten. David had zich geschoren, maar dat was niet het enige waardoor hij er anders uitzag. Hij was gelukkig. Heel, heel gelukkig. Dominee Morley stond meteen op en bood Antoinette de leunstoel bij het vuur aan. Ze ging dankbaar zitten en keek toe hoe dokter Heyworth een stoel pakte en die tussen de bank en Margaret in schoof. Dominee Morley nam plaats op het haardbankje.

‘Gisteren lag je nog op sterven, Margaret. En nu zit je hier met David en Phaedra. Wat is er aan de hand?’ Het viel Antoinette op dat Phaedra er kleiner uitzag dan voorheen. Haar smalle schouders in haar appelgroene vest waren schriel als kleerhangers. Maar haar gezicht straalde en haar wangen waren blozend roze. Alleen de manier waarop ze uit haar ogen keek verried een zekere spanning. Ze keek naar Antoinette en wendde toen schielijk haar blik af.

‘Goed. Eerlijk gezegd had ik er schoon genoeg van om mijn familie zo chagrijnig te zien rondlopen alsof de zon nooit meer zou schijnen. Bovendien miste ik Phaedra, en omdat ik altijd alleen maar aan mezelf denk, wilde ik minstens zo graag dat ze voor mij terugkwam als voor jullie allemaal. Roberta was mijn *partner in crime*. Zij wist nog dat Phaedra op het huis van een vriendin had gepast en ze is er op eigen houtje, zonder dat ik haar ook maar enigszins heb aangespoord, naartoe gegaan om Phaedra’s nieuwe adres te vragen. Toen heeft ze mij gebeld en me het adres in de rue de Longchamps doorgegeven. Tja, we wisten allebei dat David koppig kan zijn. Hij dacht dat Phaedra hem niet meer zou willen zien, dus moest ik een toneelstukje opvoeren.'

Antoinette keek ontzet. 'Was dat toneelspel?'

'Ja. Ik besefte zelf niet helemaal hoe goed ik het eraf bracht. Misschien had ik actrice moeten worden.' Ze keek even naar dominee Morley. 'Het spijt me dat ik jullie dat allemaal heb aangedaan, maar ik had geen keus. En is het niet geweldig dat ik weer beter ben?'

'Dus die arme David dacht ook dat je op sterven lag?' Antoinette wendde zich tot haar zoon, maar die haalde onverschillig zijn schouders op, alsof het niets had voorgesteld.

'Laat ik het erop houden dat ik niet helemaal overtuigd was. Ze was een beetje te energiek voor iemand die op sterven lag,' stelde David zijn moeder gerust.

'Maar als een plichtsgetrouwe kleinzoon ben je Phaedra gaan halen.' Margaret glimlachte triomfantelijk. 'En dat is je gelukt! Nou weet ik heus wel dat dit erg stiekem was, Antoinette, en dat je waarschijnlijk heel kwaad op me bent omdat ik dit achter je rug heb gedaan. Maar ik ben oud en wijs, en ik weet beter dan jijzelf wat goed voor je is. Ik weet dat jij Phaedra net zo miste als wij allemaal en dat je die boerderijwinkel nooit in je eentje zou gaan openen. En ik wil levend en wel van die biggetjes genieten.'

Phaedra waagde het naar Antoinette te kijken. Ze was er niet van overtuigd dat George' vrouw haar zou vergeven. David had haar verzekerd van wel; hij had haar verteld dat Antoinette de zaak na verloop van tijd in perspectief had kunnen zien en dat ze het daardoor enigszins kon begrijpen. Phaedra was daar nog steeds niet zo zeker van, en David had erg zijn best moeten doen om haar over te halen met hem mee naar huis te gaan. Diep vanbinnen had Antoinette haar nodig, had hij gezegd, ook al zag ze dat zelf nog niet. Nu keek Phaedra haar angstig aan.

Als Antoinette een dag tevoren was gevraagd hoe ze zich zou voelen als ze plotseling tegenover Phaedra had gestaan, zou ze gezegd hebben dat ze mentaal nog niet in staat was haar te vergeven. Maar het is iets heel anders om iets koel-verstandelijk te beredeneren dan warm vanuit je hart te handelen. Nu de twee vrouwen samen in dezelfde kamer waren, voelde Antoinette haar hart verzachten van medeleven. Ze stond op en liep naar Phaedra toe, in een opwelling die weinig met rationaliteit te maken had. Ze trok Phaedra overeind van de bank en omhelsde haar stevig. 'Ik ben blij dat je thuis bent,' fluisterde ze. Ze voelde hoe kinderlijk tenger Phaedra was en hoe ze beefde. Phaedra's tranen vielen op Antoinettes blouse. Ze liet haar hoofd op haar schouder rusten en sloot haar ogen. De twee vrouwen hielden elkaar een heel poos omvat. Antoinette hoefde niets uit te leggen, omdat haar gebaar en de woorden die ze fluisterde, zo dat alleen Phaedra ze kon verstaan, al duidelijk spraken dat ze haar vergeven had.

'Goed, fijn. Ik ben blij dat het allemaal is opgelost,' zei Margaret. Ze kneep haar ogen samen en merkte op met hoeveel tederheid dokter Heyworth Antoinette gadesloeg. 'Het ziet ernaar uit dat alleen u en ik nog over zijn, dominee,' zei ze tegen dominee Morley, die even een beetje zenuwachtig leek. 'Ik denk dat een telefoontje naar Harris voor verfrissingen wel op zijn plaats is,' voegde ze eraan toe, terwijl ze haar mobiel uit haar zak haalde. 'Wat willen jullie?'

Epiloog

Anderhalf jaar later

Margaret zat met dominee Morley aan de ronde tafel onder het timpaan van het tuinhuis. Ze keek naar beneden, naar de tuinen van Fairfield Park, en zag met verbazing hoe het landgoed zich langzaam vulde met bezoekers. Sinds Antoinette had besloten Fairfield Park de hele maand juni open te stellen voor publiek waren de werkzaamheden aan de borders, de natuurlijke tuinen en rond het meer nog krachtiger ter hand genomen, zodat het er nu nog fraaier uitzag dan vroeger, toen ze een leger tuinmannen in dienst had. Margaret had altijd al wel geweten dat Antoinette een bijzonder talent had, maar ze had nooit gedacht dat die vingers die zo behendig waren met stoffen en woninginrichting ook hun toverkracht konden aanwenden in tuinarchitectuur.

Margaret had met plezier toegekeken hoe Antoinette het huis opnieuw had ingericht. Die ziel was zo dom geweest om er al die jaren dat ze er met George had gewoond van af te zien ook maar iets te veranderen, uit angst dat ze háár op haar teentjes zou trappen. Als Antoinette haar naar haar mening had gevraagd, zou ze tegen haar hebben gezegd dat het huis al tientallen jaren om een opknapbeurt schreeuwde – dat ze het zelf zou hebben gedaan als ze er de puf voor had gehad, maar die had ze niet. Woninginrichting interesseerde haar niet zoals het Antoinette interesseerde. Nu ze met William Heyworth getrouwd was en naar zijn huis in het dorp was verhuisd, restaureerde Antoinette het grote huis voor David en Phaedra, en het resultaat was net zo verbazingwekkend als de tuinen.

'Ik vind het heerlijk als alles goed afloopt,' zei Margaret met een tevreden zucht. Dominee Morley knikte bedachtzaam. Hij dronk van de thee die mevrouw Gunice naar boven had laten brengen in een thermosfles. 'Phaedra is weer terug en alles is op zijn pootjes terechtgekomen. Ze is een schat van een meid en heel getalenteerd, en ik respecteer het dat ze de inrichting van het huis aan Antoinette overlaat. Het is belangrijk om je eigen beperkingen te kennen. Ik weet trouwens niet of ik zo veel roze in de slaapkamer wel mooi vind. Leuk voor een klein meisje, maar Phaedra is een volwassen vrouw. Natuurlijk kan ik me niet met álles bemoeien, dus ik heb mijn mond maar gehouden. Het is tenslotte háár slaapkamer, en Antoinette houdt vol dat zij de kleuren niet heeft uitgezocht. In feite, als ik me het goed herinner, zei ze dat die Davids keus waren. Blauw was geschikter geweest. Maar ik moet zeggen dat Phaedra heel goed is met de boerderijwinkel. Ik weet niet of Tom nou wel zo geweldig veel bijdraagt, hoewel hij zijn best doet en het fijn is dat hij wil meedoen met het familiebedrijf. Die nachtclub van hem is altijd al een slecht idee geweest. Nu moeten we nog een leuke vriendin voor hem vinden, zodat hij ook een geregeld leven kan gaan leiden. Weet u, toen George nog leefde hield hij weliswaar de familie bij elkaar, maar hij slaagde er nooit in ervoor te zorgen dat we elkaar graag mochten. Het waren zenuwslopende tijden. Het was altijd net of ik bij Antoinette op eieren moest lopen. Het fijne is dat we sinds zijn dood allemaal vrienden van elkaar zijn geworden. Ik denk dat dat veel te maken heeft met Phaedra. Vraag me niet hoe ze het doet, want ik ben geen psychologe, maar zij heeft toverkracht. En dan te bedenken dat we haar bijna kwijt waren!' Ze zuchtte weer, dit keer van genoegen.

Toen vervolgde ze: 'Ik heb zelf de hand in haar terugkeer gehad, weet u het nog? Soms moet je het roer gewoon overnemen als de anderen te koppig of te onzeker zijn om zelf hun zaakjes te regelen. Ik wist wel dat ze terug zou komen als we haar dat zouden vragen. Vergiffenis is iets prachtigs, toch, dominee Morley?'

Dominee Morley zette zijn theekopje neer. 'Lady Frampton,' begon hij een beetje aarzelend, 'vindt u niet dat u me nu, na al die jaren dat we elkaar al kennen, wel Joseph kunt noemen?'

Margaret was ontsteld. 'Joseph? Lieve hemel, nee! U bent een dienaar van God, dominee Morley. En als ik u Joseph noem, doe ik daar afbreuk aan. Een man van uw formaat moet een titel hebben waaruit uw aanzien blijkt, en die ernst en vormelijkheid uitstraalt. Ik kijk tegen u op, dominee. Ik heb respect voor uw mening. Ik kan u absoluut geen Joseph gaan noemen. Wat een krankzinnig voorstel!'

Dominee Morley pakte ontmoedigd zijn theekopje weer op. Hij kreeg maar weinig kans die gerespecteerde mening te ventileren.

'Ik moet zeggen dat het verdomd aardig van Phaedra is dat ze de Frampton-saffieren voor onbepaalde tijd aan Roberta heeft uitgeleend,' ging Margaret verder. 'Ze houdt vol dat ze ze toch nooit zal dragen, en David heeft dat uiteindelijk geaccepteerd. Ik kan er niet mee zitten, zolang ze maar in de familie blijven. Je moet je voorvaderen eren, vindt u niet?' Maar voor de dominee iets kon zeggen, praatte ze alweer door. 'Grappig dat Phaedra, nadat ze zich als een Frampton had voorgedaan, ook echt een Frampton is geworden. David is meteen met haar getrouwd, en dat kan ik hem niet kwalijk nemen. Hij heeft al een keer eerder moeten meemaken dat ze ervandoor ging. Dat laat hij zich geen tweede keer gebeuren.' Ze glimlachte tevreden. 'Ik dacht dat ik inmiddels wel dood zou zijn, maar kijk nou eens: ik ben er nog steeds om van alles wat er gebeurt te genieten. En er gebeurt van alles op Fairfield, vindt u niet?' Ze richtte haar heerszuchtige blik op haar metgezel. 'Dominee Morley, u hebt al een hele tijd niets gezegd. Hebt u uw tong verloren?'

Toen verzachtte haar blik en glimlachte ze hem warm toe. 'Dat u het nog met me uithoudt!'

De dominee glimlachte terug en schudde zijn hoofd. 'Dat komt doordat het bij u nooit saai is, lady Frampton, en u hebt een goed hart.'

'Aha, daar gaat het om. Een hart. Het leven zou heel kil zijn als mensen geen hart hadden. Vertel me eens, dominee…'

'Ja?'

Margaret zuchtte goedgehumeurd. 'Vertelt u me wat u maar wilt.'

'Wat ik maar wil?' Voor de zoveelste keer was de dominee volkomen in verwarring gebracht door Margaret Frampton.

'Ja, toe maar!' Ze leunde achterover en vouwde vol verwachting haar handen in haar schoot.

Die avond lieten David en Phaedra Rufus uit bij het meer. De maan stond glanzend aan de hemel als een grote ronde ballon, de sterren schitterden en ergens in het bos krasten een stel uilen. David en Phaedra hielden elkaars hand vast. Al waren er maanden voorbijgegaan, toch voelden ze zich nog steeds gezegend dat ze bij elkaar waren. Ze wisten nog maar al te goed hoeveel verdriet hun scheiding hun had gedaan. Wat er ook zou gebeuren in hun huwelijk, ze zouden zich nooit meer zo uiteen laten drijven.

'Ik heb een idee,' zei David opeens terwijl hij omhoogkeek naar de heuvel waarop ze het tuinhuis zagen staan in het licht van de maan. 'Je hebt altijd gezegd dat je de zon een keer vanuit het tuinhuis wilde zien opkomen.'

'Klopt. Wil je voorstellen daar vannacht heen te gaan?' Ze voelde een rilling van opwinding langs haar ruggengraat trekken.

'De bank is groot genoeg voor twee. Moeder heeft hem op royaal formaat laten maken.'

'Ik denk niet dat ze dát in gedachten had toen ze die bank bestelde.'

Hij draaide haar naar zich toe. 'Het is daar heel romantisch,' zei hij, terwijl hij haar voorhoofd kuste.

'En ik heb een wild, roekeloos trekje in me,' grapte ze, terwijl ze hem tegen zich aan trok.

David kuste haar lippen. 'Er zijn dekens, we kunnen de haard aansteken, we hebben oma's geheime wijnvoorraad...'

'Alleen jij, ik en Rufus en de geluiden van het bos,' fluisterde Phaedra.

'We doen het.'

Ze lachte. 'Zoals u wilt, milord.'

'Kom met me mee, *milady*, dan zal ik je míjn wilde, roekeloze trekje eens laten zien.'

Hand in hand liepen ze samen opgewonden over het gazon. De dauw schitterde in het zilveren licht terwijl ze over het gras liepen, en Rufus, die dacht dat ze een lange wandeling gingen maken, verdween in de bosjes.

Toen ze ten slotte bij het tuinhuis waren aangekomen, bleven ze een tijdje buiten staan en namen de geheimzinnige schoonheid van de nacht in zich op. In de vallei beneden twinkelden lichtjes. Phaedra leunde tegen haar echtgenoot aan. 'Ik ben heel gelukkig David,' zei ze zacht. 'Ik heb nooit gedacht dat ik ergens thuis zou horen.'

David boog zijn hoofd en liet zijn wang op haar haren rusten. 'Jouw lotsbestemming lag hier, bij mij, en daar ben ik God dankbaar voor.'

'Weet je, toen ik het helemaal niet meer zag zitten heb ik George gevraagd om wat hij verkeerd had gedaan weer goed te maken. Ik geloof dat hij dat gedaan heeft.'

'Als hij nu op ons neerkijkt, is hij vast net zo gelukkig als wij – tenminste, als hij niet nog steeds op de hemelpoort staat te bonzen.'

Phaedra draaide zich om en keek bezorgd naar hem op. 'Lieverd, hij bonst niet op de poort. Hij is er meteen doorheen gewandeld. Want door George zijn we nu allemaal zo gelukkig. Door George hou ik van jou.'

Hij streek een haarlok uit haar gezicht. 'Je hebt eens gezegd dat je "wanhopig, waanzinnig en verpletterend" verliefd was op mijn vader. Je zei ook dat je nooit meer zo op iemand verliefd zou zijn.'

Phaedra keek glimlachend naar hem op, in het besef dat haar liefde voor David niet onder woorden te brengen was. 'Ik hou niet op die manier van jou, liefste, en daar ben ik heel blij om.'

Dankwoord

Ik heb het geluk dat ik twee dynamische teams van Simon & Schuster tot mijn beschikking heb, een in Engeland en een in Amerika, en ik wil ze allebei graag van ganser harte bedanken omdat ze zo enthousiast aan mijn boek hebben gewerkt: mijn redacteur in Engeland, Suzanne Baboneau, en mijn redacteur in Amerika, Trish Todd, en Kerr MacRae, Clare Hey, Katie McGowan, Hannah Corbett en Lizzie Gardiner. Ik ben hen dankbaar, en ik vind het geweldig dat de boeken die zij maken precies weerspiegelen wat ik te vertellen heb.

Ik wil mijn geniale agent en dierbare vriendin Sheila Crowley graag bedanken, omdat ze zo'n geweldige bondgenoot is en mijn steun en toeverlaat. Ze is er altijd als ik haar nodig heb en ze is altijd ontzettend optimistisch en gemotiveerd.

Ik heb bij Ed en Maryam Eisler in hun vroegzeventiende-eeuwse landhuis in Hampshire gelogeerd en ik voelde me daar zo geïnspireerd dat ik deze roman erop heb gebaseerd. Met hun toestemming heb ik er een paar heuvels en een tuinhuis aan toegevoegd! Ik dank hen voor hun inspiratie. Ik wil ook Jane Yarrow, Samantha Heyworth, Amanda Newson, Fiona Sherriff, Eloise Goldstein en Sarah Vine bedanken, omdat ze mijn leven op vele manieren stukken leuker maken en me daarbij allerlei ideeën aan de hand doen voor mijn boeken.

Ik wil mijn echtgenoot Sebag graag danken voor zijn geduld en wijsheid. Hij is altijd bereid om te helpen met de plot en me raad te geven als ik die nodig heb. Als geen ander kan hij me aan het lachen maken, en dat is het beste recept voor gezondheid en geluk. Ik zou al die romans zonder hem nooit geschreven kunnen hebben!

Mijn moeder is altijd mijn eerste lezer en haar opmerkingen en ideeën zijn heel belangrijk voor me en hebben veel invloed op het definitieve manuscript. Ik ben haar bijzonder dankbaar voor haar tijd en toewijding – en voor haar ruimhartigheid, want een heleboel van haar verhalen verwerk ik in mijn boeken en ze heeft nog nooit gezegd dat ze dat erg vindt!

Mijn vader is een diep spiritueel mens en heeft me heel veel geleerd over wat belangrijk is in het leven en over de vraag waarom we hier op aarde zijn. Als mijn romans iets van zijn diepzinnigheid hebben meegekregen, dan heb ik iets heel moois bereikt.

En ik dank mijn kinderen, Lily en Sasha, omdat ze mijn hart met zo veel liefde hebben gevuld dat het ervan overloopt.